愛與黑暗的故事

A Tale of Love and Darkness

Amos Oz

艾默思・奧茲

鍾志清 譯

告別艾默思．奧茲

駐台北以色列經濟文化辦事處代表／游亞旭（Asher Yarden）

在二〇一八年即將落幕之際，以色列人和世界各地許多非以色列人都陷入深沉的感傷，告別了艾默思．奧茲（1939.5.4-2018.12.28），也就是這本《愛與黑暗的故事》作者。奧茲不是普通的作家，他是以色列最重要的文學家、哲學家、政治鬥士以及和平倡導者，而更重要的是，他是個人道主義者。雖然他經常批評以色列的政治，卻也毫不保留地熱愛以色列——這個誕生於一九四九年的現代希伯來—猶太國家。奧茲身為知識分子，雄辯滔滔，思想自由，但也深受「新猶太人」這個英勇理想影響。這點他在二〇〇四年出版的這部自傳作品《愛與黑暗的故事》中寫得非常清楚，既深刻描敘了新希伯來語的誕生，也闡述了現代「希伯來」的思想狀態。

艾默思．奧茲給大眾的印象，不僅僅是一位偉大的希伯來文作者，也是一位文學政治家。他認為傳統上作家有責任做為人民的先知，而他自己正屬於這個傳統的一部分。

他一直渴望能透過政治途徑解決中東衝突問題。「它一定會解決，每個人都心知肚明，」他曾說：「那只是時間問題。」艾默思．奧茲不僅是小說家，也是一位才華橫溢、能鼓舞人心的散文家。他站在極端不同的政治立場，論述猶太和阿拉伯人問題，一九八三年出版的文論集《在以色列的土地》（In the Land of Israel）即為鏗鏘有力之作。由於奧茲擁有世界各國讀者，因此他的文論作品就特別具有重要性。以色列需要盟友，但在世界上卻經常被簡化描述為流氓國家。透過奧茲的探索，世人可以直接從他的作品窺得這個民族的複雜性。

奧茲得過許多文學獎，包括卡夫卡獎、托爾斯泰獎、表列克獎（限以色列文學）、歌德獎、法國榮譽軍團勳章……但有一個獎他錯過了，那就是諾貝爾文學獎。

過去二十多年來，他的呼聲一直很高，儘管許多人都認為他是同輩文學家中最重要的那一個，但年復一年過去，奧茲始終未獲得諾貝爾獎評審委員會青睞。艾默思·奧茲這個名字未能名列諾貝爾獎文學獎作家之列，絕對是此獎最大的損失。

以色列失去了一位光華耀眼、才智出眾且極具影響力的人物，而這個世界也失去了一個偉人。如果你想多認識艾默思·奧茲，我建議不妨也去讀他的其他著作。透過他的著作，你不但能瞭解他，同時也更能瞭解自己、瞭解這個世界，以及許許多多的一切。

願　斯文永存

——寫於二〇一九年一月

這是一份誠摯的邀請

讀書共和國出版集團社長／郭重興

用誠摯來描述奧茲，大概是最恰當不過了，不論是就其人或其文來說都是。《愛與黑暗的故事》完稿於二〇〇一年，斯時作者已是譽滿天下的作家，尤其是在以色列，說他是該國的文化瑰寶一點都不為過。那麼他為什麼還要提筆，把他埋藏在心底的，五十年來，包括自己妻、女也從未吐露的對父母的愛和痛，絲絲入扣，一筆一筆寫下來？結果完成的，不僅是作者創作生涯的另一個里程碑，二十世紀猶太民族崎嶇的建國之路，也因此有了史詩的況味。

是的，奧茲在序文裡告訴我們他為什麼要寫這本「不幸的家庭」的書。但讀者你我都可以提出一百個以上質疑。這麼豐富的文采，寫盡了兩個家族百年的源起、遷移至「沒有真正城市」的黎凡特重建家園……，而這只是「小說」（我可以稱它為小說嗎？）開頭的一部分而已，然後是作者的出生、成長、以色列建國、母親自殺、奧茲的離家前往基布茲……

即使這麼多的內容，也不過還是小說的一部分。沒有辦法，你只能一字字讀它，你會笑，你也會哭，雖然奧茲說：「當我寫下這幾頁書稿時，沒有眼淚，因為父親從根本上反對流淚。」但作為讀者的我們不妨縱情一哭，讓淚水洗滌我們因悲劇而暫得昇華的靈魂。

讀了《愛與黑暗的故事》，我們才知道奧茲之前的小說多多少少都有它的影子，之後寫的也帶有它的遺緒。但如果你以為奧茲只是一再重複自己，那就大錯特錯了。台灣已出版的奧茲作品都自有文學的原創性，值得一再品讀。

這次重讀它，卻傳來作者因病離世的噩耗。你真的無法從腦海中抹滅故事中那個聰明、淘氣、深愛父母的那個可愛的小男孩的印象，對照作者「以父母的父母的身份寫這部書，懷著憐憫、幽默、哀傷、諷刺，以及好奇、耐心和同情」的自我陳述，所謂「愛與黑暗」真確實有如千鈞之石，壓在心頭。

作者曾提醒我們，「我相信好奇能夠成為一種道德力量。我相信，對他者的想像可以療救狂熱與盲信」，而「讀外國小說，就好比是得到造訪別族家庭以及別國私宅的邀請」。沒錯，謝謝奧茲邀請我們，遠在數千里外的台灣，「受邀進入他們內心的悲傷，進入他們家庭的歡樂，進入他們的夢想」。

譯者序

一部經典的偉大著作

中國社會科學院外國文學研究所／鍾志清

《愛與黑暗的故事》是以色列傑出作家艾默思．奧茲（Amos Oz, 1939-2018）全部創作中最具有影響力的作品。這是一部帶有自傳色彩的長篇小說，也有許多評論家將其稱作回憶錄。其背景主要置於一九四〇至五〇年代的耶路撒冷、六〇至七〇年代的以色列基布茲以及十九世紀下半葉至二十世紀早期的歐洲（具體地說是烏克蘭的奧德薩和波蘭的羅夫諾）。它在講述一個猶太家族近百年榮辱故事的同時，又講述著猶太民族興衰的歷史，頗具史詩之風。

已故以色列著名文學批評家謝克德教授（Prof. Gershon Shaked）講過，奧茲對現代希伯來文學的最大貢獻之一，在於充滿詩意與張力的語言。正因為這種詩意與張力，造成翻譯的極大難度。儘管筆者在翻譯過程中曾經抱定一個信念：依賴希伯來文，力求表意精當；藉助英文，力求理解準確；得力於中文，力求傳達或切近原作之辭采與精神。但不時感受到駕馭奧茲在年逾花甲之際完成的這部恢宏之作的艱難，無論在文字上還是在思想上，均不同於以前翻譯奧茲《我的米海爾》和《黑盒子》時的體驗。我不禁感嘆，任何一部偉大的作品，均是作家經歷、智慧、學養、思想等諸多因素的結晶，而我已經過了「無知者無畏」的年齡，已經可以坦然面對自己與奧茲之間的差距了。

我的博士導師之一浦安迪教授（Prof. Andrew H. Plaks）稱這些挑戰正是對翻譯工作者的最好考驗，也是在迎接這些挑戰的幾百個日日夜夜中，我慢慢地感受到奧茲，一位十多年前便已經相識、並在同一個系工作四年、曾抽出多少個清晨課前一小時幫我解決《黑盒子》中翻譯難處的師長，慢慢向我走來，透過我，向中國的讀者傾訴心聲。感謝奧茲在我翻譯此書時的鼓勵與幫助：慷慨地允許我隨時參考他和劍橋大學德朗士教授（Prof. Nicholas de Lange）密切合作翻譯而就的英文譯本（Chatto & Windus, 2004），並把一份近半尺厚的希伯來文複印書稿贈送給我（在此之前筆者曾經從他那裡得到過一本希伯來文原版《愛與黑暗的故事》，〔Keter, 2002〕），上面有他給英譯者的眉批手跡，包括難點解釋、翻譯建議與刪節提示，而我在翻譯時主要依據的就是這部複印讀本。筆者在翻譯過程中，對書中原始注文一一予以標示，未加標示者均為譯注。譯文與注文中有任何錯誤或不妥之處，請大家不吝賜教並海涵。此外，筆者在翻譯過程中曾經參考大量歷史文獻，對書中所涉獵的文學作品一併參考了相關中文譯本，謹向相關作者與譯者致以誠摯的謝意。

最初和奧茲談起我已接受南京譯林出版社邀請決定翻譯他的作品時，奧茲曾經許下一個美好的承諾：「等《愛與黑暗的故事》中文版付梓之際，我將赴中國和你一起慶祝。」正是由於這個承諾，奧茲終於在二〇〇七年八月抵達北京。在中國社會科學院外國文學研究所主辦的「艾默思．奧茲作品研討會」上，諾貝爾獎得主莫言先生指出：「在《愛與黑暗的故事》這部長達六百多頁的巨著中，奧茲先生不僅寫了他富有傳奇色彩的家庭日常生活和百年歷史，而且始終把這個家庭——猶太民族社會的細胞——置於猶太民族和以色列國家的歷史與現實之中，產生了『窺一斑而知全豹』的驚人效果。這種以小見大的寫法，顯示了奧茲先生作為小說家的卓越才華，也為世界文學的同行們提供了可資借鑒的光輝樣本。」在莫言看來，奧茲先生不僅僅是個傑出的作家，也是一個優秀的社會問題專家，儘管他沒有刻意地表現小說之外的才華，但這部書還是讓我們看到了他在民族問題上、語言科學上、國際政治方面的學養和眼光。譯林出版社與中國社科院外文所在涵芬樓主辦了

《愛與黑暗的故事》的新書發表會，數十家媒體競相採訪，一時間文壇上掀起了一陣奧茲熱。

大凡優秀的作品，均經得起時間和歷史的考驗。十年過去了，華文讀者對奧茲的這種熱誠依然沒有減退，他們不間斷地發表對《愛與黑暗的故事》的看法與評論，對譯文予以多方鼓勵與建議，並以各種方式呼喚這部巨著的再版，《愛與黑暗的故事》成為中國大陸版權引進者譯林出版社的長銷書，迄今已經再版三次，第四版正在籌畫中。作為奧茲先生的多年譯者和希伯來文學研究者，我深為讀者對奧茲先生的這份真誠與厚愛感動。感謝木馬文化把《愛與黑暗的故事》繁體版帶給台灣讀者，希望您也會喜歡這部被莫言稱作經典的偉大作品。

目錄

作者序

假如你一定要我用一個詞形容我書中所有的故事，我會說：家庭。要是你允許我用兩個詞形容，我會說：不幸的家庭。要是你耐住性子聽我用兩個以上的詞來形容，那就請你坐下來讀我的書。

在我看來，家庭是世界上最為奇怪的機構，在人類發明中最為神祕，最富喜劇色彩，最具悲劇成分，最為充滿悖論，最為矛盾，最為引人入勝，最令人為之辛酸。因此，我主要描寫單一的主題，不幸的家庭。

我寫《愛與黑暗的故事》以揭示一個謎：聰慧、慷慨、儒雅、相互體諒的兩個好人——我父母——怎麼一同釀造了一場悲劇？怎麼竟是如此怪誕的方程式，也許好和好相加等於壞？

我在《愛與黑暗的故事》裡沒有找到謎底。《愛與黑暗的故事》的讀者，若是你希望在讀過數百頁之後發現究竟是誰犯下罪愆，那麼最好去讀別的書。

有些人撰寫回憶錄或自傳，開脫自己，證明自己的敵人有罪；或者證明作家本人一貫正確，其反對派永遠錯誤；或證明作家是一個出色的人，倘若他並不出色，便會歸咎於可怕的童年及其令人生厭的雙親，那麼無人可以期待從他那裡得到更多東西。

這種痕跡，你在《愛與黑暗的故事》中絲毫都找不到。我並非寫書向我的父母清算，也不是驅除我家庭和童年的惡魔。我來告訴你某些充滿悖論的東西：我的童年是悲劇性的——但一點也不悲慘；相反，我擁有一個豐富、迷人、令人滿足而又完美的童年，儘管為此我付出了高昂代價。

我並非寫書向父母告別。反而是在我覺得看見父母彷彿看見子女，看見祖父母彷彿看見孫兒孫女時，才開始寫。確實，在家庭悲劇發生之際，我父母比我兩個女兒現在的年齡還要年輕。因此我可以以父母之父母的身分寫這部書，懷著憐憫、幽默、哀傷、諷刺，以及好奇、耐心和同情。

我寫此書是為了把死者請到家中作客。此次，我是主人，而他們——死者，則是客人。請坐。請喝杯咖啡。吃蛋糕嗎？也許吃片水果？我們必須交談。我們有許多話要說。我有許多問題要問你們。畢竟，在那些年，在我的童年時代，我們從來沒有交談過。一次也沒有。一個字也沒有。沒有談論過你們的過去，也沒有談論過你們單戀歐洲而永遠得不到回報的屈辱，沒有談論過你們對新國家的幻滅之情，沒有談論過你們的夢想和夢想如何破滅，沒有談論過你們的感情和我的感情、我對世界的感情，沒有談論過性、記憶和痛苦。我們在家裡只談論怎樣看待巴爾幹戰爭，或當前耶路撒冷形勢，或莎士比亞和荷馬，或馬克思和叔本華，或壞了的門把、洗衣機和毛巾。

那麼請坐下，親愛的死者，跟我說說以前你們從未向我說起的東西，我也會講述以前不敢向你們講述的東西。之後，我將把你們介紹給我的夫人和孩子，他們從來都沒有真正了解你們。如果他們和你們彼此有些了解或許是件好事。而後你們結束來訪，將會離去。你們不會和我們生活在一起，只是要常來看看，坐上一會兒便離去。

是的，《愛與黑暗的故事》既非回憶錄，也非傳記，它是一個故事。比如，當我寫父母的臥室，寫我父母的父母，甚至父母、祖父母的臥室，我當然不能以研究為依據進行寫作。我只能詢問我的基因和染色體：親愛的基因，請把死者的祕密告訴我。基因向我講述了一切，事無巨細——畢竟我的基因與他們的相同。

我的家人在一九三〇年代來到以色列。《愛與黑暗的故事》反映了他們在新家園的生活情形，向當時統治那片土地的英國人、向後來試圖毀滅以色列國的阿拉伯人抗爭。它並非一部黑白分明的小說，而是將喜劇與悲劇、歡樂與渴望、愛與黑暗結合在一起。

他們對歐洲充滿失望的愛。如果要我們評判希伯來文學，便可以得出這樣一個結論：以色列全然充滿了渴望、創傷、侮辱、夢魘、歷史性的希望和單戀——單戀歐洲，或單戀東方，單戀聖經時代的烏托邦，或空想社會主義烏托邦，或小資產階級烏托邦。我父母和我所有的親人都是歐洲人，他們是熱忱的親歐人士，能使用多種語言，宣導歐洲文化和遺產，推崇歐洲風光、歐洲藝術、文學和音樂。

我父親總是苦澀地打趣：三種人住在捷克斯洛伐克，一種是捷克人和斯洛伐克人，一種是捷克斯洛伐克人，第三種就是我們，猶太人。在南斯拉夫有塞爾維亞人、克羅埃西亞人、波士尼亞人，也有南斯拉夫人——然後是我們，猶太人。

許多年過去後，我才理解在這連珠妙語的背後，隱藏著多少悲哀、痛苦、傷心和單戀。

我父親能讀十六種語言，講十一種語言，我母親講五、六種語言，但他們只是非常嚴格地教我希伯來語。在一九四〇年代，他們不想讓我懂任何歐洲語言。也許他們害怕，即使我只懂一門歐洲語言，一旦長大成人，歐洲致命的吸引力就會誘惑我，使我如中花衣吹笛手的魔法而前往歐洲，在那裡遭到歐洲人殺害。

整個童年，父母都在告訴我，我們的耶路撒冷成為真正城市的那一天將會來臨，不是在他們的有生之年，而是在我的有生之年。我不理解，也不能理解，他們所說的「真正城市」是什麼意思。像我那樣的小孩不知道其他城市，即便台拉維夫對我來說也是一個遙遠的童話。

而今，我理解了，家人所說的「真正城市」是指城中央有小河潺潺，各式小橋橫跨其上：巴洛克式小橋，或哥德式小橋，或新古典式小橋，或諾曼式的小橋，或斯拉夫式的小橋。

我將告訴死去的人和活著的人，猶太人和歐洲人的對話尚未結束，萬萬不能結束。我們有許多東西要探討，我們確實有許多東西需要爭論。我們有理由痛心，有理由憤怒，但是更新我們和歐洲談話的那一刻已經來臨——並非在政治層面。我們需要談論現在與未來，也應該深入談論過去，但有個嚴格條件：我們始終提醒自己我們不屬於過去，而是屬於未來。

二〇〇七年六月十九日於阿拉德

艾默思・奧茲與父母合照

1

我在樓房最底層一間狹小低矮的房子裡出生、長大。父母睡沙發床，晚上拉開的床從牆這頭攤到牆那頭，便幾乎占滿了整個房間。早上起來，他們得把床上用品收進下面床屜裡，把床墊翻過來摺攏，用淺灰床罩罩得緊實，上面再放幾個繡花靠墊，夜間睡覺的所有痕跡霎時蕩然無存。他們就是這樣把自己的房間當作臥室、書房、圖書室、餐廳和客廳。

他們房間的對面是我的小綠房，一個大肚子的衣櫥占去了房間的一半。這房子的通道昏暗、狹窄而低矮，有點彎曲，像一條逃獄的地道，將兩個小房間與簡易廚房和廁所連接起來。囚禁在鐵籠裡的一只光線暗淡的燈泡，即使白天也向走廊投射出陰鬱的微光。兩個房間的前部都只有一扇窗子，窗子由金屬遮簾護衛著，每次瞇起眼睛使勁要看看東邊的風景，卻只能看到一棵布滿塵埃的柏樹，還有粗石壘就的矮牆。透過廚房和廁所後牆上高高的小天窗，可窺見一座小型監獄的院落，院子為高牆環繞，鋪著水泥地面，栽在鏽跡斑斑橄欖罐中的一棵沒有神采的天竺葵，見不到一線陽光，正漸漸死去。小天窗的窗台上，長年累月放著密封的醃黃瓜罐，還有一只有裂縫的花瓶權充花盆，種著一株頑固不化的仙人掌。

實際上，這是一間地下室，從小石山坡鑿出來的，作為樓房的一樓。小山是緊挨著我們的鄰居——一座沉重、內向、安靜的鄰居。蒼老、憂鬱的小山，具有單身男子的習性，總是一言不發。昏昏欲睡、孤高冷漠的小山，從來不吱嘎拖動家具，不招待客人，不發出聲響，不打擾我們，但這陰鬱的鄰居總從它和我們的共用牆滲透過來陰冷暗淡的沉寂和潮濕，如一股輕微卻執拗的霉味。

這樣一來，即使在盛夏，我們家也會領略到一絲冬意。

客人會說，在熱浪中，你們這裡向來滿舒服的，這麼涼爽、清新，真的涼颼颼的，但你們冬天怎麼受得了呢？潮氣不會從牆上滲進來嗎？冬天在這裡不覺得有點沮喪嗎？

＊

家裡到處是書。父親能讀十六、七種文字，能說十一種語言（都帶有俄語口音）。母親講四、五種語言，能看懂七、八種。當他們不想讓我聽懂他們的談話時，便用俄語或波蘭語交談。（這樣的情況居多。母親偶爾當著我的面用希伯來語提到大種馬時，爸爸便會憤怒地用俄語朝她咆哮：妳這是怎麼啦？沒看見孩子就在那裡嗎？）出於文化方面的考量，他們大都讀德文和希伯來文書，大概用意第緒語做夢。但是他們只教我希伯來語。也許他們害怕懂多種語言會使我受到奇妙而富有殺傷力的歐洲大陸的誘惑。

按照父母的價值標準，越西方的東西越被視為有文化。雖然托爾斯泰和杜思妥也夫斯基非常貼近他們的俄國人心靈，但我認為，德國人——儘管出了希特勒——在他們看來比俄國人和波蘭人更文明；法國人——比德國人文明。英國人在他們眼中占據了比法國人更高的位置。至於美國人——他們還拿不準，畢竟那裡在屠殺印第安人、搶劫郵政列車、淘金，還騷擾女孩。

歐洲對他們來說是一片禁止入內的應許之地，是人們所嚮往的地方，有鐘樓，有用古老石板鋪設的廣場，有電車軌道，有橋梁、教堂尖頂、遙遠的村莊、礦泉療養地、一片片森林、皚皚白雪和牧場。

在我整個童年時代，「農舍」、「牧場」、「養鵝女」等詞語一直對我有著誘惑力，讓我興奮不已。它們具有真正舒適世界裡的感官韻味，遠離布滿灰塵的白鐵皮屋頂，遠離滿是廢鐵、薊草的城市荒地，遠離承受炎炎夏日重壓的耶路撒冷那焦渴的山坡。我無數次喃喃自語「牧場」——就能聽到脖子上掛著小鈴鐺的母牛們的哞哞叫聲，聽到小溪的潺潺流水；我閉上雙眼，就能看到赤腳的養鵝女，在我什麼都還不懂時，她散發的魅力就能讓我落淚。

*

一年年過去，我逐漸意識到一九二〇、三〇乃至四〇年代，英國人統治下的耶路撒冷是一座迷人的文化之都，有偉大的商人、音樂家、學者和作家，例如馬丁·布伯[1]、格舒姆·舒勒姆[2]和阿格農[3]，以及許許多多傑出的研究者和藝術家。有時，當我們經過本耶胡達街或本梅蒙大道時，爸爸會悄聲對我說：「瞧，那是國際知名的大學者。」我不知道他是什麼意思。我以為國際知名與兩條瘦腿有關，因為被談及的人大都上了年紀，用拐杖探路，兩隻腳趺趺撞撞，就連在夏天也穿著厚毛衣毛褲。

我父母所景仰的耶路撒冷離我們的居住區十分遙遠，是在綠蔭蔥蘢的熱哈威亞，那裡花團錦簇，琴聲悠揚；是在雅法路或本耶胡達街上的三、四家咖啡館，那裡懸掛著鍍金枝形吊燈；是在YMCA或大衛王飯店裡的大廳。在那裡，追求文化的猶太人和阿拉伯人與富有教養的英國人舉止得體；在那裡，夢幻一般、脖頸頎長的女子身穿晚禮服，在藏青西裝筆挺的紳士懷中翩翩起舞；在那裡，寬宏大度的英國人和猶太文明人或受過教育的阿拉伯人共進晚餐；在那裡，舉行獨奏會、舞會、文學晚會、茶話會，以及賞心悅目的藝術座談會。也許這樣的耶路撒冷，和枝形吊燈與茶話會一道，只能出現在凱里姆[4]亞伯拉罕居民——圖書管理員、教師、職員和裝訂工人——的夢中。

無論如何，它沒有和我們在一起。我們居住的凱里姆亞伯拉罕區，屬於契訶夫。

多年後，當我閱讀契訶夫時，確信他就是我們當中的一員：凡尼亞舅舅就住在我們樓上，薩莫連科醫生在我發燒或得白喉時彎下腰，用寬大有力的雙手為我做檢查，患有習慣性偏頭痛的拉耶夫斯基是媽媽的二表哥，我們在星期六晚上一起到民族宮禮堂聽特里格林。

的確，我們周圍有著各式各樣的俄國人。有許多托爾斯泰式人物。有些人甚至長得就和托爾斯泰一模一樣。當我在某本書封底看到一幅棕色的托爾斯泰相片時，確信自己已經在我們當中看見他很多次了：他沿著馬拉哈伊街閒逛，或順著歐法迪亞街走去，頭上沒戴帽子，微風吹亂了他銀白的鬍鬚，如同先祖亞伯拉罕那樣令人敬畏，他目光炯炯，手持樹枝作為拐杖，一件俄式襯衫罩在燈籠褲外，用根長繩繫住腰身。

我們附近的托爾斯泰式人物（父母稱之為「托爾斯泰式奇科姆」）無一例外，皆是虔誠的素食主義者，對自然懷有深厚情感的世界改革派，追求符合道德準則的生活，熱愛人類，熱愛世上一切生靈，長期嚮往鄉村生活，嚮往在田野和果園從事簡樸農耕。然而，他們連自己的盆栽植物都種不

1 馬丁．布伯（Martin Buber, 1878-1965），生於德國，一九三八年移居耶路撒冷，著名猶太神學家，哲學家。

2 格舒姆．舒勒姆（Gershom Scholem, 1897-1982），生於德國，一九二三年移居耶路撒冷，著名歷史學家和猶太神祕主義學者。

3 施穆埃爾．約瑟夫．阿格農（Shmuel Yosef Agnon, 1888-1970），生於波蘭，於一九一三到二四年間居住在德國，後定居耶路撒冷，著名希伯來語小說家，一九六六年獲諾貝爾文學獎。

4 凱里姆（Kerem），在希伯來文中為「葡萄園」之意。「凱里姆亞伯拉罕」，意為「亞伯拉罕的葡萄園」，出自《聖經》。

好：或許澆了太多水，或許是忘了澆水，要不就是可惡的英國管理的錯，在我們的水裡放氯氣。

他們當中有一些則彷彿是直接從杜思妥也夫斯基筆下走出來的托爾斯泰式人物：飽嘗折磨，喋喋不休，欲望備受壓抑，對理念著迷。但是所有的人，無論是托爾斯泰式還是杜思妥也夫斯基式的人物，都居住在凱里姆亞伯拉罕，為契訶夫工作。

世界的其餘部分都被籠統地看作一個「大世界」。不過這個大世界也另有修飾詞：開明、外來、自由、虛偽。我幾乎只能從集郵冊上認識這個大世界：但澤、波希米亞和摩拉維亞、波士尼亞與赫塞哥維納、烏班基－夏利[5]、千里達及托巴哥，肯亞、烏干達和坦干依喀湖。那個大世界是如此遙遠、醉人、美輪美奐，但對我們來說非常危險，充滿了威脅。它不喜歡猶太人，因為猶太人雖然聰明、機智、成功，但喧鬧、粗魯。它也不喜歡我們在以色列土地上所做的一切，因為它就連給我們這樣一個由沼澤、卵石和沙漠組成的狹長地帶都很勉強。在那個大世界裡，所有的牆壁爬滿塗鴉：「猶太佬，滾回巴勒斯坦！」於是我們回到了巴勒斯坦，而現在整個大世界又朝我們叫嚷：「猶太佬，滾出巴勒斯坦！」

不光整個世界是那麼遙遠，就連以色列土地也十分遙遠。在那裡，在山那邊，一種新型的猶太英雄正在湧現。他們皮膚黝黑、堅韌頑強、沉默寡言，與流放中的猶太人截然不同，與凱里姆亞伯拉罕的猶太人也完全不一樣。這些青年男女是拓荒者，英勇無畏，粗獷強健，與漫漫黑夜交好，超越了所有界限，在青年男女關係上也沒有任何忌諱。他們對所有事情都滿不在乎。亞歷山大爺爺有一次說：「他們認為將來這樣的事情會很簡單，小夥子只是到一個女孩那裡提出要求就行了，或許女孩甚至連等都不等小夥子開口，自己就會向小夥子提出要求，就像討杯水。」缺乏想像力的比札勒叔公則帶著克制的憤怒說道：「這些十足的布爾什維克主義就這樣把所有的神祕感都毀了？就這樣把所有的情感都抹殺了？就這樣把我們的整個生活變成了溫吞水？」尼海米亞大叔從角落裡突然冒出兩句歌詞，聽起來像走投無路的野獸在咆哮：「啊，道路是如此漫長曲折，越過高山，越過平原，啊，媽媽，我在熱浪中、在風雪中尋找妳，我思念妳，可妳越來越遙遠，嗨勒嗨……」接著琪波拉伯母用俄語說：「夠了，夠了。你們發瘋了嗎？孩子會聽見你們說話的！」就這樣他們說起了俄語。

＊

拓荒者生活在加利利、沙崙平原和山谷區，不在我們的視野中。那些小夥子粗獷熱心、少言多思，女孩們高大強壯、坦率自律，他們看起來什麼都懂，什麼都理解。他們了解你，了解你為何羞怯不安，他們依然深情、嚴肅，滿懷敬意地待你，不把你當孩子，而是把你當成人，儘管是小一號的成人。

在我眼中，這些男男女女的拓荒者強悍、認真，老成持重，他們會圍坐在一起唱令人心碎的渴望之歌，唱譏諷嘲弄的歌，唱肆無忌憚的貪欲之歌；要不就瘋狂地跳舞，彷彿超越了肉體。但是他們也能夠享受孤獨與內省，能夠露宿街頭，睡帳篷，從事艱苦的勞作，唱著「我們總是整裝待命」、「你的男孩們曾用犁頭帶給你和平，而今他們用槍桿子帶來和平」、「把我們派往哪裡，我們就走向哪裡」。他們能騎烈馬，或駕駛履帶粗寬的拖拉機。他們講阿拉伯語，知曉每個山洞和每條幽谷，會用槍，會丟擲手雷，而且還閱讀詩歌和哲學。他們勤學好問，含而不露，就連在夜晚躺在

5烏班基—夏利（Oubangui-Chari），即今中非共和國，當時仍為法屬領地。

帳篷裡那短短的時間，也藉著燭光低聲談論生活，談論在愛情與責任、民族利益與普世正義之間所做的嚴酷抉擇。

有時，朋友和我一起去塔努瓦發貨場看他們乘坐著裝滿農產品的貨車，遠遠從山那邊來到這裡，「身著工作服，腳登笨重的膠鞋」，我通常走到他們的近旁，吮吸乾草的氣息和遠方飄來的醉人芬芳——那裡，的確發生著巨變。那裡，土地正在開墾，世界正在改革，那裡正在建造著一個新社會。那裡他們正在自然景觀和史冊上留下自己的痕跡，他們正在耕耘田地，種植葡萄園，他們正在譜寫新的詩篇，他們正拿起槍枝，騎上馬背，還擊進犯者，是他們把我們這些悲慘的軀體鑄成了戰鬥的國民。

我悄悄地夢見，他們有朝一日會把我一起帶走，把我也鑄造成戰鬥的國民。我的人生也變成了一首新歌，那人生純淨率真又簡單，就像熱天裡的一杯水。

*

在群山背後的遠方，是激動人心的城市台拉維夫。從那個地方給我們送來了報紙和關於戲劇、歌劇、芭蕾、夜總會的種種傳聞，還有現代藝術、黨派政治、激烈爭端的回響，以及含含糊糊的流言蜚語。在台拉維夫有了不起的運動健將。那裡有大海，大海裡滿是會游泳的古銅色皮膚的猶太人。在耶路撒冷誰又會游泳呢？誰聽說過游泳的猶太人？這些都是完全不同的基因，是一種突變，「像蝴蝶從蟲蛹中奇妙地再生」。

台拉維夫這個名字有一種特殊的魔力。我一聽到「台拉維夫」這個詞，腦海裡立刻浮現這樣一幅畫面：一個身穿深藍色男式背心、強健魯莽的小夥子，古銅色皮膚，寬闊肩膀，一個詩人—勞動者—革命家，一個無所畏懼的小夥子，他們稱之為「哈威爾曼」（非常容易相處的人），鬈曲的頭髮上戴著一頂破帽子，樣子隨意但撩人，嘴上叼著菸，在世界上哪個地方都優游自在：白日，他要不在田野裡勤奮務農，就是在攪拌沙子和泥漿；傍晚，他拉小提琴；夜深了，他和女孩們跳舞，或者在皎潔月光映襯下的沙丘上，對她們唱充滿深情的歌；黎明前，他帶上手槍或輕機槍從掩體走出，潛入夜色之中，守護著房屋和田野。

台拉維夫是那麼的遙遠！在我整個童年時光，我至多到台拉維夫去過五六次，我們偶爾到那裡和姨媽們一起過節。不光是那時台拉維夫的日光與耶路撒冷的日光同今天相比大為不同，就連萬有引力定律也截然不同。在台拉維夫人們走路的方式都不一樣，他們健步如飛，如阿姆斯壯[6]在月球上飄浮。

在耶路撒冷，人們走路的方式倒像是參加葬禮，要不就像聽音樂會遲到的人：先踮起腳尖，測試著地面，然而一旦他們放下腳，就不急著前行了。我們等了兩千年才在耶路撒冷找到了立足之地，實在不願立刻離開。要是我們一抬腳，別人就會立刻把我們那一小塊地方拿走。另一方面，你一旦把腳抬起，就不要急急忙忙落下——誰知道你是不是有踩到蛇窩的危險呢。幾千年來，我們為自己的衝動魯莽付出了血的代價，一而再再而三地落入敵人的魔爪，因為我們沒看地方就落了腳。這多少就是耶路撒冷人的腳步吧。但是在台拉維夫，呵！整座城市就像個大蚱蜢。人在騰騰跳動，房屋、街道、廣場、海風、黃沙、林蔭大道，甚至連天上的雲彩都在跳動。

一次，我們到台拉維夫去慶祝逾越節[7]之夜，第二天早早起來，大家都在睡覺，我穿上衣服，

6 阿姆斯壯（Neil Armstrong），美國太空人，一九六九年七月乘太空船登上月球，成為人類登陸月球的第一人。
7 猶太人重要節日之一，紀念摩西帶領以色列人出埃及。

走出家門，獨自到一個小廣場去玩。小廣場上有一兩張長椅，一座秋千，一個沙坑，三四棵小樹，鳥兒已經在上面嘰嘰喳喳了。幾個月後過新年，我們又到台拉維夫旅行，那個小廣場已經挪地方了。它同小樹、長凳、沙坑、飛鳥和秋千一起被搬到了街道的另一頭。我大吃一驚，搞不懂本－古里昂[8]和正式組成的政府單位怎麼會允許這種事情發生。怎麼回事？誰一下子把整個廣場給搬走了？明天是不是該搬橄欖山？搬大衛塔？會不會連哭牆也搬走？

耶路撒冷人帶著嫉妒、驕傲、羨慕、稍許還有一點信心，談論台拉維夫，彷彿台拉維夫是猶太民族一個至關重要的祕密規畫，一個最好不宜過多談論的規畫，似乎隔牆有耳，處處潛伏著敵方間諜和特工人員。

台拉維夫，大海，日光，藍天，沙地，鷹架，林蔭大道兩旁的電話亭，一座正在興建的新城，線條簡單，在柑橘園和沙丘間崛起。不只是你買票乘坐埃格德客運公車去旅行的地方，而且也是一個不同的大陸。

*

多年來，我們和台拉維夫的親戚透過電話進行固定的聯繫。我們每隔三、四個月打一次電話給他們，儘管我們和他們都沒有安裝電話。首先我們寫信給哈婭姨媽和茨維姨父，信中寫道，本月十九日星期三（星期三那天茨維三點鐘從健康診所下班），五點鐘我們會從我們這裡的藥房往他們那裡的藥房打電話。信提前許久就發出了，我們等待回覆。哈婭姨媽和茨維姨父要我們放心，本月十九日星期三那天對他們絕對合適，他們當然會在五點鐘之前就等在藥房裡，要是我們五點鐘沒打成電話也不要著急，他們不會走開。

我不記得我們是不是穿上最好的衣服去藥房打電話到台拉維夫，但要是穿了也不足為奇。那是一項隆重的使命。早在星期天，爸爸就對媽媽說：范妮婭，妳記得這星期要打電話給台拉維夫嗎？星期一媽媽會說，阿里耶，後天可別回來晚了，以免把事情搞砸了。星期二，他們二人對我說，艾默思，千萬別給我們弄出什麼意想不到的事情來，你聽見了，不要生病，你聽見了，別凍著，明天下午之前別摔跟頭。那天晚上他們會對我說：早點睡吧，這樣明天打電話時才會有力氣，我不想讓你被那邊聽上去像沒吃飽飯似的。

興奮之情就這樣醞釀出了。我們住在艾默思街，離澤弗奈亞街上的藥房有五分鐘的路，但是三點鐘時，爸爸對媽媽說：「現在妳別開始做什麼新活兒了，這樣就不會把時間搞得緊繃繃的。」

「我一點事也沒有，可是你，在讀書呢，你可別忘得一乾二淨。」

「我？我會忘？我一會兒就看一下錶。艾默思會提醒我的。」

你瞧，我只有五、六歲，已經承擔了歷史責任。我沒有手錶，也不可能有，所以每隔一會兒我就奔向廚房看看掛鐘，接著我就會宣布，如同太空船發射倒數計時那樣：還有二十五分鐘，還有二十分鐘，還有十五分鐘，還有十分半鐘——那時我們就會起身，仔細地把前門鎖好，走出家門。我們三人一行左轉走到奧斯特先生的雜貨店，右轉到澤卡賴亞街，左轉到馬拉哈伊街，右轉到澤弗奈亞街，直直走進藥房說：「您好啊，海涅曼先生，近來如何？我們是來打電話的。」

他當然知道，星期三我們會來打電話給遠方的台拉維夫親戚，他也知道茨維在健康診所上班，哈婭則在勞動婦女同盟擔任要職，伊戈爾長大要當運動員，他們是歌達·邁耶森（即後來的歌達·

8 本－古里昂（David Ben-Gurion, 1886-1973），以色列第一任總理。

梅爾[9]）和米沙·庫羅德尼（在我們這裡被稱作摩西·庫勒[10]）的摯友，但我們還是會提醒他：「我們來打電話給台拉維夫的親戚。」海涅曼先生會說：「行，當然可以。請坐。」接下來，他會說個他經常講的有關電話的笑話：「一次，在蘇黎世的猶太復國主義[11]大會上，側間裡突然傳來震耳欲聾的可怕聲響。伯爾·洛克[12]問哈茲菲爾德[13]出什麼事了，哈茲菲爾德解釋說，是盧巴蕭夫[14]同志在對耶路撒冷的本-古里昂講話。『對耶路撒冷講話，』伯爾·洛克說，『他怎麼不用電話呢？』」

爸爸會說：「我現在要撥號了。」媽媽說：「還早呢，阿里耶。離約定的時間還有好幾分鐘呢。」他會說：「沒錯，可是接通也需要時間。」（那時還沒有直撥電話。）媽媽說：「是啊，可要是我們一下子就接通該怎麼辦？他們還沒到呢。」爸爸回答說：「若是那樣，我們過會兒再試一次不就得了。」媽媽說：「不行，他們會擔心的，他們會認為沒接到我們的電話。」

就在他們爭論不休的當口，時間差不多就五點鐘了。爸爸拿起話筒，站在那裡，對接線生說：「午安，女士。請接台拉維夫六四八。」（諸如此類的話，我們還是處在三位數字的世界。）有時接線生會說：「請等幾分鐘，先生，郵政局長正在打電話。」或者是西頓先生，或者是納沙什維先生。我們有些緊張，因為不知道會出什麼事，他們在那邊會怎麼想呢？

我能夠想像，僅僅這樣一條線把耶路撒冷和台拉維夫連接在一起，又透過台拉維夫與世界相連。倘若這條線占線（實際上它總在占線）我們和世界的聯繫則被切斷。這條線蜿蜒而去，穿越荒野和岩石，穿越小山和峽谷，我想這是一個偉大的奇蹟。我顫抖起來——要是野獸夜裡來咬線會怎麼樣呢？要是壞人把電話線切斷會怎麼樣呢？要是雨水滲進去會怎麼樣呢？要是著火會怎麼樣呢？天曉得。這條線彎彎曲曲，那麼脆弱，沒有人把守，又日曬雨淋，天曉得。我對架設這條線的人充滿了感激，那麼勇敢無畏，那麼心靈手巧，從耶路撒冷往台拉維夫架條線，可不是件易事。我從自己的體會中得知這件事有多難：一次我們從我住的房間向艾利亞胡．弗里曼家拉條線，中間只隔著兩家住戶和一個花園，那真是一大工程，要經過樹木、鄰居、棚屋、籬笆牆、台階、灌木。

等了一會兒，爸爸確信郵政局長還是納沙什維先生一定說完話了，於是再次拿起話筒對接線生說：「請原諒，女士，請再幫我接台拉維夫六四八。」她會說：「我記下來了，先生。請等一等。」（要不就是：「請耐心一點。」）爸爸說：「我等了，女士，等很正常，可別人也在電話那頭等著呢。」他這麼對她加以禮貌的暗示，儘管我們是真正的文明人，但我們的忍耐也是有限度的。我們很有修養，但我們不是好欺負的。我們可不是任人宰割的羔羊。那種誰都能對猶太人為所欲為的想法，已經徹底結束了。

接著，藥房裡的電話突然響了起來，這響聲總是那麼激動人心，那是個奇妙的瞬間，談話基本是這樣的：

---

9 歌達．梅爾（Golda Meir, 1898-1978），梅爾夫人，以色列政府第一位女總理。以色列建國初期相繼擔任勞工部長和外交部長。

10 摩西．庫勒（Moshe Kol, 1911-1989），以色列內閣部長，政界領袖。

11 猶太復國主義（Zionism），又稱錫安主義，由猶太人發起的一種政治運動，也泛指支持猶太人在以色列土地建立家園的一種意識形態。現代猶太復國主義的起源很大程度上是對十九世紀時席捲俄國、整個歐洲及穆斯林世界的反猶太主義的一種回應。

12 伯爾．洛克（Berl Locker, 1887-1972），猶太復國主義領袖之一。

13 哈茲菲爾德（Harzfeld），一八八八年年生於俄國，一九一四年移居巴勒斯坦，熱中於購買土地與定居事業。

14 盧巴蕭夫（Rubashov），即札勒曼．夏札爾（Shneur Zalman Shazar, 1889-1974），以色列第一任教育和文化部長，以色列第三任總統。

「嗨，是茨維嗎？」

「我是。」

「我是阿里耶，耶路撒冷的。」

「是，阿里耶，嗨，我是茨維，你們好嗎？」

「我們一切都好。我們在藥房裡打電話給你們。」

「我們也是。有什麼新消息嗎？」

「沒什麼新鮮的。你們那邊呢，茨維？近來如何？」

「一切都好。沒什麼特別的。就那樣。」

「沒有消息就是好消息。我們這裡也沒有新鮮事。我們都很好。你們呢？」

「也很好。」

「太棒了。現在范妮婭要和你們說話了。」還是那套：你好嗎？有什麼新情況嗎？接著：「現在艾默思要說幾句。」整段談話就是這樣。你好嗎？很好！這樣的話，我們很快會再聊天。很高興跟你們聊聊。我們也很高興。我們寫信約定下次打電話的時間。我們再聊。好啊。一定要聊的。再見。希望很快見面。再見。保重。一切順利。你們也是。

*

但這不是開玩笑：生活靠一根細線維繫。我現在明白，他們一點也不知道能否真的再次交談，或許這就是最後一次，因為天曉得將會出什麼事，可能會發生騷亂，集體屠殺，血洗，阿拉伯人可能會揭竿而起把我們全部殺光，可能會發生戰爭，可能會出現大災難，畢竟希特勒的坦克從北非和高加索兩面夾擊，幾乎要抵達我們的門口了，誰知道等待我們的會是什麼。空洞無物的談話實則並不空洞，只是笨拙罷了。

那些談話如今向我顯示的則是，當時對他們來說（對所有的人，不光是對我父母），表達個人情感多麼艱難。對他們來說表達公共情感沒有絲毫困難——他們是有情人，他們知道如何說話。啊哈，他們多會說話啊！他們能夠連續數小時用充滿激情的語調談論尼采、史達林、佛洛伊德、亞波亭斯基[15]，能將所知道的一切傾囊而出，一掬同情之淚，抑揚頓挫地論證殖民主義、反猶主義、正義、「農業問題」、「婦女問題」、「藝術對生活問題」；但是一旦要他們表達私人情感時，總是把事情說得緊張兮兮，乾澀不已，甚至誠惶誠恐，這是一代又一代遭受壓抑與否定的結果。事實上是雙重否定，雙重約束，歐洲中產階級的規矩強化了虔誠猶太社群的限制。似乎一切均「被禁止」，或「不得如此」，或「不宜」。

除此之外，還有語詞的巨大缺失。希伯來語仍舊不算足夠自然的語言，它當然不是一門親密語言，當你講希伯來語時，難以知道說出之後的真正含義。他們從來不能確保說出來的事情不滑稽可笑，滑稽可笑是他們日日夜夜所懼怕的，真是怕死了。即使像我父母那樣精通希伯來語的人，也不能說完全掌握了希伯來語。為追求準確，他們講話時總是放不開。他們經常改變主意，再次系統闡述剛剛說過的話。或許近視眼的司機就是這種感覺，深夜開著陌生車子在陌生城市裡試圖駛出彎彎曲曲的小路。

一個星期六（安息日），媽媽的一個朋友前來探望我們，她是老師，名叫莉莉亞·巴-薩姆

---

15 亞波亭斯基（Vladimir Ze’ev Jabotinsky, 1880-1940），生於烏克蘭奧德薩，早期猶太復國主義代表人物之一。

哈。每當客人在談話時說「我膽怯」或者說「他處在膽怯狀態」時，我就放聲大笑。在日常希伯來俚語裡面，她所用「膽怯」一詞意為「放屁」。他們不知道我為何要笑，也許知道，卻佯裝不知。爸爸在說「軍備競賽」或者抗議北約國家決定重新武裝德國以威懾史達林時，也一樣。他不知道他所使用的書面語「軍備」在時下希伯來俚語裡是「性交」的意思。

爸爸在我說「搞定」——一個絕對無辜的辭彙時，總是把臉一沉，我總也不明白這個詞為何讓他那麼緊張。他當然從未解釋過，我也不可能問。多少年過去了，我才知道在三〇年代（那時我還沒有出生），「搞定」是指使一個女子懷孕又不跟她結婚的意思。有時口語「搞定她」似乎就是指睡了她。「深夜在貨倉裡，他把她搞定了，早晨某某人方知他與她素不相識。」於是，要是我說「烏里姊姊給搞定了」什麼的，爸爸便會噘起嘴唇，皺起鼻根。他當然不會向我解釋什麼——怎麼解釋呢？

他們私下相處時，從來不講希伯來語。或許在最私下的時刻，他們什麼話也不說。一言不發，因為害怕看上去滑稽可笑或者聽上去滑稽可笑，這給一切蒙上了陰影。

2

表面看來，在那些日子，拓荒者站在聲望之梯的最高端，然而拓荒者住得離耶路撒冷非常遙遠，住在山谷、加利利，以及死海岸邊的荒野裡。猶太民族基金會海報上展示了他們那吃苦耐勞、憂心忡忡的剪影，鎮定自若地站在拖拉機和犁過的土地間，令我們欽佩不已。

站在拓荒者下面一級雲梯上的是其「隸屬成員」，他們穿著背心在夏日陽台上看社會主義報紙《達瓦爾》[1]，是勞動者同盟、先鋒隊和健康基金會成員，身穿卡其布服裝，自願捐款給公共資金，吃沙拉配蛋捲和優酪乳，自律甚嚴，有責任感，生活方式扎扎實實，是土生土長的產品，勞工階級，恪遵黨規，是別具特色的罐頭產品裡味道溫和的橄欖，「天藍藍，海藍藍，我們在這裡建港灣，建港灣」。

與這一既定團體相抗衡的是「不隸屬者」，別稱恐怖主義者，以及住在百門區的虔誠猶太人、仇視猶太復國的極端正統共產主義者；還有一群混雜的烏合之眾，包括行為古怪的知識分子、野心家，以及自我中心、見多識廣、浪跡天涯之人；還有各式各樣的棄兒、個人主義者和猶豫不決的虛無主義者、沒能擺脫德國作風的德國猶太人、親英的勢利小人，以及富有的法國式黎凡特[2]人，他們

1《達瓦爾》是猶太人在巴勒斯坦辦的第一份希伯來語報紙。希伯來語音譯，字面意思為「事」。

2黎凡特（Levant），指包括地中海東部附近諸島及沿岸諸國在內的地區，希臘、埃及、敘利亞、黎巴嫩、巴勒斯坦均含在內。

的誇張行徑在我們看來像是盛氣凌人的男管家。接著是葉門人、喬治亞人、北非人、庫德人和薩洛尼卡[3]人，他們絕對都是我們的兄弟，他們毫無疑問都是大有可為的人類資源，可是有什麼辦法呢，你得在他們身上投入大量耐心和努力。

除去這些，還有難民、倖存者，我們對待他們既憐憫，又有某種反感。這些不幸的可憐人，他們選擇坐待希特勒的擺布而不願把握時間來到此地，這難道是我們的過錯嗎？為什麼他們像羔羊被送去屠宰卻不聯手奮起反抗呢？要是他們不再用意第緒語大發牢騷就好了，不再向我們講述他們在那邊遭遇的一切就好了，因為那邊所發生的點點滴滴對他們或我們來說都不是什麼榮耀之事。無論如何，我們在這裡要面對未來，而不是面對過去，倘若我們重提往事，那麼從《聖經》和哈斯蒙尼時代，我們肯定有足夠的鼓舞人心的希伯來歷史，不需要用令人沮喪的猶太歷史去玷汙它。猶太歷史不過是堆沉重的負擔（他們總是用意第緒語詞彙 tsores 來形容，臉上還流露厭惡之情，於是孩子意識到這些 tsores 是某種痼疾，屬於他們，而不屬於我們）。在倖存者中，有利赫特先生，周圍的孩子管他叫「百萬孩子」，他在馬拉哈伊街上租了一間小房子，夜間睡在床墊上，白天捲起鋪蓋，做「乾洗和蒸汽熨燙」生意，總是耷拉著嘴角，露出輕蔑和厭惡的神情。他習慣性地坐在小店門口等候顧客光臨，每當鄰居家的孩子經過時，他總是朝一旁吐口唾沫，噘起的雙唇間擠出幾句話：「百萬孩子被他們殺了！你們這樣的小崽子！屠殺了他們！」他說此話時，並非含著悲傷，而是帶著仇恨、憎惡，彷彿在詛咒我們。

*

在拓荒者和不幸的小販之間的天平上，我父母沒有清晰界定的位置。他們一隻腳踏在隸屬團體裡（他們是健康基金會成員，捐款給社區基金），另一隻腳則懸在空中。爸爸心底接近不隸屬者的觀念，從亞波亭斯基分裂出來的新猶太復國主義思想，儘管他離這些人的槍炮非常遙遠。頂多用他的英語知識為地下工作服務，為不定期出版的富煽動性的非法小冊子《背信棄義的阿爾比恩[4]》撰稿。熱哈威亞區的知識分子對父母具有強烈的吸引力，但是馬丁．布伯宣導的和平主義理想，即在猶太人和阿拉伯人之間建立一往情深的密切關係，完全摒棄建立希伯來國家的夢想，以便阿拉伯人能夠憐恤我們，恩准我們住在他們腳下，這樣的觀念在我父母看來，是一種沒有骨氣的撫慰，一種怯懦的失敗主義，表現出猶太人在漫長的流放過程中所體現出來的性格特徵。

我母親原來在布拉格大學讀書，在耶路撒冷的希伯來大學完成學業，幫準備考試的學生上家教，講述歷史和文學。我父親在維爾納（今天的維爾紐斯）大學得到學位，又在耶路撒冷希伯來大學守望山[5]校園獲得碩士學位，但他在希伯來大學沒有機會獲得教職。當時耶路撒冷有資格的文學專家遠遠超過學生人數。更為糟糕的是，許多任課教師擁有真正的學位，即從著名的德國大學獲得的光燦燦文憑，而不是像父親那樣拿的是波蘭人／耶路撒冷人的蹩腳證書。於是他在守望山的國家圖書館謀到一個圖書管理員的職位，夜晚坐在那裡撰寫希伯來中篇小說論和簡明世界文學史。我父親是位頗富教養、彬彬有禮的圖書管理員，表情嚴肅而羞怯，他繫著領帶，戴著一副圓眼鏡，身穿一件有些破舊的西裝上衣。他向比自己地位高的人點頭哈腰，跳上前去為女士開門，執著地行使著

3 薩洛尼卡（Salonica），古名帖撒羅尼迦（Thessaloniki），為希臘第二大城市。
4 阿爾比恩（Albion），為英格蘭的古名，常用於詩歌中。
5 守望山（Mount Scopus），根據希伯來文意譯，有時亦根據發音稱作斯克普斯山。

那麼一點點權利，充滿激情地用十種語言引用詩歌，總是表現出友善並好玩的樣子，不住地重複一模一樣的玩笑曲目（他稱之為「趣聞軼事」或「插科打諢」）。然而他的這些玩笑一般說來講得比較費勁，不是日常生活中的幽默，而是就我們在艱難時世裡有義務取悅他人所做的積極表態聲明。

每當父親面對身穿卡其布衣的拓荒者、革命者、由知識分子變身的勞動者時，就有一些迷惘。在其他地方，在維爾納或華沙，該如何對無產者說話，非常清楚。大家都知道他的確切位置，儘管如何向這個勞動者清清楚楚地證明你有多民主、多不俯就，端看你自己，但是在這裡，在耶路撒冷，一切都那麼模糊不清。並非像共產主義俄國那樣天地顛倒，只是模糊不清。一方面，父親絕對屬於中產階級，只是有一點中產偏下，但他受過教育，撰寫過文章和書籍，在國家圖書館有個不起眼的職位，而他的對話者是個汗流浹背的建築工人，身穿工作服，腳踏笨重的膠鞋；另一方面，也是這同一個工人，據說有化學文憑，同時又是堅定的拓荒者、大地之鹽、希伯來革命英雄、體力勞動者。相形之下，爸爸卻感到自己是——至少在心靈深處——沒有根基，是有兩隻左手的目光短淺的知識分子，有點像家園建設前線的棄兒。

*

我們多數的鄰居是小職員、小店零售商、銀行出納、電影院售票員、學校老師、家庭教師，還有牙醫。他們不是篤信宗教的猶太人，只在贖罪日[6]那天才去猶太會堂，偶爾也會在舉行歡慶聖法[7]儀式時去，然而在安息日夜晚點燃蠟燭，保存一絲猶太人的痕跡，或許也是為了安全起見，以防萬一。他們多多少少受過良好的教育，但是在這方面又有點不舒服。對於英國託管，對於猶太復國主義的未來，對於工人階級，對於當地的文化生活，對於杜林[8]攻擊馬克思，對於克努特·哈姆生[9]的長篇小說，他們都有明確的看法。那裡有形形色色的思想家和布道者，比如說：號召正統派猶太教信徒解除對斯賓諾莎[10]的禁令；或是全力以赴向巴勒斯坦的阿拉伯人解釋，他們並非真正的阿拉伯人，而是古代希伯來人的後裔；或者把康德和黑格爾的理念、托爾斯泰和猶太復國主義教義一股腦綜合起來，這種綜合將會使一種純粹而健康的絕妙生活方式在阿里茨以色列[11]誕生；或是提高羊奶產量；或者與美國甚至史達林結盟，目的是要將英國人驅趕出去；或是要大家每天早晨做簡單的運動，才不會心情鬱悶，還能淨化靈魂。

這些在星期六下午聚到我們小院裡啜飲俄式茶的鄰居，幾乎都是錯了位的人。每當有人需要修保險絲、換水龍頭或是在牆上鑽個小洞，大家都願意找巴魯赫，他是左鄰右舍唯一能做這樣奇事的人，所以人們都管他叫「金手指巴魯赫」。其餘所有人則知道怎樣用激烈言辭來分析猶太人民回歸

---

6 贖罪日（Yom Kippur），猶太民族最重要的節日之一，為猶太新年過後第十天，亦即每年提示利月第十日（西曆約十月）。虔敬的猶太人這天嚴格「禁食」，停止一切工作，到猶太會堂祈禱。在以色列國內，只有贖罪日這天電台、電視台停播所有節目。世界各地的猶太人通常也會到猶太會堂祈禱。

7 歡慶聖法節（Simhat Torah），又稱「轉經節」、「誦經節」，也是猶太新年重要節日之一，為住棚節後一天，猶太人在這一天結束為期一年的誦讀《妥拉》，又學習《妥拉》的第一部分內容，開始新一年的誦讀。《妥拉》（Torah）為希伯來語「律法」之意，指舊約聖經最初五卷，即《創世記》、《出埃及記》、《利未記》、《民數記》、《申命記》，又稱「摩西五經」。

8 杜林（Eugene Dühring, 1833-1921），德國哲學家。

9 克努特·哈姆生（Knut Hamsun, 1859–1952），挪威作家，一九二〇年諾貝爾文學獎得主。

10 斯賓諾莎（Baruch Spinoza, 1632-1677），十七世紀最重要的哲學家之一，生於荷蘭一名猶太商人之家，二十四歲時被開除教籍。

11 阿里茨以色列（Eretz Yisrael），希伯來語「以色列之地」之意，意指我們平常說的巴勒斯坦。

農業生活和體力勞動的重要性。他們聲稱，我們這裡的知識分子已經過剩，但是我們缺乏普通勞動者。然而我們的左鄰右舍，除「金手指巴魯赫」之外，幾乎看不到一個勞動者。我們也沒有舉足輕重的知識分子，大家都看許多報紙，大家都喜歡談天說地。其中一些人可能什麼都通，另一些可能比較機智，但多數人只是在不同程度上慷慨激昂地朗誦他們從報紙上、各種小冊子裡和黨派宣言中所看到的一切。

身為孩子，我只能朦朦朧朧地猜測到，他們在接受上茶時擺弄帽沿，或者要是母親欠身（只是微微）給他們加糖時，從她端莊得體的領口比平時多露出一點肌膚，他們就會羞紅臉頰，非常侷促不安，手指慌亂，試圖縮回去不要了。這些舉動與他們改變世界的願望之間存在著巨大鴻溝。

所有這一切出自契訶夫——也讓我感到有些鄉野土氣。在這世界上有些地方正在過真正的生活，那地方離這裡特別遙遠，是在希特勒上台之前的歐洲。在那裡每個夜晚都要點燃數百根蠟燭，女士先生們在橡木隔板裝潢的房間裡啜飲漂著一層奶油泡沫的咖啡，或者舒適地坐在懸有鍍金枝形吊燈、富麗堂皇的咖啡館，手挽手去聽歌劇或看芭蕾，從近旁觀察偉大藝術家的生活、撼人心魄的風流韻事、破碎的心、畫家的女朋友突然愛上了畫家最好的朋友，一位作曲家，半夜三更走出家門，任雨水打著頭頂，獨自站在古橋上，橋影在水中顫抖。

*

我們住的地方從來不會出現這種事，這只能出現在山那邊的遠方，出現在人們縱情度日的地區。比如在美國，那裡的人們淘金，搶劫郵政列車，把一群群牲畜驚得四處逃竄穿過無際的原野，誰在那裡殺的印第安人多就會贏得美人。這是我們在愛迪生戲院所看到的美國：漂亮女孩要賞給最優秀的射手。這樣的獎品有什麼用？我一點概念也沒有。要是我們在電影中看到的是個相反的美國，誰射殺女孩子多，誰到最後就可以得到一個英俊的印第安人做獎品，我也只得相信有這麼回事。無論如何，這就是遠方的世界。在美國，還有在我集郵冊裡出現的其他奇妙的地方，在巴黎，在亞歷山卓，在鹿特丹，在盧加諾，在比亞里茲，在聖莫里茲，神聖之人落入情網，彬彬有禮地互鬥，失敗、放棄掙扎、漂泊，在大雨滂沱的城市，坐在林蔭大道旅館那昏暗的酒吧裡獨酌，縱情度日。

就連在托爾斯泰和杜思妥也夫斯基的長篇小說裡，大家也總在探討主人翁縱情度日，為愛而死，或是為某種崇高的理想而死，或是心力交瘁而死。這些皮膚曬得黝黑的拓荒者也一樣，在加利利的某座山嶺，縱情生活。我們這地方，無人為耗盡體能、單戀或理想主義而死，人們不縱情生活——不光是我的父母，而是所有人都這樣。

*

我們有一條鐵律：不買任何進口商品，要是能夠買到相應的本地產品就不買外國貨。但是，當我們來到歐法迪亞街和艾默思街交會處奧斯特先生開的商店時，我們得選擇是買猶太合作社塔努瓦生產的基布茲[12]乳酪，還是買阿拉伯乳酪。阿拉伯乳酪是附近小村莊利夫塔自製的還是進口貨，可就難說了。的確，阿拉伯乳酪便宜一點。但你要是買阿拉伯乳酪，是不是就有點背叛猶太復國主義

12基布茲（kibbutz），其希伯來語詞根有「聚集」、「團體」之意，指以色列所特有的一種集體合作社區，人們在那裡一起勞動，財產共有。基布茲建立於二十世紀初期，在以色列國家建設中有重要作用，而今逐漸衰微。

了呢？有時，在某個基布茲或莫夏夫[13]，在耶斯列谷或加利利山巒，一個過度勞動的拓荒者女孩坐在那裡，或許眼中含淚，給我們包裝著希伯來乳酪——我們背棄她去買異族人的乳酪？我們有心肝嗎？另一方面，要是我們抵制阿拉伯鄰居的產品，我們便會加深並將永遠持續兩個民族之間的仇恨。我們將要為日後的流血衝突負有部分責任，這也是天理不容。確實，謙卑的阿拉伯農民，質樸、誠實，在土地上耕作，其心靈尚未遭到城市生活不良習氣的汙染，堪稱托爾斯泰筆下淳樸而心地高尚的農民們的黑膚兄弟！我們豈能沒心沒肝背棄他粗製的乳酪？我們豈能如此冷酷地去懲罰他？為了什麼？只因為不老實的英國人和邪惡的上流社會人士派些農民來反對我們嗎？不是的。這次我們決定買阿拉伯村莊裡產的乳酪，順帶一提，那味道確實比我們合作社生產的乳酪好，價錢也便宜一點。但是，另一方面，誰知道阿拉伯乳酪會不會不夠乾淨呢？誰知道他們那裡的乳製品店是個什麼樣子？要是現在知道，也太遲了，他們的乳酪有病菌怎麼辦？

病菌是我們最可怕的夢魘之一。就像反猶主義，你從未真正把目光投放在反猶主義或病菌上，但是你非常清楚知道它們在四面八方等待著你，看是看不到的。確實，我們誰都未曾看到病菌的說法並不確切，我就看到過。我曾長時間刻意盯住一塊舊乳酪，直至突然開始看見數以千計的小東西在上面蠕動。就像耶路撒冷的引力，那時的引力比現在大多了，病菌也又大又壯。我看到它們了。

在奧斯特先生的雜貨店裡，顧客之間可能會爆發小小的爭論：買或不買阿拉伯農民的乳酪？一方面，「慈愛自家中始」，所以只買合作社的乳酪是我們的責任；另一方面，「這律法是為你們和你們當中的寄居者」，所以我們又買阿拉伯鄰居的乳酪，因為「你們在埃及做過寄居者」[14]。不管怎麼說，想一想托爾斯泰懷著蔑視來看待這些人，他們買這種乳酪而不買那種乳酪只是因為宗教、民族或種族有別！那麼普世價值呢？人道主義呢？兄弟情誼呢？但是，就為了少花兩毛錢去買阿拉伯乳酪，而不去買為我們利益而奮鬥的拓荒者做的乳酪，何等可悲，何等軟弱，何等心胸狹隘！

可恥！可恥而丟臉！不是可恥，就是丟臉！整個生活充斥著諸如此類的可恥與丟臉。

*

還有另一個典型悖論：人們該不該送花慶祝生日？要是該送，送哪種花？唐菖蒲價格昂貴，但是有文化韻味，有貴族氣派，能夠傳情達意，不是帶有野生氣的亞洲雜草。我們可以隨意挑選許多秋牡丹和仙客來，可是過生日或慶祝圖書出版，送秋牡丹和仙客來不合適。唐菖蒲擁有獨奏會、盛大宴會、話劇演出、芭蕾舞、文化活動那種韻味，表達出深沉、纖細的情感。

於是，我們就送唐菖蒲。不問價錢。但問題是送七枝是不是太多？五枝是不是有點少？或許送六枝？要不乾脆就送七枝好了。不問價錢。我們可以在唐菖蒲周圍放一圈文竹，送六枝。另一方面，這樣做是不是有些過時了？唐菖蒲？而今哪兒還送唐菖蒲？在加利利，拓荒者相互送唐菖蒲嗎？在台拉維夫，誰掛心唐菖蒲？這樣做有什麼好處？買花只會浪費錢，四、五天就枯萎了。那我們該送什麼？送盒巧克力怎麼樣？巧克力簡直比唐菖蒲更為滑稽可笑。或許最妙的主意是拿些紙巾，要麼就是一套小杯托之類刻有花紋的銀製品，把手挺可愛，上熱茶時用，這倒不是虛飾的禮品，它們既美觀又實用，人們不會扔掉，而會用上幾十年，每當使用它們時，也許會在剎那間想到我們。

---

13 莫夏夫（moshav），希伯來語「聚落」、「村莊」之意，以色列的一種合作農場，與基布茲不同的是，農地與農產為私有制，只是共同運銷。

14《舊約．出埃及記》第二十三章第九節。

3

到處可見歐洲那個應許之地的各種使者。比如說小矮子，我指的是白天支撐百葉窗使之敞開的小個子男人，那些小小的金屬造型。每當你想關上百葉窗，就得旋轉它們，於是整個夜晚它們倒懸著頭。墨索里尼和他的情婦克拉拉在第二次世界大戰結束時就是這樣被倒掛在那裡的。那是恐怖的一幕，嚇人的一幕，恐怖和嚇人的並非他們被絞死的事實，他們是罪有應得，恐怖和嚇人的是他們倒懸著。我有點同情他們，儘管我不該如此：這簡直是發瘋了！同情墨索里尼，與同情希特勒幾乎一模一樣！可是我實驗過，我用雙腿夾住牆上的一根管子，大頭朝下，幾分鐘過後，血液全部湧向頭部，我感到暈眩。墨索里尼和情婦被那樣倒掛在那裡不僅僅是幾分鐘，而是三天三夜，是在他們被處決之後！我認為那是極其嚴酷的懲罰。即便是對屠夫；即便是對情婦。

並非我對情婦這一概念一無所知。在那些年月，整個耶路撒冷一個情婦也沒有。有「女伴」，有「伴侶」，有「具備雙重含義的女性朋友」，甚至有各式各樣的風流韻事。好比說，有這樣小心的傳言，說車爾尼安斯基先生和魯帕汀的女友之間有一腿，這害我的心怦怦直跳，意識到「有一腿」是個神祕致命的表達方式，將甜蜜、可怕、丟臉的東西隱藏起來。可是情婦呢？全然是《聖經》上的東西，比生活偉大的東西，是不可思議的。也許在台拉維夫有這樣的東西，我認為，他們總是擁有我們這裡不存在或被禁止的東西。

*

我差不多是自己開始讀書的，那時我還很小。說到底，我們還有什麼可做的呢？那時的夜晚比現在的漫長，因為地球自轉速度比較緩慢，銀河系比現在自在。電燈光慘澹昏黃，經常因停電而中斷。直至今日，冒煙的蠟燭或煤油燈的氣味還會讓我產生讀書的願望。由於英國人在耶路撒冷實行宵禁，晚上七點我們就被限制在家裡。即便沒有宵禁，在那時的耶路撒冷誰願意摸黑出去？一切關閉得嚴嚴密密，石街上分外空寂，每個經過那狹窄街道的路人都要拖上三、四道影子。

即便沒有停電，我們也總是生活在黯淡的燈光下，因為節約至關重要。父母把四十瓦的燈泡全部換成了二十五瓦，不光是為了節約，主要是因為燈光明亮會造成一種浪費，浪費是不道德的。我們這間小房子總充斥著人權的痛苦：為了印度飢餓的孩童，我得把盤子裡的東西吃得一乾二淨；從希特勒地獄裡活過來的倖存者，被英國人運送到了賽普勒斯的拘留營；衣衫襤褸的孤兒，仍舊在飽經蹂躪的歐洲大陸那白雪皚皚的森林裡流浪。爸爸慣於就著二十五瓦燈泡的慘澹燈光伏案工作到凌晨兩點，損傷了眼睛，只因他認為使用光線強的燈泡不對。拓荒者在加利利的基布茲夜復一夜坐在帳篷裡，藉著搖曳的燭光撰寫詩集和哲學專著，你怎能將他們遺忘而像羅斯柴爾德[1]坐在明晃晃的四十瓦電燈下？要是鄰居看到我們家突然亮得像舞廳，會說些什麼？他寧願損傷自己的視力，也不願勾起旁人的注意。

我們還算不上最貧窮。爸爸在國家圖書館工作，擁有一份微薄但固定的收入。媽媽教些家教課。我每週五在台拉阿札幫科恩先生澆花掙一先令，週三我在奧斯特先生的雜貨店後面，把空瓶子放進板條箱裡，又掙四個皮阿斯特，我還教芬斯特太太的兒子看地圖，每節課兩皮阿斯特（可這是

1 羅斯柴爾德（Rothschild），猶太銀行世家，在十九世紀歐洲，幾乎成為金錢與財富的代名詞。

賒帳，直到今天，芬斯特一家也沒給我錢）。

儘管有這些收入來源，我們還是每天儉省度日。小住房裡的生活與我在愛迪生戲院裡曾經看到過的潛艇上的生活類似，每當海員們從一個水密艙到另一個水密艙去，就得把艙門關在身後。當我用一隻手打開廁所的燈時，就用另一隻手把走廊上的燈關掉，為的是不浪費電。我輕輕地拉動鏈子，因為光是小便，就把儲水箱裡的水如同尼加拉大瀑布似地傾瀉一空是錯誤的。有其他生理功能（從未被命名）時需要大量沖水，可是小便要用上整個尼加拉？此時內格夫沙漠的拓荒者正把刷過牙的水貯存下來澆灌植物吧？此時在賽普勒斯的拘留營，一整家人要把一桶水用上三天吧？我離開廁所時，用左手把燈關掉，同時右手打開走廊上的燈，因為大屠殺彷彿昨日，因為依舊有無家可歸的猶太人在喀爾巴阡山脈和多羅邁特山飄泊流浪，在臨時難民營和禁不住風吹浪打的大船上經受苦難，像骷髏一樣瘦骨嶙峋，衣衫襤褸，因為在世界上的其他地方，還有困苦與貧窮：中國苦力、密西西比拾棉人、非洲兒童、西西里漁夫。我們有責任不浪費。

此外，誰知道每天會發生什麼？我們的煩惱尚未結束，最好相信最壞的事情將要來臨。納粹或許已被消滅，但在波蘭集體屠殺仍在繼續，講希伯來語的人在俄國正遭受迫害，這裡的英國人尚未做出最後決定，大穆夫提[2]正在討論屠宰猶太人問題，誰知道阿拉伯國家將要對我們做些什麼；而玩世不恭的世界考慮到石油市場和其他利益，支持的是阿拉伯人。我們在這裡的日子不會好過。

*

我們只有大量的書。到處都是書，從這面牆到那面牆，排滿了書。過道、廚房、門口和窗台，到處是書。幾千本書，遍布整層房子的各個角落。我總感覺，人們來來往往，生生死死，但書是不朽的。小時候，我希望長大後成為一本書，而不是成為作家。人可以像螞蟻那樣被殺死，作家也不難被殺死，但是書呢，不管你如何試圖有系統地消滅書籍，總會有一兩本書伺機生存下來，繼續在雷克雅維克、瓦拉多利德或溫哥華等地，在某間鮮人問津的圖書館的某個角落裡享受上架待遇。

要是有那麼一兩次，買安息日食品的錢不夠，媽媽會看看爸爸，爸爸就會知道該做出犧牲了，於是朝書架轉過身去。他是一個理智的人，知道麵包比書重要，孩子的健康比什麼都重要。我記得他佝僂著後背，穿過走廊，胳膊底下夾著兩三本珍愛的書，走向梅耶先生的舊書店，彷彿是馱著的後背讓他走不快似的。我們的祖先亞伯拉罕一大早從帳篷裡把以撒放在肩上走向摩利亞地[3]時，就是這樣躬著身子嗎？

我可以想像到他的憂傷。爸爸和書有一種感官上的聯繫。他喜歡感受、撫摸、聞嗅他的書。他對書動手動腳，以此為快：他控制不住自己，他得過去觸摸書，連別人的書也一樣。那時的書確實比現在的書要性感：適於聞嗅、輕觸和撫弄。有些書是用有點粗糙的皮裝訂而成，上有燙金字體，散發著香氣，觸摸時讓你起雞皮疙瘩，好像你在觸摸什麼隱祕而不可接近的東西，某種在你的觸摸下聳起並顫抖的東西。還有一些書用布面卡紙板裝訂而成，用散發著奇妙芳香的膠水黏住。每本書都有自己獨特而富有挑逗性的氣味。有時布面從卡紙板上脫落，像調皮的裙，令人難以抵擋誘惑去窺視肉體和衣裝間的黑暗空間，聞嗅那些令人暈眩的氣味。

一般情況下，爸爸會在一兩個小時後回來，書沒有了，滿載裝有麵包、雞蛋、乳酪的牛皮紙

---

2 大穆夫提（The Grand Mufti），回教國家宗教法律最高權威，總教法諮詢家。

3 指上帝考驗亞伯拉罕要他獻以撒作為燔祭之事，見《舊約．創世記》第二十二章。

袋，有時甚至有醃牛肉罐頭。但有時他獻祭歸來，笑逐顏開，沒有了心愛的書，但也沒有吃的：他確實把書給賣了，但立刻買了另外的書來取而代之，因為他在舊書店發現了奇珍異寶，也許平生只有這樣一次機會，故而無法控制自己。媽媽寬恕了他，我也寬恕了他，因為除了甜玉米和冰淇淋，我幾乎什麼也不喜歡吃。我痛恨蛋捲和醃牛肉。坦白說，我有時甚至嫉妒印度的飢童，因為從沒有人告訴他們要把盤子裡的東西吃光。

*

快六歲時，我的人生發生了一件大事：爸爸在他的書架上騰出一小塊地方，讓我把自己的書放在那裡。確切地說，他給予我書架最後一格的四分之一。我懷抱著自己所有的書——這些書以前一直放在我床邊的一條凳子上——把它們拿到爸爸的書架上，井井有條地放在那裡，讓它們背對世界，面朝牆壁。

這是某種啟蒙儀式，一項成年禮：一個人的書若是站立了起來，他就不是孩子，而已經是大人了。我已經和爸爸一樣。我的書已經站立在那裡了。

我犯了個嚴重錯誤。爸爸出去工作時，我可以自由自在地整治我的圖書角，但做這些事情時又非常孩子氣。我照高度來排列書。最高的書確實有損我的尊嚴，那是兒童文學作品，用韻文寫成，附有圖片，我蹣跚學步時，他們就讓我讀這些書。我把它們放在那裡，是因為我想把分配給我的書架全部填滿。我想要我的領地滿滿當當，擁擠，溢出，像爸爸的書架那樣。爸爸下班後，我尚處於亢奮狀態，他吃驚地瞥了一眼我的書架，隨即一言不發，死死地盯住我，那目光讓我終生難忘：那是蔑視的目光，無法用言語描述的痛苦失望的目光，近乎絕望的目光。最後，他噘起嘴唇朝我噓了一聲：「你發瘋了嗎？照高度來排列？你錯把書當成士兵了嗎？你以為它們是某種榮譽衛士嗎？是消防隊接受檢閱嗎？」

他不再說話。爸爸那邊是漫長、可怕的沉默，某種葛雷戈·桑姆薩[4]似的沉默，彷彿我在他面前變成了昆蟲。我這邊是負疚的沉默，彷彿我真的一直就是某種可憐昆蟲，而今祕密被揭穿了，從現在開始一切都失去了。

爸爸打破沉寂，繼續說話，在大約二十分鐘的時間裡，爸爸向我揭示所有的人生真諦。他對任何事情都不加隱瞞。他開始引我探究圖書館迷宮的內在祕密：暴露出主要交通幹線，也暴露出條條林中小徑，令人頭暈目眩的風光。它們千變萬化，差別精微，想像奇特，像頗具異國情調的大街，有大膽的組合，甚至異常古怪之念。書籍可以按主題分類，可以按作家名字順序排列，按系列或出版商排列，按年代順序、語言、題目、領域，甚至按出版地點排列。不勝枚舉。

於是我學到了各式各樣的祕密。生活中有各種不同的道路。任何事情均可根據不同的樂譜和邏輯，以其中某種形式發生。這些並行邏輯按照自己的途徑保持和諧，自我臻美，與眾不同。

在接下來的日子裡，我一連花費幾個小時重新整理我的小圖書館，我把這二、三十本書像一包卡片那樣顛來倒去，依各式各樣的方法來重新組合。

我從書裡學到了布局藝術，它並非出自書中所寫內容，而是出自書本身，出自書的外表。我學到了在允許與禁止之間、在合乎常規與異乎尋常之間、在標準與古怪之間，存在著令人困惑的無人地帶和灰色地帶。這一課從此一直陪伴著我。當找到愛時，我已經不再是生手，而是懂得有各式各

4葛雷戈·桑姆薩（Gregor Samsa），捷克作家卡夫卡（Franz Kafka）小說《變形記》（*Die Verwandlung*）的主角。

樣菜餚，有高速公路和風景線，還有人跡罕至的偏僻小路。有些允許做的事情幾乎成為禁忌，有些禁忌又近乎允許。不勝枚舉。

偶爾，父母允許我把書從爸爸的書架上拿到院子裡撣掉灰塵。每次不得超過三本，這樣才不至於把位置搞亂，因此每本書會回到其合適的所在。這項任務艱巨而愜意，因為我發現書塵氣息讓人如此心醉神迷，令我有時忘卻了自己的任務、職責和責任，在門外一直待到媽媽焦急起來，打發爸爸執行營救使命，查明我有沒有中暑，有沒有被狗咬傷。然而，他總是會看到我蜷縮在院子裡的一個角落，沉浸在書中，雙腿蜷曲，頭歪向一旁，嘴半張著。爸爸半生氣半慈愛地問我怎麼又這個樣子，我過了一會兒才回過神來，像溺水者和眩暈者那樣，緩慢而勉強，從無法想像的遙遠所在，回到這滿是日常雜務的塵世中來。

整個童年，我都喜歡排列東西，把它們打亂，而後再重新排列，每次排列都有一點區別。三、四個空蛋杯能夠變成一座座堡壘，或是一群潛水艇，或是雅爾達會議上超級大國的首腦集會。我有時會搞個迅雷不及掩耳的突襲，闖進沒有秩序的混亂領地。這當中有某種無畏，令人振奮不已。我喜歡把一盒火柴倒在地板上，試圖找到無限可能的一切組合。

整個世界大戰期間，走廊牆壁上掛著一幅大型歐洲戰區示意圖，上邊別有大頭針，並插有五顏六色的小旗。每隔一兩天，爸爸就會照無線電新聞廣播移動這些大頭針和小旗。我則建造著類似的私人現實世界：我在燈心草墊上布下自己的戰區示意圖，從我虛擬的現實世界，我把軍隊分布在四周，採取夾擊行動和聲東擊西的戰略，攻克橋頭堡，側翼包抄敵軍，簽署戰術撤退命令，而後舉行戰略突圍。

我是個對歷史著迷的孩子。我嘗試糾正將領們過去犯下的種種錯誤，重新打起猶太人反抗羅馬人的戰役，從提圖斯[5]軍隊的魔爪下解救耶路撒冷，把戰役推向敵人的土地，把巴爾・科赫巴[6]的軍隊帶到羅馬城牆，迅猛拿下古羅馬圓形劇場，把希伯來人的旗幟插向朱庇特神廟。這一切完成後，我把英國軍隊中的猶太特種部隊搬到西元一世紀和第二聖殿時期，兩挺機關槍就把哈德良[7]和提圖斯那可詛咒的精湛兵團打得落花流水，令我陶醉其中。一架輕型飛機，一個吹笛手，就能使不可一世的羅馬帝國屈服。我把馬薩達[8]衛士註定失敗的戰鬥，轉變為猶太人借助一座迫擊炮和幾枚手雷而取得決定性勝利。

實際上，我小時候具有一種奇怪的衝動——願意賦予某件事情第二次機會，而它不可能擁有這次機會——至今，這一模一樣的衝動仍驅動著我前行，不管我何時坐下來寫小說。

*

耶路撒冷發生過許許多多的事。城市遭到毀滅，重建，再毀滅，再重建。征服者一個個接踵而至，統治一段時期，留下幾座城牆和高塔，在石頭上留下幾道裂縫、些許陶器碎片和文獻，而後不

---

5 提圖斯（Titus Flavius Vespasianus, 39-81），即西元七〇年率兵攻克耶路撒冷的羅馬大將軍提多，後成為羅馬帝國弗拉維王朝第二任皇帝，西元七九至八一年在位。

6 巴爾・科赫巴（Bar Kochba, 65-135），西元一三二年領導猶太人發動第二次起義反抗羅馬人統治，後遭鎮壓。

7 哈德良（Publius Aelius Hadrian, 76-138），羅馬皇帝（一一七—一三八在位）。

8 馬薩達（Massada），瀕臨死海，原是古代希律王（或許更早）修築的堡壘要塞，難以攻破。西元七〇年耶路撒冷淪陷後，近千名猶太人及其家眷退守馬薩達，堅守兩年多，遭到羅馬兵團圍困，寡不敵眾，在要塞將被攻破之際，「寧死不願淪為奴隸」，選擇集體自殺，成為猶太文化史上一個永恆的悖論。猶太復國主義領袖強調「馬薩達精神」中的英雄主義因素，教育百姓。

見了蹤影，如同薄薄晨霧在山坡上消失。耶路撒冷是個上了年紀的慕男狂，她把情人們一個接一個榨乾至死，而後打著哈欠把他們從身上抖掉，是黑寡婦球腹蛛，當配偶還在和它交配時就將其吞噬。

與此同時，在世界另一邊發現了新大陸和島嶼。媽媽經常說，你生得太晚了，孩子，算了吧，麥哲倫和哥倫布已經發現了面積最大的島嶼。我和她爭辯。我說：妳怎麼能夠那麼肯定？畢竟，早在哥倫布之前，人們就自以為已經了解整個世界，沒有什麼好發現的了。

我在燈心草墊、桌腳和床之間的空檔，有時不只發現不知名島嶼，還會發現一顆顆新星、太陽系、整個銀河系。要是我進了監獄，我將失去自由和一兩樣什麼東西，但只要允許我擁有一盒多米諾骨牌、一包紙牌、一盒火柴或一把釦子，我就不會因無聊而受煎熬。我會終日排列、再排列，將其分開，再聚合到一起，組合成一件小作品。這一切或許是因為我是家中唯一的孩子。我沒有兄弟姊妹，朋友寥寥無幾，他們很快就會對我感到厭倦，因為他們要打鬥，適應不了我遊戲中史詩般的節奏。

有時，我星期一開始做新遊戲，星期二整個上午在學校想出下一次行動，那天下午來那麼一兩次行動，其餘的留給星期三或星期四。我的朋友們對此頗為反感，出去到後院玩追人遊戲，而我則日復一日繼續在地板上從事我的歷史遊戲，運送部隊，包圍城堡或城池，大破敵軍，勢如破竹，在山區展開抵抗運動，襲擊堡壘和防禦工事。解放，接著重新征服，用火柴棍兒延伸或者縮小邊界。要是大人誤闖了我的小領地，我就會宣布絕食或停止刷牙。但是最終審判日將會來臨，媽媽無法忍受越來越多的灰塵，會把一切統統清除，輪船、部隊、都城、山巒和海岸線，整個大陸，如同核彈大屠殺。

九歲那年，有一次，一個名叫尼海米亞的大叔教給我一句諺語，「戀愛如同打仗」。我那時一點也不懂得愛情，只是在愛迪生戲院看到愛情與被殺害的印第安人之間有種模模糊糊的聯繫。但從尼海米亞大叔的話中，我得出這樣一個結論：欲速則不達。隨著歲月流逝，我意識到，我大錯特錯了，至少從交戰角度想：在戰場上，速度據說絕對至關重要。我的錯覺大概來自尼海米亞大叔本人行動遲緩、不好變化這一事實。他一站起身，就幾乎不可能讓他再次坐下，一旦就座，就不能讓他站起身。他們會說，起來吧，尼海米亞，求你了，真的，你這是幹什麼呀，已經很晚了，起來吧，你還要在這裡坐到何時呢？坐到明天早晨？坐到明年（下個贖罪日）？坐到彌賽亞降臨嗎？

他會回答說：至少。

接著他會有所反省，撓撓自己，羞怯地暗自微笑，好像摸透了我們的把戲，隨口加了一句：一切都逃不出我的眼睛。

他的體態彷彿像屍體那樣總保持著最後的自然狀態。

我和他不同。我非常喜歡變化，喜歡不期而遇，喜歡旅遊。但我也喜歡尼海米亞大叔。不久以前我找過他，但在吉瓦特·蕭爾墓地沒有找到。墓地擴大了，那邊界漸漸遠去，很快將會與貝尼庫法湖接壤，或與莫茨阿毗連。我在長凳上坐了大約有半個鐘頭，一隻執拗的黃蜂在柏樹枝椏間嚶嚶嗡嗡，小鳥把一個詞重複了五、六遍，我目光所及只有墓碑、樹木、山丘和雲朵。

一個身材苗條的黑衣女子頭戴黑色頭巾從我面前走過，一個五、六歲的小男孩偎依在她的身邊。孩子的小手指緊緊抓住她的裙邊，兩人都在哭泣。

4

一個冬日傍晚，我獨自一人待在家中。時間大概是晚上五點或五點半，外面又冷又黑，狂風夾雜著雨水抽打著緊閉的百葉窗。爸爸媽媽去了錢塞勒街和魯德尼基夫婦一起喝茶，就在先知街的拐角。他們向我保證在八點鐘之前回到家，最晚不超過八點一刻或八點二十。即使他們晚回來一會兒，也沒有什麼可擔心的，畢竟他們只是和魯德尼基一家在一起，離家不過十五分鐘路程。

瑪拉和斯塔施克．魯德尼基沒養孩子，卻養了兩隻波斯貓，名叫蕭邦和叔本華。客廳一角還有個籠子，裡面裝著隻老鳥，眼睛快要瞎了。為免鳥兒感到孤獨，他們又往籠子裡放了一隻鳥，那隻鳥是瑪拉．魯德尼基做的，在上了油彩的松果上插兩根木棍當作鳥腿，再加上彩紙翅膀，並點綴真正的羽毛。媽媽說，孤獨酷似沉重的鐵錘，打碎著玻璃，鍛造著鋼鐵。爸爸則循循善誘，向我們從詞源學角度講述「鐵錘」一詞，以及它在不同語言中的引申義。

爸爸喜歡對我講述詞語之間的各種聯繫、出處、關聯，彷彿詞語來自東歐一個錯綜複雜的家庭，有許多二堂弟三表兄之類，嬸嬸大娘姑姑姨媽們，姑表姊妹，姻親們，孫兒重孫兒們。就連姑姑、表兄弟也有自己的家史，自己的裙帶關係網。比如說，「姑姑」指爸爸的姊妹，「舅舅」指媽媽的兄弟。希伯來語舅舅「多德」一詞，也指情人，儘管我並不確定它們最初是不是同一個詞。爸爸說，你必須提醒我查一下大詞典，準確地查出這些詞的出處，其用法怎樣一代代發生著變化。要麼就不要提醒，現在就去把詞典拿來，我們一起學，順便請把杯子拿到廚房。

*

在院子裡和大街上，黑沉沉一片岑寂，無邊無垠，你可聽見流雲在屋頂間低飛，輕撫著柏樹梢頭；可聽見浴室裡水龍頭的滴水聲，沙沙聲，或是抓撓聲，聲音輕得幾乎聽不到，只能憑脖頸後的毛髮梢感覺，那聲音來自衣櫃和牆壁之間。

我打開父母房間裡的燈，從爸爸的書桌上拿起八、九枚迴紋針、一把削筆刀、兩本小筆記本、一個裝滿黑墨汁的長頸墨水瓶、一塊橡皮、一包圖釘，用這些建造一個位於邊境上的基布茲。在小地毯上砌起沙漠深處的一堵牆和一座高塔，把迴紋針擺成半圓形，把削筆刀和橡皮分立在高大墨水池的兩側，墨水池是我的水塔，在這些建築周圍是用鉛筆、鋼筆圈成的圍牆，以及用圖釘營造的堡壘。

不久就會來一場突襲：一夥嗜血成性的強盜（兩打釦子）將從東南方向襲擊定居點，但是我們要略施小計。我們把大門敞開，讓他們長驅直入農場大院，那裡將要發生血洗，而大門將會關閉，因此他們插翅難逃，接著我將下令開火，就在那一刻，從所有建築物頂上，還有用作水塔的墨水瓶頂上，用我的白色西洋棋棋子代表的拓荒者將會開火，他們將用激烈的一陣炮火，消滅自投羅網的敵人兵力，唱起那榮譽的讚歌，高吟血腥慘烈的故事。而後，我會唱起讚美之歌，把燈心草墊提升為地中海，用書架代表歐洲海岸線，沙發代表非洲，直布羅陀海峽橫穿椅腳，散落的紙牌表示賽普勒斯、西西里和馬爾他，筆記本可以是航空母艦，橡皮和削筆刀是驅逐艦，圖釘是水雷，迴紋針將是潛水艇。

＊

屋子裡很冷。我沒有照他們吩咐的加一件毛衣以便省電。我會點十來分鐘電爐。電爐有兩組電阻絲，但是有個節電旋鈕，總是使一組電阻絲，即電量低的那組電阻絲發光。我目不轉睛，看線圈是怎樣燃燒的。它逐漸發亮，起先你什麼也看不到，只聽見劈劈啪啪的聲音，就像走在砂糖上，隨後淡紫色的微光在電阻絲兩端出現，隨後淡紅色的微光開始向中心散發，像面頰上羞答答的紅暈，隨後變成深紅，隨後不顧任何體面地迅速撒野，從赤裸裸的明黃到淫蕩的酸橙綠，直至線圈中央發亮，不可阻擋地熾烈燃燒，通紅滾燙的火光如同透過反光鏡的亮晶晶金屬盤看到的野蠻太陽，讓你不得不覷起眼睛。現在電阻絲熾熱、炫目，無法控制自身，任何時刻都會融化，朝我的地中海傾瀉而來，像爆發了的火山噴湧出滔滔熔岩，把我的驅逐艦隊和潛水艦隊一併摧毀。

此時，它的夥伴，上面的電阻絲，冷冰冰地靜止不動，無動於衷。另一組電阻絲越亮，這組電阻絲越是無動於衷。它聳聳肩膀，坐在台邊區將一切盡收眼底，但紋絲不動。我突然一震，彷彿自己的皮膚感受到線圈之間那被禁錮的張力，意會到我有個簡單而迅速的辦法來確保那組無動於衷的電阻絲別無選擇，只能燃燒，於是它也顫抖著迸發出熱情洋溢的紅光——但那是絕對不允許的。絕對禁止點燃第二組電阻絲，不單因為那是可恥的浪費，還因為會造成電路超載的危險，燒斷保險絲，使整座房子陷入一片黑暗，誰能在半夜把「金手指巴魯赫」給我找來呢？

第二組電阻絲只有當我完全喪失理智，不計後果的情況下才可燃燒。但要是我還沒把它關上父母就回來了怎麼辦？或者我及時把它關掉，但線圈沒時間冷卻下來躺在那裡裝死，那我怎麼為自己辯護？所以我必須擋住誘惑，不把它點燃。我也得收拾一下，把一切都安排得井然有序。

5

事實往往對真相發生威脅。我曾寫下奶奶的真正死因。施羅密特在一九三三年一個炎熱的夏日從維爾納直接來到耶路撒冷，吃驚地看了一眼人們汗流浹背的市場，看了一眼顏色各異的牲口棚，熙來攘往的人行道上到處傳來小販的叫賣聲、驢鳴、山羊咩咩、被捆住雙腿掛在那裡的母雞咯咯叫（屠宰後的雞脖子上鮮血淋漓），她看見東方男人的肩膀和手臂，看見水果蔬菜的刺眼顏色，還看見周圍的山巒和石坡，立刻發出了終極裁決：「黎凡特到處是細菌。」

奶奶在耶路撒冷住了約莫有二十五年，她深諳歲月之艱辛，很少有快樂時光，但直到生命的最後時刻，她也不曾弱化或更改自己的裁決。據說，他們剛在耶路撒冷落腳，她就命令爺爺早晨六點或六點半起來，把家中各個角落噴灑上福利特牌殺蟲劑，清除細菌，朝床底下、朝衣櫃後面、甚至向浴室儲藏物品的地方、餐具櫃腳中間噴灑，繼之拍打所有的床墊、床罩和鴨絨被。他們在耶路撒冷的每一天都這樣做，無論冬夏。我從童年時代，便記得亞歷山大爺爺一大早便站在陽台上，他身穿背心和睡鞋，像唐吉訶德猛擊酒囊那樣敲打枕頭，拿著地毯撣子，用盡可憐而絕望的氣力，一遍遍地敲打。施羅密特奶奶會站在離他幾步遠的地方——比他還高，身穿一件花絲綢晨衣，鈕子扣得密密實實，頭髮用綠色的蝴蝶結繫住，宛如女子寄宿學校女校長那樣硬邦邦直挺挺的——指揮戰場，直至贏得每日一次的勝利。

在不斷進行的反細菌戰大背景下，奶奶在煮水果蔬菜時也絕不妥協。她把一塊布浸泡在略呈粉紅色名叫卡里的消毒液裡，擦兩遍麵包。每次吃過飯，她不洗碗，而是讓它們享有逾越節夜晚才可能有的待遇：被煮上好長時間。施羅密特奶奶也把自己一天「煮上」三次：無論冬夏，她每天幾乎都用開水洗三次澡，為的是清除細菌。她活到高齡，臭蟲和病毒遠遠看見她走來，就跑到大街另一邊。她八十多歲時犯過兩次心臟病，科隆霍茨醫生警告她說：親愛的女士，要是妳不停止這些熱水澡，我無法為任何可能出現的不幸和令人遺憾的後果負責。

但施羅密特奶奶不能放棄洗澡。她太懼怕細菌了。結果她在洗澡時死去。

她患有心臟病是事實。

但真相則是我奶奶死於過度講究衛生，而非心臟病。事實有模糊真相的傾向。是潔癖害了她。儘管她生活在耶路撒冷的箴言是「黎凡特到處是細菌」，或許可以證實早先的一個真相，一個比衛生魔鬼更為深入的真相，一個受到壓抑的看不見的真相。畢竟，施羅密特奶奶來自東北歐，那裡的細菌和耶路撒冷的一樣多，更不用說其他有害物質了。

這裡一個窺孔或許能讓我們稍稍看到東方景象、顏色和氣味對我奶奶或者對像她那樣的其他難民和移民的心理影響。這些人來自東歐陰鬱的猶太鄉村，黎凡特人普遍追求感官享受的舉動令其感到困擾，乃至透過建立自己的隔離居住區抵禦其威脅。

威脅？也許真相是，並非黎凡特人的威脅使我奶奶住在耶路撒冷時，每天早晨、中午和晚上用滾燙的熱水浴來苦行淨身，而是其富有誘惑的感官魅力，以及她個人的身體，還有那人頭攢動的一個個市場上的有力吸引，用豐富的陌生蔬菜、水果、加有香料的乳酪、刺鼻的氣味和難以下嚥的食品，折磨她、刺激她，令其呼吸急促，雙腿發軟，那些淫蕩之手摸索並鑽進蔬菜和水果的最隱祕所在，探進紅辣椒、辣橄欖以及所有裸露著的食品，紅肉鮮血淋漓，恬不知恥一絲不掛地吊在屠夫的掛鉤上，調味品、香草、粉末，令人目不暇給地排在一起，以及那個辛辣、佐料濃郁的世界所具備的一切色彩繽紛的猥褻誘惑，更別說剛烘焙好的咖啡豆發出小豆蔻香氣，玻璃容器裡五顏六色、放有冰塊和檸檬片的飲料，還有市場上的搬運工身體強健有力、黝黑發亮、毛髮眾多，上身赤裸，後背肌肉在灼熱的皮膚下有力地凸顯出來，閃閃發光，一排排汗珠流淌而下，在太陽底下黝黑發亮。或許奶奶所有的清潔膜拜儀式不過是一件密封的無菌太空服？一條消過毒的貞操帶，從她第一天來到這裡，就自願把帶子扣在身上，用七把鎖鎖住，並毀壞所有鑰匙？

最後她死於心臟病，這是事實。但害她的不是心臟病，而是過於講究衛生。或許害她的不是講究衛生，也非欲望，更非對欲望的內在恐懼，而是對這種恐懼所持續的祕密憤怒，那是種壓抑著的憤怒，非常有害的憤怒，像個沒有切除的癤子，對她自己的身體憤怒，對她自己的渴望憤怒，而且是深沉的憤怒，對這些渴望所引起的急遽反應憤怒，一種不可告人的惡毒憤怒，既衝著犯人又衝著看守，年復一年祕密悲悼流逝而去的荒廢光陰，悲悼身體的萎縮和體內的欲望，那欲望經受了上千遍的洗滌、去汗、刮落、消毒和烹煮，這種黎凡特人的欲望骯髒，汗水涔涔，缺乏理性，在昏厥的那一刻達到亢奮狀態，但滿是細菌。

6

幾乎過去了六十年，我還能記得他的氣味。我召喚那氣味，它就重新回到我身邊。那氣味有些粗糙、土腥，但卻強烈而愜意，令我回想起觸摸粗麻袋的感覺，近似於憶及觸摸他的皮膚，鬆散的頭髮、濃密的鬍鬚摩擦我的臉頰，讓我感到愜意，就像冬日待在溫暖、昏暗的舊廚房裡。詩人沙烏爾·車爾尼霍夫斯基[1]死於一九四三年秋天，那時我才四歲多，於是乎這種感官記憶只能透過幾個階段的傳播與擴大才能夠存留下來。爸爸媽媽經常使我憶起那些瞬間，因為他們喜歡向熟人炫耀孩子曾經坐在車爾尼霍夫斯基的腿上，玩弄他的蒼髯。他們總是朝我轉過頭來請我確認那段故事：「你還記得那個安息日下午沙烏爾伯伯把你放在他腿上，叫你小淘氣包，對吧？」

我的任務是給他們背上一再重複的話：「對。我記得清清楚楚。」

我從未跟他們說過，我記得的那幅畫面與他們的版本有些不同。

我不想毀壞他們的畫面。

我父母有重複這個故事的習慣，並讓我予以確認，確實為我強化並保留了對那些瞬間的記憶。倘若不是由於父母的虛榮，這記憶恐怕早已淡漠或消失。但是他們的故事與我記憶中的畫面有別，我所保存的記憶並非只是父母故事的反映，而是直接的生活，父母搬演的偉大詩人與小孩子的形象，和我腦海裡的畫面不同，證明我的故事並非一味從父母那裡繼承而來。照父母的版本，帷幕拉開，穿著短褲的金髮男孩坐在希伯來詩歌巨匠的膝頭，撫弄並拉扯他的虬髯，而詩人則給小傢伙一個賞賜，叫他「小淘氣包」，而孩子呢——哎呀，童言無忌！——一報還一報，說：「你自己才是淘氣包！」對此，按照爸爸的版本，創作了〈面對阿波羅神像〉的人回答，「也許我們兩人說得都對」，甚至親吻我的腦袋，爸爸將其解釋為某種先兆，某種膏油儀式，彷彿可說是普希金彎腰親吻托爾斯泰的腦袋。

但在我的記憶中，父母那不斷重現的探照燈光或許可以幫助我保存那幅畫面，但絕不是鐫刻下那幅畫面。我腳本中的畫面並非像他們的那樣甜美，我沒有坐過詩人的膝頭，也沒有揪過他那著名的虬髯，但我的確在約瑟夫伯伯[2]家裡摔了一跤，摔倒時咬破了舌頭，流了點血，我哭了起來，詩人也是個兒科醫生，比我父母早一步來到我面前，用他那雙巨大的手把我扶起來。我甚至現在還記得，他抱起我時，我背朝著他，哭號的臉對著房間，他把我在懷中掉了個方向，說了些什麼，接著又說了些什麼，當然不是把普希金的桂冠獻給托爾斯泰。我在他懷裡掙扎時，他強行掰開我的嘴，讓人拿來些冰塊，查看一下我的傷口說：

「沒關係，只是擦傷，我們現在哭鼻子，一會兒就開懷大笑了。」

大概是因為詩人說話時把我們兩人都包括在內，要麼就是因為他兩頰蓬亂的鬍鬚碰到我的臉，像條粗糙溫暖的厚毛巾，要麼就真的是因為他身上散發出強烈熟悉的氣味（那氣味我至今還能想像得到。那不是剃鬍水或肥皂的氣味，也不是菸草味，而是絕對的體味，非常濃烈，像冬日雞湯的氣味），讓我很快便平靜下來，顯然，我和平時一樣，驚嚇勝於疼痛。毛茸茸的尼采式鬍鬚蹭在我臉

1 沙烏爾．車爾尼霍夫斯基（Shaul Tchernikhovsky, 1875-1943），生於俄國，一九二〇年代移居舊巴勒斯坦，做過醫生，三〇年代定居耶路撒冷，是最重要的希伯來詩人之一。

2 指著名的猶太歷史學家、希伯來文學家約瑟夫．克勞斯納（Joseph Klausner, 1874-1958）。他是作者家族鏈上的一個重要人物，是作者父親的伯伯（作者的伯公），但作者在敘述時，習慣將其稱作「約瑟夫伯伯」。

上，有些發癢。接下來，我只記得沙烏爾．車爾尼霍夫斯基小心翼翼，把我放到約瑟夫伯伯（即約瑟夫．克勞斯納教授）的沙發上，沒有大驚小怪，然後詩人醫生——不然就是媽媽——把琪波拉伯母急急忙忙拿來的冰塊塞進我的嘴裡。

我只記得這些，在那一瞬間，業已形成的「民族復興一代」詩人巨匠，與正哭哭啼啼、日後所謂「以色列國家一代」作家的微不足道的代表，沒有交流名垂千古的妙語。

這件事過了兩、三年後，我會說車爾尼霍夫斯基的名字了。當聽說他是個詩人時，我並不吃驚，那時候，耶路撒冷幾乎人人都是詩人，要麼就是作家，要麼就是研究家，要麼是思想家，要麼是學者，要麼是改造世界的人。博士頭銜也不會給我留下什麼深刻的印象，在約瑟夫伯伯和琪波拉伯母家裡，所有的男客要麼是教授，要麼是博士。

但是，他不只是一位老博士或教授。他是兒科醫生，一個頭髮蓬亂的人，目光含笑，兩隻大手毛茸茸的，鬍鬚濃密，臉頰粗糙，身上散發著獨特的氣味，強烈、柔和的氣味。

直到今日，每一次看到詩人沙烏爾．車爾尼霍夫斯基的照片或畫像，或者看到放在作家沙烏爾．車爾尼霍夫斯基故居入口處的頭像，我立刻就會被他那令人舒適的氣味裹脅，那氣味簡直像冬天的毛毯。

*

與我們時代許多持猶太復國主義的猶太人一樣，爸爸有點祕密迦南人支持者的味道。東歐猶太村莊及其一切，以及在當代文學創作中比阿里克[3]和阿格農對它進行的表現，令他感到窘迫難堪。他想讓我們脫胎換骨，像滿頭金髮、有男子氣概、曬得黝黑的希伯來歐洲人，而不是猶太東歐人。

他一向憎恨意第緒語，稱之為「胡言亂語」。他把比阿里克視為受難者詩人，「永恆死亡者」詩人；而沙烏爾．車爾尼霍夫斯基則是衝破新黎明的先鋒，標誌著以「風暴之勢征服迦南」的黎明。他能帶著極大的熱情，將〈面對阿波羅神像〉倒背如流，然而沒有注意到詩人自己依舊向阿波羅膜拜，不願意向戴奧尼索斯唱讚美詩。

在我見過的人中，他比誰都能背誦車爾尼霍夫斯基的詩歌，也許比車爾尼霍夫斯基自己還能背。他在背誦時聲情並茂，這樣一位深受繆思啟迪的詩人，因此堪稱音樂詩人，沒有典型的猶太村莊情結，無所顧忌地描寫愛情，甚至描寫感官享樂。爸爸說，車爾尼霍夫斯基從未沉湎於各式各樣的煩惱和痛苦。

每逢這樣的時刻，媽媽會略帶疑惑地看著他，似乎從內心深處為他不加掩飾的快樂本性感到震驚，但克制住自己，一聲不吭。

爸爸擁有顯著的「立陶宛人」氣質。他非常喜歡使用「顯著」一詞（克勞斯納一家來自奧德薩，但在這之前住在立陶宛，在立陶宛之前顯然住在馬特斯多夫，即今奧地利東部的馬特斯堡，靠近匈牙利邊境）。他是個多愁善感、滿懷熱情的人，然而大半輩子憎恨所有形式的神祕主義與幻術。他把超自然現象視為江湖騙子和魔術師營造的產物。他認為，哈西德[4]故事只不過是民間傳說，在說出這個詞時，他總是做出憤怒的怪相，如同使用「胡言亂語」、「陷入迷狂」、「麻醉劑」

3 比阿里克（Hayim Nahman Bialik, 1873-1934），生於烏克蘭，一九二一年定居台拉維夫，素有「以色列民族詩人」之稱。

4 哈西德（Hasidim），指十八世紀出現在東歐的猶太教虔修派運動，帶有神祕主義色彩。

或「直覺」等詞的表情一樣。

媽媽一貫傾聽他講話，並不回應他，卻向我們報以憂傷的微笑，有時對我說：「你爸爸是個聰明而有理性的人，甚至在睡覺時都具有理性。」

媽媽過幾年去世後，他的樂觀明朗有些漸漸減退，除了不再口若懸河之外，情趣也發生了變化，變得接近媽媽的品味。他在國家圖書館的一間地下室發現了伊薩克．洛伊夫．佩雷茨[5]以前鮮為人知的一份手稿，是作家在青年時代的一個練習本，裡面包括了各式各樣的速寫、信手塗抹之作、詩歌習作，以及不為人知的短篇小說〈報復〉。爸爸到倫敦去了幾年，在那裡就此一發現寫了博士論文，透過與具有神祕色彩的佩雷茨的邂逅，他與早年車爾尼霍夫斯基的狂飆突進相去漸遠。他開始學習遠方民族的神話和傳奇，瀏覽意第緒語文學，如同某人把拉住扶手的手鬆開，逐漸迷戀上小到佩雷茨短篇小說、大到哈西德故事的神祕魅力。

＊

但是，在那些年，我們常常星期六下午步行去陶比奧的約瑟夫伯伯家，爸爸仍然試圖教導我們像他那樣開明。父母經常談論文學。爸爸喜歡莎士比亞、巴爾札克、托爾斯泰、易卜生和車爾尼霍夫斯基。媽媽則偏愛席勒、屠格涅夫和契訶夫、史特林堡、格尼辛[6]、比阿里克，也談論住在陶比奧約瑟夫伯伯家對面的阿格農先生。然而我形成了這樣一個印象：約瑟夫伯伯和阿格農先生之間並沒有偉人的友誼。

當約瑟夫．克勞斯納教授和阿格農先生二人碰巧相遇時，那小路上剎那間感覺禮貌而冰冷。他們會把帽子舉到一吋高，微微欠身，大概誰都打從內心深處希望對方永遠消失，湮沒在深淵深處。

約瑟夫伯伯不覺得阿格農多了不起，認為阿格農的創作長篇大論，有股鄉村野氣，用各式各樣伶俐過頭的領誦者的裝飾音來進行點綴。至於阿格農先生，對此耿耿於懷，但最終報了一箭之仇，在塑造長篇小說《希拉》中那個荒唐可笑的巴赫拉姆教授這一形象時，把諷刺矛頭直指約瑟夫伯伯。幸虧約瑟夫伯伯死在《希拉》出版之前，因而免除了巨大的精神痛苦。而阿格農先生多活了幾年，一舉獲得諾貝爾文學獎，擁有世界聲譽，不過他也深受其苦，眼睜睜看著兩人一同住過的那條陶比奧巷道重新命名為克勞斯納街。從那時到去世，他不得不忍受屈辱，做克勞斯納街上著名的阿格農。

於是乎直到今朝，命運故意作對，決意讓阿格農之家佇立在克勞斯納街中央。而克勞斯納之家則註定被拆毀；命運接著又故意作對，在那裡造了一幢普普通通的方形公寓，俯瞰一群群遊人經過阿格農之家。

5伊薩克·洛伊夫·佩雷茨（Isaac Leib Peretz, 1852-1915），生於波蘭，著名現代意第緒語和希伯來語小說家。

6尤里·尼桑·格尼辛（Uri Nissan Gnessin, 1879-1913），生於烏克蘭，後輾轉歐洲，希伯來語小說家。

7

每隔兩三個星期六，我們會朝覲陶比奧，朝覲約瑟夫伯伯和琪波拉伯母的小別墅。我們在凱里姆亞伯拉罕的家離陶比奧有六、七公里遠，它位於遙遠而有些危險的希伯來人郊區。熱哈威亞和克里亞特施穆埃爾南方，蒙蒂菲奧里風車以南，延伸出一個陌生的耶路撒冷：塔里比耶、阿布托爾和卡特蒙郊區、德國人居住區、希臘人居住區和巴卡阿（我們老師阿韋薩曾解釋說，阿布托爾以一名老武士的名字命名，意為「公牛之父」，塔里比耶曾經是一位叫塔里比的人的莊園，巴卡阿意思是平原或山谷，聖經時期的巨人谷，而卡特蒙是希臘文「卡塔蒙尼斯」的阿拉伯文訛誤，意為「修道院旁」）。再往南，在所有這些異國世界之外，在黑黝黝的群山那邊，在世界的盡頭，孤寂的猶太居民區星星點點，若隱若現，梅庫爾哈伊姆、陶比奧、阿諾納，以及快要與伯利恆接壤的拉瑪特拉赫基布茲。從我們的耶路撒冷看過去，陶比奧就像掛在遠方山巔布滿塵埃樹木上的一個灰團。有天夜裡，鄰居弗里曼工程師從我們屋頂指著遠方地平線，天地之間懸浮著一簇簇搖曳的微光，說那邊是阿倫比軍營，再那邊你們看到的可能是陶比奧或阿諾納的燈光。要是再有暴力事件發生，他說，那裡的日子會很不好過。更不用說爆發真正的戰爭了。

*

我們午飯後出發，那時城市把自己關在緊閉的百葉窗後，沉浸在安息日午後的小憩中。瓦楞鐵板單坡頂石屋間的街道和院落陷入一片死寂，彷彿整個耶路撒冷籠罩在一個透明的玻璃球裡。

我們穿過蓋烏拉街，走進阿哈瓦破敗不堪的極端正統派猶太教徒居住區裡一條擁擠的小巷，經過拴在年久失修陽台和外面樓梯護欄上掛滿黑、黃、白色衣服的洗衣繩，穿過茲克龍摩西往上爬，那裡總是散發著阿什肯納茨窮猶太人[1]做飯時飄出的味道，像霍倫特安息日燉品、羅宋湯、大蒜、洋蔥和泡菜。然後我們繼續穿過先知街。安息日下午兩點，在耶路撒冷大街上看不到一個活人。我們從先知街走向史特勞斯街，這條街總是掩映在古松陰影裡，兩面高牆為古松遮蔭護擋，一面是女執事開的新教徒醫院那長滿苔蘚的灰牆，另一面則是猶太人醫院比庫爾霍里姆那陰森森的牆壁，莊嚴的銅門上雕飾著以色列十二部落的象徵。兩所醫院裡飄出藥香，還有刺鼻的陳年來沙爾氣味。接著，我們穿過名服裝店瑪阿延施圖伯旁邊的雅法路，在阿西亞薩夫兄弟開的書店前面逗留片刻，允許爸爸對櫥窗裡大量的希伯來文新書一飽眼福。從那裡，我們走過整條英王喬治五世大道，經過琳琅滿目的店鋪、高高懸掛著枝形吊燈的咖啡館，以及高價商店，這些都在安息日空空蕩蕩上了鎖，但是透過櫥窗上一道道鐵護欄朝我們示意，用另一個世界富有誘惑的魅力朝我們眨眼，散發著遙遠大陸的富貴氣，以及無憂無慮坐落在寬廣河岸邊的燈火通明的喧鬧城市的芬芳。那裡有儀態優雅的女士和前程遠大的紳士，他們沒有生活在一次次的襲擊或政令中，不知何為艱辛，用不著一個一個數硬幣，用不著遭受拓荒者和自我犧牲條條框框的壓制，用不著承擔社區基金、醫療資金和配給券義務，悠然自得地在漂亮的住房房頂或具有現代色彩的寬敞公寓安裝上多煙道煙囪，地板上鋪有地毯，還有身穿藍色制服的門房守護門口，身穿紅制服的電梯員開電梯，僕人、廚子、男管家、房產

1 阿什肯納茨猶太人（Ashkenazi Jews），中世紀時期指法國北部、德國西部的猶太人，後來其中心向波蘭、立陶宛等地蔓延，主要指東歐猶太人。

經紀人唯命是從。這些女士先生們享受著舒適的生活——不像我們。

這裡，喬治五世大道，還有在德國猶太人的熱哈威亞，在希臘和阿拉伯富人的塔里比耶，都為另一種寂靜所籠罩。它有別於貧窮而無人問津的東歐猶太人小巷在安息日裡的虔誠寂靜——迥然不同、激動人心的祕密寂靜在喬治五世大道上徘徊不去。眼下安息日下午兩點半，大街上空空蕩蕩，那是一種帶有異國風情、更接近英國風情的寂靜，因為喬治五世大道（不僅因為名字）在我一個孩子的眼裡，永遠像電影看到的奇妙倫敦城的延伸。這裡擁有一排排高大正規的建築，以清一色的外觀順著道路兩旁延伸開去，不像我們住區，住戶和住戶之間隔著可憐的無人照管的院子，垃圾和碎鐵益加損壞其外觀。這裡也沒有破舊失修的陽台，不會看到窗戶上有斷裂的百葉窗像張著沒牙的癟嘴，不會看到把可憐家當暴露無遺的窮人家的窗戶，不會看到補釘的床墊、花麗狐哨的地毯、擠在一起的一堆堆家具、黑糊糊的炒鍋、發霉的水壺、奇形怪狀的搪瓷燉鍋以及一排五顏六色鏽跡斑斑的罐頭盒。這裡，街道兩旁是不間斷的建築物那自豪的外觀，一扇扇屋門，一張張飾有窗紗的窗子，都謹慎地講述著財富和尊貴，聲音輕柔，織品考究，地毯柔軟，玻璃雕花，舉止優雅。

這裡，樓房門口飾有黑色玻璃門牌，寫著律師、經紀人、醫生、法律文書起草人以及被著名外國公司正式認可的代理人等字樣。

當我們途經塔里塔庫米大樓時，爸爸喜歡解釋名字的來由，好像他在兩星期前或一個月前沒這麼做過似的。媽媽喜歡說，夠了，阿里耶，我們聽過了，你又來解釋塔里塔庫米了。我們經過施伊拜爾大坑，一個從未蓋起建築的地基，經過後來成為議會暫居地的甫魯民大樓，經過哈馬阿洛特大廈那半圓形的包浩斯式建築，它保證讓所有進來者都能領略到迂腐的德國猶太人美學那苛刻的樂趣。我們停了一下，仔細看看老城城牆，與馬米拉穆斯林墓地相交，互相催促快點趕路（已經兩點四十五分了！路還很長呢），繼續走過耶舒龍猶太會堂，來到猶太人辦事處粗笨的圓弧形建築前（爸爸會壓低聲音，彷彿在向我透露國家機密：「那裡是我們的政府所在地，有魏茲曼博士[2]、卡普蘭[3]、施托克[4]，有時甚至是大衛．本-古里昂本人。這裡跳動著希伯來人政府的心。很遺憾這不是比較威嚴的民族內閣！」接下來他會向我解釋何為「影子內閣」，倘若英國人終於離開，我們這裡會發生什麼事，他們離去究竟是好還是壞）。

我們從那裡下行，向塔拉桑塔學院走去（爸爸在那裡工作有十年之久，獨立戰爭後，或說耶路撒冷遭到圍困後，通往守望山校區的道路遭到封鎖，國家圖書館期刊部在這裡三樓的一個角落找到了臨時避難所）。

從塔拉桑塔走個十來分鐘便是弧線形的大衛樓，城市在那裡戛然而止，展現在面前的是空曠的田野，位於來法伊姆谷的火車站就在近旁。左邊可見耶民摩西的風車翼板，右方斜坡上，是塔里比耶區的最後幾座住宅。當我們走出希伯來城市的疆界時，感受到一種無言的緊張，彷彿我們正在跨越一條看不見的國境線，走進異國他鄉。

一過三點鐘，我們會沿著一條大路行走，這條路將古代鄂圖曼朝聖者客棧廢墟（現在上面是一座蘇格蘭教堂）與廢棄的火車站分隔開來。這裡的風光大為不同，比較渾濁，古舊陳腐。這地方突然令我想起烏克蘭西部小城邊上一條穆斯林小街上的媽媽，小城是她的故鄉。爸爸呢，則不可避免

2 海姆．魏茲曼（Chaim Azriel Weizmann, 1874-1952），生於白俄羅斯，化學家，猶太復國主義先驅，以色列國家的奠基人之一，為以色列第一任總統。

3 埃利澤．卡普蘭（Eliezer Kaplan, 1891-1952），以色列第一任財政部長。

4 摩西．施托克（Moshe Shertok, 1894-1965），即摩西．夏里特（Moshe Sharett），以色列第二任總理。

路撒冷猶太人從鄂圖曼帝國那裡得到特許後，於十九世紀末期修建的。

當著聚攏的人群發生的斬首與鞭刑。火車站，正如我們所知，是一個名叫約瑟夫·拜伊·納翁的耶

地開始談論土耳其時期的耶路撒冷，談論傑瑪爾帕夏[5]的政令，談論剛好在火車站前鋪就的廣場上

我們從火車站前面的廣場沿希伯崙路而下，從英國軍事防禦設施前面經過，還經過圈起來的一串碩大的燃料容器，上面用三種語言標示「真空油料」字樣。希伯來文標記有些奇怪，滑稽，缺乏母音。爸爸哈哈大笑著說，這又一次證明，引進單獨的母音字母，實現希伯來文書寫的現代化，勢在必行。他說母音字母是閱讀時的交通指揮。

我們左側，有幾條岔路通往山下阿布托爾阿拉伯人居住區，而右側則是德國人居住區，一條條迷人的小巷，一個靜謐祥和的巴伐利亞人村莊，處處鳥兒歡歌，雞鳴犬吠，蒼松翠柏之間時不時點綴著鴿房和紅瓦屋頂，枝繁葉茂的樹木遮蔽了小石牆內的一座座花園。這裡的每幢房屋都建有地窖和頂樓，其特有含義讓像我這樣的孩子——生在腳下沒有黑漆漆的地下室、頭上沒有幽冥的閣樓，沒有衣櫃，沒有五斗櫥，沒有落地老爺鐘，院子裡沒有轆轤水井的地方——心生感傷的痛苦。

我們繼續沿著希伯崙路前行，經過粉紅色的石砌官邸，那裡住著富有的上流社會人士、篤信基督教的阿拉伯專業人士、政府管理部門的高級職員和阿拉伯高等委員會成員，馬德姆·貝·馬特納維、哈吉·拉什迪·阿非非、埃米利·阿德萬·布斯塔尼博士、亨利·塔維爾·圖塔赫律師以及巴卡阿郊區的富有居民。這裡所有的商店都是敞開的，咖啡館裡歡聲笑語，音樂洋溢，彷彿我們把安息日拋到身後，使其在耶民摩西和蘇格蘭救濟院間一堵擋住去路的想像中的牆前止步。

在寬大的人行道上，在咖啡屋前兩棵古松的陰影下，三、四個已不年輕的男子圍坐在低矮木桌

旁的幾把柳條凳上，皆身著棕色制服，配有金鏈，金鏈從釦眼中露出，繞過腹部，消失在一個口袋裡。這幾位先生喝著玻璃杯裡的茶，要不就是啜飲小雕花茶杯裡的咖啡，在十五子棋板上擲骰子。爸爸樂不可支地用阿拉伯語和他們打招呼，從他嘴裡說出來像是俄語。男士們半晌沒說話，略微吃驚地看著他，其中一人含混不清地咕噥著什麼，或許只有一個詞，或許真的在回應我們的問候。

三點半，我們經過阿倫比軍營的帶電鐵絲網，那是英國在南耶路撒冷的軍事基地。我在地毯上玩遊戲時，經常以迅雷不及掩耳之勢攻入這座軍營，攻克，懾服，清洗，讓希伯來人的旗幟飄揚在它的上空。我將從這裡直搗外國入侵者的心臟，派遣一隊隊突擊隊員直抵惡意之山最高司令官邸的圍牆，我的希伯來人部隊在壯觀的鉗形運動中一次次攻克惡意之山，一支全副武裝的縱隊從西面，從軍營闖入住宅，而另一支部隊從東邊，從通往猶太沙漠的東面荒涼斜坡出其不意地切斷後路。

我八歲大的時候，是英國託管巴勒斯坦的最後一年，兩個同謀和我一道在屋後院子裡造了一枚火箭。我們的目的是將其發射向白金漢宮（我在爸爸的地圖集裡找到一張大幅的倫敦中心地圖）。

我用爸爸的打字機打了一封彬彬有禮的書信，向溫莎宮裡的英王喬治六世陛下發出最後通牒（我用希伯來語寫作，那裡一定會有人為他翻譯）：你要是不在六個月內離開我們的國家，那麼我們的贖罪日就會成為大不列顛帝國的審判日。但是我們的工程從來沒有結果，因為我們無法展開精密的導航設計（我們計畫襲擊白金漢宮，而不是無辜的英國路人），也難以設計出一種燃料，可以把我們的火箭從凱里姆亞伯拉罕區的艾默思街和歐法迪亞街角射向倫敦中心。然而，正當我們投身

5 傑瑪爾帕夏（Jemal Pasha, 1872-1922），曾任鄂圖曼土耳其帝國海軍部長，亞美尼亞種族屠殺的策畫者之一。「帕夏」為鄂圖曼土耳其帝國文臣武將的尊稱。

於技術研究和發展之際，英國人改變了主意，匆匆忙忙離開了這裡，倫敦就這樣從我的民族熱情和致命的火箭中倖存下來。火箭是用被人扔掉的一台冰箱和破自行車零件製作而成。

快四點鐘時，我們終於離開了希伯崙路，來到陶比奧近郊。兩旁長滿黑壓壓柏樹的林蔭道上，從西向東吹起一陣微風，颯颯作響，在我心中掀起了奇妙、屈辱和肅然起敬之感。那年月的陶比奧靜謐安寧，花團錦簇，位於沙漠邊緣，遠離城市中心和商業喧擾。陶比奧計畫以精心照管的中歐住宅規畫模式為範本，為追求寧靜的學者、醫生、作家和思想家而建。道路兩旁，令人愜意的小型平房坐落在美麗花叢中，正如我們所料，每間住房裡住著傑出的學者，或是像我們約瑟夫伯伯那樣著名的教授，儘管他沒有子嗣，但在整個國家聞名遐邇，甚至透過著作翻譯將聲名播向遙遠的異國。

我們向右拐進考拉哈多洛特街，一直走到松林邊，而後左拐，來到了伯伯家門外。媽媽會說，離四點還差十分呢，他們還在休息吧？我們何不安安靜靜地在花園長椅上坐等幾分鐘呢？要麼就說，我們今天有點晚了，已經四點一刻了，俄式茶炊一定弄好了，琪波拉伯母也已擺上水果了。兩棵華盛頓葵如同哨兵立於大門兩側，再過去是一條鋪平的小路，小路兩側的金鐘柏樹籬從大門通向寬闊的台階，我們從台階走向前門門廊，門上方精美的銅牌鐫刻著約瑟夫伯伯的箴言：

猶太教和人文主義

門上有個更小更亮的銅盤，上面用希伯來文和羅馬字母寫著：

約瑟夫·克勞斯納博士教授

再下面，是一張用圖釘釘上去的小卡片，琪波拉伯母用渾圓的筆跡寫著：

兩點至四點請勿來訪。謝謝。

8

已經到了前廳，我被一種敬畏之情攫住，彷彿心臟本身受命脫掉鞋子，穿襪子走路，踮起腳尖，禮貌地呼吸，緊閉雙唇，適度得體。

在前廳裡，除了一個帶彎曲枝杈的棕色衣帽架立在前門口，以及一面小牆鏡、一塊黑色編織地毯之外，其他空間都被一排排的書籍占滿：從地面直通天花板的一個個架子上放滿了書。我從字母上認不出這些書是用哪種語言寫成，書直立擺放，還有一些書躺在它們的頭頂，豐滿而燦爛奪目的外國圖書自如地舒展著身子，而其他可憐巴巴的圖書則侷促地擠在一起窺視著你，躺在那裡，像非法移民擠在外國輪船的上下鋪。厚重體面的書籍用燙金皮革封面裝訂，稍薄一點的書籍用薄紙，儼然光彩照人氣度莊嚴的紳士和蓬頭垢面衣衫襤褸的乞丐。在它們周圍、中間和身後，乃是一本本汗流浹背的小冊子、傳單、活頁印刷品、選印本、期刊、日報和雜誌，猶如總是聚集在任何廣場和市場的嘈雜人群。

前廳裡有扇窗子，透過令人想起隱士小屋的鐵條，在觀看著花園裡的憂鬱葉子。琪波拉伯母在廳裡接待我們，也在這裡接待所有客人。她是位可人的老太太，臉上神采奕奕，笑容可掬，身穿一條銀灰色長裙，肩披一條黑色披肩，非常俄國化，一頭白髮攏在腦後，梳成整整齊齊的小髻，迎上雙頰依次親吻，和藹的圓臉朝你露出歡迎的微笑，總是先向你問好，通常不等你回答，就直接切入我們親愛的約瑟夫的情況，說他又是徹夜未眠，要麼就是舊病復發後胃又恢復了正常，要麼就是剛從賓夕法尼亞一位赫赫有名的教授那裡收到一封特別好的來信，要麼就是明天以前得幫拉維多維奇的雜誌完成一篇重要的長文，要麼就是決定對希伯來文學批評家艾西格．席伯施拉格的再次羞辱不予理睬，要麼就是終於決定對「和平契約」幫派-那些領袖的謾罵給予毀滅性還擊。

消息公告後，琪波拉伯母甜美地一笑，帶我們覲見伯伯本人。

「約瑟夫正在客廳等著你們呢。」她向我們宣布時會發出一陣笑聲；不然就是「約瑟夫已經和克魯普尼克、內塔尼亞胡夫婦、約尼赫曼先生和蕭特曼一家待在客廳裡了，還有一些貴客正在趕來」。有時她說：「從早晨六點他就囚在書房裡，我甚至得把飯給他送過去，可沒關係，沒關係，你們現在儘管去，去找他，他一定會高興的。他看見你們總是那麼高興，我也高興，讓他稍微停一下工作，休息一會兒對他比較好，他在摧毀自己的身體哩！他一點也不在意自己。」

*

前廳開有兩扇門。一扇玻璃門直通向兼飯廳的起居室，門板上有花紋雕飾；另一扇門沉重而陰暗，把我們引向教授的書房，有時書房又被稱作「圖書館」。

約瑟夫伯伯的書房在我這個孩子的眼中，像通往某座智慧之宮的前廳。爸爸有一次悄悄對我說，在伯伯的私人圖書館裡，有兩萬五千多冊藏書，其中包括無價的古代巨著，我們最偉大作家和詩人的手稿，為他個人簽名的首版書，以各種手段偷運出蘇維埃奧德薩的經卷，價值連城的收藏品，宗教與世俗書籍，近乎所有的猶太文學作品和大量的世界文學作品，伯伯在奧德薩購買的圖書，或者是在海德堡得到的圖書，他在洛桑發現或在柏林和華沙所找尋到的圖書，他從美國訂購的圖書，以及只在梵蒂岡圖書館才有的圖書；其語言包括希伯來語、阿拉米語、敘利亞語、古希臘語、現代希臘語、梵語、拉丁語、中世紀阿拉伯語、俄語、英語、德語、西班牙語、波蘭語、法語、義大利語，以及連我都沒聽過的語言和方言，比如說烏加里特語、斯洛維尼亞語、馬爾他語以及古斯拉夫教堂語言。

圖書室有某種嚴格肅穆之處，數十座書架那筆直的黑線條從地面伸向天花板，甚至伸向門道和窗戶，某種沉靜嚴厲的輝煌，不允許草率和輕浮，對我們大家都有一種壓迫感，就連約瑟夫伯伯本人，在這裡說話也總是輕聲細語。

伯伯那巨大圖書室裡的氣味將會伴隨我整個人生：七種隱藏智慧那散發泥土氣的誘人氣味，獻身學術的恬靜世俗生活氣味，還有祕密隱士生活從最深的智慧井裡滾滾湧出的幽靈般的沉寂，先賢們的竊竊私語，埋沒已久的學者們的祕密思想迸發而出，對前代人欲望的冷峻撫慰等氣味。

也是從書房，透過三個高高的窄窗，可以看到過於繁茂的幽暗花園，花園牆外，便是滿目荒涼的猶太沙漠，嶙峋的石丘滾滾瀉向死海。花園周圍柏樹參天，青松瑟瑟，蒼松翠柏中不時長有歐洲夾竹桃、野草，未經修剪的玫瑰花叢，布滿塵埃的金鐘柏，昏暗的沙石小徑，一張花園木桌歷經多次冬雨後已經腐爛，一棵大花紫薇老樹彎彎曲曲，已經半枯。即便是在夏季最炎熱的日子，在這座花園裡也有幾許俄羅斯式的冬意，令人沮喪。沒有子嗣的約瑟夫伯伯和琪波拉伯母用廚房裡的殘羹剩飯餵養園中的貓，但是我從未見過他們出來到哪裡漫步，也沒看見他們有誰會在徐徐晚風中坐在那兩張褪色的長椅上。

在那些安息日的午後，只有我在花園中漫步，總是孤身一人，躲避客廳裡學者們那索然無味的談話，在矮樹叢裡獵豹，在石頭下挖掘，尋找古老羊皮卷，夢想著用我部隊的勇猛炮火征服牆外光

1 和平契約（Brit Shalom），一個和平主義組織，成立於一九二〇年代，在希伯來大學教授之間引起強烈爭論。

禿禿的山丘。

*

圖書室四面高大寬闊的牆壁被擁擠然而錯落有致的書占據，一排排藍、綠、黑色珍貴的書籍飾有金銀雕花。有些地方的書籍放得特別擠，兩排書被迫一前一後站在承受重負的同一格書架上。有些部分帶有華麗的哥德體字母，令我想起尖塔和移動塔車，有些部分是猶太聖書、塔木德[2]著述、祈禱書、律法大綱和米德拉什彙編。一架是西班牙出的希伯來文圖書，一架是義大利出的；還有一部分是柏林或什麼地方的希伯來啟蒙運動圖書，還有望不到邊際的猶太思想、猶太歷史、早期近東歷史、希臘羅馬歷史、古今教會歷史，以及各式各樣的異教徒文化；伊斯蘭教思想、東方宗教、中世紀歷史，還有令我感到神祕的大片斯拉夫區域、希臘區域，再有一片是灰棕相間的四孔文件夾、卡紙板文件夾，鼓鼓脹脹夾滿選印本和手稿。就連地板上也讓一堆堆的書籍覆蓋了，有些書翻開來放在那裡，有些書裡夾滿小書籤，而另一些則像驚恐的綿羊在為客人準備的高背椅上甚至窗台上擠作一團。一架小黑梯子可以沿著金屬軌道在圖書室裡移來移去，好搆到上面緊挨著高高天花板的書架。偶爾，我被允許小心翼翼推著橡膠軸轆上面的它從一個書架到另一個書架，沒有圖片、植物或裝飾品，只有書，許許多多的書和沉寂盈滿了房間，還有股奇妙的氣味，那是皮革封面、發黃紙張和黴菌散發出來的，有點怪異，像海草和舊膠水的氣息，智慧、祕密和塵埃的氣息。

在圖書室中央，佇立著克勞斯納教授的書桌，彷彿一艘黑漆漆的大驅逐艦在高山環繞的崖灣內拋錨，整個書桌堆滿了一堆堆的參考文獻、筆記本、各式各樣的鋼筆，藍的、黑的、綠的、紅的，鉛筆、橡皮擦、裝滿迴紋針的盒子，橡皮圈和釘書針，暗黃色信封、白色信封，以及上面貼有彩色好看郵票的信封，紙張、散頁印刷品、筆記和索引卡片，打開的希伯來文書籍上堆放著外文書，不時插入從螺圈活頁簿上撕下來的紙張，上面是我伯伯那密密麻麻的細長字跡，到處塗塗抹抹修修改改，像黑色的死蒼蠅，到處是小紙片，約瑟夫伯伯的金邊眼鏡放在一堆東西上邊，彷彿在天空中飛翔，另一副眼鏡放在椅子旁邊小推車的另一堆書上，第三副眼鏡則在黑沙發旁小箱子上，透過一本打開的小冊子的書頁偷看你。

約瑟夫伯伯本人就待在這張沙發上，以一種災難性的姿勢蜷縮在那裡，肩上披一條像蘇格蘭裙的紅綠格毯子，不戴眼鏡，他的臉顯得光禿禿的，充滿了稚氣。他身材瘦削，像孩子那樣纖巧，那雙細長的棕色眼睛看上去既喜悅，又有幾分失落。他用那隻幾乎透明的白手和我們微微相握，咧開八字鬚和山羊鬍，露出淡粉色的微笑，說些諸如此類的話：「請進，親愛的，進來，進來呀！」（即使我們已經走進房間，已經站在他面前，然而依舊靠近房門，爸爸媽媽和我擠作一團，像一小群迷失在陌生牧場裡的牲畜。）「請原諒我沒有站起來迎接你們，不要對我過於苛刻，因為我三天兩夜都沒有離開寫字台，沒有闔眼，問問克勞斯納夫人，她會為我作證，我沒吃沒睡，我甚至沒有溜一眼報紙，只想把這篇文章寫完，它的發表會在我們的國土上引起強烈回響，不光是在這裡，整個文化世界將會屏息注視這場論爭，這一次我相信我會讓蒙昧主義者永遠啞口無言！這一次迫使他們表示贊同說阿們，或者至少承認他們大勢已去，別無話說，他們的遊戲結束了。你們怎麼樣？我親愛的范妮婭？我親愛的羅尼亞？還有可愛的小艾默思？你們好嗎？你們有什麼新情況？你們給親愛的

---

2 塔木德（Talmud），約成書於西元前五百年到西元前二百年，是繼《舊約》之後重要的猶太文化經典、口傳律法彙編，包括密西拿（Mishnah，口傳律法彙編）和革馬拉（Gemara，口傳律法注釋）兩部分。

小艾默思讀幾頁我寫的《當民族為自由而戰》了嗎？我親愛的各位，在我看來，在我寫的所有東西中，《當民族為自由而戰》最適合給親愛的艾默思自己和我們整個傑出的一代希伯來青年做精神食糧，或許還包括我的《第二聖殿史》中對英雄主義和反叛的描述。

「親愛的，你們呢？你們一定是走著來的。路是不是太遠了？從你們凱里姆亞伯拉罕的家裡？我現在想起來了，三十年前我們還年輕時，住在風景如畫、真誠的布哈拉人居住區，我們經常在安息日從耶路撒冷走到伯特利或阿那托特，有時會走到先知撒母耳墓地。親愛的克勞斯納夫人現在要給你們拿些吃的喝的，要是你們善意地跟隨她去的話，我把這段難寫的話寫完就過去。沃伊斯拉夫斯基家和詩人尤里．茲維，以及埃文-札哈夫今天可能也會來。親愛的內塔尼亞胡和他迷人的妻子差不多每個安息日都來看我們。現在過來一下，我親愛的各位，過來親眼看看，我親愛的小艾默思你也過來，看看我寫字台上的草稿——我死後，應該讓一撥撥、一代代學生到這裡參觀，讓他們親眼看看作家為藝術奉獻時所遭受的痛苦，我平生進行的奮鬥，不遺餘力地追求簡約、流暢和明晰的風格，看看我每行字中刪去多少，我打了多少草稿，有時甚至有六遍以上的不同草稿，此後方覺自己的東西差強人意。成功來自汗水，靈感來自勤奮和努力。古語說得好，祝福既上自天堂，又下至萬丈深淵。當然，我只是開個小玩笑，女士們，請原諒。現在，我親愛的各位，跟克勞斯納太太去解解渴，我不耽誤你們了。」

＊

從圖書館另一頭，你可以出去，走到又窄又長的走廊，那是房子最狹窄地帶。走廊右邊是浴室和貯藏室，正前方則是廚房、食品貯藏室和可說是廚房分支的傭人房（儘管從來就沒有過傭人）。

你也可以立即左拐走進客廳，或者直走到走廊盡頭，則是我伯伯伯母那裝飾華麗的潔白臥室，裡面有一面鑲銅邊的大梳妝鏡，兩邊則放有裝飾性的蠟燭架。

因此你可以透過三種途徑來到客廳：當你走進家門時從前廳左轉；或者直直走進書房，出來後進走廊，立即左轉，就像約瑟夫伯伯通常在安息日裡所做的那樣，便會直接走到幾乎有整個客廳那麼長的黑色餐桌頭的主位。此外，在客廳一角有一道低矮的拱形門廊通向休息室，休息室的一面是圓形的，像座角樓，休息室的窗子俯瞰著前花園、華盛頓葵和安靜的小街。阿格農先生的住宅就聳立在街道對面。

休息室也被稱作吸菸室（在安息日，克勞斯納家裡禁止吸菸，然而安息日並非能永遠阻止約瑟夫伯伯寫文章）。這裡有幾把沉重、柔軟的扶手椅，有座沙發鋪著繡有東方風格圖案的坐墊，一條軟綿綿的大地毯，一大幅油畫（波蘭畫家莫里西．格特里夫畫的？）畫的是一個上了年紀的猶太人，佩戴經匣，肩上披著祈禱披肩，手上拿著本祈禱書，但這個猶太人並沒有讀祈禱書，因為他雙眼緊閉，嘴巴張開，臉上流露出痛苦的虔誠和精神亢奮。我總是有這樣一種感覺：這位虔誠的猶太人了解我所有見不得人的祕密，非但沒有指責我，反而默默地請求我修正我的道路。

那時，整個耶路撒冷到處是一間半房或兩房的公寓單位，由兩戶相互爭鬥的家庭合住。克勞斯納教授的宅邸在我看來成了蘇丹或羅馬皇帝王宮的樣本，我經常在入睡之前，躺在床上幻想大衛王國復辟，希伯來部隊為陶比奧的宮殿站崗。在一九四九年，內閣裡的反對派領袖梅納赫姆．比金[3]，以自由運動的名義提名約瑟夫伯伯為候選人，和海姆．魏茲曼競爭以色列總統，我羅織出

3 梅納赫姆．比金（Menahem Begin, 1913-1992），猶太復國主義領袖，以色列總理（一九七七—一九八三在位）。

這樣的意象：伯伯在陶比奧的總統府四周是希伯來士兵，每個入口的黃銅牌下，兩名渾身閃光的哨兵分立兩側，令所有走近者確信，猶太人和人道主義價值將會永遠聯合在一起，彼此不會發生衝突。

「那個神經病孩子又在宅裡跑來跑去了。」他們說，「你們看看他，沒完沒了地跑，上氣不接下氣，臉脹得通紅，渾身是汗，好像吞了水銀。」他們責罵我：「你怎麼回事？你吃紅辣椒了嗎？你在追自己的尾巴嗎？你當自己是哈努卡節的陀螺嗎？[4]是飛蛾嗎？是螺旋槳嗎？你把自己的漂亮新娘給丟了？你的輪船沉了？你讓我們大家頭疼。你淨給琪波拉伯母搗亂。你幹麼不坐下來安靜一會兒？你幹麼不找本好書看看？要不我們給你拿來紙筆，你安安靜靜地坐在那裡給我們畫張好看的畫？不可以嗎？」

但我已然如此，從客廳瘋跑到走廊，到傭人房，再到花園，再跑回來，滿是幻想，摸摸牆壁，敲一敲，以找到隱匿的寢室、看不見的空間、祕密通道、地下走道、隧道、地道、祕密夾層，或是偽裝起來的門。直至今天我仍然沒有放棄。

4 哈努卡節（Hanukkah），有光明節、淨殿節等多種譯法，為的是紀念西元前一六五年猶太民族在猶太．馬加比領導下反抗異族統治、捍衛民族信仰的起義。陀螺是過此節時兒童玩的一種玩具。

9

在客廳裝有黑玻璃面的餐具櫃裡，陳列著一套華麗的餐具：長頸玻璃壺、陶瓷和水晶杯子，一套古老的哈努卡燈具，以及逾越節專用的器皿。櫃子上面，放著兩座青銅塑像：慍怒的貝多芬面對著雙唇緊閉沉著鎮定的弗拉基米爾．亞波亭斯基，後者經小心翼翼的拋光，身穿華麗軍裝，戴一頂軍官的尖頂帽，一條官方皮帶橫過胸膛。

約瑟夫伯伯坐在主位，像女人一樣尖聲細語，百般懇求，甜言蜜語，有時幾近嗚咽。他會講述民族狀況、作家和學者身分、文化人的責任，不然就是講同事不夠尊重他的研究和發現、他的國際地位，而他本人不怎麼在意，實際上還很鄙夷他們的狹隘心胸，鄙夷他們那乏味而自私的觀念。

有時他會把話題轉向國際政治，對史達林代理人四處發動的顛覆活動憂心忡忡，對英國人的偽善鄙夷不屑，懼怕羅馬教廷玩弄詭計：他們從不曾接受，也永不會接受猶太人小到掌管耶路撒冷大到掌管以色列土地，對開明民主國家的重重顧忌表現出審慎的樂觀，對美國則深懷羨慕，但並非沒有保留；在我們時代，美國居於民主國家之首，然而受到庸俗行為和物質至上主義的浸染，缺乏文化與精神底蘊。整體來說，十九世紀的英雄人物，如加里波底、亞伯拉罕．林肯、格萊斯頓等人，堪稱偉大的民族解放者，文明與啟蒙價值的傑出闡釋者，然而這個新世紀卻處在兩個劊子手的鐵蹄下，一個是住在克里姆林宮的喬治亞鞋匠之子，一個是控制了歌德、席勒和康德家園的瘋狂乞兒。

客人們滿懷尊敬地靜靜聆聽，要麼就是用幾個安靜的字眼表示贊同，以免打斷他滔滔不絕的演說。約瑟夫伯伯的餐桌談話不是聊天，而是感人至深的獨白。克勞斯納教授會從餐桌主座指責、痛斥、懷舊，要麼就是對一系列事件發表見解、主張，做情感表白，如猶太人辦事處領導那平庸的不幸，總是討好異教徒；希伯來語的地位，一方面受到意第緒語不斷威脅，另一方面又受到歐洲語言不斷侵擾，腹背受敵；職場上一些同事的狹隘嫉妒，年輕作家和詩人的淺薄，尤其是那些本土出生的人，既無掌握一門歐洲文化語言，就連希伯來語也疲軟了；要麼就是歐洲猶太人理解不了亞波亭斯基的預言性警告，即使現在已出現希特勒，美國猶太人依然沉迷於物質享受，而不到故鄉定居。

偶爾有位男客提問或發表評論，猶如有人把青蛙扔到篝火上，他們鮮少有人敢展開某種次要的詳細議題，或是介入主人的談話，大多數時間，都滿懷敬意地坐在那裡，發出禮貌的贊同之聲，或在當約瑟夫伯伯採用嘲諷或幽默的口氣時放聲大笑，在這種情況下，約瑟夫伯伯不可避免地加以解釋：剛才說的只不過是開開玩笑。

至於女士們，她們不參與談話，其角色僅限於充當點頭聽眾。當約瑟夫伯伯在她們面前慷慨地散發智慧連珠時，期待她們適時報以微笑，透過面部表情露出喜色。我不記得琪波拉伯母在桌子旁邊就座過。她總是在廚房、貯藏室和客廳之間來回奔波，裝滿餅乾碟和果盤，給大銀盤裡的俄式茶炊添熱水，一副急急忙忙，腰上繫條小圍裙。當她不需要倒茶，也用不著添加蛋糕、餅乾、水果或一種叫作瓦倫液的甜味調製品時，就站在客廳和走廊之間的門口，站在約瑟夫伯伯右手後邊兩步遠的地方，雙手放在肚子上，等著看是否需要什麼，或者是哪位客人需要什麼，從濕抹布到牙籤，或是約瑟夫伯伯禮貌地朝她指出她應該從他圖書館寫字檯右上角取來最新一期《來守乃奴》雜誌或伊札克·拉馬丹[1]的新詩集，他想從中引用一些東西支持自己的論證。

這是那段年月一個不成文的規矩：約瑟夫伯伯坐在餐桌上座，滔滔不絕地高談闊論，而琪波拉伯母繫著白圍裙站在那裡，服侍，或等待，召之即來。然而，伯伯、伯母絕對彼此忠貞不渝，彼此相親相愛，一對身患慢性疾病沒兒沒女的年邁情侶，他待妻子如同對待嬰孩，極盡甜美深情；她待丈夫如同對待嬌慣的孩子，幫他穿衣服，繫圍巾，萬一他感冒，就打個雞蛋，調上牛奶和蜂蜜，緩解他喉嚨的疼痛。

一次我碰巧看見他們並肩坐在床上，他一隻半透明的手放進她的雙手中，而她則小心翼翼地給他修剪指甲，用俄語悄聲向他傾訴各種愛慕之情。

*

約瑟夫伯伯酷愛在書頁題上情意綿綿的字句。從我九歲或十歲起，他每年都要送我一卷《兒童百科全書》，在其中一卷，他採用後縮格式書寫，有點像是在退縮：

致我勤奮而聰穎的
小艾默思
衷心祝願
他成長為民族棟梁
約瑟夫伯伯
謹上
耶路撒冷—陶比奧，猶太曆五七一〇年八月

1 伊札克·拉馬丹（Yitzhak Lamdan, 1899-1954），出生於烏克蘭，一九二〇年移居巴勒斯坦，希伯來語詩人。

現在，五十多年過去後，當我凝視這題字，不知道他真正了解我什麼。我的約瑟夫伯伯，通常把冰涼的一隻小手放在我的臉頰上，銀白色的鬚髯下露出溫和的微笑，盤問我最近讀了哪些書，讀過他寫的什麼書，這時猶太孩子在學校學些什麼，我會背誦比阿里克和車爾尼霍夫斯基的哪首詩，誰是我所喜歡的《聖經》英雄。沒來得及聽我答話，他便告訴我說，我應該通曉他在《第二聖殿史》裡所寫的馬加比家族，有關國家前途，我應該讀讀他昨天在《觀察者》上發表的一篇措辭激烈的文章，要麼就讀讀他在本週《早晨》雜誌上的訪談錄。在題字中，他小心翼翼地在容易造成模稜兩可的地方給母音加上音標，而他名字的最後一個字母則像風中之旗在飄動。

在大衛·弗里希曼[2]譯作的扉頁上，他又一次題字，以第三人稱的形式希望我：

願他在人生路上取得成功
學本書翻譯妙處之用詞，
人須遵循人己之所思
而非人類大眾——本時代芸芸眾生之所想，
愛他的
約瑟夫伯伯
耶路撒冷—陶比奧，猶太曆五七一四年八月

在一次安息日聚會上，約瑟夫伯伯說過類似這樣的話：「女士們，先生們，我畢竟沒兒沒女，我的書就是我的孩子，我在其中傾注了全部心血，我死後，它們，只有它們將會把我的精神、我的夢想傳給未來的一代。」

對此，琪波拉伯母回應說：「咳，歐西亞，停了。噓，歐辛卡，停了。你知道大夫說過你不能激動。現在你的茶涼了，冰涼冰涼的。別，別，我親愛的，別喝了，我要去給你倒杯新的。」

對手們的偽善和卑鄙令約瑟夫伯伯義憤填膺，有時會提高嗓門，但聲音從來不是吼叫，而是高分貝的咩咩羊叫，與其說像嘲弄、痛斥的先知，不如說像抽泣的女人。有時候，他用脆弱的手敲擊著桌面，但那樣子與其說是打擊，不如說是撫摸。有一次，在抨擊布爾什維克主義或同盟會[3]或那些建議講猶太—德國人粗俗黑話（他定義為意第緒語）的人的長篇激烈演說中，他打翻了一罐冰鎮檸檬水，水流到他腿上，繫著圍裙站在門邊的琪波拉伯母剛好站在他身後，她彎腰用圍裙擦拭他的褲子，說對不起，扶他起來，帶他去了臥室。十分鐘後，她把衣著乾爽光彩照人的他帶回到朋友之中，大家圍坐在桌前禮貌地等候他，低聲談論著男女主人，他們像一對信鴿：他待她如同一位上了年紀的女兒，而在她看來，他就像可愛的孩子，視如眼珠。有時她會把胖胖的手指和他透明的手指交叉在一起，那一刻兩人會交換眼神，接著垂下眼簾，靦腆地相視而笑。

有時，她輕輕解下他的領帶，幫助他脫鞋，讓他躺下休息一會兒。他憂傷的頭顱靠在她的前胸上，單薄的身體偎依著她豐滿的身軀。要麼就是她在廚房裡洗刷，無聲地流淚，他會來到她身後，把粉色雙手放在她的雙肩上，發出一連串的唧唧、咯咯、吱吱聲，彷彿在哄嬰兒，要麼就是自願做她的嬰兒。

---

2 大衛・弗里希曼（David Frischmann, 1859-1922），生於波蘭，曾經在德國、俄國等地輾轉，著名希伯來語詩人。

3 同盟會（the Bund），立陶宛、波蘭和俄國的猶太工人聯盟，始創於一八九七年十月，主張接受社會主義理念。

10

作為孩子，我最欽佩約瑟夫伯伯的是，我聽說他給我們創造了幾個簡單的希伯來日常詞語，那些詞語看來已經家喻戶曉並獲得永久使用，包括「鉛筆」、「冰山」、「襯衫」、「溫室」、「吐司」、「貨物」、「單調」、「色彩繽紛」、「官能的」、「起重機」和「犀牛」（試想，要是約瑟夫伯伯沒給我們創造「襯衫」、「多彩外套」這些詞語，那我每天早晨穿什麼？沒有他的鉛筆，那我用什麼寫字？鉛製尖筆？更不用說「官能的」了，那可是這個恪守道德規範的伯伯創造的一個特殊禮物了）。

約瑟夫・克勞斯納，一八七四年出生於立陶宛的奧凱尼基，一九五八年逝於耶路撒冷。在他十歲那年，克勞斯納一家從立陶宛移居到奧德薩，在奧德薩，他從傳統的猶太宗教小學到具有現代風格的經學院，行進摸索，之後投身「錫安之愛」[1]運動，成為阿哈德・哈阿姆[2]圈子裡的一員。十九歲那年他發表了第一篇文章，題為〈新詞和優秀寫作〉。他在這篇文章裡論證道，希伯來語言範圍有待擴展，甚至要引入外來語，這樣才能使之成為一門鮮活的語言。一八九七年夏天，他到德國海德堡求學，因為在沙皇俄國禁止猶太人上大學。在海德堡的五年間，他跟隨庫諾・費舍爾[3]教授研習哲學，深為勒南[4]版本的東方歷史所吸引，受卡萊爾[5]影響深遠。他在海德堡的五年間學習領域涉及哲學、歷史到文學、閃語和東方學（他掌握了十幾門語言，包括希臘語和拉丁語，梵語和阿拉伯語，阿拉米語、波斯語和阿姆哈拉語）。

當時，他在奧德薩時期的友人車爾尼霍夫斯基也在海德堡攻讀醫學，兩人的友誼進一步深化，變成一種誠摯而有益的親和力。「一位激情澎湃的詩人！」約瑟夫伯伯會這樣說他，「雄鷹般的希伯來語詩人，一隻翅膀觸及《聖經》和迦南風光，而另一隻在整個現代歐洲展開！」有時他稱車爾尼霍夫斯基擁有「孩子般簡單純淨的靈魂，哥薩克強健結實的體魄」！

約瑟夫伯伯當選為代表，代表猶太學生出席在巴塞爾召開的第一屆猶太復國主義大會，在接下來的會議中，他有一次甚至和猶太復國主義之父希歐多．赫爾茨[6]做過簡短交流。(「他人很英俊！像上帝的一個天使！他的臉煥發著內在的神采！在我們看來，他像亞述王，蓄著黑鬍子，流露出受到神靈啟迪的夢幻神情！他的眼神，我將至死記得他的眼神，赫爾茨擁有年輕戀愛詩人的眼神，灼熱，憂傷，令所有凝視它的人著迷。他高高的前額也賦予了他崇高的神采！」)

回到奧德薩後，克勞斯納寫作，教書，投身猶太復國主義運動。在二十九歲那年，他從阿哈德．哈阿姆那裡繼承了現代希伯來文化的核心月刊《哈施羅阿赫》的編輯工作。更為精確地說，約瑟夫伯伯從阿哈德．哈阿姆那裡繼承的是一份「文學期刊」，克勞斯納立即透過「每月一次」發明希伯來詞語，把它變成了月刊。

1錫安之愛（Hibbat Zion），又譯作「熱愛聖山」，或「熱愛錫安」，指始於一八八〇年代宣導在以色列土地上復興猶太人生活的一場運動。

2阿哈德．哈阿姆（Ahad Ha'am, 1856-1927），生於俄國，一九二一年定居在台拉維夫，著名猶太思想家，作家。

3庫諾．費舍爾（Kuno Fischer, 1824-1907），著名德國哲學家。

4勒南（J. E. Renan, 1823-1892），法國作家和歷史學家，著有《科學的未來》、《以色列史》等。

5湯瑪斯．卡萊爾（Thomas Carlyle, 1795-1881），英國十九世紀著名史學家，文壇怪傑。

6希歐多．赫爾茨（Theodor Herzl, 1860-1904），猶太復國主義之父，一八九七年巴塞爾第一屆猶太復國主義大會的發起者和組織者。

一個人有能力創造新詞並將其注入語言的血流中，這在我看來只略次於創造光明與黑暗的人。要是你寫一本書，你可足以幸運地讓人們讀上一陣子，直到其他更好的書問世，取而代之，但是創造一個新詞，則幾乎不朽。直至今天，我有時閉上眼睛，想像那位乾枯孱弱的老人，白花花的山羊鬍子很突出，鬚髯柔軟，雙手纖細，戴著俄式眼鏡，心不在焉地獨自拖著細碎的腳步，像格列佛身處大人國，而大人國裡那一群五光十色的冷漠巨人、高大鸛鳥、威猛犀牛都滿懷感激，朝他彬彬有禮地鞠躬。

*

他和妻子范妮．沃尼克（自結婚之日起，她就不可避免地以「我親愛的琪波拉」著稱，或者是在客人面前以「克勞斯納夫人」著稱），把他們在奧德薩里米斯里納亞街的家變成某種社交俱樂部和聚會場所，招待猶太復國主義者和文人墨客。

約瑟夫伯伯總是流露出酷似孩子般的喜悅。即便他談及他的憂傷、他深深的孤獨、他的敵人、他的痛楚和疾病、不墨守成規者的悲劇命運、他整個人生中不得不遭受的不公和屈辱，也在兩片圓眼鏡片後潛藏著壓抑的快樂。他的一舉一動，他明亮的眼睛，他粉紅色的嬰兒面頰放射出興高采烈、樂天達觀的活力，那是一種對人生的肯定，近似於快樂論。「我又是一夜沒有闔眼，」他對每位客人都這麼說，「為我們民族憂心忡忡，為我們的未來恐懼。我們有些發育不全的領導人那狹隘的視角，在黑暗中壓在我心頭，比我本人的問題更要沉重，更別說我的痛苦，我氣短，我患有可怕的偏頭痛。」（要是你把他的話當真，那麼他至少在二十世紀早期到一九五八年去世為止，沒有一刻會閉上眼睛。）

一九一七到一九年，克勞斯納在奧德薩大學當講師，後來成為那裡的教授。列寧的十月革命後，紅白雙方的血腥內戰使得奧德薩易主。一九一九年，約瑟夫伯伯和琪波拉伯母加上伯伯年邁的母親、即我的曾祖母拉莎－凱拉．布拉茲，從奧德薩啟程到雅法，乘坐的是「魯斯蘭號」。那是第三代回歸潮（戰後移民高峰時期）猶太復國主義者的「五月花號」。那年的哈努卡節，他們就住在耶路撒冷的布哈拉區。

然而，我祖父亞歷山大、祖母施羅密特，以及我爸爸和他哥哥大衛，卻沒有前往巴勒斯坦，儘管他們也是熱情的猶太復國主義者。巴勒斯坦土地上的生活條件在他們看來非常亞洲化，於是他們動身去了立陶宛首都維爾納。爸爸及其父母在一九三三年抵達耶路撒冷，那時，維爾納的排猶主義已經升高至對猶太學生採取暴力行動的程度。我的親伯伯大衛是個執著的歐洲人，他遲遲沒有行動，那時的歐洲似乎只剩下我的家人和他們那樣的猶太人。其他人都是泛斯拉夫人、泛日耳曼人，或者只是拉脫維亞人、保加利亞人、愛爾蘭人或斯洛伐克愛國主義者。一九二〇、三〇年代，整個歐洲唯一的歐洲人就是猶太人。我爸爸經常說：在捷克斯洛伐克有三個民族，捷克人、斯洛伐克人，以及捷克斯洛伐克人，例如猶太人；在南斯拉夫，有塞爾維亞人、克羅埃西亞人、斯洛維尼亞人和黑山人，但即使在那裡，也居住著一群明顯的南斯拉夫人；即使在史達林統治下的國家裡，有俄國人，有烏克蘭人，有烏茲別克人和楚科奇人和韃靼人，在他們當中有我們的同胞，一個蘇維埃民族裡的真正成員。

而今歐洲徹底改變了模樣，從這面牆到那面牆滿是歐洲人。順帶一提，在歐洲，牆壁上的塗鴉也發生了變化。爸爸年輕時待在維爾納，歐洲的每面牆上寫著「猶太人滾回巴勒斯坦」，五十年後他到歐洲旅行，牆上都在吶喊：「猶太人滾出巴勒斯坦」。

*

約瑟夫伯伯花費多年時間撰寫論拿撒勒耶穌的巨著。令基督教徒和猶太人均為之震驚的是，約瑟夫伯伯在這部巨著中，聲稱耶穌生為猶太人，死為猶太人，從未打算開創一種新教。而且，他把耶穌視為最出類拔萃的猶太道德主義者。阿哈德·哈阿姆懇請克勞斯納把類似的句子刪去，避免在猶太世界裡釀成巨大醜聞。此書一九二一年在耶路撒冷發表時，在猶太人和基督徒當中委實引起軒然大波：極端主義者指控他「從傳教士那裡收取了賄賂，為彼人大唱讚歌」；而基督教聖公會在耶路撒冷的傳教士卻要求大主教，將《拿撒勒的耶穌》一書的英文譯者丹比博士解職，因為該書「受到異端邪說汙染，把我們的救世主描繪成某種改革拉比，描繪成凡人，描繪成與基督教一點關係都沒有的猶太人」。約瑟夫伯伯主要因這本書以及幾年後與之相應的續篇《從耶穌到保羅》，贏得了國際聲譽。

一次，約瑟夫伯伯對我說：「寶貝，我想像得到，在學校他們教你們憎恨可悲又傑出的猶太人，我只希望，他們沒教你們每次經過背負著十字架的他都要吐唾沫。等你長大後，寶貝，讀讀《新約》，不管老師怎麼說，你會發現此人乃我們肉中之肉，骨中之骨，他是某種行神蹟奇事之人，是猶太人的虔誠派教徒，儘管他確實是個夢想家，缺乏任何政治領悟，然而，他在猶太名人聖殿中擁有一席之地，與同樣被開除教籍的斯賓諾莎不相上下。你知道嗎，譴責我者乃昨日猶太人，目光狹隘，沒用的可憐蟲。可你呢，我的寶貝，萬萬不可像他們那樣一事無成，一定得讀好書，讀書，讀書，再讀書！現在，請你去問問克勞斯納夫人、親愛的琪波拉伯母，我的護膚霜、搽臉油在什麼地方，請告訴她是舊搽臉油，因為新的連餵狗都不合適。你知道嗎，我的寶貝，非猶太人語言中所說的『救世主』和我們所說的彌賽亞，其間的巨大區別是什麼？彌賽亞只是受膏油者：《聖經》中的祭司和國王都是彌賽亞，希伯來語單詞『彌賽亞』完全是個平凡的日常詞語，與搽臉油一詞密切相關——不像異族人語言，把彌賽亞稱為『救世主』和『耶穌基督』。可你是不是太小，理解不了這些？若是這樣，現在就跑去問你伯母我讓你找她要什麼。是什麼東西？我又不記得了。你記得嗎？若是記得，讓她仁慈地給我泡杯茶，正如拉夫·胡納在《巴比倫塔木德》中〈逾越節〉篇裡所寫的那樣，『無論主人命你做什麼，除非命你出去』，我的版本則是『除非茶葉』。我當然只是在開玩笑。快去吧，我的寶貝，不要再竊取我的時間了，大家都來占用我的時間，沒有意識到每時每刻都是我個人的財富，它就這樣消失了。」

*

到耶路撒冷後，約瑟夫伯伯在希伯來語言委員會做祕書，一九二五年希伯來大學建立後，他被任命為希伯來文學系主任。在這之前他希望並期待獲派執掌猶太歷史系，要麼至少去主管第二聖殿時期歷史的教學，但是「大學裡的大人物，從其德意志高處，把我小瞧了」。在希伯來文學系，用約瑟夫伯伯自己的話說，他感到自己像厄爾巴島的拿破崙，因為他遭到阻礙，不能推動整個歐洲大陸前進，在遭到放逐的小島上，肩負著推動某種進步和井然秩序的使命。過了約莫二十年，才設立了第二聖殿時期（西元前五三六年到西元七〇年）歷史系主任一職，約瑟夫伯伯終於前去執掌這一學科，也沒有放棄希伯來文學系主任的職位。「吸取異族文化，將其融入吾民族與人類之血肉，」他寫道，「這是我平生為之奮鬥的理想，至死不會放棄。」

他帶著拿破崙式的激情，在別處寫道：「要是我們民族渴望統治自己的國土，那麼我們的子孫需要鋼鑄鐵煉！」他經常指著客廳餐具櫃上的兩座青銅塑像——盛怒而充滿激情的貝多芬和身穿莊嚴制服、緊閉堅毅雙唇的亞波亭斯基——對客人們說：「個體精神確如民族性格——二者均蓬勃向上，均桀驁不馴，摒除虛幻。」他非常喜歡邱吉爾式的表達方式，像「我們的血肉」，「人類的與民族的」，「理想」，「我把最好的年華都用於奮鬥」，「我們不讓步」，「以寡擊眾」，「與同齡人格格不入」，「後來者」和「到我生命的最後一息」。

一九二九年，陶比奧遭到阿拉伯人襲擊，他被迫逃離。他的家，與阿格農家一樣，遭到搶劫與焚燒，他的圖書室，像阿格農家的圖書室一樣，遭到嚴重毀壞。「我們必須對年輕一代進行再教育，」他在《當民族為自由而戰》一書中寫道，「我們必須賦予其一種英雄主義精神，一種堅定不移的反抗精神……我們的多數老師尚未克服流放時——無論流亡歐洲還是流亡阿拉伯國家時——那種卑躬屈節的失敗者氣息。」

*

在約瑟夫伯伯影響下，我祖父母也成了新猶太復國主義者亞波亭斯基，我爸爸其實更接近準軍事地下組織「伊爾貢」[7]的理想及其關聯的政治派系，梅納赫姆．比金的自由黨。然而比金實際上令心胸寬大、世俗化了的奧德薩亞波亭斯基萌生了較為複雜的情感，且夾雜有某種嚴加克制的優越感：由於比金出生於波蘭的一個小村莊，易動感情，所以在人們眼中顯得有幾分庸俗或說土氣，但他無疑是位勇敢而堅定的民族主義者。儘管他也許稱不上世界級的人物，不大具有足夠魅力，缺乏詩意，缺乏偉人氣質，但他精神高尚，有幾分悲劇性的孤獨性格，頗具雄獅與蒼鷹特徵的領袖風範。亞波亭斯基在談到民族復興後以色列和各民族的關係時寫道：「如同一隻雄獅面對群獅。」比金看上去不大像雄獅。就連我爸爸，儘管叫阿里耶，在希伯來語中是雄獅的意思，也不是雄獅。他是個目光短淺、笨拙的耶路撒冷學者。他沒有能力成為一名地下戰士，但是偶爾為地下工作撰寫英文宣言，在宣言中對「背信棄義的阿爾比恩人」的狡詐虛偽極盡討伐之功，藉以為抗爭貢獻愛心。這些宣言祕密印刷成鉛字，由動作敏捷的年輕人夜間貼到周圍居住區的牆上，甚至貼在電話線杆上。

我也是兒童地下工作者。我曾不止一次，用自己的部隊左右包抄，把英國人趕走；經過英勇的海上伏擊戰，把英王陛下的軍艦擊沉；綁架最高司令官甚至國王本人，對他進行軍事審判；我親手把希伯來旗幟在惡意之山總督府邸的旗杆上升起（如同美國郵票上那些士兵在硫磺島上升起星條旗）。將英國人驅逐後，我會和被征服的背信棄義的英國人簽署協定，建立所謂的文明而富有啟蒙色彩的民族陣線，抵擋（野蠻的）東方浪潮，他們有彎來拐去的古老文字和短彎刀，他們衝出沙漠，發出令人毛骨悚然的粗嘎叫聲，屠殺、搶劫、焚燒我們。我想長成貝尼尼塑造的大衛像那般模樣，英俊瀟灑、頭髮鬈曲、雙唇緊繃，約瑟夫伯伯在《當民族為自由而戰》的扉頁上再次沿用了這幅雕像。我想長成堅強、沉默的男人，聲音緩慢、深沉。不要像約瑟夫伯伯那樣聲音尖利，帶著哀怨。我不想讓自己的雙手長成他那雙老太太似的柔軟的手。

*

7伊爾貢（Irgun），巴勒斯坦猶太右翼地下運動，一九三一年成立。採用過類似定點清除的暗殺手段來對付阿拉伯人和英國委任統治者。

我的約瑟夫伯伯是個絕妙坦誠的人，滿懷自愛與自憐，精神脆弱，渴求認知，充滿孩子般的興高采烈，一個總是佯裝可憐的幸福人。他帶著某種快樂滿足，喜歡沒完沒了地談論他的成就，他的發現，他的失眠，他的詆毀者，他的經歷，他的書籍、文章和講座，所有這些無一例外地引起了「世界轟動」；還談論他的會談，他的工作計畫，他的偉大之處，他的重要性以及他的高尚精神。

他曾經是個心地善良的人，自我中心，驕縱成性，像嬰兒一樣甜美，像神童一樣桀驁不馴。

在那裡，在曾打算成為柏林花園郊區古耶路撒冷複製品的陶比奧，一座樹木繁茂的寧靜小山，紅瓦屋頂在綠葉中若隱若現，每座別墅均為著名作家或學者提供了一個平靜舒適的家。克勞斯納伯伯有時會在輕柔的晚風中沿著小街漫步，小街後來便以克勞斯納的名字命名，他纖細的手臂與琪波拉伯母豐滿的臂膀纏繞在一起，琪波拉伯母是他的母親、妻子、上了年紀的女兒和得力助手。他們邁著小碎步，走過建築師科恩柏格的門口，科恩柏格偶爾會招租有文化講禮貌的房客。死胡同的盡頭也是陶比奧的盡頭，耶路撒冷的盡頭，定居地的盡頭——猶太沙漠那令人生畏的貧瘠山丘從這裡延伸開去。遠方的死海波光粼粼，如同一盤融化的鋼水。

我看見他們站在那裡，站在世界盡頭，荒野邊緣，兩人都很纖弱，像兩隻玩具熊，手挽著手，任耶路撒冷晚風吹拂著他們的頭。松濤陣陣，乾爽潔淨的空氣中飄浮著天竺葵的苦味，約瑟夫伯伯身穿西裝外套（他建議西裝外套一詞的希伯來語說法應該是「夾克拜特」），繫著領帶，腳穿拖鞋，花白的頭髮在風中飄逸，伯母身穿一條深色花絲綢長裙，肩上披著一條灰色披肩。死海上方，藍藍的摩押山嶺覆蓋了整個寬闊的地平線，腳下是通往老城城牆的老羅馬路，就在他們眼前，圓頂清真寺變成了金色，基督教堂尖塔上的十字架和清真寺旁光塔上的新月旗沐浴在落日餘暉下。城牆本身正變得灰暗沉重，他們可以看見老城上方的守望山，令約瑟夫伯伯感到如此親切的大學建築占據了它的頂端；還可看見橄欖山，琪波拉伯母將會葬在橄欖山山坡上，約瑟夫伯伯本人雖也希望葬在那裡，但沒有得到允許，因為他死的時候東耶路撒冷將被約旦管轄。

薄暮時分的微光照得他那孩子般的面頰和高高的前額更加粉紅。他雙唇上浮動著一絲困惑、有些不知所措的微笑，彷彿一個人敲開一家房門，他本是那裡的常客，通常受到熱情的款待，但當房門打開後，一個陌生人突然打量他，吃驚地退縮，彷彿在問，你究竟是誰，先生，你究竟來這裡幹什麼？

*

爸爸媽媽和我會讓他們在那裡多站一會兒。我們不聲不響地與之告別，走到七路公車站，公車肯定幾分鐘後就會從拉瑪特拉赫和阿諾納開過來，因為安息日已經結束了。七路公車拉著我們開往雅法路，從那裡我們轉乘三路公車支線到澤弗奈亞街，離家還有五分鐘的路，媽媽會說：「他沒變。總說一樣的話，一樣的故事和奇聞軼事。從我認識他那天起，他就在每個安息日重複自己。」

爸爸會說：「妳有時不免太挑剔了。他已經不是年輕人了，我們偶爾都在重複自己。妳也是。」

我淘氣地加上亞波亭斯基的一句詩：

「用鮮血和 zhelezo，我們將升起 gezho。」（約瑟夫伯伯能夠滔滔不絕詳細講述亞波亭斯基怎樣遣詞造句。顯然，亞波亭斯基在希伯來語中找不到 gezaʿ〔種族〕一詞的合適音韻，於是他暫時以俄文辭彙 zhelezo〔鋼鐵〕代替。因此就有了：「用鮮血和 zhelezo／我們升起一個民族／驕傲，慷慨，強悍。」直等到他朋友巴魯赫．克魯普尼克出現，把 zhelezo 變成了希伯來文辭彙 yezaʿ〔汗水〕：「用鮮血和汗水／我們將升起一個民族／驕傲，慷慨，強悍。」）

爸爸會對我說：「真的。有些事情可開不得玩笑。」

媽媽說：「實際上，我想不會有這樣的事情。不該有的。」

爸爸會插嘴說：「行了。我們不說了。今天就到這裡結束。艾默思，記住今天晚上你要洗個澡，洗洗頭髮。不洗，我不會饒過你的。幹麼要饒你？你能說出不洗頭髮的理由嗎？不能？既然這樣，要是你沒有一丁點理由，最好永遠也不要強辯，從現在開始永遠記住這一點：『我願意』和『我不願意』不是理由，只能將其定義為自我縱容。順便一提，『定義』一詞來自拉丁文『結束』、『限定』，每下一次定義表示在兩者之間畫出一條界限，把界限裡面和界限外面的東西區分開來。實際上它或許和『防護』一詞有關，希伯來辭彙也反映出這一特徵，『定義』源於『隔離牆』一詞。現在請把手指甲剪一剪，把所有髒衣服扔進洗衣筐。你的內衣、襯衣，還有襪子。然後呢穿上睡衣，喝杯可可，上床睡覺。今天就這樣了。」

11

有時，離開約瑟夫伯伯和琪波拉伯母家後，倘若時間不是太晚，我們會逗留二十來分鐘或半個小時，拜訪一下街對面的鄰居。我們像做賊似地潛入阿格農的住宅，沒有告訴伯父母我們要去哪裡，免得他們不舒服。我們去七路公車站時，有時會邂逅從猶太會堂出來的阿格農先生。他會使勁兒拉住爸爸的胳膊，警告他說，要是他，即我爸爸，拒絕拜訪阿格農的家，不讓它一睹女士芳容，它，也就是說阿格農的家，則無緣享見她的風采。這樣阿格農就給媽媽的雙唇帶來了微笑，爸爸會答應，說：「好啊，但只去幾分鐘，請阿格農先生原諒，我們不能久留，我們得回凱里姆亞伯拉罕，孩子累了，明天早晨還要去上學。」

「孩子一點也不累。」我說。

阿格農先生說：「請博士先生聽聽，乳臭未乾的孩童口中證明了力量。」

阿格農的住宅坐落在柏樹環抱的一座花園中，但為了安全起見，它背向街道而建，彷彿把面龐藏在了花園裡。你在路上可看見四、五扇狹長的窗子。你通過掩映在柏木中的大門，沿屋旁一條鋪設的小徑行走，攀上四、五級台階，在白色屋門前按響門鈴，等候主人開門，邀請你右轉，登上半黑的台階，走進阿格農先生的書房。從書房可上鋪就而成的巨大屋頂平台，它俯視著猶太沙漠和摩押山；或者向左轉，走進一個狹小而凌亂的臥室，臥室的窗子凝視著空曠的花園。

阿格農住宅從來不會充滿日光，總是籠罩在某種黃昏暮靄中，飄著淡淡的咖啡和奶油茶點的氣味。也許是因為我們只在安息日結束之前的傍晚才去拜訪，至少直至三星出現在窗前他們才開燈。

或許燈是開著的，但是耶路撒冷的電燈是如此昏黃，有些吝嗇，也許是阿格農先生在節約用電，也許是停電了，那光是煤油燈光。我至今仍然記得那種忽明忽暗，實際上我幾乎可以觸摸到它，窗欄似乎將它囚禁起來，使之更加突出。造成忽明忽暗的原因現在難以說明，甚至那時就難以說明。不管是什麼原因，無論阿格農何時起身從書架上抽出一本書，那書，彷彿一群擁擠的崇拜者，身著破舊的黑色衣裳，而阿格農的形體投下不止一道影子，是兩三道甚至更多的影子。這就是他在我的孩提記憶裡所留的印象，至今他在我心目中就是這個樣子：一個人在忽明忽暗中搖擺，走路時身邊有三、四道分離開的影子晃來晃去，那影子在他前面、右面、身後、頭頂，或是腳下。

偶爾，阿格農太太會用威嚴尖利的聲音說話，有一次，阿格農先生把頭略歪向一邊，露出嘲諷的笑，對她說：「客人在場時，請允許我在自己家裡做一家之主。等他們走了，妳就可以立刻做女主人。」我清清楚楚記住這句話，不只因為它包含著令人意想不到的中傷（而今我們會將之界定為顛覆性），主要由於他所使用的「女主人」一詞在希伯來文中非常罕見。多年後當我讀到他的短篇小說〈女主人和小販〉，再次偶遇此詞。除阿格農先生，我從沒有遇到任何人使用「女主人」一詞表達「家庭主婦」，儘管在說「女主人」時，他的意思不是指家庭主婦，而是略有不同。

難以知曉，畢竟，他是位擁有三道或三道以上影子的人。

*

媽媽景仰阿格農先生，我該怎麼說呢，彷彿總是踮著腳尖。就連坐在那裡時，似乎也是坐在腳尖上。阿格農本人幾乎不和她說話，似乎只和我爸爸講話，但當他和我爸爸講話時，目光似乎在媽媽的臉上停留片刻。奇怪的是，在罕見的幾次和媽媽說話時，他的眼睛似乎在迴避她，轉而看我，或者看向窗子，又或者當時情形並非如此，只是以這種方式鐫刻在我的想像裡。活生生的記憶，像水中漣漪，抑或像瞪羚跳躍前皮膚在緊張地抖動，這活生生的記憶突如其來，在瞬間以幾種節奏或幾個焦點在顫動，而後凝固起來，化作記憶之記憶。

一九六五年春天，我的第一本書《胡狼嗥叫的地方》問世，我戰戰兢兢送給阿格農先生一本，並在扉頁上簽名。阿格農寫了封措辭優美的回信給我，談了些我的書：

「你就自己作品寫給我的話，使我想起你已經謝世的令堂。記得她曾在十五、六年前從令尊那裡拿了一本書給我。你可能和她一同前來。她站在門口的台階上，說話不多。但是她的臉龐優雅聖潔，多日在我眼前揮之不去。阿格農謹上。」

我爸爸依阿格農要求，在他撰寫《包羅萬象的城市》時，把波蘭文百科全書中〈布克札克茲〉一文翻譯過來。當他把阿格農界定為「流放作家」時，會扭動雙唇。他的故事缺乏羽翼，爸爸說，缺乏悲劇深度，甚至沒有健康的笑，有的只是連珠妙語和嘲笑挖苦，即便他時而有些優美的描繪，但並不就此輟筆休憩，非得將其淹沒在冗長的插科打諢和加利西亞人的機智中不可。在我看來，爸爸把阿格農的小說視為意第緒語文學的一部分。他並不喜歡意第緒語文學。由於他具備立陶宛人理性至上的天性，故而憎恨魔法、超自然和汪洋恣肆的感情主義、任何披上朦朧的浪漫主義或神祕主義外衣的東西，以及蓄意令感覺混亂並剝奪知性的東西。直到他生命的最後幾年，他的品味才發生變化。應該承認，就像我奶奶施羅密特的死亡證明將一個死於潔癖的人記載為死於心臟病，我爸爸的簡歷上因而只聲明他最後致力於研究佩雷茨一部不為世人所知的手稿。這些是事實。真實情況是什麼我不得而知，因為我幾乎沒有和爸爸說過真實情況。他也幾乎沒有對我說過他的童年，他的愛情，一般意義上的愛情，他的父母，他哥哥的死，他自己的疾病，他的痛苦，或者一般意義上的痛苦。我們甚至從來沒談過母親的死，一個字也沒談過。我也沒有讓他好過，我從來不想發起可能會導致終極啟示問題的談話。倘若我開始在此寫下我們——爸爸和我——沒有談及的所有事情，鐵定能夠填滿兩本書。爸爸留給我許多工作要做，我依然努力不懈。

*

媽媽通常這樣說阿格農：「那個人見多識廣。」

有一次她說：「他為人也許不是很好，但至少明辨是非，他也知道我們沒有太多選擇。」

她幾乎每逢冬天都一遍又一遍地讀《鎖柄》收錄的短篇小說。或許在裡面她找到了共鳴，看見自己的憂傷和孤獨。我有時也會重讀〈她在盛年之際〉開頭貝特民茨的綈爾札．瑪札拉說過的話：

> 母親在盛年之際去世。三十歲那年離開了人間。她在世間時日不多且痛苦，終日坐在家裡，大門不出……寂靜籠罩著我們不幸的家；家門從來不向生人打開。母親躺在床上，說話不多。

這些話與阿格農在給我的信中談到我媽的話基本相同：「她站在門口的台階上，說話不多。」

我自己呢，許多年後當我寫題為〈誰來了〉的文章時，我總是想著阿格農〈她在盛年之際〉開篇中明顯贅述的句子：「她終日坐在家裡，大門不出。」

我母親並非終日坐在家裡，她出去的時候不少。然而她在世間時日也不多且痛苦。

「世間時日」？有時我在這些話中聽到我母親人生的雙重性，綈爾札母親利亞人生的雙重性，以及貝特民茨的綈爾札．瑪札拉人生的雙重性。彷彿她們也在牆上投下了不止一道影子。

*

多年後，胡爾達基布茲的學校需要一位文學老師，因此委員會派我到大學讀文學。我鼓足勇氣，按響阿格農家的門鈴——或者用阿格農的話說：「我提著自己的心去見他。」

「可是阿格農不在家。」阿格農夫人彬彬有禮而氣呼呼地說，她答覆前來搶劫她丈夫寶貴時間的一群群強盜土匪時，都是採用這種方式。她並沒有騙我，阿格農先生的確沒在家裡，他在外面，在屋後的花園裡，他突然出現，穿著拖鞋和無領無釦的背心，向我打招呼，接著滿懷疑惑地詢問，可是先生，你是哪位？我報上自己和父母的名字，就在那裡，站在他家門階旁（阿格農夫人沒說一句話就走進屋裡）。阿格農先生記得幾年前耶路撒冷的風言風語，他把一隻手放在我的肩膀上說，你不就是那個孩子，他可憐的媽媽棄他而去，他和爸爸又處不好，離家到基布茲生活了？你不就是那個經常挑蛋糕裡的葡萄乾，在這裡遭到父母申斥的孩子嗎？（我不記得這些，也不相信他說的挑葡萄乾這回事，但我選擇不反駁他。）阿格農先生請我進屋，問了一會兒我在基布茲做什麼，我的讀書情況（現在大學裡讀我的什麼東西、你喜歡我哪一本書），還打聽我和誰結婚了，我夫人的家庭背景。當我告訴他從她爸爸那邊算，她是十七世紀塔木德暨卡巴拉[1]學者以賽亞．霍洛維茨[2]的後裔時，他眼睛一亮，給我講了兩三個故事，同時他已經不大耐煩，顯然是想辦法要把我給打發

1 卡巴拉（Kabbalah），猶太教神祕主義學派，約在十二、十三世紀在法國和西班牙等地確立，後逐漸發展，十六世紀在以色列土地上的薩法德地區產生重大影響。

2 以賽亞．霍洛維茨（Isaiah Horowitz, c.1555-1630），生於布拉格，卒於薩法德。

了。但我鼓足勇氣，告訴他我的問題所在，儘管我踮著腳尖坐在那裡，與母親以前所為如出一轍。

我之所以來，是因為格爾紹恩．謝克德教授[3]讓他學希伯來文學的一年級學生比較布倫納[4]和阿格農以海法為背景的短篇小說。我讀了短篇小說，還讀了我在圖書館所能找到描寫他們在第二次回歸時期在雅法的友誼的文章，我感到非常震驚，這兩個如此不同的人怎麼竟然成了朋友。約瑟夫．海姆．布倫納是個俄國猶太人，痛苦、情緒不穩、體格粗壯、馬馬虎虎、暴躁易怒，一個杜思妥也夫斯基式的人，在熱情與絕望、憐憫與暴怒之間不斷擺盪。他那時已經在現代希伯來文學領域占據了中心位置，也在拓荒者運動中舉足輕重，而阿格農那時不過是靦腆的加利西亞小夥子，比布倫納小幾歲，差不多仍是個文學新人，一個由拓荒者轉換成的文書，一個文雅而敏銳的《塔木德》學生，穿著整潔，一個非常小心翼翼的嚴謹作家，身材瘦削，富於夢幻並好挖苦人的年輕人。究竟是什麼使兩人在第二次回歸時期相互吸引，關係那麼密切，在第一次世界大戰爆發之前，他們幾乎像一對戀人？而今，我覺得我可以猜出其中某些奧妙，但是在阿格農家裡的那一天，我是那麼天真，我向主人講述了自己的作業，天真地打聽，他是否能告訴我他和布倫納走得近的祕密。

阿格農先生皺起雙眉，看著我，或者說仔細查看了我一陣子，目光斜瞥，表情愉快，面帶微笑。那種微笑——我後來懂了——是撲蝶者在覬覦著一隻可愛的小蝴蝶。他審視我之後說：

「我和約瑟夫．海姆．布倫納，願上帝為他復仇，在那年月關係密切，是基於一種共同的愛。」

我豎起耳朵，相信自己就要聽到一個即將終止所有祕密的祕密，我就要了解某種刺激而瞞得嚴密的愛情故事，我可以將其寫成一篇轟動的文章，讓我這個無名小卒在希伯來文學研究領域成名。

「你們都愛的是誰？」我問，懷著年輕人的純真，心怦怦直跳。

「這可得嚴守祕密。」阿格農先生微笑了，不是朝我微笑，而是朝自己微笑，微笑時幾乎朝自己擠眼，「對，嚴守祕密，要是你發誓不會告訴任何人，我就透露給你。」

我激動得說不出話，我多蠢啊，一個勁兒向他做口頭保證。

「那好，你知我知，我可以告訴你我們住在雅法時，約瑟夫・海姆・布倫納和我都瘋狂地愛上了施穆埃爾・約瑟夫・阿格農。」

*

沒錯，阿格農自嘲性的諷刺令他苦惱，也令他單純的拜訪者、一個前來拉阿格農袖子的人苦惱。儘管也有些微真實隱藏於斯，仍然朦朧暗示一個祕密：一個外表強壯感情充沛的人為一個外表纖弱的年輕人深深吸引，而一個文質彬彬的加利西亞年輕人也依戀令人敬重的一個暴躁易怒的人，後者可以將其置於父親般的羽翼下，或者向他提供一副兄長的肩膀。

然而，將阿格農和布倫納的短篇小說聯繫在一起的不是某種共同的愛，而是某種共同的恨。所有虛假的，修辭上的，或者是第二次回歸時期（第一次世界大戰時期結束的移民潮）世界裡的妄自尊大所造成的浮誇，猶太復國主義現實中所有不真實或自命不凡的東西，在那個時代的猶太生活中所有舒適安逸的，佯裝聖潔的中產階級的自我放縱，均遭到阿格農和布倫納同等憎恨。布倫納在創作中用憤怒的錘子將所有這一切打得粉碎，而阿格農用辛辣尖刻的諷刺將謊言與偽裝戳穿，釋放了

3 格爾紹恩・謝克德（Gershon Shaked, 1929-2006），著名希伯來文學批評家，希伯來大學教授。

4 約瑟夫・海姆・布倫納（Yosef Haim Brenner, 1881-1921），生於烏克蘭，一九〇九年移居巴勒斯坦。是他那個時代巴勒斯坦地區最傑出的希伯來語小說家。

使之膨脹的惡臭。

誠然，布倫納筆下的雅法，和阿格農筆下的雅法一樣，在虛偽和口若懸河的人們中，偶然有幾個單純的真實的人物閃爍著微光。

阿格農本人是個嚴守宗教戒律的猶太人，他謹守安息日，戴無沿小帽，用文字表述，是懼怕上帝的人。在希伯來語中，「害怕」和「信仰」是同義詞。在阿格農的小說中，有些角落採用了非直接、高超的掩飾方式，害怕上帝被描繪成可怕地敬畏上帝。阿格農相信上帝，害怕上帝，但是他不愛上帝。「我是個心平氣和的人。」長篇小說《宿夜的客人》中丹尼爾．巴赫說，「我不相信全能的上帝想要他的子民好。」此乃充滿悖論和悲劇性，甚至絕望的神學立場，對此，阿格農從來沒有進行推理性的表達，但是允許作品中的次要人物吐露端倪，透過降臨在主人翁身上的遭際加以暗示。當我在撰寫論阿格農的著作《天國的沉默：阿格農對上帝的恐懼》時，探討了這一主題。好幾十個猶太教徒寫私信給我，他們多數來自極端正統派，其中包括年輕人和婦女、甚至宗教教師和公務員。有些信屬於名副其實的告白。他們用各式各樣的方式對我說，他們在自己的靈魂深處看到了我在阿格農身上所看到的東西。但是我在阿格農創作中所看到的東西，有那麼一刻，我在阿格農本人，在他那富於嘲諷的犬儒主義——瀕臨絕望和打趣的虛無主義中得以窺見。「上帝無疑憐憫我。」他曾在沒完沒了地抱怨公車服務時說，「倘若上帝不憐憫我，我們地區的政務委員會或許會憐憫我們，但是我害怕公車合作組織比他們二者都強大。」

*

我在耶路撒冷大學讀書的兩年間，到陶比奧朝覲過兩三次。我最早的短篇小說在《達瓦爾》週末增刊和《開塞特》季刊上刊登，我打算把它們留在阿格農先生那裡，聽聽他的想法，阿格農先生卻道歉說：「我很遺憾這些天讀不了東西。」讓我另一天再帶去。而我另一天去找他時兩手空空，把登有我作品的《開塞特》塞在衣服裡肚子前，像個尷尬的孕婦。最後，我失去在那裡生產的勇氣，害怕自己讓人討厭，我像來時那樣挺著個大肚子或鼓鼓囊囊的毛衣離開了他的家。只是過了幾年，當短篇小說集結成書（《胡狼嗥叫的地方》，一九六五年）時，我鼓起勇氣把書送給他。收到阿格農先生的友好來信後，我圍著基布茲歡跳了整整三天三夜，沉浸於歡樂中，充滿幸福默默地歌唱吼叫，從內心吼叫，哭泣，尤其是他在信中寫道：「我們會面時，我口頭上對你說的會比這裡寫的更多。我在逾越節期間將把其他小說讀完，因為我喜歡你所寫的那些短篇小說，在小說中，主角完全是現實生活中的人。」

我在大學讀書時，有一次國外一份雜誌刊登了一位比較文學巨匠（或許是瑞士的埃米爾・斯泰格）的文章，照他的觀點，二十世紀上半期中歐三位最重要的作家是湯瑪斯・曼、羅伯特・穆齊爾[5]和施穆埃爾・約瑟夫・阿格農。文章發表在阿格農獲得諾貝爾文學獎的前幾年。我非常激動，便從閱覽室裡把雜誌偷了出來（那時候大學裡還不能影印），急急忙忙揣著它來到陶比奧，讓阿格農高高興興地閱讀。他委實非常開心，站在自家門階上，狼吞虎嚥地一口氣把通篇文章讀完，這才讓我進門。接著，他再讀了一遍又一遍，大概還舔了舔嘴唇，然後以那種有時用來看我的目光注視著我，天真地問：「你也覺得湯瑪斯・曼是這麼一位重要的作家嗎？」

5 羅伯特・穆齊爾（Robert Musil, 1880-1942），奧地利作家，他未完成的長篇小說《沒有個性的男人》（*Der Mann ohne Eigenschaften*）公認為最重要的現代主義小說之一。

一天夜裡，我錯過了從雷霍沃特開往胡爾達基布茲的末班車，不得不坐計程車。電台裡一整天都在談論阿格農和詩人奈莉・薩克斯[6]並列獲得諾貝爾獎，計程車司機問我是不是聽說過有個作家叫作——叫什麼，伊格農的：「你看看這是怎麼了，」他驚愕地說，「我們以前從來沒聽說過他，突然一下子帶我們打進世界決賽。遺憾的是，他最後和一個女人勢均力敵。」

＊

有那麼幾年，我努力從阿格農的陰影中擺脫出來。我掙扎著把我的創作和他的影響——他那密集、裝飾性的有時平庸的語言，他有節奏的韻律，某種米德拉什式的自鳴得意，鏗鏘作響的意第緒語格調，哈西德傳說那生動有趣的輕柔之音——拉開距離。我努力擺脫他的影響，擺脫他的諷刺與睿智，他巴洛克式的象徵主義，他神祕迷宮般的遊戲，他的雙重語義以及複雜而淵博的技巧。儘管我為擺脫他的影響而付出了巨大努力，但是我從阿格農那裡所學到的東西，無疑仍在我的創作中回響。

我從他那裡真正學到了什麼？也許是：不止投下一道影子，不從蛋糕裡挑揀葡萄乾，克制自己，不斷磨礪。還有一件事：我奶奶常用比我所發現的阿格農表達法還要尖銳的方式說：「要是你已經哭得再也沒有眼淚，那麼就不要哭，放聲笑吧。」

6奈莉・薩克斯（Nelly Sachs, 1891-1970），德語詩人、劇作家，亦是猶太人。生於德國柏林，一九四〇年流亡瑞典。一九六六年與阿格農同獲諾貝爾文學獎。

12

有時我被留在爺爺奶奶家裡過夜。我奶奶經常會突然指著家具或衣服或人，對我說：

「那麼醜，簡直接近美了。」

有時她說：「那麼聰明，聰明極了，簡直什麼都不知道了。」

要麼就是：「好疼啊，好疼，疼得我都要笑了。」

她整天自己哼著小曲，那曲子來自她曾經居住的地方，顯然那裡不用害怕細菌，也沒有粗野，她抱怨說粗野同樣汙染了這裡的一切。

「像畜生一樣！」她突然憎惡地嘶嘶尖叫，原因並不明顯，沒有挑釁的事端或任何來由，沒有煩勞自己向我們解釋她把誰比作畜生。就連晚上我和她並肩坐在公園凳子上，公園裡看不到別人，微風輕輕觸摸著樹梢，或許用看不見的指尖透過非真實的觸摸使之顫抖，奶奶會突然爆發，充滿厭惡，聲音顫抖，震驚，怒不可遏：

「真是這樣！怎麼會呢！禽獸不如。」

一會兒以後，她又輕輕哼唱起我不熟悉的曲調。

她總是自己哼唱，在廚房，在鏡子前，在陽台的摺疊帆布躺椅上，甚至在夜晚。

有時，我洗完澡，刷過牙，並用包上棉球的橙木棒掏了耳朵，被放到她寬大的床上（我出生前，奶奶就把雙人床扔掉或驅逐了）。奶奶給我講一兩個故事，撫摸我的臉頰，親吻我的額頭，隨即用香水潤濕的小手帕擦拭我的額頭。她總把手帕放在左衣袖裡，用它擦拭或碾碎細菌，接著把燈關掉。即便那時，她在暗中繼續低聲哼唱，毋寧說是在從內心深處驅逐一種遙遠夢幻般的聲音，一種栗色的聲音，一種幽暗而愜意的聲音，那聲音逐漸淨化為一種回聲，一種顏色，一種氣味，一種輕柔的粗糙，一種棕紅色的暖流和不冷不熱的羊水──整個夜晚。

但是她為你帶來的夜間的所有這些愉悅，一到早晨首先就要被殘酷地擦洗掉，你甚至還沒喝杯不帶膜的可可。

爺爺敲打毯子的聲音把我從床上驚醒，那時他已經在和寢具進行常規的黎明之戰了。甚至你的眼睛還沒有睜開，熱氣騰騰的熱水浴已經在等待著你，因為水裡加進了抗菌溶液，聞起來好像是在衛生所。浴盆上已經放好一把牙刷，象牙色的牙膏像條蜷縮的白蟲，已經躺在刷毛上了。你的責任是浸泡自己，渾身上下抹一遍肥皂，用絲瓜瓤子擦拭自己，用清水漂洗自己，然後奶奶來了，把跪在浴缸裡的你拎出來，緊緊抓住你的胳膊，用令人生畏的長毛馬刷把你周身擦拭一遍，從頭到腳，接著又來一遍。那馬刷令人想起缺德的羅馬人的鐵梳，他們用鐵梳將阿基瓦拉比及巴爾·科赫巴起義中其他烈士的肉體撕裂。直至皮膚紅得像生肉，接著奶奶讓你緊緊閉上雙眼，她則往你頭上倒洗髮精，連續擊打你的頭，用尖指甲抓你的頭皮，像約伯用瓦片抓他自己[1]。

她一直用陰鬱而好聽的聲音向你解釋，睡覺時身體的腺體組織分泌出汙物和淤泥，如黏糊糊的汗液、各式各樣的油脂分泌物，再加皮膚屑、掉落的頭髮、成千上萬的死細胞，以及許許多多你最好不要知道的汙濁分泌物，你睡著的時候，所有這些渣滓和流出的廢物抹遍你全身，混合在一起──招致，對，的確是主動地招致細菌，招致卡介菌，也招致病毒，雲集在你的全身，更不用說那些科學尚未發現的所有事物，那些用倍率最高的顯微鏡也看不見的事物。可是即使看不見，它們也在夜晚邁著無數隻可怕的毛茸茸小腿爬滿你的身體，就像蟑螂的腿，但小得讓你看不見，就連科學家也看不見，在這些小腿上，布滿了討厭的刺毛，它們通過鼻子和嘴爬回到我們的身體裡，還通過一些我不需要告訴你的地方爬進去，尤其是人們在那些不好的地方，不洗澡，只是擦擦身體，擦拭一點也不乾淨，相反，正好把骯髒的分泌物散布到我們皮膚上的成千上萬的小孔中，越來越髒，越來越令人厭惡。尤其是身體日日夜夜不斷分泌出來的髒物和因觸摸不衛生之物而滋生的外在髒物混合到了一起，你不知道誰在你之前弄過這些物品，如錢幣、報紙、樓梯扶手、門把手，甚至買來的食品，畢竟你摸這些東西時，天曉得誰曾經朝上面打過噴嚏，甚至，對不起，擦鼻子，甚至把鼻涕流到了這些漂亮的包裝紙上，你在街上把它們拿起來，後來竟直接放到床上人們睡覺的地方，更別說你直接從垃圾箱裡撿來的瓶塞，也不用說你母親，上帝保佑她，直接從什麼人手中買來的玉米了，那個人在解手後可能連手都沒洗，我們又怎麼能知道他是否健康？他有沒有得過結核或霍亂，或是斑疹傷寒，或是黃疸病，或是痢疾？或是膿腫，或是腸炎，或是濕疹，或是牛皮癬，或是膿包病，或是癤子？他甚至連猶太人都不是。你知道這裡有多少疾病嗎？有多少黎凡特人的瘟疫？我說的只是人所共知的疾病，不是說那些大家尚未知曉、醫學科學尚未發現的疾病，長期以來，黎凡特的人們像飛蠅一樣死於寄生物或桿菌或微生物或連醫生也不認識用顯微鏡方可看見的蠕蟲，尤其是在這個酷熱的國家，到處是飛蠅、蚊子、飛蛾、螞蟻、蟑螂、蠓蚊，還有那些認不出來的東西，這裡的人們沒完沒了地出汗，他們總是從另一個人身上碰到或是蹭到炎症、分泌物、汗水以及體內排泄物，你這個年齡最好不要對所有這些臭烘烘的排泄物瞭若指掌，任何人都能輕而易舉地把別人弄濕，另一個人在這地方這麼擁擠的人群中甚至感覺不到黏上了什麼，握一次手就足以把所有的疾病

1《舊約·約伯記》第二章第八節，說的是約伯在接受試煉時渾身長滿毒瘡，用瓦片刮身體。

傳上，甚至用不著接觸，只透過呼吸空氣，別人就能夠把癬、砂眼和血吸蟲中所有的細菌、桿菌吸入肺裡。這裡的公共衛生一點都不像歐洲，至於衛生健康，這裡有一半的人甚至聽都沒聽過，空氣中彌漫著各式各樣的亞洲昆蟲，令人作嘔的有翅飛蟲直接從阿拉伯村莊或甚至從非洲徑直來到這裡，誰知道它們一直帶有什麼怪異的疾病、炎菌和分泌物，這裡的黎凡特充滿著病菌。現在你可以把自己好好擦乾，像個大孩子，任何地方都不要濕著，然後撲些爽身粉，你知道先撲哪裡，再撲哪裡，哪裡也別落下，我要你往脖子上搽一些這管鹿茸霜，然後穿上我放在這裡的衣服，這是你母親給你準備的，上帝保佑她，我只是用滾燙的熨斗熨了一下，可以消毒，把在那裡繁殖的東西都殺死，比洗衣房做得要好，然後到廚房裡來找我，頭髮要梳好，我給你一杯好喝的可可，然後你就可以吃早飯了。

她離開浴室時會喃喃自語，不是生氣，而是帶著某種深深的悲哀：

「像畜生一樣。甚至禽獸不如。」

*

一扇門，鑲著毛玻璃，裝飾著幾何形的花朵圖案，隔開了奶奶的臥室和爺爺那稱作「亞歷山大爺爺書房」的小房間。爺爺在這裡擁有自己的私人通道，從那裡走進花園，走到外面，走進城市，走進自由。

在這小房間的一個角落，放著從奧德薩運來的沙發，像厚木板那樣狹窄堅硬，爺爺夜裡就睡在上面。在這張沙發底下，七八雙鞋像列隊行進的新兵，整整齊齊排列在一起，清一色的黑，亮閃閃的，就像施羅密特奶奶收集起來的帽子，綠的、棕的、褐紫紅的，她把這些帽子視為獎品，放進一個圓帽盒裡保存起來，而亞歷山大爺爺喜歡掌管整個鞋艦隊，他把這些鞋擦得光亮，如同水晶，有的堅硬，底子很厚，有的圓頭，有的尖頭，有的是粗皮的，有的繫著鞋帶，有的帶著固定夾，有的帶釦子。

沙發對面，放著他的小書桌，一向整整齊齊，上面擺了墨水池和橄欖木的吸墨台。吸墨台在我眼中總像一輛坦克，或是笨重的煙囪船（漏斗船），駛向由三個銀光閃亮的容器構成的三件組，一個裝滿迴紋針，一個裝滿圖釘，第三個則像毒蛇窩，橡皮筋蜷縮在一起，擠作一團。書桌上有一套長方形的金屬文件盤，一個放接收信件，一個放寄出信件，第三個放剪報，還有一個放城市管理部門和銀行文件，再有一個放自由派運動耶路撒冷分部的書信。也有一個橄欖木盒子，裡面裝滿了面值不同的郵票，快遞、掛號和航空標籤分別放在不同的格子裡。還有一個格子裝信封，另一個裝明信片，後面放著的是艾菲爾鐵塔造型的旋轉銀架，分門別類，裝著不同顏色的鋼筆和鉛筆，包括一枝奇妙的鉛筆，有紅藍兩色筆頭。

在爺爺書桌的一角，一疊疊文件旁邊總放著一個高高的黑瓶子，裡面裝著外國酒，旁邊有三、四個綠高腳杯，樣子像水蛇女人。爺爺喜歡美，憎恨一切醜陋的東西。他喜歡偶爾一個人喝上一口櫻桃白蘭地，振奮他激情澎湃的孤寂心靈。世界不了解他，妻子也不了解他，沒有人真正了解他。他的心靈總是嚮往著某種崇高，但是眾人共同密謀要砍斷他的翅膀：他的妻子，他的朋友，他的商業夥伴，所有人都在密謀迫使他一頭栽進七七四十九種各式各樣的養家活口、打掃衛生、收拾整理、洽談生意，以及上千種小負擔和義務。他性情平和，容易上火，也容易平息。無論他何時看見任何責任，不管是家庭責任、社會責任，還是道德責任，他總是彎腰肩負起來。但之後又會發出嘆息，抱怨負擔沉重，所有人，尤其是奶奶，利用他的好脾氣，讓他負載著扼殺了他詩人火花的一千零一件使命，把他當成供差遣的童僕一樣使喚。

當時，亞歷山大爺爺做服裝業商務代表和推銷員，是洛德茲亞紡織廠和其他幾家德高望重的商號在耶路撒冷的代理人。爺爺書房裡的牆面幾乎擺滿了架子，他把五顏六色的布料樣品保存在架子上的小箱子裡，有羅紋和軋別丁襯衫褲子、襪子、各式毛巾、餐巾和窗簾。我可以使用這些樣品箱來建造塔樓、堡壘和防護牆，但不能把它們打開。爺爺坐在椅子上，背靠書桌，伸出雙腿，他粉紅色的臉通常閃爍著和藹和滿足的光芒，朝我欣喜地微笑，彷彿在我手下一點點增高的箱子塔，很快就要讓金字塔、巴比倫的空中花園和中國的萬里長城黯然失色。是亞歷山大爺爺為我描述中國的萬里長城，講金字塔，講空中花園及其他人類文明奇觀，比如說帕德嫩神廟，古羅馬的競技場，蘇伊士和巴拿馬運河，帝國大廈，克里姆林宮教堂，威尼斯運河，凱旋門和艾菲爾鐵塔。

深夜時分，在孤獨書房裡的書桌旁，面對著高腳杯裡的櫻桃白蘭地，亞歷山大爺爺是位多愁善感的詩人，他用俄語為一個疏離的世界撒下愛、快樂、熱情和渴望的詩章。他的好友約瑟夫．科罕-策迪克把這些詩歌翻譯成希伯來語，例如：「沉睡多年後／仁慈的神，我崛起了；／我的眼簾含著愛戀睜開，／再活三天。／從一端到另一端／讓我踏遍先祖的土地／讓我漫步每座山丘峽谷／領略她的美好／每個人將安全地居住在此／在無花果和蔓藤下，／大地賜予禮物，／快樂遍及我故鄉的土地……」

他寫讚美之詩，歌頌亞波亭斯基、比金或他著名的兄長，我的約瑟夫伯公；也寫詩歌奮起反抗德國人、阿拉伯人、英國人，以及其他所有仇恨猶太人的人。我在所有這些詩歌中，也發現三、四首描寫孤獨與悲傷的詩，有這樣的句子：「如此陰鬱的思想包圍著我／在我人生的夜晚：／告別了年輕人的生機／告別了陽光下的希冀——／留下的是冰冷的冬季……」

但困擾著他的通常並非冰冷的冬季。他是位民族主義者，愛國主義者，酷愛武裝、勝利和征服，一個熱情澎湃心地純真的鷹派人物。他堅信，要是我們猶太人給自己佩上勇氣、無畏和鋼鐵般的決心等等，要是我們終將奮起不再擔心異族人，我們就能打敗所有的敵人，從尼羅河到偉大的幼發拉底河，建立起大衛王國，整個殘酷邪惡的異族人世界會來到我們面前頂禮膜拜。他嗜好崇高、強大、光彩照人之物——軍服，黃銅號角，在陽光下閃閃發光的旗幟和長矛，皇家宮殿和武器裝備。他是十九世紀的產兒，縱然他活到高壽，看到了四分之三個二十世紀。

我記得，他身穿淺米黃色法蘭絨西裝，或是一套筆挺的細條紋西裝。他有時在套裝下面惹人注目地穿上一件背心，腰上繫一條細銀鏈，一端伸進背心口袋裡。夏天，他頭上戴頂編織得鬆鬆散散的草帽，冬天戴頂繫黑絲帶的博撒利諾[2]帽。他暴躁易怒，有突然動雷霆之怒的危險，但很快又喜笑顏開，道歉，請求原諒，表示痛悔，彷彿他的憤怒只是陣發性劇烈的咳嗽。你老遠就可以一下子了解他的情緒，因為他的臉色就像信號燈一樣變來變去：粉，白，紅，又回到粉。多數情況下，他雙頰露出心滿意足的粉色，但當他被人冒犯後，就會變得慘白，要是生氣了，就變得通紅，但一會兒過後，就又恢復到粉色，等於向全世界宣布雷雨風暴已經結束，冬天過去了，花開大地，爺爺習慣性的喜悅在短暫中止後又熠熠生輝。他一下子就會完全忘記是誰又是為什麼激怒了他，風暴到底是怎麼回事，就像一個孩子哭過一陣後立即平息下來，綻開微笑，又高高興興去玩了。

2博撒利諾（Borsalino），於一八五七年創立至今的義大利製帽品牌。

13

霍羅德諾（當時在俄國，後來在波蘭，而今在白俄羅斯）的拉夫·亞歷山大·吉斯金逝於一七九四年。他是位神祕主義者、卡巴拉學者、苦修者，撰寫了幾部富有影響力的倫理學著作。據說，「他終生把自己隔絕在一個小房間，研習《妥拉》；他從來不親吻或管教孩子，從來不和他們進行非宗教話題的談話」。他的妻子獨自支撐著家庭，撫養子女。然而，這位傑出的苦行者教導說，一個人應該「懷大喜悅和熱誠崇拜上帝」（布列茨拉夫的納哈曼拉比說他是一位先鋒派哈西德）。但是喜悅也好，熱誠也罷，都無法阻止亞歷山大·吉斯金拉比摒棄這樣一個願望：在他死後，「治喪委員會將委託猶太公會對吾之遺體進行四次死亡懲罰，直至一切肢體均被粉碎。」比如說，「命之把我舉到屋頂，使勁將我扔到地上，勿放床單或麥稈，命之如此重複七次，我莊嚴告誡治喪委員會，受被開除教籍之痛苦，以七死來折磨我，勿免除吾之屈辱，因屈辱乃吾之榮幸，可免除些許上天之大罰。」所有這些能夠贖罪或者純化「為女子利百加」所生亞歷山大·吉斯金的精神或心靈」。他另一件著名軼事是，漫遊德國一個個小鎮，為猶太人定居聖地籌錢，甚至因此遭到監禁。他的後人姓布拉茲，乃為「亞歷山大·吉斯金拉比所生」（Braz, Born of Rabbi Alexander Ziskind）的縮寫。

他的兒子拉夫·約塞勒·布拉茲，父親從未吻過管教過的孩子中的一個，被視為絕頂義人，此人終日研習《妥拉》，工作日期間從未離開過書房，甚至連睡覺也沒有離開過。他允許自己坐在那裡，頭枕著胳膊，胳膊放在桌子上，每天夜裡睡上四個小時，手指間夾著一根蠟燭，蠟燭燃燒殆盡時，火苗會將他喚醒。就連他簡便的膳食也送到書房，只有在安息日來臨之際他才離開書房，安息日一結束，立即又趕了回來。他和父親一樣，也是個苦修者。他的妻子開了家布莊，一直養活他和他的孩子，直至他去世，同時在他母親的有生之年也供養他的母親，因為拉夫·約塞勒為人謙遜，不許自己擔任拉比一職，但是他教授窮孩子《妥拉》，不收分文。他也未著書立說，因為他認為自己庸碌無為，不宜講前人未在他面前講過的新東西。

拉夫·約塞勒的兒子拉夫·亞歷山大·吉斯金·布拉茲（我爺爺亞歷山大的外祖父）是個成功的生意人，經營穀物、亞麻，乃至豬鬃生意，遠至柯尼斯堡、但澤和萊比錫等地做貿易。他是位一絲不苟遵守戒律的猶太人，但大家都知道，他與祖父和父親的過於狂熱拉開了距離。他不背離社會，不仰仗妻子額頭上的汗水度日，不憎恨時代思潮和啟蒙運動。他允許孩子們學習俄文、德文，以及一點「異族智慧」，甚至鼓勵他女兒拉莎-凱拉·布拉茲學習，讀書，做個知識女性。他當然沒用可怕威脅告誡治喪委員會在他死後把他的屍體粉碎。

*

門納海姆·門德勒·布拉茲，亞歷山大·吉斯金之子，拉夫·約塞勒之孫，《崇拜的基礎和根源》作者亞歷山大·吉斯金拉比之曾孫，一八八〇年代初定居奧德薩，與妻子帕爾拉一起開了一家小玻璃廠。在這之前，當他年輕之際，他在柯尼斯堡當公務員。門納海姆·布拉茲富有、英俊，講究吃喝，意志堅強，不墨守成規，即使以十九世紀末期猶太奧德薩非常寬容的標準來看仍如此。身

1 利百加，《聖經·舊約》中的人物，以撒之妻。見《舊約·創世記》第二十四、二十五章。

為不加掩飾的無神論者，著名的享樂主義者，他既憎惡宗教，也憎惡宗教狂熱，其全心全意之程度與他祖父和曾祖父連絲毫律法都要恪守的程度如出一轍。門納海姆．布拉茲在表現自我方面是個自由思想家。他在安息日當眾抽菸，狂放不羈大吃禁食之物，出於人生苦短的陰鬱觀點，也出於對來生和神明審判的激烈反對，他追求快樂。這位伊比鳩魯和伏爾泰的崇拜者相信，人應該伸手拿取生活賦予他的一切，縱情於心中憧憬的無拘無束的快樂，只要這樣做，他既不會遭受傷害和非正義的痛苦，也不會給別人帶來苦難。他姊姊拉莎－凱拉，拉夫．亞歷山大．吉斯金．布拉茲那位受過教育的女兒，卻和立陶宛奧凱尼基村裡（離維爾納不遠）一個淳樸的猶太人訂婚，那人名叫耶胡達．萊夫．克勞斯納，耶茲凱爾．克勞斯納之子，一個佃農[2]。

奧凱尼基的克勞斯納一家，可不像附近特拉凱鎮上他們那博學多才的堂兄弟們，基本是純樸的鄉村猶太人，固執而天真。耶茲凱爾．克勞斯納飼養牛羊，種植水果蔬菜，先是在一個名叫波皮舒克（或者是帕皮施基）的村裡，繼之到魯德尼克村，最後到了奧凱尼基村。三個村子都離維爾納很近。耶胡達．萊夫與父親耶茲凱爾一樣，只從鄉村教師那裡學到了一點點《妥拉》和《塔木德》，也遵守戒律，然而他不喜歡闡釋學的精微。他熱愛戶外生活，痛恨被禁錮在室內。

他試圖經營農產品，但沒成功。這是因為其他生意人很快便發現並利用了他的天真，把他擠出市場。耶胡達．萊夫用剩下的錢買一匹馬和一輛馬車，欣欣然一村接一村地運送乘客和貨物。他是個為人隨和、性情平和的馬車夫，滿足現狀，喜愛佳餚，喜歡在安息日和節日坐在桌前唱歌，喜歡在冬夜喝杯荷蘭烈酒。他從來不毆打他的馬，不畏艱難險阻。他喜歡獨自旅行，步履緩慢而輕鬆。他的馬車載著木材和一袋袋糧食穿過黑黝黝的森林、空曠的平原，穿過狂風暴雪，穿過冬天覆蓋河面的一層薄冰。一旦冰在沉重的馬車下碎裂（因此亞歷山大爺爺喜歡一遍遍地提到冬天的夜晚），耶胡達・萊夫就會跳入冰水中，用他那強壯有力的雙手抓住馬轡，把馬和車拉到安全的地方。

拉莎－凱拉為她的馬車夫丈夫生了三兒三女。但是在一八八四年她身染重病，克勞斯納一家決定離開立陶宛偏僻的鄉村，輾轉數百里來到奧德薩，拉莎－凱拉就生在那裡，她富有的哥哥就住在那裡。門納海姆・門德勒・布拉茲肯定會照顧他們，確保生病的妹妹得到最好的醫治。

一八八五年，克勞斯納一家定居奧德薩的那年，他們的長子，我伯公約瑟夫十一歲，是個神童，天性勤奮，酷愛希伯來語，渴求知識。他似乎更像特拉凱那些腦筋敏銳的克勞斯納堂兄弟，而不像奧凱尼基的農民和馬車夫祖輩。他的舅舅，崇拜伊比鳩魯和伏爾泰的門納海姆・布拉茲宣稱，小約瑟夫註定要成為大人物，並資助他讀書。可是他弟弟亞歷山大・吉斯金，在他們搬到奧德薩時只有四歲左右，有些難於管教，是個情緒化的孩子，很快便顯示出與祖父和爸爸那些鄉野克勞斯納相像的傾向。他的心思不在讀書上，自幼喜歡長時間待在外面，觀察人們的舉止，體味並感受世界，一個人待在草地樹林裡，陷入重重夢幻。他活潑，慷慨，善良，人見人愛，大家都稱之為祖西亞或者吉瑟爾。那就是亞歷山大爺爺。

2〔原注〕名字在家族中沿用。我大女兒取了我母親的名字范妮婭，我的兒子叫丹尼耶拉・耶胡達・阿里耶，用的是我最大的堂哥丹尼耶拉・克勞斯納和我父親耶胡達・阿里耶・克勞斯納的名字。丹尼耶拉・克勞斯納比我大一歲，三歲那年和父親大衛、母親瑪爾卡在維爾納被德國人殺害。我父親耶胡達・阿里耶・克勞斯納用的是出生於立陶宛奧凱尼基鄉村的祖父耶胡達・萊夫・克勞斯納的名字，耶胡達・萊夫・克勞斯納乃萊夫・耶茲凱爾之子，萊夫・耶茲凱爾乃萊夫・卡第什之子，萊夫・卡第什乃萊夫・傑達利亞・克勞斯納－奧凱尼基之子，後者是亞伯拉罕・克勞斯納拉比，《風俗習慣書》作者的後裔。亞伯拉罕・克勞斯納拉比在十四世紀末期居住在維也納。我弟弟大衛用的是大衛伯伯、我父親哥哥、那個被德國人殺死在維爾納的人的名字。我的三個孫兒分別以他們的祖父母（馬加比・薩茲伯格、洛特・薩茲伯格、莉娃・祖克曼）命名。

他們還有一個小弟弟，我叔公比札勒，以及三姊妹索菲亞、安娜和達麗亞，他們都沒有來成以色列。我目前能夠確信的是，俄國「十月革命」後索菲亞是文學老師，後來做了列寧格勒一所中學的校長。安娜在第二次世界大戰之前就已經去世，而達麗亞，或者說達沃拉，試圖在革命後與丈夫米沙逃到巴勒斯坦，但由於達麗亞懷孕，被「扣」在了基輔[3]。

克勞斯納一家剛到城裡時，儘管有興旺發達的門納海姆舅舅，還有布拉茲家族在奧德薩的其他親戚幫忙，但一度非常艱難。馬車夫耶胡達．萊夫，一個身強力壯、熱愛生活、好開玩笑的堅韌之人，不得不用盡積蓄買下一間不通風的小雜貨店，來維持不牢靠的家庭生計，之後身體漸衰。他思念開闊的平原、森林、雪原，思念他的馬和車，思念他所離開的立陶宛的鄉村客棧和河流。幾年以後，他一病不起，不久便死在他蹩腳的小店裡，年僅五十七歲。他的遺孀拉莎－凱拉在他死後活了二十五年，最後於一九二八年死於耶路撒冷的布哈拉區。

＊

正當約瑟夫伯公在奧德薩、後來在海德堡追求輝煌的學業時，亞歷山大爺爺十五歲那年輟學，做點小生意，在這裡買點什麼，又到那裡販賣，夜裡寫下激情澎湃的俄文詩歌，貪婪的目光投向商店櫥窗，投向一堆堆瓜果、葡萄和西瓜，投向放蕩的南方女人，匆匆趕回家中寫下另一首感情充沛的詩，而後又在奧德薩的大街上轉一圈，小心翼翼打扮得十分入時，像成年人那樣抽菸，黑鬍子仔細地打過蠟。他有時到港口盡情觀賞輪船、裝卸工和廉價的娼妓，不然就激動地觀看一隊士兵伴著軍樂列隊走過，有時他會在圖書館待上一兩個小時，不管拿到什麼都如飢似渴地閱讀，決意不去和長兄的手不釋卷較勁。與此同時，他學會了怎樣和知書達禮的年輕女子跳舞，怎樣喝上幾杯白蘭地卻依然不乏睿智，怎樣在咖啡館與人結識，怎樣討好小狗，為的是取悅女士。

他在奧德薩陽光明媚的大街上閒晃，好幾個民族的風格使這個港都帶著濃烈的異國情調。他結識了各式各樣的朋友，向女孩子獻殷勤，做點小買賣有時也賺點利潤，坐到咖啡館的角落或公園的長凳上，拿出筆記本寫首詩（四節，八韻），接著又開始閒晃，在尚無電話的奧德薩，不計酬勞幫錫安之愛協會領袖們跑腿——從阿哈德．哈阿姆那裡拿來急件，送到門德勒．莫凱爾．塞佛里姆[4]處，要麼就是從塞佛里姆那裡送去給愛說俏皮話的比阿里克先生或門納海姆．尤西施金[5]先生，或者從尤西施金先生那裡送到利連布魯姆[6]那裡。當他在休息室或大廳裡等待答覆時，反映錫安之愛運動精神的俄文詩便在他的心中湧起：耶路撒冷的街道，鋪上了縞瑪瑙和碧玉，雄鷹兀立在街道的每個角落，天空在頭上閃爍著七重天的光彩。

他甚至寫情詩給希伯來語，讚美它的優美和音樂性，闡明他永恆的信仰，但都是用俄語。（甚至後來他在耶路撒冷住了四十餘年，也不能完全掌握希伯來語，直至臨終之際，他講的是打破各種語法的個人化希伯來語，在寫希伯來語詩時會犯可怕的錯誤。在他去世前不久，寄到胡爾達基布茲

3〔原注〕達麗亞的女兒伊維塔．拉多夫斯卡婭，已高齡八十多歲，依舊和我通信。伊維塔姑媽，爸爸的表妹，在蘇聯解體後離開聖彼得堡，定居在美國俄亥俄州克里夫蘭。她唯一的女兒瑪麗娜和我年齡相仿，在聖彼得堡早逝。瑪麗娜的獨子尼基塔與我的孩子同一代，他和外祖母一起去了美國，但很快改變主意，回到俄羅斯或烏克蘭，在那裡結婚，現在是鄉村獸醫。他的女兒們與我孫兒們年齡相仿。

4 門德勒．莫凱爾．塞佛里姆（Mendele Mocher Sforim, 1835-1917），生於白俄羅斯，卒於奧德薩，現代希伯來文學之父。

5 門納海姆．尤西施金（Menachem Ussishkin, 1863-1941），猶太復國主義領袖，錫安之愛運動的領導人之一。

6 摩西．萊夫．利連布魯姆（Moshe Leib Lilienblum, 1843-1910），猶太復國主義者，俄國希伯來語作家、哲學家。

給我們的最後一張明信片上寫道：「我非常親愛的孫兒重孫兒們，我非常非常相念你們。我非常非常相間你們大家！」）

＊

一九三三年，當他終於和痛苦萬狀的施羅密特奶奶一起抵達耶路撒冷後，便不再寫詩，專心經商。幾年間，他從維也納進口前年流行的服裝，成功地賣給嚮往歐洲情趣的耶路撒冷婦女。但是最後，另一個比爺爺精明的猶太人出現了，開始從巴黎進口去年流行的服裝，爺爺和他的維也納服裝於是告敗。他被迫拋棄生意，拋棄對服裝的愛，開始為耶路撒冷供應霍倫洛德茲亞生產的針織品，還有拉馬特甘一個小商號的毛巾。

失敗與貧困，促使在他生意興隆時期棄他而去的繆思女神重新回到他身旁。他又一次在深夜把自己關進「書房」，用俄語撰寫熱情澎湃的詩章，讚美希伯來語言的輝煌，讚美耶路撒冷的魅力——它不是貧困、烏煙瘴氣、熱得令人窒息的狂熱者們的城市，而是街上散發著沒藥與乳香氣息的耶路撒冷，上帝的天使在它每座廣場上飄動。這裡我以「國王的新衣」故事裡那個勇敢的小男孩身分，走入一幅畫面，用金剛怒目的現實主義攻擊爺爺所寫的詩：「你現在在耶路撒冷住了多年，你清清楚楚地知道街道是用什麼鋪的，錫安廣場上究竟飄著的是什麼，那麼你為什麼總是寫些不存在的東西？你為什麼不寫一個真實的耶路撒冷？」

爺爺對我莽撞的話語大為光火，臉色一下子從令人愉快的粉紅變得通紅發亮，用拳頭敲著桌子，吼道：「真實的耶路撒冷？像你這樣的尿床娃娃知道什麼真實的耶路撒冷？真實的耶路撒冷就是我詩中所寫的那樣！」

「你還要用俄語寫到什麼時候，爺爺？」

「你什麼意思，傻瓜，你這個尿床的小傢伙？我用俄語算術！我用俄語罵我自己！我用俄語做夢！我甚至——」（可是施羅密特奶奶確切地知道他下面該說什麼了，便打斷他：「你怎麼回事？你瘋了嗎？你瞧瞧孩子就站在那裡呢！」）

「你還想回俄國嗎，爺爺？去拜訪一下？」

「已經沒了！」

「什麼已經沒了？」

「什麼已經沒了，什麼已經沒了——俄國已經沒有嘍！俄國死了。有史達林，有捷爾任斯基，有葉卓夫，有貝利亞，有座大監獄，古拉格！共產黨猶太支部！高幹！劊子手！」

「但是你肯定還是有點愛奧德薩吧？」

「咳。愛，不愛——有什麼區別。鬼知道！」

「你不想再看見它嗎？」

「咳，噓，尿床的小東西，不說了，啊？」

一天，令舉國震驚的一件挪用公款和貪汙醜聞曝光，在爺爺書房裡喝茶吃蛋糕的當兒，他對我說了他十五歲那年在奧德薩時，把「自行車騎得飛快：我有一次拿著一份急件，一份通知，送到錫安之愛委員會成員利連布魯姆那裡。」（利連布魯姆不僅是個著名的希伯來文作家，還在奧德薩錫安之愛組織裡擔任財務主管這一榮譽職位。）「他，利連布魯姆，的確是咱們的第一任財政部長。」爺爺向我解釋。

在等利連布魯姆寫回信時，這個經常出沒娛樂場所、年僅十五歲的少年拿出香菸，隨手拿起客廳桌上的菸灰缸和火柴盒。利連布魯姆迅速抓住爺爺的手，攔住他，接著走出房間，一會兒回來時，手上是從廚房裡拿來的火柴盒。他解釋說客廳裡的火柴是用錫安之愛組織的經費買的，只在委員們開會時用，只能給委員使用。「因此，你瞧，在那時候，公家的東西就是公家的，不是誰都可以用。不像我們國家現在這樣，我們過了兩千年終於建立了一個國家，卻讓人家去偷。在那時候，每個孩子都懂得什麼能做，什麼不能做，什麼是無主財產，什麼不是，什麼是我的，什麼不是我的。」

然而不總是這樣。一次，大概是五〇年代末期，發行了一張面值十里拉的精美鈔票，上面印有詩人比阿里克[7]的照片。當我攥著我的第一張比阿里克鈔票，直直走到爺爺家裡，給他看看國家如何尊敬他在年輕時就認識的人。爺爺確實非常激動，雙頰染上了喜悅的紅暈，他把鈔票翻過來掉過去，舉到燈泡底下，仔細查看比阿里克的照片。（在我看來他似乎是在朝爺爺頑皮地眨眼，似乎在說：「咳？」）爺爺眼裡閃動著小小的淚花，可是當他沉醉於精神快樂時，便順手把新鈔票摺起來，塞進了夾克口袋裡。

十里拉在那時是筆不小的數目，尤其是對像我這樣的基布茲人。我驚呆了：「爺爺，你在幹什麼呢？我只是把它拿來給你看看，讓你高興高興。你過一兩天，肯定會有自己的。」

「咳，」爺爺聳聳肩膀，「比阿里克欠我二十二個盧比。」

7〔原注〕哈伊姆·納赫曼·比阿里克（一八七三—一九三四），俄裔希伯來語詩人，公認的以色列民族詩人，不過他未能活到看見以色列建國的那一天。

14

回到當年的奧德薩，爺爺還是個十七歲的少年時，愛上了一位令人敬重的女孩叫施羅密特．列文。施羅密特喜歡舒適的東西，喜歡上層社會。她熱中於款待社會名流，與藝術家交友，過「文明生活」。

那是場可怕的戀情：她比她的袖珍卡薩諾瓦[1]大八、九歲，而且她碰巧是他的嫡表姊。最初，驚愕不已的家庭不願聽到成熟女子和小男孩之間有什麼婚姻聯繫。不光是兩人年齡差距大，有血緣關係，而且，小夥子沒有受過可贏得功名的教育，沒有固定職業，除了靠買賣之外，沒有固定收入。撇開這些災難不談，還有一點尤為重要，沙俄法律禁止嫡表親通婚。

根據照片，施羅密特．列文——拉莎-凱拉．克勞斯納（娘家姓布拉茲）姊姊的女兒，是個身材結實肩膀寬闊的年輕女子，不是特別漂亮，但是文雅、高傲，並保持得體的嚴肅和克制。她頭戴軟氈帽，精緻地在額頭上分出一條線，右帽沿垂在整齊的頭髮和右耳上，左帽沿的翹起部分像船尾，亮晶晶的女帽飾針把一小束水果別在帽前，左邊插著的一根羽毛驕傲地在水果上、帽子上，以及這一切之上舞動，像傲慢自大的孔雀尾巴。女士戴著時髦山羊皮手套的左臂，拎著個長方形的皮包，右臂緊緊地和年輕的亞歷山大爺爺的胳膊交織在一起，而她的手指則輕輕地在他黑大衣袖子上盤旋，不加掩飾地觸摸他。

1卡薩諾瓦（Casanova），十八世紀義大利人，一生風流，其名字成為情聖的代名詞。

他站在她右邊，衣著整潔、筆挺，裝扮得漂漂亮亮，儘管厚鞋底增加了他的高度，儘管他頭上戴著頂洪堡氈帽，但他還是顯得比她瘦小。他年輕的面龐嚴肅、堅毅，近乎悲哀。悉心修飾的鬍子驅不掉臉上孩子般的稚嫩。他的眼睛狹長、憂鬱。他身穿一件文雅寬大帶墊肩的半長大衣，上過漿的白襯衫，戴一條絲領帶，右胳膊上夾著甚至擺動著一根時髦的拐杖，杖柄上雕著花紋，金屬包頭發著光，在舊照片裡，它像劍鋒一樣閃亮。

*

震驚不已的奧德薩對這對羅密歐與茱麗葉持反對態度。兩位母親，她們是一對姊妹，投身於一場世界大戰之中，它以指控犯罪開始，又以無盡的沉默宣告結束。於是爺爺把他那一點點積蓄提取出來，四處倒賣貨物，一個盧比一個盧比地攢，兩個家庭都願意出點血，只要把醜聞從眼前和心中驅走。我的爺爺奶奶，一對為情所困的表姊弟，像成百上千的俄國猶太人和東歐猶太人那樣，啟程前往美國。他們打算在紐約結婚，得到美國國籍，要是那樣，我可能會出生在美國布魯克林，或紐澤西州的紐華克，撰寫洋洋灑灑的英文小說，反映戴高頂黑色大禮帽移民們的感情和壓抑，以及他們飽嘗痛苦的後代那神經質的苦難經歷。

但是，在紐約和奧德薩之間某地，在黑海或西西里海岸線，或者當他們在黑夜中平穩地向直布羅陀海峽那閃爍的燈火行進，又或者他們的愛之船正駛過消失的亞特蘭提斯大陸時，在輪船甲板上，發生了又一幕戲劇，瞬間情節陡轉，愛情又抬起了令人生畏的龍首：春日裡，少年之心，為愛思悠悠。

長話短說。我爺爺，那個年齡尚未滿十八歲的準新郎又一次墜入愛河，如醉如痴，驚心動魄，死去活來，就在輪船的艙房裡，他愛上了另一個女人，另一名船客，據我們所知，也比他大上十來歲。

但是施羅密特奶奶，我們家就是這樣一個傳統，從未產生放棄他的念頭。她立即揪住他的耳垂，握緊拳頭，夜以繼日絲毫不曾放鬆，直至紐約的拉比按照摩西和以色列律法為他們主持了婚禮。(「揪住耳朵，」我們大家會興高采烈地嘰嘰咕咕，「她一直揪住他的耳朵，直至舉行了婚禮。」有時他們說：「直至舉行婚禮？她從未放開他。直至她生命的盡頭，甚至比盡頭還要長，她緊緊抓住他的耳朵，有時還拽一拽。」)

接著，巨大的謎團隨之而至。一兩年之內，這對怪異的伴侶再次支付旅費——或許他們的父母又幫了他們——登上另一艘輪船，頭也不回地回到了奧德薩。

簡直是聞所未聞。從一八八〇年到一九一七年，兩百萬名猶太人從東方移民到西方，在不到二十年的時間裡定居美國，除了我的祖父母返程外，其他人做的都是單程旅行。可以想像，他們是唯一的乘客，因此我感情充沛的爺爺無人所愛，在整個回返奧德薩的路上，他的耳朵安然無恙。

為什麼回去？

我始終沒有從他們那裡索取到清醒的答案。

「奶奶，美國哪裡不好呢？」

「沒什麼不好。只是太擁擠了。」

「擁擠？美國擁擠？」

「那麼多人生活在那麼小的一個國家裡。」

「誰決定回去的，爺爺，是你還是奶奶？」

「咳，這是什麼話？你問什麼呢？」

「你們為什麼決定離開？你們不喜歡什麼？」

「我們不喜歡什麼？我們不喜歡什麼？我們什麼都不喜歡。咳，怎麼說，到處是馬，還有紅色印第安人。」

「紅色印第安人？」

「紅色印第安人。」

除此之外，我從他那裡什麼都掏不出來。

＊

這裡是爺爺另一首詩的譯文，也是用俄語寫的，叫作〈冬天〉：

春天已遠，只有冬日，
風暴狂怒，黑天沉沉，
我陰鬱的心沒了歡樂與喜悅，
我想哭，但淚已乾。

我靈魂疲憊，精神淒然，
心如頭頂上蒼天看不到光線，
我韶華已逝，春天和愛的歡樂，

去而不返。

一九七二年我第一次到紐約後，四處尋找，並找到一個樣子像美國原住民的婦女。記得她正站在列星頓大道和第五十三街的拐角散發傳單。她既不年輕，也不老，顴骨寬大，身穿一件老頭子的外衣，裹著一件披風抵禦刺骨的寒風。她微笑著遞過來一張傳單，我接過來謝謝她。「愛情在等待著你。」它承諾，在單身酒吧地址下寫著，「不要再耽擱了。現在就來。」

*

在一九一三或一四年攝於奧德薩的一幅照片裡，我爺爺打著蝶形領結，灰色帽子上飄著亮閃閃的絲帶，三件式西裝，從敞開的西裝外套裡，露出一道閃亮的銀線，穿過扣得緊緊的背心，顯然是條懷表鏈。黑絲結貼在華麗的白襯衫上，皮鞋油黑發亮。他時髦的手杖剛好夾在胳膊肘下，像平時一樣懸在那裡。他右手拉著一個六歲男孩，左手牽著一個四歲的漂亮女孩。男孩長著一張圓臉，精心梳理過的一縷頭髮惹人愛地從帽子下探出頭，沿著額頭形成一條線。他身穿一件高貴的雙排釦外套，類似軍服，釦子又白又大。外套底下露出短褲，一窄條雪白的膝蓋隱約可見，隨即被似乎用襪帶吊著的白色長襪覆蓋。

小女孩朝攝影師微笑。那神態好像意識到了自己的魅力，故意對著照相機鏡頭表現自己。她柔軟的長髮披到肩膀，舒服地散落在大衣上，整整齊齊地右分。她圓圓的臉龐豐滿而快樂，雙眼細長，有點斜視，像中國人的樣子，圓潤的嘴唇微笑著。她在洋裝外面穿一件雙排釦的小外套，在各方面都與哥哥相像，只是小了一號。腳上的鞋子引人注目地裝飾著可愛的蝴蝶結。

照片裡的男孩是我的伯伯大衛，人們總管他叫裘吉亞或裘津卡。女孩呢，那個迷人而賣弄風情的小女人，小姑娘，是我的爸爸。從嬰兒到七、八歲——儘管有時他告訴我們說直至他九歲——施羅密特奶奶經常讓他穿上有領連身裙，或者穿她自己做給他的百褶裙或直筒裙，還經常穿女孩穿的紅鞋。他那一頭迷人的長髮披瀉到肩頭，繫著一個紅、黃、淺藍或粉紅色的蝴蝶結。每天晚上，母親用香氣撲鼻的溶液幫他洗頭，有時早晨再洗一遍，因為夜間油脂出了名地損害頭髮，剝奪頭髮的活力、光澤，成為孕育頭皮屑的溫床。她給他的手指戴上小戒指，給他胖呼呼的小胳膊戴上手鐲。他們前去游泳時，裘津卡——大衛伯伯——和亞歷山大爺爺到男更衣室去換衣服，而施羅密特奶奶和小里歐尼赫卡——我爸爸——逕自走進女浴室，在那裡渾身上下抹一遍肥皂，是啊，那裡，也是在那裡，專門請到那裡，洗兩遍澡。

是施羅密特奶奶生下裘津卡後，鐵了心要生個女兒。她得知沒生下女孩後，立即決定，她自然有不容置疑的權利把這個孩子，她骨中之骨、肉中之肉，隨心所欲地按照自己的選擇和品味撫養，這世上任何力量也無權干預並規定她對羅尼亞（或稱里歐尼赫卡）的教育、打扮、性別和舉止。

*

亞歷山大爺爺顯然沒有找到理由反叛。關在小房間裡，置身於自己的小天地，爺爺享受著一種相對的自治，甚至允許他去追求個人志趣。與摩納哥和列支敦士登王子一樣，他從未想過幹蠢事而遭人恥笑，不想對他小人國領地四周的強大鄰國進行內政干預而影響自己岌岌可危的主權。

至於我爸爸，他從來不曾抗議。他很少回憶和女人一起洗澡及其他女性體驗，除非他打算和我們開玩笑時才這麼做。

可是他的玩笑在我看來永遠像目的宣言：瞧一瞧，看一看，像我這樣嚴肅認真的人是如何為了你們而亂了方寸，主動逗你們發笑。

母親和我通常朝他微笑，彷彿在感謝他的付出。而激動的他，似乎把我們的微笑解釋成繼續逗我們開心的邀請，他會主動講兩三個我們已經聽過上千遍的笑話，講猶太人和非猶太人在火車上的故事，講關於史達林和凱薩琳女皇會晤的故事，我們都已經笑出了眼淚，可是爸爸為了把我們逗樂而沾沾自喜，又大講史達林在公車上坐在本-古里昂和邱吉爾對面，講關於比阿里克和另一位希伯來語詩人史龍斯基在天堂相會。當他講到史龍斯基和一個女孩幽會時，母親溫柔地對他說：

「你今天晚上不做點工作嗎？」

不然就是：「別忘了你答應要在孩子睡覺前和他一起貼郵票。」

一次他對客人們說：

「婦人之心！偉大的詩人們嘗試反映其內在祕密的努力算是白費了。瞧，席勒曾在哪兒寫過，萬物中沒有比婦人之心更為深邃的祕密了，沒有女人曾經或將要向男人顯露整個女性的神祕世界。其實他儘管問我好了——畢竟，我曾在那裡待過。」

有時他用某種並不可笑的方式開玩笑：「當然，我有時也追逐裙釵，像多數男人那樣，甚至更甚，因為我過去擁有自己足夠的裙釵，忽然間她們都離我而去。」

有一次他這麼說：「要是我有女兒的話，她一定會是個美人。」並且加了一句：「將來，在未來的一代，性別差異將會縮小。這一差異整體來說是個悲劇，但有朝一日它可能蒸散而去，只成了段錯誤的喜劇。」

15

正是施羅密特奶奶，一位酷愛書籍、理解作家的傑出女性，把奧德薩的家變成了一個文學沙龍——或許是有史以來第一個希伯來文學沙龍。她憑自己特有的敏感意識到，孤獨與渴求認知，羞怯與狂放，內心深處的不安全感與陶醉自我的自大狂妄，這些彆彆扭扭的組合驅動著詩人和作家走出書齋，你找我我找你，你挨我我靠你，找樂，調笑，放下架子，互相感受，手搭著肩，或胳膊摟著腰，談天說地，爭論不休，有點嘮叨，有些好奇地查看別人的隱私，阿諛逢迎，意見不一，串通勾結，糾正偏誤，生氣見怪，道歉，修補，互相迴避，再次尋找同伴。

她是完美的女主人，她在招待客人時樸實無華，然而優雅大方。她向眾人呈上傾聽的耳朵，承受的肩膀，好奇羨慕的眼神，同情的心靈，自己用魚做的佳餚，冬天晚上一碗碗熱氣騰騰有滋有味的燴菜，放到嘴裡即刻融化的罌粟籽蛋糕，從俄式茶炊裡倒出的一碗碗滾燙的熱茶。

爺爺的工作是以專業水準倒利口酒，為女士們供應巧克力和甜蛋糕，為男士們供應嗆人的俄國菸。時年二十九歲的約瑟夫伯伯從阿哈德·哈阿姆那裡接手《哈施羅阿赫》的編輯工作。《哈施羅阿赫》乃現代希伯來文化的一份重要刊物（詩人比阿里克就曾做過編輯），從奧德薩時期就開始裁定希伯來文學，按照自己的標準來褒貶作家。琪波拉伯母陪他去參加他弟弟、弟媳家裡的「社交聚會」，用羊毛圍巾、溫暖的大衣和耳套把自己裹得密密實實。猶太復國主義先驅、錫安之愛運動領袖——門納海姆·尤西施金，裝束整齊地亮相了，他的胸脯像野牛一樣挺得高高的，嗓音像俄國總督一樣粗啞，像沸騰的俄國式茶炊那樣興高采烈。隨著他的到來，整個房間一片沉靜：大家出於尊重不再說話，有人會起身讓出座位，尤西施金會以將軍般的步態大踏步穿過房間，他岔開雙腿，豪爽地坐在那裡，用手杖敲兩下地板，表示允許沙龍談話繼續進行。甚至切爾諾維茨拉比（人稱拉夫・薩伊）也是常客。還有個胖呼呼的青年歷史學家，曾經向我奶奶求愛。（「但高雅女子難以與他接近——他非常睿智，有趣，但衣領上總有各式各樣令人討厭的汙漬，他的袖口滿是汙垢，有時你可以看到一塊塊食物殘渣夾在他的褲線裡，他是個徹頭徹尾的邋遢鬼！」）

偶爾，比阿里克會在晚上來串門，他臉色蒼白中帶著憂鬱，不然就是顫抖中含著冷峻與憤怒——或與之截然相反，他也能成為晚會的生命和靈魂。「而那時！」奶奶說，「他怎麼竟像個孩子！一個真正的無賴！沒遮沒攔！那麼有傷風化。有時他會用意第緒語和我們開玩笑，直至讓女士們面紅耳赤，喬尼・羅尼茨基會朝他叫喊：『咳，噓！比阿里克！你怎麼回事！啊！夠了！』」比阿里克好吃好喝，他喜歡快快樂樂，他用麵包和乳酪填飽肚皮，接著又幹掉一塊蛋糕，一杯熱茶，一小杯利口酒，而後他會開始用意第緒語一首接一首唱小夜曲，表達希伯來語言的奇妙以及他對希伯來語的深愛。

詩人車爾尼霍夫斯基也闖進沙龍，光彩照人卻顯靦腆，充滿激情卻敏感易怒，能征服人心，用孩子般的純真感動人，像蝴蝶一樣脆弱，但也令人痛苦，甚至毫無自覺便把左中右的人都給傷了。而真實情況呢？「他從不蓄意傷人——他那麼純真！心眼好！一顆不知何謂罪惡的童心！不像一個憂傷的猶太孩子，不像！像個異族人的孩子。充滿生存之樂，淘氣頑皮，精力充沛！有時他剛好像個初生牛犢！如此一頭快樂的初生牛犢在四周跳來跳去。在眾人面前扮演滑稽角色！但只是有時候這樣。有些時候他顯得痛苦不堪，立即使每個女人都想去關心他！所有的女人！老老少少，已婚的未婚的，相貌平平的漂亮可愛的，都感到有種暗含的衝動去關心他。這就是他的力量所在。他甚至不知道他擁有這種力量——如果他知道，就不會如此對待大家了！」

車爾尼霍夫斯基喝下一兩杯白蘭地後，情緒高漲起來。有時他會開始讀自己創作的詩，詩中洋溢著欣喜與憂傷，使房間裡每個人與之一同傷心，或者為他傷心。他狂放不羈的舉動、濃密的鬈髮、雜亂的鬍鬚，他帶來的女伴並不都特別聰明，甚至不都是猶太人，但都很美麗，秋波蕩漾，沒少引起人們評頭論足，激起作家們的羨慕之情——「身為女人，我跟你說，」奶奶又發話了，「女人在這樣的事情上不會錯，比阿里克慣於坐在那裡這樣看他……看他帶來的異族姑娘……倘若比阿里克能夠像車爾尼霍夫斯基這樣生活上一個星期，他情願少活一年！」

激烈爭論涉及希伯來語言和文學的復興、革新之局限、猶太文化遺產與民族文化之關係、同盟會會員、意第緒主義者（約瑟夫伯伯以爭辯的語調，稱意第緒語為「胡言亂語」，平靜下來後稱之為「猶太德語」）、猶太和加利利地區的定居點、赫爾松或哈爾科夫猶太農民的老問題、克努特．哈姆生和莫泊桑、強權與社會主義、女人和農業等諸多問題。

＊

一九二一年，也就是十月革命四年後，奧德薩在紅與白的血腥戰爭中歷經數次權力交替，我爸爸也終於從女孩變成男孩有兩三年之久，奶奶和爺爺帶著兩個兒子飛往維爾納，當時維爾納一部分領土歸波蘭所有（尚未屬於立陶宛）。

爺爺對共產主義者深惡痛絕。「別和我談論布爾什維克，」他經常嘟囔，「咳，什麼呀，即使在他們掌權之前，在他們走進從別人那裡搶來的房子之前，在他們夢想成為國家機器成員和人民委員之前，我對他們就瞭若指掌。我記得他們以前的模樣，小阿飛、奧德薩港口地區的下等人、暴徒、惡霸、小偷、酒鬼和惡棍。咳，什麼呀，他們差不多都是猶太人，形形色色的猶太人，你有什麼辦法。但他們不過是出身於最純樸家庭的猶太人——咳，什麼呀，市場上販魚的，我們一般稱他們是緊緊黏在鍋底上的沉渣。列寧和托洛斯基——什麼托洛斯基，哪個托洛斯基，列夫·布隆施泰因，亞諾夫卡一個名叫多維多的扒手的瘋兒子——這群烏合之眾披上了革命者的外衣，咳，什麼呀，穿皮靴，腰帶上別著左輪手槍，像髒兮兮的大母豬穿絲綢裙。他們就這樣走上大街，抓人，把財產充公，他們一喜歡上誰的房子或女朋友，就把人家給殺了。咳，什麼呀，這整個骯髒下流的幫派，卡米涅夫[1]原來叫作羅森菲爾德，馬克希姆·李維諾夫[2]就是梅爾·瓦列克，格雷高里·季諾維耶夫[3]本姓阿普弗鮑恩，卡爾·芮德克[4]本姓索伯松，拉札·卡岡諾維奇[5]是個補鞋匠，屠夫之子。咳，什麼呀，當然有一兩個異族人跟他們幹，也是底層出身，來自海港，渣滓，他們是群烏合之眾，咳，什麼呀，一群穿臭襪子的烏合之眾。」

*

1 卡米涅夫（Lev Kamenev, 1883-1936），俄共領導人之一，為列寧左右手，史達林掌權後遭其整肅清算而死。父親為猶太鐵路工程師。

2 李維諾夫（Maxim Litvinov, 1876-1951），蘇聯重要外交家。出身富有的猶太銀行家家庭。

3 格雷高里·季諾維耶夫（Grigory Yevjevich Zinoviev, 1883-1936），蘇聯政治家，史達林掌權後與卡米涅夫同遭整肅而死。父親是猶太裔酪農。

4 卡爾·芮德克（Karl Radek, 1885-1939），蘇聯政治活動家。曾任莫斯科中山大學校長，並與蔣經國有師生之誼。他是托洛斯基派的重要代表人物之一，也因與卡米涅夫、季諾維耶夫聯盟而獲罪。父親是猶太人。

5 拉札·卡岡諾維奇（Lazar Kaganovich, 1893-1991），俄共領導人之一，為史達林親信。父母為猶太人。

布爾什維克革命五十年後，他對共產主義和共產主義者的這一態度也沒有改變。以色列軍隊在「六日戰爭」[6]中征服了耶路撒冷舊城，幾天後，爺爺建議國際社會現在應該協助以色列，「非常尊敬，毛髮無損，秋毫無犯」，讓黎凡特阿拉伯人回歸他們的歷史家園，他稱之為「阿拉伯家園」：「就像我們猶太人回到咱們故鄉一樣，他們應該榮歸故里，回到他們出生的阿拉伯家園。」

簡而言之，我詢問，要是俄國人攻打我們，以使他們的阿拉伯盟友免遭返回故里的艱難困苦，他認為該怎麼辦。

他淡粉色的面龐氣得通紅，盛氣凌人地吼道：

「俄國！你說的是哪個俄國？俄國已經不存在了，尿床的小東西！俄國不存在了！或許你在談論布爾什維克？咳，什麼呀，從布爾什維克還在奧德薩港口地區，尚且無足輕重的時候，我就對他們瞭若指掌了。他們不過是一幫盜賊和群氓！鍋底上的沉渣！整個布爾什維克主義不過是大張旗鼓地虛張聲勢而已！既然我們已經看到我們有多麼奇妙的希伯來人飛機、槍枝，咳，什麼呀，我們應該派這些年輕小夥子和我們的飛機穿過彼得堡，大概來去各用兩個星期，一枚乾淨俐落的炸彈——我們以前就該對他們這樣——一聲巨響——整個布爾什維克主義就像髒棉毛，飛進了地獄！」

「你認為以色列該轟炸列寧格勒嗎，爺爺？發動一場世界大戰？你聽說過原子彈嗎？聽說過氫彈嗎？」

「都在猶太人的掌控之下，咳，什麼呀，美國人，布爾什維克們，他們所有的新式武器都出自猶太科學家之手，他們必然知道什麼該做什麼不該做。」

「那麼和平呢？有實現和平的途徑嗎？」

「有。我們得打敗所有的敵人。我們得痛打他們，這樣他們才會來向我們祈求和平——然後呢，咳，什麼呀，我們給他們和平。何必拒絕呢？畢竟，我們是個熱愛和平的民族。我們甚至有這樣的一誡，追求和平——咳，什麼呀，倘若需要，我們和巴格達講和平，倘若需要，我們甚至和開羅講和平。難道不應該嗎？這樣如何？」

*

十月革命、內戰和紅色勝利後的困惑、貧困、審查和恐懼，使奧德薩的希伯來作家和猶太復國主義者四處逃散。約瑟夫伯伯和琪波拉伯母和他們的許多朋友一道在一九一九年底乘坐「魯斯蘭號」前往巴勒斯坦，他們抵達雅法港口宣告了第三次回歸的序幕。其他人則從奧德薩逃往柏林、洛桑和美國。

亞歷山大爺爺、施羅密特奶奶和他們的兩個兒子沒有移居巴勒斯坦——儘管在亞歷山大爺爺的詩歌中跳動著猶太復國主義的激情，但是那片土地在他們眼裡太亞洲化、太原始、太落後，缺乏起碼的衛生保障和基本文明。於是他們去了立陶宛，那裡是克勞斯納一家，爺爺、約瑟夫伯公和比札勒叔公的父母二十五年前離開的地方。維爾納依舊在波蘭的統治之下，激烈的反猶主義在那裡從未間斷，一年年越演越烈。民族主義和恐外症在波蘭、立陶宛一直起支配作用。龐大的猶太少數民族對於被征服得服服貼貼的立陶宛人來說，彷彿是壓迫者體制的代言人。邊境那邊，德國正遍布著新的、冷酷凶殘的仇猶納粹。

在維爾納，爺爺也是個生意人。他期待不高，從這兒買點什麼到那裡去賣，這中間有時候會賺

6 六日戰爭，指一九六七年六月五日爆發的第三次中東戰爭，因為戰爭歷時六天而得此名。

些錢。他把兩個兒子首先送進希伯來學校，繼之送進傳統的中學。大衛和阿里耶兄弟，或者叫做裘吉亞和羅尼亞，從奧德薩帶來了三種語言：他們在家裡講俄語和意第緒語，在街上講俄語，在猶太復國主義者辦的幼稚園不得不講希伯來語。在維爾納這裡傳統的中學裡，他們又加學了希臘語和拉丁語、波蘭語、德語和法語。後來，在大學的歐洲文學系學習了英語和義大利語，在閃語哲學系我爸爸又學了阿拉伯語、阿拉米語和楔形文字。大衛伯伯不久找到了一份教文學的工作，而我爸爸耶胡達·阿里耶一九三二年在維爾納大學獲得了學士學位，希望追隨哥哥的腳步，但是這時的反猶主義已經變得無法忍受。猶太學生不得不遭受屈辱、人身攻擊、歧視和施虐狂虐待。

「但確切地說，他們向你們做了什麼？」我問爸爸，「什麼是施虐狂虐待？他們打你們了嗎？撕你們的練習本了嗎？你們為什麼不申訴呢？」

「你無法理解這些，」爸爸說，「不理解更好。我高興，儘管你也不能理解這點，也就是說，你無法理解我為什麼為你不理解那種情形而高興。我當然不願意讓你了解。因為不需要了解。就是因為已經不需要了解了，因為它已經結束了，永遠結束了。也就是說，它在這裡不會發生。現在我們談談別的，我們談談你的行星相冊好嗎？當然我們仍然有敵人，有戰爭，有圍困，傷亡不小。那是一定的，我不否認。但這不是迫害。這——不是。既不是迫害，也不是侮辱，更不是集體屠殺。不是我們在那裡得要遭受的虐待。那將一去不復返了。不是這裡。要是他們襲擊我們，我們就一報還一報。我覺得你把火星插在土星和木星中間了。錯了。不，我不告訴你。你可以自己查一查看看什麼地方錯了，你也可以自己把位置放對。」

*

幸好維爾納時期保存了一本已經磨損的相冊。這是爸爸，他的哥哥大衛，兩人都在上學，神情都很嚴肅、蒼白，尖頂帽下露出他們的兩隻大耳朵，兩人都身穿西裝，繫著領帶，襯衣領子筆挺。這是亞歷山大爺爺，開始有點禿頂，鬍鬚濃密，裝束整齊，樣子有點像沙皇時代的一個小外交官。這是一些團體照，也許是畢業班。畢業的是爸爸還是大衛伯伯已難以知曉，他們的臉很是模糊。男孩子戴著帽子，女孩子戴著扁圓的貝雷帽。多數女孩都是一頭黑髮，一些露出蒙娜麗莎似的微笑，那微笑內含你極想知道的東西，但你不會知道，因為它註定不是對你的。

那麼是對誰的呢？幾乎可以確定，這些團體照中的年輕人實際上都被剝光衣服，被迫奔跑，遭到鞭打，被惡犬追逐，挨餓受凍，進了波那森林大坑。除我爸爸之外，他們當中還有誰倖存？我對著強光細看團體照，試圖在他們臉上看出點什麼：某些狡猾或者果敢，某種內在的堅韌，這堅韌或許使第二排左邊的男孩猜測出等待他的將會是什麼，不相信所有安慰話語，在時猶未晚之時爬到隔離區下的陰溝裡，加入森林游擊隊。不然就是，中間那個漂亮女孩怎麼樣了，她顯得聰明而玩世不恭，一副我誰都不愛，沒有人能欺騙我，雖然我比較年輕，但我已經什麼都懂了，我甚至知道你做夢都想不到的事情。她或許倖存下來了？她是逃出來參加魯德尼克森林中的游擊隊了嗎？她是由於外表像亞利安人，設法藏到隔離區外的一個區了嗎？她躲進修道院了嗎？不然就是在時猶未晚之際，設法躲開德國人及其立陶宛親信，溜到了俄國境內？或者在時猶未晚之際，移民到了巴勒斯坦，過著沉默寡言的拓荒者生活，一直活到七十六歲——在耶斯列谷的一個基布茲管理蜂箱或雞舍？

這是我年輕的爸爸，長得很像我兒子丹尼耶拉（中間名是耶胡達．阿里耶，和爸爸名字一樣），像得令人毛骨悚然，十七歲，又瘦又高，像根玉米棒子，打著蝶形領結，純真的雙眼透過圓圓的鏡片在看著我，有些不好意思，又有些驕傲，一個聊天大王，然而非常靦腆，這並不矛盾，黑油油的頭髮整齊地梳到腦後，臉上露出一種欣喜的樂觀：朋友，千萬別著急，一切都會好轉，我們會戰勝一切，把一切置之度外，不管發生什麼，也沒關係，一切都會好轉的。

照片中的爸爸比我兒子年輕。如果可能，我會走進照片，向他和他快樂的朋友發出警告。我會試圖向他們解釋將會發生什麼事。幾乎可以肯定，他們不會相信我說的話，是不是在取笑我們呢？

這又是我的爸爸，一副參加舞會的打扮，頭戴裘皮無邊帽，一頂俄式帽子，划著一艘小船，兩個女孩子朝他微笑，有些賣弄風情。這張他穿的是有點滑稽可笑的燈籠褲，露著襪子，從身後擁抱一個頭髮中分面帶微笑的女孩。女孩正要把一封信投進標有「郵政服務」字樣（照片中的字跡清清楚楚）的信箱。這封信是寄給誰的？收信人怎麼樣了？照片裡那個女孩，身穿條紋長裙，胳膊上掛著黑色小手包，穿白鞋白襪的女孩命運又將如何？照片拍過之後，女孩子還有多長時間能繼續微笑？

這是我的爸爸，也在微笑，突然令人想起那個在年幼時被母親打扮成的小女孩，與之在一起的還有五個男孩，三個女孩。他們在森林裡，卻穿著他們進城時最好的衣服。然而男孩子脫掉了外衣，穿著襯衣打著領帶，站在那裡，擺出既勇敢又孩子氣的姿勢向命運挑戰，或是向女孩子們挑戰。在照片裡，他們疊羅漢搭成一座小金字塔，兩個男孩肩扛著一個胖女孩，第三個男孩親熱地舉著她的大腿，另兩個女孩仰頭看著，開懷大笑。朗朗天空，連同河橋上的欄杆也顯得非常歡快。只有周圍的森林沒笑，它密密層層，威嚴，黑漆漆的，從照片這頭延伸到照片那頭，大概還會繼續延伸。維爾納附近的森林，魯德尼克森林？還是波那森林？不然就是波皮舒克或奧凱尼基森林。我爸爸的爺爺耶胡達·萊夫·克勞斯納喜歡坐在他的馬車上穿過奧凱尼基森林，在一片漆黑甚至大雨滂沱狂風大作的夜晚，一心信賴他的駿馬、強壯的臂膀和好運。

*

爺爺在精神上嚮往著經歷兩千年不幸、正在重建的阿里茨以色列。他思念加利利、沙崙平原、基列、吉爾巴山谷，思念撒瑪利亞山、伊多姆山脈，「奔流，約旦河水在奔流，你波濤洶湧」。他捐款給猶太民族基金會，支付謝克爾給猶太復國主義者，熱切地閱讀點點滴滴的阿里茨以色列資訊，為亞波亭斯基的演講如醉如痴。亞波亭斯基有時經過猶太人居住的維爾納，聚集起熱情的聽眾。爺爺一向全力以赴地支持亞波亭斯基那妄自尊大毫不退讓的民族主義政治，認為他是軍事復國主義者。然而，即使維爾納大地的火舌快燒到他和家人腳下，他還是傾向於——也許是施羅密特奶奶使之傾向於——到某地尋找不像巴勒斯坦那麼亞洲化、比總是暗無天日的維爾納略微歐洲化的新家園。一九三〇到三二年，克勞斯納想移民法國、瑞士、美國（儘管是紅色印第安人）、斯堪地那維亞國家和英國。但這些國家無人願意接納他們，他們的猶太人已經夠多了（「連一個都太多。」加拿大和瑞士的部長們那時說，其他國家嘴上不說但也這麼辦）。

約莫在德國納粹執政的十八個月前，我那位猶太復國主義爺爺竟然無可救藥地對維爾納的反猶主義視而不見，甚至申請德國國籍。幸運的是，德國也拒絕接受他。這就是他們，這些滿懷熱情的親歐派人士，能講如此多的歐洲語言，吟誦歐洲詩歌，堅信歐洲道德水準至高無上，欣賞歐洲的芭蕾和歌劇，培育著歐洲傳統，夢想著它實現後民族主義後統一，仰慕它的行為舉止、衣著和時尚，自猶太啟蒙以來無條件無拘束地熱愛它幾十年，盡人之最大努力以取悅它，以各種方式為它做出各種貢獻，成為它的一個組成部分，用狂熱的取悅打破它的冷漠與敵視，與之交友，使自己得到它的歡心，為它所接受，為它所擁有，為它所愛……

*

因此在一九三三年，那雙已對歐洲失望的戀人施羅密特和亞歷山大・克勞斯納，與他們剛剛完成波蘭文學和世界文學學士學位的幼子耶胡達・阿里耶，興味索然，幾乎是不怎麼情願地移民到亞洲化的亞洲，移民到爺爺年輕時代寫下的感傷詩歌中一直嚮往的耶路撒冷。

他們從的里雅斯特乘坐「義大利號」輪船去往海法，途中和船長合影，船長的名字寫在照片旁邊，他叫本尼阿米諾・烏姆伯托・斯坦德勒。千真萬確。

在海法港，留下了這樣一個家族傳說。英國託管時期的一個穿著白袍的醫生或是衛生官員正等待著他們，往所有乘客身上噴灑消毒水。輪到亞歷山大爺爺時，就有了我們的故事。他非常生氣，從醫生手裡抓過噴頭把醫生噴了個透，好像在說，誰要是膽敢在這裡對待我們像在流放中那樣，就這麼對付他。兩千年了，我們默默忍受一切，但是這裡，在我們自己的土地上，我們絕不能默默忍受新的流亡，我們的尊嚴不能遭到踐踏——或是消毒。

*

他們的長子大衛，那位忠誠而勤懇的親歐人士留在了維爾納。在那裡，起先，儘管身為猶太人，他還是在大學裡得到教授文學的職位。他無疑一心追尋約瑟夫伯伯那值得稱道的生涯，如同我爸爸終生所追尋的那樣。在維爾納，他會娶一個名叫瑪爾卡的年輕姑娘，在那裡，一九三八年，他的兒子丹尼耶拉會出生。我從來沒有見過這個比我大一歲半的孩子，也未能找到他一張照片。只有一些明信片和瑪爾卡（瑪西亞）伯母用波蘭語寫的幾封來信。「一九三九年二月十日：第一個夜晚，丹努什從晚上九點睡到早上六點。他夜裡睡覺沒問題。白天，他睜著眼睛躺在那裡，胳膊和腿動也不動。他有時候會叫……」

小丹尼耶拉．克勞斯納不會活到三歲。很快他們會來把他殺死，以免歐洲遭到他的破壞，以便提前避免希特勒「夢魘般的幻覺：令人憎惡、兩腿外彎的猶太雜種引誘成百上千的女孩……黑頭髮的猶太青年臉上掛著撒旦似的笑，埋伏在那裡，等待沒有提防的女孩，用他的血來玷汙她……猶太人的最終目的是要消除國籍……透過使其他民族退化不純，降低最高人種水準……懷揣毀滅白種人的祕密目的……倘若將五千名猶太人運往瑞典，他們會在極短時間裡占據所有的重要位置……毒化所有人種、國際化的猶太人」。

但是大衛伯伯卻想得不一樣。他對諸如此類的痛恨觀點鄙夷不屑，對莊嚴的高大教堂拱頂下迴盪著的反猶聲浪，或殘酷危險的新教徒反猶主義，德國種族主義，奧地利的蓄意謀殺，波蘭對猶太人的痛恨，立陶宛、匈牙利或法國的殘酷，烏克蘭、羅馬尼亞、俄國和克羅埃西亞熱中集體屠殺，比利時、荷蘭、英國、愛爾蘭和斯堪的那維亞不信任猶太人，一概不予計較。凡此種種，在他看來乃野蠻愚昧時代的朦朧遺風，昨日殘餘，氣數將盡。

作為比較文學教授，歐洲文學對他來說是一個精神家園。他未曾意識到，為什麼應該離開自己的居住國，移居到西亞——一個奇異生疏之地，以便讓愚昧的反猶主義和心胸狹隘的民族主義暴徒心花怒放。因此他堅守崗位，揮動進步、文化、藝術和未開拓領域的精神旗幟，直至納粹來到維爾納。熱愛文化的猶太人、知識分子和世界主義者不符合他們的口味，於是乎他們就殺害了大衛、瑪爾卡和我那暱稱為丹努什或丹努什可的小堂哥丹尼耶拉。在日期為一九四〇年十二月十五日的倒數第二封來信中，丹努什的父母寫道：「他最近已經開始走路了……而且記憶力驚人。」

大衛伯伯把自己當作時代的產物，一位卓爾不群、自如運用多種文化多種語言、富於啟迪的歐洲人，一位明白無誤的現代人。他蔑視偏見和民族仇恨，他決意永不向缺乏文化素養的民族主義者、沙文主義者、蠱惑民心的政客和愚昧無知、為偏見所左右的反猶主義者屈服，這些人用粗嘎之音保證「讓猶太人去死」，從牆上向他狂吠：「猶太佬，滾回巴勒斯坦去！」

去巴勒斯坦？絕對不行。他這類人不會攜著年輕的新娘和襁褓中的兒子臨陣脫逃，躲到飽嘗乾旱侵襲的某個黎凡特省份，遠離喧鬧的烏合之眾所發動的暴力，在黎凡特，幾個孤注一擲的猶太人試圖親手建立起一個種族隔離主義者的武裝國家，頗富反諷意味的是，他們顯然從敵人那裡學到了最壞的東西。

不，大衛伯伯絕對要待在維爾納，堅守崗位，待在富有理性、心胸豁達、寬容而自由的歐洲啟蒙運動中最重要的前沿戰壕之一，而今那裡又在為生存而戰，抗擊欲將其吞沒的野蠻狂潮的威脅。他需要站在這裡，因為他別無所能。

直至最後。

16

奶奶驚愕地朝四周看了一眼，立即迸出一句名言，在她日後居住耶路撒冷的二十五年間，這句名言化作了口號：黎凡特到處是細菌。

於是，爺爺不得不每天早晨六點或六點半起床，拿著撣子使勁地為她敲打床墊和寢具，晾曬被罩和枕頭，給整個家裡噴灑DDT，平靜地幫助她用開水煮蔬菜、水果、毛巾和廚房器皿。每隔兩三個小時，他不得不用氯消毒液給廁所和洗滌槽消毒。這些洗滌槽的出水口總是用塞子堵上，底下灑些氯液或消毒劑，像中世紀城堡的護城河，以阻擋淨想從陰溝鑽到房間裡的蟑螂和其他有害物質。就連洗滌槽的溢流孔，也用肥皂擠扁的臨時塞子堵住，以防敵人試圖從那裡滲透。窗子上的紗窗總是有股DDT味，屋子裡始終飄散著消毒水味。空中彌漫著消毒靈、肥皂、乳膏、噴劑、毒餌、殺蟲劑和爽身粉的濃霧，有些是從奶奶皮膚上飄出來的。

然而，偶爾也會在傍晚時分邀請兩三個知識分子型的商人或大有可為的青年學者。應該承認，再沒有比阿里克、車爾尼霍夫斯基，再沒有盛大的晚宴聚會。有限的資金，擁擠的環境，以及日常艱辛迫使奶奶的目光變得短淺了。漢娜和海姆．托倫，艾絲特和以色列．札黑，潔爾塔和雅可夫－大衛．阿布拉姆斯基，偶爾有一兩個在奧德薩和維爾納時期的朋友，以賽亞街上的申德萊維茨，大衛耶林街上的店鋪老闆卡察夫斯基，他兩個兒子已經成為著名科學家，在哈加納[1]中擔任令人費解的

---

1 哈加納（Haganah, 1920-1948），猶太復國主義者在巴勒斯坦組建的地下武裝組織。

職務，要麼就是梅庫爾巴魯赫的巴爾-伊茲哈爾（伊薩萊維茨）夫婦，他是個憂鬱的針線用品商，她為顧客製作女人假髮和緊身胸衣。二人都是忠心耿耿的右翼猶太復國主義修正主義者，從骨子裡仇恨工黨[2]。

奶奶把吃的東西一一排列在廚房桌子上，好像在做軍事指揮，一遍又一遍派遣爺爺投入戰鬥，端盤子，送冰鎮羅宋湯，湯上漂著一大塊酸奶油，剝新鮮的克來門氏小柑橘、時令水果、胡桃、杏仁、葡萄乾、無花果乾、水果蜜餞、陳皮、各式各樣的果醬和罐頭，罌粟子巧克力、果凍、蘋果餡捲餅，以及她用奶油麵團製作的精美果餡餅。

他們在這裡再次討論時政，討論猶太人和世界的未來，痛斥腐敗的工黨，痛斥工黨中那些持失敗主義和合作主義觀點的領袖，為討好異族壓迫者而逢迎拍馬。至於基布茲，從這裡感覺就像是危險的布爾什維克小牢房，是無政府虛無主義者，放蕩不羈，無法無天，到處氾濫，有損於國家一切神聖事物，花大家錢肥了自己的寄生蟲，掠奪民族土地的吸血鬼……那年月，對耶路撒冷我奶奶家裡的客人來說，日後激進中東猶太人中的敵對勢力對基布茲的大肆攻擊已經「鑄成事實」了[3]。顯然這些討論並沒有給參加者帶來多少樂趣，不然為什麼他們經常一看見我就陷入沉默，不然就改用俄語，或者把客廳和我在爺爺書房裡造的樣品箱城堡之間的門關上呢？

*

他們在布拉格巷的那套小型住房是這樣的：有一個非常俄式的客廳，塞滿了笨重家具，各式各樣物件和箱子；散發著濃烈的煮魚、煮胡蘿蔔和餡餅味，與DDT和來沙水味兒混雜在一起；牆壁四周擠滿了箱子、凳子，一個黑色大衣櫃，粗腿桌子，一個裝滿裝飾品和禮品的餐具櫃；白色平紋襯墊、網眼紗簾、繡花墊子、禮品充斥著整個房間。在每個可利用的表面，甚至在窗台上，都是一堆堆的小玩意兒，比如說有條銀製鱷魚，當你揚起它的尾巴，它就會張開嘴巴，咬碎一顆堅果；如同真狗般大小的白色捲毛狗，一個黑鼻子圓眼圈溫和安靜的動物，總是臥在施羅密特奶奶的床下，從不叫喚或者要人放它出去，到黎凡特人那裡去，從那裡沒準兒會帶來昆蟲、臭蟲、跳蚤、蝨蠅、蠕蟲、蝨子、濕疹、桿菌，還有其他致命的瘟疫。

這隻和藹可親的動物名叫斯達克或斯達謝克或斯達申卡，是最為溫和最為順從的狗，因為它是羊毛做的，體內塞滿了碎布片，忠實地追隨克勞斯納一家從奧德薩移居維爾納，又從維爾納移居到耶路撒冷。考慮它的健康，這條可憐的狗每隔幾個星期得吞下幾顆樟腦丸。每天早晨，它得任憑爺爺向它噴灑消毒劑。夏天，它不時被放在敞開的窗前，透氣，曬太陽。

斯達克會一連幾個小時坐在窗台上，一動也不動，悽楚的黑眼睛帶著某種不可名狀的渴望俯瞰著下面的大街，聳起鼻子，徒勞地聞著小街上的母狗氣，豎起毛茸茸的耳朵，試圖捕捉鄰里間各式各樣的聲音、發情的貓嚎、唧唧喳喳的鳥鳴、嘈雜的意第緒語說話聲、收破爛人那令人毛骨悚然的呼喊、到目前為止運氣比它好得多的自由狗們的叫聲。它的腦袋若有所思地翹向一邊，短尾巴夾在兩條後腿中間，目光悲戚。它從來不向過往的行人汪汪叫，不向大街上的狗叫喊求助，從來不狂吠，但當它坐在那裡時，臉上露出某種默默的絕望，牽動著我的心弦，那無聲的順從比最為可怕的號叫更撕心裂肺。

2 以色列工黨成立於一九三〇年代，於一九四八至一九七七年執政，一九八四年後多次與利庫德黨派聯合執政。
3 東方猶太人（來自伊朗、伊拉克、北非等地）譴責「阿什肯納茨」（歐洲猶太人）侵吞公有土地。

一天早晨，奶奶連想也不想，就把斯達申卡包在報紙裡，扔進了垃圾箱，因為她突然懷疑它帶有泥土和細菌。爺爺無疑十分難過，但不敢發出任何抱怨。而我永不原諒她。

*

這間非常擁擠的客廳，氣味與顏色都是深棕色的，是爺爺書房兼臥室的兩倍大。客廳通往爺爺那苦行者的小書房，那裡有堅硬的沙發、辦公架、一堆堆樣品箱、書架和一張小書桌，永遠那麼乾淨整潔，就像奧匈帝國的輕騎兵在早晨列隊行進，光彩照人。

在耶路撒冷這裡，他們也是靠爺爺不穩定的收入聊以度日。他又一次從這裡買來貨物，又賣到那裡，夏天把貨物儲存起來，秋天拿出來賣，攜帶他的樣品箱在雅法路、喬治五世大道、阿格里帕街、倫茲街和本耶胡達街的布店裡出沒。差不多每月去一次霍倫、拉馬特甘、內塔尼亞、皮塔提克瓦，有時甚至去到海法，與毛巾工廠主人交談，或者和內衣製造商或成衣供應商討價還價。

一個又一個早晨，爺爺在出去巡迴之前，給各個交易站弄好一包包衣服或布匹。有時他為一些批發商或工廠當地區業務代表，這一職位得而復失，失而復得。他不喜歡做貿易，也不是很成功，只不過能夠讓他和奶奶生活罷了，但是他真正喜歡的卻是在耶路撒冷的大街上走來走去，始終穿著那套沙俄外交官西裝，舉止優雅，上衣口袋裡露出三角形的白手帕，繫著銀色袖口鏈釦。他喜歡一連幾個小時坐在咖啡館裡，表面看來是為了做生意，實則是為了與人談天說地，爭論不休，喝杯熱茶，草草瀏覽一下報紙雜誌。他也喜歡在飯館裡吃飯。對待侍者們，始終像個非常特別但寬宏大量的紳士。

「請原諒。這茶涼了，我請求你立即給我拿來熱茶，熱茶，也就是說其香氣本質應該是非常非常熱的。不光是水。非常非常感謝你。」

爺爺最樂意出城做長途旅行，在沿海城市的商號辦公室裡談生意。他有一張非常引人注目的商業名片，燙有金邊，印有兩個互相交織的菱形六面體作為標誌，像一小堆鑽石。名片上寫著：「亞歷山大．Z．克勞斯納，耶路撒冷及周邊地區進口商，指定代表，總代理和指定批發商」。他會懷著歉意掏出名片，孩子似地微微一笑：

「咳，什麼，人總得生存吧。」

可是他的心思與其說放在生意上，不如說放在天真而不正當的風流韻事和浪漫渴望上，像個七十歲的中學生，懷著朦朧的渴望和夢想。要是讓他再重新活一次，按照他的個人選擇和心中真正傾向，他肯定會選擇愛女人，被女人所愛，深入理解她們，與之樂遊於大自然懷抱中的避暑勝地，泛舟於雪山下的湖泊，書寫激情澎湃的詩歌，容顏俊美，一頭鬈髮，熱情奔放，有男子氣，讓大家所喜愛。做車爾尼霍夫斯基，要不就做拜倫。要不，最好還是做亞波亭斯基，集崇高詩人和傑出政治領袖於一身的奇妙人物。

他終生嚮往愛情和情感恣肆的世界（他似乎從未把愛和崇拜區分開來，渴望得到充足的愛與崇拜）。

有時，他不顧一切地搖動鎖鏈，打碎嚼子，在孤獨的書房裡喝下白蘭地，尤其是在苦澀無眠的夜晚，他喝上一杯伏特加，憂傷地抽菸。有時他獨自一人，在天黑後走出家門，在空寂的大街上溜達。出門對他來說並非易事。奶奶擁有高度發達、超靈敏的雷達螢幕，她從那上面追蹤到我們大家的行蹤。她在任何情況下都可以查看詳細記載，準確知道我們每個人的去處：羅尼亞坐在塔拉桑塔大樓四樓國家圖書館的書桌旁，祖西亞坐在阿塔拉咖啡館，范妮婭坐在巴奈巴里特圖書館，艾默思正和最好的朋友艾利亞胡在鄰居弗里曼工程師家玩，弗里曼住在右邊一樓。只有在她螢幕的邊緣，在消失了的銀河系後面，在某個角落，她的兒子裘吉亞，還有瑪爾卡和她從未見過從未清洗過的小丹尼耶拉，可能會隱約出現，無論白天還是夜晚，她看見的都是一個黑洞。

爺爺頭戴帽子，在阿比西尼亞大街溜達，傾聽他腳步的回音，在乾燥的夜空中呼吸，浸透在松樹與岩石中。回到家後，他會坐在書桌旁，稍微喝些東西，抽一兩根菸，作一首情真意切的俄文詩。自從他在去紐約的船上戀上別人，犯下奇恥大過以後，奶奶不得不把他拖到拉比那裡，他從沒想過要反叛：他站在奶奶面前，像站在女主人面前的農奴，帶著無盡的謙恭、崇拜、敬畏、忠誠和耐心，為她效勞。

她呢，管他叫祖西亞，偶爾也滿懷無限的溫柔與憐憫叫他傑希爾，那時他會突然臉上一亮，好像七重天朝他敞開了大門。

17

施羅密特奶奶在洗澡時死去後，爺爺又活了二十年。

有那麼幾個星期或幾個月，他繼續黎明即起，把床墊和床罩拖到陽台的欄杆上，狠狠擊打它們，打碎夜裡潛入到寢具裡的細菌或小妖怪。也許他感到難以打破自己的習慣，也許他是在用這種方式對逝者致敬，也許他是在對他的女王表示思念，也許他怕一旦自己停下來，會惹得她報復。

他也沒有立即停止消毒抽水馬桶和洗滌槽。

但是逐漸的，隨著時光流逝，爺爺微笑著的面頰露出以前從未有過的粉紅，總是顯得很快樂。儘管直到生命盡頭，他也保持著特別整潔的習慣，保持活潑敏捷的天性，然而暴力離他而去：不再狂暴地擊打，不再發瘋似地噴灑消毒劑或氯溶液。奶奶死後幾個月，他的愛情生活開始以迅猛奇妙之勢綻放花蕾。幾乎與此同時，我覺得七十七歲的爺爺找到了性的歡愉。

埋葬奶奶時落在鞋子上的灰塵尚未來得及擦去，爺爺家裡便滿是女人，她們獻上弔唁、鼓勵、孤獨的自由和同情。她們從來沒有將他獨自拋下，共進熱氣騰騰的飯菜，用蘋果蛋糕來安慰他，他顯然不願意被她們拋下不管。他總是對女人懷有好感……對所有的女人，包括漂亮女人和擁有其他男人發現不了的美的女人。「女人，」我爺爺曾經宣稱，「都非常非常美麗，無一例外。只有男人，」他微笑著說，「是瞎子！十足的瞎子！咳，什麼呀。他們只看到自己，甚至連自己也看不到。瞎子！」

＊

奶奶死後，爺爺花在生意上的時間少了。但他有時還是會臉上閃爍著驕傲和喜悅，宣布「到台拉維夫做重要的商業旅行，到古魯森柏格大街」，或是「拉馬特甘舉行的一個極其重要的會議，和公司所有的頭頭幹部一道」。他仍然喜歡向所有他見到的人奉上一張他那令人難忘的商業名片：「亞歷山大．Z．克勞斯納，進口商，指定代表，總代理和指定批發商」，等等，等等。但是現在，他多數時日都在忙著令之心旌搖盪的事情：簽署或收訖請柬，互邀喝茶，或是到某家精心挑選但價格不算太貴的飯館舉行燭光晚宴。（「和茨特林夫人，不，和沙珀施尼克夫人！」）

他在本耶胡達街阿塔拉咖啡館不顯眼的樓上一坐就是幾個小時，身穿海軍藍西裝，繫著圓點花紋領帶，模樣粉嘟嘟的，微笑，容光煥發，打扮得整整齊齊，渾身散發出洗髮精、爽身粉和刮鬍水的氣味。赫然映入眼簾的是他那漿洗過的白襯衫，塞在胸前口袋裡耀眼的白手帕，銀光閃閃的袖釦，總是讓一群五六十歲保養良好的女人包圍著——身穿緊身胸衣和後接縫尼龍長襪的寡婦，濃妝豔抹的離婚女子，戴著許多戒指、耳環和手鐲，指甲、玉足修整得恰到好處，燙著頭髮，有身分的已婚婦女，希伯來語中夾雜著匈牙利語、波蘭語、羅馬尼亞語或保加利亞語。爺爺喜歡讓她們陪伴，她們為他的魅力著迷。他是個引人入勝、妙趣橫生的健談者，一個具有十九世紀作風的紳士，他親吻女士的手背，急急忙忙前去為她們開門，上台階或上坡時伸出自己的胳膊，從來不會忘記任何人的生日，送去一束束鮮花或一盒盒糖果，會留意甚至稍許讚美一下衣服的剪裁、新換的髮型、雅致的鞋子和新式手提包，玩笑開得頗有品味，適時引用一首詩，聊天時熱情而幽默。一次我打開屋門，看見我九十二歲的爺爺正跪在一個興高采烈、身材矮胖、頭髮皮膚均為褐色的某位公證人的遺孀面前。女士隔著陷於迷戀中的爺爺的腦袋，朝我擠擠眼睛，喜洋洋地微笑，露出兩排完美得有些發假的牙齒。我在爺爺尚未意識到我存在時走了出去，輕輕關上門。

爺爺魅力之奧祕究竟何在？這一點我大概過了多年後才開始理解。他擁有男人身上罕見的品質，對許多女人來說，那是男人一種最為性感的奇妙品質。

他注意傾聽。

他不是一味有禮貌地佯裝傾聽，不耐煩地等待她把話說完，閉上嘴巴。

他並不打斷談話人的話，替她把話說完。

他並不插嘴幫她所說的話歸納結論，以便引入另一個話題。

他不讓他的談話人跟空氣說話，進而在腦海裡盤算等她說完後自己如何作答。

他不是裝出饒有興趣或感到愉悅的樣子，而是真的這樣。咳，什麼呀，他具有用之不竭的好奇心。

他不是沒有耐心。他沒有嘗試著把談話從她那微不足道的小事轉向自己的重要話題。相反，他喜歡她談的小事。他總是喜歡等待著她，要是她需要慢吞吞的，他也以此為樂。

他不慌不忙，也不催促她。他將等候她結束，即使她結束了，他也不會猛然抓住話題，而是喜歡等候，以防再有什麼需要補充的，萬一她要發表另一篇感慨呢。

他喜歡讓她拉住自己的手，領他去她的所在，她自己的所在。他喜歡做她的陪伴者。

他喜歡認識她。喜歡理解她，了解她，抵達她的內心深處，再多一些。

他喜歡奉獻自己。他喜歡把自己奉獻給她，而不是喜歡從她那裡得到些什麼。

咳，什麼，她們不住地向他訴說心靈絮語，甚至訴說最不易公開、最為隱祕、最為敏感的事，而他則坐在那裡傾聽，明智，溫柔，滿懷同情和耐心。

不然就帶著喜悅和情感。

這裡有許多男人，喜歡性，但憎恨女人。

相信我爺爺二者都喜歡。

滿懷柔情的他從來不算計，從來不攫取，從來不強迫。他喜歡揚帆遠航，但從不急著拋錨。

*

他在奶奶死後二十年間的甜蜜歲月中，從他七十七歲起到生命的終結，有許許多多浪漫故事。他會隔三岔五和這個或那個女朋友到提比里亞某家旅館，蓋戴拉的某家民宿，或是內塔尼亞海邊的「假日勝地」住上幾天（「假日勝地」一詞，顯然是爺爺從俄文翻譯過來的某個短語，暗示著契訶夫筆下克里米亞海岸夏日別墅）。有一兩次，我看見他和某女士手挽著手，走在阿格里帕街或比札勒街，而我沒有走上前去。他沒有向我們刻意掩飾自己的風流韻事，但也不大吹大擂。他從來沒帶女朋友來我們家，或是把她們介紹給我們，他很少提及她們。但有時，他愛得像十幾歲孩子那樣可笑，眼神撲朔迷離，喃喃自語，唇邊掛著心不在焉的微笑。有時他把臉一沉，孩子般的粉紅從臉上消失，像陰沉的秋日，他會憤怒地站在房間裡，一件接一件熨燙襯衫，甚至熨燙內衣，拿著一個小瓶子朝自己噴灑香水，偶爾會用俄語半嚴厲半溫柔地自言自語，不然就是哼唱某段悲戚的烏克蘭小調，我們由此可以推斷出，大概某扇門衝他關閉了，或者截然相反，像去美國那次奇妙的旅行一樣，他又一次陷入同時愛上兩人的極度痛苦之中。

他八十九歲那年，一次竟向我們宣布，他正想著做一兩天「重要旅行」，我們絕對不會擔心。

但是一星期後他還沒有回來，我們不免憂心忡忡。他去哪兒了？他怎麼沒打電話？倘若出事，但願不要這樣，可怎麼辦？畢竟，他是那把年紀的人了……

我們感到極度痛苦，我們應該請警察介入嗎？要是他正躺在某家醫院裡，但願不要這樣，或是遇到了什麼麻煩，要是我們沒有照顧他的話，我們永遠不會原諒自己。另一方面，要是我們打電話通知警察，而他安安全全健健康康地回來了，我們怎麼能夠面對他火山爆發般的憤怒？我們猶豫了一天一夜後決定，要是爺爺星期五中午不回來，我們就得打電話給警察。別無選擇。

他在星期五出現了，比最後期限提前了半個小時，粉嘟嘟的臉上掛著滿足，人非常幽默、有趣、熱情，像個小孩子。

「你去哪兒了，爺爺？」

「咳，什麼，我旅遊去了。」

「可是你說只去兩三天。」

「我說了。可說了又怎麼樣？咳，我和赫斯考維茨太太一起去的，我們在那裡待得很開心，沒有意會到時間怎麼過得這麼快。」

「可是你去哪裡了？」

「我說過了，我們去散散心。我們找到了一家很棒的家庭旅館，一家非常文化氣的旅館，像瑞士的家庭旅館。」

「家庭旅館？在哪兒？」

「在拉馬特甘那邊山上。」

「你至少能打個電話給我們吧？我們就用不著為你擔心了吧？」

「我們在房間裡沒找到電話。咳，什麼，那間家庭旅館有很棒的文化氣息！」
「但是你可以用公共電話打給我們吧？我把自己的代幣都給了你了。」
「代幣，代幣，咳，代幣是什麼玩意？」
「打公用電話的代幣。」
「哦，你那些金屬代幣。在這兒呢，咳，拿去吧，尿床的小傢伙，把你的金屬代幣連同它們中間的窟窿一起拿走，只是要數一數。永遠不要不仔細清點就接受別人的東西。」
「可是你幹麼不用呢？」
「金屬代幣？咳，什麼，我不相信金屬代幣。」

*

他九十三歲那年，我父親已經去世有三年了，爺爺認定，和我進行坦誠交談的時刻已經來臨。他把我召喚到他的小屋，關上窗子，鎖上房門，莊嚴而正式地坐在他的書桌旁，示意我坐到書桌另一側，面對著他。他沒有叫我「尿床的小傢伙」，只見他雙腿交叉，雙手托著下顎，沉吟片刻說：
「是我們該說說女人的時候了。」
他立刻又解釋說：「咳。是一般意義上的女人。」
（我那時三十六歲，已經結婚有十五年之久，有兩個十多歲的女兒。）
爺爺嘆了口氣，手捂嘴輕輕咳嗽了一下，正正領帶，清了兩下嗓子說：
「咳，什麼，我一向對女人感興趣。也就是說，一向。你不會把這想成是有什麼不好吧！我說的事情完全是兩碼事，咳，我只是說我一向對女人感興趣。不，不是『女人』問題！是作為人的女人。」

他咯咯一笑，又糾正自己：

「咳，在任何方面都讓我感興趣。我一輩子都在觀察女人，甚至當我還是個孩子時，咳，不，不，我從來沒有像某種流氓那樣看女人，不，不，只是深懷敬意地看著她。邊看邊學。咳，我以前所學到的，現在也想從你這裡學到。所以你會知道。所以你現在，請仔細聽我說，是這樣的。」

他停下來思索片刻，也許在腦海裡編織出一組意象，臉上漾出孩子般的微笑，就這樣結束他的教誨：

「可是你知道嗎？女人在哪方面恰好與我們一樣，在哪方面非常非常不同……咳，」他從椅子上起身，總結說，「我依然在探討。」

他九十三歲了，也許他會繼續「探討」這一問題，直至生命終結。我自己也還在探討這一問題。

*

亞歷山大爺爺的希伯來語別具一格，拒絕接受別人的糾正。他總是堅持管理髮師叫水手，管理髮店叫船塢。精確地說，這個勇敢的水手每月一次闊步走向本亞卡爾兄弟的船塢，坐在船長的位置上，提交詳盡、嚴格的下次航海規程和指示。他有時這樣告訴我：「咳，你該出去航海了，那將是什麼樣子！海盜！」他總是把架子一詞的複數形式說錯，儘管他說單數時非常準確。他從來不叫開羅的希伯來文叫法，總是叫開羅的俄語叫法；總是用俄語叫我「好孩子」，或「你這個笨蛋」；管漢堡叫乾堡；說「習慣」一詞時總用複數，要是問他睡得怎麼樣，爺爺總是回答「好極了」，因為他並不完全信任希伯來語，會欣欣然用俄語加上：「好，很好！」

在他去世前兩年，有一次，他向我講起他的死：「倘若，但願不要這樣，一些年輕的士兵戰死在疆場，十九歲或者二十一歲的小夥子，咳，那是一場可怕的災難，但不是一場悲劇。在我這個年齡上死去……那是場悲劇！像我這樣的人，九十五歲，快一百了，多少年總是早晨五點鐘起床，天天早晨日日早晨沖冷水澡，做了快一百年，即便在俄國也在早晨沖冷水澡，即便是在維爾納也沖，一百年來天天早晨日日早晨吃夾著鹹鯡魚麵包片，喝茶，天天早晨日日早晨走出家門，一如既往在大街上溜達半個小時，無論冬夏，清晨漫步，這是為了運動，周而復始循環得這麼好！天天在這之後立即回到家裡，稍稍讀讀報紙，同時再喝另一杯茶，咳，總之，就是這樣，親愛的孩子，這是十九世紀的習慣，要是他被殺死，但願不要這樣，他尚未來得及擁有各式各樣的正常習慣。他什麼時候才會擁有呢？但是到我這個年齡，很難停止了，非常非常困難。每天早晨在街上漫步……對我來說是積習了。沖冷水澡……也是習慣。甚至連活著……對我來說也是種習慣，咳，有什麼呀，誰可以在過了一百年後突然一下子改變所有這些習慣？不再早晨五點鐘起床？不再清洗，不再吃麵包片夾鯡魚？不再看報不再漫步不再喝杯熱茶？這是悲劇！」

18

一八四五年，新任英國領事詹姆斯．芬偕同夫人伊莉莎白．安妮抵達鄂圖曼統治的耶路撒冷。他們都懂希伯來語，領事本人甚至撰寫過論猶太人的書，一向對猶太人懷有同情。他屬於在猶太人中推廣基督教的倫敦協會，儘管眾所周知，他沒有直接參與在耶路撒冷的傳教工作。芬領事及妻子堅信，猶太人民返回家園會加速世界的救贖。他在耶路撒冷不止一次保護猶太人免遭土耳其當局騷擾。詹姆斯．芬也相信需要讓猶太人過上「富有成效的」生活——他甚至幫助猶太人做熟練的建築工人，適應農耕需要。為達到這目的，他於一八五三年花了二百五十英鎊，購買離耶路撒冷幾哩遠的一座荒蕪的石山，它坐落在老城西北，是一片無人居住無人耕耘的土地，阿拉伯人稱之為「亞伯拉罕的葡萄園」。詹姆斯．芬在這裡建造了自己的家，建起了一個「工業種植園」，打算為貧窮的猶太人提供工作，並培養他們過上「有效的生活」。農場方圓有四十德南或說十畝。詹姆斯和伊莉莎白．安妮．芬在山峰建造了他們自己的房屋，周圍分布著一塊農業種植園，農場場房和車間。雙層樓房的厚牆壁由整整齊齊的石頭砌成，屋頂建得有些東方特色，有十字形拱頂。屋後，在靠牆的花園邊上，挖有水井，建有馬廄、羊圈、糧倉、倉庫、葡萄壓榨機、地窖，以及橄欖油榨汁機。

芬的「工業種植園」裡雇用了大約兩百個猶太人，主要是搬運石頭，砌牆，修築籬笆，種植果園，培育水果和蔬菜，還開發了一個小型的採石場，並做建築貿易。許多年後，領事去世，他的遺孀建造了一家肥皂加工廠，在那裡仍舊雇用猶太工人。幾乎與此同時，在亞伯拉罕葡萄園不遠的地方，德國新教徒傳教士約翰．路德維希．施內勒為篤信基督教的阿拉伯孤兒建立了一座育幼院，這些阿拉伯兒童從黎巴嫩山脈德魯士人和基督教徒之間的交戰中逃脫出來。那是一大片石牆環繞的地面。施內勒敘利亞孤兒院與芬夫婦的工業種植園，基本初衷是：培養居住在那裡的人們透過手工勞作和農業生長過上有效的生活。芬和施內勒這兩個迥然不同的虔誠基督徒，為猶太人和阿拉伯人在聖地的貧窮、苦難與落後所打動。兩人都深信，培養居住者過上有效的工作生活、建築和農業，會使「東方」努力擺脫倒退、絕望、貧困和冷漠的魔爪。他們或許以自己特有的方式堅信，他們的樂善好施將會照亮猶太人和穆斯林人步入教會內部的途徑[1]。

一九二〇年在凱里姆亞伯拉罕邊上，「亞伯拉罕的葡萄園」在芬家的農場腳下落成，其擁擠的小房子蓋在植物園和農場果園當中，一點點向內侵蝕。領事的房子在他的遺孀伊莉莎白・安妮・芬去世後轉了幾次手，先是成為英國的少年犯管教所，接著變成英國管理部門的財產，最後成了軍隊指揮部。第二次世界大戰結束前夕，芬家花園圍上了高高的帶刺鐵絲網，義大利軍官俘虜被關進住宅和花園裡。我們經常在夜幕降臨之際偷偷到那裡嘲弄囚犯。義大利人朝我們打招呼，嚷道：「小孩！小孩！」我們尖叫著回應：「小孩！小孩！」有時我們叫著：「皮諾喬萬歲！」越過語言隔離牆和障礙，那裡的戰爭和法西斯主義似乎總是重複某個古代口號的下半截，叫道：「*Gepetto! Gepetto! Viva Gepetto!*」

我們隔著帶刺鐵絲網籬笆向他們扔糖果、花生、橘子和餅乾，就像在動物園向猴子扔東西。作為交換，他們給我們義大利郵票，或遠遠地向我們展示家庭照，照片上有笑容可掬的女人，鼓鼓囊囊穿西裝的小孩子，打領帶的小孩子，穿西裝外套的小孩子，與我們年齡相仿的小孩子，黑髮梳得整整齊齊，塗著髮油的額髮閃閃發光。

為報答我送的一塊黃紙包著的阿兒馬口香糖，有個俘虜曾經在鐵絲網後面給我看一張身材豐滿的女人照，那女人除了長筒襪和吊襪帶外，身上一絲不掛。剎那間，我愕然站在那裡，在恐懼中睜大眼睛，說不出話，彷彿在贖罪日那天有人在猶太會堂中央突然站起身，大聲叫出一個犯忌諱的名字。嚇得我轉身就逃，驚恐，抽噎，幾乎辨不清路徑。我那時有六、七歲，我跑啊跑，彷彿有狼在追趕我，我跑啊跑，直到十一、二歲，才從照片的影像中逃脫出來。

一九四八年以色列建國後，芬家老宅依次被地方軍、邊境巡邏隊、民防組織和準軍事青年運動使用，後來成為名叫貝特布拉哈的猶太女子宗教學校。我偶爾漫步在凱里姆亞伯拉罕地區，從蓋烏拉街（後被重新命名為瑪爾凱以色列街），拐進馬拉哈伊街，然後左拐進入澤弗奈亞街，在艾默思街上上下下幾次，接著走到歐法迪亞街的盡頭，在芬領事家門前站立幾分鐘，凝視著它。隨著歲月流逝，老宅已經縮小，彷彿遭到巨斧襲擊後把頭擠進了肩膀。它已經被猶太化了。樹和灌木已經被挖掘出來，整個花園地區塗上了一層瀝青。皮諾喬和義大利人已經消失，準軍事青年運動也無影無蹤。上一年住棚節[2]遺留下來的破碎棚舍的舊框架立在前院。有時，頭戴髮套身穿黑衣的幾個女人站在門口，見我看著她們便不再說話。她們沒有再看我一眼。我走遠後，她們又開始了交談。

*

一九三三年當父親抵達耶路撒冷後，在守望山上的希伯來大學註冊讀碩士。起初他和父母一起

1〔原注〕根據大衛・克洛安克的希伯來文著作《耶路撒冷建築風格：一八五五—一九一八年圍牆外的歐洲基督教建築》。

2住棚節，猶太人主要節日之一，時間在猶太新年之後，西曆約九、十月。既是農業節日，也具有宗教含義。因為上帝「領以色列人出埃及地的時候，曾使他們住在棚裡」。

住在凱里姆亞伯拉罕一帶艾默思街上的一層黯淡的房子裡，離芬領事家約有二百公尺。後來，他的父母搬到了另一層住房。一對姓札黑的夫妻搬進了艾默思街上的房子，可是那個青年學生的父母對他寄予厚望，繼續支付房租，讓他住在自己那可通過遊廊單獨出入的房間裡。

凱里姆亞伯拉罕仍舊屬於新區，多數街道未鋪上柏油，令這地區得名的葡萄園遺跡在新住宅花園裡依稀可見，蔓藤和石榴叢，無花果和桑樹一旦遇到微風，便竊竊私語。夏初，打開窗子，青蔥的草木味流瀉到小房子裡。從屋頂和彌漫著灰塵的街道盡頭，你可以看到環繞耶路撒冷的小山。

普普通通方石砌成的房子一座接一座，兩三層樓的樓房分隔成許多兩間小房的擁擠不堪的單位。花園和遊廊上的鐵欄杆很快便生鏽了，鍛鐵門上焊接著大衛六角星或「錫安」字樣。黑壓壓的松柏逐漸取代了石榴樹和葡萄藤。到處是撒開歡兒生長的石榴，可孩子們在果實尚未成熟就將其消滅了。有人在花園裡荒疏的樹木和亮晶晶的石頭尖當中種了歐洲夾竹桃或天竺葵花叢，但是花圃很快便被遺忘，上面橫七豎八架起了晾衣繩，花圃被人踩來踩去，不然就滿是荊棘和玻璃碴。倘若沒渴死，歐洲夾竹桃和天竺葵就會像灌木一樣恣意生長。花園裡營造了一個接一個的倉庫、棚屋、瓦楞鐵棚屋、用包裝箱板臨時搭起來的棚屋，居民們把自己的東西放到裡面，彷彿模製出波蘭、烏克蘭、匈牙利或立陶宛的猶太人小村。

有人在旗杆上放個空橄欖罐，做得像鴿房，等待鴿子來臨……直到希望破滅。零零星星有人試圖養幾隻雞，另一些人照料小塊菜地，種蘿蔔、洋蔥、花椰菜、歐芹。多數人夢想從這裡出去，搬到某些更富有文化氣息的地方，如熱哈威亞、施穆埃爾區、陶比奧或貝哈特朗。他們都竭力相信，最壞的時日將會過去，希伯來國家將會建立，一切均會好轉——可不是嘛，他們的苦杯已經盈滿。施奈歐爾·札爾曼·盧巴蕭夫，後更名為札勒曼·夏札爾並當選為以色列總統，那時曾在報紙上寫下這些字：「當自由的希伯來國家終於建立後，任何事情都將不同以往！就連愛情也異於從前！」

與此同時，凱里姆亞伯拉罕誕生了第一批孩子。幾乎不可能向他們解釋其父母是哪裡人，為何來到此地，他們都在等待著什麼。住在凱里姆亞伯拉罕的人都是猶太人辦事處身分低微的小官員，或是老師、護士、作家、司機、速記員、世界改革者、翻譯、售貨員、理論家、圖書管理員、銀行出納或電影院的售票員、空想家、小店鋪老闆、靠微薄積蓄度日的孤獨老光棍。晚上八點，陽台上的護欄已經關閉，房間已經上鎖，百葉窗已經插好，只有幽暗昏黃的街燈，灑向空蕩蕩街道的角落。夜晚，你能聽見夜鳥聲聲淒厲，聽到遠方的犬吠，稀稀落落的槍聲，果園中風吹樹木的聲音，因為夜晚，凱里姆亞伯拉罕重新成為一座葡萄園，無花果樹、桑樹，還有橄欖樹、蘋果樹、葡萄樹、石榴樹在各自的花園裡沙沙作響，石牆將月光反射到樹枝頭，蒼白，慘澹。

*

艾默思街，在我父親相冊裡的一兩張照片裡，酷似一幅尚未完成的街道素描。方石樓房上裝著焊鐵百葉窗，遊廊上帶有防護欄。窗台上，零零散散擺放著醃黃瓜和醃辣椒罐，花盆裡開著沒精打采的天竺葵。樓群中沒有路，只有一個建築工地，泥地上的腳印七零八落，與建築材料、沙礫、一堆堆半加工的石頭、一袋袋水泥、鐵桶、瓷磚、沙堆、修建圍牆用的一盤盤線圈、一大堆搭鷹架的材料混雜在一起。一些多刺的木豆樹還是在建材裡冒了出來，上頭蒙了一層發白的灰塵。石匠們坐在小道中央，打著赤腳，上身裸露，頭上包著布，褲子破破爛爛，錘子打在鑿子上及石頭溝槽上的聲音在空中響起，與某種莫名其妙頑強的無調音樂交織在一起。街道那頭不時傳來粗啞的叫喊，「爆破了，爆破了！」接著便是雷鳴般的碎石雨。

在另一張比較正式的照片裡，好像是舞會之前拍的，一輛長方形酷似靈車的黑色汽車剛好停在艾默思街中央。是計程車還是租來的車子？從照片上看不出來。那是一九二〇年代亮閃閃的拋光車，車輪輪胎像摩托車一樣窄，金屬輻條，鉻合金的帶子沿著引擎罩下來，引擎罩一側有散熱器，可使空氣流進來，在車頭翼梢，鉻合金散熱器帽像小膿包那樣探出頭去。前頭兩個圓圓的車燈垂在銀把下，車頭燈也是銀色的，在陽光映襯下閃閃發光。

相機拍到了氣派汽車旁邊的總代理人亞歷山大·克勞斯納，他喜氣洋洋，身著一套米色的熱帶西裝，打著領帶，頭戴一頂巴拿馬草帽，樣子像某部關於歐洲飛行員在赤道非洲或緬甸的電影中的埃洛·弗林。在他身邊，站著比他強壯高大、威風凜凜、舉止文雅的人物，那是施羅密特，他的夫人、表姊和女主人，一位貴婦人，像戰艦一樣壯觀，身穿短袖夏季連衣裙，佩戴著項鏈和一頂豪華的淺頂軟呢涼帽，平紋細布面紗恰到好處地放在她那無懈可擊的髮式上，手裡緊緊攥著一把陽傘。他們的兒子羅尼亞，里歐尼赫卡，站在他們身邊，猶如婚禮上神情緊張的新郎倌。他的樣子有點喜劇色彩，嘴微微張開，圓眼鏡順著鼻子滑落下來，幾乎像風乾的木乃伊一樣囚禁在一套緊身西裝裡，一頂硬挺的黑帽似乎像被硬扣在他的頭上，帽子遮住了半個額頭，像把蒸布丁的盆倒扣過來，好像全憑他那雙碩大無比的耳朵，才阻止帽子滑到下巴上將整個面頰全部吞噬。

究竟是什麼莊嚴的事件使三人身著盛裝，並訂了一輛特別的轎車？不得而知。透過相冊同頁的其他照片判斷，時間是一九三四年，他們當時已經到了這個國家，仍然住在艾默思街札黑家的小房子裡。我可以不費吹灰之力，便弄清楚車牌號碼，M1651。我父親才二十四歲，在照片裡卻裝扮成一位令人尊敬的四十歲中年紳士。

*

最初從維爾納到達這裡時，三位克勞斯納在艾默思街一間兩房半的公寓裡住了約莫一年之久。後來，奶奶和爺爺另找了個小屋租下來，一個普通房間，外加用作爺爺「書齋」的小房間，爺爺在那裡躲避夫人震怒，躲避大搞滅菌戰役時的保健鞭撻。新房子就在以賽亞街和錢塞勒街（現命名為斯特勞斯街）之間的布拉格巷裡。

艾默思街那間舊房子的前屋，現在變成我爸爸的臥室兼起居室。他在這裡安放第一個書架，裝他隨身帶來的維爾納學生時代的書籍，一張陳舊、桌腳細長的塑膠桌立在那裡當作書桌，他在這裡把衣服掛在簾後充作衣櫥的包裝箱上。在這裡，他邀請朋友高談闊論，談論人生、文學、世界和當地政治。在一張照片裡，我爸爸舒適地坐在書桌後面，他身材纖細，人年輕且嚴肅，頭髮向後梳著，戴著那副威嚴的黑框眼鏡，身穿長袖白襯衫。他坐在桌子一角，姿勢隨意，雙腿交叉，身後是雙層窗戶，半個窗子朝裡開著，但百葉窗依然關閉，於是，只有微弱的光線透過百葉窗。照片中的父親全神貫注，閱讀放在面前的大書，書桌上另一本書敞開著，還有一件東西背對著相機，這是一個圓形的鐵皮鬧鐘，腿是斜的。爸爸左邊放著一個裝滿圖書的小書架，在厚厚圖書的重壓下屈身，顯然，這些外國圖書是從維爾納運來的，在這裡明顯地感到更加擁擠、浮躁和不舒服。

書架上方掛著一張相框，相框中的約瑟夫伯伯顯得專斷而威嚴，稀疏的頭髮和雪白的山羊鬍使他看上去更似先知，彷彿他正居高臨下窺視著我父親，用富洞察力的眼睛凝視他，以便確定他在專心讀書，可能沒有因學生生活中那無把握的快樂而分散注意力，可能沒有忘記猶太民族的歷史狀況，沒忘記幾代人的希望，可能——但願不會這樣！——沒有低估那些細微之處，畢竟是這些微小的細部組合成一幅偉大的作品。

約瑟夫伯伯照片下面的釘子上，掛著猶太民族基金會的募捐箱，上面畫著一個醒目的大衛之星。我父親顯得輕鬆隨性，對自己感到滿意，但是像個僧侶一樣嚴肅而堅定：他左手正拿著一本打開的書，而右手放在已經讀過的頁碼上，從中可以推斷出他正在讀一本希伯來文書，從右到左閱讀。從袖口處可看見自手肘到指節覆蓋著濃密的黑毛。

我父親看上去像個小夥子，知道自己的責任是什麼，打算承擔要賦予他的責任。他決定追隨著名伯伯和大哥的足跡。就在那裡，在緊緊關閉著的百葉窗之外，工友們在灰塵彌漫的公路上挖溝鋪設水管。在沙里黑塞德和納哈拉希瓦那彎彎曲曲的小巷裡，某棟舊猶太建築的地下室，耶路撒冷哈加納組織裡的青年正在祕密集訓，拆卸並重新組裝一把非法的舊式手槍。在形勢險峻的阿拉伯村莊裡繞來繞去的山路上，埃格德的公車司機和塔努瓦的貨車司機正在駕駛車輛，他們放在方向盤上的雙手強健有力，被太陽曬得黝黑。在通往猶太沙漠的乾河床上，年輕的希伯來偵察員穿著卡其布短褲，卡其布襪，身繫軍用皮帶，頭戴阿拉伯人的白頭巾，學著用雙腳識別故鄉的祕密通道。在加利利和平原上，在伯珊山谷和耶斯列谷，在沙崙和希弗山谷，在猶太窪地，在內格夫沙漠和死海附近的荒野，拓荒者正在耕耘土地，他們體格強壯，沉默寡言，英勇頑強，皮膚曬成古銅色。與此同時，從維爾納來的如飢似渴的學生，在這裡耕出自己的犁溝。

有朝一日，他自己也會成為守望山上的一位教授，他會協助擴展智慧與知識，排除人們心目中的流亡沼澤。如同加利利和山谷裡的拓荒者使沙漠綻開花蕾一樣，他也會全力以赴地勞作，帶著熱情與獻身精神，耕出民族精神的犁溝，讓希伯來文化開花。這一切都在照片之中。

19

每天早晨，耶胡達・阿里耶・克勞斯納在蓋烏拉街乘坐九路公車，經過布哈拉區、先知撒母耳街、義人西門街、美國區和謝赫賈拉區，到守望山上的大學大樓，他在那裡勤奮攻讀學位。他去聽希伯來語從沒學好的庫夫納教授開設的歷史課，漢斯・雅考夫・波洛斯基教授開設的閃語語言學，烏巴托・摩西・大衛・卡蘇陀的《聖經》研究，以及約瑟夫伯伯——即約瑟夫・克勞斯納博士教授，《猶太教和人文主義》作者——的希伯來文學。

約瑟夫伯伯肯定鼓勵我的父親，他最好的學生之一，然而有機會時，他從來沒有選他做助教，故而沒有給那些惡語嚼舌根的人任何口實。對克勞斯納教授來說，避免對其令名進行誹謗尤為重要，於是乎可能對弟弟的兒子，自己的血親，表現出不公。

在某本書的扉頁上，無子嗣的伯伯寫下這樣的獻詞：「獻給我的愛侄，與我情同父子。愛他猶如愛自己靈魂的約瑟夫伯伯。」爸爸曾經苦澀地調侃說：「倘若我們沒有關係，倘若他少愛我一些，天曉得，我現在可能會是文學系的一個講師，而不是一名圖書管理員了。」

那些年，這件事就像我爸爸靈魂深處的一個膿瘡，因為他確實應該像他的伯伯，像在維爾納教文學並死在那裡的哥哥大衛。父親擁有令人驚嘆的淵博知識，是記憶力超群的優等生，世界文學和希伯來文學專家，自由運用多種語言，徹底精通《托塞夫塔》[1]、米德拉什文學、西班牙猶太人的宗

1 托塞夫塔（Tosefta），指猶太教經典《密西拿》的評注彙編。

教詩歌，以及荷馬、奧維德、巴比倫詩歌、莎士比亞、歌德和亞當．密茲凱維奇[2]，像蜜蜂一樣辛勤勞作，絕對誠實，一位才華橫溢的教師，可以言簡意賅地講解異族侵略、《罪與罰》、潛水艇的工作原理，或是太陽系。然而從來沒有得到機會站在一班學生面前，或者擁有自己的學生，只以圖書管理員和編目員的身分終其一生，他寫了三、四部學術著作，主要在比較文學和波蘭文學領域，為《希伯來百科全書》撰寫了幾個辭條。

一九三六年，他在國家圖書館報刊部謀到了一個小職務，在守望山工作了約有二十年，一九四八年後轉到塔拉桑塔樓，先做單純的圖書管理員，最後成為部門主管普費弗曼的副手。當時的耶路撒冷到處是波蘭和俄國移民，以及從希特勒魔爪下逃脫出來的難民，其中不乏著名大學的傑出泰斗，教師和學者的數量比學生還要多。

在五〇年代末期，爸爸從倫敦大學獲得博士學位後，也未能在希伯來大學文學系謀得特聘教師的位置。克勞斯納教授當政時期，若是聘用了自己的侄子，恐怕別人會說三道四。克勞斯納的繼任、詩人西蒙．赫爾金教授試圖透過根除克勞斯納的文學遺產、教學方法乃至其風氣的方式另起爐灶，當然不想任用克勞斯納的侄子。六〇年代早期，父親到新設的台拉維夫大學碰碰運氣，但在那裡也不受歡迎。

*

在他生命的最後歲月，他在當時別是巴興建中的學院，即後來的本—古里昂大學，成功謀到一份文學教職。父親去世十六年後，我自己成了外聘文學教授，一兩年後成為全職教授，最後被任命為阿格農研究中心主任。在這當中，耶路撒冷和台拉維夫大學均向我發出聘我做全職文學教授的慷慨邀請。我，既不是專家，也不是學者，更不是移山者，未曾有過做研究的天賦，一看到注腳腦子裡就一頭霧水[3]。爸爸的一根小手指頭就比我這樣的空頭教授專業十幾倍。

*

札黑家的住房有兩個半房間，位於三層小樓的底層。那間房子的後屋由以色列·札黑、他夫人艾絲特和札黑年邁的父母居住。我爸爸住在房子的前屋，起先和父母同住，後來獨居，最後和我媽一起住。房門單開，通往遊廊，接著下幾級台階，走進窄小的前花園，出去便是艾默思街。那時的艾默思街不過是條泥濘小道，沒有車道，沒有人行道，仍然是這一堆那一堆的建材和拆得七零八落的鷹架，餓得無精打采的貓在裡面遊蕩，幾隻鴿子在那裡啄食。這條路每天會來三四趟驢車或騾車，拉運建築用的金屬杆，不然就是賣煤油人的車，賣冰人的車，賣牛奶人的車，收破爛人的車，他們沙啞的叫賣聲總是令我血液凝固。整個童年我都在想像中遭受警告，不要生病、衰老和死亡，儘管死亡離我還很遙遠，但逐漸會不可阻擋地來臨，如同毒蛇祕密爬過黑油油亂糟糟的草木，準備從背後襲擊我。以意第緒語吶喊的「各種藥物」在我聽來像希伯來語的「不要衰老」。直至今日，

2 亞當·密茲凱維奇（Adam Bernard Mickiewicz, 1798-1855），波蘭民族主義詩人，波蘭浪漫主義時期文學的代表，亦被譽為波蘭三大吟遊詩人、波蘭文學史上最偉大的詩人。

3 〔原注〕我父親的著作含有大量注釋。而我，只在《天國的沉默：阿格農對上帝的恐懼》一書中把注釋運用自如。我在該書希伯來文版第一九二頁注釋九十二中介紹了我父親，也就是說，我向讀者提及了他那本《希伯來文學中的中篇小說》。在他去世後近二十年，我寫那則注釋，希望給他些許快樂，與此同時，我又害怕他不會被取悅，反而朝我揮動富有指責意味的小手指頭。

這叫聲仍讓我背脊冒涼氣。

燕子在花園裡的果樹上棲居，而蜥蜴、壁虎和蠍子在岩石縫隙間穿來穿去。偶爾我們甚至可以看見烏龜。孩子們在籬笆下面打洞，開闢出一張遍布鄰居後院的捷徑網絡，或者爬上房頂觀察施內勒軍營裡的英國士兵，不然就是遙望周圍山坡上的阿拉伯村莊：以薩維亞、舒阿法特、貝伊克薩、利夫塔、尼比薩姆維爾。

*

今天，以色列．札黑的名字幾乎已為人們所遺忘，但在那時他是一位多產的年輕作家，作品暢銷。他和我父親年齡相仿，但是在一九三七年，二十八歲左右時，他已經出版了至少三本書。我崇敬他，是因為我聽說他和其他作家不同，整個耶路撒冷的人們都在創作學術著作，從注釋，從其他的書，從書單，從字典，從卷帙浩繁的外國巨著和墨蹟斑斑的索引卡片中彙整著一本本書，但是札黑先生卻撰寫「出自大腦的書」。（我父親經常說：「倘若剽竊一本書，人們譴責你為文抄公，然而倘若你剽竊十本書，人們則認為你是學者，倘若你剽竊三、四十本書，則是位傑出學者。」）

冬天的夜晚，我父母圈子裡的一些人經常聚會，有時在我們家，有時在對面的札黑家。有海姆和漢娜．托倫、施穆埃爾．維爾塞斯、布萊曼一家、夸夸其談的大侃家夏隆－施瓦多倫先生、紅頭髮的民俗學者施瓦茨鮑姆、在猶太人辦事處工作的以色列．哈納尼及其夫人艾絲特。他們吃過晚飯後，七點或七點半前來，九點半離開，那時間已被視為是晚的了。在這段時間，他們喝著熱呼呼的茶，輕輕齧咬蜂蜜蛋糕或新鮮水果，義憤填膺地談論我無法理解的話題，可是我知道，有朝一日我會理解的，我將參與討論並發表令他們意想不到的決斷性論證。我甚至可以設法讓他們刮目相看，我可以像札黑先生那樣也用自己的頭腦寫書，或是像比阿里克和亞歷山大爺爺和列文・吉普尼斯和車爾尼霍夫斯基（那位體味令我永遠銘記的醫生）那樣發表詩集。

札黑不但是父親的前房東，而且是摯友，儘管在我那位修正主義父親和「紅色」札黑之間的爭論已經習以為常。爸爸喜歡談論，喜歡解釋，札黑喜歡傾聽。我母親會不時插上一兩句話。艾絲特・札黑喜歡問問題，我父親願意向她做出廣博詳盡的答覆。以色列・札黑有時會把臉轉向我母親，低垂眼簾，詢問她的看法，彷彿用代碼語言請求她在爭論中支持他。母親知道如何進一步闡發某事。她這麼做時言簡意賅。之後，談話有時採愉快輕鬆的語調，一種新的平靜，一種小心翼翼或踟躕不定的語調融進爭論中，直至又一次大發火，嗓門在彬彬有禮的憤怒中增高，在驚嘆號中激化。

*

一九四七年，台拉維夫的出版商約書亞・查齊克出版了父親第一本書——《希伯來文學中的中篇小說：從起源到哈斯卡拉[4]》。這本書以父親的碩士論文為基礎。扉頁上聲明，本書獲得台拉維夫市立克勞斯納獎，蒙市政府和琪波拉・克勞斯納紀念基金資助。約瑟夫・克勞斯納博士教授親自為本書撰寫了前言：

> 看到論希伯來中篇小說專著問世，倍感欣喜。值鄙人任吾等唯一之希伯來大學教授時，一

---

4 哈斯卡拉（Haskalah），即十八世紀始於歐洲的猶太啟蒙運動。

貫支持余之弟子、賢侄耶胡達．阿里耶．克勞斯納將其提交於余，作為現代希伯來文學之畢業論文。該作非同尋常……其研究涉獵廣泛而包羅萬象……即使風格亦顯豐富而明晰，與重要論題珠聯璧合……因此鄙人不禁十分高興……《塔木德》說：「弟子如同兒子」……

在扉頁之後，另起頁，父親把書獻給他哥哥大衛以示紀念：

獻給我文學史的啟蒙老師——
我唯一的哥哥
大衛
我在暗無天日的流亡中失去了他。
他在哪裡？

連續十天或兩個星期，爸爸一從守望山的圖書館下班回到家裡，就急急忙忙跑到蓋烏拉街東端，百門區入口對面的郵局，焦急地等待他第一本書的到來。他已經接到了出版通知，有些人已經在台拉維夫的書店看到書了。於是他每天衝到郵局，也每天兩手空空而歸，每天他都對自己信誓旦旦，要是西奈印刷廠格魯伯先生的包裹第二天還不到，他一定去藥房打電話催促台拉維夫的查齊克先生——簡直令人無法接受！要是書在星期天還到不了，這個星期當中還到不了，最遲到星期五……但是包裹確實到了，不是寄來的，而是私人投送，由一個笑容可掬的葉門女孩送到我們家裡，不是從台拉維夫送來，而是從西奈印刷廠直送過來。

包裹裡裝有五本《希伯來文學中的中篇小說》，剛印出來，新鮮純潔，用優質白紙包了幾層（上面印刷著某種圖畫書的清樣），用細繩綁著。父親謝過女孩，儘管他激動不已，卻並沒有忘記付給她一個先令（在那年月可不是一筆小數目，足夠在塔努瓦餐館吃上一頓素餐）。接著他要求我和我母親走進他的書房，陪他打開包裹。

我記得父親怎樣控制住自己澎湃的激情，沒有勞神把捆包裹的繩子揪斷，或用剪刀剪斷，而是——我將永遠不會忘記——把繩結一一解開，極其耐心，並使用了他堅硬的指甲、裁紙刀尖、別針針尖。做完這一切後，他沒有撲向自己的新作，而是慢慢拿開繩子，挪開光紙包裝，像羞答答的戀人，輕輕用手指甲觸摸最上面一冊書的封面，溫柔地將它貼在臉龐，有點急速地翻動書頁，閉上眼睛，輕輕聞著，深深吸入新鮮的墨香，新紙的芬芳，令人欣然陶醉的糨糊氣息。到那時，他才開始翻閱自己的作品，首先翻看索引，仔細查看補遺和勘誤表，一遍又一遍地閱讀約瑟夫伯伯寫的前言，還有他本人的自序，在扉頁上流連忘返，再次輕撫封面，接著，擔心母親可能會暗暗嘲笑他，便抱歉道：

「剛出版的新書，第一本書，就像我剛剛又有了個孩子。」

「什麼時候給它換尿布，」媽媽說，「希望你招呼我一聲。」

說著，她轉身離開了房間，但一會兒工夫過後，她手拿聖餐葡萄甜酒和三個小酒杯走了回來，說我們應該舉杯慶賀父親的第一本書。她給他們二人倒了一些酒，給我倒了有一滴，她甚至可能親吻了他的額頭，他則撫摸她的頭髮。

那天晚上，我媽在廚房的餐桌上鋪了一塊白桌布，彷彿在過安息日或是節日，做了父親最喜歡吃的飯菜，熱氣騰騰的甜菜湯，上面漂著一大塊潔白的奶油。爺爺奶奶也來和我們一起簡單慶賀。

奶奶對媽媽說，甜菜湯確實非常非常好，味道近乎鮮美，但是——上帝保佑她做些忠告，但是大家知道，每個小姑娘都知道，甚至連在猶太人家裡做飯的異族女子也知道，羅宋湯應該是酸的，只有一點點甜，當然不是甜，只是略微發酸，波蘭人把所有的東西都弄得甜甜的，無緣無故，要是你不看著，他們會用糖來醃鯡魚，甚至在辣根醬中放果醬。

媽媽呢，則感謝奶奶與我們分享她的體驗，許諾將來只為她做適合她口味的苦酸食品。父親則喜出望外，注意不到這些區區小事。他把一本書送給父母，另一本書送給約瑟夫伯伯，第三本書送給他親愛的朋友艾絲特和以色列·札黑，另外一本我不記得是送給誰了，最後一本他保存在自己圖書室裡一個顯眼的書架上，舒適地靠近他那位約瑟夫·克勞斯納伯伯教授的著述。

父親的幸福持續了三四天之久，之後臉便陰沉下來。正如他在包裹到來之前整天衝向郵局一樣，現在他每天衝向喬治五世大道的阿西亞薩夫書店，那裡陳列了三本《希伯來文學中的中篇小說》等著出售。第二天三本書原封不動地擺在那裡，一本也沒賣出。第三天還是如此，接下來的日子依舊。

「你，」父親臉上掛著淒然的微笑對朋友以色列·札黑說，「每六個月寫一部新長篇小說，所有漂亮姑娘立刻把你從書架上一把抓下來，直直拿到她們的床上；而我們這些學者，多年殫精竭慮，逐一核實細節，逐一查對引文，一個注腳都要花上一個星期，誰會勞神去讀我們的東西呢？倘若幸運，我們這一領域的同行會閱讀我們的著作，之後將其駁得體無完膚。有時甚至連批駁都沒有。我們完全被忽略了。」

一星期過去了，阿西亞薩夫書店裡的書還是沒賣出去。父親不再訴說自己的悲哀，但是整個屋子似乎充斥著一種味道。他刮臉刷碗時不再哼唱走了調的小曲，他不再給我背誦吉爾伽美什的事蹟、《神祕島》中尼摩船長或塞琉斯．史密斯工程師的歷險，而是憤然潛心於散落在書桌上的參考文獻，他的第二本學術性著作將會由此誕生。

突然，過了兩個星期後，他在星期五晚上喜氣洋洋地趕回家中，渾身發抖，像小男孩當眾被班上最漂亮的小女孩吻了一下。「它們都賣出去了！都賣出去了！一天內都賣出去了！不是賣一本！不是賣兩本！三本全賣了！全部！我的書賣出去了……沙科納．阿西亞薩夫將從台拉維夫的查齊克那兒再訂幾本！他已經訂了！今天早晨！透過電話！訂的不是三本，而是五本！他認為這還不是最後一次！」

我母親再次離開房間，回來時拿著令人作嘔的聖餐葡萄甜酒和三個小酒杯。不過，這回她沒有勞神做上面漂著奶油的甜菜湯，也沒有鋪白桌布，而是建議他們兩人明晚去愛迪生戲院，看他們都崇拜的嘉寶領銜主演的名片首映。

我則被留給了小說家札黑和他的夫人，在那裡吃晚飯，規規矩矩地，直至他們在九點或九點半時歸來。規矩點，聽見了嗎？不要讓我們聽到一絲一毫的不滿！當他們擺餐桌時，別忘了幫忙。晚飯後，但只有大家起身後，才把你的碟子清理乾淨，小心翼翼地放在滴水板上。小心點，聽見了沒有？不要把那裡的東西打碎。像在家裡一樣拿塊洗碟布，等桌子收拾乾淨後把桌布好好擦擦。只有別人對你說話時才開口講話。要是札黑先生在工作，你就自己找個玩具，或者找本書，像小老鼠似地安安靜靜坐在那裡！但願不要這樣，但要是札黑太太又抱怨說頭痛，千萬別給她添任何麻煩。別添任何麻煩，聽見了嗎？

於是他們走了。札黑太太大概會把自己關在房間裡，不然就是去鄰居家串門，札黑先生建議我去他的書房，書房和我們家裡的一樣，也是臥室、客廳，什麼都在一起。那曾經是我父親學生時代的房間，也是我父母的房間，顯然也是孕育我的地方，因為直到我出生前一個月，他們一直住在那裡。

札黑先生讓我坐在沙發上，和我說了幾句話，我不記得說些什麼了，但是我將永遠不會忘記，我怎麼突然注意到沙發旁邊的小咖啡桌上，不多不少四本一模一樣的《希伯來文學裡的中篇小說》，一本疊一本，像在書店一樣，有一本我知道是父親送給札黑先生的，上面有父親的簽名，另外三本我無法理解，我話到嘴邊正要問札黑先生，但在最後一刻，我驀然想起那三本是今天才買的，經過在阿西亞薩夫書店裡漫長的等待。感激之情從我內心深處油然而生，眼淚都快要流下來了。札黑先生看見我注意到了這幾本書，他沒有笑容，但微微瞇著的眼睛斜覷了我一下，彷彿默默接受我做他的同謀，他沒說一句話，彎腰撿起咖啡桌上四本書裡的三本，悄悄放進書桌的抽屜。我也祕而不宣，從未向他或我父母提起此事，直至札黑先生英年早逝，直至父親離開人間，我從未向任何人說起過此事，直至多年以後才把這件事告訴了他的女兒努莉特·札黑，她似乎並未對我所說的事情留下過多印象。

我數遍自己兩三個最好的朋友，他們幾十年來和我關係密切，友情深篤，然而我不確定自己是否能夠為他們做札黑為我父親做過的事。誰能說這種慷慨的詭計會不會展現在我的腦際。畢竟，在那年月，他和其他人一樣，日子過得緊繃繃的，三本《希伯來文學中篇小說》至少花去了他買所需衣裝的費用。

札黑先生離開房間，回來時端一杯不帶膜的熱可可，因為他到我們家作客時得知，我晚上要喝這個。我照父母吩咐的那樣向他表示感謝，彬彬有禮，我真想再說點什麼，但又無能為力，於是就一味坐在他房間的沙發上，一聲不吭，不使他在工作中分心，然而實際上他那天晚上並沒有工作，只是來回瀏覽報紙，直至我父母從戲院歸來，他們向札黑夫婦致謝，匆忙道過晚安，才帶我回家。因為時間太晚了，我得刷牙，立即睡覺。

*

也一定是在同一個房間，若干年前，一九三六年的某個晚上，父親第一次把某位矜持寡言非常漂亮的女學生帶到家中，她有橄欖色皮膚，眼睛烏黑，話不多，但她的出現卻引得男人滔滔不絕。幾個月前她離開了布拉格大學，來耶路撒冷守望山上的大學攻讀歷史和哲學。我不知道阿里耶·克勞斯納在何時何地如何與范妮婭·穆斯曼相識，她在這裡註冊時用的是希伯來文名字利夫卡，儘管在有些檔案中稱之為琪波拉，還有一處稱之為菲佳，但是家人和朋友都叫她范妮婭。

他非常喜歡說話，解釋，分析；她則知道如何傾聽，甚至聽出言外之意。他非常博學多才；而她目光敏銳，能夠看穿他人心思。他心地坦率，為人正派，是個兢兢業業的完美主義者；而她總能理解為何有人尤為固執己見，為何強烈反對他的人感到有此必要。她對衣服感興趣，只是因為那是透視穿衣服者內在世界的一個窺孔。當她坐在朋友家裡時，經常用讚賞的眼光打量家具、裝飾、窗戶、沙發、窗台上的禮品以及書架上的小擺設，而其他人則忙於說話，彷彿她肩負著間諜使命。人們的祕密總是令之著迷，但是每當傳播流言蜚語時，她多數情況下總是在傾聽中露出一絲微笑……那絲猶疑不定的微笑似乎表明它即將逝去，一句話也不說。她經常是沉默寡言。但不管什麼時候，她打破沉默說上幾句話，談話就會大有改觀。

當父親對她說話時，有時聲音中帶有幾分膽怯，並夾雜著距離、愛慕、尊敬和畏懼，彷彿他家裡有個隱瞞了身分的算命先生，不然就是有個千里眼。

20

在我們鋪有印花桌布的廚房餐桌周圍，放著三個柳條編的圓凳。廚房本身很小，低矮而陰暗，地面有點凹陷，廚房的牆壁給燒煤油的炊具和普萊默斯可攜式煤油爐上飄出的油煙燻得烏黑，一扇小窗子俯瞰著灰色混凝土圍牆內的地下院落。有時當爸爸出去上班時，我習慣坐在他的凳子上，和媽媽面對面，她一邊為我講故事，一邊剁切蔬菜，不然就是揀豆子，把黑豆揀出來，放進茶碟裡。而後，我將用黑豆餵鳥。

母親的故事頗為奇怪，和那時別人家裡講的故事都不一樣，與我講給自己孩子們的故事也不一樣，而是有些撲朔迷離，彷彿它們並非起始於開端，也並非結束於終了，而是從灌木林底下冒了出來，暴露一段時間，引起疏離和劇烈的恐懼，在我眼前活動幾個瞬間，就像牆上扭曲的影子，令我愕然，有時候令我脊骨戰慄，在我尚未明白究竟發生了什麼之前，又回到了它們原來的森林。直至如今，我幾乎可以一字不漏地記住母親的故事。比如，其中一則故事講的是個非常老的人阿萊路耶夫：

從前，在高高的山巒那邊，在深深的河流和不見人煙的平原那邊，有一個偏僻的小村莊，小茅屋搖搖欲墜。在村邊漆黑的森林裡，住著一個貧窮的聾啞人。他獨自生活，沒有家人，沒有朋友，名叫阿萊路耶夫。老阿萊路耶夫比村裡所有的老人年齡都大，比山谷裡平原上的所有老人年齡都大。他不光年齡大，而且古老。他非常地老，駝背上開始長出苔蘚。頭上長的不是烏黑的頭髮，而是蘑菇，凹陷的面頰上覆蓋了一層地衣。腳上開始鑽出了棕色的根，亮晶晶的螢火蟲落在他塌陷的眼窩裡。這個老阿萊路耶夫比森林的年齡還大，比冰雪的年齡還老，比時間本身的年齡還久。一天，謠言傳開了，說在他那間窗子緊閉的小屋裡面，還住著另一個老人車爾尼霍爾欽，年齡比老阿萊路耶夫還要大上許多，甚至比他更瞎，更窮，更沉默，更駝背，更聾，更不動彈，磨得像韃靼人的硬幣那樣光滑。據說在村子裡，在冬天漫漫長夜裡，那位年老的阿萊路耶夫尋找著古老的車爾尼霍夫欽，為他清洗傷口，為他擺餐桌，為他鋪床，餵他吃從森林裡採來又用井水或融雪洗淨的漿果。有時他在夜裡唱歌給他聽，像大人對嬰兒那樣：魯拉，魯拉，魯拉，寶貝莫害怕，魯拉，魯拉，魯拉，乖乖莫哆嗦啦。於是他們睡著了，兩個人，相互偎依，老人和甚至更老的人，而外面只有風和雪。要是他們沒有讓狼給吃了，他們，那兩個人，直到今日還會生活在那裡，在他們一貧如洗的茅屋裡，與此同時，狼在森林裡嚎叫，風在煙囪裡怒吼。

我在睡熟之前，孤零零地躺在床上，一遍又一遍地對自己悄聲說「年齡大」，「古老」，「比時間本身的年齡還久」。我閉上眼睛，懷著甜美的恐懼勾勒出這樣一幅景象，苔蘚怎樣慢慢地爬上了老人的後背，黑油油的蘑菇和地衣，還有那些貪婪得像蟲子一樣的棕色的根怎樣在黑暗中生長。我試圖緊閉雙眼想像出「像韃靼人的硬幣那樣光滑」一話的意義。於是我便迫使自己在煙囪裡傳出的呼嘯風聲和其他聽不到的聲音中睡去，那風從來不可能靠近我們家，那煙囪我從來沒有真正見過，只是在小人書中看到每座房子都有鋪瓦的屋頂和煙囪。

*

我沒有兄弟姊妹，父母幾乎買不起玩具給我，電視機和電腦還沒有出現。我在耶路撒冷的凱里姆亞伯拉罕度過了整個童年，但我沒有生活在那裡，我真正生活的地方，是媽媽故事中講到的或是床頭櫃上那一疊圖畫書中描述的森林邊，茅屋旁，平原，草地，冰雪上，我身在東方，卻心繫遙遠的西方，或是「遙遠的北方」，就像那些書中所描繪的那樣。我在想像中的森林，在語詞的森林，在語詞的茅屋，在語詞的草地上頭暈目眩地行走。語詞的現實把令人窒息的後院、石屋頂上鋪著的瓦楞鐵、堆放臉盆並拉滿洗衣繩的陽台都擠到一旁去。環繞我周身的這些都不算，由語詞構成的才算數。

我們在艾默思街上有年紀比較大的鄰居，可是當他們緩慢地行走，痛苦地經過我家門前時，那樣子儼然是老而遠古的阿萊路耶夫那令人毛骨悚然的現實生活的一個蒼白、憂傷、笨拙的翻版。就像台拉阿札森林，不過是對深邃難測的原始林所做的一幅可憐而外行的素描。媽媽挑的豆子，令人失望地想起她故事裡的蘑菇和森林果實、黑刺莓和藍莓。整個現實世界只是徒勞模仿語詞世界的嘗試。這是媽媽對我講過的一個關於女人和鐵匠的故事，她沒有選擇語詞，未曾考慮到我年幼，便把遠方那色彩斑斕的語言赤裸裸地展現在我眼前，以前很少有孩子的腳步踏過那個地方，那是天堂裡語言鳥的所在：

很多年前，在愛努拉力亞島上，在幽谷深處，住著三兄弟。他們是鐵匠米沙、阿里尤沙和安通沙。他們個個長得粗壯結實，毛茸茸的，是樣子像熊的人。他們整個冬天都在睡覺，只有到了夏天才鍛鑄耕犁，給馬釘蹄鐵，磨鐮刀，用金屬工具打磨刀刃和錘子。一天，大哥米沙動身去了特羅施班地區。他一去就是很多天，回來時不再是孤身一人，而是帶回一個笑吟吟的女人，這個像是女孩的姑娘名叫塔提阿娜，塔恩亞或是塔妮赫卡。她是個漂亮女人，在整個愛努拉力亞地區還找不出像她這樣的女子。米沙的兩個弟弟終日咬牙切齒，默不作聲。要是他們當中的某個人盯著她看，這個塔妮赫卡會發出行雲流水般的笑聲，直至男人垂下眼簾。不然就是她看他們當中的某位，那個被她看的兄弟就會顫抖著垂下眼簾。在兄弟們住的茅棚裡，只有一間大屋，大屋裡住著米沙和塔妮赫卡，放有爐子、風箱、鐵砧，還住著粗野的弟弟阿里尤沙和沉默寡言的弟弟安通沙，周圍放有沉重的鐵錘、斧頭、鑿子、支桿、鎖鏈以及金屬線圈。就這樣出事了。一天米沙被推進了火爐，阿里尤沙把塔妮赫卡據為己有。美麗的塔妮赫卡給粗野的弟弟阿里尤沙做了七七四十九天的新娘，直到一把沉重的鐵錘砸在他身上，砸扁了他的腦殼。沉默寡言的弟弟安通沙埋葬了哥哥，占據了他的位置。又是七七四十九天過去了，兩人正在吃蘑菇派，安通沙突然臉色蒼白，發青，他噎死了。從那時起到現在，漫遊的年輕鐵匠們從愛努拉力亞島各處來到這裡，並在茅屋住下，但是他們都不敢在那裡住滿七個星期。一個鐵匠待上一個星期，另一個鐵匠待上兩個晚上。那麼塔妮赫卡呢？嗯，整個愛努拉力亞島上的鐵匠們都知道，塔妮赫卡喜歡來上一個星期的鐵匠，來上幾天的鐵匠，來上一天一夜的鐵匠，他們半裸著身子給她幹活，吭哧吭哧，掄錘鑄鐵，但若是某位鐵匠忘記起身離去，她則忍無可忍。一兩個星期就夠了，七個星期又怎麼受得了呢？

*

赫爾茨和薩拉・穆斯曼十九世紀初居住在靠近烏克蘭羅夫諾鎮的特洛普，或是特里普村，有個漂亮的兒子名叫埃弗萊姆。家裡人這麼說，埃弗萊姆從小就喜歡玩水車抽水[1]。埃弗萊姆・穆斯曼十三歲那年，在舉行成年禮二十天後，邀請並招待更多客人，這一次埃弗萊姆和一個時年十二歲名叫哈婭・杜芭的女孩結婚。在那時，男孩子娶紙上新娘為妻，以免自己被抓到沙皇軍隊裡服役，一去不返。

我姨媽哈婭・沙皮洛（名字取自她奶奶，那位兒童新娘）許多年前向我講述了婚禮上所發生的一切。下午在特洛普村拉比家對面舉行了結婚儀式與歡樂的晚宴，之後，小新娘的父母站起身帶她回家睡覺。天色已晚，孩子經歷了激動人心的婚禮，有些疲倦，加上別人讓她喝了些酒，有些微醉，頭靠在媽媽腿上睡著了。新郎，在客人當中跑來跑去，汗流浹背，和學校裡的小朋友玩捉迷藏。於是客人們起身離去，兩家人開始告別，新郎的父母告訴兒子快點上車回家。

但是年輕的新郎有別的想法。孩子埃弗萊姆站在院子中央，突然像小公雞，趾高氣揚，跺著腳，執意要求帶走新娘。不是在過了三年，甚至過了三個月後，而是就在現在。就在今晚。

還沒走的客人一陣大笑，他氣憤地轉過身去，昂首闊步穿過馬路，使勁敲打拉比家的房門，與齜牙咧嘴的拉比面對面地站在門口，開始引用《聖經》、《密西拿》、律法以及評注者的話。男孩顯然已經準備了連珠炮，發射一通。他要求拉比立即在他和整個世界之間做出判決，指明一條時下之道。《妥拉》上是怎麼寫的？《塔木德》和法學家們又是怎麼說的？這是不是他的權利？她是不是他的妻子？他是不是得按照律法與她成親？這樣，二者必居其一：要麼立刻把新娘帶走，要麼則必須把凱圖巴（婚姻契約）收回，使婚姻無效。

故事是這樣的，拉比哼哼哈哈，支支吾吾，清了清嗓子，抓抓鬍鬚，抓了幾次腦袋，拽拽兩邊的頭髮，拉拉落腮鬍子，最後深深嘆了口氣，裁定說，簡直沒有辦法，男孩不但精於整理他的文字和論證，而且完全正確：年幼的新娘別無選擇，只能跟隨他，沒有別的途徑，只能服從他。

一切審議結束後，小新娘便在半夜時分被喚醒，他們得陪同新婚小夫婦到他父母家裡。新娘整整哭了一路。母親緊緊抓住她，和她一起哭泣。新郎一路上也在哭，這是因為客人們在嘲笑奚落他。新郎的母親和其他家人則羞愧難當，也哭了一路。

夜行隊伍行進了一個半小時。那既是涕泣漣漣的喪葬隊列，又是鬧騰騰的宴會，因為有些賓客讓這幕醜聞逗得喜不自勝，一直扯著嗓子描述關於少男少女的著名笑話，或是如何以線穿針，邊喝荷蘭烈酒，邊發出下流的呼哧聲、嘶嘶聲和叫喊聲。

與此同時，小新郎的勇氣開始離他而去，他逐漸為自己的勝利感到後悔。於是乎這對年輕的小情侶，稀里糊塗，哭哭啼啼，睡不了覺，像待宰的綿羊，在人們的引領下走向臨時湊起的洞房，進了洞房，已經是後半夜了，人們幾乎是用力在推他們。據說，門從外面鎖上。接著，婚宴人員踮著腳尖退去，在另一間屋子裡度過了整個夜晚，喝茶，吃筵席上剩下來的殘羹剩飯，努力互相安慰。

早晨，天曉得，母親們或許直衝進房內，拿著毛巾和臉盆，急迫地去查看孩子們是否在摔跤角逐中存活下來，他們給對方造成了什麼損傷。

但是幾天過後，人們看見夫妻倆歡快地在院子裡跑來跑去，打著赤腳鬧鬧嚷嚷地一起玩耍。丈

1〔原注〕這個故事及以下所講的其餘故事，乃我幼年之際從我母親，部分從我外祖母及堂舅施姆生和米海爾．穆斯曼那裡聽來。一九七九年我寫下關於哈婭姨媽的一些童年回憶錄，一九九七年和二〇〇一年，我偶爾記下索妮婭姨媽為我講述的許多東西。我也從堂舅施姆生．穆斯曼撰寫的《擺脫恐懼》（希伯來文版一九九六年出版於台拉維夫）一書中獲益。

夫甚至為小夫人的娃娃造了間小樹屋，而他自己又玩起了水車和水道，院子裡溪流、湖泊和瀑布縱橫交錯。

他的父母赫爾茨和薩拉・穆斯曼資助這對年輕人一直到十六歲。「凱斯特－金德」是當年意第緒語對靠父母資助的年輕人的稱呼。埃弗萊姆・穆斯曼長大後，把自己對水車的熱愛與對引水的熱愛之情結合起來，在特洛普村開設了一家磨坊。水車輪在流水力量作用下旋轉。他的生意從來沒有發達起來，他耽於夢幻，像孩子一樣天真，遊手好閒，揮霍無度，喜好爭論，然而從來不堅持己見。他傾向於沉迷從早晨持續到晚上的閒散談話。哈婭－杜芭和埃弗萊姆過著窮困的生活。這位小新娘為埃弗萊姆生了三子兩女。她受訓做了一位助產士和家庭護士，私下習慣不收窮病人一文錢。她英年早逝，死於癆病。我曾外祖母去世時年僅二十六歲。

容貌英俊的埃弗萊姆迅速娶了另一位兒童新娘，她與自己的前任一樣也叫哈婭。這位新哈婭・穆斯曼很快便把丈夫與前妻生的孩子從她家中趕走。軟弱的丈夫並未試圖阻止她。他似乎在英勇無畏地敲開拉比家門、以《妥拉》和所有法學家的名義要求完婚的那個晚上，一次用盡自己微薄的勇敢與果決。從鮮血滴落的那一夜，到生命最後一刻，他總是顯得靦腆謙遜。他逆來順受，性情溫和，總是對妻子百依百順，願意聽從任何違背他意志的人的話，然而與陌生人在一起時，他多年來形成一個男人不可捉摸的習慣，具有深藏不露的神祕與虔誠。他的舉止顯示某種裹在謙恭中的高傲，像出身鄉野的奇蹟創造者，抑或俄國東正教的老聖人。

*

於是他的長子，我外公納弗塔里・赫爾茨，十二歲時就在羅夫諾附近的維爾克霍夫莊園裡當學徒。莊園主人是位性情古怪的未婚女貴族，拉芙佐娃公主。在三、四年間，公主發現這個簡直白送上門的年輕猶太人靈活、機智、迷人而有趣，並且學到了一兩手關於麵粉加工的技能，因為他是在磨坊裡長大的。也許他身上還有其他什麼東西，在形容枯槁而無子嗣的公主心中喚起了母性。

於是她決定在羅夫諾邊上、都賓斯卡街盡頭的墓地對面買一塊土地，蓋一座磨坊。她讓自己一個侄子和繼承人，工程師康斯坦丁・塞姆揚諾維奇・斯泰萊斯基，去管理這家磨坊，派十六歲的赫爾茨・穆斯曼做他的助手。我外公很快便顯現組織才能、圓融的交際手腕，以及令人感到親近的移情，與人交往非常敏銳，能夠猜度人們的所思所想和所求。

十七歲那年，我外公當上了磨坊真正的經理。（「於是他很快便蒙得那位公主的深深喜愛！就像故事中講的義人約瑟在埃及那樣，那個女人叫什麼來著？波提乏夫人[2]，對不對？那位工程師斯泰萊斯基，在酒醉之時把他所建造的東西親自毀掉。他是個可怕的嗜酒狂！我依然能夠記得他一邊狂怒地鞭打自己的馬，一邊出於對不能說話的動物們的憐憫而哭號，他哭時淚珠像葡萄一樣大，但仍然不住地打他的馬，就像史蒂文生一樣。他擁有某種天才的火花。但是那個斯泰萊斯基，他一旦發明了什麼東西，就會勃然大怒，會徹底將其毀滅掉！」）

於是年輕的猶太人養成一種習慣：保養和維修機械，與攜帶小麥大麥前來的農民們洽談，支付工人工資，與商人和顧客討價還價。這樣一來，他成了類似父親的磨坊主。然而，與他那位好吃懶做頗有幾分孩子氣的父親埃弗萊姆不同，他很聰明，勤奮，雄心勃勃，因此獲得了成功。

2 波提乏夫人（Lady Potiphar），《聖經》中的人物。見約瑟容貌秀雅俊美，就誘惑他，遭到拒絕後，便誣陷他。見《舊約・創世記》第三十九章。

與此同時，日薄西山的拉芙佐娃公主變得越來越虔誠。她只穿黑色衣衫，越來越虔敬吃齋，總是在悲悼，悄悄地和耶穌交談，從一所寺院走到另一所寺院，尋找某種精神啟示，揮霍財富奉獻給教堂和神殿。（「一天她拿起一支大錘子，把一根釘子釘進了自己的手掌，因為她想擁有和耶穌一模一樣的感覺。後來他們趕來把她捆住，包好她的手，把她的頭髮剃光，把她關進圖拉附近一座修道院度過餘生。」）

公主的侄子，那位可憐的工程師斯泰萊斯基在姑媽死去後淪為酒鬼。妻子伊里娜·馬特維耶夫娜和趕車人的兒子菲力浦·安東私奔。（「她也是個大酒鬼。但是是他，斯泰萊斯基，把她變成了酒鬼。他有時會在打牌時把她輸掉，也就是說，他輸掉她一個晚上，第二天一早再把她弄回來，到了夜裡再把她給輸掉。」）

斯泰萊斯基就這樣在伏特加和打牌中排遣憂傷。（「可是他也創作優美的詩歌，這些奇妙的詩歌洋溢感情，充滿著悔恨與憐憫！他甚至撰寫哲學論文，用的是拉丁文。他通曉所有偉大哲學家著作，亞里斯多德、康德、索洛維耶夫，他經常獨自到森林裡去。為使自己變得謙卑，他有時把自己裝扮得像個乞丐，凌晨時分走街串巷，像個飢餓的乞丐，在垃圾堆裡搜尋。」）

漸漸地，斯泰萊斯基把赫爾茨·穆斯曼變成了他在磨坊的得力助手，最終成為他的合夥人。我外公二十三歲那年（大概「賣身為奴」給拉芙佐娃公主有十年之久），買下斯泰萊斯基擁有的磨坊股份。

他的生意不久便擴大了，在所獲得的成就中，還包括吞併了自己父親的小磨坊。

年輕的磨坊主人並非因被逐出父母家門而心存芥蒂。相反，他寬恕了此時已二度成了鰥夫的生父，把他安置在辦公室，即所謂的康托拉，甚至支付他一份說得過去的月薪，直至壽終正寢。相貌堂堂的埃弗萊姆在那裡坐了許多年，蓄著惹人注目的長長白鬍子，無所事事。他慢慢地打發時光，喝茶，與到磨坊來的商人和代理人高高興興囉囉嗦嗦地聊個不停。他喜歡平靜而漫無邊際地向他們發表演說，談論長壽的祕密，將俄國人的性格特徵與波蘭人和烏克蘭人進行比較，談論猶太教的神祕之處，世界的起源，或者談他自己對改善森林、改善睡眠、保留民間傳說，或是用自然方法強化視力的獨創性見解。

*

媽媽記得她的祖父埃弗萊姆．穆斯曼，令人難忘的家長式人物。在她看來，他長長的雪白鬍子像先知那樣高貴地飄拂著，濃密的白眉毛賦予了他幾分《聖經》的神采，故而令他的臉顯得莊嚴崇高。他那雙藍眼睛像雪域風光裡的池塘，閃閃發光，閃爍著幸福孩子般的微笑。「埃弗萊姆爺爺的樣子就像上帝。我說的是每個孩子都把上帝想像成那個樣子。他逐漸顯現在整個世界面前，像斯拉夫聖人，在鄉村行奇蹟者，介乎老托爾斯泰和聖誕老人形象之間的某種事物。」

埃弗萊姆．穆斯曼五十多歲時變成一個令人激動但是有點模稜兩可的先知。他越來越無法區分神人與神本身。他開始洞察他人心扉，占卜，滔滔不絕地進行道德說教，釋夢，准予赦免，表現出虔敬與慈悲。從早到晚，他坐在磨坊辦公室桌旁對著一杯清茶，一味施加憐憫。除此之外，終日無所事事。

他身上總是散發出名貴香水的氣味，雙手柔軟溫暖。(「可是我，」索妮婭姨媽在八十五歲那年帶著裝得不大像的歡欣說，「我是他最寵愛的一個孫女！他特別喜歡我！那是因為我是這樣一個小美人兒，如此一個賣弄風情的小女人，像個法國小女人，我懂得如何任意擺布他。不過，實際上任何女孩子都能任意擺布他漂亮的腦袋，他是那麼可愛，那麼心不在焉，那麼天真無邪，那麼容易動情，區區小事竟然能夠讓他熱淚盈眶。我是個小姑娘時，經常一連幾個小時坐在他的腿上，一遍遍梳起他那莊嚴的白鬍子，我總是有足夠的耐心，傾聽他滔滔噴湧出的廢話。此外，我用的是他母親的名字。因此埃弗萊姆爺爺最疼愛我，有時甚至叫我『小媽媽』。」）

他性情安靜溫和，是個溫柔和藹的男人，儘管喋喋不休，但是因為在布滿皺紋的臉上總是不斷閃爍著逗人、童稚、迷人的微笑，所以人們喜歡注視著他。（「爺爺就是這副樣子：你一看他，你自己就會微笑！埃弗萊姆爺爺一走進房間，大家都會開始微笑，不管願不願意。埃弗萊姆爺爺一走進房間，連牆上的畫像都會開始微笑！」）幸運的是，他兒子納弗塔里．赫爾茨無條件地愛他，每逢他把帳目搞混，或是未經批准便擅自打開辦公室裡的現金櫃，拿出兩張支票，像哈西德故事裡講述的那樣，為感激萬分的農民算過命並進行一番道德訓誡後把支票分給他們時，也總是寬恕他，不然就是佯裝不知。

老人通常會連續幾天坐在辦公室裡，凝視著窗外，心滿意足地觀看兒子的磨坊在運作。也許他看上去「就像上帝」，所以他實際上在晚年把自己視為某種全能的上帝。他為人謙卑，但骨子裡自高自大，也許是年齡大了腦子有些愚笨的緣故（始於五十多歲），他有時把自己的指導和建議向兒子傾囊而出，期望能改進並擴展生意，但多數情況下，過了一兩個小時他便忘了自己剛剛說過的話，又提出新的建議。他一杯接一杯地喝茶，心不在焉地瞟一眼帳目，要是陌生人錯把他當作老闆，他也並不糾正，反而欣欣然和他們聊起羅斯柴爾德家的財富，或是中國苦力的悲慘境遇。一般而言，他的談話要持續七、八個小時。

兒子遷就他。納弗塔里．赫爾茨明智、謹慎、耐心地拓展自己的生意，在各處開設分公司，賺取薄利。他把一個姊妹薩拉嫁了出去，收留了另一個姊妹詹妮，最後也設法把她給嫁了出去。（「嫁給了一個木匠，亞沙！一個好小夥子，儘管他頭腦簡單！但是對詹妮又有什麼辦法呢？畢竟，她是快四十歲的人啦！」）他用可觀的工資雇用自己的侄子施姆生，也雇用了詹妮的亞沙（那個木匠），慷慨地援助兄弟姊妹父老鄉親。他生意興隆，他的烏克蘭和俄國顧客脫下帽子，手撫前胸，滿懷敬意地向他鞠躬行禮，管他叫戈爾茨．耶弗里莫維奇（埃弗萊姆之子赫爾茨）。他甚至還有了個俄國助手，一個身患潰瘍無比貧困的年輕貴族。在他協助之下，我外公甚至進一步拓展了自己的事業，在遠及基輔、莫斯科和聖彼得堡等地開設了分公司。

*

一九〇九或一〇年，二十一歲的納弗塔里．赫爾茨．穆斯曼娶了伊塔．吉達耶夫納．舒斯塔，她是吉達利亞．舒斯塔和妻子波阿爾（尼．吉伯爾）生的性格乖張的女兒。關於我的曾外祖母波阿爾，我從哈婭姨媽那裡聽說，她是個堅韌頑強的女性，「精明猶如七個商人」，對付村民們的手腕圓熟，說話刻薄，熱中於金錢與權力，絕對吝嗇。（「據說，她總是將理髮店裡的每綹頭髮都收集起來填裝墊子。她用小刀把每小塊方糖都切成均等的四小塊。」）至於曾外祖父吉達利亞，據他外孫女索妮婭的記憶，是個脾氣暴躁的大塊頭男人，食欲旺盛。他的鬍子烏黑蓬亂，舉止一點也不安定，盛氣凌人。據說他打嗝時會震得窗玻璃直晃蕩，他的吼聲猶如水桶滾動（但是動物的死，包括狗和寵貓，甚至孩子和牛犢都能讓他害怕）。

他們的女兒伊塔，我的外祖母，言談舉止總像生活未得到應有關照的女人。她年輕時人長得漂亮，有很多追求者，但似乎是被寵壞了。她用一根鐵條來管束自己的三個女兒，可其舉動，彷彿是想讓她們把她當作小妹妹或可愛的小孩子看待。即使上了年紀，她對孫輩繼續表現出各種小新娘和賣俏的姿態，彷彿祈求我們對她體貼備至，為她的魅力著迷，向她大獻殷勤。與此同時，她能夠表現出彬彬有禮的殘忍。

*

伊塔和赫爾茨．穆斯曼的婚姻經歷著令人咬牙切齒的苦難：六十五年的傷害、冤屈、屈辱、休戰、恥辱、克制以及相互噘起嘴唇時的禮貌。我外祖父母彼此有著天壤之別，關係疏遠，然而這一絕望總是被妥善儲藏著。在我們家任何人也不會提起此事，我在童年時曾設法察覺到它，像牆那邊飄過來一股略微燒焦的淡淡肉味。

他們的三個女兒，哈婭、范妮婭和索妮婭，看到了其中一些眉目，設法減輕父母婚姻生活中的苦惱。三人毫不猶豫地一致站到了父親一邊，與母親針鋒相對。三人對母親既恨又怕；她們為她感到羞愧，將其視為極其粗俗、盛氣凌人的挑事者。她們吵架時會彼此指責說：「妳瞧瞧妳！妳越來越和媽媽一模一樣了！」

哈婭姨媽只有在父母年邁，自己也逐漸上了年紀時，才終於把父母分開，把父親送到吉瓦特伊姆的一家敬老院，把母親送進耐斯茨尤納附近一家私人療養院。索妮婭姨媽對此拚命反對，認為這種強行分離大錯特錯，哈婭姨媽卻執意這麼做。但是那時，兩位姨媽間的分裂不管怎麼說也達到了白熱化。從一九五〇年代末期到一九八九年哈婭姨媽去世，她們倆幾乎有三十年沒說一句話（索妮婭姨媽確實出席了姊姊的葬禮，她在葬禮上傷心地對我們說：我寬恕她所做的一切。我在內心深處祈禱，上帝也將寬恕她……這對祂來說絕非易事，因為要祂寬恕的事情實在太多太多。」這和哈婭姨媽在去世前一年，談到妹妹索妮婭時對我說的話幾乎一模一樣）。

事實上，穆斯曼的三個女兒均以各自不同的方式深愛她們的父親。我外公納弗塔里・赫爾茨（我們大家，他的女兒女婿和孫兒們，都叫他爸爸）是個熱心腸的人，充滿父愛，心地善良，非常有趣。他膚色黝黑，聲音溫和，繼承了父親那雙明澈的藍眼睛，那富有洞察力的銳利目光中暗含著一絲微笑。每當他和你說話時，你就會覺得他能夠探究到你的情感深處，推測字裡行間的意思，立即明白你所說的話，明白了你為什麼要這麼說，與此同時，覺察出你正在設法隱瞞他的一切。他有時會衝你露出意想不到的不懷好意的微笑，差不多還用眼睛示意，好像是把你弄得有些侷促不安，並為你而感到侷促不安，但還是寬恕了你，因為人畢竟是人。

在他眼裡，所有人都是馬馬虎虎的孩子，彼此失望，相互忍受，我們大家都陷入一場沒完沒了、技藝不精、基本上沒有好結果的喜劇裡。條條道路都通往痛苦。因此，在外公眼裡，幾乎每個人都應受憐憫，他們的多數行動都值得寬恕，包括各式各樣的陰謀詭計、惡作劇、欺騙、虛榮、操縱、錯誤的索取和偽裝。他會用不懷好意的微笑赦免你這些惡行，好像在（用意第緒語）說：咳，有什麼呀。

只有殘酷的行為可以檢驗外公頑皮的耐力。他對這些深惡痛絕。一聽到做壞事，他快樂的藍眼睛便蒙上了一層烏雲。「惡獸？但它是什麼意思？」他會用意第緒語表示，「獸類沒有是惡的。獸類不可能惡。獸類一點也不惡。惡是我們人類的專利。也許我們畢竟在伊甸園裡錯吃了蘋果？也許在伊甸園裡，在生命樹和智慧樹中間，還長著另一棵樹，聖書裡沒有提到的一棵毒樹，邪惡樹。我們偶然間吃的就是那棵樹上的果子嗎？那條邪惡的蛇欺騙了夏娃，向她保證這肯定是智慧樹上的果子，但帶她吃的卻是邪惡樹上的果子。也許要是我們堅守生命樹和智慧樹，從來就不會被逐出伊甸園？」

接著，他的眼睛又恢復到快樂的亮晶晶的藍色，用緩慢溫和的聲音和生動洪亮的意第緒語清晰地解釋沙特數年後的發現：「但是地獄是什麼？天堂又是什麼？當然都是在事物內部。在我們家裡。你可以在每間屋子裡都發現地獄和天堂。在每扇門後。在每條雙人毛毯下。是這樣。一點點邪惡，人與人之間就像在地獄裡一樣。一點點憐憫，一點點慷慨，人與人之間就像在天堂一樣。

「我說的是一點點憐憫和慷慨，但我沒有說愛，我不是相信泛愛的那種人。人人愛人人，這或許該留給耶穌。愛畢竟是另一回事。與慷慨和憐憫截然不同。恰恰相反。愛是對立事物的奇妙混合，是極端自私與完全奉獻的混合。一個悖論！此外，愛，大家一直在談論愛，愛，但是愛並非你所能選擇，你抓住了愛，像患上疾病，你陷入愛，像陷入一場災難。所以我們所選擇的是什麼呢？人類時時刻刻所選擇的是什麼？慷慨，還是邪惡？每個小孩子都對此瞭若指掌，然而邪惡沒有盡頭。對此你將如何解釋？彷彿所有這一切都是我們從那時吃的那顆蘋果裡得來的：我們吃了一顆有毒的蘋果。」

21

羅夫諾城是重要的鐵路樞紐，在盧波米爾斯基王侯家的宮殿和溝壑環繞的公園周圍發展起來。烏斯梯河從南到北縱貫整座城市。在河流與沼澤之間聳立著一座城堡，在俄國執政時期，那裡還有一座美麗的湖泊，天鵝在湖上漂來漂去。城堡、盧波米爾斯基宮以及天主教和東正教的許許多多教堂，構成羅夫諾城市的天際線，其中一座教堂上飾有一對雙子塔。第二次世界大戰前，這座城市容納了約六萬人口，其中猶太人占多數，其他居民有烏克蘭人、波蘭人、俄國人及一些捷克人和德國人，還有數千猶太人居住在附近的村鎮。村莊周圍是一片片果園和菜地、牧場、小麥和黑麥田，麥田有時在微風中抖動，細浪翻騰。火車的轟鳴不時會打破田間的沉寂。偶爾你可以聽見烏克蘭農家女在花園裡歌唱。遠遠聽去，那聲音像在抽泣。

目之所及，是一望無際的平原，平緩的小山不時隆起，與河流池塘相互交錯，濕地森林星星點點。城市裡有三四條「歐式」大街，街上矗立著幾幢新古典風格的辦公樓，還有中產階級居住的一排兩層小樓房，樓房幾乎你靠著我我挨著你，清一色的外觀，帶有鍛鐵陽台。這些商人之家的一樓給一排小商店占據了，但是多數支道都是沒有鋪設的小路，冬天泥濘，夏天揚塵。有些支道上不時鋪著不牢固的木板。你一拐進一條岔路，便會置身於低矮的斯拉夫式房屋，厚牆，屋簷突出，周圍是私人經營的小塊園地，以及無數搖搖欲墜的棚屋，有些棚屋的窗子陷到了地裡，屋頂上雜草叢生。

一九一九年，猶太教育組織塔勒布特在羅夫諾開設一所希伯來語中等學校、一所小學以及幾所幼稚園。我母親和她的姊妹們在塔勒布特學校受教育。在二、三〇年代，羅夫諾出版了希伯來語和意第緒語報紙，十或十二個猶太政黨彼此鬥爭激烈，希伯來文學俱樂部、猶太教、科學和成人教育生機勃勃。二、三〇年代，反猶主義在波蘭越演越烈，猶太復國主義和希伯來教育則變得越來越強大，與此同時（並不矛盾），宗教與世俗分離論和非猶太文化的吸引力越來越大[1]。

每天晚上十點整，夜行快車駛出羅夫諾站，開往茲多伯諾沃、利沃夫、盧布林和華沙。星期天和基督教節日，所有教堂裡的鐘聲鳴響。冬天暗無天日，白雪飄飄，夏日暖雨降落。羅夫諾的電影院為一個名叫布蘭特的德國人所有。有位藥商是捷克人，名叫瑪哈奇克。醫院裡的首席外科醫生賽戈爾博士是猶太人，他的競爭對手諢稱他為瘋人賽戈爾。他在醫院裡有個同事叫約瑟夫・考皮伊卡，是個整形外科醫師，也是個激進的修正派猶太復國主義者。摩西・羅騰伯格和希姆哈－赫茨・瑪亞菲特是城裡的拉比。猶太人經營木材、穀物、磨坊生意，從事紡織、家用物品、金銀加工、皮革、印刷、服裝、食品雜貨、縫紉用品、貿易和銀行業。一些年輕的猶太人在社會良知驅使下，加入無產階級的行列，當印刷工人、學徒、普通勞動者。皮奇尤克家族有家啤酒廠。推斯科爾家族是遠近聞名的工匠。斯特羅奇家族製作肥皂。根德柏格家族承租了森林。斯坦伯格家族擁有火柴廠。一九四一年六月，德國人從兩年前接管羅夫諾的蘇聯軍隊手中將城市拿下。一九四一年十一月七日到八日兩天裡，德國人及其幫兇屠殺了城中兩萬三千名猶太人。倖存下來的五千人後來在一九四二年七月十三日遇害。

我母親有時用平靜的聲音（那聲音在語詞結束後還有些拖延），懷著悠悠懷舊之情，對我敘述她已然離開的羅夫諾。僅用六、七個句子，就能給我繪製出一幅畫面。我一而再、再而三地推遲前去羅夫諾的時間，這樣一來母親送給我的圖畫就不會被替代。

＊

一九二〇年代，羅夫諾市的古怪市長萊比代夫斯基從來沒有子嗣。他住在都賓斯卡街十四號的一座大房子裡，四周有一畝多地，一片花園，一畦家庭菜園和一座果園。和他住在一起的有個單身女僕，還有女僕的小女兒，據傳這個孩子是他的私生女。還有位他的遠房親戚柳波娃·尼吉提奇娜——一個身無分文的俄國貴族，聲稱自己某種程度上也是時下羅曼諾夫家族的遠親。她和她同母異父的兩個女兒住在萊比代夫斯基家裡，兩個女兒分別叫作塔西亞，或安娜斯塔西亞·薩爾季耶夫娜，和尼娜，或者安東尼娜·波萊斯拉沃夫娜。三人擠在一間小房間裡，那實際上是走廊的一頭，用窗簾隔開。這三位女貴族和一件富麗堂皇的十八世紀巨大家具共用這塊小地方，家具是桃木的，上面雕有花紋和裝飾圖案。在家具內部，在它光滑的門後，塞著一件件古玩、銀器、瓷器和水晶製品。她們還有一張寬大的床，上面擺著色彩鮮豔的繡花靠墊，顯然三個人躺在一起。

房子裡有個寬敞的儲藏室，但在儲藏室下面有個大地窖，既作車間用，又充當食品儲藏室、倉庫、酒窖，散發著各種濃烈的氣味，那氣味怪怪的，有點可怕，但也混雜著種種五花八門的迷人氣味：乾果，黃油，香腸，啤酒，穀類食品，蜂蜜，各式果醬，一桶桶泡菜和黃瓜和各種調料，一串串橫穿酒窖掛起來的乾果，裝在口袋和缸裡的豆子，混雜著焦油、煤油、瀝青、煤和木柴的氣味，還散發著輕微的霉味和腐爛味。靠天花板的一個小天窗射進一縷灰塵彌漫的斜光，它沒有驅散黑暗，反而似乎強化了黑暗。我從母親所講的故事中，了解了這個地窖，即便現在，當我提筆寫作

1〔原注〕塔勒布特學校宣傳猶太復國主義思想，是世俗化的學校。

時，閉上眼睛，也能走到那裡，呼吸到那令人頭暈目眩的氣味。

一九二〇年，就在畢蘇斯基[2]元帥的波蘭軍隊攻克了俄國人占領的羅夫諾和整個西烏克蘭地區的前夕，萊比代夫斯基市長失寵，從辦公室被趕了出來。他的繼任是個愚鈍的惡棍和酒鬼，名叫波加爾斯基，是個不折不扣的殘酷的反猶主義者。萊比代夫斯基在都賓斯卡街的房子被我那開磨坊的外公納弗塔里·赫爾茨·穆斯曼低價買下。他帶著妻子伊塔和三個女兒，一同搬了進去。三個女兒是一九一一年出生的大姊哈婭，或叫妮玉斯婭，兩年後出生的利夫卡-菲佳，或范妮婭，以及老來得子，於一九一六年出生的薩拉，或索妮婭。我最近得知房子至今猶存。

都賓斯卡街的名字被波蘭人改成卡札莫瓦（軍營），大街一側林立的是城中較富有居民的宅邸，而另一側則被軍營占據。春天，街道上彌漫著從花園和果園裡飄來的陣陣香氣，有時夾雜著洗滌味或烘烤新鮮麵包、蛋糕、餅乾、餡餅的氣味，還有從住家廚房裡飄來的味道濃濃的菜香。

在那幢有許多房間的寬敞房子裡，穆斯曼一家從萊比代夫斯基那裡「繼承」下來的各種房客繼續住在那裡。爸爸不忍心把她們趕出去。因此，老僕人謝妮亞·德米屈夫娜，或稱謝妮特奇卡，繼續住在廚房後面，和她同住的還有女兒朵拉，她也許是也許不是萊比代夫斯基本人的種，大家都只叫她朵拉，不掛父親的姓。在走廊盡頭，沉重的簾幕背後，仍然稱自己是皇親國戚的一貧如洗的女貴族柳芭，柳波娃·尼吉提奇娜，與女兒塔西亞和尼娜不受任何干擾，繼續留在她們的小領地。三人都非常瘦弱、挺拔、高傲，總是精心打扮，「如同孔雀群」。

在房子正面一間光線充足按月收租的寬敞房間，人稱卡比尼特，住著一位名叫詹·札克傑夫斯基的波蘭軍官。他五十多歲，好吹牛，懶惰，多愁善感，身材結實，有男子氣概，肩膀寬闊，相貌不錯。女孩們叫他「波考夫尼克先生」[3]。每個星期五，伊塔·穆斯曼會派某個女兒端上一盤剛剛出爐的香噴噴罌粟籽蛋糕，她得彬彬有禮地敲開潘尼．波考夫尼克的房門，行屈膝禮，代表全家祝他安息日快樂。軍官會傾身向前，撫摸小女孩的頭髮，有時撫摸她的後背或肩膀，他一律管她們叫吉普賽人，向每個人許下諾言，說要忠實地等待她，等她長大後娶她為妻。

取代萊比代夫斯基的反猶主義市長波加爾斯基，有時會來和退役軍官札克傑夫斯基打牌。他們一起飲酒，抽菸抽得「天昏地暗」。幾個鐘頭過去後，他們的聲音變得沙啞粗嘎，狂笑中夾雜著呻吟和喘息。每當市長來到這裡，女孩們便被遣到後屋，不然就到花園裡，免得聽到教養良好的女孩子不宜聽到的話。僕人不時給男人們端上熱茶、香腸、鯡魚，或一盤水果蜜餞、餅乾和堅果。每次她都會滿懷敬意地轉達住宅女主人的要求，要他們壓低嗓門，因為她患有「劇烈的頭痛」。先生們怎樣對僕人做出回答，我們永遠不得而知，因為僕人「聾如十堵牆」（或者有時稱之為「聾如全能的上帝」）。她會在自己身上畫十字，行屈膝禮，拖著疲憊痛苦的雙腳離開房間。

一個星期天，黎明時分，第一道曙光尚未升起，住宅裡的人們仍然在沉睡中，札克傑夫斯基上校決定試試他的手槍。他先是隔著關閉的窗戶朝花園射擊。碰巧，或是以某種神祕的方式，他在暗中竟然射中一隻鴿子，早晨人們發現鴿子受了傷，但仍然活著。而後，他出於某種原因，近距離朝桌子上的酒瓶射擊，朝自己的大腿射擊，朝吊燈射擊兩次，但沒有打中，然後用最後一粒子彈打碎了自己的腦殼，死去。他是個多愁善感嘮嘮叨叨的人，心地坦誠，經常冷不防放聲歌唱，或放聲哭泣，為自己民族的歷史悲劇傷心，為被鄰居用棍棒打死的可愛小豬傷心，為冬天來臨之際鳴禽的痛

2 約瑟夫．畢蘇斯基（Józef Klemens Pilsudski, 1867-1935），波蘭軍事獨裁者，政治家，曾任波蘭元首。

3 波考夫尼克（polkovnik）是波蘭語「上校」之意。

苦命運傷心，為釘上十字架的耶穌所遭受的苦難傷心，他甚至為遭受五十代迫害、依然沒有看到光明的猶太人非常非常傷心，他為自己莫名其妙逝去的人生傷心，不顧一切地為某個女孩瓦西麗莎傷心，許多年前，他曾允許她離開了自己，為此他永遠也不會停止咒罵自己的愚蠢，咒罵空虛而無價值的人生：「我的上帝，我的上帝，」他經常用波蘭人的拉丁語慷慨陳辭，「你為何將我拋棄？你為何將我們大家拋棄？」

那天早晨，他們把三個女孩從後門帶出了屋子，穿過果園和馬廄的門，女孩子們回來時，前堂屋子已經空空蕩蕩，收拾得又乾淨又整潔，並通了風，軍官的所有物品被打包塞進袋子裡運走了，只有酒味從打碎的瓶子裡散發出來，哈婭姨媽記得，那酒味一連幾天滯留不去。

一次，那個要成為我媽媽的女孩找到藏在衣櫃縫裡的一張紙條，紙條出自一位女性之手，上面寫著相當簡單的波蘭語，寫給她的小幼童軍寶貝，說她有生以來從沒碰到過比他更好更慷慨的男人，她不配親吻他的腳掌。小范妮婭注意到有兩處波蘭語拼寫錯誤。紙條用大寫字母「N」簽名，作者在字母上畫著兩片飽滿的嘴唇，意為親吻。「沒有人，」母親說，「能了解別人的事情，連近旁的鄰居也不了解，甚至連你的伴侶也不了解。也不了解你的父母和孩子。一點都不了解。甚至連自己也不了解。什麼都不了解。要是我們有時有那麼一刻想像自己了解些什麼，這種情形甚至更為糟糕，因為在渾然不知中生活比在錯誤之中生活要好。然而，實際上，誰又知道呢？轉念一想，或許在錯誤中生活比在黑暗中生活要容易得多。」

*

索妮婭姨媽住在台拉維夫維斯里街，那是一間沉悶、陰鬱、乾淨、整潔的兩房公寓，家具過多，窗子一直緊閉（外面潮濕悶熱的九月天特徵越來越濃），她從那裡帶我去遊覽羅夫諾西北沃爾亞區的大宅院。卡札莫瓦街，即以前的都賓斯卡街，與羅夫諾主街相交，這條街以前叫作紹塞伊納，波蘭人來了之後更名為捷克傑戈瑪雅，「五三大街」，以紀念波蘭的國慶日。

索妮婭姨媽向我做了精確而詳盡的描述：你從路上往屋內走，先要穿過前面的小花園，花園名叫帕里薩得尼克，裡面長著整整齊齊的茉莉花叢。（「我仍然記得左邊一株極小的灌木，散發出濃烈刺鼻的氣息，因此我們稱它在『熱戀』……」）有花名叫瑪格麗特基，現在叫作雛菊。有玫瑰花叢，羅絲奇基。我們經常把玫瑰花瓣做成某種康菲圖拉，那是種又香又甜的果醬，你會想像它會趁人不備自己舔舐自己。玫瑰生長在小石頭和磚頭圈起來的兩個圓形苗圃裡，刷白的石頭或磚塊呈對角排列，於是看上去像相互偎依的一排白天鵝。

花叢後面，有一條綠色長椅，從長椅邊上左拐，便是主要入口，有四、五級台階，棕色大門上點綴著各種裝飾和雕刻，遺留下萊比代夫斯基市長的巴洛克品味。進了大門，便是擺放著桃木家具的大廳，高大的窗子上拉著落地窗簾。右邊第一個門內住著波考夫尼克・潘尼・詹・札克傑夫斯基。他的男僕是個農家孩子，寬大通紅的甜菜般臉龐長滿了粉刺，你要是有不雅之念也會長，男僕夜晚鋪個墊子睡在他門前，早晨再把墊子搬走。當這位男僕看我們這些女孩子時，眼神會突然熄滅，彷彿就要被餓死。我不是說沒吃麵包挨餓，實際上我們一直從廚房裡給他拿麵包去，要多少給多少。那個波考夫尼克經常無情地毒打他的男僕，而後又悔恨交加，給他零用錢。

你可以從房子右翼進去——有條紅石鋪砌的路，冬天非常滑。沿路長有六棵大樹，俄語裡稱之為賽林，我不知道希伯來語怎麼說，也許現在樹已經不在了。這些樹有時開一簇簇紫花，散發出醉人的芳香，我們有時故意停在那裡，深深吮吸其芬芳，直至有時覺得頭都暈了。我們眼前能夠看到各式各樣的亮點，五顏六色，叫不上名字。總之，我認為顏色與氣味遠遠多於語詞。這條路過去是六級台階，拾級而上是一條開闊的小遊廊，遊廊裡有條長椅……我們稱之為愛的長椅，因為有些不大雅觀的事他們不想讓我們知道，但我們知道它與僕人有關。僕人入口與這條遊廊連在一起，我們叫它朝爾尼克胡得，意思是黑門。

要是你不從前門或朝爾尼克胡得走進住宅，你可以順著屋旁的小徑走進花園。花園特別大，至少有從維斯里街到迪贊高夫街那麼大。甚至到本耶胡達街。在花園中間有條大路，路的一邊有許多果樹，各式各樣的李子樹和兩棵櫻桃樹鮮花盛開，像婚禮禮服，它們的果實用於製作烈酒和飲料。另一邊則有更多果樹，鮮美多汁的桃子，還有我們稱之為「舉世無雙」的蘋果，以及翠綠的小梨，男孩子對它的稱呼令我們女孩子用手緊緊捂住耳朵，免得聽見。用來做果醬的長李子，果樹中還爬滿紫莓的莖稈，黑莓和黑醋栗矮叢。我們有專門冬天吃的蘋果，我們把蘋果埋在閣樓上的草裡，慢慢熟透，以備冬天食用。他們經常也把梨放在那裡，包在草裡，在那裡多睡上幾個星期，只有在冬天醒來，透過這種方式，我們冬天能吃上好的水果，而其他人只有馬鈴薯吃，有時甚至連馬鈴薯也吃不上。爸爸常說財富是種罪惡，貧窮是種懲罰，但是上帝顯然不願意把罪與罰聯繫在一起。一個人犯罪，另一個人遭受懲罰。世界就是這樣組成的。

我爸爸——你的外公，近乎是個共產主義者。他總是習慣把他父親埃弗萊姆扔在那裡，讓他獨自一人在磨坊辦公室的桌旁鋪上潔白的餐巾用刀叉吃飯，而他一向和工人們一起坐在燒木柴的火爐旁，和他們一起用手抓著吃黑麥麵包、醃鯡魚、一片洋蔥蘸鹽和帶皮馬鈴薯。他們習慣在地上鋪張報紙，坐在那裡吃，他們大口大口吞下伏特加酒。每次過節的前一天，父親都會給每個工人一袋麵粉、一瓶酒和幾個盧比。他常常指著磨坊說——咳，這些都不是我的，是我們大家的。你的外公，就像席勒筆下的威廉．泰爾，那位社會的總統，和最普通的士兵同飲一杯酒。

一定是這個原因，當一九一九年共產黨來到城裡，馬上就把所有的資本家和工廠主人當作罪犯，爸爸的工人們打開發動機的蓋子，我不記得它叫什麼名字了，就是給輪子動力碾碎穀物的主要發動機，他們把他藏在裡面，把他鎖了進去，然後向紅色領導人派了一個代表團，對他說，請好好聽我們說，長官先生，我們的戈爾茨．耶弗里莫維奇．穆斯曼，你可不許碰啊，甚至連腦袋上的一根頭髮都不許碰！赫爾茨．穆斯曼，是我們的爹。

羅夫諾的蘇維埃政權確實讓你的外公當磨坊老闆，他們沒有為難他，相反，他們來找他，對他說了這樣的話：親愛的穆斯曼同志，請聽我說，從現在開始，要是有人幹活偷懶，或是蓄意破壞，你只管把他送到我們這裡，我們立刻讓他靠牆斃了。你外祖父做的肯定截然相反，他機智靈活地從工人政府手中保護工人，同時為我們地區的紅軍供應全部麵粉。

有一次發生了這樣的事，蘇維埃長官顯然徵集了大量完全發霉的穀物，他驚恐萬狀，因為這足以讓上級立即把他推到牆邊：這是怎麼回事，你怎麼不檢查就把貨收下？那麼長官該怎麼辦才可以自保？深夜，他命令把所有的貨物卸在爸爸的磨坊附近，命令他們凌晨五點之前磨成麵粉。

爸爸和工人們在黑暗中甚至沒有注意到穀子已經發霉，便開始趕工，整整忙了一夜，天亮時分，他們磨成了臭烘烘長了蛆的麵粉。爸爸立刻明白他現在要對麵粉負責了。他可以選擇承擔責任，也可以選擇在沒有任何證據的情況下，指控送來爛穀物的蘇維埃長官——每種抉擇都是在玩火。

他還有什麼辦法？難道要把所有的罪責都歸咎於他的工人？於是，他只能把所有發霉生蛆的麵粉扔掉，從自己的糧倉裡搬出品質上乘的一百五十袋麵粉，不是軍用麵粉，而是用於烘烤麵包和哈拉[4]的白麵粉，第二天早晨，他一聲不吭，就把這些麵粉送給了長官。長官也一聲不吭，縱然在他內心深處，或許因把一切歸咎於你外祖父而感到幾分愧疚。可是他現在能怎樣呢？畢竟，列寧和史達林從來也不接受任何人的解釋或致歉，他們只會把他們送到牆邊槍斃。

當然長官明白爸爸給他的絕對不是他那些臭爛穀物，因此爸爸犧牲自己保全了他們兩人，也保全了他的工人。

故事還未就此了結。爸爸有個弟弟，米克海爾，米海爾，他有幸聾如上帝。我說他有幸，是因為米海爾叔叔有個惡妻拉克希爾，非常邋遢，習於用粗魯沙啞的嗓子整日整夜地衝他叫罵，可他什麼也聽不見，他默默地冷靜生活，就像天上的月亮。

那些年米克海爾在爸爸的磨坊前來回晃蕩，什麼事也不做，和埃弗萊姆爺爺一起在辦公室喝茶，由於這個原因，爸爸每月支付他一份還算說得過去的薪水。發霉麵粉風波過去幾個星期後，一天，蘇維埃突然把米克海爾帶走，徵募他去當紅軍。但是當天夜裡，米克海爾忽然在夢中見到了自己的母親哈婭，她在夢裡對他說，快點，我的孩子，快點逃吧，因為明天他們計畫將你殺害。於是他早早起來，逃離了軍營，彷彿軍營裡著了火。但是紅軍很快將這個逃兵抓住，對他進行軍法審判，命令他站到牆角。正像母親在夢中所警示的那樣，只是她在夢中忘記告訴他絕對不該逃跑當逃兵。

爸爸去到廣場，與弟弟訣別，在廣場中央，士兵們已經把子彈推上膛——突然間，製造發霉麵粉的長官對著將被行刑之人叫喊：告訴我，你是戈爾茨．耶弗里莫維奇的弟弟嗎？埃弗萊姆之子赫爾茨的弟弟？米克海爾回答說：是啊，將軍同志！長官轉身朝爸爸問：他是你的兄弟吧？爸爸也說，是啊，是啊，將軍同志！他是我弟弟！千真萬確是我的弟弟！於是將軍轉身對叔叔說：咳，回家去吧！你沒事了！他湊近爸爸，其他人聽不見他在說什麼，他悄悄地對他說：「咳，沒什麼，戈爾茨．耶弗里莫維奇，你認為你是唯一知道怎樣把糞土變為純金的人嗎？」

*

你外祖父打從心底是個共產主義者，但是他不是個紅色布爾什維克。他總是把史達林視為另一個「恐怖伊凡」[5]。他本人，我怎麼說呢，是某種主張和平的共產主義者，一個平民派，一個托爾斯泰式的共產主義者，反對流血。他非常懼怕滲透在人們靈魂深處，滲透在各種身分的人中的邪惡。他總是慣於對我們說，有朝一日，應該有個適用於世上所有正派之人的大眾化體制，但首先有必要消滅所有的國家、軍隊和祕密警察，只有在這之後才有可能逐漸創造貧富平等，從一些人那裡收稅，交給另一些人，不過不是一日之功，因為那樣做會釀成流血事件，而是要緩慢漸進。他經常說：滑坡，走下坡路，即便是要經歷七、八代，要富人們幾乎沒有意識到就慢慢地不再富有了。在他看來，主要就是得開始讓世界終究會相信非正義和剝削是人類疾患，正義是唯一良藥。真的，苦口良藥，他經常對我們說，險藥，藥勁很大，你得一點一點地吃，直至身體開始習慣。任何想一口吞下它的人只會導致災難，流出一條條血河。就看看列寧和史達林對俄國和整個世界所做的一切！的確華爾街是吸血鬼，吸吮了世界的鮮血，但是你永遠也不能透過流血消滅吸血鬼，相反，那只會

4 指安息日吃的麵包。

5 指伊凡四世（Ivan IV Vasilyevich, 1530-1584），原莫斯科大公，後自封為沙皇，建立俄羅斯帝國。性格猜忌多疑，即位後以殘暴血腥手段確立專制極權統治，對外亦不斷擴張，帶領俄羅斯成為強國，唯因其恐怖統治手段，人稱之為「恐怖伊凡」。

使之更強壯，用越來越多的鮮血來餵養它！

你外公認為，蘇聯領袖的不幸在於，他們試圖按照偉大思想家的書來一舉整頓整個生活。他們可能非常熟悉一座座圖書館，但是他們對生活一無所知，既不了解惡意，也不了解嫉妒、羨慕、邪惡、幸災樂禍！從來就不可能，不可能按照一本書來整頓人生。我們的猶太法典不可能，拿撒勒的耶穌不可能，馬克思的《宣言》也不可能！爸爸總是對我們說，最好少一點組織和整肅，多一點互相幫助，或者也多一點寬容。你外公堅信兩件事：憐憫與正義。但是他認為你總是要在兩者之間建立聯繫：沒有憐憫的正義不是正義，只是一個屠宰場；另一方面，沒有正義的憐憫或許對耶穌適合，但是不適合吃惡蘋果的普通人。這是他的觀點：少一點整肅，多一點同情。

*

在黑門朝爾尼克胡得的對面，長有一棵漂亮的、樣子有點像李爾王、器宇軒昂的栗樹。爸爸在栗樹下為我們姊妹三人放了一條長椅——我們稱之為「姊妹椅」。風和日麗的日子，我們經常坐在那裡想入非非，夢想著長大以後的情形。我們當中誰可以當工程師、詩人，或者是像居里夫人那樣的著名發明家。我們所幻想的就是這些。我們沒有像同齡女孩那樣夢想自己嫁給一位有名有錢的丈夫，因為我們生於富裕人家，對和甚至比我們更富的人結婚一點也不感興趣。

要是我們談論墜入愛河，那麼不是愛戀某位貴族或者著名演員，而只是愛戀某位具有高尚情感的人，比如說某位偉大的藝術家，即便他身無分文也沒有關係。那時我們懂什麼呀！我們怎能知道偉大的藝術家是怎樣地無賴和野蠻？（並非所有的藝術家——絕對不是所有的藝術家！）只有今天，我才真正感到，高尚情感，以及諸如此類的東西並非生活中的主要成分。絕對不是。感情不過是麥子收割後田野裡的一把火：它燃燒了一會兒，剩下的只有灰燼。你知道主要成分是什麼——一個女人應該在她的男人身上追尋什麼？她應該追尋一種品德，這品德一點也不激動人心，但是比金子還要珍奇：那就是正派，或許還有善良。而今，你應該知道這點，我認為正派比善良更為重要。正派是麵包，善良是奶油，或者蜂蜜。

在公路之間的果園裡面，有兩條長椅相對而立，每當思考中的你，在鳥聲鳴囀或微風在枝頭竊竊私語的寂靜中感到孤獨時，那倒是個好去處。

再走過去，在田野邊上，有個我們稱之為奧菲茨納的小樓房，在第一個房間裡，有個洗衣房用的黑色鍋爐。我們扮演邪惡巫婆芭芭亞嘎的囚犯，芭芭亞嘎把小姑娘放到鍋爐裡烹煮。接著有個園丁居住的小後屋。在奧菲茨納後面有個馬廄，停著爸爸的四輪馬車，還住著一匹高大的棕紅馬。在馬廄旁邊，放著帶有鐵滑板的雪橇，車夫菲力浦和他兒子安東在冰雪封凍的日子用雪橇拉著我們去理髮店。有時海米會和我們一起去——他是非常富有的魯哈和阿里．萊夫．皮奇尤克之子。皮奇尤克開了家啤酒廠，給整個地區供應啤酒和酵母。啤酒廠很大，由海米的爺爺赫爾茨．梅厄．皮奇尤克經營。來訪羅夫諾的著名人士總是和皮奇尤克待在一起——比阿里克、亞波亭斯基、車爾尼霍夫斯基。我想那個男孩海米是你母親的初戀。范妮婭可能已經十三歲，不然就是十五歲了，她總想和海米一起乘坐馬車或雪橇，但帶上我，我總是故意插到他們中間。我那時有九到十歲，我不讓他們單獨待在一起，我是個小傻丫頭。那時他們就這麼稱呼我。每當我想惹惱范妮婭時，就當著大家的面，叫她海慕奇卡，來自海米的名字——尼海米亞。海米．皮奇尤克到巴黎讀書，他們在那裡殺了他。是德國人幹的。

爸爸，你的外公，喜歡車夫菲力浦，他也非常喜歡馬，他甚至喜歡前來給馬車上油的鐵匠，但是他確實痛恨乘馬車，痛恨身穿鑲狐皮領的皮大衣，像個鄉紳，坐在他那位烏克蘭車夫身後。他寧願走路。不知怎麼，他不喜歡做有錢人。在他的馬車裡，或在他的安樂椅裡，為餐點和水晶吊燈所包圍，他覺得有點像個喜劇演員。

許多年過去，當他失去了所有財產，當他幾乎赤手空拳來到以色列，他其實並不覺得特別可怕。相反，他感到一身輕。他並不在乎身穿一件灰色背心，背上背著一袋三十公斤的麵粉，在烈日下汗流浹背。只有媽媽痛苦萬分，她咒罵他，朝他大喊大叫，恣意侮辱他，為什麼他會一落千丈？安樂椅哪裡去了，水晶飾品和吊燈哪裡去了？她這把年紀怎麼就該活得像個農民，像個農婦，沒個廚子，也沒個理髮師或女裁縫？他什麼時候能夠重新振作起來，在海法建個新型的麵粉廠，使我們可以恢復失去的地位？媽媽就像故事裡講的漁夫的妻子。但是我寬恕她所做的一切。願上帝也寬恕她。有許多事情需要寬容！願上帝也寬容我這樣來談論她，願她安息。願她安息，別像她對待父親那樣從未給過他片刻安寧。他們在這個國家住了四十年，她每天從早到晚什麼也不做，只是破壞他的生活。他們在莫茲金區後面長滿薊草的田野裡找了間搖搖欲墜的棚屋，沒有水，沒有廁所，屋頂只鋪了層焦油紙……你記得爸爸媽媽的棚屋嗎？記得。唯一的水管在屋外薊草中間，水中淨是鐵鏽，廁所就是在地上挖一個坑，爸爸用木板把它臨時遮住。

也許，媽媽讓他生活得痛苦，並不全是媽媽的過錯。畢竟，她在那裡過得實在是不開心。絕對不開心！她總之是個不開心的女人。她生來就不開心。就連吊燈和水晶也無法使她開心。但是她這種不開心的人把別人也弄得非常痛苦，這就是你外公的不幸了。

他一來到以色列，就在海法找到了工作，是在一家麵包房。他習慣趕著馬車到海法海邊溜達。他們見他了解一些關於穀物、麵粉和麵包的知識，就沒有讓他做磨麵或烘烤的夥計，而是讓他用自己的馬和車運送麵粉袋和麵包。在這之後，他在伏爾甘鑄鐵廠工作多年，為建築工地運送各式各樣圓的長的鐵塊。

有時他習慣用車拉著你，在海法港灣旁行走。你還記得嗎？記得？等到上了年紀，你外公為了生計運送搭鷹架用的長木板，或者從海邊把沙子運送到新的建築工地。

我仍然能夠記得，你坐在他身邊，一個瘦骨嶙峋的孩子，像橡皮筋那樣綳得緊緊的。爸爸常常讓你拿著馬韁繩。我眼前依舊能夠清晰地浮現那幅畫面：你是個白白淨淨的孩子，蒼白得像張紙，你外公總是讓太陽曬得黝黑黝黑的，他是個壯漢，即使他七十歲，仍然身體健壯，像個印第安人一樣黝黑，某種印第安人王子，一個土邦主，湛藍的眼睛裡閃爍著笑意。你身穿小白背心坐在木板上，那是趕車人坐的位子，他身穿工人的灰背心，汗流浹背地坐在你身邊。他確實開心，滿足現狀，他喜歡陽光，喜歡體力勞動。他尤其喜歡當個車夫，他一直擁有無產者意識，在海法再次成為無產者讓他感到愜意，就像在他人生旅程的起點，在他仍然只是維爾克霍夫莊園的一個木匠時那樣。也許他喜歡過馬車夫的生活甚於在羅夫諾做富有的磨坊主和有產者。你是個如此認真的小孩，一個不能忍受陽光炙烤的小孩，太認真了，直挺挺地坐在他旁邊車把式的位置上，為馬韁繩憂心忡忡，忍受著飛蠅和熱浪，害怕讓馬尾巴掃著。可是你表現得很勇敢，沒有抱怨。這一切仍然歷歷在目，彷彿近在今天。灰色大背心和小白背心。我那時心中思忖，你將來肯定會更像克勞斯納，而不像穆斯曼。時至今日，我已經不再這麼肯定了。

22

我記得我們總是爭論，與我們的女性朋友爭論，與男孩子爭論，在家裡也彼此爭論，探討諸如什麼是正義，什麼是命運，什麼是美，什麼是上帝。當然我們也爭論巴勒斯坦問題，同化問題，政黨問題，文學問題，社會主義問題，或是猶太人的不幸。哈婭和范妮婭和她們的朋友特別好爭論。我爭論得少一些，因為我是小妹妹，她們總是對我說：妳只管聽著。哈婭是猶太復國主義青年運動中一位重要人物。你母親是青年衛士的一員，三年後我也加入青年衛士的行列。在你們家，克勞斯納一家裡，最好隻字不提青年衛士。那對他們來說太左傾了。克勞斯納一家甚至不願意聽到「青年衛士」這名字，因為他們非常非常害怕你會從中接受些星星點點的紅色思想。

有一次，可能是在冬天，在過哈努卡節時，我們就遺傳與自由意志問題有過一次大爭論，斷斷續續了幾個星期。我記得清清楚楚，恍如昨日，你母親如何突然迸出這個奇怪的句子，說要是你打開人的腦袋取出大腦，立即就會發現我們的腦子只是花椰菜形的東西。就連蕭邦或莎士比亞，他們的頭腦也只是花椰菜。

我已經想不起來范妮婭是在什麼樣的語境裡說這樣的話，但是我記得我們止不住放聲大笑，我還笑出了眼淚，但是她連笑也沒笑。范妮婭有這種習慣，極其熱切地說出令人捧腹大笑的事情，她知道她們會笑，而她卻不笑。范妮婭只有在適合自己的時候才笑，不和別人一起笑，只有在人們覺得談話無任何可笑之處的情況下——你媽媽才會突然爆出大笑。

不過是花椰菜形的東西，她說著，還用雙手向我們比畫花椰菜的大小，真是個奇蹟，她說——

就是這個花椰菜，能夠讓你上天入地，進入到太陽與所有的星辰之中，進入到柏拉圖理念，貝多芬音樂，法國革命，托爾斯泰小說，但丁的《地獄篇》，所有的沙漠和海洋，那裡有恐龍和鯨魚的領地，一切都可以進入到那個花椰菜，人類所有的希望、渴求、錯誤和幻想，所有的事物都可以在那裡占有一席之地，就連那個長在巴什卡．杜拉什卡下巴上帶黑毛的圓鼓鼓的疣也是。當范妮婭在談及柏拉圖和貝多芬中間引進巴什卡那令人作嘔的疣時，我們再次放聲大笑，除了你媽媽，她只是驚愕地看著我們，彷彿可笑的不是花椰菜，而是我們自己。

後來范妮婭從布拉格寫了一封富有哲學含義的信給我。我那時大概有十六歲，而她則是個十九歲的學生了，她的來信對我來說有點高深，因為我一向被認為是個小傻丫頭，但我依舊清楚地記得，那封長信詳盡地探討了遺傳與環境、自由意志的對立問題。

現在我試著告訴你她是怎麼說的，可當然是用我自己的話，不是范妮婭的原話，我認識的人中很少人具有范妮婭那樣的表達能力。范妮婭基本上就是這麼寫的：遺傳，以及養育我們的環境，還有我們的社會階層……這些就像玩遊戲前隨意分給人的紙牌，在這方面沒有任何自由——世界給予，你只是拿取給予你的東西，沒有機會選擇。但是，她從布拉格給我寫道，問題是大家都在處理分給他的牌。有些人技高一籌打出分給他的一手壞牌，另一些人則截然相反，他們浪費一切，失去一切，即使拿著一手好牌。這就是我們所說的自由的意義：如何用分給我們的牌自由出手。但是，就連出牌好壞時的自由，她寫道，也相當諷刺地要依靠個人的運氣，依靠耐心、智慧、直覺和冒險。在沒有其他辦法時，這些當然也只是遊戲開始前分或沒分給我們的紙牌。倘若如此，我們最後還有多少選擇的自由呢？

並不多，你媽媽寫道，在沒有其他辦法之際，或許留給我們的只有自由地隨意大笑或悲嘆，參加遊戲或棄之而去，多多少少試圖理解有什麼沒有什麼，或放棄，不去理解……簡而言之，是清醒地度過這樣的人生，還是麻木不仁地度過這樣的人生，要在這兩者之間做出抉擇。你媽媽范妮婭大致說的就是這些，但這是用我的話表達出來的。不是用她的話。我無法用她的話表達。

*

現在我們正在談論命運與選擇的自由，既然我們說到了牌，我還有個故事要講給你聽。菲力浦，穆斯曼家的烏克蘭車夫，有個皮膚黝黑相貌英俊的兒子叫安東，烏溜溜的眼睛像黑鑽石一樣熠熠生輝，嘴角微微下撇，彷彿流露出蔑視與力量，肩膀寬闊，聲音低沉，像頭公牛，安東吼叫時，多屜櫃上的眼鏡叮噹作響。每次上街從女孩子身邊經過，安東會故意放慢腳步，女孩子便無意間加快了步伐，呼吸也變得有些急促了。我記得我們經常互開玩笑，我們姊妹和女朋友，是誰為了安東稍稍整理了自己的襯衫？是誰為了安東頭上戴花？是誰為了安東穿上百褶裙和雪白短襪去到大街上溜達？

在都賓斯卡街，與我們比鄰的是工程師斯泰萊斯基，拉芙佐娃公主的侄子，你外公十二歲便被送去和他一起工作。正是這個可憐的工程師建起了磨坊，爸爸開始為他幹活，最終買下他的全部產權。一天，他的妻子伊拉——伊里娜．馬特維耶夫娜——起身離開了他和兩個孩子。她只是拎著一只藍色的小皮箱直接私奔到對面的棚屋，那棚屋是車夫菲力浦的兒子安東在我們前花園外的建築群邊上為自己建造的，實際上是在乳牛吃草的野地裡。她逃離自己的丈夫，確實事出有因——他可能有幾分天才，但他是個醉醺醺的天才，有時他打牌時把她輸掉，也就是他把她交出去一夜，抵掉賭債，你明白我說的是什麼意思嗎？

我記得就這件事情問過我母親，她臉色慘白，對我說，索妮耶奇卡！妳真不害臊！別說了，聽見了沒有？從現在開始不要想這樣令人不快的事情，開始想一想美好的事情！因為，索妮耶奇卡，大家都知道，即便一個女孩子只在心裡想想那樣的事，就會渾身上下長毛，開始像男人一樣聲音醜陋深沉，這之後就沒有人願意娶她。

那些年我們就是在這樣的教育中長大。那麼實情呢？我本人一點也不願意想這種事，想一個女人不得不在深夜被某個醉醺醺的傢伙帶到一個骯髒的棚屋充當獎品，想被丈夫輸掉的許許多多女人的命運。因為還有其他輸掉女人的方式，不只是在打牌的時候！但是思想與電視不同，你看電視時如果看到不愉快的東西，只要按一下按鈕，逃到另一個節目，而令人不快的思想就像花椰菜裡的蟲卵！

*

索妮婭姨媽記得伊拉．斯泰萊斯基是個體弱嬌小的女人，長著一張甜甜的臉蛋，隨時帶著些微驚訝的神情。「那模樣就好像剛剛聽說列寧正在外面的院子裡等候她。」

她在安東的棚屋裡住了幾個月，也許有半年，她的工程師丈夫禁止孩子們去她那裡，甚至她和孩子打招呼時也不許回答，但是他們每天可以從遠處看見她，她也可以看見他們。她丈夫斯泰萊斯基也一直可以從遠處看見她在安東的棚屋。安東喜歡把伊拉從地上提起來，雖然生了兩個孩子，她仍然擁有十六歲少女般苗條優美的身材，他喜歡把她像隻小狗那樣托在手上，一圈一圈地掄她旋轉，把她拋出去而後抓住，單腿跳，單腿跳，再來一個，伊拉常常害怕得尖叫，用小拳頭連連捶打他，幾乎都算不上給他撓癢。安東像公牛一樣強壯，要是咱家馬車上的轅桿彎了，他可以赤手空拳把它扳直。真是一場沒有語詞的活生生的悲劇。伊拉．斯泰萊斯基每天可以看見對面的家，孩子和丈夫，他們每天也能從遠處看見她。

有一次這個不幸的女人喝了過量的酒，她從一大早就開始喝了，唉，她又一次藏在家門後面，等候著小女兒吉拉放學回家。

我碰巧路過那裡，就近看到吉魯奇卡不願意讓母親抱，因為她父親不准她們之間有任何接觸。孩子害怕父親，她甚至不敢向母親說一句話，她推她，踢她，大喊救命，直到凱西米爾——工程師斯泰萊斯基的男僕，聽到她的呼喊聲來到台階上。他立刻開始向伊拉揮動雙手，就是這個樣子，像趕雞群那樣發出噓噓的聲音。我永遠也不會忘記伊拉．斯泰萊斯基怎樣哭著離去，她不像一位女士那樣默默地哭，不，她哭得像個女僕，哭得像個農民，發出可怕野蠻的嚎叫，像狗崽被人搶走並當著她的面殺死的母狗。

在托爾斯泰筆下有類似的東西，你肯定記得。在《安娜．卡列尼娜》中，一次安娜悄悄走進家裡，而卡列寧此時正坐在辦公室，她想辦法溜進一度屬於她的家，甚至想辦法看看兒子，但是僕人們把她趕走了。只是托爾斯泰的描寫不如我看到的那幕場景殘酷，當伊里娜．馬特維耶夫娜從僕人凱西米爾那裡跑開時，經過我身邊，和坐在這裡的你離我一樣近——我們畢竟是鄰居——可她沒有和我打招呼，我聽見她時斷時續的哭號，嗅到她的呼吸，我從她的臉上看出，她已經神志不清了。從她的神態，她哭叫的樣子，她走路的姿勢，我能夠清清楚楚地看到某種死亡跡象。

過了幾個星期或幾個月，安東把她扔了出來，或更確切地說，安東自己去了別的村子。伊里娜回到家裡，她向丈夫下跪，顯然工程師斯泰萊斯基可憐她，重新收留了她，但過沒多久，他們把她送到醫院，最後幾個男護士來把她的眼睛和胳膊用繃帶縛住，強行送進考維爾的一家精神病院。我能夠想見她的眼睛，就連現在我對你講話時，都可以看見她的眼睛，真是奇怪，八十年過去了，大屠殺都發生了，這裡也發生了所有的戰爭，發生了我們自己的悲劇和疾病，除我之外，大家都死了，即便如此，她的眼睛仍然像一對尖利的織針刺穿著我的心房。

伊拉一次次回到斯泰萊斯基的家，她已經平靜下來，能照顧孩子，甚至在花園裡栽種玫瑰，餵鳥，餵貓，但有一天她再次逃跑，跑到森林裡，他們把她捉回後幾天，她拿了一罐汽油，去了安東在牧場裡為自己蓋的那間棚屋。棚屋頂鋪著焦油紙，安東很長時間不住在那裡了，她點燃一根火柴，把棚屋，連同他的破衣爛衫以及她本人一起化為灰燼。在冬天，白雪覆蓋了一切，燒毀的棚屋裡那黑漆漆的房梁鑽出白雪，像沾滿煤灰的手指指向白雲和森林。

過了一段時間，斯泰萊斯基工程師精神失常，做了件不折不扣的大蠢事：他再婚，失去了所有的金錢，最後竟然把磨坊股份賣給了爸爸。你外公在這之前已經設法買下了拉芙佐娃公主的股份。試想他最初在她家裡當學徒，只是個農奴，一個失去生母又被繼母趕出家門的男孩，年僅十二歲半。

現在，你自己瞧瞧命運為我們勾勒出多麼奇怪的圓周，你失去母親時不也恰恰是十二歲半嗎？正像你的外公。儘管他們沒有把你租給某個半瘋癲的地主，但你被送到了基布茲。別認為我不知道對於一個沒出生在基布茲的孩子來說來基布茲意味著什麼，那裡不是天堂。你外公在十五歲那年已經真正為拉芙佐娃公主掌管磨坊了，而你在同一年齡裡寫詩。幾年後整個磨坊歸爸爸所有，而他在心底一直鄙視財富。他不光鄙夷財富，也為財富感到窒息。我父親，你外公，執著，有眼光，慷慨，甚至有一種獨特的人生智慧。他只缺少運氣。

23

在花園四周我們有尖樁籬柵，每年春天都要粉刷成白色。樹木的根部每年也要刷白以防蟲。籬柵有一個小門可以走出去，走到廣場。每個星期一吉普賽女人會來。她們經常把上了油彩、軸轆巨大的大篷車停在那裡，靠廣場一邊支起油布帳篷。漂亮的吉普賽女人赤著腳挨家挨戶走，她們到廚房用紙牌算命，清潔廁所，唱歌，為的是掙得幾個戈比，也會趁你不注意，小偷小摸。她們從僕人入口朝爾尼克胡得，我跟你說過，是在住宅側邊，來到我們家。

後門直直通向我們的廚房，廚房很大，比這間房子都大，廚房中央有張桌子和十六把椅子。有個大廚灶帶有十二個大小不一的爐架，安有黃門的碗櫥，以及大量的瓷器和水晶器皿。我記得我們有個長長的大盤子，你可以把一整條魚包上葉子放在上面，周圍再擺放米飯和胡蘿蔔。那只盤子怎麼樣了？天曉得！它也許正在裝飾著某位肥胖農民的餐具櫃。角落裡有個看台，旁邊放有帶軟墊的安樂椅和一張小桌子，那裡總放有一杯香甜的水果茶。這是媽媽——你外祖母——的寶座，她會坐在那裡，有時會手扶椅背站在那裡，像站在船頭的船長，向廚子、女傭以及走進廚房裡的任何人發號施令。她的小看台安排得不僅能夠鳥瞰廚房，還可以對左邊一目了然，透過房門看到走廊，進而可以觀察到通往所有房間的門，右邊也可以透過小窗口看到側面的餐廳和女傭的房間，謝妮亞和她漂亮的女兒朵拉就住在女傭的房間。用這種方法，她可以從她的有利地勢，我們都管那裡叫作拿破崙山，來指揮她的整個戰場。

有時，媽媽站在那裡把雞蛋打進一個小盆裡，讓哈婭、范妮婭和我吞下生蛋黃，數量多到令我們生厭，因為那時有這樣一種理論，說蛋黃可以預防百病。也許是正確的。誰知道呢？實際上我們都很少生病。那時候沒人聽說過膽固醇。讓范妮婭，你媽媽，吞下的蛋黃最多，因為她一直是最弱最蒼白的孩子。

在我們三姊妹中，你媽媽受我們母親的氣最多。我們的母親是個說話尖聲刺耳、有點軍事化的女性，就像個軍士。她從早到晚不住地啜飲她的水果茶，下達指示與命令。她有些吝嗇的習慣令爸爸大為光火，她確實過於吝嗇，但多數情況下爸爸只是提防她，不和她計較，這讓我們很生氣，因為我們和他同一陣線，而且他是正確的。媽媽經常用滿是灰塵的布單把安樂椅和精製家具蓋住，這樣一來，我們的客廳彷彿總是幽靈密布。媽媽連一丁點兒灰塵都非常害怕。她做過這樣的噩夢：孩子們穿著髒兮兮的鞋子進來，走在她漂亮的椅子上。

媽媽把瓷器和水晶器皿藏起來，只有當我們邀請重要的客人或過新年、過逾越節時，才全部拿出來，撤去客廳裡塵封的布單。我們對此也深惡痛絕。你媽媽尤其痛恨虛偽：有時我們按照猶太教規準備食品，有時則不；有時我們去猶太會堂，有時則不；有時我們炫耀自家財富，有時則又把財富藏在白色裹屍布下。范妮婭甚至比我們更支持爸爸，反抗媽媽的專橫。我認為他，爸爸，也尤其喜歡范妮婭，然而我無法證明，他是個具有強烈公平意識的男人，從沒偏袒過誰。我從來沒看過像你外公這樣如此憎恨傷害他人感情的人。即使是對惡棍，他也總是盡量不去傷害他們的感情。在猶太教裡，使人苦惱甚至比令人流血更為糟糕，他是個從不傷人的人。從不。

媽媽用意第緒語和爸爸爭論。平常他們用俄語和意第緒語兩種語言交談，但吵架時只用意第緒語。對我們這幾個女兒，對爸爸的生意夥伴，對房客、女僕、廚子和車夫，他們只講俄語。他們和波蘭官員講波蘭語（在羅夫諾被波蘭吞併後，新政權堅持讓大家講波蘭語）。

在我們的塔勒布特學校，幾乎只講希伯來語。我們三姊妹，在家裡講希伯來語和俄語，大都講希伯來語，於是父母聽不懂我們的談話。我們之間從來不講意第緒語。我們不願像媽媽那樣，我們把意第緒語和她的抱怨、發號施令與爭吵聯繫在一起。爸爸在磨坊裡用額頭上的汗水換來的所有利潤，都被她勒索過來，花在聘請價格昂貴的裁縫為她置辦奢華的服裝上。但是她又非常吝嗇，捨不得穿，她把衣服貯存在衣櫥裡，平常就穿一件灰褐色的家常服在家裡走來走去。每年只有兩次裝飾自己，例如乘上皇家馬車前去猶太會堂，或是參加某種慈善舞會，於是全城都會滿懷羨慕地看著她；而她則朝我們咆哮，說我們正在讓父親傾家蕩產。

范妮婭，你媽媽，想要在人們和自己說話時安安靜靜，合情合理，不要橫遭呵斥。她喜歡解釋，也喜歡聽人解釋。她無法忍受命令。即使在臥室裡，她也有自己排列東西的獨特方式——她是個愛整潔的姑娘——要是有人擾亂那種井然的秩序，她會非常心煩意亂。然而她保持沉默。有時甚至沉默得有些過分。我不記得她曾經抬高嗓門，也從來不呵斥人，總是以沉默回應，即便有些事情不該沉默。

*

在廚房一角，有座大烤箱，有時允許我們做件有趣的事，就是可以用長木鏟把要烤的安息日麻花麵包放進烤箱。我們假裝把邪惡的巫婆芭芭亞嘎和黑鬼朝爾尼車爾特放到火上。也有小一點的炊具，帶有四個爐架和兩個都克霍夫基[1]，用來烤餅乾和烤肉。廚房有三扇巨大的窗戶，俯視著花園和果園，它們幾乎總是蒙著一層蒸汽。浴室門開在廚房旁邊。那時羅夫諾幾乎沒有哪個家庭有室內浴室。有錢人家在屋後院裡有個小屋，有個燒木頭的鍋爐，既用於洗澡又用於洗衣。只有在我們家裡有個正經的浴室，我們所有的小朋友都非常妒忌。他們習慣把它叫作「蘇丹的樂趣」。

每當我們想洗澡時，經常把一些大木頭和鋸屑放進大鍋爐口，點上火，等上一個或一個半小時把水燒開。水足夠六、七人洗。水是哪裡來的？在鄰居家的院子裡有一口水井，我們想把鍋爐灌滿時，他們關掉自己家的流水口，菲力浦或安東或瓦西亞用吱吱作響的手動水泵把水抽出來。

我記得有一次，在贖罪日那天晚上，吃過飯後，還有兩分鐘就要禁食了，爸爸對我說：請給我一杯直接從水井裡打上來的水。我把水端來給他，他往水裡放了三、四塊糖，用手指攪拌，把水喝了後他說：現在謝謝你，蘇里萊，現在禁食該比較容易了（媽媽叫我索妮耶奇卡。老師們叫我薩拉，但是對爸爸來說，我總是蘇里萊）。

爸爸喜歡用手指攪拌，或者用手抓東西吃。我那時是個小女孩，大概五、六歲。我無法向你解釋——我甚至無法向自己解釋——他向我道謝時說「禁食比較容易了」的寥寥話語帶給我怎樣的快樂，怎樣的幸福！即便現在，八十年過去了，無論何時我想起此話都依然像當時一樣幸福。

但是也有一種顛倒了的幸福，黑色幸福，來自對人行惡。爸爸經常說我們被逐出伊甸園，並非因為我們吃了智慧樹上的果子，而是因為我們吃了邪惡樹上的果子，否則，你該如何解釋黑色幸福呢？是我們所感受到的幸福並非因為我們擁有了什麼，而是因為我們擁有了別人沒有的東西嗎？是別人將會嫉妒嗎？是感覺不好嗎？爸爸經常說，任何悲劇都有幾分喜劇色彩，任何災難對旁觀者均有一絲愉悅。跟我說，英語中沒有幸災樂禍一詞嗎？

---

1 作者在為希伯來文版作注時，說不知此為何物，但從上下文來看可知是爐子上某種特殊的分隔容器。

＊

在浴室對面，廚房另一邊的一扇門通往謝妮亞和她女兒朵拉的房間。朵拉的父親可能就是住宅的前主人，市長萊比代夫斯基。朵拉確實是個美人，臉長得像聖母，身材豐滿，但腰身纖細，一對深棕色的大眼睛，酷似雌鹿的眼睛。可是她有些弱智。當她到了十四歲或十六歲，她突然愛上了一個上了年紀的異族人，名叫克萊尼基，此人據說也是她母親的情人。

謝妮亞每天只給她的女兒朵拉做一頓飯，一頓晚飯，而後會講連載故事給她聽，我們三人會跑到那裡去聽，因為謝妮亞懂得如何講述這樣的奇特故事，它們經常令你毛髮豎立。我從未見過像她那樣能講故事的人。我還記得她講過的一個故事。很久以前，有個鄉下的傻子，伊凡努奇卡，伊凡努奇卡．杜拉考可，他母親每天送他過橋給田裡幹活的哥哥送飯。伊凡努奇卡本人，既愚蠢又遲鈍，一整天只准吃一片麵包。一天，橋上或是大壩上突然出現一個窟窿，水開始流出來，有淹沒整個山谷的危險。伊凡努奇卡拿著媽媽給他的那片麵包，用它堵住了窟窿，於是山谷沒被淹沒。老國王碰巧從這裡經過，被這幕場景驚呆了，他問伊凡努奇卡為什麼這麼做。伊凡努奇卡說，你什麼意思，陛下？我這麼做，就不會有洪水，不然，人們就會被淹死，但願不會這樣！那是你唯一的一片麵包嗎？老國王問，那麼你一整天吃什麼呢？咳，要是我今天不吃，陛下，又怎麼樣？別人會吃，我明天再吃！國王沒有子嗣，伊凡努奇卡的所作所為和答話讓他留下了深刻的印象，於是當場決定讓他當王子。他成了杜拉克王（就是傻瓜國王的意思），甚至在伊凡努奇卡當國王時，他所有的國民都在嘲笑他，甚至連他也在嘲笑自己，他終日坐在王位上，拉長著臉。但是在傻瓜伊凡努奇卡的統治下，從來沒發生過任何戰爭，因為他不懂得見怪，也不懂得復仇。當然，最後，將軍們把他殺死，攫取了權力。當然，隨風飄來的鄰國牛欄裡的氣味立即令他們大怒，因此宣戰，他們全部被殺，伊凡努奇卡．杜拉克王曾用一片麵包堵住的大壩也被毀了，人們在洪水中痛痛快快地淹死，兩個王國都沒了。

*

一些年代。我外公納弗塔里．赫爾茨．穆斯曼生於一八八九年。我外祖母伊塔生於一八九一年。哈婭姨媽生於一九一一年。范妮婭，我母親，生於一九一三年。索妮婭姨媽本人生於一九一六年。三個穆斯曼家的女孩到了羅夫諾的塔勒布特學校。後來，哈婭和范妮婭相繼被送到一所簽署大學入學資格證書的私立波蘭學校學習一年，這使得哈婭和范妮婭能夠在布拉格上大學，因為在二〇年代反猶的波蘭，幾乎任何猶太人都得不到大學的入學許可。我姨媽哈婭一九三三年來到巴勒斯坦，在猶太復國主義工黨和勞動母親組織台拉維夫分部謀到了職位。透過這項活動，她遇到了一些猶太復國主義領袖。她有許多熱情的仰慕者，包括勞工委員會中幾位明日之星，但是她嫁給了一位天性快樂、心地善良的波蘭工人茨維．沙皮洛，日後他在健康基金會擔任管理職，最後在雅法冬諾羅─茨阿哈龍醫院做行政院長。哈婭和茨維．沙皮洛住在台拉維夫本耶胡達街一七五號一樓的兩房公寓，其中一個房間轉租給哈加納各類高級指揮員。一九四八年「獨立戰爭」[2]期間，作戰總指揮兼新

2「獨立戰爭」，即第一次中東戰爭（一九四八年五月—一九四九年三月），以色列在一九四八年五月宣布建國後，立即遭到阿拉伯國家聯合進攻，以阿之間爆發大規模戰爭。以色列最終打敗阿拉伯聯軍，聯合國分治方案提出的「阿拉伯國」土地被以色列、埃及、約旦瓜分，約一百萬居住在那裡的巴勒斯坦人淪為難民。後文中對這段歷史還有進一步描述。

成立的以色列軍隊副總參謀長伊戈爾・亞丁少將在那裡住過，深夜那裡召開過會議，與會者有以色列・加利利、伊札克・撒代、雅考夫・多里，哈加納領袖、顧問和官員。三年後，在同一間房子裡，我母親結束了自己的生命。

*

甚至在小朵拉愛上她母親的情人克萊尼基先生後，謝妮亞仍然繼續做晚飯，繼續講故事，但是她所做的食物浸透了淚水，她所講的故事也一樣。她兩人晚上會坐在那裡，一個邊哭邊吃，另一個只哭不吃。她們從不爭吵，相反，她們相擁而泣，彷彿她們都患上了不治之症。不然就是母親無心地傳染給了女兒，現在她正在懷著摯愛、憐憫和無盡的忠誠來照料她。夜晚我們會聽見花園籬笆牆上的小門嘎吱作響，我們知道朵拉回來了，很快她母親就會悄悄走進同一家房門。爸爸總說任何悲劇都有幾分喜劇成分。

謝妮亞一絲不苟地觀察自己的女兒，確信她沒有懷孕。她不住地向她解釋說，這麼做，不要那麼做，要是他這麼說，妳就那麼說，要是他堅持這個，妳就堅持那個。用這種方式我們也聽到了些什麼，並學到些東西，因為從未有人向我們解釋過這麼不雅的事情。但是一點也沒用，小朵拉懷孕了，據說謝妮亞去找克萊尼基要錢，他卻什麼也不給，還佯裝不認識她兩人。上帝就是這樣創造了我們——財富是種罪惡，貧窮是種懲罰，儘管懲罰的不是罪人，而是懲罰沒有錢逃避懲罰的人。女人，自然不能否認她懷孕了。男人只要願意，就可以否認，你有什麼辦法？上帝給男人快樂，給我們懲罰。祂對男人說，你靠自己辛勤勞動食用麵包，那是一種獎賞，而不是懲罰，不管怎麼說……解除男人的工作，祂會忘得一乾二淨……給我們女人祂賜予靠近聞嗅他們臉上汗水的特權，這不是什麼很大的樂事，祂也加上了一句承諾：「妳在生產兒女時必多受苦楚。」[3]我知道也許能看出些微的差別。

＊

可憐的朵拉，她懷孕九個月時，有人把她帶到一個村子，帶到謝妮亞的某個侄子家裡。我想爸爸給了她們一些錢。謝妮亞和朵拉一起去了村子，幾天後，她面色蒼白一臉病態地回來了。謝妮亞，不是朵拉。朵拉一個月以後才回來，既沒有生病，臉色也不蒼白，而是臉色紅暈，胖呼呼的，像個多汁的蘋果。她回來時沒帶孩子，樣子一點也不傷悲，只是似乎有點比以前更為孩子氣了。她以前就很孩子氣。但從村子裡回來後，朵拉只跟我們說孩子話，也玩娃娃，當她哭叫時，聽起來就像一個三歲孩子。她也開始像嬰兒睡得那麼長，那個姑娘一天睡上二十小時。

那個孩子？誰知道呢。讓我們不要問，我們都是聽話的女兒，我們什麼也不問，沒有人告訴我們什麼。只有一次，在深夜，哈婭把我和范妮婭叫醒，說她清清楚楚聽到黑暗中花園裡傳來——那是冬天的一個雨夜——嬰兒的哭聲。我們想穿好衣服出去，但非常害怕。等哈婭把爸爸叫醒後，嬰兒的聲音就聽不見了，但是爸爸還是拿了個大燈籠走進花園，檢查每個角落，他回來時傷心地說，哈尤妮婭，妳一定是在做夢。我們沒有和父親爭論，爭論有什麼用？但是我們都清清楚楚地知道她沒有做夢，真的有個孩子在花園裡哭，這種細高音的哭聲如此撕人心肺，如此讓人膽寒，不像一個飢餓的孩子想要吃奶，也不像一個感到寒冷的孩子，而是像個極度痛楚的孩子。

3 索妮婭姨媽關於上帝對待男人、女人的論述，顯然受到《舊約．創世記》第三章第十六至十七節的影響。

之後，美麗的小朵拉患上一種罕見的血液疾病，爸爸再次付錢讓她去華沙找一個大教授做檢查，那位教授和路易士．巴斯德[4]一樣有名，她再也不曾回來。謝妮亞．德米屈夫娜晚上繼續講著故事，但是她的故事結局都很走板，也就是說，不是非常合適。偶爾，她故事裡面的詞語不是那麼優美，我們不想聽。也許我們想聽，但不想否定自己，因為我們是受過良好教育的年輕女子。

小朵拉呢？我們此後再也不曾提起她。即使謝妮亞．德米屈夫娜也從來沒提過她的名字，彷彿她寬恕她搶走自己的情人，但是沒有寬恕她消失在華沙。謝妮亞在朵拉住過的走廊，用籠子養了兩隻可愛的小鳥，牠們在冬天來臨之前都很健壯，到冬天凍僵了，雙雙死去。

4 路易士．巴斯德（Louis Pasteur, 1822-1895），法國化學家、微生物學家和免疫學家，是微生物學的先驅。

24

為羅夫諾塔勒布特高等中學著書的門納海姆・格勒爾特本人也是一名教師。他教授《聖經》、文學和猶太歷史。我在他的書中，還發現一九二〇年代母親及其姊妹和友人學習希伯來文課程的某些記載。包括拉比故事、西班牙猶太黃金時代詩歌選、中世紀猶太哲學、比阿里克和車爾尼霍夫斯基作品集，以及其他現代希伯來作家選集，也包括世界文學翻譯作品，像是托爾斯泰、杜思妥也夫斯基、普希金、屠格涅夫、契訶夫、密茲凱維奇、席勒、歌德、海涅、莎士比亞、拜倫、狄更斯、王爾德、傑克・倫敦、哈姆生等作家的作品和車爾尼霍夫斯基翻譯的史詩《吉爾伽美什》等等。關於猶太歷史方面的書籍則包括約瑟夫・克勞斯納《第二聖殿史》。

*

每天一早（索妮婭姨媽繼續說），我在六點鐘或更早，慢慢走下樓，把垃圾倒到外面的垃圾箱，在爬上樓前，得停在那裡休息一下，我得坐在旁邊的石階上，因為爬樓梯讓我喘不上氣。有時我會碰見一個俄國來的新移民，叫瓦麗亞，她每天早晨在維斯里街掃人行道。在俄羅斯那裡，她是大老闆；在這裡，她掃人行道。她幾乎沒學過希伯來語。有時我們會在那裡坐一下，用俄語聊聊。

為何她要掃大街？為了供兩個才華橫溢的女兒上大學，一個學化學，另一個念牙醫。丈夫……沒有。在以色列也沒有家庭。她們必須縮衣節食。住處……她們都住在一間房間裡。所有這一切都是為了確保她們讀書，擁有足夠的學用品。猶太家庭向來如此，他們相信教育是在為未來投資，是任何人都無法從你孩子那裡剝奪的東西，即便（但願不會）有戰爭，有另一場革命、移民潮，有更多的歧視，你也能迅速捲起文憑，藏到衣服夾層裡，逃向允許猶太人生活的任何地方。

異族人習慣這樣說我們：文憑……那是猶太人的宗教。不是錢財，不是黃金，是文憑。但是在信仰文憑的背後，有其他東西，有些更為複雜、更為祕密的東西，那是那年月的女子，甚至像我們這樣先上中學後上大學的現代女子，都經常得到的訓誡，女人有權受教育，在公眾生活中贏得一席之地……但是只能到孩子出生。妳的人生屬於自己的時間很短，從妳離開父母家到第一次懷孕為止。從那一刻，從第一次懷孕起，我們得開始圍著孩子轉的人生。就像我們的母親。甚至為了我們的孩子去掃大街，因為妳的孩子是小雞，妳自己呢……是什麼？妳就像雞蛋的蛋黃，小雞吃了妳之後就會長大，變得強壯起來。妳的孩子長大後……即便那時妳也無法回到從前的妳了，妳只是從母親變成了祖母，妳的任務就是幫助孩子養育他們的孩子。

當然，即便那時，還是有很多女人熱中自己的事業，投身於外面的世界。但大家都在背後對她們議論紛紛：你瞧那個自私的女人，她出席各種會議，而她可憐的孩子在街上長大，付出了代價。

現在是新世界。而女人終於得到更多的機會過自己的生活。也許那不過是自己的虛幻？或者在年輕一代裡，女人仍然在夜深之際抱著枕頭哭泣，而她們的丈夫睡夢正酣，因為她們感到難以做出抉擇？我不想下判決：這個世界已經不屬於我了。為了進行比較，我得挨家挨戶檢查有多少母親在夜間淚灑枕頭，而丈夫們正在沉睡，比較那時的眼淚和此刻的眼淚。

有時我在電視裡看到，有時甚至在這裡、在陽台看到，年輕伴侶在工作一天後一起做些什麼……洗衣服，晾衣服，換尿布，做飯，一次我甚至在雜貨鋪裡聽見一個青年男子說明天他和妻子——他是這麼說的：明天我們去做羊膜穿刺。當我聽到此話時，不禁喉嚨哽咽：或許這世界變了？

政治上的怨恨當然沒有減退，宗教、民族，或者階級之間的怨恨當然也沒有減退，但是伴侶之間的怨恨，年輕家庭裡的怨恨似乎有所減退。或許我只是在欺騙自己。或許一切都是在演戲，畢竟世界仍在繼續，一如既往……母貓舔自己的幼崽，而穿長靴的貓先生把自己渾身上下舔了一遍，拽拽自己的鬍鬚，出門到院子裡尋找歡樂？

你還記得《箴言》中是怎麼寫的嗎？智子令父親喜悅，而愚子令母親沉重[1]。要是兒子明智，那麼父親則無比喜悅，吹噓自己的兒子，贏得滿分；但要是——但願不要這樣——兒子最後沒有成為成功人士，或變得愚蠢，或有問題，或道德淪喪，或者成為罪犯……咳，那麼一定是母親的過錯，所有的憂慮與痛苦就會降臨到她身上。一次你母親對我說：索妮婭，只有兩種東西……不，我又喉嚨哽住了。我們以後再說。我們談點別的吧。

有時，我不是特別確信我記得很清楚，那位公主，柳波娃·尼吉提奇娜，在我們家與兩個女兒塔西亞和尼娜一起住在簾後，和她們一起睡在一張古老的床上，她真是她們的母親嗎？或者只是兩個姑娘的監護人？她們顯然不是同一個父親所生吧？因為塔西亞是安娜斯塔西亞·薩爾季耶夫娜，而尼娜是安東尼娜·波萊斯拉沃夫娜。有些東西有點模糊。有些東西我們談得不多，彷彿那是個令人不快的話題。我記得兩個姑娘都對公主叫「媽媽」或「瑪曼」，但那也許是她們不記得誰是自己真正的母親。我無法確切地告訴你，是這樣還是那樣，因為已經有了某種掩飾。在兩三代以前，生活中有許多掩飾，而今這種掩飾有所減少。或許是掩飾本身剛剛發生了變化？新的掩飾出現了？

掩飾究竟是好還是壞，我並不真正知曉。我沒有資格評判今天的習慣，因為我大有可能被洗腦

1 語出《箴言》第十五章第二十節，略有變動。

了一番，像我那一代所有的女孩。我有時依然這麼想，「在他和她之間」，他們都這麼說，也許在我們那時代是比較簡單。當我是個姑娘時，當我還是個人稱出身好人家的年輕女子時，「在他和她之間」滿是刀光、毒藥和令人恐怖的黑暗。像光著腳丫在毒蠍肆虐的地下室裡摸黑行走。我們完全處在黑暗中。把一切掩飾起來。不去談及。

但是他們確實一直在說……聊天，嫉妒和怨恨的饒舌……他們談論金錢，談論疾病，他們談論成功，談論好家庭和與之相對的天曉得是哪種類型的家庭，這是一種沒完沒了的話題，他們也沒完沒了地談論性格特徵，這個人有這種這種特徵，那個人有那種那種特徵。思想。他們是怎樣談論思想的，而今已經無法想像！他們談論猶太教、猶太復國主義、同盟會、共產主義，他們談論無政府主義和虛無主義，他們談論美國，他們談論列寧，他們甚至談論「女性問題」，婦女解放問題。你的哈婭姨媽在我們三人當中最熱心於談婦女解放問題……但是只有當她們開始自然地交談和爭論時……范妮婭也有點主張婦女參政，但有些疑慮。我是個傻女孩，總是聽人教誨，索妮婭別插嘴，妳得等到長大以後才會明白。於是我閉上嘴巴傾聽。

那時所有的年輕人漫不經心地談論自由，這類自由，那類自由，另一類自由。但是在談到「他和她之間」時則沒有自由，只有光著腳丫在毒蠍肆虐的地下室裡摸黑行走。我們沒有一個星期不聽說令人恐怖的謠言，講一個年輕女子經歷因不慎而造成的後果；或是一個令人尊敬的女人墜入愛河，喪失了理智；或是一個女僕被人引誘；或是一個女廚和主人的兒子私奔，自己一人抱著孩子歸來；或是一個令人尊敬的已婚老師愛上並拜倒在某人腳下，慘遭拋棄與嘲弄。你說嘲弄嗎？可不是？我們那時的女性，貞潔既是籠子，也是你和深淵之間的唯一橫杆。它像三十公斤的石頭壓在一個女性的胸口。即使在深夜裡所做的夢中，貞潔依然醒著，站在床邊，仔細查看她，於是她在早晨醒來之際會羞愧難當，即便無人知曉。

「他與她之間」的一切也許在今天看來不那麼黑暗；而在那時所涉及的黑暗事情中，較常見的是男人虐待女人。不過，事情現在看來已不那麼神祕了——這是好事嗎？不會太醜陋了嗎？

跟你說這些話，讓我對自己感到吃驚。我還是個小姑娘時，我們有時會說悄悄話。但是和男孩子呢？我有生以來從未跟男孩子說這些話。甚至和布瑪也沒有，我們現在結婚快六十年了。怎麼會說起這個來呢？我們正談到柳波娃．尼吉提奇娜和她的塔西亞和尼娜。要是有朝一日你到羅夫諾去，可以來一次偵探冒險。或許你能夠在市政廳盡量查到他們是否依然有任何關於掩飾的新發現。發現那位女伯爵，或者公主，是不是她兩個女兒的親媽。她本人是否真的是公主還是女伯爵。不然就是萊比代夫斯基市長是否也是塔西亞和尼娜的親爹，就像據說他是可憐的朵拉的父親一樣。

但是再一想，當我們被波蘭征服，被紅軍征服，繼之又被納粹征服時，當他們不由分說將我們帶走，在溝壑中將我們射殺，又用黃土將我們掩埋時，那裡存有的任何文獻迄今已經焚燒了有十次。接著又有了史達林和內務人民委員部，羅夫諾就像一隻小狗不斷在俄國—波蘭—俄國—德國—俄國中轉手。現在它已經不屬於波蘭或俄國了，而是屬於烏克蘭，還是白俄羅斯？或者是某種地方幫派勢力。我自己現在都不知道它屬於誰了。我甚至並不真的在乎。那裡曾經有過的東西已經一去不復返了，現在那裡所存在的一切幾年後也將化為烏有。

整個世界，如果你從遠方觀察，將不會有人知道它持續多久。他們說有朝一日太陽將會隱去，一切將陷入黑暗之中。那麼為什麼整個歷史中人與人之間會互相殘殺？誰統治喀什米爾，或是希伯崙的先人墓，又有什麼關係？我們似乎沒吃生命樹或智慧樹上的果子，吃的是邪惡樹上的果子，我們吃它時帶著樂趣。於是天堂結束了，地獄開始了。

*

有如此眾多的或者、要麼，你甚至連與你住在同一個屋簷下的人都不了解。你認為你了解許多……卻終將證明你一無所知。你母親，比如說……不，對不起，我只是不想直接提起她，只想用一種兜圈子的方式，不然傷口會開始作痛，我將不說范妮婭，只說她身邊的一切。范妮婭身邊的一切或許也有點是范妮婭。我們曾有某種箴言，即當你真愛某人時，你甚至愛她的手帕。在希伯來語中，這話已經打了折扣。但是你能知道我的本意。

看一看這個，我可以告訴你一些事情，你可以用手指去感受，這樣你就會知道我所告訴你的一切不光是故事。請看這個——不，它不是一塊桌布，它是一只枕套，繡著舊時好人家女孩所學到的繡花式樣。那是公主——或女伯爵——柳波娃．尼吉提奇娜繡給我的禮物。這裡繡的人頭，據她本人告訴我，是紅衣主教黎塞留的頭像側影。他是誰，那個紅衣主教黎塞留，我已經不記得了。也許我從來就不知道，我不像哈婭和范妮婭那麼聰明，她們被送去註冊入學，後來去了布拉格，在大學讀書。我有點頭腦簡單。人們總是這樣說我：那位索妮耶奇卡，那麼可愛，但是有些簡單。我被送到波蘭軍醫院，學習如何做個合格的護士。但是我仍然清清楚楚地記得，在我離開家之前，公主告訴過我那是紅衣主教黎塞留的頭像側影。

也許你知道紅衣主教黎塞留是誰？沒有關係，下次再告訴我，或者不用勞神。在我這個年齡，臨死時未能榮幸得知紅衣主教黎塞留是誰並不重要。有許多紅衣主教，大多數不喜歡我們民族。

我在內心深處是個無政府主義者。像爸爸。你媽媽打心裡也是個無政府主義者。當然，在克勞斯納家人當中，她從來也不能表達出來，若是表達出來，他們會認為她特別奇怪，儘管他們總是對她彬彬有禮。整體上，對克勞斯納家的人來說，禮貌是最重要的。你的祖父，亞歷山大爺爺，要是我不把手迅速拿開的話，就被吻上了。有個兒童故事講的是穿長靴的貓，在克勞斯納家裡，你母親就像關在籠子裡的一隻鳥兒，掛在長靴貓的客廳裡。

我是個無政府主義者，原因很簡單，從紅衣主教黎塞留那兒沒有出什麼好事。只有伊凡努奇卡．杜拉考可，你記得，我們女僕故事裡說的那個傻村夫，他同情普通人，不吝惜自己一點點麵包，拿它堵住大壩的窟窿，正因為如此，他成了國王……只有像他那樣的人或許偶爾也同情我們。其他人，國王和統治者不同情任何人。事實上，我們普通人也不怎麼同情彼此，我們並不真正同情阿拉伯小女孩，她死於送往醫院的路上，因為路封了，那裡顯然有某些紅衣主教黎塞留的士兵，沒有心肝。一個猶太士兵……可仍然是紅衣主教黎塞留！他只想把路封上後回家，於是那個小女孩就死了，她那雙眼睛應撕裂我們的靈魂，因此我們夜裡誰也無法入睡，儘管我連她的眼睛都沒見過，因為在報紙上他們只登我們受害者的照片，不登阿拉伯受害者的照片。

你認為普通人是這麼偉大嗎？一點也不！他們只像他們的統治者一樣愚蠢和殘酷。那正是安徒生故事裡說的國王的新衣，普通百姓與國王與弄臣與紅衣主教黎塞留一樣愚蠢。但是伊凡努奇卡．杜拉考可並不在乎他們是否嘲笑他，他只關心他們應該活下去。他對人抱有憐憫，所有的人無一例外都需要憐憫。甚至是紅衣主教黎塞留。甚至教皇，你一定在電視上看見他病得多麼嚴重，多麼虛弱，在這方面我們都缺乏憐憫，我們讓他撐著兩條病腿在太陽底下一站就是幾個小時。他們對一個年邁多病的老人毫無憐憫，你在電視上甚至看到他只能痛苦地直挺挺地站在那裡，然而他付出了巨大努力，默默在大屠殺紀念館前頂著熱浪一站就是半個小時，為的是不給我們帶來恥辱。這一幕讓我有些不忍。我為他感到難過。

尼娜和你母親范妮婭是很好的朋友，她們同年出生，我和那個年齡小的塔西亞交朋友。她們和公主一起在我們家裡住了幾十年，她們叫她瑪曼。瑪曼在法語裡是媽媽的意思，但天曉得她是不是她們的生身之母！或許只是她們的保母？她們非常貧窮，我想她們連一個戈比的租金也沒給我們。允許她們進家時不通過僕人入口朝爾尼克胡得，而是走大門，我們管它叫帕勒得尼克胡得。她們如此貧窮，瑪曼公主常常坐在燈下為有錢人家學跳芭蕾的女孩縫製紙裙，往紙裙上黏貼許許多多亮晶晶的星星，星星是用金紙做的。

直到一個晴朗的日子，公主，或女伯爵，柳波娃．尼吉提奇娜丟下兩個女兒，突然去了突尼斯，在那裡四處尋找一位失散多年的親戚耶利札維塔．弗蘭佐夫娜。現在看看我的記性，就像個白痴！我剛才把手表放在哪裡了？我一點也想不起來。但是與我素昧平生的某位耶利札維塔．弗蘭佐夫娜的名字，大約在八十年前我們柳波娃．尼吉提奇娜去突尼斯到處尋找的某位耶利札維塔．弗蘭佐夫娜，我記得清清楚楚，如同天上的太陽！也許我把手表也丟在突尼斯了？

在我們房間掛著一幅鑲在鍍金框中的繪畫，出自某位昂貴的藝術家之手。我記得你可以在照片裡看到一個漂亮的金髮男孩，衣冠不整，樣子更像被寵壞的女孩兒，不像一個男孩，有點分不出男女。我不記得他的臉，但是我清清楚楚記得，他身穿一件袖子寬大的繡花襯衫，一頂繫帶的黃帽子垂在肩膀——也許那終究是個年輕女孩——你可以看見她的三條裙，一條壓著一條，因為一邊有點微微翹起，蕾絲從底下露了出來，先是一條黃色襯裙，像梵谷畫中的黃那麼強烈，再裡面是一條潔白的蕾絲襯裙，最底下她的雙腿顯然由第三條天藍色的襯裙遮住。那樣一幅繪畫，看似謙遜，但實際上並不謙遜。那是一幅與真人一樣大小的繪畫。那個頗有男孩子氣的女孩正站在田野中央，牧草和白羊環繞著她，空中飄著幾朵薄雲，遠方可見帶狀森林。

我記得，一次哈婭說像她那樣的美人不應去牧羊，而應該待在宮殿的院牆內；我說最下面的襯裙塗成天空一樣的顏色，彷彿裙子直接裁自藍天。范妮婭突然對我們勃然大怒說，閉嘴，妳們兩個人都給我閉嘴，妳們怎麼能這樣胡說八道，那是一幅不真實的畫，包含了極為道德淪喪的東西。她多多少少用了這樣的詞語，但是並不確定，我不能重複你母親是怎麼說的了，無人能夠重複……你有點記得范妮婭是怎麼說話了嗎？

我忘不了她是怎樣爆發的了，或是那一刻她的臉是什麼樣子。她那時大概有十五、六歲。我之所以牢牢記住，是因為那不大像她的方式。范妮婭從來不大聲嚷嚷，甚至連她受到傷害時也不抬高聲音，她只會自我逃避。不管怎麼說，和她在一起時，你總得揣度她的感受，她不喜歡什麼。這裡突然……我記得那是星期六夜晚，或者是某個節日結束之際，大概是住棚節吧？要不就是七七節……她突然勃然大怒，朝我們大喊大叫。不干我的事，我這輩子只是個小傻瓜，她朝哈婭大叫。那是我們的大姊！青年組織的領袖！具有領袖氣質！整個學校都羨慕的哈婭。

但是你母親，彷彿突然開始反叛，突然開始向那些年一直掛在我們飯廳的那幅藝術作品報以蔑視。她嘲笑它粉飾現實！不真實！在現實生活裡，牧羊女身著破敝的衣衫，不是穿綾羅綢緞，她們的臉因挨餓受凍而恐懼，而不是有張天使般的臉，骯髒的頭髮上長著蝨子和跳蚤，而不是那樣的一頭金髮。忽略痛苦與遭受痛苦幾乎一樣糟糕，那幅畫把現實生活變成某種瑞士巧克力盒上的風光。

你母親對飯廳這幅畫大為光火，也許因為這幅畫的作者造成這樣一種印象，彷彿世界上不再有苦難。我想這是她生氣的原因。這次發作，她一定比任何人所想像的還要可憐。原諒我流眼淚了。她是我姊姊，非常愛我，她慘遭毒蠍的蹂躪。夠了，我不哭了。對不起。每當我想起那幅美化了的畫，每當我看見一幅畫有三條襯裙和輕柔的天空，就像是看見蠍子在蹂躪我姊姊，便開始痛哭。

25

十八歲的范妮婭，追隨大姊哈婭的腳步，一九三一年被送往布拉格的大學讀書，因為在波蘭大學實際上不對猶太人開放。媽媽學歷史和哲學。當時在波蘭鄰居、烏克蘭人和德國人、天主教和東正教派基督徒當中，反猶主義情緒逐漸高漲，她父母赫爾茨和伊塔，像羅夫諾的所有猶太人一樣，見證了反猶主義、烏克蘭街頭惡棍的暴力行動，以及波蘭當局不斷增加的不公平標準，並深受其害。希特勒德國大肆煽動對猶太人施行暴力與迫害，其回響如遠方一陣隆隆的雷聲抵達羅夫諾。

外公的生意也發生了危機，三〇年代早期的通貨膨脹，委實在一夜之間使他失去所有積蓄。索妮婭姨媽告訴我：「爸爸給我的許多面值百萬、十億的波蘭銀行鈔票，被我用來糊牆。他為我們三姊妹積攢十年的嫁妝在兩個月之間順著水溝流走了。」哈婭和范妮婭不久就得放棄她們在布拉格的學業，因為她們父親的錢幾乎快花光了。

於是磨坊、都賓斯卡街的住宅和果園、馬車、馬匹和雪橇，都在倉促中拋售。伊塔和赫爾茨．穆斯曼在一九三三年抵達巴勒斯坦時，幾乎身無分文。他們租了一間裹著焦油紙的小棚屋。爸爸，一直喜歡待在麵粉附近，設法在派特麵包店找到一份工作。後來，索妮婭姨媽對我回憶道，快五十歲時，他買了一匹馬，一輛馬車，在海法港口附近運送麵包，後來運送建材，聊以度日。我可以清清楚楚地看見他，由於太陽炙烤而身上黑油油的，一個沉思的男人，身穿工作服，一件灑滿汗水的灰背心，他笑容羞怯，但藍眼睛裡閃爍著笑意，韁繩在他手中悠閒自在，彷彿坐在馬車的木板上，發現了海法灣的風光、卡麥爾山脈、煉油廠、遠方港口的起重機高杆以及工廠煙囪，具有某種迷人而有趣之處。

既然他不再是個富人，回到了無產者的行列中，便似乎恢復了青春活力。某種長期遏制著的快感似乎降臨到他身上，其中閃爍著某種無政府主義的火花。正像立陶宛烏里金尼基的耶胡達．萊夫．克勞斯納，我祖父亞歷山大的父親一樣，我的外公納弗塔里．赫爾茨．穆斯曼喜歡車夫生活，喜歡漫長緩慢旅程中那孤獨平靜的節奏，喜歡觸摸著馬，聞嗅它身上刺鼻的氣味，喜歡馬廄、馬草、輓具、轅桿、燕麥袋、鞭繩和馬嚼子。

在父母移民到巴勒斯坦、姊姊們在布拉格讀書時，索妮婭還是個十六歲的小姑娘，在羅夫諾住了五年，直至她在波蘭軍醫院附設護士學校獲得了護士資格。她來到台拉維夫港口，而她的父母、她姊姊和茨維．沙皮洛——哈婭「富有活力」的丈夫——正在那裡等她，那是在一九三八年結束前兩天。幾年後在台拉維夫，她嫁給了她在羅夫諾參加青年運動時的一位領導人，一個嚴格、迂腐、武斷的男人，名叫亞伯拉罕．根德柏格，布瑪。

一九三四年，比父母和大姊哈婭大約晚一年，比小妹索妮婭早來四年，范妮婭也來到了阿里茨以色列。認識她的人說，她在布拉格經歷了一場苦戀，但他們無法告訴我詳細情況。當我訪問布拉格，連續幾個夜晚漫步在大學附近擁擠不堪的古老石板街道時，任憑思緒馳騁，編織著意象和故事。

媽媽到耶路撒冷一年左右，在守望山上的希伯來大學註冊，繼續學歷史和哲學。四十八年後，顯然沒有祖母年輕時學什麼的概念，我女兒范妮婭決定在台拉維夫大學攻讀歷史和哲學。

我不知道母親在查爾斯大學中斷學業是否只因為父母的錢已經用光。三〇年代中期，充斥歐洲大街小巷、遍布大學校園的激烈仇視猶太人的情緒究竟怎樣迫使她去巴勒斯坦，抑或究竟何種情況使她在塔勒布特學校受教育並成為猶太復國主義青年運動成員後來到這裡？她希望在這裡找到什麼，她找到了什麼，沒有找到什麼？對於一個在羅夫諾宅邸裡長大，從布拉格哥德式的美麗中直接來到此地的人而言，耶路撒冷和台拉維夫是什麼樣子？一個聽覺敏感的年輕女士，操一口從塔勒布特學校書本上學來的高雅希伯來語，對於語言學上的纖細韻律擁有敏銳的感受力，在她聽來，希伯來口語會是什麼樣子？我年輕的母親，對沙丘，對柑橘園中的電動抽水機，對岩石嶙峋的山坡，對現場考古旅行，對《聖經》遺跡和第二聖殿時期的遺跡，對報紙標題，對合作社的每日產品，對乾涸的河床，對熱浪，對高牆環繞的女修道院的圓頂，對陶罐裡倒出的冰涼清水，對響起手風琴和口琴音樂的文化之夜，對身穿卡其布短褲的合作社司機，說英語的聲音，國家統治者的語言、漆黑一片的果園、宣禮塔、運輸建築用沙子的駱駝身上的駝鈴、希伯來警衛、被太陽曬得黝黑的基布茲拓荒者、頭戴破帽子的建築工人，是什麼反應？對於展開暴風雨般爭論的夜晚、意識形態衝突以及求愛、星期六下午的遠足、黨派政治的熱情、各種地下組織及其同情人士的祕密陰謀、不時被胡狼嚎叫和遠方戰火打破寧靜的湛藍色夜晚，她是反感，還是深受吸引？

等我到了母親能夠為我敘述她的童年、敘述她早期到達這片土地上經歷的年齡，她的腦子已想著別處，對別的事情感興趣。她為我講的床邊故事裡，主角淨是巨人、精靈、巫婆、農夫的妻子和磨坊主的女兒、森林深處的演員棚屋。她要是敘述過去，敘述她父母的住宅或磨坊或潑婦普利馬，某種苦澀與絕望就會悄悄進入她的聲音中，那是某種充滿矛盾或含混不清的諷刺，某種壓抑著的嘲弄，某種對我來說太複雜或說太朦朧而無法捕捉的東西，某種挑釁和窘迫。

或者正因為如此，我不喜歡她敘述這些事情，乞求她給我講些簡單、貼近我的故事，如抽水工人馬特維和他六個著魔的妻子，不然就是死去的騎士，他的骨骼穿戴盔甲和耀眼馬刺繼續穿越大陸和城市。

關於我媽媽抵達海法，她在台拉維夫和耶路撒冷的最初那段日子，我幾乎一無所知。於是，我還是把你交給索妮婭姨媽，讓她描述她為何到此，怎樣到此，她希望找到什麼，又真正找到了什麼。

*

在塔勒布特學校，我們不僅學習讀寫和說一口漂亮的希伯來語——我後來的生活已經把它給毀了——而且學習《聖經》與《密西拿》和中世紀希伯來語詩歌，還學習生物、波蘭文學和歷史、文藝復興藝術和歐洲史。更重要的，我們學到，在地平線升起的地方，在河流和森林那一邊，有一片土地，我們大家很快就會去往那裡，因為歐洲猶太人，至少東歐猶太人的日子已經朝不保夕了。

我們父母那一輩比我們更為警覺到時不我待。即便那些賺錢的人，像我們的父親，或那些在羅夫諾建造現代化工廠或投身於醫藥事業、法律或機械工程的人，那些和當地權力機構和知識分子階層建立良好社會關係的人，也都感覺到我們正生活在火山上。我們正好身處史達林和格萊布斯基及畢蘇斯基的分界線上。我們已經知道史達林想以武力置猶太人於死地，他要所有的猶太人都互相告發。另一方面，波蘭人對猶太人的態度也有些令人作嘔，就像有人咬了一口臭魚，吞也吞不下，吐也吐不出。他們不想當著凡爾賽協約國的面，在少數民族權利的氛圍中，在美國總統威爾遜和國際同盟面前，把我們給吐出來。在二〇年代，波蘭人仍舊有一些羞恥心，他們熱中於擺出一副良好的姿態，就像一個醉漢試圖走直線，好讓人看不出他在左右晃動。他們依然希望表面上多多少少顯得像其他國家，但是在背地裡他們又壓迫我們，令我們備受屈辱，於是我們漸漸都會去巴勒斯坦，他們就再也不會看見我們了。因此，他們甚至傾向於鼓勵進行猶太復國主義教育，辨希伯來語學校，用各種手段讓我們成為一個民族，為什麼，主要是我們應滾到巴勒斯坦去，謝天謝地總算擺脫了。恐懼降臨到每個猶太家庭，那恐懼幾乎從不被談起過，但它無意地滲入到我們的體內，像毒藥那樣一滴一滴地侵入，使我們毛骨悚然：也許我們真的不夠乾淨，也許我們鬧哄哄，強迫別人，太精明，追逐金錢。也許我們的行為真的不得體。最怕的就是我們可能給非猶太人留下不好的印象，那麼他們會大為光火，反過來向我們做些想都不敢想的可怕事情。

向每個猶太孩子腦海裡千百遍灌輸，對他們要行為規矩彬彬有禮，即使他們舉止粗魯，醉醺醺的，在任何情況下也不要冒犯他們，在任何情況下都不要和非猶太人爭論，喋喋不休，不能惹他們發火，不能高昂著頭，和他們講話時口氣要輕，面帶微笑，這樣他們就不會嫌我們亂了，總是要用準確典雅的波蘭語和他們講話，這樣他們就不會說我們汙損了他們的語言，但是我們千萬別把波蘭語講得太艱深，這樣才不會覺得我們懷有提高地位的野心，我們不能給他們任何藉口指責我們貪婪成性，但願不要這樣，說我們的裙子髒了。總之，我們需要費盡心機留下好印象，任何孩子都不能破壞這一印象，因為就連某個孩子頭髮不乾淨，比如長了蝨子，也會損害整個猶太民族的聲譽。他們無法忍受我們，所以要是再給什麼別的受不了的理由的話，就更是天理難容了。

你們這些出生在以色列的人，永遠也搞不懂這一點一滴如何慢慢地扭曲你所有的情感，像鐵鏽一樣慢慢地消耗你的尊嚴；慢慢地使你像一隻貓那樣搖尾乞憐，欺騙，耍花招。我非常不喜歡貓，也不喜歡狗。但是倘若要我做出選擇，我寧願喜歡狗。狗像一個非猶太人，你一下子就可以看出它的所思所想。流放中的猶太人就像貓，這是從不好的方面看，不知你是否明白我的意思。

更重要的是他們害怕暴民。他們怕政權更替時發生的一切，比如，教皇是不是會被廢黜，共產黨會不會取而代之；他們怕烏克蘭或白俄羅斯幫派，或氣勢洶洶的波蘭群眾，或更北一些的立陶宛人，會在這之間東山再起。那確實是座一直滴著熔岩的火山，可以聞到煙火的氣味。「他們在黑暗中為了我們而磨刀霍霍。」人們說，但沒有說是誰，因為可能是他們當中任何一人。暴民，即使在以色列，也證明猶太暴民有點怪獸的味道。

只有德國人不讓我們覺得那麼可怕。記得在一九三四或者三五年，全家人都搬走了，只有我獨自留在羅夫諾完成護士培訓課程，許多猶太人說倘若希特勒真的來了，至少在德國有法律和規章制度，大家都知道自己該做什麼，希特勒說什麼並不重要，重要的是他強令執行德國章程，暴民們都怕他。重要的是在希特勒的德國大街上沒有暴亂，沒有無政府狀態——我們那時仍然認為無政府狀態是最為惡劣的狀態。我們的噩夢就是，有朝一日神職人員會布道說，耶穌會因為猶太人而再一次流血，他們會開始敲起這可怕的鐘，於是農民們肚子裡裝滿荷蘭烈酒，拿起斧頭和乾草叉，總是這樣開始。

沒有人會想到將會發生什麼，但是到了二十世紀，幾乎所有人都深深知道，無論在史達林統治之下，還是在波蘭，或是東歐的任何國家，猶太人都不會有前途可言，於是巴勒斯坦的吸引力越來越大。當然並非對所有人都是這樣。宗教人士對此堅決反對，同盟會成員、講意第緒語的人、共產主義者，以及那些認為自己比波蘭人還波蘭的同化了的猶太人也反對。但是二十世紀羅夫諾有許多普普通通的猶太人，渴望自己的孩子學會希伯來語，去上塔勒布特學校。那些經濟寬裕的人送孩子到巴勒斯坦的海法，進以色列理工學院讀書，或是台拉維夫的高級中學，或是農業學校，他們從那裡傳來的消息非常奇妙……青年人都在等候，什麼時候該輪到你？與此同時，大家都在看希伯來文報紙，爭論，唱巴勒斯坦的歌，朗誦比阿里克和車爾尼霍夫斯基的詩，分裂成對立的宗派和黨派，匆匆縫製制服和旗幟，對一切有關民族的事務都非常激動。與今天你所看到的巴勒斯坦人非常非常相像，只是不像他們那樣偏愛流血。在我們猶太人當中，你幾乎看不到今天這種民族主義。

當然，我們知道在巴勒斯坦有多麼艱難，我們知道那裡酷熱難當，到處是荒地沼澤，我們知道村子裡有窮困的阿拉伯人，但是我們在教室牆壁的大地圖上沒有看到許多阿拉伯人，大概只有五十萬人口，肯定不到一百萬，完全可能再容納幾百萬猶太人，或許阿拉伯人聽信蠱惑憎恨我們，像波蘭的普通百姓，但是我們肯定能夠向他們解釋，讓他們相信我們回到那片土地只意味著給他們帶來繁榮，無論在經濟、醫療、文化等諸多方面。我們認為，再過幾年猶太人人口會在這裡占大多數，一旦發生此類的事，我們將會向世人展示如何對待少數民族——我們的少數民族，阿拉伯人。我們，一直是受壓迫的少數民族，對待我們的阿拉伯少數民族一定會公正、公平、慷慨和他們共享我們的故鄉，和他們分享一切，我們無論如何也不會把他們變成群貓。我們的夢想是美好的。

*

在塔勒布特幼稚園、小學和中學的每間教室，都懸掛著希歐多·赫爾茨的照片，一張從但恩到別是巴的大地圖，地圖標示出拓荒者居住的村莊，還有猶太民族基金會的募捐箱，正在勞動的拓荒者畫像，各式各樣的標語和一段段詩歌。比阿里克曾經兩次參觀羅夫諾，車爾尼霍夫斯基也來了兩次，阿舍·巴拉什[1]我想也是，或者還有別的作家。傑出的猶太復國主義者差不多每月都從巴勒斯坦來到此地，他們當中有札爾曼·盧巴蕭夫、塔本京、雅可夫·傑魯鮑威爾、亞波亭斯基。

我們通常列隊盛大歡迎他們蒞臨，敲鑼打鼓，旗幟飄飄，形形色色的裝飾、紙燈籠、激情、標語、袖章混雜在一起，還有陣陣歌聲。波蘭市長親自到廣場與他們見面，這樣我們有時開始感到我們也是個民族，而不是一堆社會渣滓。對你來說這些可能有點不可思議，但是在那年月，所有的波蘭人在波蘭語中陶醉，烏克蘭人在烏克蘭語中陶醉，更不用說德國人、捷克人，大家都陶醉，甚至連斯洛伐克人、立陶宛人和拉脫維亞人都是這樣，在那樣的歡宴上沒有我們猶太人容身之地，我們誰都不屬於，誰都不要我們。我們也希望成為一個民族，像大家一樣，那該是怎樣一種奇蹟。他們還留給我們別樣的選擇了嗎？

但是我們的教育不是沙文主義的。塔勒布特的教育確實充滿著人文主義色彩，進步，民主，而且是藝術的，科學的。他們努力給男孩女孩平等的權利。他們總是教育我們要尊重其他民族——所有的人都按照上帝的形象創造出來，縱然祂總是將此遺忘。

我們從年幼之際，就想著以色列。我們對每個新建村莊裡的情況瞭若指掌，比士維亞出產什麼，茲克龍雅考夫有多少居民，是誰從提比里亞到宰邁赫修建了一條碎石公路，拓荒者何時攀登吉爾巴山。我們甚至知道那裡的人們吃什麼穿什麼。

也就是說，我們認為我們了解。實際上，我們的老師並不了解實情，因此即使他們想告訴我們不好的方面，也不可能——他們一無所知。從阿里茨來的任何人，使者、青年領袖、政治家，任何去到那裡又回來的人，為我們描繪出一幅絢爛的圖畫。倘若有人回來後向我們講些不大愉快的事，我們聽都不想聽。我們讓他們免開尊口。我們蔑視他們。

我們的校長是個討人喜歡的人，有魅力，還是個一流教師，頭腦敏銳，有顆詩人之心。他叫萊斯，伊撒哈爾．萊斯博士。他是加利西亞人，很快便成了年輕人的偶像。女孩子們暗戀著他，這當

1 阿舍．巴拉什（Asher Barash, 1889-1952），出生於加利西亞，一九一四年移居巴勒斯坦，著名希伯來文學作家。

中有我的姊姊哈婭和范妮婭，哈婭投身於公共活動中，天生是個領導人，范妮婭，你母親，受到萊斯博士的神祕影響，被引導走向文學藝術之路。他非常英俊，有男子氣概，有點像藝人魯道夫·范倫鐵諾或雷蒙·諾瓦羅，滿懷熱情，天生富於同理，他幾乎沒發過脾氣，一旦發火，事後毫不猶豫就向學生道歉。

整座小城都為他著迷。我想母親們夜裡會夢見他，女兒們白天看見他就眩暈。男孩子們一點也不比女孩子示弱，盡量模仿他，像他那樣講話，像他那樣咳嗽，像他那樣話只說一半便打住，到窗前站上幾分鐘沉思。他肯定能夠成功地引誘別人，可他卻不，就我所知，他沒特別幸福，娶了一個根本配不上他的女人，成了個模範丈夫。他也能夠當一個偉大的領袖，他擁有令人渴望追隨、赴湯蹈火以博得他含笑的賞識和日後讚賞的品格。他想我們所想。他的幽默成了我們的風格。他相信以色列土地是猶太人唯一能夠在那裡治癒精神疾病，並向自己和世人證明他們擁有某些優點的地方。

我們也有其他一些很棒的老師，門納海姆，門納海姆·格勒爾特教我們《聖經》，彷彿親臨以拉谷、亞拿突或加薩的非利士聖殿。門納海姆每週帶我們進行「聖地之旅」，一天在加利利，另一天在猶太地新建的村莊，又一天在耶利哥平原，還有一天在台拉維夫的街道。他會帶來照片，報紙上剪下來的圖片，以及一些詩歌和散文，《聖經》上的例子，地理、歷史和考古學資料，直到你快樂地感到疲倦，彷彿你真正去了那裡，不止是在腦海裡，而是彷彿你真的走在陽光下、塵埃裡，在那橘子樹、葡萄架、一簇簇仙人掌和山谷裡拓荒者的帳篷之間。於是遠在我真正抵達這片土地之前，就已經來過此地了。

26

你媽媽范妮婭在羅夫諾有個男朋友，名叫塔拉或塔洛，是個深沉而多愁善感的學生。他們有個小小的猶太復國主義學生聯合會，其中包括你媽媽、塔洛、我姊姊哈婭、伊斯塔卡·本·梅爾、范妮婭·魏茲曼，也許還有范妮婭·松達爾、之後改名叫莉亞·巴-薩姆哈的莉莉亞·卡利什，還有其他各色人等。哈婭在去布拉格之前是一個有人情味兒的領袖。他們坐在那裡討論各式各樣的計畫，他們如何在以色列聖地生活，如何在那裡工作，恢復藝術生活和文化生活，如何在那裡與羅夫諾保持聯繫。別的女孩離開羅夫諾，或到布拉格讀書，或移居聖地後，塔洛開始追求我。他每天晚上會在波蘭軍醫院的門口等我。我身穿綠裙子，頭戴白髮帶走出來，我們一起沿著大街散步——那條大街已經被命名為畢蘇斯基街——漫步在宮廷花園、格拉夫尼公園，有時我們一起走向奧斯提亞河和老城區，漫步在矗立著猶太大會堂和天主教大教堂的城堡區。我們只是說說話。頂多拉兩次手。為什麼？我很難向你解釋清楚，因為你們這代人根本就不懂這些。你甚至可以嘲笑我們。我們有種可怕的貞節觀。我們被埋藏在恥辱與恐懼的深淵之下。

塔洛是個堅定的革命者，但對任何事情都難為情：要是他碰巧發出「女人」或「餵奶」或「裙子」，甚至「大腿」等詞語，臉都要紅到耳根，像是出了血，他會開始道歉，結結巴巴。他沒完沒了地跟我談論科學和技術，談論它們是造福人類，還是給人類帶來災難，或二者兼而有之。他會熱情地談論對未來的憧憬，沒有貧窮，沒有犯罪，沒有疾病，甚至沒有死亡。他有點算是共產主義者，但這幾乎無濟於事，當史達林在一九四一年到來之際，不由分說就把他帶走，從此便消失了。

在整個猶太人的羅夫諾，沒人活下來——除了那些還來得及移居到聖地的人、少數逃到美國的人，以及不知怎麼在布爾什維克政體的屠刀下生還的人之外。史達林屠殺後，剩下的人都被德國人殺得精光。不，我不想故地重遊，幹麼去呢？從那裡開始重新思念不再存在、只存在我們年輕夢想中的以色列土地？是為了傷心？要是我想傷心，用不著離開維斯里街，甚至待在家裡就行。我坐在這裡的安樂椅上，每天傷心個幾小時。不然就是望著窗外傷心。不是為已失去的東西，而是為尚未發生的東西。我現在沒理由為塔洛傷心，那是七十年前的事情了，他現在不管怎麼說都已經離開人世，要是史達林沒有殺他，他也會死在這裡，死於戰爭，死於恐怖主義者的炸彈，或者死於癌症或糖尿病。我只為從未發生的事傷心。只為我們給自己拍的那些漂亮照片，如今已然褪色而傷心。

*

我在的里雅斯特登上一艘羅馬尼亞貨船，貨船名叫康斯坦塔，我記得我儘管沒有任何宗教信仰，但也不想吃豬肉……不是因為上帝，畢竟是上帝創造了豬，所以並不討厭牠，當他們殺小豬時，小豬吱吱大叫，用遭受折磨的小孩聲音祈求，上帝看到並聽到咕噥聲，像憐憫人一樣憐憫受罪的小豬。祂對小豬的憐憫，與對遵守戒律終生崇拜祂的拉比和哈西德教徒的憐憫一模一樣。

所以不是因為上帝，而是因為在去以色列土地的路上，在那艘船的甲板上大吃大嚼燻豬、醃豬、豬肉香腸，顯得不合時宜。於是我便吃很棒的白麵包，麵包那麼精緻，營養豐富。夜裡我睡在甲板下面三等艙的寢室裡，旁邊住著一個帶小孩的希臘女人，小孩頂多三個星期大。每天晚上我們兩人經常把孩子放在床單裡搖，於是她便止住哭聲睡著了。我們誰也不和誰說話，因為我們沒有一門共通語言，或許正是由於這個原因，我和這個女人依依惜別。

我甚至記得在那一刻，我的腦際迅速閃現出這樣一個念頭，我為什麼非要去以色列土地？只因為是猶太人嗎？可是那個希臘女人也許連什麼是猶太人都不知道，比整個猶太民族跟我來得更加親近。這個猶太民族那一刻在我眼裡像汗涔涔的龐然大物，正在引誘我走進它的腹中，好用它的消化液把我整個吞吃，我對自己說，索妮婭，這是妳真正需要的嗎？真奇怪，在羅夫諾，我從來沒有產生過這樣的恐懼，害怕自己被猶太人的消化液吞噬。我到這裡之後也沒有這種想法。只是在那時，在回以色列船上那一瞬間，希臘嬰兒已經在我的腿上睡熟，透過衣服我可以感受到她，那一刻彷彿她真的是我肉中之肉，縱然她不是猶太人，縱然有敵視猶太人的暴君安條克四世伊皮法尼斯[1]。

一天清早，我甚至可以確切告訴你某日某時……在一九三八年十二月二十八日星期三，就在一九三八年即將結束的前三天，哈努卡節剛過，那天天氣晴朗，幾乎看不到一絲雲彩，早上六點鐘，我已經暖和地穿好衣服，一件毛衣，一件短大衣，我走上甲板，看著前面灰濛濛的雲際。我看了大約一小時，只看見幾隻海鷗。突然，冬日從雲後噴薄而出，雲際下是台拉維夫，一排排的建築群，粉刷得雪白的房子，不像波蘭或烏克蘭村莊小鎮，不像羅夫諾、華沙或的里雅斯特，但像塔勒布特教室裡的圖片，像我們的老師門納海姆給我們看的繪畫和照片。既在意料之外，又在意料之中。

我無法描述，喜悅即刻湧上喉嚨。忽然間我只想大聲叫嚷，歡聲歌唱，這是我的！都是我的！這一切真的都是我的！很有意思，我平生從未有過如此強烈的情感，歸屬感，擁有感，在家裡沒有，在果園沒有，在磨坊裡沒有，從來沒有，不知你是否明白我的意思。平生從未有過，不論在那

1安條克四世伊皮法尼斯（Antiochus Epiphanes, 215-164B.C.），希臘化時期以敘利亞為中心的塞琉古王朝國王（西元前一七五至一六四年在位），敵視猶太人，把猶太教定為非法，導致了猶大．馬加比起義。

天早晨以前還是之後，從未有過那樣的欣喜：終於到家了，終於可以拉上窗簾，忘記所有鄰居，做自己真正喜歡的事。在這裡我用不著總是約束自己，不必為任何人感到丟臉，不必擔心農民怎麼看待我們，神職人員會說些什麼，知識分子會有什麼感覺，我用不著努力去給非猶太人留下好印象。即便當我們在霍倫買下第一間房子，或維斯里街的這一間，我都沒有如此強烈地感受到，有自己家的感覺該有多好。那天早上七點，我望著自己從未去過的城市，那片從來不曾駐足的土地，那些平生從未見過、樣子滑稽可笑的小房子，心裡就是這種感覺。你覺得有點可笑，有點傻，對吧？

十一點鐘，我們帶著行李登上一艘小汽船，水手是個高大的烏克蘭人，渾身冒汗，有點恐慌，我剛用烏克蘭語友好地謝過他，想給他一個硬幣，他大笑起來，突然用純正的希伯來語說，美人兒，妳這是怎麼啦，沒這個必要，為何不親我一下？

那是個令人愜意，有點涼爽的一天，記得最深的就是一股醉人而濃烈的焦油燃燒味，從冒著濃煙的焦油桶那裡飄過來——他們一定是剛剛給廣場或便道鋪過瀝青。這時突然冒出了媽媽那張笑臉，接著是爸爸那張臉，淚水縱橫，我姊姊哈婭和她丈夫茨維，我從來沒見過他，但是從第一眼就閃過這樣一個念頭：她在這裡找到的是多麼出色的一個小夥子！他非常英俊，心地善良，還挺快樂的！和所有人擁抱接吻後，我才看見了你母親范妮婭也在場。她稍微歪著身子站在那裡，避開燃燒的焦油，身穿長裙和一件藍色手織毛衣，安靜地站在那裡，等著在眾人之後擁抱我，親吻我。

如同我一下子就看出我姊姊哈婭在這裡容光煥發——她生氣勃勃，臉頰緋紅，自信，武斷——我也看出范妮婭的感覺不那麼好，她面色蒼白，甚至比以前更加沉默。她專程從耶路撒冷趕來接我，她為你父親阿里耶致歉，可他一天假也沒有。她邀請我去耶路撒冷。

僅僅過了約莫一刻鐘，我就發現站這麼長時間對她來說是很痛苦的事情。她和家裡其他成員還沒有告訴我，我自己就突然意會到她正經歷著妊娠的痛苦——也就是說，懷的是你。她也就剛懷孕三個月，但是雙頰有點塌陷，嘴唇蒼白，前額似乎蒙上了一層陰雲。她的美並沒有消失，相反，像是蒙上了一層灰色的面紗，直到最後她也無法把面紗揭開。

哈婭是我們三人當中最富魅力最令人欽佩的一位，她不僅有趣，才華橫溢，還是個令人動心的人，但是對所有目光敏銳觀察入微的人來說，我們三姊妹中最漂亮的要屬范妮婭。我？我從來就不在考慮之列。我只是傻里傻氣的小妹妹。我想媽媽最羨慕哈婭，為她感到自豪，而爸爸幾乎要把最喜歡范妮婭的真相隱藏起來。我在父母那裡都不受寵，或許在爺爺埃弗萊姆那裡還行。我愛他們大家，我不嫉妒，也不怨恨。或許，得到愛最少的人，只要他們不嫉妒、不痛苦，就會把自己的摯愛給予別人。你覺得呢？我對剛才說過的話不敢肯定，這也許是我在進入夢鄉之際給自己講的一個故事。也許大家在睡覺之前都講故事，所以就不大恐怖了。你母親擁抱著我說，索妮婭，妳來了真是太好了，我們大家團圓了真是太好了，我們今後有許多事情要相互幫忙，我們尤其要替父母分擔。

哈婭和茨維那間房子離港口大約只有一刻鐘的路。茨維是個英雄，我大部分行李都由他一個人拿著。路上，我們看到一些工人正在造一幢大樓，那是坐落在本耶胡達街拐向諾爾道街的教育學院。乍看之下，我把建築工人當成吉普賽人或土耳其人，可是哈婭說他們就是被太陽曬得黝黑的猶太人。我以前從未見過這樣的猶太人，除非在圖片上。接著我哭了起來——不但因為建築工人既強壯又幸福，而且因為他們當中有些小孩子，頂多才十二歲，每個人背上都扛著木梯，梯子上放著沉重的建築材料。此情此景讓我悲喜交加，啜泣了一會兒。有點難以解釋。

在哈婭和茨維的小屋裡，伊戈爾和照看他的鄰居正等候我們的到來。他大概有半歲大，是個活潑愛笑的孩子，就像他父親。我洗洗手，把伊戈爾非常溫柔地抱在懷裡，這次我不想再哭了，我沒有體驗到船上那種瘋狂的快樂，只感覺到某種安慰，發自內心深處，彷彿從水井底端，感覺到我們都到了這裡，這裡不是都賓斯卡街。我也突然感受到，那個厚臉皮汗涔涔的水手沒有從我這裡得到他要的那一吻，真是莫大的遺憾。怎麼會想到這些？迄今也不得而知。但我當時就是這種感覺。

晚上，茨維和范妮婭帶我在台拉維夫轉了轉，也就是說，我們在阿倫比街和羅斯柴爾德大道漫步，因為那時的本耶胡達街尚未被視為真正台拉維夫的一部分。我記得，第一眼看上去一切是那麼潔淨美好。夜晚，街上的長椅、街燈及所有的希伯來語標識，整個台拉維夫彷彿只是塔勒布特學校體育場上非常漂亮的展覽。

那是一九三八年十二月末，從那時起我沒有出過一次國，除非在想像中。我今後也不會出去。這並非因為以色列如此美好，而是因為我現在認為所有的旅行都是個錯誤，你不會空手而返的唯一旅程，就是你的心靈之旅。在我內心深處，沒有疆界和海關，我可以像星星那樣向著最遠方行進，或者是在已然消失的地方旅行，拜訪不再存在的人們，甚至走進從未存在過的地方，或是不可能存在的地方，待在那地方對我有好處。或者至少，沒有壞處。我給你煎個雞蛋吃了再走？再放些番茄、乳酪和一片麵包？或者放些鱷梨？不用？你又那麼著急？至少再喝一杯茶吧？

＊

那時，在守望山上的希伯來大學，不然就是在凱里姆亞伯拉罕，蓋烏拉或阿哈瓦的一間狹小房子裡，窮學生們兩三人住在一個房間裡，范妮婭·穆斯曼和耶胡達·阿里耶·克勞斯納就在那裡相識。那是在一九三五年或三六年。我知道我母親那時住在澤弗奈亞街四十二號的一間房間裡，和她同住的還有來自羅夫諾的兩個朋友，伊斯塔卡·韋納和范妮婭·魏茲曼，也是學生。我知道她有許多追求者。但即便如此，我從伊斯塔卡．韋納那裡聽說，她也失戀過一兩次。

至於我父親，聽說很喜歡交女友，他侃侃而談，才華橫溢，機智幽默，招致大家的關注甚至嘲弄。有學生稱其為「活字典」。要是有人需要知道，甚或不需要知道，他總是喜歡給大家留下這個印象，他知道芬蘭總統的名字，知道梵語「塔」怎麼說，或是《密西拿》中是否提過石油一詞。

要是他看上了某位女生，就會過於殷勤地幫她工作，他會約她出去，夜晚去百門區，或是桑海德里亞的巷弄裡散步，他喜歡參加知識分子的討論，他會感情充沛地朗誦密茲凱維奇或車爾尼霍夫斯基的詩歌。但是，顯然他和多數女孩子的關係只限於嚴肅討論或晚間散步，彷彿女孩子只喜歡他的大腦。也許他的運氣與那些年月的多數男孩沒什麼兩樣。

我不知道父母怎樣親近起來，我不知道在我認識他們之前，他們之間是否還有愛。他們在一九三八年初在雅法路法學博士大樓的屋頂上結婚，他身穿黑底白條紋西裝，繫著領帶，胸前口袋露出三角形的白手絹；她身穿白色長裙，更凸顯了白皙的皮膚和一頭漂亮的烏髮。我母親從她在澤弗奈亞街與人合住的房間，把幾件物品搬到艾默思街札黑家中我父親的房間。

幾個月後，我母親懷孕了，他們搬到對面一棟樓房裡的半地下室，有兩個房間。他們唯一的孩子就在那裡出世。有時，父親用比較蒼白的方式開玩笑，說那年月，世界確實不是個適合生孩子的地方（他喜歡「確實」，也喜歡「然而」、「的確」、「在某種程度上」、「準確無誤」、「即刻」、「另一方面」、「奇恥大辱」）。在說世界不是個生孩子的地方時，他也許暗示著對我的某種責備，因為出生得這麼魯莽，不負責任，與他的計畫和期待相反，他的確尚未實現他所期待的人生目標，暗示由於我的出生，他錯過了一班船。或者他什麼也沒有暗示，而只是用他通常的方式要聰明。我父親經常開些這樣那樣的玩笑，打破沉默。他始終把沉默看成有意和自己作對。或者是他的錯。

27

窮阿什肯納茨猶太人在一九四〇年代的耶路撒冷吃什麼？我們吃黑麵包配洋蔥加切兩半的橄欖，有時也加鯷魚醬；我們吃奧斯特雜貨店角落的桶裡、散發香味的燻魚和醃魚；在特殊情況下我們吃沙丁魚，認為那是美味佳餚；我們吃葫蘆、扁豆和茄子，或煮或煎，或加蒜泥和蔥末做油拌沙拉。

早晨有黑麵包加果醬，偶爾加些乳酪（我第一次去巴黎，是在一九六九年，從胡爾達基布茲直接去的，招待我的人發現以色列只有黑白兩種乳酪時覺得好笑）。早晨，給我喝桂格燕麥片，味道像糨糊，我連續絕食抗議後，他們便換了粗粒小麥粉和少量肉桂調成的糊。媽媽早晨喝檸檬茶，有時蘸黑餅乾。爸爸的早餐包括一片黑麵包，抹上厚厚的黃色果醬，半個水煮蛋加橄欖，幾片番茄，青椒和黃瓜，以及從一個厚玻璃罐裡舀出的塔努瓦優酪乳。

我父親總是一大早就起來，比我和媽媽早起一或一個半小時。五點半，他已經站在浴室的鏡子前，把敷在臉頰上的白霜刷成濃濃泡沫，在刮臉時，他輕輕唱起一首民歌，走調走得嚇人。然後，他獨自一人在廚房裡邊讀報紙，邊喝茶。在柑橘收穫期，他用小型手動榨汁機榨些橘子汁，端來給還在床上的我和媽媽。因為柑橘是冬季採摘，而在那年月，一向認為人在冷天喝涼飲會感冒，我勤勞的父親通常會在榨橘子汁之前點上普萊默斯煤油爐，上面放上水鍋，水差不多快開了時，他小心翼翼地把兩杯橘子汁放進鍋裡，用勺子均勻攪動，這樣靠杯壁的橘子水就不會比中間的熱。而後，他刮臉，穿上衣服，把媽媽的圍裙繫在腰間廉價的套裝外，然後把媽媽（在書房裡）和我（在走廊一頭的小房間裡）叫醒，遞給我們一人一杯熱過的橘子水。我喝這溫橘子水常常像在喝毒藥，而父親站在我身邊，繫著格子圍裙，打著素淨領帶，穿著磨薄了的套裝，等著我把空杯子還給他。我喝果汁時，爸爸會找話說。他對沉默總是感到負疚。他會用不太有趣的方式念順口溜：「兒子兒子喝果汁／我不惹你發脾氣。」

不然就是：「每天一杯橘子汁／快快樂樂無煩事。」

甚至：「一口又一口／身體補／精神固。」

有時，他覺得與其抒情，不如東拉西扯：「橘子是我們聖地的驕傲！雅法柑橘在世界深受歡迎。順便說一句，雅法這個名字，就像聖經時期的名字『雅弗』[1]，顯然取自美好，『約菲』一詞，那是一個非常古老的詞，源於阿卡德語『faya』，在阿拉伯語中有『wafi』的形式，而在阿姆哈拉語中，我相信是『tawafa』。現在呢，我年輕的『美男子』……」這時他會謙和地笑笑，對他玩弄辭藻表示滿意，「把你『美好』的橘子水喝光，讓我美好地把杯子拿到廚房裡。」

類似的雙關語和俏皮話，被爸爸稱作「雙關妙語」或「文字遊戲」，總在我父親心裡捲起某種善意的幽默。他感覺到它們有力量驅逐陰鬱或焦慮，播撒愉快的情感。要是我媽媽說，比如，鄰居倫伯格先生從醫院回來了，人又更瘦了，據說他病勢嚴重，爸爸會就「病勢」、「嚴重」的詞源和詞義發表一番演說，引經據典。所有的事情，甚至倫伯格先生的重病，都會激起他孩子般快樂的火花，媽媽對此表示驚奇。他真的想像，生活就是某種校外郊遊或不帶異性伴侶參加的舞會，充滿玩笑和機智對談？爸爸會琢磨她的譴責，道歉，可他是好意，倫伯格先生尚在人世時，我們就哀悼他這有什麼好處？媽媽說，即便你是好意，你不知怎麼卻用貧乏的趣味去表達。要麼高高在上，要麼

1 雅弗，《聖經》中挪亞之子。

卑躬屈節，不管何種方式總是夾雜著玩笑。於是，他們就會轉用俄語，用平靜的語調交談。

*

當我中午從普尼娜太太的幼稚園回到家裡，媽媽會和我較勁，賄賂，懇求，講公主與幽靈故事來分散我的注意力，直至我吞下一些拖鼻涕的南瓜和黏糊糊的西葫蘆（我們叫它的阿拉伯名庫薩），以及用麵包和碎肉做的丸子（他們經常用一些大蒜來把麵包偽裝成麵包屑）。

有時，我被迫含著眼淚、厭惡與憤怒吃東西，各式各樣的菠菜炸魚丸、菠菜葉、甜菜根湯、德國泡菜、泡菜，或胡蘿蔔，或生或熟。有時候，迫使我穿過粗麵粉和麥麩的荒原，踏著咀嚼之路攀登煮花椰菜和各種豆類的崇山峻嶺，如乾豆、豌豆和小扁豆。夏天，爸爸把番茄、黃瓜、青椒、香蔥和西芹切成小塊，做成好看的沙拉，上面閃著晶瑩的橄欖油。

有時，一片雞肉駕臨，淹沒在米飯中，或混跡於馬鈴薯泥沙丘裡，它的桅杆和帆旁飾有西芹，有壁壘森嚴的煮胡蘿蔔站崗，甲板周圍站著患佝僂病的夥伴，兩條醃黃瓜成為這艘驅逐艦的雙肋，要是把這些豆吃光，就會獎勵你一塊奶粉做的粉色奶油布丁，或用粉調製的黃果凍，我們叫它的法文名字啫喱，離儒勒．凡爾納和神祕潛水艇「鸚鵡螺號」只有一步之遙，在尼摩船長的控制下（船長對整個人類已不抱希望）駛向他在深海中的神祕領地，於是我決定很快就到那裡和他會合。

為慶祝安息日和節日，媽媽會提前幾天早早買上一條鯉魚。魚整天不屈不撓地在浴盆裡游來游去，從這邊到那邊，不知疲倦地尋找某種從浴盆通向大海的水下通道。我餵它麵包屑。爸爸告訴我，在祕密語言裡，魚叫作努恩[2]。我很快便和這努尼成了朋友，它遠遠地就可分辨出我的腳步，急急忙忙到浴盆邊迎接我，從水中探出嘴巴，令我想到最好別想的東西。

有那麼一兩次，我摸黑前去查看我的朋友是否整個夜晚都在冷水裡睡覺，我覺得這點有些奇怪，甚至有些違背自然法則；是否在熄燈後，我們努尼的工作日就結束了？它這時就會蠕動著身子出來，慢慢爬進洗衣筐裡，蜷縮起來，在毛衣和內褲的擁抱中睡著，直至第二天早晨，它又悄悄溜回浴盆，繼續它在海軍裡的服役生涯。

有一次，我獨自被留在家裡，於是便決定用島嶼、海峽、海岬和沙丘來豐富這條可憐鯉魚的無聊生活。我把各種廚具放進浴盆，像亞哈船長耐心而執著，花很長時間用長柄勺捕捉我的莫比·狄克[3]，可是它一次又一次溜開，逃進潛水艇的洞穴裡——是我把這些給它安置在海底的。有一次我突然摸到它冰冷扎手的魚鱗，這一令人背脊冒涼氣的新發現使我又恐懼又厭惡，還渾身發抖。直到那天早晨，所有生靈，無論小雞、小孩還是小貓，一直是柔軟的、溫暖的，只有死去的東西才冰涼堅硬。現在出現了鯉魚悖論，它冰涼堅硬但卻活著，我的手指間感受到了潮濕，滑溜，油膩膩的，多鱗，還有魚鰓，強烈地扭動掙扎，僵硬，冰冷，突如其來的恐慌向我襲來，我急急忙忙鬆開手，抖動手指，接著洗手，搓肥皂，接連使勁洗了三遍。我不再捉努尼了，而是長時間透過圓圓的、一眨不眨的魚眼，沒有眼瞼，沒有睫毛，一動不動地努力看世界。

爸爸，媽媽，還有應得的懲罰就這樣找上了我，因為他們到家後，悄悄走進浴室，而我沒有聽見，他們見我像一尊佛像一動不動地坐在馬桶蓋上，嘴巴微微張開，面無表情，呆滯的雙眼一眨不眨，像一對玻璃球，再看到那個瘋孩子沉到浴盆底下的廚房用具，像一群小島，或像珍珠港水下防

2 阿拉米語。

3 典出自美國作家梅爾維爾長篇小說《白鯨記》（*Moby Dick*）。

禦工事。「殿下，」爸爸傷心地說，「將又一次被迫為他的行為後果負責。抱歉了。」

星期五晚上，爺爺和奶奶來了，媽媽的朋友莉蓮卡和她胖墩墩的丈夫巴-薩姆哈也來了，巴-薩姆哈的臉上有一撮彎彎的鬍子，像鋼絲，他的耳朵型號和別人不一樣，像亞爾薩斯人，一隻耳朵豎起，另一隻耳朵忽閃著。

喝過雞湯後，媽媽突然把努尼的屍體放到了桌上，有頭有尾，但是側身挨了七刀，像炮車上的國王遺體被運往萬神殿那麼輝煌。莊嚴的遺體在馥郁芬芳的奶油醬汁裡安眠，醬汁上撒有一層亮晶晶的米粒，遺體四周點綴著煮爛的李子乾和一些胡蘿蔔片，撒上一層裝飾用的小綠片。但是努尼很警覺，它在控訴，圓鼓鼓的眼睛不畏強暴地盯著所有的劊子手，以無言的痛苦做無聲的譴責。

當我的目光與它可怕的大眼睛相遇時，那撕裂的目光在哭訴納粹、叛徒和劊子手，我開始無聲地哭了起來，頭垂在了胸前，努力不讓他們看見。但是莉蓮卡——我媽媽最推心置腹的朋友，一個瓷娃娃身體裡有著幼稚園老師的靈魂——吃了一驚，連忙安慰我。她先是摸了摸我的額頭，宣稱，沒有，他沒有發燒。接著她撫摸著我的胳膊說，可是是的，他有點發抖。接著她朝我彎下身子，直至她的呼吸與我的呼吸融合到了一起，說：好像是心理原因，不是生理原因。說著，她轉身帶著某種自以為是的樂趣，對著我的父母做出結論，聲明她很久以前就已經告訴他們，這個孩子，像所有脆弱、複雜、敏感的未來藝術家，顯然很早就進入了青春期，最好的方式就是聽其自然。

爸爸稍加考慮，掂量一番，做出判斷：「是啊。可是你首先得吃魚，請吧。像大家那樣。」

「不吃。」

「不吃？為什麼不吃？怎麼回事兒？殿下在想著解雇他的廚師班子嗎？」

「我不能。」

在這方面，巴－薩姆哈先生流露出誇張的善意，有意進行調停，開始帶著撫慰尖聲尖氣地說起了甜言蜜語：「你為什麼不吃一點點呢？就象徵性地吃一口，不吃？為了你的父母和安息日？」

但他的夫人莉蓮卡，一個真誠而體貼的好人，代我打斷：「沒必要折騰孩子！他有心理障礙。」

*

莉亞·巴－薩姆哈，也叫莉蓮娜，以前叫莉莉亞·卡利什[4]，在我大部分童年歲月裡，她是我們耶路撒冷小房子的常客。她身材矮小，斜削肩膀，憂傷，蒼白，脆弱。她當了多年小學校長，甚至寫了兩本論及兒童心理問題的書。從後面看，她像個二十歲的苗條女孩。她和我媽媽一連幾個小時在那裡竊竊私語，或坐在廚房的柳條凳子上，或坐在她們搬到花園裡的板凳上，聊天，或探討某本打開的書，或藝術畫冊，頭靠著頭，手拉著手。

多數情況下，莉蓮卡都是在爸爸出門上班後到我家來。我感覺到，在爸爸和她之間，保持著一種丈夫和妻子閨中密友之間常見的那種彬彬有禮的相互憎恨。要是媽媽和莉蓮卡聊天時我走近她，她們會立刻停止說話，只有當我走到聽不到談話的地方，她們才重新交談。莉莉亞·巴－薩姆哈看我時，露出惆悵的微笑，我出於情感原因理解並寬恕一切，但是媽媽讓我趕緊說出我需要什麼，而後離開她們身邊。她們擁有許多共同的祕密。

有一次，莉蓮卡來時父母均不在家。她帶著理解與憂傷看了我一會兒，搖搖腦袋，彷彿確實認同自己的決定，開始談話：她確實非常、非常喜歡我，因為我這麼小，她對我非常感興趣。其興趣

4〔原注〕由於種種原因我更動了一些名字。

與那些煩人的成年人不同，他們總問我在學校是不是好學生，喜不喜歡足球，或是否還在集郵，長大後想做什麼，諸如此類的傻問題。不會！她感興趣的是我的思想！我的夢想！我的精神生活！她認為我是個獨特而富有創造性的孩子！正在成形的藝術家！她想找機會——眼下沒有必要——來試著接觸一下我年輕性格中較為內在和易受影響的方面（我那時有十來歲）。比如，我完全獨處時會想些什麼？我祕密的想像生活中會發生什麼？什麼東西真的能夠使我感到快樂或傷心？什麼事情會讓我激動？什麼事情會令我恐懼？什麼事情使我反感？什麼樣的景色能夠打動我？我是不是聽說過柯爾恰克[5]？我是否讀過他的《魔術師約塔姆》？我是否對美妙的性有祕密想法？她非常想成為，怎麼說來著，傾聽的耳朵、我推心置腹的朋友，儘管我們之間有年齡差距，等等。

我是個能夠迫使自己彬彬有禮的孩子。對第一個問題，我是怎麼想的，就禮貌地做出回答：對一切都感興趣。對什麼讓我激動什麼讓我害怕等連珠炮似的問題我回答說：沒有什麼特別的東西。而對她出讓的友誼，我乖巧地說：「謝謝您，莉莉亞阿姨，您真好。」

「要是你覺得需要說什麼又難以向你父母啟齒，你不猶豫嗎？你會來找我嗎？會和我說嗎？當然我會保密的。我們可以討論。」

「謝謝。」

「沒人可以說的事情呢？讓你覺得有點孤獨的想法呢？」

「謝謝。真的謝謝您。要我給您拿杯茶來嗎？我媽很快就會回來。她就在拐角海涅曼家的藥房裡。您等她的時候要看報紙嗎，莉莉亞阿姨？不然我幫您開電扇？」

---

5 柯爾恰克（Janusz Korczak, 1879-1942），波蘭猶太教育家，在大屠殺期間為維護兒童權利而堅決奮戰。

28

二十年後，一九七一年七月二十八日，我在《直至死亡》[1]一書發表後幾個星期，收到母親朋友的一封來信，她那時已經六十多歲了：「我覺得你父親去世之後，我對待你的方式不好。我非常沮喪，無所事事。我把自己關在家裡（我們的房子很可怕……我沒有力氣更換任何東西），我害怕出門——情況就是這樣。在你的小說〈遲暮之愛〉裡的那個人物身上，我找到了一些共同點……他顯得如此熟悉，離我們非常近。〈直至死亡〉，我曾經聽過一次廣播劇，你在接受電視訪談時讀過它的片斷。在我房間牆角的電視機裡，出人意料地看見你，真是妙不可言。我想知道小說的源頭——它的確十分獨特。我無法想像，當你描寫恐懼與憂慮時，內心在想什麼。令人不寒而慄。對猶太人的描述——突出的形象，不光是受難者……令我印象至深。還有水蝕鐵的描述……以及對既非現實又非旅行終點的耶路撒冷畫面，那不過是渴望並嚮往世上本不存在的某種地方。你書中字裡行間出現的死亡，是我從未想像到的……然而我在不久以前曾渴望死亡……我現在不同尋常地想到了你母親的話——她預見到我人生的失敗。我感到自豪的是，我的弱點流於表面，還適應力強。現在我覺得有點崩潰……奇怪，多年來一直夢想回到這片土地，現在夢想化作了現實……然而我生活在此地就像一場噩夢。不要在意我說過的話。只是說說而已。不要回應。上次我看見你時，你正和你父親鬧得凶，我沒感受到你性格中那份陰鬱……我們全家問候你。我很快就要當奶奶了！致上友誼和

---

1 艾默思·奧茲的中篇小說集，包括〈直至死亡〉（又譯〈十字軍〉）和〈遲暮之愛〉。

愛，莉莉亞（莉亞）。」

在寫於一九七九年八月五日的另一封來信裡，莉蓮卡這樣寫道：

「……但是現在就不說它了，也許有朝一日我們會相逢，那麼就可以談論我從你話裡聯想到的問題。你在書中的〈自傳隨筆〉裡，當提到你母親『由於絕望或期盼而自殺』，『有些事情出了毛病』，你在暗示什麼？請原諒，我觸到了創傷，你父親的創傷。這創傷對你來說更為特別，甚至……我的創傷。你不知道我有多想念范妮婭，尤其是最近。我把自己獨自一人留在一個狹小的世界裡。我想她。也想我們另外一個朋友，她叫斯提法，她含悲忍痛在一九六三年離開了這個世界……她是位兒科醫生，她的人生中充滿了一個接著一個的不幸，或許因為她相信男人。斯提法只是不想去領會某些男人會幹出什麼。我們三人在三〇年代關係非常密切。我是最後一個摩希根人[2]，朋友已經不復存在了。我在一九七一年和七三年兩次想結束自己的生命，但沒有成功。我不會再試了……現在和你談你的父母，還不是時候……許多年已經過去……不，我還沒準備用筆寫下要說的一切。有朝一日我只能用書寫來表達。或許我們將再次見面……到那時許多事情都會改變……順帶一提，你應該知道你媽媽和我以及羅夫諾青年衛士的一些成員認為小資產階級最為糟糕……我們的背景相似。你母親從來就不是『右派』……只是當她嫁進克勞斯納家後，佯裝與他們相像。」

一九八〇年九月二十八日，又一封來信寫道：

「……你媽媽出生於一個不幸的家庭，也把你們的家庭給毀了。然而這並非她的過錯……記得一九六三年，你坐在我們家裡……我向你保證，我有朝一日會寫寫你的母親……然而要做到這點非常困難……甚至連寫封信都不容易……要是你知道，你媽媽從童年時代起多嚮往成為一個藝術家、一個創作者就好了！要是她能夠看到你有今天就好了！她為什麼沒看見呢？或許在私人談話裡我能夠比較大膽，告訴你我不敢寫的東西。愛你的莉莉亞。」

*

我父親在去世（一九七〇年）之前，有機會讀到我的三本書，並非全然喜歡。我媽媽只讀過我在小學裡寫的幾篇故事，以及我想打動繆思女神時創作的幾首幼稚的童詩。媽媽喜歡對我說繆思是存在的（爸爸不相信繆思，正如他始終蔑視仙人、巫婆、創造奇蹟的拉比、小精靈、各式各樣的聖人、直覺、奇蹟和鬼魂。他把自己視為「擁有自由世界觀的人」，他相信理性思維和艱苦的智慧勞作）。

要是我媽媽讀過《直至死亡》中的兩篇小說，是否會用與友人莉蓮卡相似的話語做回應，「渴望並嚮往世上本不存在的某種地方」？難以知曉。夢幻中的憂愁，無法表達的真情，以及浪漫的苦痛，這層朦朧的面紗遮住那些衣食無憂的羅夫諾年輕女子，彷彿她們那裡的生活，永遠在中學院牆內被漆成兩種色調：憂愁或歡樂。不過，媽媽有時候反叛這單一的色調。

二〇年代那所學校課程安排上的某些東西，抑或是侵入媽媽和她年輕朋友心房裡的某種深藏著的浪漫黴菌，某種濃烈的波蘭—俄羅斯情感主義，某種介乎蕭邦和密茲凱維奇之間的東西，介乎《少年維特的煩惱》和拜倫之間的某種東西，在崇高、痛苦、夢幻與孤獨之間那模糊地帶的東西，各式各樣捉摸不定的「渴望和嚮往」，欺騙了我母親大半生，誘使她最終屈服，並在一九五二年自

2出自美國作家詹姆斯・庫柏（James Fenimore Cooper, 1789-1851）長篇小說《最後一個摩希根人》（*The Last of the Mohicans*）中的人物。

殺。她死時年僅三十八歲。我十二歲半。

＊

在媽媽去世後的幾週，或者幾個月，我一刻也沒有想到過她的痛。對她身後猶存的那聽不見的求救吶喊，也許那吶喊就懸浮在我們房子的空氣裡，我卻充耳不聞。我沒有一絲一毫的憐憫，一點也不想她。我並不為媽媽死去而傷心——反倒委屈氣憤到了極點，我的內心再沒有任何地方可以容納別的情感。比如說，她死後幾個星期，我注意到她的方格圍裙依然掛在廚房門後的掛鉤上，我氣憤不已，彷彿傷口上被撒了鹽。廁所綠架子上媽媽的梳妝用品，她的粉盒、梳子傷害了我，彷彿它們留在那裡是為了愚弄我。她讀過的書，她那沒有人穿的鞋，每一次我打開「媽媽半邊」衣櫃，媽媽的氣味會不斷地飄送到我的臉上。這一切讓我直冒肝火，好像她的套頭衫不知怎麼鑽進了我的套頭衫堆裡，正幸災樂禍朝我不懷好意地齜牙咧嘴。

我生她的氣，因為她不辭而別，沒有擁抱，沒有片言解釋。畢竟，就算對完完全全陌生的人、送貨人，或是門口的小販，我媽媽不可能不送上一杯水、一個微笑、一個小小的歉意、三兩個溫馨的詞語就擅自離去。在我整個童年，她從未將我一個人丟在雜貨店，或是丟在一個陌生的院子，一個公園。她怎麼能這樣呢？我生她的氣，也代爸爸生氣，他的妻子就這樣羞辱了他，將其暴露在大庭廣眾之下，像喜劇電影裡的一個女人突然和陌生人私奔。在我整個童年，要是他們一兩個小時不見我的蹤影，就會朝我大喊大叫，甚至懲罰我，這規矩已成固定，誰要是出去總要說一聲他去了哪裡，過多久後回來，或至少在固定的地方，花瓶底下，留張字條。

我們都這樣。

怎麼可以話只說了一半就粗魯地離去？然而，她自己總是主張乖巧，禮貌，善解人意的舉止，努力不去傷害他人，關注他人感受，感覺細膩！她怎麼能這樣呢？

我恨她。

*

幾星期後，憤怒消失了。與之相隨的我似乎失去了某種保護層，某種鉛殼，它們在最初的日子裡保護我度過震驚與痛苦。從此刻開始，我被暴露出來。

我在停止恨媽媽時，又開始恨自己。

我在心靈角落尚不能容納媽媽的痛苦、孤獨，以及周圍裹脅著她的窒息氣氛，離開人世前那些夜晚的可怕絕望。我正在度過自己的危機，而不是她的危機。然而我不再生她的氣，相反的，我憎恨自己，如果我是個更好更忠心耿耿的兒子；如果我不把衣服丟得滿地都是；如果我不糾纏她，跟她嘮嘮叨叨，而按時完成作業；如果我每天晚上願意把垃圾拿出去，而不是非遭到呵斥才做；如果我不惹人生厭，不發出噪音，不忘記關燈，不穿著撕破了的衣服回家，不在廚房踩了一地泥腳印；如果我對她的偏頭痛倍加體諒，或至少，她讓我做什麼我都盡量去做，別那麼虛弱蒼白，就算她做什麼，不管是往我盤子裡放什麼，我都把它們吃光，不要那麼難為她；如果為了她，我做一個比較開朗的孩子，別那麼不合群，別那麼瘦骨嶙峋，稍微曬得黝黑一點，稍微強壯一些，像她讓我做的那樣，就好了！

或者截然相反？要是我更加孱弱，患慢性病，坐在輪椅上，得了肺癆，甚至天生失明？她善良慷慨的天性，當然不許她拋棄這樣一個殘疾兒，拋下可憐的他，只顧自己消失。要是我是個沒有雙腿的瘸孩子——要是還有時間，我會跑到一輛奔馳的汽車底下，挨撞，截肢，也許我媽媽會充滿憐憫，不會離開我？會留下來照顧我？

要是媽媽就那樣離開我，沒回頭看我一眼，當然是暗示她從來就不曾愛過我。她這麼教我：要是你愛一個人，那麼除了背叛，你可以寬恕他的一切，你甚至寬恕他嘮嘮叨叨，寬恕他丟了帽子，寬恕他把山珍海味丟在盤子裡。

拋棄就是背叛。她——拋棄了我們兩人，爸爸和我。儘管她偏頭痛，儘管現在才知她從來沒有愛過我，我永遠不會離她而去；儘管她長時間沉默寡言，把自己關閉在黑暗的房間，情緒失控，我也永遠不會那樣離她而去。我有時會發脾氣，也許甚至會一兩天不和她說話，但是永遠不會拋棄她。永遠不會。

所有的母親都愛自己的孩子，那是自然法則。連一隻貓一頭山羊都是如此，連罪犯和劊子手的母親都是如此，連納粹們的媽媽都是如此，或是弱智者的媽媽，甚至魔鬼的媽媽。只有我自己不能得到愛，我媽離我而去，這一事實表明我沒有被人愛之處，我不值得愛。我有一些毛病，一些非常可怕、可憎、確實令人駭怕的東西，比某些生理或心理殘缺甚至瘋癲更加令人生厭。我有某種無法補救的令人生厭之處，如此可怕，就連媽媽那樣多愁善感的女人，她可以把愛慷慨施予一隻鳥兒、一個乞丐或是一條迷路的小狗，卻無法再容忍我，躲我躲得越遠越好。有句阿拉伯諺語說得好：「任何一隻猴子在母親眼裡都是瞪羚。」只有我除外。

要是我也可愛，至少有一點點可愛，就像世界上所有母親眼中的孩子——哪怕是最醜、最淘氣的孩子，甚至那些被逐出校門、有暴力傾向、心理不正常的孩子，甚至用把菜刀把爺爺捅了的惡小子，甚至性變態狂，有象皮病，在大街上拉開拉鏈，掏出自己的物件給女孩們看……要是我聽話，要是我按照她千叮嚀萬囑咐的那樣去做，該多好，可我像個傻瓜不聽她的……要是在逾越節晚宴後，我不把那只從她曾祖母那裡傳下來的藍碗打碎……要是我每天早晨好好刷牙，從上到下裡裡外外，包括每個角落，不耍花招……要是我不從她手袋裡捏出半文錢，而後又撒謊說我沒有拿……要是我止住那些邪念，夜裡沒有不由自主地把手伸向睡衣最裡面……要是我像所有的人一樣，也配有個媽媽就好了。

*

一兩年過後，我離家到胡爾達基布茲居住，漸漸地開始想她。在傍晚，上完學，幹完活，沖過澡，當基布茲的所有孩子洗過澡，換上晚上穿的衣服，去和父母一起小聚，只有我孤零零一個人形單影隻，待在空空蕩蕩的兒童宿舍，我會獨自坐到圖書館裡的木凳上。

我會摸黑在那裡坐上半小時或一小時，一幅畫面接一幅畫面，構築她人生的最後歲月。那時候，我已經努力猜測些微我們從未說過的事情，我和母親之間沒有說過，我和父親之間也沒有說過，似乎他們兩個人之間也沒有說過。

我媽去世時三十八歲。當寫下這句話時，她比我大女兒年輕，比我小女兒年長。在塔勒布特上完中學後的十年或二十年後，我媽媽、莉蓮卡·卡利什，以及其他一些朋友在熱浪襲人、貧窮、充滿惡毒流言的耶路撒冷經歷了一連串的生活打擊，這些情感充沛的羅夫諾女學生突然發現自己置身於難以忍受的日常生活領域，那裡有尿布、丈夫、偏頭痛、排隊，散發著樟腦球和廚房滲水槽的氣味，顯然羅夫諾二〇年代學校課程的安排對她們沒有任何幫助，只會使事情更糟糕。

或許還有別的東西，既不是拜倫式的，也不是蕭邦式的，而是更接近於籠罩在契訶夫戲劇或格尼辛小說中那些含蓄端莊出身名門的年輕女子身上那層憂鬱的孤獨，某種童年時代確信的東西不可避免地遭到挫敗，被踐踏在腳下，甚至遭到單調乏味生活本身的嘲弄。我媽媽在帶有朦朧美的純潔精神氛圍裡長大，其護翼在耶路撒冷又熱又髒的鋪石人行道上撞碎。她長成一個漂亮優雅的磨坊主女兒，住在都賓斯卡街的宅邸，那裡有果園，有廚師，有女傭，或許她們在那裡把她養得酷似那個牧羊女，那個經過美化的雙頰緋紅、穿了三層襯裙的牧羊女，她憎恨那幅畫面。

索妮婭姨媽七十年後突然記起，十六歲的范妮婭難得地勃然大怒，突然向那個神情迷離、身上有幾層絲綢襯裙、溫柔的牧羊女報以蔑視，甚至幾近唾棄，大概是一種火花，我媽媽的生命力量正徒勞地試圖擺脫已經開始裹脅它的黑暗。

拉著窗簾的窗子，將范妮婭·穆斯曼的童年保護得嚴嚴實實，就在這窗子背後，波考夫尼克先生深夜把一顆子彈射進大腿，另一顆子彈射入頭顱。拉芙佐娃公主往手上釘了一根鏽釘，體驗某種救世主的疼痛，替他忍受。女傭的女兒朵拉懷了母親情人的孩子，酒鬼斯泰萊斯基在打牌時輸掉了自己的妻子，而她，他的妻子伊拉，在縱火焚燒英俊安東的空棚屋時，最終把自己活活燒死。但是所有這些事情發生在雙層玻璃的另一邊，發生在塔勒布特那令人愜意、明朗知性的圈子之外。它們都無法進入我媽媽的童年，無法嚴重損害她童年的歡樂時光，當然我媽媽的童年也輕輕敷上一層淡淡的哀愁，它非但不會造成損害，還賦予了一層神采，使之更加甜美。

幾年後，在凱里姆亞伯拉罕，在艾默思街，在狹窄潮濕的地下室，羅森多夫一家樓下，倫伯格一家旁邊，周圍是鋅桶，醃小黃瓜，以及在一只鏽漬斑斑的橄欖桶裡漸漸死去的夾竹桃，在終日受到捲心菜、洗衣房、煮魚及尿騷味的侵襲下，我媽媽開始枯萎。她或許能夠咬緊牙關，忍受艱辛、失落、貧窮，或婚姻生活的殘酷。但我覺得，她無法忍受庸俗。

*

到一九四三年或四四年，倘若不是比這更早的話，她已經知道所有人都在那裡被殺，就在羅夫諾城外被殺。一定是有人來述說德國人、立陶宛人和波蘭人背著衝鋒槍招搖過市，把老老少少趕到索森基森林——人們在天氣晴好的日子喜歡到那座森林旅行，玩捉迷藏，圍坐在營火旁邊唱歌，在星光閃閃的夜空下，在小溪兩旁，躺在睡袋裡睡覺——在那裡，就在粗大的樹枝、飛鳥、蘑菇、黑醋栗和草莓中間，德國人在一個個坑邊上射擊屠殺，兩天內大概有兩萬五千人喪生[3]。我媽媽的所有同學幾乎都消失了。還有他們的鄰居、熟人、生意對手及敵人、有錢人和勞工、虔敬派人士、同化了的人和受過洗的教徒、社區領袖、猶太會堂中的有關人士、小販和抽水的、共產主義者和猶太復國主義者、知識分子、藝術家和鄉間傻瓜，以及大約四千名嬰幼兒。我媽媽的中學老師也死在那裡：校長伊撒哈爾·萊斯，他擁有迷人的儀表，迷人的雙眼，那目光曾經令多少青春期的女學生魂牽夢縈；還有睡眼惺忪心不在焉的以撒·伯克維斯基；講授猶太文化、性子火爆的埃利澤·布斯里克；講授地理、生物和體育的凡卡·宰德曼，以及她的畫家哥哥施穆埃爾；還有迂腐而痛苦的摩西·伯格曼博士，他幾乎緊咬著牙關講授通史和波蘭歷史。所有這些人。

不久以後的一九四八年，當阿拉伯軍團炮轟耶路撒冷時，我媽媽的另一個朋友皮羅席卡——皮莉·顏奈，也被一發炮彈擊中而死。她只不過是出去拿水桶和抹布。

3〔原注〕和我現在居住的阿拉德人口相當，超過這一百年間和阿拉伯人交戰中死去的猶太人數。

*

也許，某種童年時代便已確信的東西，受到與死亡繆思有關的某種浪漫毒殼的浸染？是不是塔勒布特學校裡過於純化的課程中的某種東西？或是一種憂鬱的斯拉夫中產階級人士的特徵，我在母親去世幾年後在契訶夫、屠格涅夫、格尼辛的創作，甚至拉海爾[4]的詩歌中再次與之相遇。它使我媽媽在實現不了童年夢想之際，把死亡設想為某種令人激動並且富有保護和撫慰的情人，最終的藝術家情人，最後能夠治癒她孤獨心靈的人。

許多年間我一直在追蹤這個老殺手，這個狡詐而原始的引誘者，這個令人作嘔的髒老頭，因年事已高而脫形，但是不時地把自己喬裝打扮成年輕迷人的王子，這個獵取破碎心靈的狡猾獵手，這個吸血情人，聲音又苦又甜，猶如孤寂夜晚的大提琴曲，這個詭祕柔和的江湖騙子，一位謀略大師，一位具有魔力的流浪藝人，把絕望與孤獨引到斗篷的皺褶裡。這個屠殺破碎靈魂的老連環殺手。

4 拉海爾（Rachel, 1890-1931），著名希伯來語女詩人，詩風多愁善感。

29

我是從什麼時候開始記事的？最初的記憶是鞋，一隻散發著香氣的棕色小新鞋，有柔軟溫暖的鞋舌。一定是一雙鞋，可是從記憶中只打撈上一隻。一隻新的仍舊有點僵硬的鞋。它那新鮮、閃亮、有些類似真皮的可愛氣味，濃烈而令人眩暈的糨糊味令我如此心醉神迷，令我顯然先要把新鞋穿到臉上，鼻子上，像套上了某種噴嘴。這樣我便可以吮吸氣味了。

我媽媽走進房間，後面跟著爸爸，還有叔叔、阿姨，也許只是熟人。我把小臉栽到鞋裡時的樣子一定很可愛、很好玩，因為他們放聲大笑，朝我指指點點，有些人大聲吼叫，雙手拍打著膝蓋，其他人嘟囔著，粗聲粗氣地說，快點，快點，把相機拿來！

我們家沒有相機，但我仍幾乎看見那個嬰孩：大概兩歲或兩歲半，淡黃色頭髮，兩隻睜大的眼睛驚異萬分。但眼睛下面不是鼻子、嘴巴和下巴，而是露出一隻鞋跟，以及一隻尚未被人穿踏過的亮晶晶的新鞋底。眼睛以上，是個蒼白的嬰兒，雙頰下面看似大頭魚或某種遠古時期的大嘴鳥。

身為嬰孩是什麼感覺？我可以精確地回答那個問題，因為我繼承了那個孩子那一刻的感覺：刺激的快感，野蠻而令人眩暈的快感油然而生，因為所有人都把目光集中到他一個人身上，為他吃驚，欣賞他，對他指指點點。與此同時，絲毫沒有矛盾，嬰兒也對他們大量的關注感到害怕和驚愕，他還太小，承受不了這麼多的關注，因為父母和陌生人以及所有人都朝著他和他的臉頰吼叫—大笑—指指點點，又是一陣大笑，邊笑邊互相嚷著，相機，快點，拿個相機來。

還有一點點失望，因為他們闖入時，他正在享受吸入皮革的新鮮氣味和漿糊那令人暈眩的香氣所帶來的醉人的感官愉悅，他的內心在顫抖。

接下來這個畫面沒有觀眾。那是媽媽在給我穿襪子（因為屋裡很冷），她鼓勵我用力，再用點力，她幫助我的小腳踏進散發著香氣的新鞋，就像個助產士幫助胎兒進入那初次分娩的產道。

直至今天，每當我把腳放進靴子或鞋子裡，甚至當我坐在這裡寫下這些文字時，我的皮膚再次體驗到當腳試探性地伸進那第一隻鞋裡時產生的快感，體驗到當腳平生第一次伸進這一寶洞的堅挺而柔軟的牆壁並輕輕撫摸它時肌肉的顫抖。而當時，它一點一點地擠進去，媽媽耐心又輕柔的聲音鼓勵我說，使勁，再使點勁。

一隻手輕輕地把我的腳一點一點推進去，而另一隻托著鞋跟的手輕輕地往回壓，那顯然是種方向相反的力量，但確實幫我一直把腳伸到裡面，直至那甜美瞬間的來臨，彷彿克服了最後的障礙，我的腳跟使出最後一把勁，伸了進去，於是腳把整個空間填滿，現在你全在裡面了，被裹住，被夾緊，被固定，媽媽已經開始拉鞋帶，繫緊，最後像甜美的舔舐，溫暖的鞋舌在鞋帶和繩結下伸開，那種伸展總是讓我覺得足背癢癢的。我就在這裡，在裡面，被我的第一隻鞋緊緊地愉快地擁抱。

那天夜裡，我祈求允許自己穿鞋子睡覺。我並不希望到此為止，或至少允許我把新鞋放在枕頭上，於是我可以聞著皮革與漿糊的氣味進入夢鄉。好不容易經過涕泣漣漣的冗長談判，他們最終才同意把鞋子放在床頭的一把椅子上，條件是你在明天早晨之前不許亂摸，因為你已經洗過手了，你只能看，你只有時時刻刻偷偷看它們朝你微笑的兩隻黑口，把臉湊上去，吸進它們的氣息，帶著感官的快意在夢中微笑，就好像在撫摸你。

*

記憶中的第二件事是我被鎖在了狗窩裡。

我三歲半快四歲時，他們每週有幾天把我託給鄰居照看幾個小時，那是一位中年寡婦，自己沒有孩子，她身上散發一股發霉羊毛的氣味，還有淡淡的肥皂和油煙味。她名叫蓋特太太，但我們總是叫她格里塔阿姨。我父親除外，他偶爾用胳膊挽住她的肩膀，叫她格里琛，或叫格里特，他會根據自己的習慣用舊世界裡一個男學生的方式編一些調笑句子：「和格里特聊天／喜無邊！」（這顯然是他自己向女人大獻殷勤的方式。）格里塔阿姨的臉會發紅，因為她為自己紅臉而不好意思，她的臉會剎那間紅得出血，近乎於發紫。

格里塔阿姨把一頭金髮梳成一條粗大的辮子，盤在她圓圓的頭頂上。鬢角的頭髮已經發灰，彷彿長在金色田野邊的灰蒺藜。她豐滿柔軟的手臂上長著一堆堆淺棕色斑點。在她喜歡穿的土裡土氣的棉布裙下，是兩條粗壯的大腿，像結實的拉車大馬。她的嘴角經常露出不好意思充滿歉意的微笑，彷彿被人發現在淘氣或在撒謊，她坦率地為自己感到震驚。她總有兩隻手指纏著繃帶，至少一個，偶爾三個，這或許因為她在切菜時切到了自己，或者在開關廚房抽屜時把手給劃了，或者把手夾在了鋼琴蓋下——儘管她的手指頭不斷進行不幸的冒險，可是她在教授鋼琴課，也做私人保育員。

吃過早飯，媽媽會讓我站在浴室洗臉槽前的一只木凳上，用條濕毛巾擦去我雙頰和下巴上的粥跡，潤潤我的頭髮，從中間梳出一道明顯中分，隨後交給我一個棕色紙袋，裡面裝著一根香蕉、一顆蘋果、一片乳酪和幾塊餅乾。就這樣，我乾乾淨淨梳洗一新，可憐地被送到右邊四號樓的後院。在去那裡的路上，我得保證要好好按照格里塔阿姨吩咐的去做，不要讓人家討厭，尤為重要的，無論如何也不能去抓撓膝蓋傷口上已經結痂的棕殼，因為殼，又叫作痂，是痊癒的一個過程，很快就會自己蛻掉，但你要是碰了——但願不要這樣——就會感染，那就沒辦法了，他們得給你打一針。

在門口，媽媽祝我和格里塔阿姨過得愉快，而後便離開了。格里塔阿姨立即把我的鞋子脫掉，讓我穿著襪子在一個角落裡的地席上好好地靜靜地玩，在角落裡每天早晨等待我的是磚頭、茶勺、墊子、餐巾紙、一隻敏捷的玩具虎，以及一些多米諾骨牌，還有破舊的公主娃娃散發著霉味。這份存貨清單，足以使我連續幾小時玩打仗和爭當英雄的遊戲。公主讓邪惡的男巫（老虎）抓住，男巫把她囚禁在山洞（鋼琴底下）。茶勺組成一隊飛機，在大海（地席）和高山上（墊子）飛行，尋找公主的下落。多米諾骨牌是群可怕的狼，男巫將它們分布在囚禁著公主的山洞周圍。或是另一種情形：多米諾骨牌是坦克，餐巾紙是阿拉伯人帳篷，柔軟的娃娃變形為英國最高長官，墊子被營造成耶路撒冷城牆，而茶勺，聽命於老虎，被我提升為哈斯蒙尼戰士，或是巴爾・科赫巴的游擊部隊。

上午過了將近一半，格里塔阿姨會給我端來一些黏糊糊的紫莓果汁，盛果汁的茶杯厚厚的，和我們家的杯子不一樣。有時她會撩起裙襬，挨著我坐在墊子上。她對我發出各式各樣的唧唧聲，並做出各種喜歡我的暗示，最後總是在黏著果醬的黏糊糊狂吻中結束。有時她允許我稍稍擺弄——輕輕地！——擺弄鋼琴。要是我吃光了媽媽放在我紙袋裡的食物，格里塔阿姨就會給我兩塊巧克力或杏仁蛋白軟糖。由於有陽光，她家裡的百葉窗總是緊緊關著。由於有蒼蠅，總關著窗子。至於兩面花色窗簾，總是拉著，嚴絲合縫地合在一起，像一雙貞潔的雙膝併攏著，為的是保護私處。

有時，格里塔會穿上鞋子，給我頭上戴一頂小卡其帽，帽上有個直挺挺的尖兒，像一個英國警察或公車司機的帽子。接著她會用嘲弄的目光仔細查看我，重新扣好我的襯衫，舔舔手指，把我嘴唇四周已經結硬的巧克力或軟糖擦乾淨，然後戴上她那頂圓草帽，遮住她半張臉，但是使她的身體更加渾圓。當一切準備就緒後，我們兩人會出去幾個小時，「去看看大世界是什麼樣子」。

30

從我們的凱里姆亞伯拉罕居住區，要去往大世界，你可以乘坐停在澤卡賴亞街哈西亞太太開的幼稚園旁邊的三路公車主線，或乘坐停在艾默思街另一頭、馬拉哈伊街與蓋烏拉街口的三路公車支線。大世界本身沿雅法路延伸開去，順喬治五世大道而下，通往拉提斯邦修道院和猶太人辦事處大樓，在本耶胡達街上及其周圍，在希來里街，在沙梅街，在瑪麗公主街上斯圖迪歐電影院和雷克斯電影院周圍，在通往大衛王飯店的朱里安路上。

在朱里安路、馬米拉路和瑪麗公主路的交叉口，總有個身穿短褲佩戴臂章的警察在那裡忙碌。他堅定不移地統治著遮護在一把圓形錫傘之下的混凝土小島。警察站在小島頂上指揮交通，裝備著尖利口哨的萬能的神，左手制止車輛，右手讓它們行進。從這個交叉路口，大世界在擴展範圍，繼續向舊城城牆根的猶太商業中心蔓延，有時它伸展到大馬士革門周圍，蘇萊曼蘇丹路上，甚至城牆內市場的阿拉伯人活動區。

在每次這樣的出行中，格里塔阿姨都會把我拖進三、四家服裝店，而且她在每一間服裝店都要試穿衣服，在小小的單人試衣間裡，把許多漂亮的長裙和一條條華麗的短裙、罩衣、晚禮服，以及一堆堆五顏六色的家常便服脫了穿，穿了又脫。有一次，當她試穿一件裘皮大衣時，慘遭殺害的狐狸那痛苦的目光嚇壞了我。狐狸的臉深深觸動了我的靈魂，因為它的樣子既狡猾，又令人心生哀憐。

格里塔阿姨一次又一次一頭栽進小試衣間，似乎幾年後才從那裡面出來。這個大塊頭的阿弗洛狄忒從泡沫中再生[1]，以嶄新的面貌、更為美麗動人的肉身從簾子後面衝了出來。為了我，為了銷售員和其他店員，她會在鏡子前面踮踮腳尖。儘管她雙腿粗重，但她喜歡賣弄風情似地快速旋轉，逐一向我們詢問那件衣服是不是合適，是不是顯得身材好，是不是和她眼睛的顏色不協調，垂墜感好不好，會顯得她更胖嗎，不會有點普通有點輕浮嗎？此時，她臉紅了，她為自己羞紅了臉而感到難堪，因此臉色更紅了，那深深的血紅，近乎發紫。最後，她信誓旦旦地向店員說，她基本上確定當天就可以回來，其實很快，下午，天黑之前，等她轉轉別家商店，最遲明天。

我不記得她曾經回去過。相反，她總是小心翼翼，幾個月內不要光顧同一家商店。

而且她什麼東西也沒買過。無論如何，在我以護送者、典雅美鑑賞權威、密友等身分作陪的所有旅程中，她空手而歸。也許她沒有足夠的錢，也許耶路撒冷所有婦女服裝店拉上簾子的試衣間之於格里塔阿姨，正如我在地席邊上用磚頭造的男巫城堡之於那位衣衫襤褸的公主娃娃。

*

直至有一天，一個冷風蕭颯的冬日，一簇簇瑟瑟抖動的樹葉在灰濛濛的日光中打著旋兒，格里塔阿姨和我手挽著手，來到一家富麗堂皇的大服裝店，或許是在一條阿拉伯基督徒的大街上。格里塔阿姨像平時一樣，懷抱著晨衣、晚禮服，以及花花綠綠的連衣裙，消失在試衣間裡。在這之前，她黏糊糊地親了我一口，讓我坐在一只木凳上，在她孤獨的囚室前面等候，囚室受到厚窗簾的保護。現在答應我，你哪裡也不許去，無論如何都不許去——但願不要這樣，就坐在這裡等我，最重要的是，格里塔阿姨不從裡面出來你不要和生人說話，格里塔阿姨會比以前更漂亮，要是你是個好孩子，你會從格里塔阿姨那裡得到一個驚喜，猜一猜是什麼！

我坐在那裡等她，難過，然而順從，突然一個小女孩輕盈地從前面走過，那副樣子像是要去參加一場歡宴，或者只是打扮得漂漂亮亮而已。她年齡很小，但是比我要大（我那時大概有三歲半，或者快四歲了）。我立刻看出她塗了口紅，但怎麼會呢？他們給她弄了個女人似的胸，中間有一道溝。她的腰身和臀部與孩子的不一樣，而是像把小提琴。我好不容易，才看到她小腿上穿著尼龍長襪，襪子後面有一道縫，再往下是雙尖頭紅色高跟鞋。我從來沒見過這樣的童婦；做女人太小，做孩子又太花枝招展。於是我站起身，迷得神魂顛倒，又有些不知所措，開始跟著她看我所看見的東西，或者相反，去看我沒有看見的東西，因為這女孩從我身後的裙子架中竄出來，急急忙忙地走過去。我想湊近看她，我想讓她看見我。我想做或說點什麼讓她注意到我，我已經有了一點吸引成人尖叫的本領，還有一兩手招式對孩子極為有效，尤其是對女孩子。

這個花枝招展的女孩，輕盈地飄浮在一排排壓著衣服的架子當中，走進一條隧道般的通道，通道兩邊是飾有連衣裙花彩的高大樹椿，枝幹險些被五彩繽紛的衣服葉子壓斷。儘管承受著巨大的重量，只要輕輕一推，這些樹幹就會旋轉。

這是一個女人的世界，一座香氣四溢、有溫暖通道的黑幽幽迷宮，一座深邃，如絲綢般光滑、絲絨般柔軟的誘人迷宮，它蔓生出更多條兩邊掛滿衣服的通道。皮毛、樟腦球和法蘭絨的氣味與一種捉摸不定隨風飄來的模糊氣息交織在一起，那氣息來自一座濃密的灌木叢，那裡有長袍、套頭毛衣、罩衣和裙子、圍巾、披肩、女士內衣、睡袍，形形色色的緊身胸衣和吊帶，襯裙和女睡衣，以及各式各樣的套裝和上衣，大衣和裘皮，那裡有絲綢瑟瑟抖動，像溫柔的海風。

1 阿弗洛狄忒，即維納斯，希臘神話中愛與美之神，從海水的泡沫中誕生。

不時有些黑漆漆打了褶的小房間在路上凝視我。在曲曲彎彎的隧道盡頭，不時有暗淡的燈泡閃著微光。神祕的次要通道打開了，壁龕，狹窄彎曲的叢林小道，小壁龕，嚴嚴密密的試衣間和形形色色的衣櫥、衣架和櫃台。有許多角落隱藏在厚厚的屏風和簾幕之後。

穿高跟鞋嬰兒的腳步非常迅速而自信，提—塔—塔克，提—塔—塔克（我暈暈乎乎，聽見「過來聊聊，過來聊聊」，或帶有幾分嘲弄，「小淘氣，小淘氣！」），根本不是小女孩的腳步，然而我本人能夠看出她比我矮。我的心飛到了她那裡。我非常非常渴望，無論多大代價，也要讓她睜開好奇的雙眼。

我加快了步伐。幾乎是在追趕她。我整個思緒沉浸在關於公主的傳說裡，像我這樣的騎士策馬加鞭，將她從巨龍利齒或邪惡男巫的符咒裡營救出來，我得追上她，好好看看這位森林女神，也許稍微救救她，為她斬殺一兩條龍，贏得她一生一世的感激。我怕在黑暗的迷宮裡永遠失去她。

但是我沒辦法知道，這個在服裝叢林裡靈巧地迂迴穿行的女孩子，是否注意到一個英勇的騎士正在緊跟著她，加大步伐以免被落下。她為什麼不給我任何暗示呢？她也沒有朝我轉過身子，或四下看看。

突然，這個小精靈潛入一個枝杈繁多的雨衣樹下，這樣動動，那樣動動，忽地從我的視線中消失，被濃密的綠葉吞沒。

一股難得的勇氣衝擊著我，騎士般的無畏令我激動不已，我無所畏懼地闖進她身後的衣服叢裡，我所向披靡穿過瑟瑟作響的衣服。於是最後，我氣喘吁吁地激動起來，我走進——幾乎跌跌撞撞——某種光線熹微的林中空地。我打定主意，常駐在這裡等候那個小森林女神，她的聲音，還有想像中的氣味確實從附近的樹枝上飄來。我將冒著生命危險，赤手空拳，與把她囚禁在地窖裡的男巫較量。我要打敗妖怪，砸碎束縛她手腳的鐵鎖鏈，給她自由，而不是遠遠地旁觀，我謙遜地低垂著頭，等候著即將來臨的犒勞，還有她感激的眼淚，這之後我不知道該發生什麼，但是我確實知道這一切肯定會發生，並且令我不知所措。

*

她嬌小得像隻小雞，身材如火柴棍一樣脆弱，幾乎像個嬰孩。她留著瀑布般的棕色鬈髮，腳上一雙紅色高跟鞋，身著一件領口很低的女裝，露出女人的胸脯，胸脯中央是一道真正的女人分水嶺。她寬大的嘴唇微微張開，塗著俗豔的口紅。

當我鼓起勇氣抬頭看她的臉時，卻見到她的雙唇突然惡毒而嘲弄地咧開，那是某種扭曲了的不懷好意的微笑，在她微笑時，你可以看到一排尖利的小牙，其中一顆鑲金門牙突然發亮，一層濃厚的香粉夾雜著一塊塊胭脂覆蓋了她的額頭，使她可怕的雙頰顯得很白，臉頰有點凹陷，像惡毒的巫婆的臉，好像她突然戴上了一副僵死的狐皮面具，顯得既歹毒，又有幾分令人心碎的憂傷。

那個不可捉摸的嬰孩，腳步飛快的仙子，令人著魔的美女，我追逐她，彷彿心醉痴迷地穿過茫茫森林，她根本就不是個孩子，她既不是仙子，也不是林中美女，而是一個長相滑稽、幾近衰老的女人，一個侏儒，一個小駝背。從近處看，她的臉有幾分像彎嘴利眼的烏鴉。在我眼裡，她樣子是那般嚇人、可鄙、乾枯，衰老的脖子上長滿了皺紋，突然張開朝我伸過來的雙手也長滿了皺紋，笑聲低沉可怕，像個巫婆試圖接觸我以便捉住我，瘦骨嶙峋長滿皺紋的手指像食肉猛禽的利爪。

我立刻轉身便逃，上氣不接下氣，非常害怕，不住地抽泣，我跑啊跑，嚇得喊不出聲音，我跑啊跑，從內心深處發出遏制住的尖叫，救救我，救救我，我摸黑在呼嘯的隧道裡瘋狂地奔跑，還迷了路，在那座迷宮裡越來越迷失。我有生以來，或者說直至如今，從來沒有經歷過這樣的恐懼。我已經發現了一個可怕的祕密，她不是小孩，她是個偽裝成小孩的巫婆，現在她不會讓我活著逃出她黑漆漆的森林。

我奔跑時，突然掉進一個小小的入口，入口有扇半開半掩的木門，實際上它不是一扇全門，而是個有些像狗窩門一樣的開口。我用盡最後一口氣把自己拖了進去，在那裡躲避巫婆，我咒罵自己，為什麼沒把避難所的門關上？但我嚇得呆若木雞，嚇得片刻也不敢從我的避難所裡探出去，只是呆立在那裡，甚至不敢伸手把門關上。

於是我便在這個小窩的一個角落裡縮成一團，小窩也許只是個儲藏室，樓梯下某種自我封閉的三角區。在那裡，在一些模糊不清彎彎曲曲的金屬管、破碎不堪的箱子和一堆堆發霉了的衣服裡，我像個胎兒般蜷縮著，雙手抱頭，把頭埋進雙膝，試圖抹去自己的存在，縮回到我自己的子宮裡，躺在那裡發抖，大汗淋漓，不敢喘氣，小心翼翼地不發出尖叫，驚恐地一動也不動，因為風箱般的呼吸聲一定會讓人聽見，很快就會把我給暴露了。

我一遍又一遍地幻想自己聽到了她咄咄的高跟鞋聲，「喀噠，喀噠，喀噠」，越來越近，她那張死狐狸臉正在追逐著我，眼下她就在我的頭頂，眼下她可以隨時抓到我，把我拖出去，用酷似青蛙爪子的手指觸碰我，撫摸我，傷害我，她可以突如其來朝我彎下身子，口含利齒大笑，將某種充滿魔力的符咒注入到我的血液中，也讓我突然間化作一隻死狐，或化作石頭。

七年後，有人從這裡經過。是不是在店裡工作的人？我止住呼吸，握住顫抖的拳頭。但是那人沒有聽到我那顆心在怦怦作響。他急急忙忙經過我的小窩，隨手把門關上，不經意地把我關在了裡面。現在我被鎖在了裡面，永遠被鎖在了裡面，鎖在茫茫黑暗中，鎖在寧靜的大洋深處。

我有生以來從未經歷過如此的黑暗與寧靜。那不是夜晚的黑暗，夜晚的黑暗通常是深藍色的，你基本上可以辨認出各式各樣閃爍不定的光，星光，螢火蟲，遠方行者的燈籠，星星點點的窗子，以及穿透黑暗的一切，你總是可以借助各式各樣微暗的光、閃爍的光和忽明忽暗的光，從一座黑漆漆的樓群行進到另一座，你永遠可以在暗中，在比黑夜本身更加黑暗的陰影裡摸索。

不是這裡——這裡我置身於墨海深處。

也不是夜晚時分的那種寧靜——在夜晚，總會傳來砰砰的敲擊聲，你可以聽見蟋蟀唧唧，蛙聲一片，犬吠，隱隱約約的馬達轟鳴，以及時而傳到你耳際的胡狼嚎叫。

但是這裡，我沒有置身於一個活生生搖曳著的深紫色夜晚，我被鎖進黑暗之深處。岑寂裹脅著我，這種岑寂你只有在墨海深處才可以尋到。

*

我在那裡待了多長時間？

而今已經無人可以詢問。格里塔．蓋特在一九四八年猶太人耶路撒冷圍城戰中遇害。阿拉伯軍團的一個狙擊手，斜掛著黑皮帶，頭戴紅色阿拉伯頭巾，從坐落在停火線上的警察學校方向不偏不倚地打中了她。子彈，鄰居們這樣傳說，射進格里塔阿姨的左耳，又從眼睛裡出來。直至如今，當我試圖想像她的臉是什麼樣子時，會可怕地夢見一隻眼睛裂成兩半。

我現在也沒有辦法弄清楚，六十年前，這家擁擠不堪有許多洞穴和森林通道的服裝店坐落在耶路撒冷的什麼地方。那是一家阿拉伯商店？還是一家美國商店？現在那裡又蓋了什麼建築？那些森林和彎彎曲曲的通道怎樣了？簾子後面的壁龕、櫃台，以及所有的試衣間怎麼樣了？將我活埋的小窩怎麼樣了？還有那個我苦苦追逐、繼之又驚恐逃離的偽裝成林中美人的巫婆呢？那第一個引誘我的人，她將我吸引到她在森林中的藏身之處，直至我進入她的祕密獸穴，才突然賞臉展示她的面龐，那是張死狐狸一般的臉，既歹毒，又有幾分令人心碎的憂傷，如今怎麼樣了？

＊

很可能，格里塔阿姨最終煥然一新，從她的小試衣間重新出現，身穿光彩照人的衣裝，發現我沒有在她指定的地點、試衣室對面的柳條凳子上等候，為此大驚失色。毫無疑問，她會驚恐萬狀，臉變得通紅，紅得有些發紫。孩子出了什麼事？他幾乎一向是個有責任感並且聽話的孩子，一個十分細心的孩子，一點也沒有冒險精神，甚至也不那麼勇敢。

我們必須想像得到，格里塔阿姨最初試圖自己找到我。也許她想像孩子等了又等，等得不耐煩了，現在顯然是在和她玩捉迷藏，以懲罰她離開了這麼長時間。也許小淘氣正躲在架子後面？沒有？也許在這裡，在大衣裡頭？也許他正站在那裡，盯著半裸著身子的蠟製女性模特兒？或許他正站在商店的窗子裡面觀看街上的行人？或許他只是自己找廁所去了？或許是去找水管喝水？一個聰明的孩子，非常有責任感的孩子，這一點確定無疑，只是有點心不在焉，稀里糊塗，沉迷於各式各樣的白日夢，總是沉迷於我講給他聽的各種故事中，或是他自己講給自己聽的故事中。或許他到大街上去啦？怕我把他給忘了，自己一個人回家去了？倘若一個陌生人出現了，拉著他的手，答應給他各式各樣的好東西該怎麼辦？要是孩子聽任誘惑怎麼辦？和陌生人走了怎麼辦？

隨著格里塔阿姨對這件事情的理解不斷加深，她的臉不再發紅，而是變得煞白，她好像得了感冒，渾身不住地發抖。最後，她無疑抬高嗓門，放聲大哭，店裡所有的人，售貨員和老闆都來幫忙尋找我。他們可能呼喚我的名字，在店內交錯縱橫的迷宮般的通道裡搜尋，徒勞地找遍了所有的森林通道。由於這顯然是一家阿拉伯人開的服裝店，人們可以想像把一群年齡比我大的孩子召喚起來，發向各處，在居民區，在狹窄的街道，在坑道壕溝，在附近的橄欖樹林裡，在清真寺的庭院裡，在山坡牧草地，在通往市場的通道上，找尋我。

那裡有沒有電話？格里塔阿姨打電話給澤弗奈亞街角的海涅曼藥房了嗎？她有沒有設法把這一可怕的消息通知給我的父母？顯然沒有，不然，父母會在日後的歲月裡一遍遍地提醒我，只要稍有反叛跡象，他們就會重提那次短暫而嚇人的迷失與悲痛體驗來威脅我，稱那個瘋瘋癲癲的孩子使他們承受痛苦，他們在一兩個小時之內愁白了頭髮。

記得在茫茫黑暗中我沒有叫喊，沒有發出任何聲音。我沒有設法去搖晃鎖住的房門，或用我的兩隻小拳頭去捶打它，也許由於我仍然在恐懼中顫抖，生怕那個長著一張死狐臉的女巫還在到處嗅著尋找我。我記得，在寂靜的墨海深處，代替恐懼而油然生起的是一陣奇怪的甜蜜，在那裡的感覺，有些像身上蓋著冬毯暖洋洋地依偎在媽媽身邊，而外面陣陣寒冷與黑暗正在敲打著窗櫺。有些像玩裝扮聾瞎孩子遊戲，有些像擺脫了所有人的束縛，徹底擺脫。

我希望他們很快會找到我，把我帶出去。但只是很快，不是馬上。

我甚至在那裡還有一個小小的玩具，那是個圓形金屬蝸牛，光溜溜的，摸上去很舒服。它的尺寸正好合我的手，我用手指攥住它，感受它，撫摸它，稍稍捏緊，又稍稍鬆開。有時拉一下嵌到裡面的纖細靈巧的尾部，那玩意兒就像蝸牛的頭出來偷窺一下，有些好奇，這邊彎彎，那邊彎彎，立即又縮回到殼子裡。

那是一個測量用的伸縮捲尺，纖細靈巧的鋼條，捲在鋼製的小盒子裡。我在黑暗中，長時間拿著這個小蝸牛自娛，把它從殼子裡拔出來，伸展，拉長，突然放手，使得鋼蛇以閃電般的速度飛奔進它祕密藏身的掩體裡，直至盒子將其整個收回腹中，而後輕輕顫抖，那抖動著的喀喀聲響令我攥著的小手十分愉快。

接著又拔出來，伸展，拉長，這一次我把鋼蛇拉到全長，將其遠遠地發送到夜空深處，與之同尋黑暗盡頭，傾聽纖細接合處傳出的砰砰響聲，鋼尺延伸開去，頭兒離殼越來越遠。最後，我允許它慢慢回到家裡，稍微放鬆一下接著停下來，又稍微放鬆一下停下來，試圖猜測——因為我什麼也沒看見，確實什麼都沒看見——它輕輕噗噗搏動了多少下，接著又聽到最後一聲鎖住的聲響，表明蛇已經從頭到尾消失了，縮回到我允許它出現的子宮當中。

這隻可愛的蝸牛怎麼成了我的財產呢？我不記得自己是在路上，在我的遊俠騎士旅程中，在迷宮的某個拐彎處捉住它的，還是在石頭滾落下來把我的墳墓口堵住後我的手指碰巧在那個小窩裡摸到它的。

*

你可以合理想像到，格里塔阿姨無論從何種角度來說，都會決定最好別將此事告訴我的父母。她當然沒有理由在事情過後，一切都已安全平息後，再去驚擾他們。也許她會怕他們判定她在照管孩子時不負責任，進而使她失去雖然微薄但卻穩定且急需的收入來源。

在我和格里塔阿姨之間，從來沒有提起我在阿拉伯人服裝店死而復生的故事，甚至未曾暗示過。這並非我們二人串通一氣。也許她希望關於那個早晨的記憶將會隨時間而減退，我們都會認為它從來就不曾發生過，那只不過是一場噩夢。她甚至會為自己頻頻遠足到服裝店感到有些羞愧。自從那個冬天的早晨後，她再也沒有犯讓我陪她逛商店的過失，她甚至會因我而設法減掉一些嗜衣之癮。過了幾個星期，或幾個月，我從格里塔阿姨那裡被接走，送到澤弗奈亞街普尼娜・沙皮洛開的幼稚園。然而，我們繼續聽了幾個月格里塔阿姨彈奏的鋼琴，薄暮時分，那琴聲從遠處聽起來隱隱約約，綿長而孤單，蓋過了街上的噪音。

那不是一場夢。夢隨時間消失，為其他的夢騰出位置，而那個侏儒巫婆、上了年紀的孩童、死狐臉、依然帶著尖利的牙齒，有顆門牙還是金的，朝我竊笑。

不僅有巫婆，還有我從森林裡帶回來的蝸牛，我不讓父母看見的蝸牛，有時我獨自一人時，便膽敢拿出來在被子底下玩，使之長長地豎起，又迅疾地縮回到獸穴深處。

一名有兩個大眼袋的棕色男人，既不年輕也不老，脖子上掛著一條裁縫用的藍綠相間的尺子，尺子兩端耷拉在他的前胸，他的動作緩慢倦怠，棕色的臉龐寬大而疲憊，一絲羞怯的微笑閃現在柔軟的鬍鬚下，隨即便消失了。那個人朝我彎下身子，用阿拉伯語說了些什麼，我聽不懂他的話，然而在內心裡將其翻譯成語詞，你不要害怕，孩子，從現在開始別害怕。

我記得營救我的人戴著一副棕框方形眼鏡，那眼鏡不適合婦女服裝店的售貨員，但也許適合一個大塊頭上了年紀的木匠，他邊拖著雙腳移動步伐，邊哼唱著小曲，嘴唇上叼著熄滅了的菸頭，襯衣口袋裡露出磨損了的摺尺。

這個人看了我片刻，因為眼鏡已經順著鼻子下滑，所以不是透過眼鏡鏡片，而是從眼鏡上面看我，經過從近處對我進行仔細審視，把又一個微笑，或者說笑影隱藏到整潔的鬍鬚後面，他點了兩三次頭，接著伸出雙臂把我嚇得冰涼的小手放到他溫暖的手中，好像他正在暖化一隻凍僵的小雞，把我從黑暗的凹室裡拖出來，將我高高地舉在空中，把我緊緊抱在他的胸前，就這樣我開始哭了起來。

這個人看見我流淚了，把我的臉頰貼在他鬆弛的臉頰上，用低沉而無生氣的聲音講起了阿拉伯人的希伯來語，那聲音令人愉快地聯想起黃昏時分黯淡的鄉村土路，他又問又答，歸結為：「一切都好嗎？一切都好。好了。」

他把我抱到了服裝店裡面的辦公室，空氣中飄著咖啡味，香菸味，毛料衣服味，以及找到我的那個人臉上的刮鬍水味，那氣味與父親的刮鬍水味不一樣，更濃烈更銳利，我也想讓爸爸擁有那種氣味。找到我的人用阿拉伯語對聚集起來的人們說了幾句話，這是因為辦公室裡有些人站或坐在了我和正在角落裡哭泣的格里塔阿姨之間，他也對格里塔阿姨說了一句話，她的臉更紅了，同時，這個人動作遲緩，負責，像個醫生感到自己找出了傷口痛處，把我遞到了格里塔阿姨的懷中。

不過我不是特別願意待在她的懷裡，我只想在營救我的那個人的胸前多靠些時候。

之後，他們又在那裡聊了一會兒，是別的人，不是營救我的那個人，營救我的那個人沒有說話，只是摸了摸我的臉頰，拍拍我的肩膀，便離開了。誰知道他叫什麼名字？他是否還活在人世？他是住在自己家裡？還是住在某個骯髒貧困的難民營？

*

而後，我們乘坐三路公車主線回家。格里塔阿姨洗了她自己的臉，也洗了我的臉，於是就顯不出我們已經哭過了。她給了我一些麵包和蜂蜜，一碗米飯，一杯溫熱的牛奶，還給了我兩塊杏仁蛋白奶糖作為甜食。接著她幫我脫掉衣服，把我放到她的床上，她擁抱了我半天，還喵喵地叫，最後是黏糊糊的吻，她幫我蓋好被子說，睡吧，睡吧，我可愛的小寶寶。也許她希望抹去痕跡，也許她希望我從午睡中醒來後，會認為一切都是場夢，不會對我的父母講，或者即便我說了，她也會莞爾一笑，說我總是在下午的睡夢裡編織這樣的傳說，確實需要有人寫下來在書中發表，配上精美的插圖，這樣一來，其他孩子也就可以享受了。

但是我沒有睡著，我靜靜地躺在那裡，在毯子底下玩我的金屬蝸牛。我從來沒和父母說起過巫婆、墨海深處或是營救過我的那個人。我不想讓父母把我的蝸牛沒收。我不知道怎樣解釋我在哪裡發現它的。我無法說它是從夢中帶來的禮物。要是我告訴他們實情，他們就會對格里塔阿姨和我發火：那是怎麼回事？殿下！做賊？殿下發瘋了嗎？他們會直接將我帶回到那裡，強迫我交回蝸牛，請求原諒。接著便懲罰我。

*

下午晚些時候，爸爸來格里塔阿姨家接我。他和平時一樣，說：「殿下今天顯得有些蒼白。他今天不順利嗎？他的船在大海中沉沒了嗎？還是他的城堡讓敵人攻克了？」

我沒有回答，然而我確實可以讓他不快。比如，我可以告訴他，從今天早晨開始，我除了他之外，還有一位父親，一位阿拉伯父親。

他一邊給我穿鞋，一邊和格里塔阿姨開著玩笑。他總是用俏皮話來取悅女人。他總是喋喋不休地聊天，不讓任何房間有片刻安寧。我父親終生懼怕安靜。他總是感到對談話生活負有責任，倘若談話有片刻索然無味，他會認為這是一種失敗，是他的過錯。於是乎他編了順口溜兒來取悅格里塔阿姨：

「既純潔，又真摯，／沒有罪，沒有錯／只是和格里塔／逗逗樂。」

也許他還會有進一步的舉動，說：

「親愛的格里塔，親愛的格里塔，你真的打動了我這裡。」指著他自己的心。格里塔阿姨的臉立即紅了，因為她為自己紅臉感到難為情，因此她的臉更紅了，脖子和胸脯近乎發紫，像個紫茄子，儘管如此，她依舊喃喃地說：

「咳，可是真的，可是真的，克勞斯納博士先生。」但是她的兩條大腿卻輕輕朝他點頭，好像是要給他來個快速旋轉。

當天晚上，父親帶我做了漫長而詳盡的印加文明旅行，我們在一本德國大地圖冊上如飢似渴地探索，一起穿過海洋、山脈、河流和平原。我們用自己的雙眼在百科全書和一本波蘭畫冊上，看見了神祕的城市和宮殿寺廟遺跡。媽媽整個晚上蜷腿坐在安樂椅裡讀書。煤油暖爐燃燒著，靜靜地冒出深藍色的火苗。

每隔幾分鐘，氣流不停通過暖爐的細管，會出現三、四下嗡嗡的聲響，使房間顯得更寧靜。

31

說花園並非真正的花園，只是踩踏出來的一小塊矩形土地，像混凝土一樣堅硬，那上面甚至連荊棘都無法生長。它始終遮蔽在混凝土牆的陰影下，像監獄的院子。牆外鄰居倫伯格家花園裡一棵高高的柏樹也把陰影投向了它。在一個角落，一棵低矮的胡椒樹長著粗粗拉拉的小齒掙扎著生存下來。我喜歡用手指摩搓它的葉子，吸吮它那令人激動的氣味。對面，靠近另一面牆，長著一棵石榴樹，或者說只是一大叢灌木，當年凱里姆亞伯拉罕還是一片果園時那棵樹就已經存在，而今它成了一個醒悟的倖存者，年復一年頑強地綻放花朵。我們這些孩子不會等到結果，而是殘忍地切下尚未發育成熟的花瓶狀花蕾，往裡面插入手指般長短的小棍，使之看上去像英國人抽菸用的菸斗，我們社區一些家道殷實的人們喜歡模仿英國人，我們一年一度在院子一角開一個菸斗商店。由於花蕾有顏色，所以每支菸斗的一頭有時看上去似乎閃爍著紅光。

一些具有農業頭腦的訪客，錢塞勒街上的瑪拉和斯塔施克·魯德尼基，有一次給我帶來一份禮物：三個紙包，分別包著蘿蔔、番茄和黃瓜籽。於是父親便建議開闢一小塊菜圃。「我們都將成為農夫，」他熱切地說，「我們將在石榴樹旁建立一個小基布茲，靠自己的努力從土地上生產麵包！」

我們街上誰家也沒有鐵鍬、鐵耙或者鋤頭，這些東西屬於被太陽曬得黝黑的新猶太人，他們住在山坡上，離我們非常遙遠，在村莊，在基布茲，在加利利，在沙崙，在山谷。於是父親和我幾乎赤手空拳開始征服荒地，開出一片菜田。

星期六一大早，媽媽和鄰居仍在夢鄉，我們二人便輕手輕腳溜了出去，身穿白背心和卡其短褲，頭戴帽子，瘦骨嶙峋，胸膛窄小，徹頭徹尾的城裡人模樣，蒼白得像兩張紙，但我們都給對方肩膀塗了一層厚厚的護膚霜，有很好的保護效果（這油名叫「維爾維塔」，適合抵禦春日的曝曬）。

父親走在前面，他穿著短靴，拿著錘子、螺絲起子、一把餐叉、一綑線團、一個空麻袋和寫字台上的裁紙刀。我走在後面，情緒高昂，充滿從事農業勞動的無限歡欣，手上拎著一瓶水，兩只杯子和一個小盒子，盒子裡裝著橡皮膏、小瓶碘酒、上碘酒用的小棍、一塊紗布、一條繃帶，一旦發生什麼不測，可以進行急救。

先是父親煞有介事地舞動著裁紙刀，彎腰在地上畫了四條線。就這樣他指定了我們菜圃的永恆疆界。菜圃大概兩米見方，或者說比掛在我們兩個房門間牆壁上的世界地圖只大上一點點。接著他指示我跪在那裡，雙手緊握一根尖尖的棍子，他把這根棍子叫作樁。他計畫在菜地的四個角落都釘上樁，而後四周拉緊繩子，隔出疆界。然而，腳下的土地像混凝土一樣堅硬，抵制父親用錘頭釘樁。於是他放下錘子，像殉難者那樣摘掉眼鏡，小心翼翼地放到廚房的窗台上，再次回到戰場，付出雙倍努力。他在奮戰時大汗淋漓，不戴眼鏡，有那麼一兩次險些打上我那為他扶樁的手指。與此同時，樁子給砸扁了。

我們憑藉堅忍的努力，終於設法穿透了地表，淺淺地挖了一層。樁子入地約有半手指深，固執地拒絕進一步下行。我們被迫用兩三塊大石頭支撐每根樁，以求把線繩繃緊，因為每次我們繃緊線繩，樁子都威脅著要從土裡出來。於是乎四條鬆鬆垮垮的線繩就把菜圃圈起來了。儘管如此，我們畢竟白手起家創造了什麼。從這裡到這裡是我們的地盤，實際上是我們的菜園，在此之外的一切均屬周邊，換句話說是另一個世界。

「行了。」父親謙虛地說，頻頻點頭，彷彿對自己表示贊同，並且確認自己的工作成效。

我跟他亦步亦趨，下意識地像他那樣點點頭：「行了。」

這是父親宣布短暫停工的方式。他讓我擦去汗水，喝點水，坐在台階上休息片刻。他自己沒有挨著我坐下，而是戴上眼鏡，站在我們用線繩圈出的方地旁邊，檢查時至目前的工作進展，反反覆覆思考下一個階段的戰役，分析我們的錯誤，得出結論，指揮我暫時拆掉繩樁，整齊地放在牆根。實際上最好是先掘一小塊地，而後再做上標記，不然的話，繩子會礙事。還決定在土上倒四、五桶水，等上二十來分鐘，水滲到土裡，硬殼得以軟化，而後我們再發起猛烈的攻擊。

父親幾乎赤手空拳，英勇地奮戰到中午，以攻克堅硬的大地堡壘。他彎著腰，後背生疼，大汗淋漓，像溺水者在那裡大口大口地喘著粗氣，他不戴眼鏡時，眼睛顯得光禿而無助，他一次又一次捶擊著固執的土地。但是錘子實在很輕，那是一把家用錘，不是用來強攻堡壘的，而是用來搗碎堅果，或者往廚房牆壁上釘釘子。父親一次又一次地舞動著他那可憐的錘子，就像大衛向全副武裝的歌利亞投石子，或者像用煎鍋襲擊特洛伊城垛。錘子分岔的一頭，本來是取釘子用的，現在集鐵鍬、耙子和鋤頭三種角色於一身。

很快他柔軟的手心就起了大水泡，但是父親咬緊牙關，對此視而不見，即使水泡破裂流了水，成了敞開的傷口。他那學者手指的周圍起了泡，他也不在乎，只是一次次把錘子高高舉起，落下，連續敲擊，猛打，再次高高舉起，在和自然因素及原始蠻荒較量時，雙唇用希臘語、拉丁語及說不定是阿姆哈拉語、古老的斯拉夫語或梵語，向不屈不撓的土地叨咕著熱切的詛咒。

他一度用盡全力卻把錘子砸在鞋頭上而痛苦呻吟，只得咬住嘴唇，休息一下，用「不明確」或者「不準確」等詞來責備自己粗心，擦擦前額，啜口水，用手絹擦擦瓶子口，執意要我喝一大口，一瘸一拐然而堅毅果敢地回到戰鬥的田野，英勇地重新開始他那堅忍不拔的努力。

直到最後，堅實的土地對他動了惻隱之心，或者是為他的獻身精神感到驚訝而開始斷裂。父親不失時機把螺絲起子尖插到裂縫裡，彷彿害怕土壤會改變主意，再次變成混凝土。他繼續挖裂縫，使之加寬加深，他用發白的手指使勁把厚土塊挪開，一塊塊挪到腳下，令它們像斬斷的巨龍排在那裡。土塊中冒出幾根植物根莖，歪七扭八，像從活生生肉體上撕下的筋絡。我的任務是挺進襲擊後續部隊，用裁紙刀切開土塊，把根莖剔除，放進麻袋裡，清除石塊和沙礫，把土塊一一切開搗碎，用餐叉作耙，梳理鬆軟的土壤。

現在該施肥了。我們沒有動物或家禽糞肥，鴿子拉在屋頂上的屎因有造成感染的危險不在考慮之列，於是父親事先準備了一鍋剩飯。那是一鍋髒兮兮的餿水加殘羹，裡面有水果皮、蔬菜葉、爛西葫蘆、渾濁的咖啡渣，上面一層茶葉末、剩粥、剩羅宋湯和剩菜、魚骨、廢油、優酪乳以及各式各樣黏糊糊的液體、黑糊糊的飲料、餿湯，裡面淨是說不上來的小塊塊和小顆粒。

「這些東西會使土壤肥沃。」我們穿著汗淋淋的背心並肩坐在台階上休息，用卡其布帽給臉搧風，那感覺就像一對真正的勞動者，「我們絕對可以把廚房裡的廢物變成含有豐富有機質的腐植土，來滋養土壤，供給植物營養，沒有營養，植物會發育不良，病懨懨的。」

他一定是猜出了我心裡湧起的可怕念頭，因為他忙不迭地加上一句安慰之語：「不要誤會而擔心，我們將來會透過生長在這裡的蔬菜，吃到如今在你眼裡也許是令人作嘔的垃圾。不會不會！絕對不會！肥料不是髒東西，是隱藏的珠寶——一代又一代的農民本能地意識到這一神祕的真理。托爾斯泰本人在什麼地方談論過不斷發生在大地母體中的這種神祕魔力，那種化腐爛物為肥料的奇妙變形，肥料融入到肥沃的土壤中，在那裡變成穀物、蔬菜、水果以及田間、花園和果園裡的豐富產品。」

當我們把樁固定在菜圃四角，小心翼翼地在其周圍拉上線繩時，父親簡單準確並有條理地向我解釋詞語：腐爛物，肥料，有機肥料，魔力，變形，產品，托爾斯泰，神祕。

*

媽媽出來提醒我們，再過半小時就該吃午飯了，此時征服荒地的工程已經結束。我們的新花園從樁子到樁子從線繩到線繩正式落成，四周是後院乾枯的土地，但是與周圍不同，花園裡的土壤是深褐色的，細碎並且耕過。我們的菜田得到很好的鋤耙、施肥與播種，劃分成三塊均等狹長的波形小丘，一塊種番茄，一塊種黃瓜，一塊種蘿蔔。我們在每排末尾插一根小棍，棍子上放個空種子口袋作為臨時標籤，就像在未立墓碑之前在墳頭做標籤。這樣一來，我們眼下，或是至少等到長出蔬菜，就有了幾幅彩色花園圖畫：一幅是鮮亮的火紅番茄，腮上掛著兩顆晶瑩的露珠；一幅是誘人的深綠色黃瓜；一幅是刺激食欲的一堆蘿蔔，玲瓏剔透，紅、白、綠，亮晶晶的。

施肥播種後，我們輕輕地給隆起的小丘一遍遍澆水，澆水用的臨時噴壺是用水瓶子和廚房裡的一個濾網做的，本來這個濾網是擱在茶壺上，泡茶時擋住茶葉的。

父親說：「因此，從現在開始，每天早晚我們都要給菜田澆水，既不能多澆，也不能少澆。你肯定會每天早晨起床後都要跑去查看有沒有初次發芽的跡象，因為幾天後小芽將會抬頭把土粒頂到一邊，像淘氣的小小子晃掉頭頂上的帽子。拉比說，每棵植物的頭上都站著一個天使，拍著它的頭頂說：『長吧！』」

爸爸還說：「現在，請汗流浹背邋裡邋遢的閣下拿出乾淨的內衣、襯衫和褲子，到浴室洗個澡。殿下，記住多用肥皂，尤其是那個地方。不要像平時那樣在洗澡時睡著了，因為你謙卑的僕人正在耐心等待輪到自己。」

在浴室裡，我脫個精光，接著爬到馬桶蓋上，透過天窗向外偷看。還有什麼可看的嗎？初次發芽？嫩綠的新芽，縱然只有針頭那麼大？

我向外偷看，父親在新花園旁逗留了幾分鐘，謙遜，卑微，就像個藝術家站在最新面世的作品旁邊那麼高興而倦怠，走路依舊像錘子砸在腳趾上時那麼一瘸一拐，但卻像征服者英雄那麼自豪。

我父親不知疲倦地說話，總是大量使用格言引語，總是喜歡解釋和旁徵博引，渴望當場讓你領略他的淵博學識。「你是否思考過希伯來語言透過聲音在詞根與詞根之間建立某種關聯，比如說，根除與撕裂，扔石頭與驅散，耕作與正在缺失，種植與挖掘，或土地—紅色—人—血—沉默之間的詞源學關係？」通常是滔滔不絕講述典故、詞與詞的關聯、隱含意義以及文字遊戲，大量事實與類比，一個個的解釋、反駁、論證，不顧一切地奮力取悅或引逗在場的人們，播撒快樂，甚至不吝裝瘋賣傻，不吝自己的尊嚴，只要不出現冷場，哪怕瞬間的冷場。

一個精瘦、精神緊張的人，身穿汗水浸透的背心和卡其短褲，短褲太肥大，幾乎垂到膝蓋上。他細瘦的胳膊和腿非常蒼白，上覆一層濃密的黑毛。他的樣子看上去像一個學《塔木德》的書呆子，突然讓人從黑暗的書房裡拖了出來，穿上拓荒者穿的卡其服裝，無情地暴露在正午令人目眩的湛藍中。他躊躇滿志朝你微笑片刻，彷彿在祈禱，彷彿拉住你的衣袖，懇求你屈尊向他展示一絲慈愛。那雙棕色的眼睛透過圓邊眼鏡心不在焉甚至誠惶誠恐地凝視你，彷彿他剛剛想起把什麼事情給忘了，誰知道忘記了什麼，但肯定是最為重大最為要緊的事情，是他無論如何也不該遺忘的事情。但是已經忘卻的事情，卻無論如何也想不起來了。請原諒，也許你碰巧知道我忘記了什麼重要的事情？刻不容緩的事情？你可以善意地提醒我是什麼嗎？我有那麼大膽嗎？

*

接下來幾天，我每隔兩三個小時就要跑到菜園，耐心尋找任何發芽跡象。倘若鬆軟的土壤裡有些小小的動靜就好了。我一遍又一遍地給菜圃澆水，直至土壤變成淤泥。每天早晨我從床上一躍而起，穿著睡衣，光著腳丫，跑去查看盼望已久的奇蹟是否在夜間發生。幾天以後一大清早，我發現蘿蔔已率先舉起它們小小的密密層層的潛望鏡。我特別高興，一遍遍地澆水。接著我豎起了一個稻草人，給它穿上媽媽的一條舊襯裙，頭上頂了個空錫罐，我在錫罐上畫嘴巴、鬍鬚和像希特勒一樣飄著黑髮的前額，還畫上了雙眼，其中一隻眼睛微微覷著，彷彿在眨動，不然就是在取笑他人。

又過兩天，黃瓜芽也破土而出。但蘿蔔和黃瓜苗的所見，一定令之感到傷心和恐懼，因為它們改變主意，變得蒼白起來，身體在一夜之間下垂，好像陷於深深的沮喪中，它們的小腦袋垂到地上，開始枯萎，消瘦，發灰，直到最後變成可憐的枯草。至於番茄，甚至從未發過芽，它們一定了解院子裡的狀況，討論該怎麼辦，最後決定放棄我們。也許我們的院子什麼也長不了，因為它地勢低窪，四周都是高牆，處在柏樹蔭下，因而不見一絲日光。不然就是我們澆水過多，施肥過多，也可能是我的希特勒稻草人，它不會給鳥兒留下任何印象，卻把小小的嫩芽給嚇死了。於是，我們想在耶路撒冷創建某個小小的基布茲、有朝一日吃到用自己雙手勞動換來成果的嘗試，宣告結束。

「從這裡，」爸爸傷心地說，「可以得出一個嚴肅而不容忽視的結論。我們肯定有失誤之處。因此我們現在確實有責任孜孜不倦堅定不移地努力找出失敗的根源和原因。我們是否施肥過多？澆水過多？要麼就是截然相反，疏忽了一些基本步驟？一切都已經發生，我們不是農民，也不是農民之子，而只是業餘勞動者，沒有經驗的追求者，向大地猛獻殷勤，但是尚不熟悉此中之道。」

那一天，他從守望山的國家圖書館下班回來，從圖書館借來兩大厚本關於園藝與蔬菜種植的書（其中一本是用德文寫的），仔細研讀。不久他興趣轉移，轉向截然不同的書，是關於巴爾幹地區少數民族語言的消失、中世紀宮廷詩對小說起源的影響、《密西拿》中的希臘文辭彙、烏加里特語文本的解釋。

但是一天早晨，正當父親拎著磨損不堪的手提箱前去上班時，看見我兩眼淚汪汪地朝正在死去的幼芽彎下腰，全神貫注用未經允許便從浴室藥箱裡拿出來的滴鼻劑或滴眼液，盡自己最後一絲努力來營救，正在給枯萎的幼芽上藥，每棵一滴。在那一刻，父親對我萌生了憐憫之情。他把我從地上抱起來擁抱我，但立即又把我放了下來。他顯得茫然，尷尬，幾近困惑。離開時，彷彿從戰場上逃跑，他點了幾下頭，若有所思地喃喃自語，而不是對我說話，他說：「我們看看還能做些什麼。」

*

在熱哈威亞的伊本加比羅街，曾經有座名叫拓荒婦女之家的建築，或者也叫作勞動婦女農場之類的。在它身後，是個小型的農業保護區，只有四分之一英畝，種著果樹、蔬菜，飼養家禽和蜜蜂。五〇年代初期，本·茲維總統著名的官方組合屋將要在這裡拔地而起。

父親下班後去了這個實驗農場。他一定是向拉海爾·延內特或是她的助手解釋我們農作失敗的整個故事，尋求建議與指導，最後離開那裡，乘坐公車回家，懷裡抱著一個小木箱，木箱的土裡有二、三十棵健壯的秧苗。他把戰利品偷偷放進屋裡，背著我把它藏在洗衣筐後面，不然就是藏到廚房的櫥櫃下，一直等到我睡熟後，才悄悄走出去，攜帶著火把、螺絲起子、英勇的錘子和裁紙刀。

我早晨起來時，父親用某種不容置疑的聲調向我宣布消息，如同在提醒我繫緊鞋帶或扣上襯衣釦，他眼睛沒有離開報紙，說：「好啊。我印象中你昨天的藥對我們的病中植物奏效了。你怎麼不親自去看看呢，殿下，看看有沒有好轉的可能。或者只是我個人的印象。請去查查，回來告訴我你是怎麼想的，看看我們的想法是否多多少少一致，怎麼樣？」

我的小幼芽，昨天是那樣枯黃，樣子像悲傷的一棵棵稻草，一夜之間彷彿被施了魔法，突然變成生機勃勃的茁壯秧苗，健壯，充滿活力，綠油油的。我站在那裡呆住了，彷彿讓十或二十滴滴鼻劑或滴耳劑的魔力弄得不知所措。

繼續定睛觀察，我便意識到奇蹟甚至比乍看之下更加偉大。蘿蔔苗夜裡蹦到了黃瓜地，而在蘿蔔地裡，栽上了我根本就不認識的一些植物，大概是茄子，或是胡蘿蔔。最為奇妙的是，在左手邊的一排，也就是我們曾經撒了番茄籽但沒有發芽的地方，也就是我覺得一點也不必使用魔力滴水的地方，現在竟然長出三四株小灌木，嫩枝上綻出了黃色花蕾。

*

一個星期過後，疾病又一次侵襲了我們的花園，死亡的苦痛再度降臨，幼株垂下了腦袋，開始流露出流放期間受迫害的猶太人那種病容與孱弱，它們的葉子耷拉下來，嫩枝枯萎了，這一次無論是滴鼻劑還是咳嗽糖漿都無濟於事，我們的菜地正在乾涸、枯死。四根樁繼續在那裡立了兩三個星期，與之相伴的還有髒兮兮的線繩，接著連它們也死去了，只有我的希特勒稻草人茁壯的時間稍長一點。父親在探討立陶宛浪漫傳奇故事的起源或從行吟詩人詩歌看小說誕生中尋求安慰，至於我，我在院子裡布下了星系，裡面遍是奇怪的星星、月亮、太陽、彗星，從一個星球到另一個星球進行冒險旅行，也許在其他星球上可以找到生命的跡象？

32

一個夏日傍晚。那時一年級已經結束，或二年級剛剛開始，或處在兩者交替的夏天。我獨自一人待在院子裡。其他人都去了，沒有帶我，達奴什、阿里克、烏里、魯里克、伊坦和阿米，他們都去台拉阿札叢林斜坡上的樹林中尋找那些玩意兒，但因為我不吹那玩意兒，所以黑手黨不接受我。達奴什在樹林裡找到一個，裡面滿是臭烘烘已經風乾的膠脂狀物，他在水管下把它洗了洗，誰要是沒有力氣將它吹起就不配進黑手黨，誰要是沒有膽量像個英國士兵那樣套上它撒點尿，黑手黨就不會考慮接受他。達奴什向大家解釋它的運作原理。每天夜裡，英國士兵把女孩子帶到台拉阿札叢林，在那裡，在黑暗中，就會發生這樣的事。首先他們長長地接吻，親嘴。接著他把她的身體摸一個遍，連衣服底下也摸了。接著他把兩個人的內褲都脫了，戴上一個這種東西，他趴在她身上，等等，最後，他尿尿了。發明這個東西就是為了讓她一點也沾不著尿。台拉阿札叢林每天夜裡都發生這樣的事，大家每天夜裡都幹這樣的事。就連老師蘇斯曼太太的丈夫夜裡也對她幹這樣的事情。就連你們的父母。對，你們的父母也幹。你們的父母也幹。大家都幹。這使你們的肉體體驗各種快樂，強健肌肉，還對淨化血管有好處呢。

他們不帶我就自己去了，我父母也不在家。於是我只能躺在院邊晾衣繩後面的混凝土地上，觀看白晝的留痕。穿著背心感到身下的混凝土冰涼而堅硬。思考，然而未抵達最終結果，所有堅硬所有冰冷的東西將會永遠堅硬冰冷下去，而所有柔軟溫暖的東西只有眼下才會柔軟溫暖。最終，一切都會轉向冰冷堅硬一邊。在那裡，你不行動，不思考，不感受，不給任何東西溫暖。永不。

你躺在那裡，後背和手指著地，找到一塊小石子，將它放進口中，嘴可以嘗出灰塵、石膏及其他某種似鹹實則非鹹的東西。舌頭可以探測各式各樣的小小凸起與凹陷，彷彿石子是和我們人類一樣的世界，有高山，有低谷。倘若表明我們的地球，甚至我們整個宇宙，不過是某些巨人院中混凝土地上的小石子又該如何？倘若一會工夫之後某個巨型孩子，你想像不出他有多巨大，他的小朋友取笑他出去時沒有叫他，那個孩子只用兩根指頭拿起我們整個宇宙，放進口中，也開始用舌頭探測又該如何？他也會想，他嘴裡的這塊石子也許確實是整個宇宙，有銀河，有太陽，有彗星，有孩子，有貓，有晾在繩子上的衣服？天曉得，或許那個巨大男孩的宇宙，我們在他口中不過是一塊石子的男孩，實際上只是一個更巨大男孩的院子裡地上的一塊石子，他和他的宇宙，等等，就像一組俄國娃娃，石子中之宇宙，宇宙中之石子，石子寓於宇宙，宇宙寓於石子，無論其形狀大小都是如此？每一宇宙都是石子，每一石子都是宇宙。直至它開始令你腦子旋轉起來，與此同時，你的舌頭開始探測石子，好像它是塊糖，現在你舌頭本身有了白堊的味道。再過六十年，達奴什、阿里克、烏里、魯里克、伊坦和阿米以及黑手黨裡的其他成員將會死去，而後記住他們的人也會死去，而後便是把記住所有記住他們的人均能記住的人。他們的骸骨將會化作石子，與我口中的石子一樣。也許我口中的石子是三十億年前死去的孩子？說不定他們也到叢林中尋找那些玩意兒，因為有人沒有力氣將其吹起戴上就奚落他？他們也把他一個人丟在院子裡，他也背朝蒼天躺在那裡，口中含著塊石子，石子曾經也是個孩子，孩子曾經也是個石子。暈眩。在此同時，石子也得到了些許生命，不再那麼冰冷堅硬了，它變得潮濕溫暖，甚至在你口中攪動起來，並在你的舌尖輕輕恢復了癢感。

*

在籬笆牆那邊柏樹後面的倫伯格家，忽然有人打開電燈，但是躺在這裡，你看不見誰在那裡，是倫伯格夫人還是舒拉或伊娃開的燈，但是你可以看見黃色的燈光像糨糊一樣瀉出，它那麼稠密，難以灑落，幾乎無法動彈，太稠密了，簡直無法沉重地行進，像黏液那樣行進，它昏黃、單調、遲緩，就像黏稠的內燃機機油穿過微風繚繞、近似灰藍的夜空。五十五年後，當我坐在阿拉德花園裡的桌子旁邊，在筆記本上寫下那個夜晚時，與那個夜晚非常相像的微風泛起，今夜鄰居家的窗子裡再次流出黏稠緩慢昏黃的電燈光，如同黏稠的內燃機機油——我們彼此相識，我們彼此相識已久，似乎驚喜不是很多，但還是有。耶路撒冷院中那個口中含石之夜沒有來到阿拉德這裡，令你想起已經忘卻的東西，或重新喚起舊日的渴望，而是與之相反，它來襲擊這個夜晚。就像某個你認識很久的女人，你不再覺得她是迷人還是不迷人，不管你們何時見面，她總是多多少少說幾個相同的陳詞濫調，總是向你報以微笑，總是以熟悉的方式拍拍你的胸脯，只有現在只有此次她不是這樣，她突然伸出手來抓住你的襯衣，不是出於偶然，而是用她整個手，貪婪，孤注一擲，眼睛緊閉，她的臉彷彿因痛楚而扭歪，決意要隨心所欲，決意要灑脫一回，她不再介意你，不介意你的感受，不管你願不願意，和她有何相干，現在她非做不可，她不能自已，她現在伸出手臂，像魚叉一樣襲擊你，開始拉拽你，撕裂你，但實際上拉拽的人不是她，她只是用手去戳，你是那個拉拽並寫作的人，拉拽並寫作，像條身上插著魚叉刺的海豚，拚命拉拽，拉拽魚叉以及拴在上面的繩索，以及拴在繩索上的捕鯨槍，以及固定捕鯨槍的捕鯨船，它拉拽搏鬥，拉拽著逃跑，拉拽著翻滾進了大海，拉拽著潛入黑暗深處，拉拽，寫作，再拉拽；倘若它用盡最後力氣再多拉一次，它也許會設法從插入它肉身的東西中解脫出來，從咬住你、嵌入你體內不放過你的東西中解脫出來，你不住地拉拽，它只一個勁兒地咬住你，你越拉拽，它就嵌入得越深，對於這種越嵌越深傷你越來越重的損失，你永遠也無法報之以施加痛苦，因為它是捕獲者，你是獵物，它是捕魚者，而你只是被魚叉叉住的海豚，它施予，你接受，它是那個耶路撒冷的夜晚，而你在阿拉德的這個夜晚，它是你死去的父母，你只是拉拽，繼續寫作。

*

其他人都去了台拉阿札叢林，沒有帶我，因為我沒有力氣吹鼓那玩意兒，我仰面朝天躺在院子一端晾衣繩後面的混凝土地上，觀看日光漸漸退去，黑夜即將降臨。

我曾經從阿里巴巴的洞裡觀看。當外婆，我媽媽的媽媽，從莫茲金區邊上的焦油紙簡易住屋來到耶路撒冷，朝我媽媽大發脾氣，朝她揮舞著熨斗，她閃著眼睛，用夾雜著意第緒語的俄語和波蘭語向她噴出可怕的詞句時，我在衣櫥和牆壁間的夾縫裡看到了這一切。她們兩人都沒有想到我就擠在那裡，屏住呼吸，仔仔細細，看到了一切，也聽到了一切。媽媽對她母親那雷鳴般的咒罵沒有回應，只是待在角落裡那把靠背掉了的硬椅子上，筆直地坐在那裡，雙膝併攏，雙手一動也不動地放在膝上，雙眼也盯著雙膝，彷彿一切都以她的膝蓋作為依靠。媽媽坐在那裡像個受罰的孩子，她母親一個接一個向她拋出惡毒的問題，所有的問題都夾雜著嘶嘶音，她一聲不吭，不予回答。她的持續沉默只令外婆倍加憤怒，她似乎喪失了理智，眼神閃爍，臉孔狂暴如狼，張開的嘴角掛著白花花的唾沫星子，尖利的牙齒露了出來，她把手裡滾燙的熨斗一扔，好像打在牆上一般，接著一腳踢開熨衣板，怒氣沖沖地衝出房間，使勁把門一關，所有的窗戶、花瓶和茶杯都在震顫。

我媽媽，沒察覺到我在窺看，站起身開始自罰，她搧自己的臉頰，扯自己的頭髮，抓起一支衣架，用它擊打自己的腦袋和後背，直至泣不成聲，我在壁櫥和牆壁間自己的角落也開始默默地哭，緊緊咬著雙手，以致出現了手錶刻痕般的牙印，非常疼痛。那天晚上，我們都吃了外婆從莫茲金區邊上的焦油紙屋裡帶來的味道甜美的魚凍丸，魚凍丸和甜甜的煮胡蘿蔔一起盛在一只可愛的盤子裡，他們彼此談論著投機商和黑市，談論國有建設公司和私人企業以及海法附近的阿塔紡織廠，他們最後吃的一道食品是煮熟的水果沙拉，我們管它叫蜜餞，也是我外婆做的，樣子像糖漿一樣可愛，黏糊糊的。我的祖母，從奧德薩來的那位施羅密特，彬彬有禮地吃完了蜜餞，用張白紙巾擦擦嘴唇，從皮手包裡拿出口紅和小化妝鏡，重新描唇線，接著，她小心翼翼地把紅毛犬陰莖似的口紅收回套子裡，發表評論：

「我該跟你們怎麼說呢？我平生從未嘗過這麼甜美的甜食。上帝一定鍾愛沃利尼亞[1]，因此給它裹上了蜂蜜。就連你們的糖也比我們的甜，你們的鹽、你們的胡椒也散發著甜味，就連沃利尼亞的芥末也有一股果醬味，辣根、醋、大蒜都非常甜，用它們就可以讓死亡天使變得甜美了。」

她一說完這些話，立即沉默下來，彷彿是懼怕天使之怒，她怎麼敢如此輕薄他的名字。我的外婆，我媽媽的媽媽，此時臉上露出愉快的微笑，一點也沒有惡意或幸災樂禍，而是好意的微笑，那微笑純潔無瑕像小天使在歌唱，對於她做的食品足以使醋、辣根甚至死亡天使變得甜美的指控，伊塔外婆對施羅密特祖母只說了一句中聽的話：

「但不是妳，我的親家母！」

*

大家都還沒有從台拉阿札叢林回來，我依舊躺在混凝土地上，土地似乎不那麼冰涼堅硬了。柏樹梢上的夜光更加冰冷灰暗。在令人敬畏的高高樹梢上，屋頂上，在大街、後院、廚房裡輕輕移動的所有東西上面，在高處飄浮的塵土、捲心菜和垃圾氣味裡，在恍如天空之於大地的高處鳥鳴中，在沿路而下的猶太會堂裡斷斷續續傳來的祈禱者的哭腔中，彷彿有人正在屈服。

高不可及，清晰無比，漠然冷淡，它現在開始展開，在熱水器之上，在晾在這裡每座屋頂的衣物之上，在遭遺棄的破爛和野貓之上，在各種渴望之上，在各家院子裡所有的瓦楞披棚屋之上，在陰謀、炒蛋、謊言、洗衣盆、地下戰士貼的標語、羅宋湯、遭到毀棄的荒涼花園、往昔一片果園裡遺留下的果樹之上，現在，就是現在它正在展開，創造著一個清澈平和夜晚的寧靜，在垃圾箱之上的高高天空裡創造著和平。在一個相貌平平的女孩不斷彈出的遲疑不決、令人心碎的鋼琴樂音之上的高高天空裡創造著和平，那女孩名叫曼努海拉·施迪赫，我們都暱稱她為耐努海拉，她一遍又一遍努力練習簡單的上升音階，一遍又一遍地失誤，總是在同一處失誤，而每次都再來一遍。一隻鳥兒在旁邊應和著她，一遍又一遍地重複著貝多芬〈給愛麗絲〉的前五個樂音。酷夏結束之際的一天，整個天空浩淼而空寂，但見三片捲雲和兩隻黑鳥。陽光灑落在施內勒軍營的牆壁上，不過蒼穹不讓陽光離去，而是緊緊用手抓住它，並且設法撕開它色彩斑斕的披風裙裾，眼下正設法試穿它的戰利品，用捲雲做裁縫的人體模型，把光像衣裝一樣披上，脫下，檢查泛著淡淡綠光的項鍊，或是顏色豐富金光閃閃帶著紫羅蘭光暈的大衣，或是四周某種銀色的纖巧飄帶是否恰到好處，像給一群迅速游過的魚兒擾亂的水下微微蕩漾的波紋。還有的光紅得有些發紫，或呈暗黃綠色，現在它突然迅速脫下衣裝，穿上淡紅的斗篷，上面散發出一縷縷暗紅色的光，過上一兩個瞬間，又穿上另一件長袍，胴體突然遭到刺傷，染上幾塊刺眼的血跡，而黑色裙裾正在黑天鵝絨皺褶下聚攏，很快它不

1 沃利尼亞（Vollhynia），烏克蘭西北部地區名。

是越來越高，而是越來越深，越來越深，像死亡山谷在蒼穹中敞開擴展，彷彿它不在頭頂，你沒有躺在地下，而是恰恰相反，整個蒼穹是個深淵，而躺著的人不再躺在那裡，而是流動起來，正在被吞沒，突然下降，像一塊石子掉進了絲絨深處。你永遠也無法忘記這個夜晚——你只有六歲，頂多六歲半，但是在你幼小的生命裡，某些巨大而可怕的東西初次展示在你的面前，某種非常嚴肅而莊重的東西，某種從無窮向無窮延伸的東西，它攫住了你，像個緘默不語的小巨人，它開始進入你的體內，把你展開，於是你自己在那一瞬間會更為寬廣更為深入地認識自身，不是用你自己的聲音，也許是你在三、四十年後的聲音，用不許狂笑和輕浮的聲音，它命令你永遠不許忘記今晚的點點滴滴：記住並保留它的氣味，記住它的形體與亮光，記住它的飛鳥，琴音，烏鴉啼叫，以及所有的上天異象在你眼前從一個天際馳騁向另一個天際，所有這一切都是為你，只為接收者個人的關注。永遠不要忘記達奴什、阿米和魯里克，不要忘記和大兵們一起在森林裡的姑娘們，不要忘記你一個祖母對另一個祖母說過的話，不要忘記甜美的魚，它漂浮，死去，加上佐料，配上胡蘿蔔。不要忘記濕潤石子的粗糙，它在你口中已經是半個世紀之前的事，但是它那微微發灰的散發著白堊、石膏和鹽的味道，依舊引誘著你的舌尖。石子令你產生的聯想永遠不要忘記，那是宇宙中宇宙之宇宙。記住時間中時間之時間的旋轉感覺，記住天空色彩的千變萬化，就在太陽剛剛落山後，混淆並損害了數不勝數的光色，紫紅，丁香紫，酸橙色，橘黃，金色，木槿紫，深紅，猩紅，藍，暗紅中夾雜著噴湧而出的鮮血，慢慢降臨在一切之上的是十分黯淡的灰藍色，像沉默之色，散發著一股氣息，像鋼琴上不斷重複的樂音，一遍遍地爬升，一遍遍地失誤，音階很不連貫，而一隻鳥兒用〈給愛麗絲〉開始的五個樂音進行回應，啼—嗒—嘀—嗒—嘀。

33

我父親嗜好崇高，而媽媽則沉醉於渴望與精神盡興。父親熱切崇拜林肯、巴斯德，還崇拜邱吉爾的演說，「鮮血汗水和淚水」，「從來也不欠這麼多」，「我們在陸上和他們作戰」。媽媽臉上露出拉海爾詩中所描繪的那種溫柔微笑，「我不向你歌唱我的土地，或用英雄事蹟來讚美你的盛名，只是腳踏實地……」我父親站在廚房水槽旁，突然激情地開始朗誦起車爾尼霍夫斯基的詩歌：「在這片土地上一代人將會崛起／將會打碎鐵鎖鏈／一雙雙明亮的眼！」有時也會朗誦亞波亭斯基的詩：「……約他帕他[1]，馬薩達／還有征服了的貝塔[2]／將會有力而輝煌地再度崛起！／啊，希伯來人——無論窮人，／奴隸，還是流浪者／你是天生的王子／頭戴大衛的王冠。」當精神十足時，父親會用令死者膽寒的某種不堪入耳的聲音怒吼車爾尼霍夫斯基的詩句：「啊，我的國家，我的土地，山石覆蓋的高地！」直至媽媽提醒他隔壁的倫伯格或其他鄰居布赫夫斯基和羅森多夫兩對夫婦一定聽到了他的朗誦，正在笑他，父親才侷促不安地停下來，好像偷糖吃似地露出不好意思的微笑。

至於我媽媽，她喜歡整個晚上坐在偽裝成沙發的床上，兩隻赤腳蜷在身下，低頭看膝蓋上的一本書，在屠格涅夫、契訶夫、伊瓦什凱維奇[3]、安德列．莫洛亞和格尼辛故事中的秋日花園小徑

---

1 約他帕他（Jotapata），希伯來古城。
2 貝塔（Beitar），希伯來古城。
3 雅羅斯瓦夫．伊瓦什凱維奇（Jarosław Iwaszkiewicz, 1894-1980），波蘭詩人、小說家、劇作家。

上，流連忘返好幾個小時。

我父母從十九世紀直接來到耶路撒冷。我父親在成長過程中主要接觸的是歌劇似的浪漫主義，帶有民族主義色彩、渴望戰爭的浪漫主義（民族初期，狂飆突進），其杏仁蛋白奶糖的頂端撒了一層粉末，像香檳飛濺，帶有某種尼采似的男子漢瘋狂。而我母親卻靠其他浪漫主義準則生存，它帶有內省、憂鬱，又有點孤獨，沉湎於令人心碎、感情深切的棄兒痛苦中，充滿了世紀末頹廢派藝術中那種朦朧的秋天氣息。

我們的居住區凱里姆亞伯拉罕，出沒著沿街叫賣的小販、店主、地位卑微的經紀人、賣小商品的以及意第緒語主義者，出沒著拖著哭腔唱誦的虔敬派教徒，出沒著離開家園的小資產階級分子及行為乖僻的世界改革家，沒有人對這裡感到滿意。我們家總有一種搬到好一點的比較文明的街區居住的夢想，比如說哈凱里姆區，或者施穆埃爾區（倘若去不了陶比奧或熱哈威亞），不是馬上就搬，而是有朝一日，在將來，當具備了可能性，當我們有了一些積蓄，當孩子長大一點，當父親設法立足於學術界，當媽媽有了固定教職，當環境好轉，當國家有了進一步發展，當英國人已經離去，當建立了希伯來國家，當這裡的未來已經明朗，當情勢最終對我們稍微容易一些時。

＊

「那裡，在我們先祖居住過的土地上。」我父母年輕時經常這麼唱，當時她在羅夫諾，他在奧德薩和維爾納，像二十世紀初數十年間東歐數以千計的年輕猶太復國主義者一樣，「那裡，在我們先祖居住過的土地上／我們所有希望終將實現／那裡我們生活我們創造／生活純粹而自由。」

但是所有希望指的是什麼？我父母想在這裡尋找的是怎樣一種「純粹而自由」的生活？

也許他們模模糊糊地認為，他們會在更新了的以色列土地上找到某種東西，少點小資產階級的猶太人、多一點歐洲的現代，少點殘酷的物質主義、多點理想主義，少點狂熱與易變、多些安定與節制。

我母親也許夢想在以色列土地上一個鄉村學校過教師生活，邊讀書，邊創作，在閒暇之際寫寫抒情詩，不然就寫感傷而多用典故的短篇小說。我想她希望和難以捉摸的藝術家建立某種平和的精神聯繫，某種推心置腹顯示真正心地的聯繫，這樣最後才能擺脫她母親那吵吵嚷嚷飛揚跋扈的束縛，逃離令人窒息的清教徒式的生活準則、可憐的個人品味以及可鄙的物質主義，在她所生長的地方這些東西顯然非常猖獗。

與之相對，我的父親從內心深處認為自己可以成為耶路撒冷一位富獨創性的學者，一位擁有希伯來復興精神的勇敢先驅，約瑟夫．克勞斯納教授當之無愧的繼承人，在光明之子反對黑暗勢力的文化軍旅中充當一名英勇的官員，是與漫長而輝煌的學者王朝相稱的後繼者，這一王朝始於無子嗣的克勞斯納，透過視如己出的忠誠侄子得以延續。像他著名的伯伯，無疑在他的啟迪之下，我父親能夠用十六、七種語言閱讀學術著作。他在維爾納和耶路撒冷大學讀書（甚至後來在倫敦撰寫博士論文。無論鄰里還是陌生人都稱之為「博士先生」，而後，在年屆五旬之際，他終於擁有了真正的博士學位，而且是倫敦的博士），他還學習了——基本上是自學——古代史和現代史、文學史、希伯來語言學和語文學總論、《聖經》研究、猶太思想、考古學、中世紀文學、哲學、斯拉夫研究、文藝復興歷史和羅馬研究。他具備資格，並準備成為一名助教，再繼續升到高級講師，最後做一名教授，做具有開創性的學者，最終，在每星期六下午，真的坐到桌子主位，向由崇拜者和忠誠者組成的驚奇萬分的觀眾一個接一個發表長篇大論，像他令人尊敬的伯伯一樣。

但是無人需要他，無人需要他的學術成就。於是這個特波列夫[4]只得靠在國家圖書館期刊部做圖書管理員來維持可憐的生計，夜間用餘力撰寫中篇小說史和文學史的其他條目，而他的海鷗在地下室的住房裡度日，做飯，洗衣服，清潔，烘烤，照看一個病懨懨的孩子，她不看小說時，就站在那裡凝視窗外，而她手中的茶已經變冷。只要有機會，她就教點家教。

*

我是獨子，他們倆都把自己所有失望的負荷放在了我幼小的雙肩上。首先，我得好好吃飯，多睡覺，適度洗漱，以便長大後能夠改善機遇，以實現父母年輕時候的願望。他們希望我甚至在沒到上學年齡時就學會了讀書寫字。他們相互爭吵，用甜言蜜語賄賂我學習字母（沒有必要，因為字母令我神魂顛倒，自動找上門來）。我一開始讀書，那年我五歲，他們就都急不可待地向我提供既有品味又有養分的讀物，文化維他命豐富。

他們經常與我談論一些話題，這些話題在其他家庭看來當然是兒童不宜。媽媽喜歡給我說巫師、小精靈、食屍鬼、森林深處魔法小屋的故事，而且也認真地向我描述犯罪、各式各樣的情感、才華橫溢的藝術家的人生和痛苦、精神疾病以及動物的內心世界（「倘若你仔細觀察，就會看出每個人都具有某種主要性格特徵，這種特徵使其與某種具體的動物，一隻貓、一頭熊、一隻狐狸或者一頭豬相像。人的形體特徵也顯示出與之最為接近的動物形體特徵」）。同時，父親向我介紹了神祕的太陽系、血液循環、英國人的白皮書、進化、希歐多·赫爾茨及其驚人的人生經歷、唐吉訶德的冒險、書寫和印刷史、猶太復國主義準則（「在流放中，猶太人生活艱辛；而在這裡，在以色列土地上仍非易事，但是不久將會建立希伯來國家，之後一切便會好轉，充滿了生機與活力。整個世界將會認為猶太人在這裡創造了一切」)。

我父母，還有我的祖父母，家裡多愁善感的朋友、好心的鄰居、穿著華麗俗氣的姑姑阿姨嬸嬸大媽，緊緊地擁抱我，不斷對從我嘴裡蹦出的詞語震驚不已：這個孩子這麼聰明絕頂，這麼有獨創性，這麼敏感，這麼特殊，這麼早熟，他這麼善於思考，什麼都知道，他有藝術家的眼光。

而我呢，我對他們的震驚感到震驚，以至於最終對自己感到震驚。畢竟，他們是大人，換句話說是什麼都懂、永遠正確的造物，要是他們總說我聰明，那麼當然我一定是聰明的嘍。要是他們覺得我有意思，我則自然而然傾向於同意他們的說法。要是他們覺得我是個敏感、有創造性的孩子，還很什麼，還相當什麼（都用的是些洋文），還這麼有獨創性，這麼先進，這麼聰明，這麼合乎邏輯，這麼可愛，等等，那麼……

我在成人世界與既定價值面前，墨守成規，必恭必敬，我沒有兄弟姊妹、沒有朋友來抗衡周圍對我的個人崇拜，我別無選擇。只有謙卑而徹底地對成人所做出的評價點頭稱是。

於是乎，出於無意間，我在四、五歲時變成了一個小炫耀物，父母和其他大人在我身上投注了大量財產，並慷慨助長我的傲慢自大。

*

有時在冬夜，我們三人習慣在晚飯後圍坐在廚房飯桌旁聊天。我們說話聲音輕柔，因為廚房又小又窄，我們從來也不打斷對方的談話（父親認為這是進行任何談話的先決條件）。比如說，我們

4特波列夫，契訶夫戲劇《海鷗》中的主角，喻指壯志未酬的人。

談論盲人或外星來客怎樣看待我們的世界。也許我們自己基本上就像盲外星人？我們談論中國和印度兒童，談論貝都因和阿拉伯農民兒童，隔離區的兒童，非法移民兒童，以及基布茲兒童。基布茲裡的兒童不屬於他們的父母，但是在我這個年齡，他們已經獨立過集體生活，需要履行個人義務，輪流值日打掃房間，透過投票決定什麼時候關燈睡覺。

即使在白天，破廚房裡也點著昏黃的燈。晚上八點，或由於英國人實行宵禁，或僅僅出於習慣，外面大街上已空無一人，狂風在冬夜中呼嘯。它吹得屋外垃圾箱的蓋子格格作響，恐嚇柏樹和野狗，用它黑漆漆的手指檢測懸掛在廚房欄杆上的洗衣盆。有時從黑暗深處，會傳來幾聲槍響，或是低沉的爆炸聲。

吃過晚飯，我們三人站成一排，好像列隊行進，先是父親，後是母親，再後是我，面對著給普萊默斯火爐和煤油爐燻黑的牆壁，背朝房間。父親在水槽前彎著腰，清洗一個個盤子，並將它們漂洗乾淨，放到瀝水板上，媽媽從瀝水板上拿起盤子，擦乾後放到一邊。我負責把飯叉飯勺擦乾，並依大小分類，放進抽屜裡。從我六歲起，他們允許我把餐刀擦乾淨，但嚴禁我動麵包刀和菜刀。

*

對他們來說，我只做到聰明、理性、聽話、敏感、具有創造力、善於思考和擁有藝術家的眼光，還遠遠不夠。此外，我還得做富有洞察力的人，預知未來，做某種家庭神使。畢竟，大家都知道孩子更接近自然，接近神祕的造物懷抱，尚未遭到謊言的腐蝕，尚未遭到自私自利之念的毒害。

於是我就得承擔德爾斐神諭或聖愚的角色。當我爬上院子裡那棵可能患上肺癆的石榴樹，或是從一面牆跑到另一面牆，沒有在鋪路石當中走出一條直線，他們就命令我為他們或者他們的客人說出一些上天的自然暗示來幫助他們平息爭端，如：是否到阿納維姆區基布茲探望他們的朋友，是否（分期付款）買一張棕色圓桌加四把椅子，用年久失修的船把倖存者偷偷運到以色列土地是否會危及他們的生命，是否請魯德尼基夫婦安息日晚上來吃晚飯。

我的任務是說出一些模模糊糊、模稜兩可的想法，不合我這個年齡地說出一些依據我從成人那裡聽來的令人震驚並負有煽動性的思想片斷組合成的句子，某些莫衷一是的東西，某些可以做任何解釋的東西。要是可能，還應該包括某種隱隱約約的微笑，或是特別要夾進「生命中」之類的詞語。比如說，「每次旅行都像拉開一個抽屜。」「生命中有早晨，有夜晚，有夏有秋。」「做出一點點讓步就像避免踩到小生物一樣。」

這樣令人費解的句子，「出自一個吃奶孩子之口」，讓我的父母激情澎湃，他們眼睛放光，翻來覆去說我的話，在裡面尋找對自然本身那純潔而無意識的智慧所做的神諭似的表達。

聽到這樣美妙的語言，這些我總是得在驚訝不已的親朋好友面前一遍遍重複與再生產的箴言，媽媽會熱情地把我緊緊抱在胸前。我很快便學會應我那激動萬分的觀眾的要求，按順序大量生產這樣的言論。我從每一則寓言中都能成功地提取不止一層而是三層的愉悅。愉悅之一，看到我的觀眾那充滿渴望的目光集中在我的雙唇，激動地等待著即將出口的話語，而後專注於大量的矛盾重重的解釋。愉悅之二，坐在成人群中像所羅門王斷案時那種令人眩暈的體驗。（「你聽見他怎樣對我們說做一點點讓步了嗎？那麼你怎麼還堅持明天不該去阿納維姆區？」）愉悅之三最為私密，最為愜意，就是我慷慨大方。在這個世界上我最喜歡體驗給予的快樂。他們渴望，他們需要，我給予他們之所需。他們有了我是多麼的幸運！沒有我他們怎麼辦？

34

我實際上是個非常省事的孩子，聽話，勤奮，在不知不覺支持著約定俗成的社會秩序（我和媽媽服從父親，父親在約瑟夫伯伯的腳下膜拜，約瑟夫伯伯儘管激烈反對，但輪流服從本－古里昂和「認可的社會公共機構」）。除此之外，我在不知疲倦地探索從大人們：我父母及他們的客人、姑姑阿姨嬸嬸大媽們、鄰居和熟人們那裡得到的諛美之詞。

然而，在家庭所上演的全部劇碼中，最流行的便是一齣備受喜愛的、情節固定的喜劇，圍繞一樁過失展開，相隨的便是一連串的靈魂探索及相應懲罰。懲罰過後便是憾恨、悔悟、原諒、赦免部分或大部分懲罰，最終，是涕淚漣漣的寬恕與和解的場面，伴隨著擁抱和彼此間的關愛。

好比說，有一天，在熱愛科學這一情感驅動下，我把黑胡椒粉撒進了媽媽喝的咖啡裡。媽媽抿了一小口咖啡，給嗆住了，把咖啡吐到圍裙上。她兩眼盈滿了淚水。我後悔不已，坐在那裡一聲不吭，我很清楚爸爸該上場了。

爸爸，扮演的是一位公正觀察員的角色，小心翼翼地嘗了嘗媽媽的咖啡。他或許只浸濕了嘴唇，立刻就宣布他的判斷結論。

「有人決定給妳的咖啡裡加佐料。我懷疑這是某位高級人物的傑作。」

沉默。我像舉止超級良好的孩子，一勺接一勺地把盤子裡的粥往嘴裡送，用餐巾擦淨嘴唇，停頓片刻，再吃上兩三勺。鎮靜沉著，筆直地坐在那裡，就像在示範一部禮儀手冊。今天我要把粥全部喝光，像個模範兒童，把盤子裡的粥喝得乾乾淨淨。

父親繼續說，好像陷入深深的思考，好像和我們一起分享神祕化學變化的概要，沒有看我，只是跟媽媽說話，或是在自言自語：

「這裡一定是發生了一場災難！正如大家所知，有許多混合物，由本身絲毫無害、有利於人類消耗的物質組成，但這種混合物有可能威脅任何品嘗者的生命。誰都可以在妳的咖啡裡放入其他佐料。這後來呢？中毒，上醫院，甚至有生命危險。」

廚房裡一片死寂，好像大禍已經降臨。

媽媽，下意識地用手背推開毒杯。

「那麼後來呢？」父親又若有所思，加上一句，他點了幾下頭，彷彿他已經知道事情梗概，但是非常老練，沒有說出可怕的名字。

沉默。

「我因此建議，無論誰搞的這場惡作劇——肯定不是故意的，開了個不妥的玩笑而已——應該有勇氣立刻站出來。這樣我們都應知道我們內部是不是有這樣的輕薄之人，至少我們沒有包庇一個膽小鬼。人不能沒有誠信和自尊。」

沉默。

輪到我了。

我站起身，用酷似父親那大人的腔調說：

---

1 根據作者本人在為希伯來文版英譯者做的注釋，「認可的社會公共機構」指猶太國準政府，如猶太人辦事處、民族委員會、自由黨等。

「是我做的。對不起。真是做了件蠢事，以後再不會發生這樣的事了。」

「不會了？」

「肯定不會。」

「以一個自尊自重男子的名譽擔保？」

「以一個自尊自重男子的名譽擔保。」

「承認，後悔，並下了保證，這三項加起來可以減輕懲罰，我們此時請你把它喝下去算了。對，現在就喝。請吧。」

「什麼，喝下這杯咖啡？連同裡面的黑胡椒？」

「是啊，沒錯！」

「什麼，要我把它喝了？」

「請吧。」

但是我才猶豫地抿了一口，媽媽就介入了。她建議到此為止，沒有必要擴大。孩子的胃那麼不好。他現在確實從中吸取教訓了。

父親沒有聽到調停請求，或者佯裝沒聽到。他問：

「殿下你覺得這飲料怎麼樣？味道像來自天國的聖餐嗎？」

我皺起眉頭表現出強烈的反感。表情痛苦、悔恨，流露令人心痛的傷悲。於是父親宣布：

「那麼，好，夠了。這一次就這樣了。殿下表達了他的痛悔之意，所以我們到此為止。也許我們可以借助一塊巧克力來加以強調，消除不好的味道。之後，要是你願意，我們可以坐在書桌旁，給新郵票分類。好嗎？」

*

我們都喜歡在這齣喜劇裡所充當的固定角色。父親喜歡扮演某種復仇之神的角色，一味查看並懲罰惡行，某種家庭內部的耶和華，閃現憤怒的火花，發出可怕的隆隆雷聲，並且有憐憫，有恩典，有「豐富的慈愛和誠實」[2]。

但是偶爾，某種當真生氣的盲目浪潮衝擊著他，不只是演戲似的憤怒，尤其當我做了些可能對我有危險的事情，沒有任何前奏，他便給我兩三個耳光。

有時，我若是玩電，或是爬上高高的樹枝，他甚至命令我脫下褲子，讓我露出屁股（他只稱之為：「臀部，請亮出來！」），而後，他會無情地用皮帶打上六七下。

但是整體來說，爸爸的憤怒不是表現為迫害，而是表現為威嚴的彬彬有禮及冷冰冰的挖苦：

「殿下又屈尊把從大街上踩來的泥巴帶到走廊裡了。顯然像我們窮人在雨天那樣往門口地墊上蹭腳有損於殿下的尊嚴，這次我恐怕閣下您得屈尊用纖細的小手抹去他高貴的腳印，之後將委屈您這位至尊的殿下到浴室，把您摸黑鎖上一個鐘頭，以便有機會反省錯誤，決定今後做出改進。」

媽媽立即對懲罰表示抗議：

「半小時就行了。不要摸黑。你怎麼回事？也許你下次就會不許他喘氣了。」

爸爸說：

「殿下真幸運啊，他總是有這麼一位熱心的法律顧問為他辯護。」

2耶和華是猶太人對上帝的稱呼之一，引號中文字出自《舊約．出埃及記》第三十四章第六節。

媽媽說：

「要是真能懲罰夾槍帶棒的幽默感就好了——」但是她從來沒把這句話說完。

一刻鐘以後，該上演最後一幕了。父親親自來把我從浴室裡領出去，伸出雙臂迅速而尷尬地抱抱我，他會低聲道歉：

「當然，我察覺到你不是有意把泥巴帶進來的，只是因為你心不在焉。但是你當然也體會到我們罰你是為了你好，這樣你長大後就不會成為心不在焉的教授了。」

我正視著他那雙無辜而疲倦的眼睛，承諾從現在開始，進門時永遠會小心翼翼擦掉鞋底的泥巴。而且，我在劇中所扮演的固定角色需要我此時臉上露出聰穎成熟的表情，說著從父親辭彙庫裡借來的詞語，我當然非常清楚懲罰我是為了我好。我所扮演的固定角色甚至包括對媽媽說些什麼，我祈求她不要那麼快就寬恕我，因為我本人接受自己行為的後果，心悅誠服地接受懲罰。即使在浴室待兩個小時，即使在黑暗中，我也不在乎。

*

我真的不在乎，因為關在浴室裡與我平時在房間在院子在幼稚園裡的孤獨幾乎沒什麼兩樣。在我大部分的童年歲月裡，我是個孤獨的孩子，沒有兄弟姊妹，幾乎沒什麼朋友。

一把牙籤，兩條肥皂，三支牙刷，還有已擠出一半的一管牙膏，外加一柄梳子，媽媽的五根髮夾，父親的梳理包，一張小板凳，一小盒阿司匹靈，一些黏糊糊的橡皮膏，還有一捲衛生紙，這些東西足以讓我一整天從事打仗、旅行、大型建築工程及重大的冒險活動。在這一過程中，我依次充當殿下、殿下的奴隸、追捕者、被追捕者、指控者、被指控者、算命者、法官、水手以及在地勢複雜起伏不平的地帶挖掘巴拿馬和蘇伊士運河以疏通小小浴室裡所有海洋湖泊的工程師，啟程從世界一端乘坐商船、潛水艇、軍艦、海盜船、捕鯨船探險旅行，發現人類未曾涉足的大陸與島嶼。

即使判我被單獨監禁在黑暗之中，我也不擔心。我會放下馬桶蓋，坐上去，赤手空拳進行我所有的戰爭和旅行。不用任何肥皂、梳子或髮夾，不用從坐的地方移動身子，我坐在那裡閉著雙眼，想像著打開我所需要的所有電燈，把所有的黑暗拋在外面。

你甚至可以說，我喜歡遭受單獨監禁的懲罰。「不需與其他人交往者，」父親引用亞里斯多德的話，「定為上帝，或為動物。」我喜歡在接連不斷的五個小時裡既做上帝，又做動物。我不在乎。

每當父親嘲弄地叫我殿下或閣下時，我不生氣，相反，我從內心深處同意他這麼叫。我採用了這些頭銜，然而一聲不吭。我沒有讓他看出有任何欣喜的跡象。像一個流放中的國王跨越國界悄悄溜回來，偽裝成普通人在他的城市四處行走。不時，在排隊等候公車或者在主廣場的人潮中，驚訝的臣民認出他，向他鞠躬致意，叫他陛下，但是我完全不理會鞠躬，不理會頭銜。我沒做任何表示。也許我決定這樣做，是因為媽媽教導我，真正的國王和貴族實際上蔑視自己的稱謂，深深懂得，真正的高貴包含著對最卑微民眾態度謙卑，像個普通人一樣。

不光是像任何普普通通的人，而且要像一個性情溫和、敦厚仁慈的統治者，永遠為自己的臣民著想。他們似乎喜歡幫我穿衣服，幫我穿鞋，就讓他們做好了，我高高興興地伸出四肢。過了一段時間，他們突然改變主意，情願讓我自己穿衣服，穿鞋，我也高高興興地自己穿衣服，享受他們欣喜的笑臉，偶爾把釦子扣錯了，不然就是裝可愛地讓他們幫我繫上鞋帶。

他們幾乎爭先恐後，因為擁有了跪在小王子面前為他繫鞋帶的特權，因為他通常會擁抱他的臣民作為回報。別的孩子都不會像他那樣，懂得如何莊嚴而彬彬有禮地酬謝他們的服務。一次他甚至向父母保證（他們你看著我我看著你，眼睛裡閃爍著驕傲而快樂的淚光，用手拍拍他，心中湧起欣喜之情），等他們老了，像隔壁倫伯格夫婦那樣，他會為他們扣釦子，繫鞋帶，以報答他們為他所付出的辛勞。

他們喜歡幫我梳頭髮嗎？喜歡為我解釋月亮如何運行嗎？喜歡教我數到一百嗎？在一件套頭衫外面再套一件嗎？甚至要我每天吞下一勺令人作嘔的鱈魚肝油。我高高興興地任其想做什麼就做什麼，我喜歡我這個小不點兒不斷賜予他們快樂。於是即使魚肝油令我作嘔，我也高高興興地克服厭惡之情，把滿滿一勺一口吞下，甚至感謝他們讓我健壯地成長。同時，我也喜歡看到他們吃驚的樣子——顯然這不是個「普通」的孩子，這孩子如此特殊！

在我眼裡，「普通孩子」變成吐露蔑視的詞語。最好長大變成一條野狗，最好成為瘸子，不然就成為一個智力遲鈍的孩子，甚至最好成為女孩，只要別像他們那樣成為「普通孩子」，只要我可以繼續「如此特殊」，不然就是「確實不同尋常」！

*

於是從三、四歲起——倘若沒比這更早的話，我已經成了獨腳戲、獨幕劇、永不停息的表演，一個孤獨的舞台明星，不斷被迫去做即興表演，去吸引、刺激、震撼並取悅他的觀眾。我不得不把早上的演出搬到晚上。比如說，一個安息日早晨，我們去錢塞勒街和先知街的交叉口拜訪瑪拉和斯塔施克．魯德尼基。路上，他們提醒我絕對不能忘記斯塔施克叔叔和瑪拉阿姨沒有孩子，他們為此非常傷心，因此我不許動問他們何時生小寶寶。總之我必須好好表現。叔叔和阿姨已經對我評價很高了，因此我不許做任何、任何有損我在他們心目中形象的事。

瑪拉阿姨和斯塔施克叔叔的確沒有小孩，但是他們確確實實有兩隻渾圓、慵懶、長著藍眼睛的波斯貓，叫蕭邦和叔本華（我們在去錢塞勒街的路上，他們向我描繪出兩幅微型素描，媽媽描繪蕭邦，爸爸描繪叔本華）。多數時間，兩隻貓一起窩在沙發上或坐墊上睡覺，像一對冬眠中的北極熊。在黑色鋼琴上邊的一角，掛著一只鳥籠，裡面是隻老鳥，毛都脫了，病懨懨的，還瞎了一隻眼。鳥喙總是半張著，好像是渴了。瑪拉和斯塔施克有時管它叫阿爾瑪，有時叫米拉貝拉。也在這只籠子裡，瑪拉阿姨還放進另一隻鳥以緩解它的孤獨，它用一顆上了顏色的松果做成，木棍兒做腿，一條深紅色的薄木片做喙。這隻新鳥的翅膀是真羽毛，那是從阿爾瑪–米拉貝拉的翅膀上掉下來或拔下來的，羽毛呈現青綠與深紫相間的顏色。

*

斯塔施克叔叔坐在那裡抽菸。他的一條眉毛，左邊那條，總是上挑，好像在表達一絲疑惑：真是這樣嗎？是不是有些過分？他的一顆門牙掉了，使他看上去像街上的野孩子。媽媽幾乎一言不發。瑪拉阿姨一頭金髮，她把頭髮梳成兩條辮子，時而優雅地垂落到肩膀，時而像花冠一樣盤在頭頂。她為我父母泡茶，並端來一些蘋果蛋糕。她在削蘋果時，果皮像個螺旋環繞著果身，像根話筒線。斯塔施克和瑪拉一度夢想當農民。他們在一個基布茲裡住了兩三年，接著又在另一個合作農場住了兩年，直至證明瑪拉阿姨對多數野生植物過敏，而斯塔施克叔叔對陽光過敏（或者，如他所說，太陽本身對他過敏）。因此現在斯塔施克在郵政總局當職員，而瑪拉阿姨在週日、週二和週四為一個著名的牙醫當助手。當她給我們端來蘋果蛋糕時，父親忍不住用平日調侃的方式讚美她：

「瑪拉瑪拉愛烘烤／最最香甜的蛋糕，／我一向喜歡／妳把香茶泡。」

媽媽說：「阿里耶，夠了。」

至於我，我只要像個大孩子似的吃完一大片蛋糕，瑪拉阿姨就會給我特別款待：自製櫻桃水。她調的櫻桃水缺乏氣泡（顯然蘇打水敞著蓋放的時間太長了），為了補償，放了太多果露，甜得讓人幾乎無法忍受。

於是我彬彬有禮地把蛋糕吃得精光（味道不賴），吃的時候很小心，沒有張嘴，舉止得體，用叉子吃，沒有用我的髒手抓，已經注意到有沾上汙漬、撒下碎屑以及把嘴塞得鼓鼓等諸多危險，用叉子叉起每片蛋糕，極其小心地穿過空中，好像考慮到敵機可能在我把貨物從盤子送到嘴裡時進行攔截。我優雅地咀嚼，閉緊嘴巴，慎重地把蛋糕嚥進肚中，沒舔嘴唇。在這過程中，我贏得了魯德尼基夫婦羨慕的目光和父母的自豪，他們緊盯著我的空軍制服。最後我也贏得了那承諾過的獎品：自製櫻桃水，缺少氣泡，卻加了太多果露。

確實放了太多果露，讓人完全沒法喝。我一口也喝不下去，連抿一口都不行。味道甚至比媽媽的胡椒咖啡還要糟糕。它黏糊糊的，像止咳藥水，令人作嘔。

我把悲苦之杯放到嘴邊，佯裝在喝，當瑪拉阿姨，還有其他觀眾看著我，渴望聽我說些什麼，我忙不迭地發誓（用爸爸的話和爸爸的腔調）說，她的兩件作品，蘋果蛋糕和果露飲料，「真是太棒了」。

瑪拉阿姨臉上一亮：「還有呢！有好多！我再給你倒一杯！我弄了一整罐呢！」

而我的父母，他們以一種無言的自豪看著我。在心靈的耳朵裡，我能聽見他們在喝采，我從自己心靈的腰身，向欣賞我的觀眾鞠躬。

可接下來怎麼辦呢？首先要贏得一些時間，我必須分散他們的注意力，還得發表一些言論，一些不是我這個年齡的人能說的東西，一些他們所喜歡的東西：

「生命中，這樣美味的東西需要一點一點地品嘗。」

使用「生命中」這個詞對我特別有幫助：皮提亞[3]又開始說話了。大自然本身那純淨清晰的聲音似乎出自我口。一點一點地品嘗生命。緩慢，深思熟慮。

就這樣，我使用一個熱情洋溢的句子設法分散了他們的注意力，因此他們沒留意我還沒喝他們那木工膠。同時，趁他們依然在發呆時，恐懼之杯放在我身邊的地板上，因為生命一定要一點一點品嘗。

而我呢，則是陷入了沉思，雙手托腮，胳膊肘放在膝蓋上，分明代表思想家塑像的一副姿勢，他們讓我看過收入百科全書中的那幅照片的真跡。過了一會兒，他們不再關注我，這或許是因為當我的靈魂向著更高的層面飄移時，總盯著我看分明不大合適，或許是因為又來了一些客人，針對難民船、自我克制的政策以及最高行政長官等問題展開了激烈的討論。

我雙手抓住機會，悄悄溜進門廳，手上拿著我的毒杯，把它舉到一隻波斯貓的鼻子下，我不確定是作曲家還是哲學家。這隻豐滿的小北極熊聞了聞，身子向後一退，憤怒地喵了一聲，抽動一下鬍鬚，不，謝謝，無論如何也不要，隨即擺出討厭的架式退回了廚房。至於牠的夥伴，那個肥胖的傢伙在我舉杯時甚至沒勞動大駕睜開眼睛，只是聳聳鼻子，好像在說真的不要，向我抖抖粉紅色的耳朵，好像在追趕一隻蝴蝶。

我可以，比如說，把這有毒的飲料一股腦倒進那隻瞎眼禿頂的阿爾瑪-米拉貝拉和長翅膀松果

3 皮提亞（Pythian），德爾斐阿波羅神廟中的女先知。

所共享的鳥籠的水碗裡？我掂量來掂量去：松果一定會告發我，而蔓綠絨即使遭受嚴刑逼供，也不會出賣我。因此我毋寧選擇植物，而不選擇那對鳥（牠們，像瑪拉阿姨和斯塔施克叔叔一樣沒兒沒女，因此千萬不要問打算什麼時候下蛋）。

過了一會兒，瑪拉阿姨注意到我的空杯子。首先顯而易見的是，我喜歡她的飲料確實使她真的真的非常高興。我對她微微一笑，像大人一樣說：「瑪拉阿姨，謝謝您，它確實很好。」她既沒有問，也沒有得到確認，就又把我的杯子灌滿，提醒我記住不止這些，她做了滿滿一罐，她的櫻桃水可能沒有像真正的櫻桃水那樣嘶嘶冒泡，但卻像巧克力一樣甜，對吧？

我表示同意，並且對她表示感謝，決定再次等待時機，而後我又在別人沒有察覺的情況下偷偷摸摸溜走，像個地下戰士，潛去英國人的防禦雷達裝置，去毒害他們的植物，一棵仙人掌。

但是在那一瞬間，我感到一種強有力的衝動，像打噴嚏一樣，讓你無法遏制，像你在班上爆發出不可抗拒的大笑，想站出來當眾宣布他們的飲料非常噁心，連他們家的貓和他們家的鳥兒都覺得它討厭，我把它全倒進了花盆裡，現在他們的植物快死了。

遭受懲罰，像個男子漢那樣接受懲罰。無怨無悔。

當然我不會這麼做，迷倒他們的願望遠遠勝過使之大吃一驚的衝動。我是個神聖的拉比，不是個成吉思汗。

*

在回家的路上，媽媽直視我的雙眼，臉上掛著陰謀家似的微笑說：

「別以為我沒看見。我都看見了。」

我呢，一副無辜、純潔的樣子，然而罪惡的心在胸膛裡像隻活蹦亂跳的小兔子咚咚作響，我說：

「都看見了？看見什麼了？」

「我看見你煩得不行。可是你設法不表現出來，讓我感到很高興。」

爸爸說：

「孩子今天確實表現不錯，可畢竟他得到了獎賞，他得到一塊蛋糕，兩杯櫻桃水，他一直管我們要櫻桃水，可我們從來沒買給他過，因為誰知道小亭子裡的杯子是不是乾淨呢？」

媽媽說：

「我不知道你是不是真喜歡那飲料，但是我注意到你把它都給喝光了，所以不會惹瑪拉阿姨生氣，我們以你為傲。」

「你媽媽，」父親說，「可以洞察你的心。換句話說，她不僅一下子就可以了解你的所作所言，也了解你不為人知的所思所想。然而，夜以繼日和一個洞察你心靈的人生活在一起不那麼容易。」

「瑪拉阿姨給你倒第二杯時，」媽媽接著說，「我注意到你謝了她，並把飲料喝光，為的是讓她高興。我想讓你知道，像你這個年齡能夠這樣善解人意的孩子並不多見，實際上在成年人當中也不多見。」那一刻我幾乎要承認，受表揚的應該是魯德尼基家的植物，而不是我，因為是它們喝了糖漿調製品。

但是我怎能撕去她剛剛別在我胸前的獎章呢？我怎能使父母受到不應有的傷害？我剛剛從母親那裡學到，倘若你必須在說謊與傷害他人情感之間做出選擇，你與其選擇事實不如選擇感覺。究竟是讓人高興還是揭露真相，究竟是不引起痛苦還是不要說謊，面對這種抉擇，你應該總是與其誠實，毋寧慷慨。這樣做，你自己就會高於芸芸眾生，贏得大家一片讚聲：一個與眾不同的孩子。

爸爸隨之耐心地向我們闡述在希伯來語中，「無子嗣」一詞與「黑暗」一詞有關，因為二者都含有缺失之意，缺失孩子，或者缺失光明。還有一個與之相關的詞語是免除或救助。「《箴言》中說：『不忍用杖打兒子的，是恨惡他。』[4]我非常贊同這種說法。」他又把話頭轉到阿拉伯語，繼續指出黑暗一詞與遺忘一詞有關。「至於松果毬，它的希伯來語名字是 itstrubal，源於希臘文 strobilos，表示任何與旋轉有關的東西，源於 strobos，指旋轉動作。那個詞與『歌詠隊從右向左的回舞』和『災難』有關。兩天前，我看見有輛貨車在開往守望山上的途中翻覆了，車裡面的人受了傷，車輪依舊旋轉不停——因此有 strobos，也有災難。我們一回到家，請殿下你把丟在地上的所有玩具撿起來，把它們放回原處。」

4 《箴言》第十三章二四節。

35

我父母把自己未能實現的一切全放到我肩上。當漢娜和米海爾在一九五〇年一個冬日晚上，在塔拉桑塔學院的樓梯上初遇（見長篇小說《我的米海爾》），後來在耶路撒冷本－古里昂街的阿塔拉咖啡館裡再次見面，漢娜鼓勵性格靦腆的米海爾講講他自己，可是他卻談起了他那位鰥居的父親：

父親對他寄予厚望。他不肯承認自己的兒子是個平庸的年輕人。比如，他常常誠惶誠恐地讀米海爾的地質學作業，總使用「科學傑作」、「十分精確」等詞語加以評價。他父親最大的願望就是想讓米海爾成為耶路撒冷的教授，因為他祖父曾在格羅德諾的希伯來教育學院講授自然科學，人們對他祖父評價很高。米海爾的父親想，要是這能夠一代代延續下去就好了。

「家庭不是一場接力賽，要把職業當作火炬一代代傳下去。」漢娜說。

「但我不能對父親說這話。」米海爾說，「他是個多愁善感的人，總是小心翼翼地使用希伯來詞語，就像人們對待易碎的名貴瓷器那樣。」[1]

多少年來，父親沒有放棄希望：約瑟夫伯伯的衣缽終將落在他身上，倘若我能繼承家庭傳統成為一名學者，他會適時把衣缽傳給我。他所從事的枯燥無味的工作，使他只能夜間做研究，因此倘

1《我的米海爾》，鍾志清譯，木馬出版社，二〇一七，第二十三頁。

若衣缽傳給了他，也許他唯一的兒子能夠繼承。

在我看來，媽媽想讓我長大後，表達她無法表達的東西。

*

隨後幾年，他們不斷提醒我，在咯咯輕笑與驕傲中提醒我，當著所有客人的面提醒我，在札黑一家、魯德尼基一家、哈納尼一家、巴·伊茲哈爾一家以及阿布拉姆斯基一家面前，他們總是提醒我怎麼做，那時我只有五歲，兩個星期前才學會字母，我在父親的一張卡片背後用大寫字母寫上「作家艾默思·克勞斯納」，別在我小房間的門上。

甚至在知道怎樣讀書之前，我就知道怎樣做書。父親伏案工作，疲倦的頭在昏黃一片的檯燈光裡來回晃動，緩慢而辛勤地朝桌上兩堆書之間的山谷蜿蜒行進，從面前打開的一卷卷書中挑出各種細節，採摘出來，將其舉到燈下，檢查，分類，抄在小卡片上，然後把它們一一擺放到智力玩具裡的恰當位置，就像穿一串項鍊，這時我悄悄進去，踮起腳尖站在父親身後。

實際上，我自己也像他一樣工作，像個鐘表匠或老派銀匠：一隻眼睛覷起，另一隻眼睛放在放大鏡上，兩隻手指拿著一把精緻的鑷子，書桌上放著一些紙片，而不是卡片，我在上面寫下各式各樣的詞語，動詞、形容詞和副詞、一些拆分了的句子、慣用法和表達描寫的碎片以及各種暫時性的組合。我不時挑出其中一個顆粒，文本中的這些分子，用我的鑷子小心翼翼夾到燈下，仔仔細細地檢查，翻過來掉過去，彎腰擦拭或磨光，再舉到燈下，再輕輕擦拭，接著彎下身子將其放到我正在編織的作品中。接著我從不同角度審視它，尚未完全滿意，我再次將其取出來，換上另一個字，或是把它放到同一個句子裡的另一個位置，接著再拿走，使它再精鍊一點，試圖再去安裝，也許角度有點不同，不然就是重新調遣，也許放到句子後邊，或者放在下個句子的句首。不然就是將它攔腰砍斷，使之自成一個獨詞句？

我站起身，在房間裡走來走去，回到書桌邊，凝視片刻或更長久，然後把整個句子都刪掉，或把整頁都撕去。我絕望地放棄，大聲地詛咒自己，詛咒整個寫作，整個語言，儘管如此，我還是坐下來，開始再次把一切重新組合。

創作一部小說，我曾經說，好似試圖搭起伊多姆山巒。不然就像用火柴棍來建造整個巴黎的樓群、廣場和林蔭大道，直到街上的最後一條長椅。

倘若你寫八萬字的小說，你至少得做二十五萬次決定，不光是決定情節的題綱，誰生誰死，誰會陷入情網誰會背信棄義，誰會發跡誰會幹蠢事而出醜，人物的名字和面貌，習慣和職業，章節劃分，書的名稱（這些是最為簡單最為一般的決定）；不光決定敘述什麼粉飾什麼，誰先誰後，什麼要詳細說明什麼間接提起（這也是相當一般的決定）；而且你還要做數以千計比較細微的決定，比如，那一段倒數第三句話是寫「藍」還是「微藍」，或者該是「淡藍」？或者「天藍」？或者「皇家藍」？或者確實是「灰藍」？灰藍這個詞可不可以放到句首，還是只能放在句尾才可以出彩？或者放在句子中間？或者它只能用在由許多從句組成的複雜句中？或者最好只寫五個字「那晚的亮光」，不加任何色彩，不管是「灰藍」還是「略帶灰藍」還是其他什麼。

*

早自童年時代起，我就是曠日持久的徹底洗腦運動的犧牲品：約瑟夫伯伯在陶比奧的圖書神殿，父親在凱里姆亞伯拉罕我們住房裡的書籍緊身衣，媽媽的書籍避難所，亞歷山大爺爺的詩歌，鄰居札黑先生的長篇小說，我父親的索引卡片和文字遊戲，甚至沙烏爾．車爾尼霍夫斯基帶有刺鼻氣息的擁抱，以及阿格農先生，他用無核葡萄乾投下了幾個陰影。

但是，實際情況是我暗地裡根本就不理會我別在房間門上的卡片。有好幾年，我一直夢想長大成人，逃脫這些水泄不通的書籍，做個消防隊員：火與水，消防制服，英雄主義，閃閃發亮的銀色鋼盔，消防警笛呼嘯，女孩們的目光，一閃一閃的消防警燈，街上的恐慌，紅色消防車雷鳴般的猛攻，身後拖了一條恐怖的尾巴。

接著是雲梯，水管不住延伸，火光映襯在紅色消防車上，像噴湧而出的鮮血，最後，高潮來臨，一個姑娘或女人昏迷不醒被抬在勇武營救她的人的肩膀上，犧牲自我忠於職守，燒焦的皮膚、睫毛和頭髮，地獄般令人窒息的濃煙，隨即便是讚揚，獲救女子那一道道淚水的愛河滿懷傾慕與感激湧向你，那是最漂亮的人兒，是你用自己輕柔的手臂勇敢地把她從火焰中解救出來。

＊

但是在大部分童年歲月，我在臆想世界裡一遍遍地從熊熊燃燒的火爐裡營救的人是誰，是誰在用愛回報我？也許這樣問話的方式並不對，不如問：在那個好幻想的愚蠢孩子狂妄自大的心裡究竟出現了何種不可思議的可怕預兆，暗示他，但不把結果顯示給他，向他發出訊號，但在時間允許之時，沒給他任何機會去解釋媽媽會在那個冬天的夜晚出事的模糊暗示。

因為我已經五歲了，所以一遍遍地把自己想像成一個沉著勇敢的消防隊員，全副武裝，頭戴鋼盔，勇敢地衝進熊熊燃燒的火焰，冒著生命危險把昏迷不醒的她從烈火中救出來（而他那軟弱無力巧於辭令的父親只會站在那裡發愣，無助地盯著火舌）。

這樣，他一邊在腦海裡把新希伯來人在烈火中強悍起來的英雄主義（與父親規定給他的一模一樣）具體化，一邊急忙衝進去挽救她的生命，藉此，他把媽媽從父親的魔爪中永遠搶奪出來，用自己的羽翼遮護她。

但我從如此陰暗的思緒中，能否編織出連續幾年一直縈繞我心的這一伊底帕斯式幻想？有可能是那個女人伊里娜，伊拉，以某種方式，像遠方的菸味一樣，在我的想像世界裡滲透進消防隊員和被營救的女人的幻想？伊拉．斯泰萊斯卡婭，羅夫諾一個工程師的妻子，丈夫每天夜裡在打牌時把她輸掉。可憐的伊拉．斯泰萊斯卡婭，愛上了車夫的兒子安東，失去了自己的孩子，直至有一天她倒空一罐汽油把自己在焦油紙圍成的簡易小屋活活燒死。但是這一切發生在我出生的十五年前，發生在我從未見過的國家裡。我媽媽肯定不會蠢到那種地步，向一個四、五歲的孩子講這些吧？

*

父親不在家時，我坐在廚房裡揀濱豆，媽媽背對著我站在那裡挑理蔬菜，或榨橙汁，或在廚房流理台上做肉丸，她會給我講述各種怪異而嚇人的故事。小皮爾，約翰留下的孤兒，拉斯馬斯．金的孫子，一定像我一樣和他那窮困潦倒的寡母奧絲在風雪交加的漫長冬夜孤零零地坐在山上小屋裡，心中吸收並儲存著她那幾近荒唐的神祕故事，峽灣對岸的索里亞—莫里亞城堡，搶親，山妖大王宮殿裡的巨怪，綠衣食屍鬼，鑄鈕釦的人，眾小妖，女水妖，還有無所不在的可怕勃格[2]。

2皮爾．金是挪威民間故事〈浪子回頭〉中的人物，易卜生以其為基礎創作了詩劇《皮爾．金》。勃格是北歐神話中的隱身小妖。

廚房本身的牆壁燻得黑糊糊的，地板已經下陷，低矮狹窄如同單獨監禁囚室。爐旁放著兩個火柴盒，一個裝新火柴，一個裝舊火柴，為了節約，我們通常點燃一個煤油爐的火後，用舊火柴借火點燃另一個爐頭。

媽媽講的故事也許怪異嚇人，但是非常令人著迷，裡面有洞穴、高塔、荒無人煙的村莊、懸在空中的斷橋。她的故事不是從開頭講起，也不是以大團圓的結局告終，而是在灰暗朦朧中閃爍不定，千迴百轉，剎那間從薄暮中現出，令你驚奇，令人脊梁顫抖，繼之，你尚未來得及看出眼前是什麼又消失在黑暗之中。她就是這樣說阿萊路耶夫老人的故事，說塔妮赫卡和她三個丈夫、互相殺戮的鐵匠三兄弟的故事，說一隻熊收養了一個死孩子的故事，說山洞裡的幽靈愛上了砍柴人的妻子，或說馬車夫尼基塔從死人堆裡復活，迷惑並引誘殺人凶手的女兒。

她的短篇小說中淨是黑莓、藍莓、野莓、塊菌和蘑菇。在我尚未具備思想的幼年時代，媽媽就帶我前往其他孩子鮮少涉足的地方，在這過程中，她向我展現了令人心旌搖盪的語詞羽扇，彷彿她正在把我抱入懷中，一點點將我舉向越來越高令人暈眩的語詞高處，她的領域陽光斑駁，或者說浸潤著雨露，她的森林層層疊疊，或者說不能穿過，樹木參天，草地碧綠，高山，一座遠古的山，赫然聳現，城堡高聳，塔樓林立，平原懶散地伸開四肢在那裡休眠，在山谷裡，她所說的溪谷、山泉、小河和細流不住地汩汩湧流，潺潺作響。

*

我媽媽過著孤獨的生活，多數時間把自己囚禁在家裡。除了她的朋友，也曾經在塔勒布特高級中學讀過書的莉蓮卡、伊斯塔卡和范妮婭．魏茲曼之外，媽媽在耶路撒冷沒有找到任何意義和情趣。她不喜歡神聖的地方和諸多名勝古蹟。猶太會堂、拉比學院、基督教堂、修道院和清真寺，這一切對她來說幾乎千篇一律，枯燥乏味，泛著鮮少洗澡的宗教人士的氣味。她敏感的鼻子一旦聞到未清洗肉體散發出來的氣息，即使灑了濃重的香水，也會向後縮起。

父親也沒有把很多時間花在宗教上。他認為任何傳播宗教信仰的人都是頗為可疑、愚昧的人，他們助長了自古以來的仇恨，加劇了恐懼，發明了虛假的教條，滴幾滴鱷魚淚，以偽造的聖物、虛假的遺跡以及各式各樣無價值的信仰和偏見作為交易。他懷疑所有靠宗教為生的人均係某種討人喜歡的江湖騙子。他喜歡援引海涅的話：牧師與拉比都散發著臭氣。（或者用父親那已經緩和了的版本：「他們二者都沒有散發玫瑰花香！也沒有愛納粹的穆斯林穆夫提哈吉．阿明[3]！」）另一方面，他確實不時地相信模糊的神意，「人的主體精神」或是「以色列的磐石」[4]，不然就是相信「具有創造力的猶太天才」奇觀，他也把自己的希望依附於可以救贖或可以重振活力的藝術力量。「美的祭司與藝術家的畫筆，」他經常戲劇化地背誦車爾尼霍夫斯基的十四行詩組詩，「那些掌握詩之神祕魅力之人／用韻律與歌來救贖世界。」他相信藝術家比其他人優秀，更富有洞察力，更為誠實，未被醜陋所玷汙。問題是，儘管如此，一些藝術家可以追隨史達林，甚至希特勒，令他苦惱和難過。他經常自己與自己展開辯論：藝術家迷戀於暴君的魅力，為鎮壓與邪惡事件效勞，配不上「美的祭司」這一稱號。有時候，他試著向自己解釋說藝術家把靈魂出賣給了魔鬼，就像歌德筆下的浮士

---

3 哈吉．阿明．侯賽尼（Haj Amin al-Husseini, 1897-1974），巴勒斯坦在英國託管時期為大穆夫提，曾經在一九四一年十一月到柏林與希特勒會晤，試圖與希特勒聯手在中東地區成立「阿拉伯軍團」以對付猶太人。

4「以色列的磐石」，此典故最早見於《舊約．創世記》第四十九章第二十四節，並在《舊約．撒母耳記》下卷中再度出現。

德。

建立新居住區、購買並耕耘處女地、鋪設道路，猶太復國主義的激情使父親尤其為之沉醉，然而母親對此置若罔聞。她通常掃了一眼報紙的標題就把它擱置一邊。她把政治視為災難，聊天與閒談使她感到無聊。當我們有客人，或者當我們出去探望陶比奧的約瑟夫伯伯和琪波拉伯母，或是札黑夫婦、阿布拉姆斯基夫婦、魯德尼基夫婦、阿格農先生、哈納尼夫婦，或者是漢娜和海姆・托倫，我母親很少插話。然而，有時只是因為她在場，男人們就竭盡全力不住地說啊說，而她只是坐在那裡默不作聲，臉上掛著微笑，彷彿試圖要從爭論中破解，為何札黑先生會堅持那種特殊的見解，哈納尼先生卻意見相左，要是他們突然互換立場爭論是不是會截然不同，每個人都會為對方的觀點辯護，而反擊先前所持有的見解嗎？

母親對服裝、物品、髮式和家具感興趣，是把它們當成窺孔，藉此窺見人們的內心世界。不管我們何時到別人家裡，或甚至在等候室，我媽媽都會筆直地坐在角落裡，雙手交疊在胸前，像寄宿學校的模範學生等候年輕女士，她一絲不苟不慌不忙地凝視窗簾、沙發套、牆上畫像、書籍、瓷器、架子上的陳列品，像個偵探在盡量搜集細節，其中一些終究可能會結合起來產生一條線索。

他人的祕密令她著迷，但不是處於談論閒言碎語的層面——誰喜歡誰，誰和誰約會去了，誰買了什麼——而是像某人正在研究鑲嵌圖上石子的分布，或是大拼圖上每一塊組成部分。她聚精會神傾聽談話，嘴邊掛著一絲不易察覺的微笑，她仔仔細細觀察每一位說話的人，觀看他們的嘴唇，臉上的皺紋，雙手在做些什麼，孩子在說些什麼，試圖在隱藏什麼，目光指向哪裡，姿勢的變化，雙腳是侷促不安，還是規規矩矩地放在鞋裡。她很少參與談話，但一旦走出沉默，說上一兩句話，談話一般便難以再像之前那樣繼續下去。也許在那年月，分配給女人的角色就是在談話中做聽眾。要是女人突然開口說上一兩句，就會引起某些震驚。

我媽媽不時教些家教課。偶爾，她去參加講座或文學讀書會。然而，多數時間待在家裡。她不是坐在那裡，而是拚命勞作。她默默地幹活，效率很高。我從來沒聽到她做家務時小聲歌唱或喃喃自語。她做飯，烘烤，洗衣，買東西，熨衣服，打掃清潔，清洗碗盤，切菜，揉麵團。但是當家裡一塵不染，清洗的活兒已經完成，衣服也疊得整整齊齊後，我媽媽便蜷縮在自己的角落裡讀起書來。她的身體無拘無束，呼吸緩慢輕柔，坐在沙發上讀書。她把一雙赤腳蜷在腿下，讀書。她朝擱在腿上的書微微欠身，讀書。她弓起後背，脖子前傾，雙肩低垂，整個身體的形狀像個月牙，讀書。臉半埋在烏黑的秀髮下，欠身朝著書頁，讀書。

她每天晚上讀書，我在院子裡玩耍，我父親坐在書桌旁邊把他的研究寫在小卡片上，晚餐後她將碗筷收拾停當後也讀書，在我和父親坐在他的書桌旁邊，我歪著頭，輕輕靠著他的肩膀，整理郵票，按照目錄一一檢查，將其黏貼在集郵冊裡時，她在讀書；我睡覺後父親回去整理他的小卡片，她在讀書；百葉窗已經關閉，沙發已經放下，露出藏在身下的雙人床，她在讀書；甚至當屋頂的電燈熄滅、父親摘下眼鏡、背朝著她進入相信一切將會好起來的善意之人的夢鄉，她仍繼續讀書。她不住地讀啊讀，忍受著失眠的痛苦，隨著時間流逝，失眠越來越嚴重，直至她人生的最後階段，各式各樣的大夫都給她開了高劑量的藥片、各種安眠藥水，推薦到薩法德的一家家庭旅館或阿札的健康基金療養院真正休息兩個星期。

結果，父親從他父母那裡借來一些錢，主動要照看孩子和家，我媽媽確實一人去了阿札療養院。但即使在那裡，她也沒有停止讀書。相反，她幾乎是沒日沒夜地讀。她坐在山邊樹林裡一把帆布躺椅上從早讀到晚，晚上她坐在燈火通明的遊廊裡讀書，而其他住客則在跳舞、玩牌、參加各式各樣的活動。夜裡她會到接待櫃台旁邊的會客室幾乎讀上一個通宵，以便不打攪同屋的室友。她閱讀莫泊桑、契訶夫、托爾斯泰、格尼辛、巴爾札克、福樓拜、狄更斯、沙米索[5]、湯瑪斯·曼、伊瓦什凱維奇、克努特·哈姆生、克萊斯特、莫拉維亞、赫曼·赫塞、莫里亞克、阿格農、屠格涅夫，還有毛姆、褚威格以及安德列·莫洛亞——整個休息期間她的目光幾乎就沒有離開書。當她回到耶路撒冷時，顯得疲倦而蒼白，眼睛下方帶著深深的黑暈，彷彿她每天夜裡都在狂歡。當父親和我問她怎樣享受自己的假期時，她朝我們微微一笑，說：「我真的沒有想過。」

*

我七、八歲時，有一次我們坐在公車最後一排去診所或鞋店，媽媽對我說，書與人一樣可以隨時間而變化，但有一點不同，當人不再能夠從你那裡得到好處、快樂、利益或者至少不能從你那裡得到好的感覺時，總是會對你置之不理，而書永遠也不會拋棄你。自然，你有時會將書棄之不顧，或許幾年，或許永遠。而它們呢，即使你背信棄義，也從來不會背棄你——它們會在書架上默默地謙卑地等候你。它們會等上十年。它們不會抱怨，直至一天深夜，當你突然需要一本書，即便那時已凌晨三點，即便那是你已經拋棄並從心上抹去了多年的一本書，它也不會令你失望，它會從架子上下來，在你需要它的那一刻陪伴你。它不會伺機報復，不會尋找藉口，不會問自己這樣做是否值得，你是否配得上，你們是否依舊互相適應，而是召之即來。書永遠也不會背叛你。

*

我自己讀的第一本書是什麼？也就是說，父親經常在床邊讀書給我聽，直到最後我似乎逐字逐句爛熟於心，一旦父親不能為我讀了，我自己便把書拿到床上，全部背誦下來，從頭至尾，佯裝閱讀，佯裝父親，翻頁時手放在兩個字之間的空白處，與父親每個夜晚所做的一模一樣。

第二天，我讓父親在讀書時用手指著詞語，我注視著他的手指，這樣做了五、六次，我可以認出每個詞語的形狀以及它在句子中的位置。

接著令他們二人大為震驚的時刻來到了。一個星期六早晨，我出現在廚房裡，依然穿著睡衣，沒有說話，在他們二人之間的桌子上把書打開，我的手指依次指著每個語詞，大聲說了出來，就像父親的手指在觸摸它。我的父母，既不知所措又無比自豪，落入了圈套，想像不到這個巨大的騙局，二人都確信這個特殊的孩子可以自學。

但是最後我確實自學了。我發現每個語詞的形狀不同。彷彿你可以說，比如說，「狗」的臉呈圓形，一邊的樣子像鼻子側影，另一邊像掛著副眼鏡；而「眼睛」的確看上去像雙眼，中間有鼻子做橋梁[6]。使用這種方式，我設法讀了一行行文字，甚至整篇文字。

兩星期過後，我開始用字母交朋友。旗子的第一個字母「F」長得就像面旗子，在迎風飄揚。蛇中的字母「S」樣子就像一條蛇。爸爸和媽媽的結尾一模一樣，但也有區別：爸爸的雙腿中間插著一雙靴子，而媽媽長著一排看上去微笑的牙齒。

*

---

5 沙米索（Adelbert von Chamisso, 1781-1838），生於法國貴族世家的德國文學家，浪漫派詩人、作家。

6 作者在希伯來文中最初使用的是「熊」和「馬」來舉例，但他建議英譯者和其他語言的譯者根據自己的文字特點舉例。此處考慮英文使用的是兩個非常簡單的單詞，容易讓人接受，故加以採用，而沒有選用中文中的象形字。下段文字依然按照兩個英文單詞舉例，希伯來文中也是用「旗子」、「爸爸」、「媽媽」等詞，但沒有使用「蛇」。

我記得第一本書是本圖畫書，講的是一頭又大又肥的熊，牠非常自得其樂，懶惰，總是睡不醒，樣子有點像我們的阿布拉姆斯基先生，這頭熊非常喜歡舔舐蜂蜜，即便不讓牠舔舐。牠不僅舔舐蜂蜜，而且吃得飽飽的。這本書中不幸的結局一個接一個，只有這些不幸過後，才出現了快樂結局。這頭懶熊遭到一群蜜蜂的可怕叮咬，這還不夠，牠因為貪婪過度而遭到懲罰，承受著牙疼的痛苦，有一幅圖片畫的是牠的臉全都腫了，頭上纏著一塊白布，上面打了個大結，正好在兩隻耳朵的正中，而赫然用紅色大寫字母寫下的寓意是：**勿過度貪吃蜂蜜**。

在我父親的世界裡，任何痛苦都會導致救贖。流放中的猶太人可憐吧？可是，很快就會建立一個希伯來國家，而後一切均會好轉。削筆刀丟了吧？可是明天我們就會買一枝新的，更好的。今天我們有點肚子疼吧？可是在你舉行婚禮之前會好的。至於可憐遭蜇的狗熊，目光那麼悽楚，我在看牠時眼中含淚吧？可是到了下一頁牠的樣子既健壯又高興，因為牠接受了教訓，所以不再懶惰了，它和蜜蜂簽訂了使雙方受益的和平條約，其中甚至有一項條款，承諾按時給牠供應蜂蜜，誠然蜂蜜的數量合理適度，但是卻永遠永遠。

於是在最後一頁，熊顯得非常快樂，露出微笑，牠給自己建了一個家，彷彿在所有激動人心的冒險之後，決定加入中產階級的行列。牠的樣子有些像父親脾氣好的時候：他看上去彷彿要作詩或者玩弄辭藻，或者是要叫我尊敬的殿下（「只是開玩笑！」）。

這些多多少少都寫在那裡，用一行字寫在最後一頁，這也許真的是我有生以來不是憑藉字形閱讀，而是以適度的方式一個字母接一個字母地閱讀，從現在開始任何字母已經不是一張圖畫，而是一個不同的聲音：**泰迪熊欣欣然！泰迪熊充滿了快樂！**

除了快樂，我的飢餓感在一兩個星期內化作一種瘋狂的進食。父母無法把我和書分離。從早晨到晚上，乃至更多的時間。

他們是推動我讀書的人，現在他們成了巫師的學徒，我是他們無法阻擋的流水。過來看看，你的孩子半光著身子坐在走廊的地板上，讀書呢。孩子藏在桌子底下，讀書呢。那個瘋瘋癲癲的孩子又把自己關在了浴室，坐在馬桶上讀書呢，要是他沒真讀書，就掉進馬桶淹死了。孩子只是裝睡著，他實際上是等著我離開，過那麼一會兒，未經允許便打開燈，現在可能後背頂著門坐在那裡，於是你我二人都不能進去，猜一猜他在做些什麼。即使沒有母音符，號孩子也能流利地閱讀。你真想知道他在做什麼嗎？是這樣，孩子說他只是等著我讀完報紙。從現在開始，我們家裡又多了一個報簍子。整個週末那個孩子除了上廁所一直待在床上。就連上廁所也拿著一本書。他整天都在讀書，不加任何選擇，阿舍．巴拉什或蕭夫曼[7]的短篇小說，賽珍珠描寫中國的小說，《猶太傳統書》、《馬可．波羅遊記》、《麥哲倫與達伽馬的冒險》、《老年人感冒指南》、《哈凱里姆區委員會通訊》、《以色列和猶太諸王記》、《一九二九年大事》、關於農業定居點的小冊子、《勞動婦女週刊》的過期期刊，照這樣下去，他很快就會吃書的封面或者喝排字工人的油墨。我們不能袖手旁觀。我們必須予以制止：已經開始過分了，事實上已經令人擔憂了。

---

7 格爾紹恩．蕭夫曼（Gershon Shofman, 1880-1972），出生於俄國，後輾轉歐洲，一九三八年移居巴勒斯坦，著名希伯來語小說家。

36

澤卡賴亞街再過去的那棟樓房裡有四層。納哈里埃里家住在一樓靠後方。窗子對著一個廢棄的後院，後院有一部分鋪了地磚，另一部分冬天雜草叢生，夏天遍是薊草。院子裡也拉上了曬衣繩，有垃圾箱，火後遺痕，一個舊包裝箱，瓦楞鐵披棚，住棚節棚子毀壞後留下的木頭材料。牆上開著淡藍色的西番蓮。

這層樓有一個廚房，一間浴室，門廊，兩個房間，還有八、九隻貓。午飯後，伊莎貝拉老師和她的丈夫，出納員納哈里埃里，把第一個房間當成起居室，夜裡，他們，還有他們的貓兵團睡在第二個小房間裡。他們每天早晨都早早起來，把所有的家具推到走廊裡，在每個房間裡放上三、四張課桌，三、四條長凳，每條長凳上可以坐兩個孩子。

這樣，從早上八點到中午，他們家就成了兒童王國私立小學。

在整層小房子所能容納的兒童王國私立小學裡面，有兩個班級，兩個老師，一年級有八個孩子，二年級有六個孩子。伊莎貝拉．納哈里埃里是這所學校的擁有者，身兼校長、倉庫保管員、會計、教學大綱制定者、主管紀律的軍事長、校醫、管理員、清潔工、一年級老師，負責一切日常事務的活動。我們始終叫她伊莎貝拉老師。

她是個四十多歲的女人，塊頭很大，聲音宏亮，人很快樂。嘴唇上方有一塊毛茸茸的黑痣，像隻迷路的蟑螂。她生性易怒，好激動，嚴格，卻有著一副大而化之的好心腸。她身穿那件樸素寬大、有許多口袋的印花棉布連身裙裝，樣子就像一個體格粗壯、目光敏銳、來自猶太小村莊的媒婆，只要用她那經驗老到的眼睛看上你一眼，問上一兩個針對性的問題，就可以裡裡外外對你做出估量。只要一會兒工夫，她就可以把你徹頭徹尾看透，洞察你所有的祕密。當她盤問你時，那雙彷彿剝了皮的紅手會在她數不清的口袋裡焦躁不安地來回擺弄，好像就要給你拉出來一個完美的新娘，或者是一把梳子，或者一些滴鼻劑，或者至少一塊乾淨的手帕，擦去你鼻子上那讓人尷尬的綠色鼻屎。

伊莎貝拉老師也養貓。不管她去哪裡，都有一群令人羨慕的貓圍在她腳跟團團轉，依偎在她裙子的皺褶裡，阻止她走路，險些要把她絆倒，牠們對她如此忠誠。貓的顏色多種多樣，爬到她的衣服上，躺在她寬闊的肩膀上，蜷縮在書筐裡，像隻要抱窩的母雞臥在她的鞋上，歇斯底里地嚎叫打鬥，爭奪臥到她胸前的特權。在她上課時，貓比孩子還多，牠們保持絕對的安靜，不擾亂課堂，像狗一樣溫馴，像有教養的家庭培養出來的年輕女子，牠們窩在她的書桌上，大腿上，窩在我們的小腿上，窩在我們的小書包上，窩在窗臺上，以及裝有體育鍛鍊器材、藝術和手工製作裝備的箱子上。

有時，伊莎貝拉老師一個接一個地訓斥牠們。她會朝一隻貓或另一隻貓揮動手指，威脅說如果不立刻改變行為，就會擰下牠的耳朵或揪下牠的尾巴。而這些貓呢，總是立刻就對她無條件服從，沒有任何怨言。「傑魯巴拜爾，你應該為自己的所作所為感到羞愧！」她會突然大叫。某位小可憐兒立刻會離開她書桌旁地毯上擠作一團的貓群，悻悻地走開，肚子簡直碰到了地板，夾在兩腿間的尾巴和兩隻耳朵使勁地下垂，直直走到屋子的角落。所有的目光——孩子的，還有貓的——都集中在牠身上，見證牠蒙受羞辱。於是遭呵斥者將會爬回到角落裡，可憐，屈辱，羞愧難當，為自己的過錯悔恨不已，也許謙恭地寄望於那某種表示暫時緩解的最後時刻。

可憐的傢伙從角落裡用滿懷負疚與懇求的目光看著我們，那目光令人心碎。「你這個該死的孩子！」伊莎貝拉老師輕蔑地衝牠咆哮，接著會揮揮手原諒了牠：「好。夠了。你回來吧。但是你記住要是再發生這樣的事——」

她用不著把話說完，因為受到寬恕的罪犯已經像個追求者，決定搖晃腦袋來施展魅力，簡直無法控制自己的欣喜之情，翹起尾巴，豎起耳朵，那雙佩有精巧爪子的肉掌富有彈性，意識到牠魅力的祕密力量，用爪子產生令人心碎的效果，牠的鬍鬚閃閃發光，皮毛亮晶晶的，有點直立，明亮的眼睛裡閃爍著佯裝聖潔的狡詐，好像在朝我們使眼色，同時信誓旦旦：從現在開始再也沒有比牠更聖潔更正直的貓了。

伊莎貝拉老師的貓受訓過有效的生活，牠們確實有用。她訓練牠們給她拿來鉛筆、一些粉筆或者從衣櫃裡拿出一雙襪子，或者是銜回藏在某件家具下面的一把掉了的茶匙；站在窗邊，要是熟人走近了，就發出認識此人的叫聲，一旦看見生人，就發出警覺的嚎叫（多數神蹟奇事並非我們親眼所見，但是我們相信她。要是她告訴我們她的貓能夠做填字遊戲，我們也深信不疑）。

至於納哈里埃里先生，伊莎貝拉老師的小丈夫，我們幾乎從未見過他。他通常在我們到來之前便去上班，無論出於何種原因，如果他在家裡，他就得待在廚房，我們上課時他在廚房安安靜靜地做自己的事。倘若不是他和我們偶然未經允許便去上廁所，就永遠也不會發現納哈里埃里先生實際上只是格茨爾，合作社商店裡那個面色蒼白的出納。他差不多比夫人年輕二十歲，要是他們願意，可以被視作一對母子。

偶爾，當他不得不（或竟敢）在上課的時候叫她，或許因為他把牛肉餅燒焦了，或者因為他燙傷了自己，他不叫她伊莎貝拉，而是叫媽媽，她的貓群可能也這麼叫她。而她呢，管她年輕的丈夫叫一些鳥名：麻雀，或金翅雀，或歌鶇，或刺嘴鶯。只是不叫納哈里埃里名字的字面意思——鶺鴒。

*

有兩所小學，小孩從我們家走到那裡用不了半小時。一所太社會主義，一所太宗教。「伯爾卡茨尼爾遜勞動者兒童教育之家」坐落在哈圖里姆街盡頭，屋頂上一面工人階級紅旗與國旗並肩飄揚。他們在那裡舉行列隊式和其他儀式慶祝五一國際勞動節。師生都稱校長為「同志」。夏天，老師穿著卡其短褲，穿聖經時期的涼鞋，在院子裡的菜園培養學生從事農耕生活，親自體驗做新農村的拓荒者。在車間裡，學生學到生產技能，像木工活、鐵匠活、建築、修理機械和鎖頭以及某些吸引人的精密機械。

孩子們在課堂上喜歡坐哪裡就可以坐哪裡，男孩和女孩甚至可以坐在一起。多數人身穿藍汗衫，胸前繫著標誌兩種青年運動的紅白飄帶。男孩子們穿短褲，蹺著二郎腿，女孩子的短褲也短得讓人不好意思，結實地繃在她們那有彈性的大腿上。學生們甚至對老師直呼其名。他們學習算術、故鄉研究、希伯來語和歷史，但也學習猶太人在以色列地的定居史、工人運動史、集體農莊準則，或階級鬥爭演變的關鍵階段。他們唱各種工人階級頌歌，從〈國際歌〉開始，到〈我們都是拓荒者〉和〈藍汗衫是最精美的珠寶〉。

「伯爾卡茨尼爾遜勞動者兒童教育之家」也教授《聖經》，但把它當成關於時事活頁文選集。先知們為爭取進步、社會正義和窮人的利益而鬥爭，而列王和祭司則代表現存社會秩序的所有不公正。年輕的牧羊人大衛在把以色列人從非利士人枷鎖下解救出來的一系列民族運動中，是個勇敢的游擊隊鬥士，但是在晚年他變成了一個殖民主義者—帝國主義者國王，征服其他國家，壓迫他的百姓，偷竊窮苦人的幼牡羊，無情地榨取勞動人民的血汗。

離這個紅色教育之家大約四百公尺遠，就在與之平行的一條大街上，坐落著「塔赫凱莫尼民族傳統學校」，這所學校由東方宗教復國主義運動建立，那裡的學生清一色男孩，上課時要把頭蓋住。多數學生出身貧寒，只有幾個人來自西班牙裔猶太人[1]貴族家庭，這些家庭被更加自信的剛剛到此的阿什肯納茨猶太人擠到一邊。這裡只稱呼學生們的姓氏，而稱老師為奈曼先生、奧卡雷先生等等，稱校長為「校長先生」。每天早晨第一堂課是晨禱課，繼之學習拉希評注的《摩西五經》，頭戴無沿便帽的學生們讀《阿伯特》以及其他拉比智慧著作、《塔木德》、祈禱書與讚美詩的歷史、各式各樣的評注和善行書、猶太法典節選、《布就筵席》，了解猶太人主要節日和假日、世界上的猶太人社團、古往今來偉大的猶太師哲的生平、一些傳說和倫理規範、一些法律問題的討論、猶大·哈列維[2]或比阿里克的詩歌，在這過程中，他們也教一些希伯來語法、數學、英語、音樂、歷史以及基礎地理。即使在夏天，老師們也身穿西裝上衣，校長伊蘭先生總是身著三件式西裝。

*

我媽媽想讓我到勞動者兒童教育之家上一年級，這或許由於她不贊同在男孩和女孩之間實行嚴格的宗教隔離，或許由於塔赫凱莫尼由土耳其統治時期建造的石建築組成，樣子古老，陰鬱沉重，而勞動者兒童教育之家的教室，窗戶大而明亮，通風也好，有令人興高采烈的蔬菜苗圃，以及年輕人那富有感染力的快樂。也許這使她在某種程度上聯想起羅夫諾的塔勒布特高級中學。

至於父親，在選擇時憂心忡忡。他本來願意讓我和住在熱哈威亞的教授的孩子們一起上學，或者至少和住在哈凱里姆的醫生、教師和文職官員的孩子一起上學，可是我們生活在槍擊與暴亂時代，從我們住的凱里姆亞伯拉罕家到熱哈威亞與哈凱里姆要換乘一次公車。在父親那帶有世俗色彩的世界觀以及一向持有懷疑並受到啟蒙的思想的審視下，塔赫凱莫尼非常陌生。而教育之家卻被他視為進行左翼教導與無產階級洗腦的陰暗根源。他別無選擇，只得用黑色危險來戰勝紅色危險，在兩種災禍中擇其輕。

經歷了遲疑不決的艱難階段，父親違背母親的選擇，決定把我送到塔赫凱莫尼。他相信，把我變成一個具有宗教信仰的孩子並不可怕，因為無論如何，宗教的末日指日可待，進步很快就可以將其驅除，即使我在那裡被變成一個小神職人員，但很快就會投身於廣闊的世界中，抖掉那陳舊的塵埃，我會放棄任何宗教習俗，就像篤信宗教的猶太人本人與他們的猶太會堂將會在幾年之後便從地面上消失一樣，除了模模糊糊的民間記憶之外一無所剩。

與之相反，教育之家在父親眼中乃無法驅除的嚴重危險。紅色潮流在我們的土地上急遽上湧，正在席捲整個世界，社會主義教導那可是一條單行道。要是我們把孩子送到那裡，他們會立刻給他洗腦，給他的腦袋塞滿各式各樣的教條，把他變成史達林麾下的一個小兵，他們會把他打發到一個基布茲去，他會一去不返（「凡到她那裡去的，不得轉回。」[3]父親說道）。

只是從我們家到塔赫凱莫尼的唯一一條路，也是去往勞動者之家的那條路，要經過施內勒軍

1 西班牙裔猶太人，又稱塞法迪猶太人，最初是指中世紀被西班牙驅逐出境的猶太人，後來泛指從地中海沿岸，特別是西亞北非移居到世界各地的猶太人。
2 猶太·哈列維（Judah Halevi, 1075-1141），中世紀希伯來語詩人，哲學家。
3 《舊約·箴言》第二章第十九節。

營。精神緊張、憎恨猶太人或只是喝得醉醺醺的英國士兵從牆頭堆放沙袋的制高點上，朝街上過往的行人射擊。一次他們用機槍掃射，打死了送牛奶人的毛驢，因為他們害怕牛奶桶裡裝滿了炸藥，像在大衛王飯店發生的爆炸案那樣。有那麼一兩次英國司機甚至用吉普車把行人撞倒，因為他們沒有迅速讓路。

這是在世界大戰發生之後的歲月，是從事地下活動與恐怖活動的歲月，英軍司令部發生了爆炸，猶太民族軍事組織[4]在大衛王飯店的地下室安放可怕的裝置，襲擊馬米拉路上的刑事調查總部以及軍隊和警察設施。

結果，我父母決定緩兩年再從中世紀的黑暗與史達林陷阱之間做出令人沮喪的抉擇，眼下先送我到伊莎貝拉．納哈里埃里的「兒童王國」。她那為貓所困的學校有個極大優勢：確實與我們家近在咫尺。你走出我們家門左轉，經過倫伯格家門和奧斯特先生家的雜貨店，小心翼翼地穿過札黑家陽台對面的艾默思街，沿著澤卡賴亞街走上三十公尺，再小心翼翼穿過馬路，就到了。牆上覆蓋著西番蓮，一隻灰白色的貓，當班的那隻貓，從窗戶裡面宣布你的到來。走上二十二級台階，把水瓶子掛在耶路撒冷最小一所學校的入口的掛鉤上，那學校只有兩個班級，兩個老師，十二個學生和九隻貓。

4 指伊爾貢。

37

一年級結束之後，我便從牧貓人伊莎貝拉老師的火山王國步入了二年級傑爾達老師冰冷平靜的掌控之下。她沒有養貓，但是某種灰藍色的光暈環繞著她，立即吸引了我，令我著迷。

傑爾達老師說話如此輕柔，我們要是想聽見她在說些什麼，不但要停止說話，還要把身體往桌上前傾。結果，整整一個上午我們都在向前欠身，因為我們不想漏掉一個字。傑爾達老師所說的一切都那麼引人入勝，讓人意想不到。彷彿我們從她那裡學到另一門語言，和希伯來語區別不大，但是頗為特別，動人心弦。她稱星星為「天國之星」，稱深淵為「無垠的深淵」，她還說到「渾濁河水」以及「夜間沙漠」。要是你在班上說些她喜歡的東西，傑爾達老師會指著你溫柔地說：「大家請看，這裡有一個靈光四溢的孩子。」要是有個女孩做起了白日夢，傑爾達老師便向我們解釋，就跟沒人可以因不睡覺遭受懲罰一模一樣，你們不能讓諾拉為有時在班上無法清醒而承擔責任。

任何形式的嘲弄，都被傑爾達老師稱作「毒藥」。她把說謊稱作「摔跤」，把懶惰稱作「灌了鉛」，把流言蜚語稱作「肉之眼」，她稱驕傲自大為「燒焦翅膀」，放棄任何東西，甚至橡皮一樣的小東西，或輪到你發圖畫紙，她稱作「製造火花」。我們一年中最喜歡的節日普珥節[1]前兩個星期，她突然宣布：今年可能不會有普珥節了，也許在到達這裡之前就被撲滅了。

1 普珥節（Purim），猶太曆中最歡樂的民間節日，紀念和慶祝猶太人在波斯帝國統治時期，神藉由猶太女子以斯帖粉碎大臣哈曼種族滅絕的陰謀，救民族於危難。慶祝方式包括飲酒、歡宴、盛裝假面、向窮人施捨和互贈食品等。

撲滅了？一個節日？怎麼回事？我們都陷入莫大的恐慌中，我們不僅害怕失去普珥節，而且對那些強有力的隱藏力量感到朦朧的恐懼，以前從未有人向我們說起這種力量的存在，如果它們願意，則能夠點燃或撲滅我們的節日，因為它們有如此多的火柴。

傑爾達老師沒有勞神去詳細說明，只是暗示我們，是否熄滅節日主要靠她來做決定，她自己不知怎麼與區別節日與非節日、區別神聖與世俗的看不見的勢力聯繫在一起。因此我們互相這麼說，要是我們不想讓節日被熄滅，最好是付出特別的努力，至少可以做一點點什麼，讓傑爾達老師和我們在一起時心情愉快。傑爾達老師經常說，對於一無所有的人來說，不知什麼叫作一點點。

我記得她的眼睛，機敏，深褐色的眼睛，有種神祕感，但並不快樂。猶太人的眼睛有點韃靼人的模樣。

有時她會縮短教學時間，把大家送到院子裡玩耍，但是留下我們兩個似乎可堪造就的男孩。院子裡的流放人員在自由活動時間裡並不那麼高興，而是嫉妒被選入者。

有時放學時間到了，伊莎貝拉老師已經讓學生回家了，貓咪們也解散了，遍布著整座房子、樓梯和院落，只有我們似乎被遺忘在傑爾達老師故事的翅膀之下，身子在書桌上前傾，不想漏掉一個字，直至一個焦慮的母親，依然繫著圍裙，來到此地，站在門口，倒背著手，先是不耐煩地等候，繼之大吃一驚，這吃驚又轉為好奇，彷彿她自己也變成了一個充滿好奇的女孩，前來和我們一起傾聽，不要錯過故事的結尾，那丟失的雲，不被喜愛的雲，它的斗篷被困在星星的萬丈金光裡。

要是你在課堂上說，你有話要和大家講，即便正在做別的事，傑爾達老師也會立刻讓你坐到講桌前，而她自己則坐在你的小板凳上。這樣她就以驚人的一躍將你提升到了教師的位置，只要你講的故事好聽，或是論證有趣，能抓住她的興趣，或是班上同學的興趣，你就可以繼續在位。然而，要是你說了一些愚蠢的東西，或只想引起關注，或委實沒有什麼可說的，那麼傑爾達老師就會插嘴，用她那最為冷淡最為平靜的聲音、一種不容忽視的聲音說：

「可是這有點傻。」

不然就是：「別再出洋相了。」

甚至會說：「夠了，你這是在自我貶低。」

於是你回到自己的座位上，羞愧難當，不知所措。

我們很快就學會了謹慎從事，沉默是金。要是沒有什麼高見就不要去搶鋒頭。固然，高高在上坐在講桌前令人愜意，甚至沾沾自喜，但是跌落也在轉瞬之間，令人痛苦。蹩腳的品味與聰明過頭均會導致屈辱。當眾發表任何見解之前，最好先做足充分準備。要是你不情願沉默，應該永遠三思。

*

她是我的初戀——一個三十多歲的未婚女子，傑爾達老師，施尼爾松小姐。我那時還不到八歲。她讓我神魂顛倒，某種以前沒有動靜的內在節拍從那時開始便在我心中跳動，至今仍未平息。

早晨醒來之際，甚至尚未睜開雙眼，我便想像著她的模樣。我急忙穿好衣服，吃過早餐，盼望著趕緊收拾完，拉拉鏈，關門，拿起書包，徑直跑到她那裡。占據腦海的是每天努力準備一些新鮮事物，以便得到她亮晶晶的目光，於是她可以指著我說：「瞧！今天上午我們當中有個靈光四溢的孩子。」

我每天早晨坐在她的課堂上，愛得發昏。不然就是陷於陰鬱的嫉妒中。我不斷地試圖發現自己身上所具備的那種吸引她的魅力。我一刻不停地籌畫，如何挫敗其他人的魅力，如何插到他們和她之間。

中午我從學校回家，坐在床上，想像著只有我和她在一起時情形會怎樣。

我喜歡她聲音的顏色，也喜歡她微笑的氣味，還有她衣裙（長長的袖子，通常是棕色、藏青色或灰色，佩戴著一串樸素的象牙項鍊，偶爾會戴一條不顯眼的絲巾）發出的簌簌聲響。天黑時，我會閉上雙眼，把毯子拉過頭頂，帶她一起走。我在睡夢裡，擁抱她，她險些擁吻了我的前額。一層光環環繞著她，也照亮了我，讓我成為靈光四溢的孩子。

當然，我已經知道什麼是愛。我已經囫圇吞棗地讀了那麼多書，童書，十幾歲少年讀的書，甚至被認為不適合我讀的書。就像每個孩子都愛父母一樣，每個人稍微長大一點時，都會戀愛，愛上家庭之外的人。一個原本素不相識的人，可突然，像在台拉阿札叢林的洞穴裡找到珠寶一樣，成了一家，過上迥然不同的愛情生活。我從書中讀到，在戀愛中，如同在生病中，你會寢食不安。我確實吃得不多，但是夜裡睡眠很好，白天我等著天黑，這樣我就可以睡覺了。睡覺與書中描繪的戀愛症狀對不上號，我不是特別確定我是否像成人那樣戀愛了，在什麼情況下我會忍受失眠的痛苦，或者我的戀愛只是一種孩子的愛。

我從書中，從愛迪生戲院看過的電影裡，甚至憑空了解到，在墜入情網的背後，還有另一道風景，一道全然不同的可怕風景，如同我們在守望山看見的摩押山那邊一樣，那風景從這裡無法看到，也許看不到倒好，那裡潛伏著某種東西，某種駭人、可恥的東西，某種屬於黑暗的東西，某種屬於我試圖忘卻（然而也記住了我本不想好好看的一些細節）的那幅照片上的東西，那是義大利俘虜隔著帶刺鐵絲網給我看的，我幾乎沒看上一眼，便倉皇而逃。它也屬於女人穿的某種東西，這種東西我們沒有，班上的女孩子目前也還沒有。在黑暗中，還有別的東西生存，運動，微微作響，它濕漉漉，毛茸茸的，某種東西，一方面我最好一無所知，可另一方面，要是我一無所知，那麼我的愛情只是童稚之戀。

童稚之戀有些不同尋常，它沒有傷害，沒有害臊，就像約阿維和諾阿，或本－阿米和諾阿，或甚至諾阿和阿夫納的哥哥。但是我的情況呢，不是和同班女孩或某位鄰居，一個與我年齡相仿或稍大一點像約埃札大姊似的女孩戀愛，我是愛上了一個女人。而且情形更加糟糕，因為她是老師，我的任課老師。我在這個世界上不可能去找任何人詢問此事，他們會取笑我。她把嘲弄稱作毒藥，把說謊稱作摔跤，把失望稱作傷悲，或者是夢想家的傷悲，把驕傲自大稱作燒焦的翅膀。她肯定會把恥辱稱作上帝的影子。

我呢？我這個她有時在班上指著叫靈光四溢的孩子，現在因她之故，成了陰暗縱橫的孩子嗎？

*

突然，我再也不願意到「兒童王國」學校去上學了。我想去一所真正的學校，有教室，有鐘聲，有操場，而不再去納哈里埃里家裡，那裡到處是貓，甚至連廁所裡都有，貓隔著你的衣服貼住你的身體，還要沒完沒了地聞家具下面風乾了的老貓屎尿味兒。一所真正的學校，那裡的校長不會突然過來從你鼻子裡挖出一個怪物，不會嫁給合作社商店裡的收款人，在那裡不會稱我靈光四溢。一個沒有墜入情網以及如此情形發生的學校。

確實，父母經過爭吵，那是操著俄語的爭吵，父親在爭吵中顯然占了上風，決定在上完二年級，完成「兒童王國」的學業，過了暑假後，我將到塔赫凱莫尼上三年級，不是在「勞動者兒童教育之家」——兩個惡魔中，紅的比黑的更為可怕。

但是在我和塔赫凱莫尼之間，依然展開了整整一個夏天的戀情。

「什麼，你又要跑到傑爾達老師家裡去？早晨七點半？你沒有同齡朋友嗎？」

「可是她邀請我去。她說我想什麼時候去都行。連每天早晨都行。」

「她說，不錯，但是請你告訴我，一個八歲大的孩子受他老師的擺布是不是有點不自然？實際上，是他的前老師。天天如此，早晨七點鐘，還是在暑假，你覺得這是不是有點過頭了？難道不是不禮貌嗎？請考慮一下，理智地！」

我把身體重心從一隻腳轉向另一隻腳，不耐煩地等候演說結束，之後脫口而出：「好吧！我考慮一下，理智地。」

說話時我已經跑了起來，雄鷹展翅般跑向她在澤弗奈亞街一樓的院子，從三路公車站、哈西亞太太幼稚園的對面那裡過馬路，走在我前面的是送奶工蘭格曼先生，他大鐵桶裡的牛奶直接從加利利高地，「從陽光普照、我們在那裡腳踏晨露、頭頂明月的平原」，運到我們這陰鬱沉悶的一條條小街。但是明月在此，傑爾達老師就是明月。在那裡，在山谷、沙崙平原和加利利，是一望無垠沐浴著陽光的土地，是那些皮膚曬得黝黑堅強的拓荒者王國，不是這裡。這裡，在澤弗奈亞街，即使在夏日早晨，依舊留有月夜的影子。

我每天早晨八點鐘之前都站在她的窗外，抹過水的頭髮服服貼貼，乾淨的襯衫塞進了短褲。我很樂意主動幫她做一些早上的活兒，替她跑腿去商店，打掃院子，給她的天竺葵澆水，把她洗的東西掛到繩子上，把乾衣服收進來，從鎖頭已經生鏽的信箱裡給她掏出一封信。她給我倒一杯水，她不光把水稱作水，而是叫清澈透明的水。從西方吹來的柔風被她稱作「西風」。西風吹拂松樹針葉，手指在針葉間撥動。

我做完家務活後，我們會把兩個燈心草草凳搬到後院，坐到傑爾達老師的窗下，北面是警察學校和舒阿法特阿拉伯村莊，我們做著沒有運動的旅行。作為一個經常看地圖的孩子，我知道目之所及最遠最高的群山頂上聳立著尼比薩姆維爾清真寺，清真寺那邊是貝特霍隆山谷，我知道貝特霍隆再過去便是便雅憫、埃弗來姆、撒瑪利亞地區，而後是吉爾巴山，再過去是山谷、塔伯山和加利利。我從來沒去過這些地方。我們每年去一兩次台拉維夫過節，也到海法背後莫茲金區邊上外公外婆家的焦油紙棚屋去過兩次，還去過一次巴特亞姆，除此之外，什麼也沒見識過。當然更沒見識過傑爾達老師用語詞向我描述的奇妙所在，哈樂德的小溪、薩法德的山巒、基內留特湖畔。

我們的夏天過去後的夏天，我們天天上午坐在那裡面對的山頂會向耶路撒冷發動炮轟。貝伊克薩村旁，尼比薩姆維爾山邊，會為外約旦阿拉伯軍團效力的英國炮台挖掩體防守，會向陷入重重圍困的貧困城市發射數以千計的炮彈。許多年以後，我們所能看見的山頂將會布滿密密麻麻的房子，拉默特埃什科爾、拉默特阿龍、莫阿洛特達夫納、彈藥山、吉瓦阿特哈米夫塔、法國山，「小山也都消化」[2]。但在一九四七年夏天，它們仍舊是荒無人煙的石山，山坡上只有一片片石塊和黑黝黝的叢林。到處可見孤獨固執的古松，在強勁的東風下彎曲腰身，永遠直不起來。

*

她會為我讀些東西，也許那天早晨她已經打定主意要讀這些：哈西德傳說、拉比傳奇以及卡巴

2《舊約．那鴻書》第一章第五節。

拉聖徒那有點令人費解的故事，這些聖徒靠排列字母表中的字母創造奇觀與神蹟。有時，要是他們不採取必要的預防措施，當這些神祕主義者在竭力拯救他們自己的靈魂或是窮苦人、受壓迫者、甚至整個猶太民族的靈魂時，就會造成可怕的災難，這災難總是源於結合中出現的一個錯誤，或者是一點瑕疵進入精神領域的神聖準則中。

對我提出的問題，她的回答既奇怪又出人意料。有時在我看來這答案近乎狂野，以某種可怕的方式，威脅著要削弱父親那堅定的理性準則。

而有時，她給我的答案又在預料之中，雖然簡單，但像黑麵包一樣營養豐富，令我大為震驚。但是，即便是意料之中的事情，卻以某種出人意料的方式出自她口中。我愛她，迷戀她，因為有某種奇異而令人惴惴不安、近乎可怕的東西，確實存在於她所說所做的一切之中。比如說，「精神貧窮」[3]的人，她說他們屬於拿撒勒的耶穌，但是住在耶路撒冷這裡的猶太人中也有許多精神貧困，但並不一定是「彼人」所指的意思；或者是出自比阿里克〈願我與你共享〉的「精神失語者」，他們實際上是使宇宙得以生存的深藏不露的義人。還有一次，她讀比阿里克的詩歌，該詩寫的是他精神純潔的父親，他的生活困在一個骯髒的小客棧裡，但是他本人卻一塵不染。只有他的詩人兒子為之感動，而且是如此的感動！比阿里克本人在〈我的父親〉一詩中的開頭兩句，主要講自己，講自己的不潔，而後才向我們講起他的父親。她覺得奇怪，學者們沒有留意描寫父親純潔生活的詩歌，實際上是以兒子對自己不純潔的生活做出苦澀自白開端。

也許這不是她的原話，畢竟我沒有坐在那裡手拿鉛筆和筆記本寫下她所說的一切。已經過去五十年了。那個夏天，我在傑爾達那兒聽到的許多東西當時理解不了，但是她一天天在增高我理解的標竿。比如說，我記得，她為我講述比阿里克，講述他的童年，他的失落，他沒有實現的願望，乃至不適於我那個年齡的東西。她讀比阿里克〈我的父親〉，還讀其他的詩，為我講述關於純潔與不純潔的全過程。

*

她究竟說了些什麼？

現在，在二〇〇一年六月末的夏日，在阿拉德，我的書房，我努力重構，或者也在猜測，在腦海中回味，幾乎是從一無所有中創造，就像自然歷史博物館裡的那些古生物學家，可以憑藉兩三塊骨頭重新建構整個恐龍。

我喜歡傑爾達老師將語詞並置起來的方式。有時她會把一個普普通通的日常生活用語放到另一個也相當普通的辭彙旁邊，突然，只是由於語詞比鄰，在兩個通常不站在一起的普通辭彙之間，迸射出帶電的火花，讓我激動不已。

我第一次思考
那樣一個夜晚，薈萃的群星只是個流言……

那年夏天，傑爾達老師還未結婚，但偶爾會有個男人出現在院子裡。在我看來，他並不年輕，

3 出於《新約．馬太福音》第五章第三節，但此處沒有根據中文版和合本《聖經》將其譯作「虛心的人」，而是根據希伯來文與英文的字面意思譯出。

那模樣表明他是個教徒。他從我們身邊經過時，無意地撕破了她和我之間織下的那看不見的晨網。有時他帶著索然無味的一絲微笑朝我點一下頭，背對著我站在那裡，和傑爾達老師談話，那談話持續了七年，不然就是七十七年。他們用意第緒語說話，因此我一個字也聽不懂。有那麼兩三次，他甚至設法讓她爆發出一陣響亮的少女般的笑聲，我不記得我曾經使她這樣笑過。甚至在夢中也沒有。絕望中，我的腦海裡浮現出一架水泥攪拌器的詳細圖影，那架攪拌器在馬拉哈伊街那頭放了有好幾天，我會在半夜裡把這個愛逗笑的弄臣殺死，天亮之前把他的屍體拉進攪拌機的肚子裡。

我是個善於辭令的孩子，喋喋不休、不知疲倦地說話。早晨，還沒睜開眼睛，我就開始發表演說，幾乎一刻不停，一直持續到晚上熄燈，持續到我的夢中。

可是我沒有聽眾。對於與我同齡的其他孩子，我所說的一切聽起來像斯瓦西里語或是莫名其妙的話，而對於成人來說，他們也都在發表演說，和我一樣，從早到晚，他們誰也不會聽他人說話。那時候在耶路撒冷誰也不聽誰的。或許他們甚至也不真的聽自己的（只有我那位好爺爺亞歷山大，他可以全神貫注地傾聽，甚至從所聞中汲取許多樂趣，但是他只聽女士們說話，不聽我的）。

結果，在整個世界上，沒有一隻耳朵伸出來聽我說話，鮮有例外。即便是有人紓尊要聽我說話，但兩三分鐘以後就厭煩了，儘管他們彬彬有禮假裝在聽我說話，甚至佯作從中得到一種享受。

只有傑爾達，我的老師，聽我說話。不是像一位心地善良的阿姨，出於憐憫之情，疲倦地把一隻經驗豐富的耳朵借給一個突然向她劈頭蓋腦傾瀉的小字輩兒。不是的。她一點一點全神貫注地聽我說話，彷彿正在從我這裡聽到令她愜意令她好奇的事情。

而且，傑爾達，我的老師，當她想聽我說話時，懷著敬意輕輕燃起我的熱情，向我的篝火裡添加樹枝，可是，當她已經聽夠了，她會毫不猶豫地說：

「現在我已經不想聽了。請不要再說了。」別人三分鐘後就不再聽了，但是任我沒完沒了地嘮叨一個鐘頭，始終假裝在聽，但想著自己的心事。

所有這一切均發生在二年級結束之後，在我結束兒童王國的讀書之後，在我去塔赫凱莫尼之前。我只有八歲，但是已經養成了閱讀報紙、通訊以及各種雜誌的習慣，此外還狼吞虎嚥讀了一兩百本書（幾乎所有落入我手裡的東西，都不加選擇，我搜尋了父親的圖書館，只要發現用現代希伯來語寫的書，就用牙齒在我的角落裡啃噬）。

我也寫詩，描寫希伯來部隊，地下戰士，征服者約書亞，甚至寫踩扁了的一隻甲蟲，或者是秋天裡的憂傷。我把這些詩作在早晨送給傑爾達，我的老師，她小心翼翼地撫摸詩作，彷彿意識到了自己的責任。關於這些詩她說些什麼，我不記得了。實際上，我已經把詩給忘了。

但是我確實記得，她怎樣對我講述詩歌和聲音。不是講述向詩人心靈訴說的來自天國的話音，而是講述不同語詞發出的不同聲音：比如「窸窣」是個耳語詞，「尖利」是一個尖銳刺耳的詞，「咆哮」一詞含有深厚之音，而「音質」含有聲音精細之義，而「噪音」就是噪音本身，等等。她掌握著全套語詞和聲音，我在這裡更多的是追問記憶，而不是能夠生產。

那個夏天，當我們近在咫尺時，我也許從傑爾達、我的老師那裡聽過這樣的話：要是你想畫一棵樹，就只畫幾片樹葉，你用不著把它們全部畫出；要是你畫一個人，不必畫出每根頭髮。但是在這點上，她並不執著，一次說這裡或那裡我著墨過多，而另一次她會說，我確實應該多畫一點。可是怎樣把握呢？直至今日我依舊在尋找答案。

*

傑爾達老師也向我展示了一種我以前從未接觸過的希伯來語，是我在克勞斯納教授家或者在自己家裡或者在大街上的任何一本書中都沒讀過的一種希伯來語，一種奇怪、不合規範的希伯來語，一種關於聖徒故事、哈西德傳說、民間諺語的希伯來語，是滲透進了意第緒語的希伯來語，打破所有規範，把陽性和陰性、過去時態和現在時態、代名詞和形容詞混為一談，不地道、不連貫的希伯來語。但那些故事卻擁有神奇的活力！在一篇講雪的故事中，故事本身似乎由雪一樣冰冷的語詞構成。在一篇關於火的故事中，語詞本身熊熊燃燒。在她所講述的各式各樣令人驚奇的事情中，有某種奇異、起催眠式作用的甜美！彷彿作家把筆蘸在酒裡，使語詞站立不穩，在你口中打晃。

那個夏天，傑爾達老師也向我打開了一本本詩作，但那類書真的不適合我這個年齡的人：莉亞．戈德伯格、尤里．茲維．格林伯格、約哈韋德．巴-米利亞姆、埃斯特．拉阿夫以及Y．Z．里蒙。

從她那裡，我知道有些語詞的周圍需要全然安靜，給它們足夠的空間，就好比掛照片，有些照片周圍不需要陪襯。

我從她那裡學到了許許多多，在班上，在她的院子裡。顯然，她不介意我分享她的祕密。然而只是分享一部分祕密。比如，我一點也沒想到，她也從來沒有向我做過絲毫暗示，除了身為我的老師，我的摯愛，她也是詩人傑爾達，她的一些詩歌發表在文學增刊和一兩本無名雜誌上。我不知道，她和我一樣，是家裡唯一的孩子。我也不知道她和聲名顯赫的哈西德拉比世家有親緣關係，她是猶太教儀式派拉比門納海姆．門德勒．施尼爾松的親堂妹（彼此的父親是親兄弟）。我不知道她也在學習繪畫，她加盟一家戲劇團體，也不知道她那時甚至已經在詩歌愛好者圈子裡小有名氣。我沒有想到，我的情敵，她的追求者是哈伊姆．米什可夫斯基拉比，也沒有想到在我們的夏天——她和我的夏天——結束兩年後，他會娶她為妻。我幾乎對她一無所知。

一九四七年秋季伊始，我到塔赫凱莫尼宗教男校念三年級。我的生活又充滿了新的興奮。無論如何，讓我再像嬰兒似地對初級班的老師百依百順已經不合適了——鄰居們看到，會皺起眉頭，他們的小孩會取笑我，甚至連我也會取笑自己。你怎麼回事，每天早晨跑到她那裡？當整個鄰里開始談論那個瘋瘋癲癲的小孩取下她晾曬的衣服，打掃她的院子，甚至也許在星光璀璨的夜晚夢想著娶她，你的臉上會是什麼樣的表情？

*

幾個星期以後，耶路撒冷爆發暴力衝突，隨之便是戰爭、轟炸、圍困和飢餓。我疏遠了傑爾達。我不再早上八點跑到她那裡，梳洗整齊，頭髮服服貼貼，和她一起坐在院子裡。我不再拿給她昨晚的詩作。要是我們在大街上碰見了，我會急急忙忙地說「早安，妳好，傑爾達老師」，沒有問號，沒等聽見回答就已經跑掉。我為以前所發生的一切羞愧難當，也為這麼快就把她甩掉而羞愧難當，甚至沒有費神告訴她我把她甩了，不用說解釋了。我為她心之所思而赧顏，因為她一定知道，在我的內心深處，我還沒有把她甩掉。

這以後，我們終於逃脫了凱里姆亞伯拉罕，搬到了熱哈威亞——父親夢寐以求的地方。後來母親去世，我到基布茲工作並生活。我想永遠離開耶路撒冷，中斷所有聯繫。我不時會在雜誌上讀到傑爾達的詩，因而知道她還活著，她依然是個有感情的人。但是自從母親去世之後，我一遇到任何感情便連忙退縮，尤其是想把我自己和有情感的女人拉開距離。基本如此。

我第三本書《我的米海爾》中的情節多多少少就發生在我們這個住區，該書出版的那年，傑爾達的第一本詩集《休閒》也問世了。我想到要給她寫幾個字表示祝賀，但是沒動筆。我怎能知道她依舊住在澤弗奈亞街還是搬到了別的地方？不管怎麼說，我寫下《我的米海爾》，以便在我和耶路撒冷之間劃清界限，以便永遠和她切斷聯繫。在《休閒》詩集中，我發現了傑爾達的家庭，也見到了一些鄰居。後來，另兩部詩集《看不見的駱駝》和《非山非水》陸續問世，贏得了千萬讀者的喜愛，榮獲文學大獎，對於這一片讚聲，傑爾達老師，一個孤獨的女人，似乎在躲避，顯得有些無動於衷。

*

在我童年時代的整個耶路撒冷，那英國統治時期的最後幾年，都坐在家裡寫。那年月幾乎誰家裡都沒有收音機，沒有電視，沒有錄影機，沒有雷射唱盤，也不能上網，不能發電子郵件，甚至連電話都沒有。但是大家都有鉛筆和筆記本。

由於英國人實行宵禁，整座城市在晚上八點都被鎖在了屋裡；在沒有宵禁的夜晚，耶路撒冷主動把自己鎖住，外面除了風、野貓，還有街燈投下的暗淡光芒，都一動不動。即使這樣，當架著機槍的英國吉普車打著探照燈巡邏街道時，也把自己藏在陰影裡。長夜漫漫，因為日月運轉得更加緩慢。電燈光昏暗，因為大家都貧困，不得不節省燈泡，節約用電。有時，連續幾個小時或幾天沒電，生活依然在烏黑的煤油燈光和燭光中繼續。冬雨甚至也比現在猛烈，狂風夾雜著冬雨，閃電與轟轟雷聲擊打著護欄中的百葉窗。

我們舉行夜間上鎖儀式。父親會走到外面關上百葉窗（百葉窗從外面才可以關上），他勇敢地衝進傾盆大雨，衝進黑暗以及說不上名字的黑夜險境中，像石器時代那些粗野的人，經常勇敢地從他們溫暖的洞穴現身前去覓食，或者保護他們的女人和孩子，或者像海明威《老人與海》中的漁夫，父親就這樣英勇地面對凶險因素，頭上蓋著一個空袋子面對那些不知名的東西。

每天晚上，當他從百葉窗操作歸來後，便從裡面把前門反鎖上，插上插銷，把鐵支架塞到兩邊的門柱裡，再把抵禦搶劫者或侵略者的鐵棍插進去把守門戶。厚重的石牆保護我們免遭邪惡的侵襲，還有鐵百葉窗，以及笨重地站在我們後牆另一邊的黑黝黝的山，像一個高大的不苟言笑的摔角運動員。整個外部世界都鎖在了外面，在裝甲小屋裡，只有我們三人，爐子，以及從頭到腳被書遮蔽的一面面牆壁。於是整座房子每天晚上都要密封，像潛水艇一樣，慢慢潛入水底。因為就在我們旁邊，整個世界戛然停止，只要你走出前院左拐，向前走兩百米，走到艾默思街盡頭左拐，再走上三百米來到澤弗奈亞街最後一家門口，那就正是道路之盡頭，城市之盡頭，世界之盡頭。再過去只有茫茫黑暗中空寂的石頭山坡、溝壑、山洞、光禿禿的群山、山谷，雨水蕩滌著石村，黑壓壓的利夫塔、舒阿法特、貝伊克薩、貝特哈尼納、尼比薩姆維爾。

每天晚上，耶路撒冷的居民就這樣把他們自己鎖在家裡，像我們一樣，寫作。住在熱哈威亞、陶比奧、哈凱里姆區以及施穆埃爾區的教授和學者、詩人和作家、理論家、拉比、革命者、預言大難臨頭的人，以及知識分子。要是他們不寫書，他們就寫文章；要是他們不寫文章，他們就寫詩，或者編纂各式各樣的小冊子和傳單；要是他們不寫反抗英國人的非法壁報，就給報紙寫信；或者相互之間通信。整個耶路撒冷每晚低頭坐在一張紙面前，修改，塗抹，書寫並潤色。約瑟夫伯伯和阿格農先生，在陶比奧小街兩側面對自己的那張紙。亞歷山大爺爺、傑爾達老師、札黑先生、阿布拉姆斯基先生、布伯教授、蕭勒姆教授、伯格曼教授、托倫先生、內塔尼亞胡先生、維斯拉維斯基先生，甚至還有我的母親。父親在做研究，揭示立陶宛民族史詩中的梵語母題，或者荷馬對白俄羅斯詩歌的影響。彷彿他夜晚正從我們的小潛水艇裡舉起潛望鏡，遙望但澤和斯洛伐克。住在我們右邊的鄰居倫伯格先生，坐在那裡用意第緒語撰寫回憶錄，而我們左邊的鄰居布赫夫斯基夫婦或許每個晚上也在寫作，還有樓上的羅森多夫以及馬路對面的斯迪奇夫婦。只有山，我們後牆外的鄰居，始終保持沉默，沒寫一行字。

書是一條纖細的生命線，把我們的潛水艇繫在外面的世界上。我們四周淨是山，山洞和沙漠，英國人，阿拉伯人及地下鬥士，深夜，機關槍齊發，爆炸，伏擊，逮捕，挨家挨戶搜查，對今後仍然等待我們的事件懷有令人窒息的恐懼。纖細的生命線在這當中仍然蜿蜒而上，向著真正的世界前行。在真正的世界裡，有湖泊、森林、農舍、田野和草地，還有帶有塔樓、飛簷和三角牆的宮殿。那裡的門廊，飾有黃金、絲絨和水晶，枝形吊燈上密密麻麻的小燈閃閃發亮，像七重天。

*

在那年月，我說，我希望長大做一本書。

不是作家，而是一本書。這種想法源於恐懼。

因為這一點是從沒有來到以色列的親人均遭德國人殺害這一事實中慢慢領悟到的。在耶路撒冷有種恐懼，但是人們盡量把它深埋在心中。隆美爾的坦克幾乎輾上以色列的土地，義大利飛機在戰爭中轟炸了台拉維夫和海法，天曉得英國人在離開之前會做些什麼。他們離開之後，恐怕一群群阿拉伯人，成千上萬的穆斯林，會準備在幾天之內把我們殺光，殺得連一個孩子也不剩。

自然，大人們盡量不當著孩子的面談論這些恐懼。無論如何不用希伯來語說。但有時會說漏了嘴，或者有人在睡夢中大叫。我們的住房像籠子一樣又狹小，又擁擠，晚上熄燈以後，我聽到他們在廚房裡對著茶點嘀嘀咕咕，我聽到海烏姆諾集中營、納粹、維爾納、游擊隊員、行動、死亡營、死亡列車、大衛伯伯和瑪爾卡伯母以及和我年齡相仿的小堂兄丹尼耶拉。

不知何故，恐懼侵襲了我。你這個年齡的孩子並非都能長大。有時壞人會將他們扼殺在搖籃裡，或者殺死在幼稚園。在尼海米亞街，曾經有過一個患精神分裂症的裝訂工人，他站到陽台上尖聲叫喊：猶太人，逃命，快啊，不久他們就會把我們殺光。空氣沉重，籠罩著恐懼。我已經可以猜想得出，殺人是多麼輕而易舉。

的確，燒書也不難，但要是我長大後成為一本書，至少有機會可單獨生存下來，如果不是在這裡，那麼則在其他某個國家，在某座城市，在某個偏遠的圖書館，在某個被上帝遺棄了的書架的角落。畢竟，我親眼看見書怎樣想方設法在擁擠不堪的一排排書架間，在黑暗的塵埃裡，在一堆堆選印本和期刊中藏匿，或者是在其他書的背後找到藏身之地。

38

約莫三十年過去後，一九七六年，我應邀到耶路撒冷希伯來大學做為期兩個月的客座講學。他們在守望山校園提供我一間畫室，每天早晨我坐在那裡撰寫《惡意之山》之中的一個短篇〈列維先生〉。故事發生在英國託管末期的澤弗奈亞街，於是我到澤弗奈亞街及相鄰的街道散步，看自那時以來有何變化。「兒童王國」私立學校已經關閉許久，院子裡滿是廢棄雜物，果樹已死。教師、職員、翻譯和銀行出納、裝訂工人、國內的知識分子、為報紙撰文的作家們大都已然消失，隨著時間流逝，這個地區住滿了極端正統派的窮苦猶太教徒。我們所有鄰居的姓名在報箱上幾乎都找不到。我見到的唯一熟人就是斯迪奇老太太，是我們稱為耐努海拉「矬子」的駝背女孩曼努海拉·斯迪奇年邁多病的母親，我遠遠地看見她正坐在垃圾箱附近一個偏僻院子裡的木凳上打盹。每面牆上都懸掛著花花綠綠的刺眼傳單，彷彿在空中揮動具有雙關色彩的拳頭，用各種形式的非自然死亡威脅著有罪之人：「違背正派之界」，「我們蒙受了重大損失」，「不可難為我受膏的人」，「牆上的石頭因惡令而哭喊」，「上蒼注視著在以色列從未發生過的可怕壞事」等等。

三十年來，我從未看見過我在「兒童王國」學校讀書時的二年級老師，而此時此地，我突然站到了她的門階前。大樓前面曾是蘭格曼先生的乳品店，他經常把裝在沉重的圓金屬牛奶桶裡的牛奶賣給我們，現在則成了一個極端正統派猶太教商店，銷售各式各樣的男子服飾用品、服裝、鈕釦、釦件、拉鏈和窗簾鉤。傑爾達老師肯定不住在這裡了吧？

但這裡有她的郵箱，我小時候就是從這個郵箱把她的信掏出來，因為鎖頭已經生鏽，不可能打開。此時郵箱的門敞開著，肯定是某個男人不如傑爾達和我有耐心，嘩啦一下把鎖一勞永逸地打碎。上面的字也變了：過去的「傑爾達・施尼爾松」，現在換成「施尼爾松・米什可夫斯基」。不再有傑爾達，也沒有連字號或「和」字。要是她丈夫突然開門怎麼辦？我能對他或對她說些什麼？

我幾乎要夾著尾巴逃跑了，像喜劇電影中一個受到驚嚇的追求者（我不知道她已經結婚，還是已經守寡，我想像不出，離開她家時我八歲，現在我三十七歲，比我離開她時她的年齡還大）。

這一次，和那時一樣，正是早上八點。

我在來見她之前真應該給她打個電話。或者給她寫個便條。也許她生我的氣了？也許她仍沒有原諒我不辭而別？為了這漫長的沉默？為了沒有祝賀她出版詩集，也沒有祝賀她獲獎？也許，像一些耶路撒冷人，心存怨艾，向《我的米海爾》中提到的我喝水的那口井裡吐唾沫。如果她已經變得讓人認不出來了呢？二十九年後的今天，她變成一個截然不同的女人又該怎麼辦呢？

我在門前站了有十分鐘，才走到院子裡，抽了一兩根菸。我摸摸晾衣服的繩子，我曾經把她樸素的咖啡色或棕色裙子從上面拽下來。我認出了那塊有裂縫的鋪路石，那是我自己試圖用石塊砸杏核時砸裂的。我朝布哈林區紅屋頂那邊張望，朝當年我們北面荒無人煙的山嶺張望。然而現在，山坡已經不再荒蕪，而是被房屋建築壓得透不過氣——拉默特埃什科爾、莫阿洛特達夫納、吉瓦阿特哈米夫塔、法國山和彈藥山。

但我該對她說什麼呢？親愛的傑爾達老師妳好嗎？希望我沒有打攪妳。我叫，呃哼，如此如此？早安，施尼爾松・米什可夫斯基夫人？我曾經是妳的一個學生，不知是否還記得？請原諒，可

1《舊約・詩篇》第一〇五章第十五節。

不可以占用妳幾分鐘的時間？我喜歡妳寫的詩？妳看上去還是那麼動人？不，我不是來做訪談的？

我一定是忘記耶路撒冷底層住宅的房子有多麼的黑暗，即使在夏天早晨。黑暗向我敞開大門，那是充滿棕色氣息的黑暗。從黑暗中傳來令我記憶猶新的鮮活聲音——一個喜歡語詞的自信女孩的聲音，對我說：「進來吧，艾默思。」

隨即又說：「你也許想坐在院子裡？」

接著說：「你不喜歡味道濃濃的冰鎮檸檬汽水。」

接著又說：「我得更正自己，你過去喜歡味道淡淡的檸檬汽水，但也許已經有了改變。」自然，我現在正在記憶中重建那個早晨和對話——好像以七、八塊依然立在那裡的石頭為基礎修復一座毀棄了的古代建築。但是在立在那裡的石頭當中，真真切切依然如故的是這些既非重建也非杜撰的語詞：「我得更正自己……也許已經有了改變。」在一九七六年六月末的那個夏日早晨，傑爾達千真萬確對我說過此話。在我們甜美的夏天過去了二十九年後，在我寫下此頁內容的夏日早晨的二十五年前（在我阿拉德的書房，在塗得一塌糊塗的本子上，在二〇〇一年七月三十日：因此這是一次造訪的回憶，那次造訪在當時也意味著令往事歷歷在目，或者是抓撓舊日創傷。在所有這些回憶中，我的任務有點像一個人在努力從某種東西的廢墟中挖出來的石頭上建構著什麼，而這東西本身也是從廢墟的石頭上建構起來的）。

「我得更正自己，」傑爾達老師說，「也許已經有了改變。」

她說此話時可能有許許多多不同的方式。比如，她可以說：也許你不再喜歡檸檬汽水了？或者：你現在喜歡味道濃濃的檸檬汽水了？或者她可以非常簡單地問，你喜歡喝點什麼？

她是個非常精確的人。這是想立即間接提到她和我之間、我們的祕密過去（檸檬汽水，味道不濃），愉快，沒有暗示痛苦，但在這樣做時沒有讓現在隸屬於過去（「也許已經有了改變？」用一個問號來為我提供選擇的空間，而且也使我肩負著繼續談話的使命。是我發起了這次拜訪）。

我說（當然不會面無微笑）：「謝謝。我很願意喝以前那樣的檸檬汽水。」

她說：「我也這麼想，但是我覺得應該問問。」

而後我們一起喝檸檬汽水（代替冰盒的是台小冰箱，從已經過時的樣子可以看出它的年齡）。我們緬懷往事。她的確讀了我的書，我也讀了她的，但是就這一話題我們只談了五、六分鐘，彷彿急急忙忙經過一段不安全的道路。

我們談論納哈里埃里夫婦——伊莎貝拉和格茨爾——的命運，談論共同的熟人，談論關於凱里姆亞伯拉罕的變化，以奔跑般的速度提了一下我父母和她的亡夫，他在我來訪的五年前便已經去世，接著我們重新以行走的速度談論阿格農，或許也談論湯瑪斯．沃爾夫（《天使，望故鄉》在那時已經翻譯成希伯來語，不過我們可能都讀過英文版）。當我的眼睛習慣了黑暗時，我非常驚愕地看到，房子的變化微乎其微。沉悶陰鬱的棕褐色碗櫥塗著一層厚厚的清漆，依然像條老看家狗那樣蹲伏在它平時待的角落裡。陶瓷茶具依然在玻璃隔板後面打盹。碗櫥上放著傑爾達父母的照片，他們看上去比她現在要年輕，還放著一張男子的照片，我想像那一定是她的丈夫，但我還是問了他是誰。她的眼睛突然一亮，頑皮地閃爍，朝我咧嘴一笑，好像我們剛剛一起幹了什麼錯事，接著她回過神來，只是說道：「那是哈伊姆。」

那張棕色圓桌隨著歲月的流逝似乎已經萎縮。書架上放有發舊的祈禱書，黑色封皮已經磨損，還有一些新宗教大書，裝幀華麗，配有燙金壓花，還有薛曼的西班牙時期希伯來詩歌史，許多詩集和現代希伯來小說，還有一排平裝書。我小的時候，這些書架顯得非常龐大，而今看上去只有齊肩高。在碗櫥和幾個架子上，有銀製安息日燭台，各式各樣的哈努卡燈盞，用橄欖木或銅製成的裝飾品，抽屜櫃上放著一盆黯淡的盆景，還有一兩盆放在窗台上。一幅充滿棕色氣息的昏暗景象，分明是一個宗教女性的房間，並非一個苦修者的所在，而是一個離群索居矜持寡言外加一點沮喪之人的所在。的確如她所說，有一些變化。並非因為她上了年紀，抑或因為她變得赫赫有名並受人愛戴，反而可能是她變得熱切了。然而，她一貫為人精確，認真，具有內在的莊重。難以解釋。

*

打那個早晨之後，我再也不曾見到她。我聽說她最後搬到了一個新社區。我聽說，在過去的歲月中，她有幾個至交女友，她們比她年輕，也比我年輕。我聽說她患了癌症，一九八四年一個安息日之夜，她在劇烈的疼痛中死去。但是我從未回去探望她，從未給她寫過信，從未送過她一本書，也從未再見過她，只是有時在文學增刊上看見她，還有一次，在她去世那天，在電視節目即將結束之際，看見過她，不到半分鐘（我在《一樣的海》中寫過她，寫過她的房間）。

當我起身離去時，那屋頂顯然在歲月的流逝中變矮了，幾乎碰到了我的頭頂。

歲月並沒有使她改變許多。她沒有變醜，發胖，或者萎縮，在我們說話時她依然目光閃閃，像發出一束光探詢我祕密的心靈深處。然而，即或如此，某些東西已經發生了改變。彷彿在我沒有見過她的數十年間，傑爾達老師變得像她的舊式住房。

她就像一只銀製燭台，在黑暗空間裡發出晦暗的光。我應該在這裡做出全然精確的描述：在最後一面中，傑爾達在我眼裡像蠟燭，像燭台，還像黑暗的空間。

39

每天早晨，太陽升起前後，我習慣出去查看沙漠裡有什麼新情況。在阿拉德這裡，沙漠就始於我們那條路的盡頭。一陣晨風從東面伊多姆山方向吹來，在四處捲起一個個沙渦，沙渦奮力從地面上揚，但沒成功；儘管都在掙扎，卻慢慢失去旋渦狀，消失不見。山丘本身依舊隱藏在從死海飄來的霧氣中，灰濛濛的面紗掩映著冉冉升起的太陽和一片片高地，彷彿夏天已逝，秋天來臨了。但那是個虛假的秋天：再過兩三個小時，這裡將再度又乾又熱。如同前天，一個星期前，一個月前。

在此同時，夜晚的涼意仍然沒有散去。浸潤著大量晨露的灰塵散發出愜意的氣息，與硫磺味、羊糞、薊草味以及熄滅的篝火發出的淡淡氣味混雜在一起。自遠古以來，這就是以色列土地的氣味。我走進乾河谷，繼續前行，沿著一條蜿蜒的小徑，走到懸崖邊上，從那裡可領略約三千英尺下、十五英里半開外的死海風光。東邊的山影倒映水中，賦予水一層古銅色彩。一道道刺眼的光線不時奮力衝破雲層，在瞬間觸摸鹽海。鹽海立即報以令人炫目的光，彷彿水面下湧動著電暴。

到處是一道道不見人煙的石灰岩山坡，黑石散落其中。在這些石頭中，恰巧就在我對面山頂的地平線上，突然出現三隻黑山羊，一個從頭到腳一身黑的人影一動不動地站在當中。是個貝都因婦女？她身邊是不是一條狗？轉眼之間他們都從山邊消失了，女人，山羊，還有那狗。灰濛濛的日光每移動一下都灑下了疑慮。同時，別的狗在遠處狂吠。再往前一點，一顆鏽彈殼臥在路旁石頭當中。這裡怎麼會有這個東西？也許一天夜裡，一支走私的駝隊從西奈前往希伯崙山的南部，經過這裡時，一個走私犯把彈殼丟了，不然就是不知這東西究竟有什麼用途後，便把它扔掉了。

現在你可以聽到沙漠是如此的靜謐。它不是風暴來臨之前的沉寂，也不是世界末日降臨之際的沉寂，而是只能覆蓋一個沉寂的沉寂，甚至更為深沉的沉寂。我在那裡站上三、四分鐘，吸進沉寂，如同吸進氣味。接著我轉過身來。從乾河谷裡走回到大路邊，所有花園裡的狗都開始向我氣勢洶洶地狂叫，我為自己辯解。也許它們想像我正在威脅著幫助沙漠侵略這座小城。

在第一座家庭花園第一棵樹的枝頭，整個麻雀議會正在吵吵嚷嚷，進行激烈的爭論，都在厲聲叫喊著打斷對方，它們似乎是在咆哮，而不是在唧唧喳喳，彷彿夜晚的離去和第一縷晨光乃是史無前例的發展，足以證明召開一次緊急會議是合理的。

路邊，一輛舊車正在啟動，發出一陣嘶啞的咳嗽，像個抽菸很凶的人。一個報童徒勞地想和一條毫不妥協的狗交友。一個皮膚黝黑、體格粗壯的鄰居，裸露的胸膛上長滿了濃密的灰毛，是個退休上校，那結實的身體令我想起鐵殼行李箱，他身穿運動短褲，光著上身站在屋前澆玫瑰花圃。

「你的玫瑰花開得太漂亮了。早安，施穆埃里維奇先生。」

「早上有什麼值得安心的事情嗎？」他質詢我，「西蒙．裴瑞茲[1]終於停止把整個國家賣給阿拉法特[2]了嗎？」

當我說有些人的看法截然相反時，他淒然地說：「看來一場大屠殺給我們留下的教訓還不夠。你真的把這場災難稱作和平嗎？你聽說過蘇台德、慕尼黑，或者張伯倫嗎？」

我對這一問題，確實有詳盡的理由能充分解釋，但是由於在這之前我在乾河谷已經累積起默默的克制，便說：「昨天晚上八點鐘有人在你家彈奏《月光奏鳴曲》。我正打那裡經過，甚至停下腳步聽了幾分鐘。是你女兒嗎？她彈得真美，請轉告她。」

他把水管移向另一處苗圃，像個羞怯的學生突然經不計名投票當選為班長那樣衝我微笑。「那不是我女兒，」他說，「女兒去布拉格了。是女兒的女兒，我的外孫女，丹尼艾拉。她在整個南部地區的青年人才競賽中獲得第三名。不過所有的人都一致認為她應該拿第二名。她也寫得一手好詩。非常感傷。你有時間看看嗎？也許你可以給她一些鼓勵，或者甚至可以拿給報紙發表。要是你拿去，他們肯定會發表的。」

我答應施穆埃里維奇先生，有機會一定讀丹尼艾拉的詩，我很樂意，為何不讀，這不算什麼。我在內心深處，把這一承諾當作我對促進和平進程所做的貢獻。我回到書房，手裡端著一杯咖啡，把報紙攤在沙發上，又在窗前站了十來分鐘。從新聞裡聽到，一名十七歲的阿拉伯少女在伯利恆外的檢查哨試圖持刀刺殺以色列士兵，被一發子彈擊中，傷勢嚴重。晨光夾著灰濛濛的霧氣現在開始發亮，化作耀眼而堅定的蔚藍。

*

在我的窗前，有個小花園，幾株灌木，一棵攀緣植物和一棵半死不活的檸檬樹，我不知道它是死還是活，它的樹葉蒼白，軀幹彎曲，像某人正用力向後彎曲一隻胳膊。在希伯來語中，「彎曲」一詞恰巧以「ע」和「ק」起頭，令我想起父親常說的話：任何以「ע」和「ק」字母開頭的字詞都表示某種不好的東西。「你要提起注意了，殿下，你自己姓名的縮寫，不管是否出於偶然，也是

1 西蒙・裴瑞茲（Shimon Peres, 1923-2016），以色列政壇老將，曾任總統、總理、外交部長、國防部長，一九九四年和拉賓、阿拉法特共同獲得諾貝爾和平獎。

2 阿拉法特（Arafat, 1929-2004），巴勒斯坦解放組織領導人，一九九四年諾貝爾和平獎得主。

『ע』和『ק』。」[3]

今天我是不是應該給《最新消息報》寫篇文章，試著向施穆埃里維奇先生解釋，撤出占領地不會削弱以色列，實際上是鞏固以色列。不管在什麼地方，都沒完沒了地看到大屠殺、希特勒和慕尼黑，是個錯誤。

一次，在你覺得夜光永遠不會消失的一個漫長夏夜，我們二人身穿背心拖鞋坐在施穆埃里維奇家花園的牆上。施穆埃里維奇先生告訴我，他十二歲那年和父母一起被帶到馬伊達內克死亡營，他是唯一的生還者。他不想告訴我他是怎樣生還的。他答應下次什麼時候再告訴我。但是每一個下次，他選擇的卻是讓我睜開雙眼，這樣我便不應相信和平，我不應再幼稚下去，因此我必須堅定信念：他們的唯一目的是把我們殺光，他們所有的和平談判都是陷阱，不然就是整個世界幫助他們釀造並拿給我們的安眠藥水，哄騙我們入睡。像那時一樣。

*

我決定放棄寫文章之念。書桌上還有本書的一個章節等著我去完成，它仍然是一堆寫就的草稿、皺掉的條子、塗抹得亂七八糟的紙頭。這一章寫的是「兒童王國」學校的伊莎貝拉·納哈里埃里老師和她的貓兵團。我得在那裡做些讓步，刪除一些描寫貓和出納格茨爾·納哈里埃里的事件。那些事件非常可笑，但對故事進展沒有任何貢獻。貢獻？進展？我不知道有什麼可以為故事進展做出貢獻，因為我還不知道故事究竟想去往何方，實際上不知道它為什麼需要貢獻或進展。

此時，十點鐘的新聞已經結束，我已經喝過第二杯咖啡，依然盯著窗外。一隻翠綠的可愛小鳥從檸檬樹上偷偷看了我一陣，從枝頭到枝頭，來回雀躍，在光線斑駁的樹蔭裡向我炫耀它靚麗的羽毛。它的頭近乎紫羅蘭色，脖子呈深金屬藍，身穿精美的黃色西裝背心。歡迎歸來。今天早晨你來讓我記起什麼？記起納哈里埃里夫婦？記起比阿里克的詩歌〈嫩枝落在牆頭打盹〉？記起我媽媽經常在窗前一站就是幾個小時，手裡的茶已經冰涼，背對房間看著石榴樹叢？可是夠了。我必須回去工作了。現在我不得不去使用今朝旭日升起之前我在乾河谷儲備下來的沉靜。

*

十一點鐘，我驅車進城去郵局、銀行、診所和文具店處理一些事宜。火辣辣的太陽炙烤著樹木稀疏、布滿灰塵的街道。沙漠上的日光已經白熱化，殘酷地使你的雙眼瞇成兩條細縫。

在提款機前面排著幾個人，報攤前也排了幾個人。在台拉維夫，在一九五〇年或五一年暑假，離哈婭姨媽和茨維姨父家不遠的本-耶胡達街北端，表哥伊戈爾指給我看大衛·本-古里昂的哥哥開的報亭，並告訴我任何人想和他，和這個本-古里昂的哥哥說話，只管上前去說，他確實長得和本-古里昂很像。你甚至可以問他問題。比如說，你好嗎，格魯昂先生？巧克力威化餅乾多少錢一塊，格魯昂先生？馬上就要打仗了嗎，格魯昂先生？只是不能問及他的弟弟。就這樣。他只是不想被問及弟弟的情況。

我非常嫉妒台拉維夫人。在凱里姆亞伯拉罕，我們沒有任何名人，甚至沒有名人的兄弟在此。只有街名是些小先知：艾默思街，俄巴底亞街，西番亞街，哈該，薩迦利亞，那鴻，瑪拉基，約

3希伯來字母「ע」（音「艾因」）與「ק」（音「擴夫」）為作者原姓名艾默思·克勞斯納（Amos Klausner）希伯來文寫法的頭字母。

珥，哈巴谷，何西阿，彌迦和約拿[4]等等。

一個俄羅斯移民正站在阿拉德中心廣場的一角，腳下人行道上放著敞開的小提琴盒，等待收費。那旋律輕柔，辛酸，令人想起散落著小木屋的杉樹林、溪流和草地，使我不禁回憶起我和母親一起坐在我們那煙燻火燎的小廚房，揀著濱豆或剝豌豆時母親講的那些故事。

但阿拉德中心廣場這裡，沙漠日光趕走了幽靈，驅散了關於杉樹林和霧濛濛秋天的任何回憶。這個音樂家，他那顫動著的灰白頭髮，濃密的白鬍鬚，令我有些想起亞伯特·愛因斯坦，也有點想起在守望山教過我母親哲學的施穆埃爾·雨果·伯格曼，實際上，我自己也於一九六一年跟他在吉瓦特拉姆校園讀過書，聽他令人難忘地講授從齊克果到馬丁·布伯的對話哲學。

兩個年輕女子，可能有南美血統，一個身材纖細，身穿半透明上衣和一條紅裙子，另一個卻穿著褲裝，皮帶搭釦一應俱全。她們在音樂家面前止住腳步，聽他拉了一兩分鐘。他在拉琴時，雙眼緊閉，沒有睜開。兩個女子悄悄嘀咕了一下，打開皮包，各往琴盒裡放了一謝克爾。

身材纖細的女子，上嘴唇向鼻子略微聳起，說：「但妳怎麼知道他們是不是真正的猶太人？聽說，來到這裡的俄羅斯人有一半是非猶太人，只是想利用我們離開俄羅斯，到這裡自由自在地生活。」

她的朋友說：「關我們什麼事，誰想來就來，讓他們在大街上賣藝。猶太人，俄羅斯人，德魯士人，喬治亞人，對妳來說有什麼區別嗎？他們的孩子會成為以色列人，會去服兵役，吃皮塔餅加肉排和泡菜，還得償還抵押借款，終日叫苦連天。」

紅裙女子說：「妳怎麼回事，薩利特，要是誰想來就由著他來，包括外國工人、加薩和占領地的阿拉伯人，那麼誰會——」

可惜下面的談話漸漸向著購物中心停車場遠去。我提醒自己今天沒有任何進展，已經不是晨曦初露了。回到書房，熱氣開始升騰，夾著塵土的風把沙漠吹進了屋裡。我關上窗子和百葉窗，拉上窗簾，堵住每個縫隙，就像兒時帶我的格里塔·蓋特那樣，格里塔還是一位鋼琴老師，總是習慣把房子封得嚴嚴實實，把它變成一艘潛水艇。

這個書房是阿拉伯工人建的，距今沒有多少年。他們鋪地，用水平儀測量。他們安裝門框和窗框。他們把管道和電線都埋在牆裡，安裝電話插座。一個喜歡歌劇的大塊頭木匠，製作碗櫥和書架。承包商是個羅馬尼亞移民，快六十歲了，為了造花園不知從哪裡運來一卡車肥沃的土壤，把土撒在始終躺在這些山丘上的石灰、白堊、燧石和鹽鹼中，就像在傷口上貼塊膏藥。在這些上好的泥土中，以前住戶種下的灌木、樹木和草坪得到了我的全力呵護，但沒有得到過多的愛，因此這座花園沒有經歷以前那座花園的命運，我和父親出於好意置那座花園於死地。

幾十個拓荒者，包括喜歡沙漠的孤獨者，或者尋找孤獨的人，以及幾對年輕夫婦，在六〇年代初期來到這裡定居，成為礦工、採石場工人、正規軍軍官和產業勞工。洛娃·埃利亞夫和其他一些為猶太復國主義激情所左右的城鎮規畫者，籌畫、草草設計並立即建造了這座小城，它設有街道，廣場，林蔭道和花園，離死海不遠，在一九六〇年代早期，這地方是個人跡罕至的偏僻所在，沒有一條主要公路、水管管道或電力供應，沒有樹木，沒有小徑，沒有樓群，沒有住所，沒有生命跡象。就連當地貝都因定居點，多數也出現在小城建立之後。建造阿拉德小鎮的拓荒者熱情高漲，缺

4 此處街名的翻譯均依照中文版《聖經》和合本的譯名，但在行文中，多採用現代希伯來文音譯，或根據英文姓名譯名手冊譯出。其中「西番亞」即為「澤弗奈亞」。

乏耐性，嘮嘮叨叨，忙個不亦樂乎。他們沒經過仔細思考，便脫口發誓「征服荒野，制服沙漠」。

*

有人開著一輛小紅車從屋前經過，他在角落的信箱前停了下來，把我昨天寄的信取出。還有一個人來換掉對面人行道上一塊破碎的路緣石。我必須找到某種方式向他們、向所有人表示感謝，就像舉行成年禮[5]的男孩在猶太會堂當眾向所有曾幫助過他的人表示感謝：索妮婭姨媽、亞歷山大爺爺、格里塔．蓋特、傑爾達老師、當我在服裝店深陷黑暗牢房時營救我的那個眼袋浮腫的阿拉伯人、我父母、札黑先生、隔壁的倫伯格先生、義大利戰犯、與細菌作戰的施羅密特奶奶、伊莎貝拉老師和她的貓群、阿格農先生、魯德尼基夫婦、莫茲金區的車夫外公、沙烏爾．車爾尼霍夫斯基先生、莉蓮卡．巴-薩姆哈、我的妻子、我的孩子、我的孫兒孫女、建造這座房子的建築工人和電工、木匠、報童、紅色郵車裡的人、在廣場角落拉小提琴令我想起愛因斯坦和伯格曼的音樂家、今天早晨破曉前看到的貝都因婦女和三隻山羊，或許我只是想像自己看到了她們，還有寫下《猶太教和人文主義》的約瑟夫伯伯、害怕發生另一場大屠殺的鄰居施穆埃里維奇、他昨天彈奏《月光奏鳴曲》的外孫女丹尼艾拉、昨天又和阿拉法特談判希望即便如此也要尋找某種妥協方案的西蒙．裴瑞茲部長，還有那隻時而光顧我檸檬樹的翠綠鳥兒，還有檸檬樹本身，尤其是日落時分沙漠上的沉寂，越來越多的沉寂隱藏在其中。這是我今天早晨的第三杯咖啡了，夠了。我把空杯子放在桌子邊上，倍加小心，免得發出絲毫噪音，打破尚未消失的沉寂。現在我將坐下來寫作。

5 成年禮（Bar Mitzvah），猶太男子年滿十三歲時舉行的一種受誡典禮儀式，意味著他已經成人。

40

那天早晨，我平生第一次看到那樣一間房子。

房子四周環繞著厚厚的石牆，石牆掩映著藤蔓和果樹成蔭的果園。我驚奇的目光本能地尋找生命樹和智慧樹。房前有一口水井坐落在寬敞的平台中央，平台地面用一塊塊淡粉中帶著微藍的平滑石板鋪成。鬱鬱蔥蔥的藤蔓遮住了平台的一角。幾個石凳和一張低矮的石桌誘使你在枝蔓纏繞的涼亭下逗留，在藤蔭下小憩，聆聽夏日蜜蜂嚶嚶嗡嗡，果園中的鳥兒歌吟，流水涓涓——在涼亭一角，有個五角星狀的石頭水池，池內鑲著一排飾有阿拉伯文字的瓷磚，在池子中央，泉水源源不絕，一群群金魚在一簇簇水蓮中緩緩地游動。

我們三人激動、禮貌而謙卑地從平台沿著石階走向寬大的遊廊，北邊老城的尖塔和圓屋頂可盡收眼底。遊廊周圍散落著帶坐墊的木椅、腳凳，還有幾張小巧的飾有鑲嵌圖案的桌子。在這裡，如同在平台一樣，令人感到一種伸開四肢擁抱城市風光的衝動，在綠蔭下打盹，或是平靜地吮吸著山石的靜謐。

但是我們沒有在果園裡或涼亭下或遊廊上停留，而是摁響了兩扇鐵門旁邊的門鈴，鐵門漆成了紅褐色，上面精巧地雕刻出姿態萬千輪廓分明的石榴、葡萄、彎曲纏繞的藤蔓，還有勻稱的花朵。當我們等候開門時，斯塔施克先生再次轉身對著我們把手指放在唇邊，彷彿向瑪拉阿姨和我發出最後的警告信號：要有禮貌！要沉著！要得體！

*

寬敞的客廳裡，靠四面牆都放著柔軟的沙發，雕有圖案的木質靠背你挨著我我挨著你，家具上雕有樹葉、蓓蕾和花朵，彷彿屋裡的一切代表著環繞在外的花園和果園。沙發面料採用的是紅色搭配天藍色的各式條紋織品，每張沙發上都放有五顏六色的繡花靠墊，地板上鋪著豪華的地毯，其中一塊織有天堂群鳥圖。每張沙發前面都放著一張矮桌，上面擱著一個圓形金屬大托盤，每個托盤都雕刻著形式多樣華麗精美的抽象圖案，令人想到彎彎曲曲的阿拉伯文字母，實際上它們倒是很好地展現了阿拉伯碑文的特徵。

客廳兩側開了六至八扇門，牆上懸掛著掛毯，掛毯之間灰泥可見，也飾有花案，有粉紅、丁香紫和淺綠等各種顏色。在頂棚上到處懸掛著古代武器作為裝飾，大馬士革劍、短彎刀、匕首、長矛、手槍、長筒火槍、雙筒步槍。在紫紅色和檸檬色沙發之間，放著一座裝飾華美、頗具巴洛克風格的棕色大餐櫃，正對著門口，餐櫃的樣子猶如一個小型宮殿，一個又一個的玻璃門格子裡擺放著瓷杯、水晶高腳杯、銀製與黃銅高腳杯，以及許多希伯崙和西頓的玻璃飾品。

兩窗之間的牆上，有個深深的壁龕，裡面擺放著一只綠色花瓶，花瓶上鑲著一層珠母，插著幾支孔雀羽毛，其他壁龕裡放著大黃銅壺和玻璃或陶製酒杯。天花板上吊著四架大風扇，不住地發出黃蜂般的嗡嗡聲，攪起烏煙瘴氣的空氣。在吊扇之間，一座富麗堂皇的黃銅枝形大吊燈從天花板伸出枝蔓，猶如一棵枝杈橫生的大樹，粗壯的枝椏、細嫩的枝條及纖柔的捲鬚上，一併閃爍著鐘乳石般的晶瑩水晶，還有許多梨形燈泡閃閃發亮，儘管夏日晨光從敞開的窗口流瀉屋中。窗子上方的拱形氣窗安裝著彩色玻璃，代表著三葉草花環，逐一呈現不同顏色的日光：紅色、綠色、金色、紫色。

掛在牆壁支架上的兩個籠子遙遙相對，籠子裡各有一隻莊嚴的鸚鵡，牠們的羽毛五彩繽紛，橘黃、青翠、黃、綠、藍，其中一隻不時發出粗嘎的叫喊，像個菸鬼：「請！請！好好的！」房間另一邊的另一個籠子裡便會立即傳出甜美的女高音，用英語回答說：「啊，太甜蜜了！太可愛了！」門窗過梁上，雕花灰泥上，用曲裡拐彎的阿拉伯文雕刻著《可蘭經》經文或一行行詩句，牆上掛毯之間懸掛著一幅幅家族照片。他們當中有身材臃腫的官老爺，胖胖的臉龐刮得乾乾淨淨，頭戴飄著黑長纓的紅色圓筒形無邊氈帽，身穿笨重的緊繃繃的藍西裝，掛在身上的金鏈斜跨肚子消失在背心口袋裡。他們的前輩留著八字鬍，樣子專橫武斷，神情慍怒，頗顯責任感，令人敬畏，儀表堂堂，身穿繡花長袍，頭戴閃閃發亮的白頭巾，並用黑環圈卡住。也有兩三個騎馬人士，令人生畏的大鬍子男人騎在氣宇軒昂的馬背上急速馳騁，頭巾向後飄去，馬鬃上熱汗流淌。他們的皮帶上插著長匕首，短彎刀挎在一旁，或是在手中舞動。

這間客廳的窗子深陷，面朝東與北，望出去便是守望山和橄欖山，一片矮松林，多石的山坡，俄菲勒丘陵，還有奧古斯塔維多利亞救濟院，它的高塔像一頂威嚴的鋼盔，戴在普魯士人那傾斜的灰屋頂上。奧古斯塔維多利亞稍左一點聳立著一座帶有窄小窺孔的城堡式建築，這就是我父親工作的國家圖書館，周圍依次排列著希伯來大學的其他建築和哈達薩醫院。影影綽綽的山頂下，可見一些石屋散落在山坡上，小群小群的牲畜出沒於卵石和荊棘叢生的田野，間或有幾棵老橄欖樹，彷彿被活生生的世界拋卻很久，失去了生命力。

*

一九四七年夏天，我父母到內塔尼亞探望一些熟人，把我留給斯塔施克叔叔、瑪拉阿姨以及蕭邦和叔本華一起度週末。(「你在那裡表現要好！不許做壞事！聽話！在廚房幫瑪拉阿姨的忙，不要打擾斯塔施克先生，別閒著，拿本書看看，別礙他們的事，安息日早晨讓他們多睡一會兒！像金子般純正！世上無難事，只怕有心人！」)

作家哈伊姆·哈札茲[1]曾經宣稱，斯塔施克先生應該廢掉他的波蘭名字，它「有點集體滅絕的味道」，勸他使用斯塔夫一名，希伯來文意為「秋天」，因為它聽起來有點像斯塔施克，但是有某種《雅歌》的味道。因此，瑪拉阿姨在貼在家門上的小卡片寫道：

瑪爾卡和斯塔夫·魯德尼基

固定休息時間

請勿打擾

斯塔施克叔叔是個體格健壯結實的男子，雙肩強健，兩個大黑鼻孔毛茸茸的，像個山洞，眉毛濃密，其中一道總是頗具諷刺意味地聳著。他的一顆門牙已經脫落，給他增添了幾分惡相，尤其微笑時更是如此。他在耶路撒冷中央郵局掛號信件部門工作以維持生計，閒暇之際在小卡片上累積資料，為的是做有關中世紀羅馬的希伯來語詩人伊曼紐爾的一項獨創性研究。

烏斯塔茲·納吉布·馬穆杜·希爾瓦尼住在耶路撒冷東北部的謝赫賈拉區，是個家道殷實的商人，擔任幾家法國大公司在本地的代理，這些公司的生意一直做到亞歷山卓和貝魯特，再從那裡擴展到海法、納布盧斯和耶路撒冷。初夏時，一張高額匯款單或銀行匯票，或是某種股份證書不翼而飛。愛德華·希爾瓦尼嫌疑重大。他是烏斯塔茲·納吉布的長子暨希爾瓦尼及子公司的合夥人。刑事偵查部部長助理親口告訴我們，年輕人遭到盤問，後來被送到海法的拘留所，以便做進一步盤問。烏斯塔茲·納吉布想方設法營救兒子，最後在絕望中去求助郵政局長肯尼士·歐維爾·諾克斯–吉福德先生，祈求他再次開始追查一個遺失的信封，他發誓那是他在去年冬天親手所寄。

不幸的是，他不知把收據放到哪裡去。那東西像是給魔鬼本人侵吞了。

肯尼士·歐維爾·諾克斯–吉福德先生向烏斯塔茲·納吉布確保他對此事深表同情，但是憂心忡忡地向他坦言，找到信封的希望微乎其微。然後他委託斯塔施克·魯德尼基先生執行一項任務，調查事情原委，弄清幾個月前寄出的一封掛號信的可能命運，那封信可能有也可能沒有，可能丟了也可能沒丟，是在寄信人和郵局記錄上都沒有留下任何憑據的一封信。

斯塔施克叔叔立即展開調查，發現不但找不到這封信的登記記錄，而且有一整頁記錄被小心翼翼地撕掉，沒有任何痕跡。這立刻引起斯塔施克的懷疑。他追查詢問，找到了當時在掛號櫃台值班的職員，並且詢問其他員工，直至得知最後看見那一頁記錄是在什麼時候。很快便確認了罪犯（一個年輕人把信封拿到燈下，看到裡面的支票，便擋不住誘惑了）。

因此，物歸原主，年輕的愛德華·希爾瓦尼從拘留所中獲釋，一向令人尊敬的希爾瓦尼及子公司的名譽絲毫無損，再次成為佼佼者，而親愛的斯塔夫先生與夫人在週六上午受邀到謝赫賈拉區的希爾瓦尼別墅共飲咖啡。至於那個可愛的孩子，朋友的兒子，星期六上午無人看管，得跟他們待在一起，當然，這不成問題，他必須跟他們待在一起，整個希爾瓦尼家族正迫不及待地等著向斯塔夫

---

1 哈伊姆·哈札茲（Haim Hazaz, 1898-1973），著名希伯來語小說家。

先生表達謝意，感謝他的辦事效率與誠實正直。

*

於是星期六吃過早飯，就在出發前，我穿上自己最好的衣服，衣服是父母專門留在瑪拉阿姨家裡，準備讓我出門時穿的（「阿拉伯人非常重視外表！」父親強調）：光亮耀眼的白襯衫，剛剛熨過，袖子挽得恰到好處；海軍藍褲子上的褶線整齊清晰；樣子古板的黑皮帶上釦環亮晶晶的，不知何故，形狀像莊嚴的雙頭俄羅斯雄鷹。我腳上穿了一雙涼鞋，斯塔施克叔叔用擦拭他和瑪拉阿姨最好鞋子的鞋刷和黑鞋油將它擦得光亮。

儘管八月天氣炎熱，斯塔施克叔叔執意要穿他那身藏青毛料西裝（那是他唯一一套西裝），搭雪白的絲綢襯衫，那件襯衫從十五年前在他羅茲的父母家中就伴他一起旅行，然後他繫上婚禮那天繫的不起眼的藍色絲綢領帶。而瑪拉阿姨呢，則在鏡子面前折騰了四十五分鐘，試穿晚裝，改變主意，再試一條黑色百褶裙，配一件淺色上衣，又改變了主意，穿上最近買的有點女孩子氣的夏天連衣裙來端詳自己，或飾以一枚胸針和一條絲巾，或戴上項鍊，摘下胸針和絲巾，或戴項鍊別一枚新胸針摘下絲巾，戴不戴耳環呢？

突然，她判斷穿那件矯揉造作的夏天連衣裙，領緣繡著花，出席這種場合太輕浮、太土氣了，於是重新穿上最早穿的那件晚禮服。瑪拉阿姨在危難中向斯塔施克先生求助，甚至向我求助，要我們發誓說實話，只說實話，然而那是痛苦的：大熱天穿這樣一套正式禮服去做一次非正式拜訪，是不是太講究太誇張了？她的髮型是否得體？我們對她的頭髮，會有何評價，真實的評價，她是該把辮子盤在頭頂，還是不編辮子，把頭髮披到肩膀，是這樣，還是那樣？

最後，她勉強決定穿一條樸素的棕色長裙，一件長袖上衣，佩戴一枚漂亮的綠松石胸針。一副淺藍色的耳墜，襯托她美麗的眼睛。她把頭髮散開，任其隨意地披在肩上。

路上，敦實的身子難受地擠在笨重西裝裡的斯塔夫叔叔向我解釋說，生活中的一些情形起源於文化之間的歷史差異。希爾瓦尼家族，他說，是個備受尊敬的歐洲化家庭，男人們都在貝魯特和利物浦受過非常好的教育，都能講一口流利的西方語言。而我們呢，也絕對是歐洲人，但是也許我們這些歐洲人在觀念上略有不同，比如說，我們不大看重外表，只注重內在文化和道德價值。即使是像托爾斯泰一樣的蓋世奇才，也會毫不猶豫地一身農民裝束到處走動，列寧那樣偉大的革命家最瞧不起中產階級的穿著，情願穿皮夾克，戴工人帽。

我們拜訪希爾瓦尼別墅不是像列寧去探望工人，或者像托爾斯泰在淳樸的農民當中，而是一個特別的時刻。斯塔施克叔叔解釋說，令我們頗為敬重、頗為文明的阿拉伯鄰居，多年吸收了較多的歐洲文化，在他們眼中，我們現代猶太人被錯認為某種吵吵嚷嚷的烏合之眾，粗野的乞丐，缺乏禮貌，尚未有資格站在文明教養階梯的末端。就連對我們的一些領袖，阿拉伯鄰居也是用否定的觀點來看待他們，因為他們穿著簡樸，舉止粗魯，不正規。在郵局工作時，有那麼幾次他在前台和幕後均有機會觀察新希伯來人的風格，穿拖鞋和卡其裝，挽起袖子，露著脖子，我們認為這具有拓荒者之風，民主，平等，但是在英國人看來，尤其是在阿拉伯人看來，則為不雅，或者是某種舉止粗俗，顯得對他人不敬，蔑視公共服務。當然，這一印象大錯特錯，無需重複我們信仰生活簡樸，信仰隨遇而安，拋棄一切外在炫耀，但在目前這種情況中，去拜訪一個赫赫有名備受敬重的家庭，以及類似的場合裡，我們應該舉止得體，就像我們接受委託執行外交任務。因此，我們得倍加注意我們的外表、舉止以及說話方式。

比如，斯塔施克叔叔堅持，在這樣的聚會裡，小孩子，乃至青少年，無論如何不要加入成年人的談話。如果，只是如果，有人和他們說話，他們應盡量禮貌而簡短地回答。如果上了甜點，孩子應該只選擇不掉渣不潑灑的東西。如果再給他，他應該有禮貌地謝絕，縱然他很想再拿。整個拜訪過程中，孩子應該筆直地坐在那裡，不要死盯著什麼東西，尤其重要的是，無論如何不要做鬼臉。他向我們斷言，尤其是在阿拉伯世界，大家都知道他們極端敏感，容易受傷害，被冒犯，甚至（他認為）容易復仇，任何不適之舉不但沒有禮貌，破壞信任，而且可能會損害日後兩個睦鄰民族之間的相互理解；這樣——他喜歡這樣的話題——在民族與民族之間有爆發流血武裝衝突危險的焦灼時期，便會加深敵意。

總之呢，斯塔施克先生說，也許這遠遠超過一個八歲孩子的負荷，不過今天上午也要大大仰賴你，有賴你的聰慧和得體的舉止了。順便說一句，我親愛的瑪蘭卡，最好在那裡什麼也別說，除了必要的客套，乾脆一言不發。眾所周知，在我們阿拉伯鄰居的傳統中，如同在我們先祖的傳統中一樣，一個女人突然在一群男人面前張嘴說話是絕對絕對不能接受的。因此，我親愛的，在這一時刻，應該好好讓與生俱來的良好修養與女性魅力為妳說話。

於是，早上十點開始執行這一小小的外交任務，既輝煌又對基本情況瞭若指掌，從先知街和錢塞勒街交叉口、花店旁魯德尼基夫婦家的房子出發，留下蕭邦、叔本華、瞎鳥阿爾瑪-米拉貝拉和油彩松果，開始向東行進，前往坐落在謝赫賈拉北區、通往守望山路上的希爾瓦尼別墅。

我們路上首先經過的是塔巴屋牆，那裡一度是性情古怪的德國建築師康拉德．希克的家。康拉德．希克是個熱愛耶路撒冷的基督徒，他在大門上造了一座塔樓，我經常為它編織各種騎士和公主的故事。我們從那裡順著先知街前行，來到義大利醫院，那城堡形的塔座和磚砌穹頂，使人斷定它是依照佛羅倫斯宮殿的模式建造而成。

在義大利醫院門前，我們沒說一句話，往北拐向聖喬治街，繞過居住著極端正統派猶太教徒的百門區，走進柏樹、護柵、飛簷和石牆世界的深處。這是另一個耶路撒冷，一個我幾乎毫不知曉的耶路撒冷，阿比西尼亞人、阿拉伯人、朝聖者、土耳其人、傳教士、德國人、希臘人、冥想者、亞美尼亞人、美國人、修士、義大利人、俄國人的耶路撒冷，松樹鬱鬱蒼蒼，可怕卻引人著迷，鐘聲悠揚，張開魔法之翼，不容你靠近，因為它們陌生並充滿敵意，一座蒙面城市，隱藏著危險的祕密，到處是十字架、塔樓、清真寺和不可思議的東西，一座帶有尊嚴的沉寂城市，陌生教派的神職人員身披黑色大氅，穿著神職人員的衣裝，黑影般輕快地穿過大街小巷，修士和修女，卡迪和宣禮員[2]，名人要員，敬拜者，朝聖者，蒙面女人以及身著蒙頭斗篷的教士們。

一九四七年夏天的一個星期六早晨——再過幾個月耶路撒冷就要爆發流血衝突，還有不到一年英國人就要離去——還沒有發生圍困，炮轟，停水事件，城市還沒有一分為二。在我們走向謝赫賈拉區希爾瓦尼家的那個星期六，一種孕育著的沉靜仍然滯留在整個東北部地區。但是，你可以感受到沉靜當中暗示著些許焦躁，一股捉摸不定的壓抑著的敵意。三個猶太人，一男，一女，一小孩在這裡幹什麼，他們從哪裡出其不意地冒了出來？既然你們已經到此，到了城市的這一邊，也許不應在這裡逗留太久。趕緊溜過這些街道，趁著還有安寧……

*

2卡迪（kadi），依照伊斯蘭教的宗教法進行宗教審判的法官。宣禮員（muezzin），伊斯蘭教中報告禱告時刻的人。

我們到的時候，大廳裡已經有了約莫十五到二十位客人和家人，彷彿在香菸煙霧中盤旋，多數人坐在牆壁四周的沙發上，少數幾位三三兩兩站在角落裡。他們當中有肯尼士·歐維爾·諾克斯－吉福德，郵政局長，也是斯塔施克叔叔的老闆，他正和一些先生站在那裡，輕輕抬抬眼鏡算是和斯塔施克叔叔打了招呼。通向裡面房間的門多半被關上，但是透過一扇半開的門，我看見三個與我年齡相仿的小女孩，身穿長裙，擠坐在一條小板凳上觀察客人，並小聲說著什麼。

主人烏斯塔茲·納吉布·馬穆杜·希爾瓦尼向我們介紹了幾位家人和其他一些客人，男男女女，其中有身穿灰色套裝的兩位中年英國女士，一位年事已高的法國學者，還有一名身穿長袍留著一撮彎曲鬍子的希臘神職人員。主人一一讚美他的客人，時而用英語時而用法語，並用兩三句話解釋受尊敬的斯塔夫先生消除了一連幾個黑色星期困擾著希爾瓦尼家族的憂愁。

我們，一一握手，聊天，微笑，微微欠身低聲說「真不錯」，「可愛」以及「很高興見到你」。我們甚至送給希爾瓦尼家族一件樸素而富有象徵意義的禮物，一本反映基布茲生活的畫冊，照片中有公共食堂日常生活場景，有田間和乳品加工廠的拓荒者，一絲不掛的孩子在灑水車周圍快樂地嬉逐，水花飛濺，一個阿拉伯老農一邊緊緊抓住毛驢韁繩，一邊看著龐大的拖拉機捲著滾滾煙塵從旁邊經過，留下了車轍。每一幅照片都帶有希伯來語和英語說明文字。

烏斯塔茲·納吉布·馬穆杜·希爾瓦尼先生一頁接一頁地翻著畫冊，愉快地微笑，頻頻點頭，彷彿他終於領會了攝影者在照片裡所要表達的含義。他向客人致謝，把畫冊放進牆上的一個壁龕裡，也許是窗台。嗓門高的鸚鵡突然在籠子裡用英語唱了起來：「誰是我的命運之神？誰是我的王子？」屋子另一頭的粗嗓門鸚鵡用阿拉伯語回應道：「先生，安靜！先生，安靜，先生！」

我們坐在角落裡，頭頂牆壁上懸掛著兩把十字交叉的劍。我試圖猜出誰是客人，誰是這家裡的人，但猜不出來。多數人五、六十歲，一個特別老的人身穿一套棕色舊西裝，袖口已經破損。他滿臉皺紋，雙頰凹陷，銀髯讓菸燻得發黃，塗了灰泥般的嶙峋手指也一樣。他酷似牆上懸掛的鑲金框中的某些肖像。他是祖父嗎？甚至曾祖父？因為在烏斯塔茲·納吉布·馬穆杜·希爾瓦尼先生左邊還有一個老人，青筋突出，身材高大，駝背，樣子像折斷的樹樁，深褐色的腦袋瓜頂上蓋著一層刺毛。他不修邊幅，條紋襯衣只扣了一半，褲子也顯得過於肥大。我想起媽媽故事裡講的阿萊路耶夫老人，在他的茅屋裡照顧一個甚至更老的人。

幾個年輕人身穿白色網球裝，兩個四十五歲左右大腹便便的男人像對雙胞胎，懶洋洋地並肩坐在那裡，半睜著眼睛，一個擺弄一串琥珀安神念珠，而他的兄弟一根接一根地抽菸，為編織懸在空中的灰色帳幕付出貢獻。除兩位英國女士外，還有別的女人坐在沙發上，或在屋內來回周旋，小心翼翼以免撞到打領結的僕人身上，他們端來冷飲、蜜餞、一杯杯茶和小杯咖啡。難以判斷誰是家裡的女主人，幾個女人彷彿都像在家裡那樣無拘無束。一個身材高大的女人穿一件絲綢花洋裝，顏色與插有孔雀羽毛的花瓶一模一樣，肥胖的胳膊上佩戴著銀手鐲，每動一下，手鐲上的飾物都會叮噹作響，她站在那裡熱情地和一些穿網球衫的年輕人說話。另一位女士，身穿一件棉布洋裝，碩果累累的花案襯得她的前胸和雙腿更加渾圓，她伸手接受主人輕輕的親吻，隨即在他的臉頰上親了三下，右邊一下，左邊一下，右邊再一下。還有一個年紀更大一點的老太太，長著隱隱約約的八字鬍和兩個毛茸茸的大鼻孔，還有一些年輕貌美的女子，胯骨窄小，留著紅指甲，不住地竊竊私語，髮型優雅，裙裝花俏。斯塔施克·魯德尼基身穿十五年前和他一道從羅茲移民來的那套深色公使西裝，他太太瑪拉身穿棕色長裙，長袖襯衫，佩戴耳墜，在這間屋子的人中穿得最為正式（侍者除外）。就連郵政局長諾克斯-吉福德先生也只穿著一件樸素的藍襯衫，沒穿外套，沒繫領帶。突然，聲音像大煙鬼的鸚鵡在大廳一邊的籠子裡用法語叫了起來：「可也是，可也是，親愛的年輕女士，可也是，絕對，當然了。」另一邊立刻傳出嬌滴滴的女高音的回應：「安靜！安靜，不要吵！請不要吵！先生！」

那些身穿黑、白和紅色衣裝的侍者不時在煙霧中出沒，端來一碗碗杏仁、胡桃、花生米、南瓜子和西瓜子，一盤盤熱呼呼的油酥點心、水果，一片片西瓜，小杯小杯的咖啡，一杯杯熱茶，盛在一杯杯高腳杯裡飄著冰霜的果汁、加冰塊的石榴汁，還有飄著肉桂香氣撒滿一層碎杏仁的小碗奶凍，試圖誘惑我們。但我只拿了兩塊餅乾和一杯果汁便心滿意足了，禮貌而堅決地拒絕了後來所有的美味佳餚，想著身為一名初級外交官應該履行的義務，接受正在疑惑地仔細審視我的另一種重要力量的款待。

希爾瓦尼先生在我們身邊停住腳步，和瑪拉阿姨及斯塔施克先生用英語說了幾分鐘話，打趣，微笑，也許在讚美阿姨的耳墜。後來，當他藉故去照應其他客人時，稍作踟躕，突然轉身向我面帶和藹的微笑，用結結巴巴的希伯來語說：

「這位小先生想去花園嗎？那裡有些孩子。」

除了喜歡叫我殿下的父親之外，以前誰也沒有管我叫過先生。在那令人自豪的瞬間，我確實把自己視作一位希伯來紳士，其身分與外面花園裡那些小紳士一樣高貴。當希伯來國家最終建立時，父親經常激情澎湃地引用弗拉基米爾．亞波亭斯基的話，我們的國家能夠加入禮儀之邦，「猶如一頭雄獅面對群獅」。

我於是猶如面對群獅的一頭雄獅，離開烏煙瘴氣的房間，從寬敞的走廊飽覽老城城牆、高塔和穹頂，而後帶著強烈的民族意識，緩慢而專橫地走下石階，走向爬滿藤蔓的涼亭，走向果園。

41

涼亭裡有五、六個十五歲左右的女孩子。我避開她們。接著一些男孩子吵吵嚷嚷從我旁邊走過。一對青年男女在樹下散步，說著悄悄話，但誰也沒碰誰。在果園的另一邊，牆角附近，一棵桑樹枝繁葉茂，有人在它粗糙的樹樁旁邊搭了一條長凳，一個面色蒼白的女孩正雙膝併攏坐在那裡。她黑頭髮，黑睫毛，脖子細長，雙肩瘦削，剪短的頭髮垂到額頭，在我看來，那額頭被某種好奇而快樂的光從裡面照亮。她身穿一件米色上衣，外搭一件寬肩帶海軍藍長背心裙，上衣領口別了一枚象牙胸針，令我想起施羅密特奶奶的胸針。

乍看之下，這個女孩與我年齡相仿，但是她微微隆起的外衣，不再幼稚的好奇目光，還有那目光與我的目光相遇時露出的警覺（在我尚未移開視線的剎那），則表明她一定比我大兩三歲，大概有十一、二歲。然而我還是設法看到，她的兩條眉毛又粗又黑，幾乎連在了一起，與精緻的五官形成鮮明對照。她腳下有個小孩，大約三歲左右的鬈髮男孩，可能是她的弟弟，他跪在地上，全神貫注地撿地上的落葉，把它們排成一個圓圈。

我壯著膽子，一口氣向這個女孩傾瀉出自己所知的全部法語辭彙的四分之一，也許不像一隻雄獅面對群獅，卻比較像樓上房間的一隻鸚鵡。我甚至有意無意地微微欠身，渴望建立聯繫，這樣便可以消除所有偏見，促進我們兩個民族之間的相互和解：

「小姐，妳好。我是艾默思。妳呢，小姐，請問妳叫什麼名字？」

她看看我，沒有微笑，兩道聳起的眉毛令她顯得神情嚴肅，與年齡不相稱。她點了點頭，彷彿做了決定，同意自己的做法，考慮再三，確認了結果。她的海軍藍裙襬垂到了膝下，映入我眼中的卻是她褐色的腿肚，在裙襬和佩有蝴蝶結釦子的鞋子中間，光滑而女性化，已經成熟。我的臉一下子紅了，又一次避開目光，看著她的小弟弟，小弟弟默默地看著我，沒有猜疑，然而也沒有微笑。他那黝黑冷靜的面龐突然顯得和她一模一樣。

*

父母、鄰居、約瑟夫伯伯、老師、叔叔、阿姨告知我的一切，還有種種謠傳，那一刻重又響徹在我的耳畔。他們在安息日，在夏日夜晚，在我們家後院喝茶時談論的關於阿拉伯人和猶太人之間日益加劇的衝突、不信任與敵意，英國人的陰謀詭計種下的惡果，穆斯林中的狂熱分子搧風點火說我們如何可怕，激起阿拉伯人對我們的仇恨。羅森多夫先生曾經說過，我們的任務是打消疑慮，向他們解釋我們實際上是正面甚至友好的民族。總之，某種使命感賦予了我勇氣，向這個陌生姑娘說話，並試圖開始和她交流。我是想用幾個富有說服力的詞語向她說明，我們的動機多麼純真，在兩個民族內部攪起衝突的陰謀多麼可憎，整個阿拉伯民眾——具體表現為這個嘴唇精巧的女孩——花點時間，與彬彬有禮並令人愉快的希伯來人相處，該有多好，而我，則是這個希伯來民族的具體體現，一個能說善道的使者，年僅八歲半——快八歲半了。

但是，我事先沒有想過，我在開場白裡把儲備的外國詞語快用完了，這之後我該怎麼辦。我怎樣啟迪這個健忘的女孩，讓她一勞永逸地理解猶太人返回錫安是正義之舉？用手勢？用肢體語言？我怎能不用語詞就使她承認我們回歸土地的權利？我怎能不用語詞，就可以為她翻譯車爾尼霍夫斯基「啊，我的土地，我的故鄉」？或是亞波亭斯基「那裡，阿拉伯人，拿撒勒人和我們／將在歡樂中痛飲／約旦河兩岸／飄揚著我們那純潔的旗幟」？總之，我就像那個傻瓜，知道怎樣把兵向前走兩步，也不假思索地做了，但這之後一點也不知道下棋規則，甚至連棋子的名稱也不知道，更不知道怎樣走子，上哪兒走，為什麼走。

迷失。

但是女孩子回答了我，用的確實是希伯來語，她沒有看我，雙手岔開放在裙子兩側的凳子上，眼睛盯著她的小弟弟，他正躺在葉子中央的一塊小石頭上。

「我叫阿愛莎。那個小傢伙是我弟弟阿瓦德。」

她還說：「你是郵局客人家的兒子？」

於是，我向她解釋我絕對不是郵局客人家的兒子，而是他們朋友的兒子。我父親是個相當重要的學者，一個烏斯塔茲，我父親的伯父則是個更為重要的學者，甚至舉世聞名，是她那位令人尊敬的父親希爾瓦尼先生本人建議我到花園裡來，和家裡的孩子們說說話。

阿愛莎糾正說，烏斯塔茲·納吉布先生不是她的父親，而是她母親的舅舅，她和她的家人不住在謝赫賈拉區，而是住在塔里比耶，她本人跟熱哈威亞的一位鋼琴老師已經上了三年鋼琴課，她跟老師和其他學生學了一點點希伯來語。希伯來語，那是一門優美的語言，熱哈威亞區很美，井然有序，很安靜。

塔里比耶也井然有序，也安靜，我忙不迭地回答，報之以一個又一個的讚美。也許她同意和我說說話？

我們不是已經說話了嗎？（她的嘴角迅速閃過一絲微笑。她用雙手拉直裙襬，放下交叉著的雙腿，接著又把腿交叉在一起。掃了一眼她的膝蓋，那是已經成熟了的女人的膝蓋，接著又拉平裙子。她的目光現在有點向我的左側轉移，花園圍牆透過樹木在窺視我們。）

我於是採用一種具有代表性的神情，亮明自己的觀點：以色列的土地足以供兩個民族居住，要是他們能夠明智一些，和平共處相互尊敬就好了。不知是出於不好意思，還是出於妄自尊大，我不是用自己的希伯來語和她說話，而是用父親和他客人們的希伯來語，正式，優雅，就像一頭驢穿上禮服腳踏高跟鞋。出於某種原因，我確信這是向阿拉伯人和女孩子說話唯一合適的方式（我以前幾乎沒有任何機會和一個女孩或和阿拉伯人說過話，但是我想像，在這兩種情況下，需要一種特別的斯文，就像踮著腳尖說話）。

很明顯她的希伯來語知識不甚寬泛，不然就是因為她的觀點和我相左。面對我的挑戰，她沒有回應，而是選擇了岔開話題。她對我說她哥哥在倫敦，將來要做「初級律師和出庭律師」。

我有些趾高氣揚，分明意有所指，問她長大後想學什麼，比如說在什麼領域，從事什麼職業。

她直視我的眼睛，在那一刻我沒有臉紅，而是臉色煞白。我立刻轉移了視線，看著地上，她那個勤奮的小弟弟已經在桑樹下用樹葉圈起了四個標準的圓圈。

你呢？

嗯，妳知道，我說，依舊站在那裡，面對著她，兩隻汗黏黏的冷手在短褲上來回揉搓，嗯，妳知道，是這樣——

或許你也要做一個律師。從你說話的樣子來看。

妳為什麼這麼想？

她沒有回答，說，我要寫一本書。

妳？妳要寫什麼書？

詩歌？

詩歌。

用法文和英文。

妳也寫喔？

她也用阿拉伯語寫詩，但是她從未給任何人看過。希伯來語也是一門優美的語言。有人用希伯來語寫過詩嗎？

她的話讓我大吃一驚，義憤填膺之下，一種使命感油然而生，我在那裡帶感情地為她朗誦一些詩歌片斷：車爾尼霍夫斯基、拉海爾、亞波亭斯基，還有我自己的一首詩。想起什麼背什麼，雙手狂暴地在空中揮動，扯開嗓子，拿腔捏調，聲情並茂，輔以姿勢，甚至閉上雙眼，連她的小弟弟阿瓦德也抬起鬈髮腦袋，用那雙羔羊般無辜的褐色眼睛盯著我，充滿了好奇，似乎還表現出一絲理解，他突然用清晰的希伯來語朗誦道：「等也等啊！歇也歇啊！」與此同時，阿愛莎什麼話也沒說。她突然問我會不會爬樹。

我激動萬分，也許有點喜歡她，而且有點為做民族代言人而興奮顫抖，渴望去做她要我做的一切，我立即把自己從亞波亭斯基變成人猿泰山。脫下斯塔施克叔叔那天早晨為我擦得像噴射飛機一樣亮晶晶的皮涼鞋，不管不顧我那套熨得平平整整的最好行頭，我縱身一躍攀上一根矮樹枝，光著的兩隻腳丫在節節疤疤的樹樁上亂爬，毫不猶豫地爬到了樹上，從一棵樹杈，攀到高處的樹杈，直奔最高處的樹枝，不顧樹枝劃了皮肉，也不管擦傷青腫，以及桑樹留下的汙漬，爬得比牆還高，比別棵樹的樹梢還高，穿過樹影，爬到樹的最高處，直至肚子倚在一棵歪仄的樹枝上，在我身體的重壓下那樹枝像彈簧一樣彎了下去，我的手摸索著，突然發現一根枝頭上掛著個鏽鐵鏈，鐵鏈末端連著個生鏽的沉重鐵球，只有魔王知道這個東西是幹什麼的，怎麼跑到了桑樹尖上。小阿瓦德若有所思地看著我，疑惑不解，又叫了起來：「停也停啊！歇也歇啊！」

顯然他只懂這一點點希伯來語。

我一隻手抓住那根嘆息著的樹枝，另一隻手揮動著鐵鏈，鐵球開始飛轉，我口中發出狂暴的吶喊，彷彿在向下面的小女孩炫耀某種稀世珍果。六十世代以來，我們這麼學到，他們把我們視為一個可憐巴巴的民族，擠成一團誦讀經書的民族，一看見陰影就恐慌不已的脆弱飛蛾，死亡之子，而現在具有男子氣概的猶太民族終於登上舞台，燦爛奪目的新希伯來青年的力量不可一世，任何人都要在他的怒吼面前發抖，像群獅中的一頭雄獅。

但是，我欣喜若狂，在阿愛莎和她小弟弟面前扮演的這頭令人生畏的樹上雄獅沒有意識到厄運正在降臨。他是一頭又聾又瞎又蠢的獅子。他長著眼睛，但是看不見，他長著耳朵，可是聽不著。他只是揮動著鐵鏈，岔開雙腿站在搖擺的樹枝上，用他的鐵蘋果進行越來越強的革命運動，劃破長空，像在電影裡看見的那些英勇無畏的牛仔用套索在空中繪出一道道圓弧。

他沒有看見，沒有聽見，沒有料想到，也沒有注意到，這個熱情的兄弟監護人，這頭正在飛翔的雄獅，縱然復仇女神已經上路，一切準備就緒，等待恐懼降臨。鏽鐵鏈末端的鏽鐵球在空中舞動，威脅著把他的胳膊扭得脫臼。他的妄自尊大，他的愚蠢，正在上揚的男子氣概對他產生的毒害，陶醉於自負的沙文主義之中。那棵支撐他進行示威的樹枝已經在重壓下呻吟。還有，那個眉毛濃密、清秀而沉於思考的阿拉伯女孩，女詩人，正露出遺憾的微笑抬頭看著他，那微笑並非出於羨慕，亦非出於對新希伯來人的敬畏，而是微微帶有幾分蔑視、頑皮而寬容的微笑，彷彿在說，這算不了什麼，你所有那些努力，一點也算不了什麼，我們見的比這要多得多，你別想打動我們，要是你真的想讓我刮目相看，你還得付出許多倍。

（他在某種黑漆漆的水井深處，也許剎那間隱約想起女性服裝店裡的濃密森林，他穿過這座原始森林，追尋一個女子，當他最終追上她時，她化作了恐懼。）

她的小弟弟依舊在桑樹下，已經用落葉圈起了標準而神祕的圓圈，現在蓬頭垢面，認真，顯得有責任感，非常可愛，他穿著短褲和一雙紅鞋在蹣跚追逐一隻白蝴蝶，突然桑樹梢上傳來可怕的咆哮，阿瓦德，阿瓦德，快跑，他也許剛好來得及抬起頭，兩隻圓圓的眼睛盯著樹上，他也許剛好來得及看到生鏽的鐵蘋果已擺脫鐵鏈，正像一顆炮彈越來越大越來越黑地朝他衝過來，直直飛向孩子的眼前，它肯定會砸爛他的顱骨，倘若不是險些避開孩子的頭，颼颼閃過孩子的鼻子，砰的一聲沉悶地落到了地上，隔著那雙紅色的小鞋砸傷了他那隻小腳，玩偶般的鞋子突然染上一層鮮血，鮮血開始從鞋帶孔不停湧出，又從布縫和鞋頭噴出。接著樹上傳來一聲撕心裂肺的痛苦的厲聲長叫，之後你整個身體像霜凌一樣瑟瑟顫抖，周圍的一切立刻都陷入了沉寂，你好像被關進一座冰河。

*

我不記得孩子姊姊把昏厥的他抱走時他臉上的模樣，我不記得她是否也發出尖叫，她是否喊人幫忙，她是否和我說話，我不記得我什麼時候怎樣從樹上下來，還是同腳下折斷的樹枝一起摔下來，我不記得是誰為我包紮了下巴上的傷口，鮮血滴落在我最好的襯衣上（直到現在，我的下巴還有一塊疤痕），不記得在受傷孩子發出一聲慘叫和雪白的床單之間發生了什麼，那天晚上我依然周身發抖，下巴上縫了幾針，在斯塔施克叔叔和瑪拉阿姨家的雙人床上像個胎兒縮成一團。

但直到今天，我確實記得，兩道濃密的黑眉連在一起，高聳眉峰下的那雙眼睛，如同熊熊燃燒的兩塊燃煤，眼神裡露出厭惡、絕望、恐懼和仇恨，在厭惡和仇恨之下，還有來自頭腦的某種失望的首肯，好像同意自己的看法，好像在說我立刻就瞭若指掌，甚至在你還沒開口，我就應該注意到，我就應該嚴加防範，從遠處當然就可以覺察得到。像股臭氣。

我模模糊糊地記得，一個毛茸茸的矮個子男人，留著濃密的小鬍子，寬大的手鐲上鑲了塊金表，他或許是一位客人，要麼就是主人的一個兒子，粗暴地把我從那裡拉開，抓住我撕破了的襯衣，幾乎是在奔跑。路上，我看見一個憤怒的男人，站在鋪過地面的平台中央，在水井旁邊，毆打阿愛莎，沒有用拳頭捶，沒有搧耳光，而是用手掌重重地毆打她，一下接一下，速度很慢，出手凶狠，打她的頭上、後背、肩膀，還有整個臉龐，不像是在懲罰孩子，而是在朝馬身上洩憤，或是朝一頭不聽話的駱駝出氣。

*

當然，我父母，還有斯塔施克和瑪拉，打算和那家人聯繫詢問阿瓦德的情況，詢問他的傷勢。當然，他們打算找到某種方式表達他們的難過與羞愧。他們也可能考慮做某種適當補償。也許，對他們來說，重要的是讓主人們親眼看看我們這邊也不是沒受損傷，他的下巴劃破了，縫了兩三針。我父母和魯德尼基夫婦甚至計畫二訪希爾瓦尼莊園，給受傷的孩子帶些禮品，而我的任務則是匍匐在門檻，或者痛心疾首，表達一份謙恭的悔恨，向希爾瓦尼一家和整個阿拉伯民族證明，我們多麼抱歉，多麼慚愧，多麼不好意思，但與此同時，過於寬宏大量地尋找藉口，或者為具體情況進行辯解，足能承受所有的難堪、悔恨與愧疚。

但是，正當他們相互之間仍然在協商、爭論具體的時間和方式時，或許建議斯塔施克先生去找老闆諾克斯–吉福德先生，讓他代表我們前去進行非正式試探，弄清希爾瓦尼家族的情況是否仍然義憤填膺，能否減輕他們的怒氣，個人道歉是否有用，究竟採取何種態度才能使之接受我們提出的消除誤會的建議，正當他們仍然制定計畫探討措施時，猶太人的重要節日到了。甚至此前，在一九四七年九月一日，聯合國巴勒斯坦問題特別委員會就提出了兩個方案[1]。

在耶路撒冷，即使尚未發生暴力，也讓人感到，好像一塊看不見的肌肉突然收縮，再去這些地方成為不智之舉。於是父親勇敢地打電話給瑪麗公主街的希爾瓦尼及子公司的辦公室，用英文和法文做自我介紹，用兩種語言請求和希爾瓦尼老先生通話。一位年輕的男祕書報之以冷冰冰的禮貌，用一口流利的英語和法語請他善解人意等上一會兒，再說話時，則說他可以代為轉告希爾瓦尼先生。於是父親口授一封短信，直陳我們的心意，我們的悔恨，我們為那個可愛孩子的健康憂心忡忡，我們準備支付全部醫療費用，以及我們由衷希望近期約個時間見面澄清一切，糾正錯誤（父親講英語和法語時，均帶有濃重的俄羅斯口音，在說定冠詞時，前面好像加了個字母d，而說「locomotive」卻像說「locomotsif」）。

我們並沒有從希爾瓦尼家族得到回覆，無論是直接，還是間接透過斯塔施克・魯德尼基的老闆諾克斯–吉福德先生。父親試著從其他途徑弄清小阿瓦德的傷勢，阿愛莎有沒有說到我？要是他真的設法弄清了事實真相，那麼則是對我隻字未提。直到媽媽死去那天，以及後來他自己死去那天，父親從未和我提起過那個星期六，甚至偶然說說都沒有。甚至許多年後，「六日戰爭」過去已經五

1即以加拿大為首的七國多數派提議將巴勒斯坦分成阿拉伯與猶太二國，並將耶路撒冷置於聯合國的永久信託統治下；以印度為首的三國少數派則提議在巴勒斯坦設置阿拉伯與猶太聯邦國家。

年，在祭奠瑪拉．魯德尼基時，可憐的斯塔施克在輪椅上說了大半夜，緬懷了所有的快樂時光與悲傷場景，也沒提到希爾瓦尼莊園的那個週六。

一九六七年，在我們攻克東耶路撒冷後，有一次我獨自沿著以前那個星期六我們走過的同一條路去了那裡，那是夏日一個星期六的早晨。那座莊園已經安裝了新鐵門，一輛光亮耀眼德國產的黑色轎車停在門前，車窗上拉著灰色窗簾。花園四周的牆壁上，插著碎玻璃，我不記得以前有這些。牆頭上露出綠色樹梢。屋頂上飄揚著某一重要領事館的旗幟，在嶄新的鐵門旁邊，掛著一塊亮閃閃的黃銅牌，牌上用阿拉伯文和拉丁文字母寫著國家名，飾有國徽。一個便衣警衛走過來，好奇地打量我，我嘴裡嘟囔了些什麼，走向守望山。

*

我下巴上的傷口幾天後便痊癒了。艾默思街診所的兒科專家霍蘭德醫生給那個星期六早晨在急救中心縫合的傷口拆線。

從拆線那天起，整個事件被遮蓋起來。瑪拉阿姨和斯塔施克叔叔也積極參加掩飾行動。隻字不提。不提謝赫賈拉區，不提阿拉伯小孩子，也不提鐵鏈、果園和桑樹，不提下巴上的傷疤。禁忌。未曾發生。只有媽媽，以她特有的方式，向審查制度的圍牆進行挑戰。一次，在我和她的領地，在廚房餐桌旁，在爸爸不在家只有我和她獨處之際，給我講了一個印度神話：

從前有兩個僧侶，把所有的戒律與苦惱強加於自己頭上，並決定徒步走過整個印度次大陸，還決定在整個旅途中絕對保持沉默，他們一個字也不說，就連睡覺時也這樣。然而有一次，他們走在河邊，聽到落水的女人呼喊救命。年輕的僧侶不言不語跳進水中，把女人背到岸上，一言不發地把她放在沙灘上。兩個苦行者繼續默不作聲地趕路。過了幾個月或一年，年輕的僧侶突然問同伴：跟我說，你覺得我背那個女子是犯罪嗎？朋友反問道：什麼，你還背著她嗎？

父親呢，又回到他的研究中。那時，他深入鑽研古代近東文學，蘇美和阿卡德文明，巴比倫和亞述，在亞馬納和哈圖沙什發現的早期文物，被希臘人叫作薩達那培拉斯的亞述巴尼拔君主的傳奇圖書館，吉爾伽美什的故事和阿達帕的短暫神話。書桌上一堆堆專著和參考文獻，周圍是一打打筆記和索引卡片。他試圖用平常說的某個俏皮話逗我和媽媽發笑：剽竊一本書者為文抄公，剽竊五本書者為學者，剽竊五十本書者為大學者。

耶路撒冷皮膚下面那塊看不見的肌肉日漸緊張起來。我們這個居住區謠言四起，有些令人毛骨悚然。有人說，倫敦英國政府就要決定撤軍，使得阿拉伯聯盟的正規軍——他們不過是身穿沙漠長袍的英國軍隊——大敗猶太人，征服土地，而後，猶太人前腳走，英國人就從後門進。奧斯特先生雜貨店裡的一些戰略學家認為，耶路撒冷很快會成為外約旦國王阿布杜拉的首都，會把我們這些猶太居民扔上大輪船，運到賽普勒斯的難民營，或者把我們疏散到模里西斯和塞席爾島嶼給失去家園者待的中轉營。

另一些人毫不猶豫地聲稱，希伯來地下抵抗運動，伊爾貢、斯特恩幫[2]、哈加納，透過一系列

2 斯特恩幫（the Stern Gang），一九三〇年代末期從「伊爾貢」中分裂出來，主張透過暴力手段打擊包括英國人在內的反猶太復國主義力量。主要領導人有伊札克・沙米爾和亞伯拉罕・斯特恩等。

血淋淋的抗擊英國人行動，尤其是引爆大衛王飯店裡的英國總部，為我們帶來災禍。有史以來，任何帝王也不會對如此奇恥大辱的挑釁視而不見，英國人已經決定對我們進行殘暴的血洗，以示懲罰。我們那些狂熱猶太復國主義領袖過於草率的暴行，令英國民眾對我們恨之入骨，以至於倫敦做出決定，就讓阿拉伯人把我們殺光。到目前為止，荷槍實彈的英國軍隊已經站在我們和阿拉伯民族親手實行的集體屠殺之間，但眼下他們要撤了，我們會頭破血流。

有些人說，各種與顯貴人物有關係的猶太人，熱哈威亞的富豪，與英國人有關聯的承包商和批發商，託管政府裡的達官貴人，已經得到暗示，最好盡快到國外去，或至少把家人送到某種安全的避難所。他們提到，某某人家已經動身去了美國，許多富商一夜之間離開耶路撒冷，舉家定居台拉維夫。他們定是知道其他人只能想像的事情，或者他們可以想像這只是我們的一場夢魘。

另一些人說，一幫幫阿拉伯青年夜裡在我們街上到處搜尋，手裡拿著一罐罐油漆和刷子，事先在猶太人的房子上標記號，並給它們分類。他們聲稱，武裝起來的阿拉伯民眾，執行耶路撒冷大穆夫提的命令，已經控制了城市周圍的所有山巒，英國人對此睜一隻眼閉一隻眼。他們說，外約旦阿拉伯軍團，接到英國陸軍軍官約翰·格拉布，格拉布帕夏的命令，在整個國家各主要位置部署兵力，甚至只要猶太人一有動靜，便可將其摧毀。穆斯林兄弟會的戰士們，經英國人允許，從埃及攜帶武器而來，在耶路撒冷周圍的山上壁壘森嚴，挖好掩體，就隱蔽在拉瑪特拉赫基布茲對面。有些人希望，英國人走後，美國總統杜魯門會頂住壓力，迅速派兵，兩艘巨大的美國航空母艦已經安置在西西里準備東進。杜魯門總統當然不允許在令六百萬人喪生的大屠殺發生後不到三年的今天，在這裡發生第二次大屠殺。富有並具影響力的美國猶太人會對他施加壓力。他們不會袖手旁觀。

有些人相信，文明世界的良知，或進步的公眾輿論，或國際勞動階級，或對猶太倖存者悲劇命運油然而生的普遍負疚之情，會採取行動摧毀「英阿毀滅我們的陰謀」。至少，我們的一些朋友和鄰邦促使自己在那個威脅四起的奇怪秋天伊始，欣慰地想到，即使阿拉伯人不願讓我們留在此地，但歐洲人最最不願意讓我們回去，再次湧入歐洲，因為歐洲人比阿拉伯人更強大有力，隨之而來的便是我們可以有機會留下。他們會迫使阿拉伯人吞嚥下歐洲人使勁吐出的東西。

無論是哪種方式，幾乎每個人都預見戰爭迫在眉睫。地下電台在廣播波段播放激情澎湃的歌曲。食品、油、蠟燭、糖、奶粉和麵粉幾乎從奧斯特先生雜貨店的架子上不翼而飛，人們開始為即將發生的不測儲備應急物品。母親在廚房的食櫃裡放上一袋袋麵粉、無酵餅粉、一包包麵包乾、桂格燕麥片、油、熟食、罐頭食品、橄欖油和糖。

父親買了密封得嚴嚴實實的兩小罐煤油，儲存在浴室的水槽下。父親依舊每天出去，一如既往，早晨七點半到守望山的國立圖書館上班，乘坐從蓋烏拉開來的九路公車，沿百門區前行，在離希爾瓦尼別墅不遠的地方穿過謝赫賈拉區；快五點時他下班回家，破舊的手提箱裡裝著書籍和舊期刊，胳膊底下還夾著書。但是有那麼幾次，媽媽讓他乘車時不要靠窗。又加了幾句俄語。星期六下午步行到約瑟夫伯伯和琪波拉伯母家的固定拜訪暫時擱置下來。

*

我不過九歲便已經是真誠的讀報人了，為了解最新消息而廢寢忘食，一個熱切的闡釋者與爭論者，一位觀點使鄰里兒童刮目相看的政治專家，軍事專家，用火柴棍、鈕釦和多米諾骨牌在地上布陣的戰略家。我會派遣軍隊、在戰術上實施側翼包抄行動，和這個或者那個國外勢力結成聯盟，準備展開激烈爭論以贏得英國人鐵石般的心腸，苦苦思索演講稿，不僅要尋求阿拉伯人的理解，與之達成和解，甚至讓他們祈求我們的寬恕，而能使之為我們所遭受的苦難一掬同情之淚，並對我們高尚的心靈與道德情操欽佩不已。

那時，我與唐寧街、白宮、羅馬教宗、史達林和阿拉伯領袖進行了令人引以為豪並行之有效的談判。「希伯來國家！自由移民！」猶太社區的示威者高呼口號遊行，媽媽讓爸爸帶我參加過一兩次公眾集會。而每週五，一群群阿拉伯人從清真寺出來後怒氣沖沖地遊行，大聲咆哮：「殺死猶太人！」「巴勒斯坦是我們的土地，猶太人是我們的狗！」我要是有機會，就會輕而易舉，理智地勸說他們，我們的口號中沒有任何傷害他們的意思，而那夥氣勢洶洶的傢伙喊的口號，既不好聽，也不文明，實際上，也使喊口號者蒙羞。在那些日子，我已經不是個孩子，而是一堆自以為是的論證，披著熱愛和平外衣的小沙文主義者，一個道貌岸然、滿口甜言蜜語的民族主義者，一個年僅九歲的猶太復國主義宣傳家。我們是菁英，我們是正義的，我們是無辜的犧牲者，我們是大衛對歌利亞，狼群中的羊，獻祭的羔羊，而他們——英國人、阿拉伯人以及整個非猶太人的世界——他們是狼，惡魔，一個始終想吮吸我們鮮血的偽善世界，恬不知恥。

當英國政府宣布欲結束其在巴勒斯坦的統治，把託管權移交給聯合國時，聯合國組織了一個巴勒斯坦問題特別委員會調查巴勒斯坦的狀況，也調查成千上萬無家可歸的猶太人和在納粹種族滅絕行動中倖存下來的人們的狀況，這些人已經在歐洲的臨時難民營裡待了兩年多。

一九四七年九月初，聯合國巴勒斯坦問題特別委員會發表了重要報告，提議英國的委任統治應該盡早結束。取而代之的方案則是巴勒斯坦應該一分為二，建立兩個獨立國家：獨立的阿拉伯國家和獨立的猶太國家。分配給兩個國家的土地幾近相同，將兩個國家隔開的彎彎曲曲的複雜邊界，已經按照兩個可敬民族的地理分布大致劃分出來。共同的經濟與貨幣等等，會把兩個國家聯繫在一起。委員會還建議，耶路撒冷應該中立，成為「獨立實體」，由聯合國派總督實行國際託管。

這些提議移交給聯合國祕書處，贊成票數需要三分之二方能得到批准。猶太人咬牙切齒，同意接受分治方案，分配給他們的領土並不包括耶路撒冷或加利利西北部地區，提議建立的猶太國領土的四分之三均為未曾開墾的沙漠地段。同時，巴勒斯坦阿拉伯領導人和阿拉伯同盟國中的所有國家立即宣布，拒不接受任何調停，他們打算「用武力反對實施這些提議，用鮮血溺死在巴勒斯坦土地上建立猶太復國主義實體的企圖」。他們辯稱，整個巴勒斯坦數百年來一直是阿拉伯人的土地，直到英國人來到此地，鼓勵一群群外國人在這片土地上蔓延，夷平山丘，將古代的橄欖樹林連根拔出，採用不軌手段從腐敗的地主手中一塊塊購買土地，趕走世世代代在那裡耕耘的農民。要是不阻止他們，這些狡猾的猶太殖民主義者定會吞併整個地區，抹去阿拉伯人的生活遺跡，用歐洲殖民的紅頂屋來覆蓋這片土地，妄自尊大無法無天使其墮落，很快他們會控制伊斯蘭聖地，而後便會直入周邊阿拉伯國家。由於他們陰險狡詐，科技水準高超，加上英國殖民主義者的支持，他們會立即像白人在美國、澳大利亞以及世界各地那樣對付土生土長的居民。要是允許他們在這裡建國，即使是個小國，他們都無疑會將其當作一個據點，數百萬人將會像蝗蟲一樣蜂擁而入，定居在每座高山，每條河谷，剝奪這些古老風光裡的阿拉伯特徵，當阿拉伯人尚在渾渾噩噩之時，便吞併一切。

十月中旬，英國高級將領艾倫·坎寧安將軍向當時猶太人辦事處執行主席大衛·本－古里昂發出威脅暗示：「倘若有麻煩，」他憂心忡忡，「怕是我們幫不了你們，也保護不了你們。」[3]

3〔原注〕多夫·約瑟夫，《忠誠的城市：耶路撒冷的圍困》，一九四八年（倫敦，一九六二年），第三一頁。

＊

爸爸說：「赫爾茨是位先知，他知道會發生什麼事。一八九七年，第一次猶太復國主義大會召開時，他說，再過五年，或者頂多再過五十年，在以色列土地上會出現一個猶太國家。現在五十年過去了，國家真的已經站在門口了。」

媽媽說：「不是站立。沒有大門，有個深淵。」

父親的譴責聲猶如甩起的鞭子劈啪作響。他講俄語，因此我聽不懂。

我口氣裡流露出掩飾不住的歡樂，說：「耶路撒冷要打仗了！我們把他們打得落花流水！」

但是有時，當我獨自一人在院子裡看落日，或者在安息日早晨父親和整個鄰里依然在夢鄉中沉睡時，一陣恐懼會令我周身寒徹，那是因為小姑娘阿愛莎從地上抱起昏迷中的孩子，默默地將他抱在懷中的場面，在我眼中，突然酷似一幅令人毛骨悚然的基督教畫，一次參觀教堂時父親曾指著那幅畫讓我看，並悄聲向我解釋。

我記得從那所別墅的窗子裡看到的橄欖樹，它們已經不再屬於生機勃勃的世界，而是成為無生命王國中的一部分。

停一停啊歇一歇啊停歇停歇。

＊

十一月，某種屏障開始在耶路撒冷內部拉開。公共汽車依舊來回行駛，附近阿拉伯村莊裡的水果商販帶著一盤盤無花果、杏仁和仙人果，依舊在我們這裡走街串巷，但是一些猶太家庭已經從阿拉伯居住區裡搬出來，阿拉伯家庭已經開始陸續離開西耶路撒冷，搬到南部和東部地區。

我只有在想像中，有時才可以去往聖喬治街的東北部延伸地帶，睜大雙眼凝視著另一個耶路撒冷：黑黝黝的古柏蒼蒼（不是翠柏鬱鬱蔥蔥），街道上石牆林立，防護欄縱橫交錯，飛簷翻翹，高牆陰森，陌生，靜謐，冷漠超然，含而不露的耶路撒冷，阿比西尼亞人、穆斯林、朝聖者、鄂圖曼人的城市，布道者的城市，奇怪陌生的布道城市，十字軍、聖殿騎士、希臘人、亞美尼亞人、義大利人、冥思苦想者、聖公會信徒、希臘東正教徒的城市，苦行者、科普特人、天主教徒、路德會教友、蘇格蘭人、遜尼派教徒、什葉派教徒、蘇菲主義者、阿拉維派教徒的城市，鐘聲悠揚，宣禮員略帶哭腔的綿長唱誦，黑壓壓的松樹，可怕而誘人，暗藏所有的魔力，壅塞的窄街不容我們進入，並在暗中威脅著我們，一座惡毒的神祕城市，災難深重。

＊

我在「六日戰爭」後聽說，整個希爾瓦尼家族在五〇年代和六〇年代初期離開了約旦人管轄的耶路撒冷。一些去了瑞士和加拿大，另一些定居在波斯灣各國，還有一小部分搬到倫敦和拉丁美洲。

他們的鸚鵡呢？「誰是我的命運之神？誰是我的王子？」

阿愛莎呢？她的瘸弟弟呢？她在世間何處彈鋼琴，假使她仍然有一架鋼琴，假使她沒有在塵土飛揚燥熱難耐的小破屋，在某個土路上汙水橫流的難民營，漸漸枯萎老去。

如今，是哪些幸運的猶太人居住在她昔日塔里比耶的家園，街區的房屋穹窿拱頂，由淡淡的藍粉相間的石塊建成？

＊

不是由於戰爭在即，而是另外某種原因，比較深沉的原因：我在一九四七年秋季，會突然給某種恐懼攫住，感到某種渴望，確信某種懲罰即將來臨並為之感到恥辱，還攙雜著某種無法言狀的痛苦，某種橫遭禁錮的期盼，愧疚與傷悲，令我心如刀絞，疼痛難耐。為那片果園，為蓋有一塊綠鐵板的水井，還有那藍瓷磚砌成的池塘，金魚在太陽下鱗光閃閃，而後消失在一簇簇水生植物裡；為飾有精美飄帶的軟墊，為圖案繽紛的掛毯，其中一塊繡著天堂樹林中的天堂群鳥；為彩色玻璃花瓣，分別顯示出日光的不同顏色：紅彤彤的葉子，綠油油的葉子，金燦燦的葉子，紫羅蘭的葉子。還為那隻鸚鵡，聲音聽上去像個老菸槍：「可也是，可也是，親愛的年輕女士。」牠的女高音同伴銀鈴般地回答說：「請！請！請隨意。」

我到過那裡一次，那座果園，在不光彩地被趕走之前，我確實用指尖觸碰過它——

「安靜！安靜，不要吵！請不要吵！先生！」

清晨時分，我在第一縷晨光的氣息中醒來，透過關閉著的百葉窗縫，看到我們院子裡的那棵石榴樹。在這棵石榴樹上，藏著一隻看不見的鳥兒，每天早晨，它會歡快並準確地重複〈給愛麗絲〉的前五個樂音。

這個口齒清晰的傻瓜，這個吵吵鬧鬧的小傻瓜。

走近它時，不是像新希伯來人走近高貴的阿拉伯人民，不是像雄獅走近群獅，也許我可以就像一個小男孩走向一個小女孩那樣走近她？也許不能？

42

「快來看看，那個兒童戰略家又把整個房子給占領了。妳進不了走廊了，到處是積木搭的防禦工事和高塔，骨牌搭的城堡，軟木塞造的地雷坑道，遊戲棒充當的邊界。在他自己的房間裡，從這頭到那頭都是用釦子擺的戰場。不讓我們進去。那是禁區。那是命令。他甚至還在我們房間的地上，四處放上刀叉，大概是標出某種馬其諾防線，要麼就是海軍或者武裝部隊。長此以往，我們就得搬出去住到院子裡，或者是住到大街上，但是一旦報紙到了，妳兒子就會捨棄一切，他肯定會宣布全面停火，他會坐回到沙發上，一頁接一頁地看報，甚至連些小廣告都看。現在，他從衣櫥後面的司令部架設長途電話線，穿過整個房間直通台拉維夫，肯定在澡盆邊上。要是沒有搞錯，他就要在電話裡和本－古里昂說話。像昨天一樣。向他解釋眼前該做些什麼，我們應該密切注意哪些動向。他也許已經開始向本－古里昂下命令了。」

*

在這裡，在我阿拉德書房的底層抽屜裡，我昨天夜裡找到一個破舊的卡片盒，裡面裝著二十五年前在創作小說集《惡意之山》裡幾個中篇小說時做的各種筆記。此外還有一九七四到七五年在台拉維夫某間圖書館查看一九四七年九月的報紙時做的亂七八糟的筆記。於是，在阿拉德二〇〇一年夏天的一個早晨，二十七年前記下的筆記，如同鏡中之鏡中的影像，令我回想起「兒童戰略家」在一九四七年九月讀了哪些東西：

希伯來交警徵得英國總督的同意，在台拉維夫採取行動。八名警察輪流值班。一名十三歲的阿拉伯女孩被控在納布盧斯地區的哈瓦拉村私藏槍枝，在軍事法庭接受審判。從歐洲來的「非法」移民，被運往漢堡，他們說要戰鬥到最後一刻，絕不登陸。十四名蓋世太保軍人在盧貝克被判處死刑。雷霍沃特的所羅門．哈姆林科遭到一極端組織的綁架和嚴重毆打，但被安全放回。耶路撒冷之音管弦樂團將由漢娜．施勒辛格指揮。聖甘地絕食進入第二天。歌星埃迪斯．德．菲利浦本星期不能在耶路撒冷演出，室內劇場《你不能拿走》被迫延期上演。另一方面，前天，雅法路上新的柱廊建築開始啟用。根據阿拉伯領袖穆薩．阿拉米[1]的說法，阿拉伯人永遠不會接受國家分治；畢竟，所羅門王判定反對把孩子分成兩半的母親是真正的母親，猶太人應該體認道德故事中的含義。猶太人辦事處的行政領導歌達．邁耶森（後來的梅爾）同志再次宣布，猶太人要為把耶路撒冷囊括進新希伯來國家而抗爭，因為以色列土地和耶路撒冷在我們心目中具有同樣的意義。

幾天後，報紙報導：

昨天夜裡，一名阿拉伯人在附近位於貝特哈凱里姆和巴伊特瓦干之間的波納迪亞咖啡館襲擊兩名猶太少女。一名少女逃跑，另一少女高聲呼救，當地一些居民聞訊後，成功截獲欲逃嫌疑犯。警察奧康納在調查過程中，得知此人係廣播公司雇員，具有影響力的納沙施比家族的遠親。儘管如此，鑑於冒犯行為嚴重，不准保釋。犯人在辯護時申明，他酒醉後從咖啡館出來，感覺兩個女孩在黑暗中裸奔。

一九四七年九月，又有一天：

陸軍中校艾德里主持軍事法庭聽證施羅莫．曼蘇爾．沙洛姆的案例，沙洛姆散發非法傳單，被認為智力不健全。監護官戈爾達維茨先生要求，別把犯人送進瘋人院，以免病情惡化，請求法官把他單獨關在一家私立療養院，以免狂熱者利用其不健全的神志達到犯罪目的。艾德里中校表示遺憾，他不能超越職權範圍同意戈爾達維茨先生的請求，他得把這個不幸之人送去拘留候審，直至代表王權的最高行政官判決有無從寬處理的可能。廣播裡，希拉．萊伯維茨正在進行鋼琴獨奏，新聞之後，戈爾多斯先生將會予以講評；晚間廣播結束之前，布拉卡．茨菲拉小姐將會表演民歌選曲。

＊

一天晚上，父親對前來喝茶的朋友解釋，早在現代猶太復國主義尚未出現的十八世紀中葉，猶太人便在耶路撒冷人口中占重要比重，與猶太復國主義沒有任何關聯。二十世紀初期，還是在猶太復國主義移民到來之前，鄂圖曼土耳其統治下的耶路撒冷已經成為全國人口最為稠密的城市：擁有五萬五千名居民，其中三萬五千人是猶太人。現在，一九四七年秋天，耶路撒冷大約有十萬猶太人，六萬五千非猶太人，他們當中有穆斯林和篤信基督教的阿拉伯人、亞美尼亞人、希臘人、英國

1穆薩．阿拉米（Musa Alami, 1897-1984），生於耶路撒冷，劍橋大學法律系畢業，自一九三〇年代開始在英國託管政府任職，後逐漸成為阿拉伯領袖和政治活動家，卒於耶路撒冷。

人，還有許多其他國家的人。

但是，在城市北部、東部、南部，有廣闊的阿拉伯地區，包括謝赫賈拉區、美國人聚居區、老城中的穆斯林和基督教徒居住區、德國人聚居區、希臘人聚居區、卡特蒙、巴卡阿和阿布托爾。也有阿拉伯小鎮，在耶路撒冷周圍的山崗，拉馬拉和埃爾比萊，拜特賈拉和伯利恆，還有許多阿拉伯村莊：埃爾阿札里亞、西爾萬、阿布迪斯、埃特圖爾、伊薩維亞、卡蘭德里亞、比爾納巴拉、尼比薩姆維爾、比杜、舒阿法特、利夫塔、貝特哈尼納、貝伊克薩、闊羅尼亞、謝赫巴達爾區、代爾亞辛（那裡一百多名居民會在一九四八年四月被伊爾貢和斯特恩幫殺戮而死）、素巴、埃因卡里姆、拜特瑪茲米爾、埃里瑪里哈、拜特薩法法、烏木圖巴以及蘇爾巴西爾。

耶路撒冷城北、城南、城東和城西淨是阿拉伯地區，只有少數希伯來人居住區散落在城市周圍：北有阿塔羅特和內韋夫，東邊死海灘上有卡拉和貝特哈阿拉瓦，南有拉瑪特拉赫和古什伊燦，西有莫茨阿、阿納維姆區和瑪阿拉哈哈密沙。在一九四八年戰爭中，多數希伯來定居點以及老城內的猶太人居住區，淪於阿拉伯聯盟之手。在「獨立戰爭」期間，阿拉伯人攻克的所有猶太人定居點無一例外都被夷為平地，那裡的猶太居民遭到殺戮，俘虜，也有的四處逃亡，但是阿拉伯部隊不許任何倖存者在戰後重返原來的居住地。阿拉伯人在占領地比猶太人更為徹底地實施「種族純化」。成千上萬的阿拉伯人亡命天涯，或者從以色列土地上被逐出，流離失所，但有十萬人留了下來；而在約旦和埃及統治的西岸或者加薩走廊時，那裡沒有一個猶太人，一個都沒有，定居點被消除，猶太會堂和墓地被夷為平地。

*

在個體與民族的生存中，最為惡劣的衝突經常發生在那些受迫害者之間。受迫害者與受壓迫者會聯合起來，團結一致，結成鐵壁銅牆，反抗無情的壓迫者，這不過是種多愁善感滿懷期待的迷思。在現實生活中，遭到同一父親虐待的兩個兒子並不能真正組成同道會，讓共同的命運把他們密切地聯繫在一起，他們不是把對方視為同病相憐的夥伴，而是把對方視為壓迫他的化身。

或許，這就是近百年來的阿猶衝突。

歐洲用帝國主義、殖民主義、剝削和鎮壓等手段傷害、羞辱、壓迫阿拉伯人，也是同一個歐洲，欺壓和迫害猶太人，最終聽任甚至幫助德國人將猶太人從歐洲大陸的各個角落連根拔除。但是當阿拉伯人觀察我們時，他們看到的不是一群近乎歇斯底里的倖存者，而是歐洲的又一新產物，擁有歐式殖民主義、尖端技術和剝削制度，此次披著猶太復國主義外衣，巧妙地回到中東——再次進行剝削、驅逐和壓迫。而我們在觀察他們時，看到的也不是休戚與共的受害者，共患難的弟兄，而是製造大屠殺的哥薩克，嗜血成性的反猶主義者，偽裝起來的納粹，彷彿歐洲迫害我們的人在以色列土地上再度出現，頭戴阿拉伯頭巾，蓄著鬍子，可他們依舊是以前屠殺我們的人，只想掐斷猶太人的喉管取樂。

*

一九四七年九月、十月、十一月，在凱里姆亞伯拉罕區，無人知曉是應該祈禱聯合國祕書處批准聯合國巴勒斯坦問題特別委員會的重要報告，還是希望英國人不要將我們棄之不顧，任憑我們「孤零零在阿拉伯人海中不能自衛」。許多人希望最終建立一個自由的希伯來國家，英國人強制推行的限制移民政策應該撤銷，希特勒下台後住在背井離鄉者的臨時難民營和賽普勒斯監禁營中有氣無力的千萬猶太倖存者最終獲准返回多數人視為家園的土地。但是在這些希望的背後，是恐懼（他們竊竊私語）：百萬本地阿拉伯人，在阿拉伯聯盟國家正規軍的協助下，可能會在英國人撤走後立即行動，把六十萬猶太人殺得精光。

在雜貨店，在大街上，在藥房裡，人們公開談論即將到來的救贖，他們談論摩西．夏里特和埃利澤．卡普蘭將在本－古里昂在海法或台拉維夫創建的希伯來政府充任部長，他們談論（竊竊私語）英國人走後，要建立希伯來武裝部隊，屆時邀請國外赫赫有名的猶太將軍，紅軍、美國空軍甚至英國皇家海軍中赫赫有名的猶太將軍來統領。

但是私下裡，晚上熄燈後，他們在家中躺在被窩裡，竊竊私語，天曉得英國人會不會撤離，也許他們不打算離開，整個事情不過是背信棄義的阿爾比恩（指英國人）的一個狡猾手段，目的在於讓猶太人面對迫在眉睫的毀滅親自去求助英國人，祈求英國人不要把猶太人棄之不顧。接著倫敦會以繼續要求英國人保護為由為交換條件，要求猶太人終止各種恐怖活動，解除他們儲備的一些非法武器，把地下武裝領袖交給刑事調查部處理。也許英國人會在最後一刻改變主意，不容阿拉伯屠刀任意擺弄我們。也許最後在耶路撒冷這裡，他們會擁有正規軍，暗地保護我們免遭阿拉伯人的集體屠殺。也許，本－古里昂及其友人會下榻到安逸舒適的台拉維夫，那裡不受阿拉伯人的圍困，可能在最後時刻醒悟過來，放棄建立希伯來國家的風險，樂於同阿拉伯世界和穆斯林民眾做適度妥協。也許聯合國會從中立國裡派出維安部隊，搶時間從英國手中接管城市，即使不能保護整個聖地，至少能夠使這座城市免遭血洗之災。

＊

阿札姆帕夏[2]（阿拉伯聯盟祕書長）警告猶太人，「要是他們膽敢在阿拉伯土地上創立一個猶太復國主義實體，阿拉伯人會用鮮血將其淹沒」，中東會見證恐怖，「蒙古入侵與之相比會黯然失色」。伊拉克總理巴耶吉號召巴勒斯坦的猶太人「在時間尚且允許之際捲起鋪蓋走人」，因為阿拉伯人發誓，他們取得勝利後，只饒恕一九一七年以前居住在巴勒斯坦的少數猶太人不死，甚至「只有他們永遠不再受到猶太復國主義思想的毒害，再次成為一個宗教團體，在伊斯蘭教的保護下安分守己，按照伊斯蘭教律法和風俗習慣生活，才允許他們在伊斯蘭教的羽翼下避難，容忍他們在伊斯蘭教麾下共存」。雅法大清真寺裡的一個傳教者補充說，猶太人，既不是一個民族，也不擁有真正意義上的宗教：大家知道，慈悲為懷憐憫眾生的阿拉本人討厭他們，因此下令，不論他們散居在任何地方，均要遭到指控與蔑視。猶太人在所有頑固不化者中最為頑固不化：先知把手伸給他們，遭其唾棄；伊撒（耶穌）把手伸給他們，他們殺了他，他們甚至經常把自己微不足道的信仰中的先知用石頭砸死。歐洲各個民族並非白白決定將他們永遠驅逐，而今歐洲正策畫將其強加給我們，而我們阿拉伯人絕不允許歐洲人把他們的垃圾倒到我們這裡。我們阿拉伯人將用利劍摧毀這一魔鬼計畫，不能把巴勒斯坦聖地變為整個世界的垃圾站。

格里塔阿姨帶我去的那間服裝店裡的那個人呢？那個富有同情心的阿拉伯男子，在我年僅四、五歲時將我從暗黑的深淵裡救出，把我抱進他的懷裡。那個人善良的眼睛下有兩個大眼袋，身上散發出令人昏昏欲睡的沉悶（棕色）氣味，脖子上掛著一根裁縫用的綠白相間的尺，尺的兩端在胸前來回晃盪，他的臉頰暖烘烘的，灰白的鬍渣令人愜意，那個睡眼惺忪心地善良，臉上閃過一絲靦腆

2阿札姆帕夏（Azzam Pasha, 1893-1976），埃及外交家，第一任阿拉伯聯盟祕書長（一九四五至一九五二年在位）。

的微笑，消失在柔軟的灰白鬍鬚下的阿拉伯人呢？方框棕邊眼鏡架在鼻子中央，像個心地善良年事已高的木匠，他步履緩慢，疲憊不堪地拖著雙腳，穿過密密層層的女裝，當他把我拉出那孤獨的囚籠時，用沙啞的聲音和我說：「夠了孩子，一切都好了，一切都好了。」那聲音令我終生銘記在心。怎麼，他也一樣嗎？他也「削尖短彎刀，磨礪刀刃，準備把我們全部殺死」？他也會叼著長彎刀在夜半時分悄悄潛入艾默思街，撕開我的喉管，撕開我父母的喉管，「把我們淹沒在鮮血中」？

*

風兒，輕輕
柔美的迦南夜空
敘利亞胡狼聲聲
尼羅河鬣狗悲鳴。
阿布杜卡迪爾，
惡毒的膽汁來回攪動。
……
三月陰風呼呼咆哮
天上的雲滾滾狂湧。
年輕人，全副武裝，待發，
台拉維夫今夜發起進攻。
瑪納拉高度警覺

雙目圓睜……[3]

但是猶太人的耶路撒冷既非年輕人，也沒有全副武裝待發，那是一個契訶夫似的小鎮，混亂，可怕，充斥著流言蜚語和不真實的謠傳，全然不知所措，在茫然與驚恐中陷於癱瘓。一九四八年四月二十日，大衛・本-古里昂和耶路撒冷哈加納民兵指揮官大衛・希爾提爾談話後，在日記中寫下對耶路撒冷的印象：

耶路撒冷人口構成：兩成普通人，兩成特權階層（大學，等等），六成怪異（土氣狹隘，老派守舊，等等）。[4]

（很難說，本-古里昂把這些條目寫進日記時，是否在微笑，不管怎麼說，凱里姆亞伯拉罕既不屬於第一類，也不屬於第二類人。）

在水果蔬菜店，鄰居倫伯格太太說：「但是不要再相信他們了。我誰都不相信。那只是一個大陰謀。」

羅森多夫先生說：「妳絕對不要這麼說。對不起。請妳原諒，我認為，這種說法會有損整個民

3〔原注〕納坦・阿特曼，〈迦南之夜〉，《第七柱》，卷一（台拉維夫，一九五〇），第三六四頁。

4〔原注〕大衛・本-古里昂，《一九四八年戰爭日記》，G・里夫林和E・歐倫博士合編，卷一（台拉維夫，一九八三），第三五九頁。

族的士氣。妳是怎麼想的？我們的小夥子會不惜冒著年輕生命的危險，同意前去為妳打仗，妳還說這一切都是一個大陰謀？」

蔬菜水果店老闆巴貝奧夫先生說：

「我不羨慕這些阿拉伯人。美國有些猶太人，他們很快便會給我們送來一些原子彈。」

我媽說：

「這些蔥的樣子不怎麼好，黃瓜也不好。」

倫伯格太太（她身上總有一股淡淡的煮雞蛋味、汗臭味和變質肥皂味）說：

「我跟你說一切都是一個大陰謀！他們正在演戲！一齣喜劇。本-古里昂私下裡已經同意把整個耶路撒冷賣給穆夫提、阿拉伯幫以及國王阿布杜拉，就為這，英國人和阿拉伯人或許同意把他留在他的基布茲、納哈拉爾和台拉維夫。他們就關心這些！我們將來會怎麼樣，他們是否會把我們全部殺光燒淨，他們一點也不關心。耶路撒冷，對他們來說最好下地獄去吧，於是到後來，他們希望在國家裡只給他們留下幾個修正主義者，幾個正統派猶太教徒，幾個知識分子。」

其他女人急忙讓她安靜下來：妳怎麼回事！倫伯格太太！噓，妳瘋了嗎？這裡有個孩子！一個能聽懂這些話的孩子！

兒童戰略家，背誦從他父親和祖父那裡聽來的東西：「英國人回去後，哈加納、伊爾貢和斯特恩幫當然會團結起來，打擊敵人。」

與此同時，石榴樹上那隻看不見的鳥兒，執著地發出自己的樂音，沒有變化：「嗁—嗒—嘀—嗒—嘀。」一遍又一遍：「嗁—嗒—嘀—嗒—嘀。」略微沉吟片刻後：「嗁—嗒—嘀—嗒—嘀！」

43

一九四七年九月和十月，報紙也充滿了猜測、分析、估計與推論。聯合國大會會不會就分治決議進行投票呢？阿拉伯人會不會成功地改變提議，或者取消投票？如果確實要投票，我們能不能得到總票數的三分之二？

每天晚上，父親在廚房會坐在我和媽媽之間，擦乾油布桌布後，他會在桌子上鋪幾張紙牌，藉著暗淡昏黃的燈光，開始算算贏得表決的機會。他的情緒一晚比一晚低落。所有的計算都表明某種毀滅性的失敗不可避免。

「十二個阿拉伯和穆斯林國家自然會投反對票。天主教會肯定會對天主教國家施加壓力投反對票，因為建立猶太國家與教會的基本信仰背道而馳，沒有誰會像梵蒂岡那樣長於幕後操縱。因此，我們有可能失去拉丁美洲國家的二十張贊成票。史達林無疑會指揮他所有的共產主義集團中的衛星國家，根據他堅定的反猶太復國主義態度進行投票，因此又有十二票反對我們。更別提英國，一向四處攪起反對我們的情感，尤其是在它的轄區，加拿大、澳大利亞、紐西蘭和南非，它們會擰成一股繩，把建立希伯來國家的所有機會都加以摧毀。法國，還有追隨它的國家會怎麼樣？法國從來就不敢冒險招惹突尼斯、阿爾及利亞、摩洛哥的百萬穆斯林。希臘和整個阿拉伯世界具有密切的貿易往來關係，在阿拉伯國家有相當大的希臘人社區。美國自己呢？最終會支特分治協議嗎？要是巨大的石油同盟和我們在參議院的敵人安圈弄套，一邊倒，戰勝杜魯門總統的良知，又將如何？」

父親一遍又一遍估算聯合國大會的選票落向哪方？一個又一個夜晚，他試圖減少損失，策畫在經常追隨美國的國家當中建立一個聯盟，那些國家會出於自己的考慮去擊敗阿拉伯人，還有丹麥、荷蘭等一些令人尊重的小國，那些目睹了猶太人遭受種族滅絕恐怖的國家眼下也許準備行動，出於良知行事，而不是出於利益考量。

*

在這非常時刻，謝赫賈拉別墅（離這裡走路只需四十分鐘）的希爾瓦尼家族也坐在餐桌前，圍著一張紙從反方向進行預測嗎？他們是否也和我們一樣憂心忡忡，不知希臘人要投誰的票，仔細思量斯堪地那維亞國家怎樣做最後決策？他們是不是也有他們的樂觀者與悲觀者，犬儒主義者與命運先知？他們是不是每天夜裡也在發抖，想像我們正在籌畫並挑起事端，狡猾地進行操縱？就像我們害怕他們一樣，他們也在害怕我們？

阿愛莎，還有她在塔里比耶的父母呢？他們全家坐在一間屋子裡，淨是蓄鬍子的男人和佩戴珠光寶氣的女人，面帶慍怒，眉頭緊皺，圍坐在一碗碗橘皮蜜餞四周，竊竊私語，計畫「用鮮血淹沒我們」？阿愛莎有時依然彈奏從猶太鋼琴老師那裡聽來的旋律嗎？還是禁止她彈琴？

也許是另一種情形，他們默默站在小男孩的床邊？阿瓦德。他的腿做了截肢手術。因我之故。也許他就要死於敗血症。因我之故。他那雙充滿好奇與無辜的幼犬般的眼睛闔上了，在痛苦中緊閉。他臉色憔悴，慘白如冰，額頭忍受著疼痛煎熬。他可愛的鬈髮散落在枕頭上。突然，他在劇烈的疼痛中呻吟顫抖。像嬰兒那樣扯著嗓子一個勁兒地哭。坐在他身邊的小姊姊對我恨之入骨，因為那是我的過錯，一切都是我的過錯，是由於我的過錯，她遭到結結實實、沒完沒了的毒打，脖子上、頭上、脆弱的肩膀，不是像平時打一個犯錯的女孩，而是像馴服一匹倔強的馬駒。是我的過錯。

*

一九四七年，亞歷山大爺爺和施羅密特奶奶經常晚上光臨，和我們一起坐坐，和父親一起做選情分析。漢娜和海姆．托倫，還有魯德尼基夫婦，即瑪拉阿姨和斯塔施克叔叔，或者阿布拉姆斯基，或者我們的鄰居羅森多夫夫婦和托西雅和古斯塔夫．克洛赫瑪爾。克洛赫瑪爾先生在蓋烏拉街開了一家夜間上鎖的小店，他終日身穿一條皮革圍裙，戴一副角質鏡架眼鏡，坐在那裡修理娃娃，招牌寫著「值得信賴的癒合者，但澤人，玩具博士」。

可能是我五歲那年，有一次，古斯塔夫叔叔在他那家微型小店裡，修好了我那長著一頭紅髮的芭蕾舞女演員娃娃彩莉，分文未取。她那長滿雀斑的鼻子被打破。克洛赫瑪爾先生技藝精湛，使用一種特殊的膠水把她修補得看不出一絲痕跡。

克洛赫瑪爾先生深信能和我們的阿拉伯鄰居進行對話。在他看來，凱里姆亞伯拉罕的居民應該組成一個小型代表團，去和附近阿拉伯村莊裡的鄉長、謝赫和其他要人談判。畢竟，我們一向睦鄰友好，即使整個國家現已失去理性，但是在這裡，在耶路撒冷北部，在雙方從未發生任何衝突與敵意的地方，也沒有失去理性的必然原因。

要是他能說一點阿拉伯語或者英語，古斯塔夫．克洛赫瑪爾本人，這個多年利用癒合技藝為阿拉伯人和猶太人修理娃娃的人，就會不容分說，拿起他幹活時用的膠水，穿過將我們與他們隔開的空曠田野，挨家挨戶敲開他們的房門，言簡意賅向他們進行解釋。

維里克中校，杜戴克伯伯，長得像電影中的一個英國上校，事實上當時也正為英國人充當警察，有天晚上來我們這裡坐了一會兒，從一家巧克力專賣店買來一盒「貓舌頭」餅乾。他喝了杯咖啡加菊苣根，吃了幾塊小餅乾。他精幹的黑制服上一排銀光閃閃的釦子，斜掛在胸脯的皮帶，屁股上亮閃閃槍套裡的黑色手槍像頭睡獅（只露出槍把，每次看它時我都顫抖不已），令我眼花撩亂。杜戴克伯伯坐了約莫有一刻鐘，只是在我父母和其他客人的再三懇求下，他才終於透露出一兩個模稜兩可的暗示，這些暗示也是他從熟悉內情的高級英國警官那裡了解到的：

「你的預測與猜想真是令人遺憾。不會分治，不會建立兩個國家，因為那什麼整個內格夫沙漠在英國人的掌控中，要讓他們能夠保留在蘇伊士的基地，英國人會固守小鎮兼港口的海法、里達、埃克隆和拉馬特大衛的空軍基地，以及薩拉法恩德的一個個軍營。一切順利，包括耶路撒冷，阿拉伯人也會得到，由於美國人要他們做出回報，讓猶太人在台拉維夫和哈德拉之間擁有某種小塊土地。允許猶太人在這小塊領地裡建立一個自治區，某種猶太人的梵蒂岡城，將逐漸允許我們在這小塊地區裡接納十萬，頂多十五萬臨時難民營裡的倖存者。如有必要，美國第六艦隊大航空母艦上的數千美國士兵應防護這塊猶太領地，因為那什麼他們不相信猶太人在如此條件下能夠自我防衛。」

「但那是個隔離區！」阿布拉姆斯基失聲大叫，「猶太人居住區！一座監獄！單獨監禁！」

古斯塔夫．克洛赫瑪爾則面帶微笑，愉快回應：「最好是美國人自己把要給我們的台拉維夫和哈德拉之間的這個小人國拿走，只給我們兩艘航空母艦，我們在那裡就會比較舒服比較安全了，也就不那麼擁擠了。」

瑪拉．魯德尼基懇求、哀求那個警察，就像為我們祈求生命：

「加利利怎麼辦呢？加利利呢，親愛的杜戴克？還有山谷呢？我們連山谷也不要嗎？他們至少也應該把山谷留給我們，為什麼不呢？他們怎麼連窮人最後一隻幼牡羊都要呢？」

父親憂心忡忡地評論說：「沒有窮人最後一隻幼牡羊這種東西，瑪拉，窮人只有一隻幼牡羊，牠也被奪走了。」

沉默片刻後，亞歷山大爺爺怒不可遏，他臉憋得通紅，氣呼呼的，彷彿失去了控制：「非常正確，雅法清真寺的那個惡棍！他非常正確。我們確實不過是一堆排泄物！咳，怎麼了，這就到頭了！那好！夠了！世界上所有的反猶主義者都非常正確。咳，怎麼啦。確實有人詛咒我們。上帝確實憎恨我們！而我，」爺爺呻吟著，臉色通紅，唾沫星子飛濺，不住地捶打桌子，弄得杯子裡的茶匙叮噹作響，「咳，怎麼啦，你說的，上帝怎麼恨我們，我們就用怎樣的恨來回敬他。我恨上帝。他已經死了！柏林的反猶主義者已經死了，但是另一個希特勒仍然坐在那裡！更為糟糕！咳，怎麼啦！他正坐在那裡嘲笑我們呢，流氓！」

施羅密特奶奶一把抓住他的手臂，命令道：「祖希亞！夠了！你在說什麼呀。真的夠了。」

他們想辦法讓他平靜下來。給他倒了一小杯白蘭地，還在他面前放了一些餅乾。

可是杜戴克伯伯，維里克中校，顯然認為爺爺不該當著警察的面如此歇斯底里地咆哮狂言，於是站起身，戴上他那頂氣派的大沿警帽，正了正左臀部的手槍套，從門口主動賜給我們一個暫緩之機，一線光明，彷彿在憐憫我們，俯就對我們的呼籲做出反應，至少在一定程度上：

「但是，還有一個官員，一個愛爾蘭人，確實是個人物，再三重申，猶太人比世界上所有的人加在一起都要聰明，他們始終倖免於難。他是這麼說的。問題是，他們要免除的是何種災難？大家，晚安。我只是要求你們不要轉述我跟你們說過的話，因為那什麼這是內部消息。」（杜戴克伯伯這輩子在耶路撒冷住了六十年，甚至在年老之際也總是要說「因為那什麼」，忠心耿耿拘泥於語言模式的三代人沒能把他教好。即使他身為高級警官，最後做了耶路撒冷警察局局長，後來又榮任旅遊部副部長，也無濟於事。他一如既往：「由於那什麼我是個猶太人！」）

44

父親有天吃晚飯時解釋，十一月二十九日即將在紐約附近成功湖召開的聯合國大會上，要求至少達到三分之二多數投票，才有可能採納聯合國巴勒斯坦問題特別委員會在報告中的提議，在英國託管區的土地上建立兩個國家，一個猶太國家和一個阿拉伯國家。穆斯林同盟以及英國人會千方百計設法阻撓出現這樣一個大多數。他們想把整個領土變成英國統治下的一個阿拉伯國家，就像埃及、外約旦和伊拉克等其他阿拉伯國家一樣，實際上處於英國的保護之下。另一方面，杜魯門總統與自己的參議院大相徑庭，為使人們接受分治協議而努力。

史達林的蘇維埃聯盟出人意料，與美國一道支持建立與阿拉伯國家共存的猶太國家。他也許預見到，同意分治的表決將導致這個地區多年處在流血衝突中，使得蘇聯能夠在英國控制的中東地區，在靠近石油產地和蘇伊士運河的地方贏得一個立足點。強權國家一肚花花腸子，顯然穿插著宗教野心，梵蒂岡希望在耶路撒冷擁有決定性的影響力，按照分治計畫，耶路撒冷既不屬於猶太人，也不屬於穆斯林，而是由國際管轄。出於良知而做的考慮和同情與自私自利和犬儒主義想法相互交織，幾個歐洲政府正在尋求某種方式，為三分之一猶太人死於德國劊子手的魔爪，為猶太人世世代代遭受迫害而做出補償。然而，又是同樣的政府，不顧反對把成千上萬貧困潦倒無家可歸的東歐猶太人，那些自德國戰敗後一直在難民營裡備受煎熬的猶太人，輸送到遠離他們自己的領土，實際上遠離歐洲的地方。

在真正投票那一刻之前難以預見結果。壓力和誘惑、威脅與陰謀甚至行賄等手段，使三、四個拉美和遠東小國關鍵性的幾票晃來晃去。智利政府，一向擁護分治，但屈從於阿拉伯世界的壓力，通知其在聯合國的代表投反對票。海地宣布準備投反對票。希臘代表團打算棄權，而且在最後一刻決定支持阿拉伯的地位。菲律賓代表拒絕表態。巴拉圭猶豫不決，巴拉圭駐聯合國代表塞薩爾·阿科斯塔博士抱怨未從自己的政府得到明確指令。泰國發生了軍事政變，新政府召回其代表團，新代表團尚未派出。利比亞答應支持提議。海地在美國的壓力下，改變初衷，決定投棄權票。與此同時，在艾默思街，在奧斯特的雜貨店，或者在報刊經銷和文具商卡里克的店裡，他們說，一個相貌英俊的阿拉伯外交官對某小國的女代表大施美男計，設法讓她投反對分治計畫的票，儘管她的政府已經向猶太人承諾支持。「但是立刻，」克洛德尼印刷廠主克洛德尼先生咯咯笑了起來，「他們派一個機智的猶太人向神魂顛倒的女外交官的丈夫披露實情，又派一個機智的猶太姑娘向那位外交官唐璜的太太告發，萬一沒有達到目的，他們還安排了……」（這時談話轉為意第緒語，因此我不會聽懂。）

據說，星期六早晨會在一個叫成功湖的地方舉行聯合國大會，決定我們的命運。「生存或是毀滅。」阿布拉姆斯基先生說。托西雅·克洛赫瑪爾太太從丈夫的娃娃醫院裡拿來了縫紉機的接線板，使倫伯格夫婦能把他家那台笨重的黑收音機搬出來放在陽台上（那是艾默思街唯一的收音機，如果不是整個凱里姆亞伯拉罕唯一一台的話）。他們把音量調到最高，我們都聚在倫伯格家裡，院子裡，大街上，樓上的陽台，陽台對面，因此整個大街都會親耳聽到真正的廣播，得知裁定，得知我們未來的命運（「倘若這個星期六之後仍有未來的話」）。

「成功湖的名字，」父親說，「在比阿里克詩歌中象徵著我們民族的命運，是淚海的反義詞。殿下，」他接著說，「准許你參加此次活動，因為它符合你的身分：既是一個虔誠的看報人，又是我們的政治和軍事評論家。」

媽媽說：

「是啊，但是加件毛衣，外面冷。」

然而，星期六早晨我們才知道那次至關重要的會議下午在成功湖召開，由於紐約和耶路撒冷有時差，所以這裡要等到晚上才可以開始，或許因為耶路撒冷也是如此一個偏僻的地方，離大世界這麼遙遠，相隔萬水千山，那天晚上發生在那裡的一切，只是隱約傳到我們這裡，還總是經歷了延宕之後。投票結果傳到耶路撒冷，要等到很晚，可能將近半夜，這時孩子已經在被窩裡躺了一個小時，因為第二天早晨要去上學。

媽媽爸爸迅速說了幾句話，用波蘭語和俄語進行簡短交流，最後媽媽說：

「你最好今天晚上像平時一樣睡覺，但是我們坐在外面籬笆牆邊，聽倫伯格先生家陽台上放的廣播，倘若結果是肯定的，即便已經半夜，我們也會把你叫醒，讓你知道。我們保證。」

*

後半夜，投票即將結束，我從睡眠中醒來。我的床就在窗下，窗外便是大街，於是我跪起身，透過百葉板向外窺探，周身顫抖。

就像一場可怕的夢，人影綽綽，大家站在一起，站在昏黃的街燈旁，陽台上，路上，猶如眾多的幽靈。數百人一聲不吭，鄰居，認識的和不認識的，有的穿著睡衣，有的穿著西裝外套打著領帶，還有幾個人頭戴帽子，有些女人頭上什麼也沒戴，有的女人身穿晨衣，頭上包著圍巾，有些人的肩膀上馱著睡眼惺忪的小孩，我注意到，在人群邊上，偶爾有個老太太坐在凳子上，或是有個被人連同椅子搬到大街上的老頭。

在那個可怕的寧靜夜晚，整個人群彷彿化作石頭，彷彿不是真人，而是映在閃爍不定的黑暗幕布上的黑色剪影，宛如死者站在那裡，聽不到一個字，聽不到一聲咳嗽，聽不到一聲腳步，聽不到蚊蟲嗡嗡的叫聲，只有音量開到最大嘟嘟作響的收音機裡傳來美國播音員那深沉粗獷的聲音，令夜晚的空氣顫抖。也許那是聯合國特別會議主席、巴西外長奧斯瓦爾多．阿拉尼亞先生的聲音。他按照英語字母順序一個接一個讀出名單上的最後幾個國名，這些國家的代表立刻作答。大不列顛及北愛爾蘭聯合王國：棄權。蘇維埃社會主義聯盟共和國：同意。烏拉圭：同意。委內瑞拉：同意。葉門：反對。南斯拉夫：棄權。

聲音戛然而止，一陣幽冥之中的寧靜突然降臨，凝固了整個場面，一陣可怕而令人恐懼的寧靜，幾百人屏住呼吸時的寧靜，從出生到那時，從那個夜晚到現在，我從未感受過這樣的寧靜。

接著，又傳來那個深沉並略帶嘶啞的聲音，令空氣顫抖，那粗獷冷峻又充滿激動的聲音總結：三十三票贊成，十三票反對，十票棄權，一個國家未參加投票。決議草案通過。

廣播裡爆發出吼聲，成功湖大廳的走廊一片聲浪，吞沒了他的聲音，叫喊，懷疑，目瞪口呆，約莫過了兩三秒鐘，耶路撒冷北部凱里姆亞伯拉罕區邊緣我們這條遙遠的街道上也一下子爆發出吼聲，那叫喊令人膽寒，劃破黑暗、房屋與樹木，穿透大地，那不是歡樂的叫喊，一點都不像觀眾在運動場上的叫喊，不像激動狂歡的人群發出的叫喊，也許更像困惑與驚恐中的尖叫，一陣災難性的叫喊，那叫喊可以撼動山石，讓你血液凝固，彷彿已在這裡死去的死者和正在死去之人瞬間擁有了叫喊的窗口。隨即，代替驚恐尖叫的是歡樂的怒吼，沙啞的哭喊聲響成一團，「猶太民族活下去了」，有人試圖唱起〈希望之歌〉，女人們邊尖叫邊拍手，「在這裡在我們先祖摯愛的土地上」，整個人群宛如攪拌器裡捲起的水泥開始緩緩地轉圈，不再有任何禁忌。我穿上長褲，但沒顧上穿襯衫或毛衣，奪門而出，某位鄰居或者陌生人把我抱起，免得讓人踩在腳下，我從這個人手中被傳到那個人手中，最後在家門口不遠處騎到父親的肩頭。父親和母親相擁著站在那裡，像兩個在森林中迷路的孩子，無論以前還是之後我都沒有見過他們這樣，我在他們共同的懷抱裡停留片刻，接著又回到了父親的肩頭，我那位溫文爾雅彬彬有禮的父親站在那裡聲嘶力竭地叫喊，不是叫喊語詞、文字遊戲或猶太復國主義口號，甚至也不是歡樂的叫喊，而是沒有任何藻飾的長聲叫喊，好像那時還沒有發明文字。

但是，其他人現在已經開始歌唱，大家都在歌唱。我父親不會唱歌，不會流行歌曲的歌詞，可他沒有止住，而是繼續他那發自肺腑的長聲呼喊：啊—啊—啊—哈—哈—哈！喊得喘不上氣來時，就像溺水之人吸一口氣，繼續呼喊，這個想成為名教授，配得上名教授身分的人，現在只是一個勁兒地呼喊啊—啊—啊—哈—哈—哈。我吃驚地看到母親用手撫摸他那潮濕的頭、頸背，接著我感覺她的手也在摸我的腦袋和脖子，因為我不知不覺也一直在幫爸爸叫喊，媽媽的手一遍又一遍地撫摸我們，也許是在撫慰我們，也許不是，或許她從內心深處也想和他還有我一起叫喊，此次，我可憐的媽媽試圖與整條大街、整個住宅區、整個國家一道叫喊——不，絕對不是整座城市，而只是猶太人居住區，因為謝赫賈拉區、卡特蒙、巴卡阿和塔里比耶那天晚上一定聽到了我們的聲音，正沉浸在一片沉寂中，那沉寂也許酷似表決結果宣布之前猶太居住區的可怕沉寂。在謝赫賈拉區的希爾瓦尼住宅，在塔里比耶的阿愛莎家裡，還有服裝店那個人，那個滿懷同情的雙眼下有兩個大眼袋的受人愛戴的人的家裡，今夜沒有慶祝活動。他們一定聽見了從猶太人居住的大街小巷傳來欣喜若狂的叫喊，他們也許會站在窗前，觀看使夜空蒙受損傷的星星點點的快樂焰火，默默地噘起嘴唇。就連鸚鵡也默不作聲。花園池塘的噴泉默默無語。然而，卡特蒙、塔里比耶，還有巴卡阿尚未得知，尚不能得知，再過五個月，它們會空空蕩蕩、完好無損地淪於猶太人之手，那些粉石砌成的穹頂房屋，還有那些飛簷交錯、拱門林立的別墅裡，會有新居民進駐。

*

後來，猶太人在艾默思街，在整個凱里姆亞伯拉罕，在所有的猶太人居住區，起舞，啜泣。人們舉著旗子，布條上寫著標語，汽車喇叭鳴起，「高舉錫安山旗幟」，「在這裡在我們先祖摯愛的土地上」，所有的猶太會堂裡都傳來羊角號聲，《妥拉》古卷從約櫃中拿了出來，跳舞的人們追隨著它，「上帝會重建加利利」，「過來觀瞧／今天多偉大的日子」，後來，凌晨時分，奧斯特先生突然把自己的商店打開，澤弗奈亞街、蓋烏拉街、錢塞勒街、雅法路、喬治五世大道上所有的售貨亭全部打開，整個城市裡的酒吧全部打開，分發汽水、甜點，甚至酒精類飲品，直至迎來第一道晨光，一瓶瓶果汁、啤酒和葡萄酒從這個人手上傳到那個人手上，從這個人嘴邊傳到那個人嘴邊，素不相識的人們在大街上含淚擁吻，驚恐萬狀的英國警察也被拖進跳舞者的行列，被一罐罐啤酒和汽水灌得溫和起來，欣喜若狂的狂歡者爬上英國人的裝甲車，揮動著國家的旗幟，國家雖然尚未建立，然而在成功湖畔，已經決定它有建立的權利。它將在一百六十七個日日夜夜之後，在一九四八年五月十四日星期五建立起來，但是正在跳舞、狂歡、縱飲並在快樂中哭泣的每一百個男女老幼中就有一人，那天夜裡湧上大街激動萬分的人們中有整整百分之一，會死於實施成功湖特別大會決定後七小時內阿拉伯人發動的戰爭中——英國人離開後，阿拉伯人得到阿拉伯聯盟正規軍事力量的幫助，一隊隊步兵團、裝甲部隊、炮兵，一架架戰鬥機和轟炸機從南、東、北三方前來助戰，五個阿拉伯國家的正規軍前來進犯，打算把一個新國家在宣布建立一兩天內就消滅掉。

但是，在一九四七年十一月二十九日夜裡，我們在那裡流連忘返，我騎在他肩上，四周是一圈圈跳舞歡躍的人流，當時父親對我說，孩子，你看，你好好看看，孩子，記住這一切，因為你將至死不會忘記這個夜晚，在我們離開人世後，你會向你的兒女，你的孫兒孫女，你的重孫兒女講述這個夜晚。他說此話時，彷彿不是在要求我做什麼，而是他自己知道我會做，並把他的所知用釘子敲實。

*

夜已然很深，從來也沒允許這個孩子這麼晚睡覺，也許三、四點鐘，我在黑暗中和衣鑽進毯子裡。過了一會兒，父親伸手在黑暗中掀開我的毯子，不是因為我穿衣服睡覺而生氣，而是鑽進毯子裡，在我身邊躺下。他也沒脫衣服，因為剛才在人群中擠來擠去，衣服已為汗水濕透，和我的衣服一樣（我們有一條鐵律：不管什麼原因，你永遠不能穿著外出時穿的衣服鑽進被窩）。我父親在我身邊躺了一會兒，什麼話也沒說，因為通常情況下他討厭沉默，會忙不迭地把沉寂打破。但是這一次，他沒有觸摸我們之間的沉寂，而是分享沉寂，只是用手輕輕撫摸我的腦袋。彷彿在黑暗中，爸爸已經變成了媽媽。

接著，他向我說起了悄悄話，一次也沒有叫我殿下或者閣下，告訴我有些小流氓在奧德薩向他和哥哥大衛所做的一切，非猶太男孩子在維爾納的波蘭學校向他做了什麼，一些女孩子也參與其中，第二天，他的父親亞歷山大爺爺來學校告狀，壞蛋們拒絕歸還撕破的褲子，而是攻擊他的父親、我爺爺，竟然當著他的面，強行把爺爺按倒在鋪路石上，在操場中央也把他的褲子扒了下來，女孩子們縱聲大笑，開下流的玩笑，說猶太人都是如此這般，而老師們在旁邊瞧著，一言不發，或許他們也在嘲笑呢。

依然置身於一片黑暗，他的手依然在我頭髮裡亂摸（因為他不習慣撫摸我），我父親在一九四七年十一月三十日凌晨時分在我的被窩裡告訴我：「壞蛋們有朝一日也會在大街上或者學校裡跟你找碴兒。也許他們會對你做一模一樣的事情，因為你有點像我。但從現在開始，從我們擁有自己的國家開始，你永遠不會只因為是猶太人，因為猶太人如此這般而受人欺侮。不會。永遠不會。從今天晚上開始，這樣的事情在此結束。永遠結束了。」

我困乏地伸手摸他的臉龐，就在他高高的額頭下，我的手指沒有摸到眼鏡，而是突然摸到了淚水。有生以來，無論在那個夜晚之前，還是之後，即使在我媽媽死去時，我都沒有看到爸爸哭過。實際上那天夜裡我也沒有看見他哭，屋裡太黑了，只有我的左手看見他哭了。

*

幾個小時後，七點鐘，也許所有的鄰居依然沉浸在睡夢中，在謝赫賈拉區，子彈射向一輛從城市中心開往守望山哈達薩醫院的猶太人救護車。阿拉伯人在整個國家向猶太人發起襲擊，在公路上襲擊猶太人乘坐的公共汽車，打死打傷乘客，用輕型武器和機關槍襲擊城郊和偏遠的定居點。賈馬爾·侯賽尼[1]率領的阿拉伯高級委員會宣布總罷工令，把成群結隊的人們送上街頭和清真寺，宗教領袖在那裡號召針對猶太人發動聖戰。兩天以後，幾百名攜帶武器的阿拉伯人走出老城，唱起渴飲

1 賈馬爾·侯賽尼（Jamal Husseini, 1893-1982），生於耶路撒冷，最初攻讀醫學，後成為阿拉伯政界領袖。

鮮血的歌，背誦《可蘭經》韻文，發出「刀劈猶太人」的吼聲，一齊向空中射擊。英國警察一路上跟著他們，英國裝甲巡邏車，據報導，引導他們衝進馬米拉路東端的猶太人購物中心，在整個地區搶劫，放火，共燒毀四十家商店。英國士兵和警察在瑪麗公主街設置路障，阻止哈加納防禦部隊前來幫助困在購物中心的猶太人，甚至沒收他們的武器，並抓了其中十六人。第二天，準軍事武裝組織伊爾貢展開報復，燒毀了阿拉伯人的雷克斯戲院。

衝突發生的第一個星期，約二十名猶太人遇害。到第二個星期末，整個國家有二百多名猶太人和阿拉伯人身亡。從一九四七年十二月初到四八年三月，阿拉伯部隊擁有主動權，耶路撒冷和其他地方的猶太人只得透過牢固防禦才能放下心來，因為英國人摧垮了哈加納所要發動的反擊，抓捕哈加納成員並沒收其武器。當地半正規的阿拉伯部隊、阿拉伯鄰國來的數百名武裝志願者，還有投向阿拉伯方面並與之共同作戰的約兩百名英國士兵，封鎖了公路，把猶太人的勢力範圍縮小到圍困起來的一塊塊馬賽克似的定居點，或者是一片片定居點，那裡只有透過護送才能保障食品、燃料和軍火供應。

而英國人仍然繼續維繫其統治，把力量主要用在幫助阿拉伯人作戰上，並束縛猶太人的手腳，猶太人的耶路撒冷逐漸和整個國家隔絕開來。它通往台拉維夫的唯一一條公路也遭到阿拉伯人的封鎖，護送隊只能不定期地將食品和必需品從沿海運往耶路撒冷，為此付出了沉重代價。一九四七年十二月末，耶路撒冷猶太人居住區實際上陷於圍困。伊拉克正規軍得到英國管理部門的允許，控制了洛什哈阿因的抽水站，炸掉抽水裝置，猶太人在耶路撒冷的居住區除水井和水庫外，再無別的水源。孤零零的猶太區，如老城城牆內的猶太人居住區，耶民摩西、梅庫爾哈伊姆和拉瑪特拉赫由於與城裡的其他猶太住區隔斷了聯繫，因此陷入重重圍困中。猶太人成立了一個「緊急委員會」，監管食品配給和每隔兩三天在炮火間隙中沿街按照人頭分發飲水的車輛。麵包、蔬菜、糖、牛奶、雞蛋和其他食品實行嚴格的配給制，按照食品券分配給各家各戶，這些生活用品發光後，偶爾分給我們一些劣質奶粉、麵包乾以及味道怪怪的雞蛋粉。醫藥用品幾乎用光，傷患做手術時有時不打麻藥。電力供應陷入癱瘓，因為幾乎不可能弄到煤油，所以我們一連幾個月生活在黑暗中，或者使用蠟燭。

*

我們那擁擠不堪、像地下室的住房變成樓上居民們的炮彈掩體，認為它在轟炸和槍擊時比較安全。我們取下所有的窗玻璃，用沙袋把窗子堵住。從一九四八年三月到第二年八月或九月，我們沒日沒夜住在山洞般從不見天日的黑暗裡。在這沉沉黑暗和無法擺脫的汙濁空氣中，每隔一段時間，就有二十或二十五個人來和我們住在一起，包括鄰居、素不相識者、熟人，以及從第一線居住區來的難民，他們就睡在床墊或者草墊上。他們當中有兩個老態龍鍾的女人，終日坐在走廊的地板上，神情木然，有個瘋瘋癲癲的老頭自稱先知耶利米，動不動就悲悼耶路撒冷的毀滅，向我們大家預言阿拉伯人在拉馬拉附近有毒氣室，「他們在那裡已開始每天毒死兩千一百個猶太人了」，還有亞歷山大爺爺和施羅密特奶奶，還有爺爺的鰥夫兄長（琪波拉伯母一九四六年去世），約瑟夫伯伯本人──克勞斯納教授──同他的小姨子哈婭．愛里茨迪克──這兩個人幾乎是在最後一刻才設法從已被包圍與外界隔斷聯繫的陶比奧逃脫，來和我們一起避難。現在他們和衣躺在小廚房的地板上，那裡如今被視為房子裡最為安靜的地方，他們也沒脫鞋，時睡時醒──因黑暗之故，難以辨別夜與晝（據說，阿格農先生也攜夫人離開陶比奧，與熱哈威亞的朋友們住在一起）。

約瑟夫伯伯用他那略帶哭腔的尖厲聲音，為不得不留在陶比奧的圖書館及其寶貴手稿的厄運痛惜，天曉得能否再看見它們。至於哈婭．愛里茨迪克，她唯一的兒子阿瑞爾已經從戎，為保衛陶比奧而戰，很長時間，我們不知他是死是活，有沒有負傷或被關進監牢。[2]

米尤多夫尼克夫婦的兒子格里沙在什麼地方與帕爾馬赫[3]共同作戰，夫婦倆從第一線的貝特以色列地區的家裡逃出來，在我們的小房子裡落腳，與其他幾家人一起擠在戰前我住的那個小房間。我對米尤多夫尼克先生深懷敬畏，因為我知道，我們大家在塔赫凱莫尼用的署名馬提特亞胡．米尤多夫尼克的那本綠皮書《三年級算術》就是他寫的。一天上午，米尤多夫尼克外出，晚上沒有回來，第二天還是沒有回來，於是他的太太去市內的停屍房仔細尋找，回來時很高興，疑慮全消，因為沒有在死人堆裡找到她的丈夫。

又過了一天，米尤多夫尼克還是沒回來，父親像往常一樣想打破沉默或者驅除不快，開始打趣。他宣布，我們親愛的馬提特亞胡顯然發現某位穿卡其布裙的具有戰鬥美，現在正和她並肩作戰呢（他拙劣地試圖使用雙關語）。但是一刻鐘過後，這個費勁找樂的父親突然神情嚴肅，自己去了停屍房，在那裡，根據自己借給米尤多夫尼克先生的那雙襪子，設法辨認出那具已被炮彈炸爛的屍體。大概因為屍體已經面目全非，米尤多夫尼克太太沒認出來。

*

在遭圍困的那幾個月，媽媽、爸爸和我躺在走廊一頭的床墊上，整個夜晚，人們魚貫而行，艱難地從我們身上跋涉過去，上廁所，廁所臭氣薰天，因為沒水沖洗，因為天窗被沙袋堵住。每隔幾分鐘就會發射一枚炮彈，整座山都在顫抖，石頭砌成的房屋也在顫抖。有時，房子裡有人做噩夢，令人毛骨悚然的叫喊會把我驚醒。

二月一日，一輛轎車在猶太人辦的英文報《巴勒斯坦郵報》大樓外面爆炸，整座大樓毀了。大家懷疑是支持阿拉伯人的英國警察所為。二月十日，半正規的阿拉伯部隊向耶民摩西區發動大規模攻擊，被那裡的防禦者擊退。二月二十二日星期天上午六點十分，一個自稱「英國法西斯軍團」的組織在耶路撒冷的心臟本耶胡達街引爆三輛裝滿炸藥的貨車。六層高的樓房被炸成一片瓦礫，大部分街道變成廢墟。五十二名猶太人在家中遇難，約一百五十人受傷。

就在那一天，我那位近視眼的父親到澤弗奈亞那條窄胡同裡的民族衛士總部要求入伍。他得承認自己以前的從軍經歷極其有限，只幫伊爾貢編輯過一些非法的英文標語（「背信棄義的阿爾比恩人可恥！」「打倒納粹英國人的鎮壓！」等等）。

三月十一日，美國總領事那輛誰都認識的轎車由領事的阿拉伯司機駕駛，開進猶太人辦事處大樓前的院子，猶太人在耶路撒冷和整個國家的組織機構都在那裡辦公。部分大樓在爆炸中被炸毀，幾十人喪命或受傷。在三月的第三個星期，從沿海地區護送生活必需品的努力沒有成功，圍困更加嚴重，整座城市處於飢餓邊緣，嚴重缺水，並有爆發瘟疫的危險。

*

2〔原注〕我父親的遠房表弟阿瑞爾・愛里茨迪克曾經在《飢渴之劍》（The Thirsty Sword, Jerusalem: Ahiasaf, 1950）一書中，描寫了他在解放戰爭時的經歷。

3帕爾馬赫（Palmach），英國託管時期猶太人地下軍事部隊哈加納中的先鋒隊，一九四一年五月成立，一九四八年戰爭期間發揮至關重要的作用，後成為以色列國防軍的中堅力量。

我們地區的學校從一九四七年十二月中旬就停課了。一天早晨，我們這些在塔赫凱莫尼和教育之家讀書的三、四年級的孩子被叫到馬拉哈伊街的一座空住宅裡集合。一個小夥子，臉曬得黝黑、隨意穿一套土黃色便裝、叼著菸捲，我們只在介紹時得知他代號為加里巴爾迪，向我們發表了大約二十分鐘的訓話，他語氣嚴肅，非常實在，我們以前只從成人的談話中見識過。加里巴爾迪交給我們一個任務：在院子和儲藏貨物的棚子裡尋找空口袋（「我們在口袋裡裝上沙子」）和瓶子（「有人知道怎樣把雞尾酒灌進去，讓我們的敵人美美享受一番」）。

他還告訴我們到荒地或廢棄的院子裡採集野生錦葵，阿拉伯名叫作「苦巴采」。這種野生錦葵可以在某種程度上緩解可怕的飢餓。媽媽把野生錦葵煮過，或者炒過，用它做各種丸子和醬泥，這東西看上去像綠油油的菠菜，但是更為難吃。我們也輪流值勤，白天每小時都有兩個小孩站崗，從歐法迪亞街選個合適的屋頂，觀察施內勒軍營英國軍團的動靜，其中一個孩子不時跑到馬拉哈伊街的作戰指揮室，向加里巴爾迪或他的一個副官稟報英國兵在做什麼，有沒有準備離開的跡象。

加里巴爾迪讓比我們稍大一點的四、五年級孩子在澤弗奈亞街和布哈拉居住區的各個哈加納崗哨之間傳遞訊息。媽媽懇求我「表現出一種真正的成熟，不要搞這種孩子氣的遊戲」，但是我不能按照她的意願行事。我特別擅長收集瓶子，僅僅一個星期我就想方設法收集了一百四十六只空瓶子，用盒子和口袋裝起來拿到了總部。加里巴爾迪本人拍拍我的後背，斜眼瞟了我一眼。他邊透過敞開的襯衣抓前胸的汗毛，邊對我說：「幹得非常漂亮。也許我們有朝一日還會聽到你的消息。」我在這裡如實記下他說的話，字字句句。五十二年過去了，我至今仍然沒有忘卻。

45

許多年以後，我發現兒時認識的一位婦女潔爾塔・阿布拉姆斯基，雅可夫－大衛・阿布拉姆斯基的太太（兩人都是我們家的常客）在那些日子一直堅持記日記。我模模糊糊地記得，媽媽在轟炸時有時坐在走廊角落的地板上，把筆記本放在膝頭，筆記本下還墊著一本沒有打開的書，她在寫著什麼，全然不顧炮彈爆炸、迫擊炮轟鳴和機關槍掃射，對於終日住在我們黑暗、臭烘烘的潛水艇裡的同住者之間的爭吵充耳不聞，在筆記本上寫著什麼，對於先知耶利米充滿宿命色彩的叨咕、約瑟夫伯伯的哀嘆，以及一個老太太（她的啞巴女兒當著我們大家的面幫她換掉濕尿布）宛如嬰兒般的刺耳哭喊，漠然置之。我永遠也不會知道母親在寫些什麼，我沒有拿到她的筆記本。也許她在自殺前將其全部焚燒了，連一張寫滿字的紙片都沒有給我留下。

我在潔爾塔・阿布拉姆斯基的日記裡讀到：

一九四八年二月二十四日

我疲倦……如此疲倦……儲藏室裡滿是死傷者的物品……幾乎無人前來認領這些物品：無人認領，物品的主人遭到殺戮，或者受傷躺在醫院裡。一個頭和胳膊都有傷但可以走路的人來到這裡。他的妻子被打死了。他找到她的外衣、照片和內衣……當初懷著愛與生存之樂購買這些物品，而今它們卻被堆在了地下室……一個年輕的小夥子，G，前來尋找他的物品。在本耶胡達街的汽車爆炸事件中，他失去了父母、兩個兄弟和一個妹妹。他之所以得以逃脫，是因為那天夜裡沒在家睡覺，他在值班……順便說一句：他所感興趣的不是物品，而是照片。他在倖存下來的數百張照片裡，尋找為數不多的家庭照。

一九四八年四月十四日

今天早晨宣布……憑煤油本（戶主本）上的一張配給券，每家可以在指定肉商那裡領到四分之一隻雞。一些鄰居讓我替他們領，因為我無論如何都要去排隊，而他們還得工作，排不了隊。我的兒子約尼提議，在上學之前替我去排隊，但我跟他說我自己去。我把亞伊爾送到幼稚園，便去了蓋烏拉街，肉鋪就在那裡。差一刻八點，我趕到那裡，看到五、六百人站在那裡排隊。

據說很多人夜裡三、四點鐘就已經趕到，因為風傳頭天就要發雞。我不想排隊，但是我答應鄰居們把配給給他們領回去，我不願意空手回家。我決定像別人一樣「站在」那裡。

站在那裡排隊時，我得知，從昨天起一直傳播的「謠言」得到了證實：是的，百十名猶太人昨天在謝赫賈拉區被活活燒死。他們本是被護送前往哈達薩醫院和大學的。上百名，其中包括傑出的科學家和學者、醫生和護士、工作人員和學生、職員和病人。

簡直難以置信。耶路撒冷有這麼多猶太人，但是當這成百人在只有一公里之隔的地方瀕臨死亡時，卻無人相救……他們說：英國人不讓。要是這樣恐怖的事件就在你眼前發生，四分之一隻雞又算得了什麼？但是人們耐住性子排隊。不斷闖入你耳際的是：「孩子越來越瘦……他們有幾個月沒嘗到葷腥了……沒有牛奶，沒有蔬菜……」站六個小時很艱難，但是值得：孩子們就會有雞湯喝了……謝赫賈拉區發生的一切令人髮指，但是誰又知道在耶路撒冷等待我們大家的是什麼？死者已矣，生者尚存……隊伍緩緩地向前移動。「幸運之星」抱著分給每家每戶的四分之一隻雞回家了……葬禮終於結束……下午兩點，我領到了自己的配給和鄰居們的配給，我回家了。[1]

一九四八年四月十三日，七十七位醫護人員、教授和學生遭到屠殺，許多人被活活燒死，我父親本來是要和那個護送隊一起上守望山的。民族衛士總部，抑或他在國立圖書館的上級，命他去把地下室的某個書庫鎖上，因為守望山已被與城市隔絕。但就在動身前夕，他發高燒，醫生堅決禁止他下床（他近視眼，人又單薄，每次發燒，眼前便模糊一片，幾乎什麼也看不見，而且還會神志不清）。

四天前，伊爾貢和斯特恩幫攻克了耶路撒冷西部的阿拉伯村莊代爾亞辛，殺害了那裡的許多居民，全副武裝的阿拉伯人於是在四月十三日早上九點半對經過謝赫賈拉區前往守望山的護送隊發起攻擊。英國殖民地事務大臣亞瑟・克里奇－鍾斯[2]本人向猶太人辦事處代表承諾，只要英國人在耶路撒冷，就會確保安排固定的護送隊，幫助醫院和大學做好防衛工作（哈達薩醫院不光給猶太人看病，而且為整個耶路撒冷的居民服務）。

1〔原注〕傑爾塔・阿布拉姆斯基，〈一名女子在一九四八年耶路撒冷圍困時期的日記〉，見於《雅考夫－大衛・阿布拉姆斯基通信》，舒拉・阿布拉姆斯基編輯並評注（台拉維夫：希弗里阿特波阿里姆，5751/1991），二八八—二八九頁。

2 亞瑟・克里奇・鍾斯（Arthur Creech Jones, 1891-1964），曾經擔任英國殖民地事務大臣（一九四六至一九五〇年在位）。

護送隊中有兩輛救護車，三輛公共汽車，為預防狙擊，車窗玻璃上安裝著金屬板，還有幾輛裝載醫藥等必需品的貨車，還有兩輛小轎車。快到謝赫賈拉區時，一個站在那裡的英國警官向護送隊發出信號，表示公路暢通無阻，安全如舊。在阿拉伯人居住區中央，差不多就在流亡中的巴勒斯坦阿拉伯人領袖、納粹支持者、大穆夫提阿明·侯賽尼的別墅腳下，離希爾瓦尼莊園大約有一百五十公尺，前面的車輛輾到一枚地雷，頓時手雷、燃燒瓶從公路兩旁瘋狂地扔向護送隊。火整整燒了一個上午。

離襲擊地點不到兩百公尺處，有一個英國軍事哨站，其任務是保障通往醫院那條公路的交通安全。英國士兵一連幾個小時站在那裡觀望襲擊，手指都沒有動彈一下。九點四十五分，英國在巴勒斯坦部隊最高指揮官戈登·麥克米倫將軍驅車而過，停也不停（他後來眼睛眨都不眨地聲稱，在他的印象中，襲擊已經終止）。

一點鐘，大約又過了一個小時，一些英國車輛從旁邊駛過，沒有停留。當猶太人辦事處的聯絡軍官和英國軍方指揮部聯繫，要求允許派哈加納運走死傷人員時，得到的答覆則是「部隊已經控制了局面」，指揮部禁止哈加納進行干預。然而，哈加納救援部隊從城市和守望山出發，試圖幫助身陷絕境的護送隊時，卻受阻而無法接近出事地點。一點四十五分，希伯來大學校長猶大·列昂·瑪格內斯先生打電話給麥克米倫將軍請求救援，答覆是「軍隊正在設法趕到出事現場，但是那裡正在打一場大仗」。

沒有戰鬥。三點鐘，兩輛公共汽車起火，幾乎所有乘客，多數已經負傷，不然就是奄奄一息，活活葬身火海。

一共死了七十七人，其中包括哈達薩醫學組織負責人海姆·雅斯基教授、大學醫學院的創始人列奧尼德·多爾揚斯基教授和摩西·本－大衛教授、物理學家古恩特·沃爾夫森博士、心理學系主任恩佐·伯納文圖拉教授、猶太法專家亞伯拉罕·海姆·弗萊曼博士，以及語言學家本雅明·克萊爾博士。

阿拉伯高級委員會後來發表一項官方聲明，把屠殺說成是在「一位伊拉克軍官指揮下」所做的一場英雄業績。聲明譴責英國人在最後一刻進行干預，宣稱：「如果沒有軍隊干預，一個猶太乘客也存活不了」[3]。只是出於巧合，由於高燒不退，也許還由於我母親知道怎樣遏制他的愛國主義激情，我父親沒有參加那個護送隊，沒有被活活燒死。

*

這場大屠殺發生後不久，哈加納首次在全國發動了大規模的攻勢，威脅說，英國軍隊如果膽敢干預，就要進行武裝反抗。在一次大舉進攻中，沿海平原到耶路撒冷主要公路的封鎖得到解除，而後又遭封鎖，又解除封鎖，但是由於阿拉伯正規軍的介入，希伯來大學再度遭到圍困。從四月到五月中旬這段日子，阿拉伯人居住的城鎮，還有一些阿拉伯人與猶太人混居的城鎮——海法、雅法、提比里亞，還有薩法德——以及北方和南方的幾十個阿拉伯村莊均被哈加納攻陷。在那幾個星期，成千上萬的阿拉伯人失去了家園，淪為難民。許多人至今仍為難民。許多人出逃，但更多人是遭到了武力驅逐。數千人遭到屠殺。

也許當時圍困在耶路撒冷的人們，誰也不會傷悼巴勒斯坦難民的命運。老城裡的猶太人居住

3〔原注〕參考了各種文獻，包括多夫·約瑟夫《忠誠的城市：耶路撒冷的圍困》，一九四八年出版，第七十八頁。

區，猶太人在那裡一連居住了數千年（唯一的斷層是在一○九九年，十字軍把當時居住在那裡的猶太人全部殺光或者趕跑），如今淪於外約旦阿拉伯聯盟之手，那裡所有的建築都遭到洗劫，或夷為平地，居民遭到殺戮、驅逐或囚禁。古什伊燦的定居點也遭到搶占和破壞，居民遭到殺戮或淪為俘虜。阿塔羅克、內韋雅考夫、卡利亞和貝特哈阿拉瓦遭到破壞，居民流離失所。居住在耶路撒冷的上萬猶太人害怕等待自己的將是同樣的命運。當守衛者之音廣播電台宣布塔里比耶和卡特蒙的阿拉伯居民紛紛逃走時，我不記得自己曾經為阿愛莎和她弟弟動過惻隱之心。我只是和父親一起把耶路撒冷地圖上的火柴棍向前挪動一下。幾個月的轟炸、飢餓和恐懼讓我心硬如鐵。阿愛莎和她的小弟弟去了哪裡？去了納布盧斯？大馬士革？倫敦？還是去了德黑沙難民營？而今，倘若阿愛莎依然健在，她該是個六十五歲的老太太了。她的小弟弟，小弟弟的一隻腳有可能被我砸壞，現在也是快六十的人了。也許我可以動身去尋找他們？去查明希爾瓦尼家族的人們在倫敦、南美和澳大利亞如今過得怎麼樣？

但是，假設我在世上某個所在找到了阿愛莎，或找到當初那個可愛的小男孩，我如何介紹自己呢？我該說什麼？我真能解釋什麼嗎？我能主動給予什麼嗎？他們是否還記得？倘若記得，他們記住了什麼？抑或日後所經歷的恐懼，使兩人忘卻了在樹上賣弄自己的傻瓜？

並非都是我的過錯。不全是。我實際上只是說話，喋喋不休地說話。是阿愛莎對我說，過來，看看你會爬樹嗎？如果沒有她的敦促，就不會發生我爬樹的事，她的弟弟……

一切已然過去。無可挽回。

澤弗奈亞街的民族衛士總部發給父親一支舊步槍，讓他夜裡在凱里姆亞伯拉罕的街道巡邏。那是一支黑色步槍，沉甸甸的，磨損的槍托上刻著多種外文單詞和詞首字母。父親還沒有學會怎麼用槍，就迫不及待試圖破解那些字母。也許是第一次世界大戰期間使用的一支義大利步槍，不然就是一支美國的老式卡賓槍。父親把槍摸了個遍，在上面瞎琢磨，推也推不動，拉也拉不開，最後把槍放在地上，回過頭去檢查彈匣。這下立即贏得了耀眼的成功，取出了子彈。他一隻手炫耀一把子彈，另一隻手則炫耀著彈匣，欣喜若狂地向站在門口的我這個小人兒揮動這兩樣東西，並且揶揄那些給拿破崙．波拿巴洩氣的胸襟狹隘之人。

但是，當他試圖把子彈放回彈匣時，一下子從勝利走向一敗塗地：子彈贏得一陣自由後，竟然頑固不化，拒絕再次遭到監禁。無論怎樣絞盡腦汁還是哄騙利誘幾乎都無濟於事。他試著把它們原樣放回，翻過來，倒過去，時而輕輕，時而用學者型的纖細手指卯勁兒，他甚至把子彈交錯開來，一個朝上，一個朝下，但都無效。

可父親沒有被嚇倒，他試圖用魔法把子彈放進彈匣，於是用充滿激情的聲音朝它們背詩，為它們選擇了波蘭愛國主義詩歌、奧維德、普希金、萊蒙托夫、中世紀西班牙時期的整首整首愛情詩——都使用原文，都帶有俄羅斯口音，都無濟於事。最後，他勃然大怒，慷慨激昂地從記憶中抽取某些片斷：古希臘的荷馬史詩、德國的《尼伯龍根之歌》、中世紀英國的喬叟，還有我瞭若指掌的沙烏爾．車爾尼霍夫斯基的〈卡萊瓦拉〉希伯來語譯文，以及《吉爾伽美什》史詩，運用了各種可能用上的語言和方言。但都無功而返。

*

因此，他垂頭喪氣，一隻手拿著沉重的步槍，另一隻手拿著包在原本用來裝三明治的繡花口袋中的子彈，口袋裡裝著空空如也的彈匣（祈禱上帝他不要忘記），回到澤弗奈亞街的民族衛士總部。

在民族衛士總部，他們很同情他的遭遇，迅速向他示範了把子彈放入彈匣是件多麼輕而易舉的事，但是他們不再給他配置武器或軍火。那天沒有，接下來的幾天也沒有，永遠沒有。他們發給他一支手電筒、一個口哨和一枚帶有「民族衛士」字樣的引人注目的袖章。父親回到家裡，喜不自勝。他向我解釋「民族衛士」的含義，來回照他的手電筒，嘟嘟吹著口哨，直到媽媽輕輕拍拍他的肩膀說，到此為止吧，阿里耶，求你了，啊？

*

一九四八年五月十四日星期五和十五日星期六之交的半夜，持續了三十年的英國託管在巴勒斯坦宣告結束，本-古里昂幾小時前在台拉維夫宣布誕生的國家建立了。約瑟夫伯伯宣布，間斷了一千九百年，猶太人重新統治起這塊土地。

但是午夜剛過，沒有宣戰，阿拉伯正規軍的步兵縱隊、炮兵和裝甲兵從南部埃及、東部外約旦和伊拉克、北部黎巴嫩和敘利亞長驅直入以色列。星期六早晨，埃及飛機轟炸了台拉維夫。英國人在正式結束託管之前就邀請阿拉伯軍團、外約旦王國的半英國化士兵、伊拉克正規部隊以及來自不同國家全副武裝的穆斯林志願者占領了全國各地的要塞。

情勢越來越惡劣。外約旦軍團攻克了老城的猶太人居住區，用重兵切斷通往台拉維夫和沿海平原的公路，掌控了城中的阿拉伯人居住區，在耶路撒冷周圍的山崗上架設大炮，開始大規模轟炸，目的是要造成平民傷亡，摧毀其意志，使其屈服。國王阿布杜拉，倫敦的門客，已經把自己視為耶路撒冷之王。軍團的炮台由英國炮兵軍官指揮。

與此同時，埃及部隊抵達耶路撒冷南部，襲擊了曾兩度易主的拉瑪特拉赫基布茲。埃及飛機向耶路撒冷投放燃燒彈，離我們不遠的洛米瑪老人之家毀於一旦。埃及迫擊炮與外約旦的大炮一起轟炸平民區。埃及人從馬爾埃利亞斯修道院附近的一座小山上，向耶路撒冷連續發射直徑四點二吋的炮彈。平均一兩分鐘，就有一顆炸彈落在猶太人居住區，子彈不斷地橫掃大街。格里塔・蓋特，我那位彈鋼琴的保育員，身上總是飄出濕毛線和洗衣皂味道的格里塔阿姨，她經常拉著我和她一起去逛商店，我父親經常為她做些冒傻氣的順口溜，一天早晨到陽台上晾衣服，約旦狙擊手射出的一顆子彈，據說，打進她的耳朵，又從眼睛裡迸出。吉伯拉・顏奈，皮莉，媽媽那位住在澤弗奈亞街的靦腆女友，到院子裡拿抹布和水桶，當場被一發炮彈擊中身亡。

*

我養了一隻小烏龜。戰爭爆發半年前的一九四七年逾越節假期裡，父親和大學裡的一些人一起到外約旦的傑拉西[4]郊遊一天。他拎著一袋三明治，自豪地把一個真軍用水壺挎在皮帶上，一大早便上路了。晚上回來後，肚子裡全是愉快的旅行見聞和羅馬劇場裡的奇妙景觀，還給我帶回一隻小烏龜做禮物，那是他在「奇妙的羅馬石拱門腳下」發現的。

儘管他沒有幽默感，或許也不清楚什麼是幽默，但是我父親一貫喜歡開玩笑，說俏皮話，玩弄

4即《聖經》中的格拉森。

文字遊戲，只要他說的話能讓人微笑，他就會臉上一亮，露出頗為得體的自豪感。這樣，他便決定給烏龜起一個具有喜劇色彩的名字阿布杜拉-格爾順，以紀念外約旦國王和傑拉西城。只要有客人前來，他就會莊重地叫烏龜的全名，彷彿一個司儀宣布某位公爵或者大使大駕光臨，但人們似乎沒有笑破肚皮。於是，他感到有必要為他們講解為什麼取這兩個名字。也許，他希望開始覺得沒什麼好笑的人聽了解釋後會興高采烈。有時，他極為熱情，或者說心不在焉，向客人們講述整個故事，而他們至少聽過兩遍，已經知道後事如何了。

我喜歡那隻小烏龜，它經常早晨爬到我在石榴樹下的領地，吃我手上的生菜葉和黃瓜皮。它並不怕我，也不把腦袋縮進殼子裡，在吞吃東西時，它的小腦袋一動一動的，可好玩了，彷彿它在頻頻點頭，同意你所說的話（它就像熱哈威亞區的某位禿頭教授，他們也通常熱情地點頭，直至你把話說完，可那時他的認可卻變成了嘲弄，因為在他對你頻頻點頭時，就已經把你的見解撕成了碎片）。

烏龜吃東西時，我習慣於伸出一個小手指頭撫摸它，它的兩個鼻孔與耳朵眼兒如此相似，真是奇妙。當父親不在眼前時，我從心底裡叫它咪咪，而不叫阿布杜拉-格爾順。

在轟炸期間，沒有黃瓜，也沒有生菜葉，不讓我到院子裡去，但我仍然打開房門，有時給咪咪扔去一點吃的。有時我可以從遠處看見它，有時它會一連幾天不見蹤影。

*

就在格里塔·蓋特和媽媽的朋友皮莉·顏奈遇害那天，我的烏龜咪咪也被殺死了。一塊彈片將其劈成兩半。我流著淚問父親是否可以把它埋在石榴樹下，再立塊墓碑以示紀念，父親向我解釋說不行，這主要是衛生原因。他說他已經把屍骨給扔了，但是他不失時機給我上了一課，講反諷一詞的含義：我們的阿布杜拉－格爾順是從外約旦王國來的新移民，而殺死它的彈片恰恰是從外約旦打來的，這就是反諷。

那天夜裡我無法入睡。我仰面躺在走廊一頭的墊子上，周圍傳來鼾聲、嘟囔聲和老人們時斷時續的呻吟聲。我躺在父母身邊，渾身是汗，藉著浴室孤獨暗淡的搖曳燭光，透過汙濁的臭氣，我突然覺得自己看到了烏龜的形影，但不是我喜歡用手指撫摸的小烏龜咪咪（無疑不是小貓或者幼犬），而是一個令人毛骨悚然的巨大魔怪烏龜，鮮血淋漓，一團骨頭架子，浮在空中，借助利爪費力地前行，朝我和躺在走廊裡的人們不懷好意地咯咯笑著，它面目猙獰可怕，一顆子彈從它的一隻眼睛射進，又從耳朵眼裡鑽出——儘管烏龜實際上沒長耳朵，那張臉已經毀容。

我試圖叫醒父親，他沒有醒來，一動不動地仰面躺在那裡，呼吸深沉，像個心滿意足的孩子。但是母親把我的頭貼在她的胸口上。她和我們大家一樣和衣而臥，衣服釦子碰得我臉頰隱隱作痛。她緊緊抱住我，但不是想安慰我，而是跟我一起啜泣，強忍哭聲，免得別人聽見：皮莉，皮羅席卡，皮莉莉莉。我只能撫摸她的頭髮，她的臉頰，親吻她，彷彿我已經長大成人，她是我的孩子，我輕聲說，媽媽，好了，好了，有我呢。

接著我們又說起了悄悄話，她和我。淚眼朦朧。後來，走廊盡頭閃爍不定的暗淡燭光熄滅了，只有炮彈呼嘯著打破沉靜，每一枚炮彈落地，牆那邊的山崗就會顫動，母親把我的頭從她胸口拿開，把她濕呼呼的腦袋貼在我的胸口上。那天夜裡，我有生以來第一次曉得我會死。每個人都會死。世界上任何東西，就連我的母親，也救不了我。我也救不了她。咪咪有堅硬的甲殼，一遇到危險，就會把雙手、雙腳和頭縮進甲殼裡，但也沒保全性命。

*

九月，耶路撒冷基本停火期間，我們在安息日上午又有了客人：爺爺和奶奶，阿布拉姆斯基夫婦，也許還有別人。他們在院子裡喝茶，討論以色列軍隊的戰績，聯合國調解人、瑞典勃納多特伯爵[5]提出的和平計畫極其危險，無疑是由英國人幕後操縱的陰謀，其目的是要置我們年輕的國家於死地。有人從台拉維夫帶來一枚新硬幣，又大又醜，那是剛剛鑄造的第一枚希伯來硬幣，人們激動地把它傳來傳去。那是一枚兩毛五普魯特[6]的硬幣，上面畫著一串葡萄，父親說那是直接從第二聖殿時期的猶太錢幣上照搬過來的一套母題，葡萄上鐫刻著清晰的希伯來文字母：以色列。為保險起見，以色列這幾個字不光用希伯來文寫成，而且還有英文和阿拉伯文。

潔爾塔·阿布拉姆斯基太太說：

「要是我們死去的父母，父母的父母，以及歷代的人們能有幸看到並拿到這枚硬幣，該多好啊。猶太硬幣——」

她喉嚨哽咽。阿布拉姆斯基先生說：

「應該為賜福而做感恩祈禱。感謝祢，我們的上帝，宇宙之王，祢賜予我們生命，保護我們，讓我們得到這一時刻。」

亞歷山大爺爺，我那位溫文爾雅追求享樂喜歡涉香獵豔的爺爺，什麼話也沒說，只是輕輕地把那枚超大的鎳幣放到嘴邊，輕輕地親了兩下，而且熱淚盈眶。接著，他把它傳給別人。那一刻，街上響起淒厲的救護車笛聲，開向澤弗奈亞街，十分鐘後，又呼嘯著往回開，父親又從中找到藉口，開些救世主號角之類蒼白無趣的玩笑。他們坐在那裡談天說地，甚至又倒上一杯茶，半小時過後，阿布拉姆斯基夫婦準備動身離去，向我們祝福，阿布拉姆斯基先生喜歡堆砌華麗的辭藻，大概會吐出一些言過其實的短語。他們還站在門口時，一位鄰居趕來，小聲把他們叫到院子的拐角，他們急忙隨他而去，潔爾塔阿姨把手提包都忘了。一刻鐘後，倫伯格夫婦來了，慌慌張張地告訴我們，阿布拉姆斯基夫婦在我們家串門時，他們的兒子，十二歲的約納坦（約尼），在尼海米亞街上玩耍，一名約旦狙擊手從警察學校那裡朝他放槍，一彈打中他的腦門正中，孩子在那裡躺了五分鐘，嘔吐不止，救護車還沒到，就斷了氣。

*

我在潔爾塔．阿布拉姆斯基日記中發現這段話[7]：

一九四八年九月二十三日

九月十八日星期六早上十點一刻，他們打死了我的約尼，約尼我的兒子，我的全部生命。一個阿拉伯狙擊手打死了他，我的天使，他只費勁地叫了聲「媽咪」，只跑出幾公尺遠（他，我出色、純潔的孩子正站在家門附近），就一頭倒地……我沒有聽到他最後一句話，他呼喊我

5 勃納多特伯爵，瑞典國王古斯塔夫六世的侄子，軍人、人道主義者和外交官，在擔任阿拉伯人與以色列人之間的聯合國調停人時被猶太人暗殺。

6 普魯特，以色列建國初期舊輔幣名，六〇年代廢棄。

7 作者在給英文譯者的提示中曾經指出，日記作者的希伯來語比較笨拙，有時比較正規，屬於非同一般的現代希伯來語，譯者盡量求其似。

時，我也沒有應聲。我趕回來時，我可愛的寶貝兒子已經辭世。我在太平間裡看到他。他的樣子美妙絕倫，宛如進入了夢鄉。我擁抱他，親吻他。他們在他頭下放了一塊石頭。石頭動了一下，他的頭，他那小天使般的頭，微微一動。我心在說，他沒有死，我的兒子，瞧，他在動……他眼睛微睜。接著「他們」來了——太平間的工人們——進來辱罵我，粗暴地譴責我，打擾我：我無權擁抱他，親吻他……我離他而去。

但是，數小時之後我又回來。正在施行「宵禁」（他們在尋找殺害勃納多特的凶手）。每個路口都有警察阻擋……他們要我在「宵禁」時出門的通行證。他，我死去的兒子，就是我的通行證。警察讓我走進太平間。我隨身抱了一個墊子。我把石頭挪開，放在一邊，我不忍看見他那可愛而令人驚嘆的頭枕著一塊石頭。後來，他們又「回來」讓我離開。他們說我不該碰他。我沒聽他們的。我繼續擁抱他，親吻他，我的寶貝。他們威脅說要鎖門，把我和他，和我的全部生命關在一起。我想要的就是這個。接著，他們再三考慮，威脅說要叫當兵的來。我不怕他們……我再一次離開太平間。在離開之前擁抱並親吻了他。第二天早晨，我又來看他，我的孩子……我又一次擁抱他，親吻他。我又一次向上帝祈禱復仇，為我的孩子復仇，他們又一次把我趕了出來……我又一次回來時，我可愛的孩子，我的寶貝，被放進一口嚴嚴實實的棺材裡，而我記住了他的臉，記住了他的一切。

46

梅庫爾巴魯赫的哈圖里姆街住著兩位芬蘭籍女傳教士，名叫愛莉・哈瓦斯和勞哈・莫伊西歐，愛莉阿姨和勞哈阿姨。即使她們談論蔬菜匱乏的話題，用的仍是高深玄妙的聖經希伯來語，因為那是她們唯一所懂的希伯來語。要是我敲開她們家的房門要些木塊點燃拉巴歐麥爾[1]篝火，愛莉會遞給我一個破舊的橘黃色竹筐，並溫柔地笑著說：「黑夜有火焰的光！」[2]如果她們到我們家裡喝茶，咬文嚼字地談話，而我在抗擊我的魚肝油，勞哈阿姨會說，「海中之魚會在他面前震顫！」[3]

有時候，我們三人到她們那斯巴達式的小屋串門，房中陳設類似十九世紀簡樸的女子寄宿學校，鋪著深藍桌布的一張長方形木桌兩旁，各放一張簡樸的鐵床，還有三把樸素的木椅。床下露出兩雙一模一樣的家用拖鞋。桌子中央，一如既往擺放著從附近田野裡採來的千日紅。在對稱的兩張床邊，分別有一張小床頭櫃，床頭櫃上有盞檯燈，一杯水，以及黑封面聖書。兩張床中間掛著一個耶穌受難的橄欖木雕像，床腳分別放有一個用某種亮閃閃的厚重木材做的五斗櫥，我們在耶路撒冷確實有那種木材，媽媽說那是橡木，鼓勵我用指頭尖觸一觸，再把手放上去。我媽總是說，了解各

---

1 拉巴歐麥爾，歐麥爾第三十三天，「歐麥爾期」介於逾越節和五旬節之間，從逾越節第二天開始算起。相傳猶太拉比阿奇瓦在此日組織猶太人從羅馬人手中奪回耶路撒冷城後，點起篝火通知周圍村莊。猶太人在那天點燃篝火紀念阿奇瓦拉比和他奪回耶路撒冷城的故事。

2 《聖經．以賽亞記》第四章第五節，因為引用者為基督徒，故而在此使用「聖經」，而不是「舊約」，下同。

3 《聖經．以西結書》第三十八章第二十節。

種物體的名稱還不夠，你應該用鼻子聞、用手指尖觸摸、感覺其溫熱度和滑爽度、氣味、精細度和硬度，你敲擊時發出的聲響，以及被她稱為「感應」或「耐性」的那些東西。她說，任何物質，任何一塊布料或一件家具，任何一件器皿，任何物體都具有迥然不同的感應和耐性，它們不是恆定不變，而是按照一年四季的變化或晝夜時間、觸摸或聞嗅它的人、光與陰影、甚至我們無法了解的模糊習性的變化而變化。她說，在希伯來語中，「哈夫愛茨」一詞既指無生命物體，也指欲求，絕非偶然。不僅我們有這樣那樣的欲求，無生命物體和植物也有其內在欲求，只有懂得如何用一種不貪的方式去感知、傾聽、品嘗、聞嗅，有時方可感知得到。

父親開玩笑似的評論說：「我們的媽媽比所羅門王還要有遠見。據記載，他能聽懂任何動物、任何飛鳥的語言，但是我們的媽媽掌握了毛巾、湯鍋和刷子的語言。」

他頑皮一笑，又說：「經她一觸摸，樹木和石頭就會說話，觸摸一下山，它就會生煙，正如《詩篇》所說。」

勞哈阿姨說：「或如先知約珥所說，高山會灑落新酒，小山將流淌奶汁。正如《詩篇》第二十九篇中所寫：耶和華的聲音震破香柏樹。」

父親接著說：「但是對於不是詩人的人來說，這樣的事情總顯得有點，怎麼說呢，粉飾。就像某人努力顯得非常深沉。非常心有靈犀。非常主張萬物有生論。要震破香柏樹。讓我來解釋一下心有靈犀、萬物有生這些難字。隱藏在它背後的是一種清晰、不健康的欲望，要模糊現實，使理性之光黯淡，弱化義界，混淆領域。」

媽媽說：「阿里耶？」

父親用一種略帶安慰的語調（因為他儘管喜歡取笑她，甚至偶爾也會幸災樂禍，他喜歡更多的悔悟、歉意、露出善意的微笑，就像他的父親，亞歷山大爺爺一樣）說：

「咳，行了，范妮契卡。我不說了。我只是開個玩笑。」

*

兩個女傳教士在圍困期間沒有離開耶路撒冷，她們具有強烈的使命感。救主本人似乎讓她們負責給遭圍困者鼓舞士氣，並以志願者身分到沙阿里茨阿迪克醫院幫助救治傷患。她們堅信每個基督徒都應該有責任，用實際行動，而不是用語言為希特勒對猶太人的所為做出補償。她們把建立以色列國家當成「神的手指」[4]。正如勞哈阿姨用《聖經》語言低沉地說：就像洪水過後雲中現出彩虹。愛莉阿姨略含微笑，嘴角稍稍抽動說：「因為上帝為那大惡感到後悔，祂不會再毀滅他們。」

轟炸期間，她們經常在我們街區周圍走來走去，腳踏短靴，頭戴圍巾，手拿一個容量很大的灰色亞麻包，給有意接受贊助的人分發一罐酸黃瓜，半棵蔥，一塊肥皂，一雙毛襪，一根蘿蔔，或一點黑胡椒。天曉得她們從哪裡得到這些奇珍異寶。一些極端正統派猶太教徒厭惡地拒絕這些饋贈，一些人鄙夷不屑地把兩位女士從門內趕走，另一些人接受了贈品，但是兩位女傳教士剛一轉身，就朝她們剛剛踩過的地上吐唾沫。

她們沒有見怪。她們不斷地引用《先知書》中滿懷撫慰的韻文，她們的芬蘭口音使這些韻文聽來很奇怪，就像沉重的短靴踏在沙礫上。「因為……我必保護拯救這城。」「敵人無法攻破城門。」

4「神的手指」出自《聖經》（《出埃及記》第八章第十九節、第三十一章第十八節，《申命記》第九章第十節，《路加福音》第十一章第二十節），中文版和合本《聖經》分別譯作「神的手段」、「神的手指」和「神的力量」。

「那報佳音、傳平安、報好信、傳舊恩的……這人的腳登山何等佳美！」「我的僕人雅各啊，不要懼怕！因我與你同在。我要將我所趕你到的那些國滅絕淨盡，卻不將你滅絕淨盡……」

有時她們當中某個人會自願和我們一起排長隊從運水車上取水，假設水車不會中彈，來到街上，只在星期天、星期二和星期四分給每家半桶水。或者一位女士會走訪我們與世隔離的小房子，給每位居住者分發半片綜合維他命，孩子則給一片。傳教士們哪裡來的這些奇妙禮物？她們在什麼地方裝滿了自己的灰色亞麻包？有人說這，有人說那，有人警告我不要拿她們的任何東西，因為其目的只是要「利用我們的痛苦，來讓我們改變信仰，信奉她們的耶穌」。

有一次，我鼓起勇氣，問愛莉阿姨——縱然我對答案心知肚明：「耶穌是誰啊？」她嘴唇微微一顫，躊躇不決地回答說，祂依然活著，祂愛我們大家，尤其愛那些嘲弄祂蔑視祂的人，如果我心中充滿了愛，祂會來駐我心，既給我帶來痛苦，也給我帶來無比的歡樂，歡樂使痛苦相形見絀。

這些話顯得很奇怪，充滿了矛盾。我覺得也需要問問父親。他拉住我的手，把我領到廚房約瑟夫伯伯避難的墊子旁，請《拿撒勒的耶穌》一書的著名作者向我解釋耶穌是誰，耶穌是什麼？約瑟夫伯伯躺在墊子上，顯得筋疲力盡，鬱悶，蒼白，他背靠黑糊糊的牆，把眼鏡推到額頭上。他的回答完全不同於愛莉阿姨：拿撒勒的耶穌，在他看來，「是亙古以來最偉大的猶太人之一，一個奇妙的道德家，憎恨心地不淨，為重新恢復猶太教原有的純樸並將其從詭辯拉比的控制下奪回而鬥爭」。

我不知道究竟誰為心地不淨？誰為詭辯的拉比？約瑟夫伯伯的耶穌充滿憎恨為爭奪而戰，愛莉阿姨的耶穌既不憎恨、不鬥爭，也不爭奪，而與之恰恰相反，祂尤其熱愛犯罪之人，熱愛蔑視祂的人，我也不知道怎樣與這兩個耶穌達成和解。

*

我在一個舊文件夾裡找到勞哈阿姨一九七九年以她們二人名義從赫爾辛基寫來的一封信。信是用希伯來文寫的，她在信中說：

……我們二人都為你們在歐洲歌詠比賽中獲獎非常高興。那首歌怎麼樣？

這裡的虔誠徒眾為以色列歌手唱哈利路亞（意為感謝神）而高興！再沒有比它更合適的歌了……我也能夠看到《大屠殺》這部電影，它始終不知不覺在某種程度上參與迫害的國家內讓人流淚，引發人的良知痛苦。基督教國家必須誠請猶太人原諒。你父親曾經說過，他不明白為什麼上帝竟然允許如此的事情發生……我一直告訴他，上帝的奧祕高不可測。耶穌與以色列民族共患難。虔誠徒眾也得與耶穌一起分擔祂讓他們所承受的痛苦……然而，耶穌在十字架上受難與死涵蓋了整個世界整個人類的罪愆。但是這一切無法用頭腦來理解……有的納粹忍受著良知痛苦，在死前幡然悔悟。但是他們的幡然悔悟無法使死去的猶太人復活。我們每天都需要受難與寬恕。耶穌說：那些殺身體而不能殺靈魂者，不要懼怕他們[5]。發這封信的是我和愛莉阿姨。我六個星期前在公共汽車上摔倒，後背遭到重創，愛莉阿姨看東西不是很清楚。

獻上摯愛，勞哈．莫伊西歐

5《新約．馬太福音》第十章第二十八節。

有一次，我因一本書要翻譯成芬蘭文，故而去了赫爾辛基，她們二人突然出現在我下榻酒店的咖啡館裡，二人均披著黑色披肩，蒙住了頭和肩膀，像一對老農婦。勞哈阿姨拄著一根拐杖，輕輕牽著愛莉阿姨的手，愛莉阿姨幾乎失明。兩人一起走到角落裡的一張桌子前。我頗費口舌，她們才同意讓我給她們各點一杯茶，「但是請不要再點什麼了！」

愛莉阿姨輕輕一笑，那不是微笑，而是嘴角微微抽搐一下；她正要說話，又改變了主意，握緊的右拳放進左手，就像給嬰兒墊尿布，搖了一兩下頭，像是在哀嘆，最後說：「感謝神讓我們在這裡在我們的土地上見到你，但是我不明白為什麼你親愛的雙親無緣活在人世。但是我又明白誰呢？神擁有答案。我們只能疑惑不解。請允許我摸摸你的頭好嗎？對不起。因為我看不見。」

勞哈阿姨說到我父親：「祝福他記憶力驚人，他是個最可親的男人！心靈高尚，擁有如此高尚的人類心靈！」在談論我母親時，她說：「如此受苦受難的靈魂，願她靈魂安寧！她遭受很多苦難，因為她洞察人們的心靈。先知耶利米說，『人心比萬物都詭詐，壞到極處，誰能識透呢？』[6]」

外面，在赫爾辛基，凍雨零落，日光低垂昏暗，雪花黯淡，徐徐在空中飄動。兩位老婦身穿幾乎一模一樣的冷色衣裝和厚厚的棕色襪子，如同值得敬重的寄宿學校裡的女孩。我親吻她們，聞到她們身上飄出淡淡的肥皂味、黑麵包味和寢具味。一個個子矮小的維修工急急忙忙從我們旁邊走過，工作服口袋裡裝著一套鉛筆和鋼筆。勞哈阿姨從桌子底下的一只大書包裡拿出一個棕色紙包遞給我。我突然認出了那書包正是當年那只灰色亞麻包，在三十年前耶路撒冷圍困時期，她們就用這只包來分發小塊肥皂、毛襪、麵包乾、火柴、糖果、蘿蔔或一包寶貴的奶粉。

我打開紙包，裡面有一本在耶路撒冷印刷的《聖經》，封面上印有希伯來文和芬蘭文兩種文字，還有一個木製音樂盒，它小巧玲瓏，塗了一層油彩，蓋子是黃銅的，還有各式各樣的乾燥花，那不熟悉的芬蘭花即使死去但依然美麗，我說不出花的名字，那天早晨之前我從未見過這些花。

「我們非常喜歡你親愛的父母，」愛莉阿姨說，那雙幾近失明的眼睛在尋找我的眼睛，「他們在這個世界上活得不易，他們並非一貫終始相互施加恩典。有時他們之間籠罩著沉重的陰影。但現在他們二人終於都棲居在全能之神羽翼的呵護下，現在在你父母之間肯定只有恩典與真實，就像兩個孩子，天真純潔的孩子，不懂得邪惡，只知道相互之間永遠有光明、愛與憐憫，他把左手放在她的頭下，她用右手擁抱他，所有的陰影都離他們而去。」

我呢，則打算向兩位阿姨贈送我作品的兩部芬蘭版譯文，但是勞哈阿姨拒絕接受。她說，送一本希伯來文書，一本在耶路撒冷城裡寫的有關耶路撒冷的作品，我們竭誠請求讀希伯來文，不讀其他文字！此外，她面帶歉意，微笑著說，愛莉阿姨已經什麼都看不見了，因為神已經將她眼中最後一絲亮光拿走。只有我在每天早晨和晚上為她念《新舊約全書》、念《祈禱書》和聖人書，不過我的視力也一天不如一天，我們倆很快都會失明。

每當我不念書給她聽，愛莉阿姨沒聽我念書時，我們就站在窗前，看窗外的樹與鳥，雪與風，清晨與黃昏，日光與夜色，我們滿懷謙卑向仁慈的神致謝，感謝祂所有的慈悲與神蹟：祂的旨意行在地上，如同行在天上[7]。你有時也許會看到，只有當你休息時，天上人間、樹木山石、田野叢林都洋溢著偉大的奇觀，它們光芒萬丈，明亮耀眼，它們就像千名證人證實恩典奇蹟之偉大。

6《聖經．耶利米書》第十七章第九節。
7《新約．馬太福音》第六章第十節。

47

在一九四八年和四九年之交的冬天，戰爭結束了。以色列與周邊國家簽定停火協議，先是埃及，繼之約旦，最後是敘利亞和黎巴嫩。伊拉克未簽署任何文件便撤退了遠征軍。儘管簽定這些協議，但所有的阿拉伯國家繼續宣稱：有朝一日他們會發動「第二輪」戰爭，把他們拒不承認的國家置於死地；他們宣稱，這個國家的存在本身就是一場不斷侵略的行動，他們將其稱作「人造國家」。

在耶路撒冷，約旦司令官阿布杜拉．塔勒和以色列軍事指揮官摩西．達揚幾次會晤，擬定劃分城市的分界線，就通往守望山大學校園的護送通道達成協議，當時那裡仍是外約旦管轄地區內的一小塊孤立的飛地。沿分界線建起混凝土高牆，將半屬於以色列耶路撒冷和半屬於阿拉伯耶路撒冷的街道阻隔開來。四處架設起瓦楞鐵屏障，以使城市西部的行人能躲避城市東部埋伏在屋頂上的狙擊手的視線。布有帶刺鐵絲網、雷區、發射陣地和觀察哨的設防區橫貫整座城市，從北、東、南三方將以色列部分包圍起來。只有西部屬於開放地帶，一條蜿蜒而上的公路把耶路撒冷和台拉維夫以及新國家的其他地區連接起來。但由於部分公路仍由阿拉伯軍團掌控，因此有必要沿著它修一條支線，同時修一條新的輸水管道，取代英國人修的已經陷入半癱瘓狀態的輸水管道，替代仍在阿拉伯控制下的抽水站。這條新修的路叫布林瑪路。一兩年後，又修了一條新的柏油支線，名叫「英雄路」。

在那年月，年輕國家中的一切似乎均為戰場捐軀者、為英雄主義、為鬥爭、為非法移民、為實現猶太復國主義夢想而命名。以色列人為所取得的勝利而自豪，確立自己事業的正義性，具有道德優越感。人們沒有特別在意成千上萬巴勒斯坦難民和臨時難民營裡那些無家可歸者的命運，許多人流離失所，許多人從以軍征服的城鎮與鄉村中被驅逐出去。

人們說，戰爭當然是十分可怕的事，充滿了苦難，但是誰讓阿拉伯人發動了戰爭？畢竟，我們接受的是聯合國允諾的分治妥協方案，是阿拉伯國家反對進行任何調解，試圖把我們趕盡殺絕。不管怎樣，大家都知道一切戰爭均對難民問題提出要求，第二次世界大戰的百萬難民仍然在歐洲漂泊不定，有些整個族群離鄉背井，另一些族群則在自己的土地上安居樂業，剛剛建立的巴基斯坦和印度交換數百萬人口，希臘與土耳其也一樣。畢竟，我們已經失去了老城耶路撒冷的猶太人居住區，我們失去了古什伊燦、卡法達羅姆、阿塔羅克、卡利亞和內韋雅考夫，就像他們失去了雅法、拉馬拉、利夫塔、埃里瑪里哈，以及埃因卡里姆。成千上萬被趕出阿拉伯國家的猶太難民來到此地，取代了成千上萬背井離鄉的阿拉伯人。人們小心翼翼避免使用「驅逐」一詞。代爾亞辛村的大屠殺被稱作「不負責任的極端分子」所為。

一面具體的簾幕垂落下來，將我們與住在謝赫賈拉區和耶路撒冷的其他阿拉伯鄰居阻隔。

我從我們家屋頂可以看到舒阿法特、比杜以及拉馬拉的清真寺光塔，尼比薩姆維爾上方孤零零的高塔，警察學校（一個約旦蒙面人從那裡開槍，打死了正在家門外院子裡玩耍的約尼·阿布拉姆斯基），遭到圍困、由阿拉伯軍團掌管的守望山和橄欖山，謝赫賈拉區和美國人居住區的屋頂。

有時，我想像自己能夠在濃密的樹梢間認出希爾瓦尼莊園的房頂。我相信他們比我們要舒適多了，他們沒有數月遭到炮轟，沒有忍飢挨餓、沒有被迫睡在臭烘烘的地下室裡的墊子上。儘管如此，我還是經常從心靈深處向他們說點什麼。就像蓋烏拉街上修理娃娃的古斯塔夫·克洛赫瑪爾一樣，我渴望穿上自己最好的衣服，站在和平調解代表團的前列走向他們，向他們證明我們是正確的，向他們道歉，並接受他們的歉意，在那裡品嘗餅乾和橘皮蜜餞，顯示我們的諒解與高尚，簽署有關和平友誼與相互尊重的協議，或許也勸阿愛莎和她的小弟弟以及整個希爾瓦尼家族相信，那場事故不完全是我的錯，或者不光是我的錯。

有時，我們會被約一英里之外的停火線那邊傳來的一陣機關槍聲，或是新界那邊宣禮員那略帶哭腔的唱誦驚醒——那聲音就像令人毛骨悚然的悲歌，闖入我們的夢鄉。

*

在我們家避難的客人已經搬走。羅森多夫夫婦已經回到樓上自己家裡；神情恍惚的老太太和女兒把鋪蓋裝進一條麻袋，不見了蹤影；吉塔．米尤多夫尼克，算術教科書作者的遺孀也離開了，當時是我父親憑著一雙自己借出去的襪子認出了教科書作者面目全非的遺體；約瑟夫伯伯和小姨子哈婭．愛里茨迪克回到陶比奧街上克勞斯納家的住宅，住宅門前的銅盤上鐫刻著「猶太教和人文主義」的銘文。住宅在戰時曾遭到毀壞，他們得在裡面修整一番。老教授一連幾個星期為自己的幾千本書痛惜不已，這些書被從書架上橫掃到地上，或者用作屏障和掩體以阻擋從已經成為發射陣地的住宅窗戶射出的子彈。戰後發現，浪子阿瑞爾．愛里茨迪克安然無恙，但是他繼續爭論、謾罵可憐的本-古里昂本可以解放老城和聖殿山但沒有為之，他本可以把阿拉伯人全部趕到阿拉伯世界裡，但沒有為之，這一切皆因為他和他的左派激進夥伴掌管了我們所深愛的國家，在社會主義式的和平主義和托爾斯泰式的素食主義思想的引導下誤入歧途。他堅信，很快一個令人自豪的新型民族領袖階層將會崛起，我們的軍隊會放開手腳，終將從阿拉伯征服者的枷鎖下解放故鄉的每一寸土地。

然而，絕大多數耶路撒冷人並不嚮往另一場戰爭，並不在意消失在現實簾幕與雷區背後的哭牆，還有拉結墓的命運。破碎不堪的城市舔舐自己的創傷。那整個冬天以及接下來的春夏，雜貨鋪、蔬菜水果店以及肉鋪前面形成一長條灰線。又開始了縮減制度。賣冰人的車後聚集起一排排人，賣煤油的車後也聚集起一隊隊人。按照配給票證本上的購物券分配食品。雞蛋和一點點雞肉只限定售給兒童和持有醫療證明的病人。牛奶限量供應。在耶路撒冷很少看到水果和蔬菜。油、糖、粗麵粉和麵粉兩星期或者一個月間或出現一次。要是你想買普通的衣服、鞋子或者家具，你就得用光你配給票證本上正逐漸減少的寶貴購物券。鞋子多用仿皮製作而成，鞋底薄得像層紙板。家具也淨是偽劣產品。人們喝的不是咖啡，而是喝代用咖啡或者菊苣根，雞蛋粉和奶粉代替真正的雞蛋和牛奶。我們開始痛恨每天必吃的冷凍鱈魚魚片，那是新政府從挪威廉價買來的，儲量豐富。

戰爭後的最初幾個月，你若離開耶路撒冷去往台拉維夫或國內其他某地，甚至都需要特批。但所有精明或一意孤行的人，手裡有點小錢了解黑市的人，與新管理階層勾勾搭搭的人，基本感受不到物品匱乏。有些人想方設法在居民已經逃亡或遭到驅逐的阿拉伯繁華地段，或者是戰前英軍和內政服務家庭居住的地段，如卡特蒙、塔里比耶、巴卡阿、阿布托爾以及德國人居住區，攫取房產。成千上萬逃離或被逐出阿拉伯國家的比較貧窮的猶太人取代了比較窮困的阿拉伯人，居住在穆斯拉拉、利夫塔和埃里瑪里哈。陶比奧、阿倫比軍營以及拜特瑪茲米爾建立起一個個臨時大難民營，瓦楞鐵棚屋一排接一排，沒有通電，沒有排水道，沒有自來水。冬天，棚屋與棚屋之間的一條條小路變得泥糊糊，寒冷徹骨。伊拉克來的會計、葉門來的鐵匠、摩洛哥來的商人和店主、布加勒斯特來的表匠擠進這些棚屋，參加政府籌畫的耶路撒冷山上清理石頭再造林地工程，換取微薄的收入。

「英雄主義年代」一去不返，第二次世界大戰，歐洲猶太人種族滅絕，地下抵抗運動，集體加入英軍，加入英國人建立的反抗納粹猶太部隊，抗擊英國人的鬥爭，地下武裝，非法移民，新農村建設，與巴勒斯坦和阿拉伯五國正規部隊的殊死搏鬥，永遠成了過去。

既然燃情時代已經結束，我們突然生活在灰暗、陰鬱、潮濕、卑鄙與瑣碎的「後早晨」（我後來試圖在長篇小說《我的米海爾》中捕捉到這種氣息）。在這個年代裡，有的是發鈍的奧卡瓦刮鬍刀片，沒有味道的象牙牙膏，臭烘烘的議會菸捲，以色列之音狂吼濫叫的兩個體育評論員尼哈米亞·本-阿夫拉漢姆和亞歷山大·亞歷山大羅尼，鱈魚肝油，配給票證本，施姆里克·羅森及其測試節目，政治評論員摩西·麥德茲尼，使用崇尚希伯來精神的姓氏，食品配給，政府工作方案，雜貨店前一排排長隊，嵌進廚房牆壁裡的食品儲藏室，廉價沙丁魚、應可達罐頭肉，以色列-約旦聯合停戰委員會，來自停火線另一方的阿拉伯滲透者，戲劇公司——奧海爾、哈比瑪、多-瑞-咪、克里斯巴特倫、喜劇演員達吉干和舒馬赫、曼德爾鮑姆門交叉路口、報復性的襲擊、用煤油給孩子洗頭去除蝨子、「向臨時難民營伸出救援之手」、「遺棄的阿拉伯資產」、防禦基金、無人地帶，還有「我們的血不會白流」。

*

我再次每天早晨前往塔赫凱莫尼街的塔赫凱莫尼宗教學校上學。在那裡上學的都是窮人家的孩子，會打架，父母都是工匠、體力勞動者和小商販。他們家裡都有八、九個孩子，其中一些人總在覬覦我的三明治。一些人剃著光頭，我們都斜戴黑色貝雷帽。他們很快便發現，我是他們當中唯一的獨生子女，在他們當中最為弱小，我很容易發火或不開心，因此他們合夥聚在操場的水管旁邊對付我，向我潑水。當他們想出些新鮮出格點子羞辱我時，我有時會站在譏諷折磨我的人當中喘著粗氣，挨打，渾身是土，分明是狼群中的羊，卻突然嚇到我的敵人，我開始歇斯底里毆打猛抓自己，狠狠地咬自己的手臂，形成一道血牙。有那麼兩三次，媽媽情緒失控，當著我的面也是這麼做的。

可是有時候，我給他們編造懸疑小說連載，按照我們在愛迪生戲院看到的動作片的套路編造讓人屏住呼吸的情節。在那些故事裡，我毫不猶豫把人猿泰山引見給飛俠哥頓，不然就把尼克．卡特介紹給福爾摩斯，或者把牧童與卡爾．梅筆下的印度世界和梅恩．里德與賓漢或神祕的外太空或紐約郊區的惡棍幫派混為一談。每次休息，我通常只給他們講一段，就像《天方夜譚》裡的雪赫拉札德用故事來延緩自己的生命，始終在最為緊張的當口止住，正當主角似乎就要遭受厄運面臨絕路時，無情地且聽來日分解（我尚未編出）。

於是，我慣於在休息時分到操場走走，彷彿納赫曼拉比與渴望聽他訓誡的一群弟子在一起，隨便我走到哪裡，四周都圍著水泄不通生怕漏掉一個字的聽眾，他們當中有時會出現帶頭迫害我的人，我會寬宏大量把他們請到最裡面，用導致情節急遽轉折的某個寶貴線索或某個令人毛骨悚然的事件、仍有下回分解的東西來取悅他們，這樣把接受者提升為一個具有影響力的人物，他有能力按照個人意願決定是出示寶貴的資訊，還是將資訊祕而不宣。

我最初講的故事充滿了洞穴、迷宮、地下墓地、森林、深海、土牢、戰場、居住著妖魔鬼怪的銀河、勇敢的警察、無畏的武士、密謀策畫、可怕的背叛以及繼之而來的俠肝義膽慷慨救助的壯舉、巴洛克式的崎嶇轉折、難以置信的自我犧牲、表達自我否定與寬容的極度情緒化姿態。我還記得，我早期作品中的人物既有正面英雄人物又有反面惡棍，大批反面人物幡然悔悟，透過自我犧牲或英勇死去來補償自己的過失，還有嗜血成性的施虐狂，各式各樣的無賴和卑鄙無恥的騙子，還有含笑獻身的謙謙君子；另一方面，所有的女性人物無一例外，都無比高貴，儘管吃盡苦頭但仍懷愛戀，遭受痛苦卻滿懷同情，身受折磨甚至屈辱，但始終傲然純潔，為男人的心志迷亂而付出代價，但依舊慷慨與寬容。

但是如果我把弦線拉得過緊，或拉得不夠，那麼講過幾段之後，或者在故事末尾，當惡行被摧毀，高尚的行為最終得到了應有報償之際，也就是這個可憐的雪赫拉札德被投入獅穴之時，講故事者就會為他的祖先挨打受辱。誰叫他不閉上嘴巴呢？

*

塔赫凱莫尼是個男校，就連老師也是清一色的男性。除學校護士外，從沒有女人在這裡出現過。膽大妄為的男孩子有時爬上來麥爾女校的高牆，掃一眼鐵屏障那邊的生活。女孩子們身穿藍色長裙，泡泡短袖上衣，於是就傳說，她們在休息時走到操場，兩個兩個地玩跳房子，給對方梳小辮，偶爾也像我們一樣往對方身上噴水。

除我以外，塔赫凱莫尼的所有孩子幾乎都有姊姊、嫂子和堂姊、表姊，於是我是在最後一撥人裡最後一個聽到悄聲議論女孩子有而我們卻沒有的東西，反之亦然，最後聽到大哥哥們在黑暗中對他們的女孩子做些什麼。

家裡對這個話題隻字不提。一次也不講。也許有些客人會忘乎所以，取笑波希米亞人的生活，或者取笑巴爾-伊茲哈爾-伊薩萊維茨夫婦，說他們一絲不苟遵守「要生養眾多」[1]的戒律，那時他會在旁人的申斥聲中沉默下來：你沒看見孩子就在這裡嗎？

孩子雖然人在那裡，但是他什麼也不懂。要是班上同學氣勢洶洶用阿拉伯語朝他嚷女孩子長著什麼，要是他們擠在一塊傳看一張衣服穿得很少的女人照片，要是有人拿來一枝原子筆，裡面有個身穿網球服的女孩，當你把筆掉過來時，衣服突然不見了，他們便粗聲粗氣地咯咯直笑，互相用胳膊肘捅對方的肋骨，死乞白賴地仿效哥哥們的樣子，只有我驚恐萬狀，彷彿遠方地平線上正在隱約形成某種災難。它尚未到此，尚未觸及我，但是它已經令人毛骨悚然了，就像四面八方的遠山頂上燒起森林之火，任何人也逃脫不了。一切再也無法回到從前。

每當他們上氣不接下氣斷斷續續小聲講述，某個缺心眼的傻大姊在台拉阿札叢林一帶晃蕩，誰給點小錢就把自己送上，或者談論廚具商店裡一個胖寡婦把八年級幾個男孩帶到店後邊的倉庫裡，向他們展示自己的私處，為的是看他們手淫時，我便感到一陣心痛，彷彿某種巨大的恐懼正在等著每個人，每個男人和女人，那恐懼既殘酷又有耐性，悄悄地、一點一點地編織出一張看不見的討厭的網，也許我在不知不覺中就被黏上了。

我們上到六、七年級時，有一天學校護士——一個聲音粗啞有軍人氣質的女子——突然出現在教室裡，獨自在茫然不知所措的三十八個男生面前，站了整整兩節課，向我們展示生命的本質。她無所畏懼地向我們描述了各種器官及其功能，用彩色粉筆在黑板上畫出體內臟器管道，她什麼也沒有省略：精子、卵、腺體、陰莖包皮、管狀器官等。接著她向我們做了可怕的示範，可怕地向我們描述了潛伏在門口的兩個魔怪，弗蘭肯斯坦的科學魔怪以及兩性世界裡的狼人，懷孕與感染的雙重危險。

我們意亂情迷，羞答答地走出教室，走進世界，而今那世界在我眼裡酷似巨大的礦藏或痛苦萬狀的星球。我那時作為一個孩子，多多少少領會到，我應該得了解什麼，接受什麼，但是我無論如

1《舊約．創世記》第一章第二十八節。

何也弄不明白，一個心智健全的男人或女人為何會心甘情願被困在那些迷宮似的龍穴裡。這個勇敢的護士毫無顧忌，赤裸裸地向我們展示一切，從荷爾蒙到健康防禦規則，但隻字未提，即便拐彎抹角，在那些複雜而危險的過程中會有某種快感，這也許是因為她想保護我們的純潔，也許因為她自己根本就不知道。

*

我們在塔赫凱莫尼的老師，多數都穿著略微磨損了的深灰色或棕色套裝或老式外套，永無休止地要求我們心存敬畏。莫宗先生、阿維沙先生、老奈曼先生和小奈曼先生、阿爾卡萊先生、杜夫沙尼先生、歐菲爾先生、米海埃里先生，傲慢的校長伊蘭先生總是身穿三件式西裝出現在大庭廣眾之下，他弟弟，也是伊蘭先生，卻只穿兩件式。

這些人走進教室時，我們都需要起立，只有當他們親切地示意我們就座時，我們方能坐下。我們稱老師為「我的老師」，總是用第三人稱。「我的老師要家長寫字條，可是家長去海法了。也許請他同意我週日再把字條帶來好嗎？」不然就是：「我的老師，對不起，他不覺得他這裡有點過分嗎？」（該句中第二個「他」當然指的不是老師——我們誰也沒有那個膽量指控他行為有點過分——而只是指先知耶利米，或者詩人比阿里克，我們那時學他們大發脾氣。）

至於我們學生，從一跨進學校門檻的那一刻，就徹底丟掉了自己第一個名字，只剩姓氏了。我們的老師只叫我們包佐、薩拉高斯提、瓦勒若、里伯茨基、奧法西、克勞斯納、哈加吉、施萊費爾、代拉馬爾、達諾、本-奈姆、考多瓦羅或者阿克西羅德。

我們在塔赫凱莫尼的老師，有太多太多的懲罰。打耳光，用板尺打手掌，抓住我們的後脖頸搖晃，把我們轟到院子裡，叫家長，在班上點名冊裡畫黑叉，把《聖經》中的某一章抄寫二十遍，不然就是寫五百行：「上課不許說話」，或「按時完成作業」。任何書寫不工整的學生都要在家用美術字或「山間溪流般純正」的字體抄書。手指甲剪得不整齊者，耳朵上有汙跡者，或衣領不乾淨者，均會蒙受羞辱被趕回家去，而且還要站在全班同學面前，清清楚楚地大聲背誦：「我是髒娃娃，／髒是一種罪愆；／要是我不洗澡，／就會在垃圾箱裡完蛋！」

塔赫凱莫尼每天第一堂課，都是唱誦〈我感謝〉：

我感謝祢，／啊，永遠不朽的王，／祢使我的靈魂甦醒，憐憫我：／祢忠誠無比。

之後，我們都用尖厲的顫音，津津有味地唱著：

宇宙之王／創造了天地萬物……
天地萬物造齊，／令人敬畏者將統治……

只有唱完所有的歌，做完晨禱（縮略了的）後，老師才命令我們打開教科書和練習本，準備好鉛筆，一般情況下，馬上就會開始冗長而令人生厭的聽寫，直至象徵自由的鈴聲響起，有時甚至會拖到響鈴以後。我們在家裡必須背誦一段一段的《聖經》、整首詩和拉比訓誡。直至今天你可以在半夜把我叫醒，讓我背誦先知對敘利亞王使者拉伯沙基的回應：「錫安的處女藐視你、嗤笑你：耶路撒冷的女子向你搖頭。你辱罵誰，褻瀆誰？揚起聲來，高舉眼目攻擊誰呢？……我要用鼻子鉤上你的鼻子，把嚼環放在你口裡，使你從你來的路轉回去。」2

或者《阿伯特》：「世界立於三塊基石……少言多行……我從未見過比沉默更益於身心之物……明白在你之上……不要讓你與民眾脫節，不要自以為是，直至你死去那天；不要臆斷你的朋友，直至你身處其境……在無人之處則要努力去做人。」

*

在塔赫凱莫尼學校，我學習希伯來語。它彷彿鑽頭插入豐富的礦脈，我初次接受那礦脈是在傑爾達老師的課堂和院子裡。莊嚴的習語，幾乎遺忘的語言，奇異的句法和幾個世紀幾乎無人問津的冷門語言，還有希伯來語言那強烈的美，對我產生巨大的吸引力：「到了早晨，一看是利亞」；「宇宙之王，創造了天地萬物」；「以色列人心中也沒受割禮」；「一細亞痛苦」（《列王記下》中有「一細亞麵粉」的說法）；或是「要向賢哲們的火光取暖，但要小心，勿被其燃燒的煤塊灼傷，因為他們的嘶咬是狐狸的嘶咬，他們的螫噬則是毒蠍的螫噬……他們的一切言談，均像火中煤塊」。

我在塔赫凱莫尼這裡學習《摩西五經》與拉希那睿智而輕盈的詮釋，我在這裡沉湎於聖賢智慧、神祕傳說與處世之道、祈禱書、讚美詩、聖著評注、評注注疏、安息日與節日祈禱書以及「布就筵席」之道。我在這裡也結識一些家族的朋友，如馬加比戰爭、巴爾·科赫巴起義、流放時期猶太社區歷史、大拉比們的生平、帶有道德訓誡色彩的哈西德傳說。有時也學習一些拉比法學家的東西、西班牙希伯來語詩歌和比阿里克的詩歌，偶爾在歐菲爾先生的音樂課上，學幾首拓荒者在加利利和山谷裡唱的歌，在塔赫凱莫尼唱這些歌顯得有些另類，就像西伯利亞出現了一頭駱駝。

地理老師阿維沙先生將會借助地圖偶爾外加一盞破魔燈，率領我們和他一起做充滿冒險色彩的旅行：到加利利、外約旦、美索不達米亞、金字塔和巴比倫空中花園。小奈曼先生先是向我們大吼先知的憤怒，那陣勢就像熔岩奔騰，隨即又用涓涓溪流般的柔情來安撫、慰藉我們。英文老師莫宗先生向我們反覆強調「我做」、「我做過」、「我做完了」、「我一直在做」、「我本來會做」、「本應該做」、「本應該一直在做」等說法之間永遠存在著差異：「就連英國國王陛下本人！」他會像上帝在西奈山上那樣吼叫，「就連邱吉爾！莎士比亞！加里．庫伯！——都沒有理由不遵守這些語言規則，只有你，尊敬的先生，阿布拉非亞先生，顯然高踞於律法之上！怎麼，你高踞於邱吉爾之上？高踞於莎士比亞之上？高踞於英國國王之上？恬不知恥！丟人啊！現在大家請看，全班都要注意，把它寫下來，別出錯。真遺憾，只有你，這個非常尊貴的大師阿布拉非亞，你真丟人！」

但我最喜歡的老師是米海埃里先生，莫代海．米海埃里，他柔軟的雙手一向優雅，像雙舞蹈家的手，神情倦怠，彷彿總是在為什麼感到羞愧。他習慣坐著，摘下帽子，把它放在面前的書桌上，擺正他的小帽，沒有用知識來轟炸我們，而是連續幾個小時給我們講故事。他會從《塔木德》講到烏克蘭民間傳說，接著忽地一下衝到希臘神話、貝都因故事和意第緒打鬧劇，他會不住地講，直至講到格林童話和安徒生童話，還有他自己的故事，他跟我一樣，編這些故事就是為了講給人聽。

班上多數男孩子因為和藹可親的米海埃里先生脾氣好，又心不在焉，在上課時把手臂放在桌上枕著睡覺。有時他們傳紙條，甚至在桌子下面拋紙球。米海埃里先生沒有覺察，也許他並不在意。

我也不在意。他疲倦善良的眼睛盯著我，為我一個人講故事，或者只為我們兩三個人講，大家的眼睛一刻也離不開他的兩片嘴唇，它們似乎在我們眼前創造著整個世界。

2《舊約．列王記下》第二十一章第二十八節。

48

朋友和鄰居又開始在夏日夜晚出現在我們的小院，一杯香茶，一塊蛋糕，談論政治或文化事務。瑪拉和斯塔施克·魯德尼基，海姆和漢娜·托倫，克洛赫瑪爾夫婦，克洛赫瑪爾夫婦在蓋烏拉街的小店重操舊業，修理娃娃，讓禿頭泰迪熊重新長出頭髮。雅可夫－大衛與潔爾塔·阿布拉姆斯基也是常客（他們在兒子約尼被打死後，一連幾個月面色蒼白。阿布拉姆斯基先生甚至更加絮絮叨叨，而潔爾塔變得非常沉默寡言）。我父親的父母，亞歷山大爺爺和施羅密特奶奶有時也會來，非常溫文爾雅，顯示出奧德薩人的高傲。對於兒子所說的一切，亞歷山大爺爺都一概以一句「咳，有什麼呀」猛然駁回，輕蔑地搖搖腦袋，但是他從未有勇氣向施羅密特奶奶表示異議。奶奶會在我腮幫子上濕答答地親兩下，立即用一塊紙巾擦她的嘴唇，用另一塊紙巾擦我的臉頰，朝媽媽準備的茶點，或是朝沒有疊好的紙巾聳聳鼻子，或者是朝她兒子的西裝外套聳聳鼻子，在她看來，兒子的外套俗不可耐，簡直像東方人穿衣服那樣沒有品味：

「但是真的，羅尼亞，真便宜！你在什麼地方找到的那衣服？在雅法的一家阿拉伯商店？」她看也沒看我媽一眼，傷心地加了一句：「只有在最小的猶太小村子，沒什麼正經文化，你可以看見有人那麼穿戴！」

他們會圍坐在搬到院子裡充作花園桌的一張黑色茶桌旁，異口同聲讚賞涼爽的晚風，邊品茶和蛋糕，邊分析史達林近來頗為詭祕的行動或者杜魯門總統的堅決果敢，討論不列顛帝國的衰落或者印度分治問題，談話由此轉到年輕國家的政治形勢上，變得更加激烈。斯塔施克抬高聲音，而阿布拉姆斯基使勁地擺手，用高亢的聖經希伯來語取笑他。斯塔施克對基布茲和新型的集體農場堅信不疑，主張政府應把所有的新移民都送到那裡，不管他們願意與否，一下船就直接送過去，徹底治癒他們的流放心態及其受迫害情結。正是在那裡，透過田間的艱苦勞作，鑄造了新型的希伯來人。

對以色列勞工組織領導階層實行布爾什維克式專制，沒擁有他們的紅卡不得工作，父親深表不平。古斯塔夫·克洛赫瑪爾膽怯地提出，儘管本-古里昂有種種錯誤，但他也是時代英雄：當心胸狹隘的黨政僕人有可能受阻，錯過建國的適當時機時，蒼天有眼把本-古里昂派給我們。「是我們的年輕人！」亞歷山大爺爺大叫，「是我們的年輕人，給我們贏得勝利和奇蹟！根本不是本-古里昂！是年輕人！」爺爺說著朝我彎過身，心不在焉地拍了我兩三下，彷彿在犒勞年輕一代贏得戰爭。

女人幾乎就不加入談話。那時讚美女子是「如此非凡的聽眾」，讚美她做得一手好蛋糕和餅乾，讚美愜意的氣氛，而不是讚美她們介入談話，已經成為習慣。比如說，瑪拉·魯德尼基，不管斯塔施克何時說話，都會高高興興地點頭，要是有人打斷他，都會搖頭。潔爾塔·阿布拉姆斯基雙手抱肩，彷彿感到冷似的。自從約尼死後，即使在溫暖的夜晚，她也會側頭坐在那裡，好像在看鄰居花園裡的柏樹樹梢，雙手還是抱肩。施羅密特奶奶是個有主意又固執己見的女子，有時會用她深沉的女低音插嘴：「非常非常正確！」不然就是：「比你說的還要更加糟糕，斯塔施克先生，更加更加糟糕！」或者還有：「不——！阿布拉姆斯基，你在說什麼呢！根本不可能！」

*

只有我母親有時顛覆這一規則。當出現片刻寧靜時，她會說些先是看來不相關的話，但接著便能看出整個談話引力中心實現了徹底的平和轉移，沒有改變話題，也沒有與先前的那些話題相矛盾，而是好似她自己正在談話後牆上開了一扇門，而那時牆上顯然沒有門。

她發表過自己的見解後，就沉默下來，贊許地微笑著，以勝利者的姿態看著我，卻沒有看客人或者我父親。媽媽說過話後，整個談話的立足點似乎已經轉移。不久以後，她依然露出令人愉快的微笑，那微笑似乎對什麼東西表示不確定，又對另外什麼東西進行破解，她站起身，給她的客人再請一杯茶：要嗎？味道怎麼樣？再要一塊蛋糕嗎？

身為孩子，我那時對媽媽瞬間打斷男人們的談話感到有些苦惱，也許因為我意識到說話人當中有一絲看不見的難堪，一種不易覺察到且要擺脫困境的企圖，彷彿在那一刻害怕他們也許漫不經心地說了什麼，或做了什麼，引得我媽媽竊笑他們，而他們自己卻不知何故。也許是她內斂的光華照人的美始終令這些克制的男人侷促不安，使他們唯恐她會不喜歡他們，或者發現他們有點可憎。

對於女人而言，我母親介入談話，在她們之中攪起一種焦慮與希望互相交織的奇怪感受，有朝一日她會終於失去立足點，或者也許失去對男人的挫敗而產生的一點快感。

海姆．托倫——作家兼作家協會官員——可能會這麼說：

「確實大家都必須意識到，治理國家不像開雜貨店或者管理某個偏僻小城鎮。」

我父親說：

「現在臆斷可能為時過早，我親愛的海姆，但大凡頭上長眼睛的人偶爾都會發現我們年輕國家之所以令人極度失望的明顯原因。」

克洛赫瑪爾——玩具娃娃醫生——羞怯怯地補了一句：

「還有，他們連便道都不修。我給市長寫了兩封信了，石沉大海。我不是說不同意克勞斯納先生的說法，實質上是一樣的。」

我父親開始大膽使用他的希伯來雙關語：

「在我們國家，唯一該做的事情就是修路。」

阿布拉姆斯基先生引用《聖經》中的話：

「『殺人流血，接連不斷，』先知何西阿說，『因此這地悲哀。』[1]猶太民族的殘餘勢力來到這裡重建大衛和所羅門的王國，奠定第三聖殿的基礎，我們全都落入了各式各樣驕傲自大缺乏信念的基布茲會計或者其他心中沒有受割禮（指心地不純）的紅臉官員們那汗津津的手裡，『其世界如蟻穴般狹小。』[2]居心悖逆的官長與盜賊為伴，相互一點一點分配民族留在我們手中的那微不足道的故鄉土地。先知以西結說道：『你掌舵的呼號之聲一發，郊野都要震動。』[3]委實說的就是他們，不是別人。」

媽媽嘴角掛著一絲微笑，似乎說些沒有干係的事：

「也許等他們分配完了土地，就該修便道了？那時他們會在克洛赫瑪爾先生店鋪前面修便道。」

＊

而今，在她死去五十年之後，我想像我能夠聽出她說這些話，或說類似的話時，裡面蘊涵著強

1《舊約．何西阿書》第二章第二至三節。
2《舊約．以賽亞書》第一章第二十三節。
3《舊約．以西結書》第二十七章第二十八節。

烈的冷靜、懷疑、尖銳微妙的嘲諷以及永不消逝的傷悲。

在那些日子，有些東西在一點點地消耗著她。她的動作已經開始讓人感覺到一種緩慢，或是稍許的心不在焉。她不再做歷史和文學課家教。有時，她為熱哈威亞大街教授們以蹩腳的德式希伯來語寫的文章修改語法和風格，將其編輯出版，以贏得微薄的收入。她還是自己包攬了全部家務，幹練而敏捷：整個上午做飯，煎炒，烘烤，購物，切東西，攪拌，烘乾，清潔，擦拭，洗衣服，晾曬，熨燙，摺疊衣物，直至整個住宅光亮亮的，午飯後她坐在扶手椅裡看書。

她看書時坐姿奇怪：總是把書放在膝頭，身子和脖子朝書彎下去。坐在那裡看書的她，樣子就像一個年輕的姑娘羞羞答答朝膝蓋垂下眼簾。她常常站在窗前，長久凝視著我們沉寂的大街。不然就是索性把鞋子一脫，仰面朝天，和衣躺在鋪好的床上，睜大眼睛盯著天花板某個特殊的位置出神。有時候她會突然一下子站起身，焦慮不安地穿上外出服，許諾說過一刻鐘就回來，拉平裙子，背著鏡子順順頭髮，肩背樸素的草編提包，急急忙忙走了出去，彷彿怕丟失什麼東西。要是我要求跟她一起去，或者問她去哪裡，媽媽會說：

「我需要獨處一會兒。你為什麼不也獨處一下呢。」接著又說，「我一會兒就回來。」

她一向信守諾言，很快就會回來，眼睛裡熠熠生輝，雙頰紅潤，彷彿在嚴寒中凍過，彷彿她一直在奔跑，抑或彷彿她在路上碰到了什麼激動人心的事。她回來時比離開的時候要漂亮多了。

有一次，我趁她不備跟著她出了家門。我遠遠地尾隨著她，身子貼著牆壁和矮樹叢，就像我跟福爾摩斯和電影裡學的那樣。天氣並不算冷，媽媽也沒有奔跑，她急急忙忙地走著，彷彿怕遲到似的。走到澤弗奈亞街的盡頭，她往右一拐，穿著白鞋子的雙腳加快了步伐，健步如飛，直到馬拉哈伊街拐角，她在郵筒旁邊停住，猶豫不決。尾隨其後的年輕偵探此時已經得出結論：她出來是為了祕密寄信，我充滿了好奇與模模糊糊的理解。但是媽媽並沒有寄信。她在郵筒旁邊站立片刻，陷入長考，接著突然用手拍了一下腦門，轉身回家（多少年過去了，那個紅郵筒仍然立在那裡，嵌在混凝土牆壁裡，上面刻著GR兩個字母，以紀念英王喬治五世）。於是我便穿過一個院子，從那裡抄近路又穿過第二個院子，搶先比她早一兩分鐘到家，有點氣喘吁吁。她臉色紅潤，彷彿在冰天雪地裡待過，敏銳的深褐色眸子裡閃著頑皮深情的目光。那一刻，媽媽的樣子酷似她的父親，我的外公。她把我的頭貼在她的肚子上，對我說了這樣的話：

「在我所有的孩子中，我最喜歡的是你。你能原原本本地告訴我究竟喜歡你什麼？」

還有：

「尤其是你的純真。我今生從未遇到過像你這麼純真的人。即使你已經這麼大歲數，即使你擁有了各式各樣的經歷，你的純真沒有離你而去。永遠沒有。你會永遠保持純真的本色。」

還有：

「有些女人會純真耗盡，還有一些女人，我是其中之一，喜歡純真的男人，感到一種內在的衝動，要張開羽翼呵護他們。」

還有：

「我認為你會長成某種嘮嘮叨叨的小狗，像你的父親，你也會成為一個絕對安靜、封閉的人，像村中遭到農民拋棄的一口水井。和我一樣。你也可以兼備這兩種人的特徵。我絕對相信你。我們現在編故事好不好？我們輪著來，各編一章。我可以開始嗎？很久很久以前，有一個小村子，所有的居民都棄它而去。就連貓和狗，就連群鳥也拋棄了它。於是小村子年復一年保持沉寂與被棄的狀態。風雨抽打著茅草屋頂，棚舍的牆壁在冰雹風雪的侵襲下劈啪作響，菜園子裡植被蔓生，任憑樹木和矮叢自由生長，無人修剪，越來越濃密。一個秋天的晚上，一個迷路的旅人來到這個遭遺棄的小村莊。他猶豫著敲打第一間棚舍的門，好了……你接著往下講好嗎？」

*

在她去世前兩年，在一九四九年和五〇年之交的冬天，她開始經常頭痛。她不時感冒，嗓子劇痛，即便病好了，但去不掉偏頭痛的毛病。她把椅子放在窗戶附近，身穿藍色的法蘭絨睡袍，在那裡一坐就是幾個小時，看雨，打開的書倒放在膝頭，但與其說她在看書，不如說在用手指嗒嗒地敲打著書的封面。她連續一兩個小時一動不動地坐在那裡看雨，或者看濕漉漉的鳥兒，十個手指不斷地在書上敲擊，彷彿在鋼琴上一遍遍彈奏著同一段曲子。

逐漸，她不得不減輕家務。然而她仍然把餐具收拾停當，洗乾淨，扔掉所有的紙片和碎屑。她依舊每天打掃房間，每隔兩三天擦拭一遍地板。但是她再也不多花心思做飯。她只做簡單的飯菜：煮馬鈴薯，炒蛋，涼拌蔬菜。偶爾雞湯裡飄著幾塊雞。或者米飯加金槍魚罐頭。她有時會一連幾天頭痛，可幾乎從未聽到她叫苦。是父親告訴我的。他悄悄地以男人和男人說話的方式把此事告訴了我，沒當著她的面。他的胳膊繞過我的雙肩，讓我保證從今以後只要媽媽在家就要壓低嗓門，不要大喊大叫或吵吵鬧鬧，尤其要保證別甩門，別甩打窗子或百葉窗。我必須小心翼翼，不要把茶壺、鐵罐或者鍋蓋掉在地上，在家裡不要擊掌。

我下了保證，並信守諾言。他稱我是個聰明伶俐的孩子，有那麼一兩次甚至叫我「小夥子」。

媽媽深情地向我微笑，可那卻是沒有微笑的微笑。那年冬天，她的眼角增加了許多皺紋。

串門的人不多。莉蓮卡－莉莉亞．卡利什、莉亞．巴－薩姆哈，兩部風靡一時的兒童心理學著作的作者隔些日子來上門一次。她和我媽面對面坐在那裡，她兩人用俄語或波蘭語交談。我有一種感覺，她們正在談論故鄉羅夫諾，談論她們在索森基森林裡被德國人槍殺的朋友和老師。因為她們偶爾會提到伊撒哈爾．萊斯，深受塔勒布特所有女孩愛戀、頗具性格魅力的校長的名字，提到布斯里克、伯克維斯基、凡卡．宰德曼等老師的名字，以及她們童年時代一些街道和公園的名字。

施羅密特奶奶偶爾會來，查看冰櫃和食品儲藏櫃，眉頭緊皺，在走廊一頭、狹小的浴室兼廁所門外和我父親簡短地嘀咕幾句，接著往媽媽休息的房間裡偷偷張望，親切地問：

「妳需要什麼嗎，親愛的？」

「不，謝謝。」

「那妳幹麼不躺著呢？」

「我這樣很好啊，謝謝你。」

「妳冷嗎？我把電熱器幫妳打開？」

「不，謝謝。我不冷，謝謝。」

「醫生呢？醫生什麼時候來的？」

「我不需要醫生。」

「真的嗎？嗯，妳怎麼有把握妳不需要醫生？」

父親用俄語侷促不安地向他母親說些什麼，隨即向她們二人道歉。奶奶指責他說：

「安靜，羅尼亞。你別管。我在和她說話，不是和你說話。對不起，你給孩子做什麼表率？」

孩子立刻走開了，不過有那麼一次，他確實想法子聽到奶奶向陪她走向門口的爸爸低聲說：

「就是。裝模作樣。就像該給她月亮似的。你別和我爭。你可以認為只有她在這裡過得艱難，你可以認為我們大家都在養尊處優。你應該給她開點窗子，人在裡邊真會憋死。」

儘管如此，還是請了醫生。不久又請了一次。媽媽被送進診所做全面檢查，甚至到臨時設在大衛迪卡的哈達薩醫院住了兩夜。什麼也沒有查出來。從醫院回來兩個星期後，她臉色蒼白，渾身無力，於是又請了醫生。一次甚至深更半夜把醫生請來，他和父親在走廊裡開玩笑，和藹的聲音渾厚粗獷，像木膠一樣，把我從夢中驚醒。沙發夜裡打開，變成一張窄小的雙人床，在媽媽那邊，放著各式各樣的藥包和藥瓶，維生素藥片，叫什麼ＡＰＣ的治療偏頭痛的藥片，等等。她不肯躺在床上，靜靜地在窗邊的椅子上連續坐上幾個小時。有時她顯得情緒很好。那年冬天，她和父親說話時聲音輕柔而和藹，彷彿生病的是他，彷彿如果有人提高嗓門，他就會發抖。她和他說話形成一種習慣，彷彿在跟孩子說話，甜美，深情，有時甚至像對嬰兒講話。而跟我說話時，她就像在對知己說話。

「請不要生我的氣，艾默思，」她說，那目光深深刺痛我的心靈，「不要生我的氣，我現在有點難受，你可以看出現在我要想把什麼都做好，該有多麼費勁。」

我早早地起床，掃地，而後再去上學，每星期用肥皂水沖洗兩次地板，再擦乾。我學會了切沙拉，往麵包裡夾奶油，煎雞蛋，為自己準備晚餐，因為一般情況下，媽媽都是晚上有點犯病。

至於父親，這些天突然顯得興高采烈，原因並不明顯，對此他竭力加以掩飾。他獨自哼著小曲，沒來由地咯咯直笑，一次，趁他不備，我看見他在院子裡又蹦又跳，像突然被什麼叮咬似的。他晚上經常出去，等我睡著了以後才回來。他說，他需要出去，因為我的房間九點關燈，他們房間裡開燈媽媽會受不了。每天晚上，她摸黑坐在窗前的椅子。他努力和她坐在一起，坐在她身邊，一言不發，好像在分擔她的痛苦，但活躍而缺乏耐性的天性使他無法一動不動地坐上三、四分鐘。

49

起初，父親晚上退到了廚房。他試圖讀書，或把書和筆記卡片攤在破損的油布上，稍微工作一會兒。但是廚房又狹小又窄仄，他在裡面感到壓抑。他是個好熱鬧的人，喜歡爭論逗趣，喜歡光，倘若讓他夜復一夜坐在令人沮喪的廚房裡，沒有巧妙的文字遊戲，沒有歷史或政治爭論，他的眼睛裡就會蒙上一層稚氣的慍怒。

媽媽突然放聲大笑對他說：

「去吧，去吧，到外面玩會兒吧。」

她加了一句：「只是要多加小心。什麼人都有。不是所有的人都像你那樣善良直率。」

「妳說什麼呢！」父親生氣了，「妳瘋了嗎？孩子在呢！」

媽媽說：「對不起。」

他每次出去之前，都要徵得她的同意。每次出去之前都要做完所有家務：把買來的東西安排妥當，洗碗洗衣，把已經洗好的衣物晾起來，再把已經晾乾的拿進屋。接著，他會擦鞋，洗澡，噴些他給自己新買的刮鬍水，穿上一件乾淨的襯衫，仔細挑選一條合適的領帶，已經拎起了西裝外套時，他會彎下腰對我媽媽說：

「妳真的不介意我出去會會朋友，跟他們聊聊政治形勢談談工作？跟我說實話。」

媽媽從來也不反對。可當他試圖告訴她去什麼地方時，卻堅決不肯聽：

「阿里耶，只是你回來時輕一點。」

「我會的。」

「再見。你走吧。」

「妳真的不在乎我出去？我也許會在外面待到很晚呢？」

「我真的不介意。你願意什麼時候回來就什麼時候回來。」

「妳還需要什麼嗎？」

「謝謝。我什麼都不需要。艾默思在這兒照顧我呢。」

「我會早點回來。」又是一陣略帶猶豫的沉默：「那麼好吧。行了嗎？我就走了？再見。希望妳感覺好點。盡量上床去睡，不要在椅子裡睡覺。」

「我盡量。」

「那麼晚安？再見了？我會早點回來，我保證回來時輕一點。」

「去吧。」

他整整西裝，正正領帶，走了，他在經過我的窗前時哼著小曲，聲音溫和，但走調走得嚇人：「路漫漫，曲曲彎彎，你離我如此遙遠，比明月還要遙遠……」不然就是：「你的眼睛，你的眼睛，在訴說什麼？你的眼睛默默無語……」

*

偏頭痛造成她的失眠。醫生開了各式各樣的安眠藥和鎮靜劑，但都無濟於事。她害怕上床睡覺，終夜在椅子上度過，身披一條毯子，一個靠墊放在頭下，另一個靠墊擋住了她的臉。也許她試圖那樣睡覺。一丁點兒干擾便令她驚悸，無論害相思病的群貓的哀嚎，遠方謝赫賈拉區或以薩維亞地區的槍聲，還是邊界那邊阿拉伯耶路撒冷光塔凌晨時分傳來的宣禮員的唱誦。要是父親關掉了所有的燈，她則害怕黑暗；要是他不關走廊裡的燈，則更加劇了她的偏頭痛。顯然他快半夜了才回來，情緒高昂，但羞愧難當，發現她依舊醒著坐在椅子裡，乾枯的眼睛凝視著黑暗的窗戶。他會詢問她是不是需要茶或者熱牛奶，祈求她上床睡覺，索性建議讓她坐在椅子裡，也許這樣可以使她最後還能睡上一會兒。有時，他感到十分愧疚，跪在那裡給她穿上毛襪，萬一她的腳著涼了呢。

他半夜回到家裡，有時會痛痛快快地洗個澡，興高采烈地小聲唱歌，即使走調也不在乎，「我有一座花園，我有一口水井」，唱到一半突然自己止住，立刻沉默下來，充滿了羞愧與困惑，他滿懷內疚默默地脫下衣服，穿上他的條紋睡衣，輕輕地再次問她需不需要茶、牛奶或者冷飲料，也許再次引誘她躺在床上，躺在他的身邊，或者躺在他睡覺的地方。祈求她驅除不好的想法，想些愉快的事情。當他上床把自己裹在毯子裡後，提出了她可以想的種種愉快想法，最後像個孩子似的帶著這些愉快的想法進入夢鄉。但是，我想像他會帶著責任感，夜裡醒上兩三次，檢查坐在椅子裡的病人，給她拿藥，倒杯水，給她蓋蓋毯子，再回去睡覺。

*

冬末，她幾乎不再吃東西；有時在茶裡泡塊麵包乾，說這已經足夠了，她覺得有點噁心，沒有食欲。別為我擔心，阿里耶，我幾乎動都不動。要是我吃東西，就會胖得像我媽媽一樣，別擔心。

爸爸傷心地對我說：

「媽媽病了，醫生們檢查不出來她得了什麼病。我想請些別的醫生，可是她不要。」

還有一次他對我說：

「你媽媽這樣懲罰自己，就是為了懲罰我。」

爺爺說：「咳，那有什麼。精神狀態。憂鬱症。總有些怪念頭。這證明心依舊年輕。」

莉蓮卡阿姨對我說：

「你也不易啊。你是這麼聰明伶俐、多愁善感的孩子，有朝一日你會成為作家。你媽媽對我說你是她生命中的一縷陽光。你真是一縷陽光。不像某人幼稚而自私自利，使得他此時到外面採摘玫瑰花蕊，未曾意識到他這樣做只會把事情搞得更為糟糕。沒有關係。我現在是和自己嘮叨，不是和你。你是個有點孤單的孩子，也許現在比平時更加孤獨了，因此不管什麼時候你需要和我進行知心談話，不要猶豫，請記住，莉蓮卡不止是媽媽的一個朋友，只要你允許，我也是你的一個好朋友。一個不是用成年人看待兒童的方式來看待你的朋友，而是一個真正的志趣相投的朋友。」

我也許明白，莉蓮卡阿姨說的「到外面採摘玫瑰花蕊」是指父親經常在晚上去看朋友，儘管我無法明白在魯德尼基擁擠不堪的小屋裡，掛著禿鳥和松果鳥，餐具櫃後面的玻璃門後有一堆酒椰編的動物，或在阿布拉姆斯基那可憐而失修（因為他們一直哀悼兒子），幾乎顧不上打掃收拾的住宅裡，她所指的玫瑰花蕊究竟是什麼樣子。我猜測，也許在莉蓮卡阿姨所說的玫瑰花蕊中有些東西不可能。也許正因如此，我不想了解，不想與父親一絲不苟地擦鞋或他新買的刮鬍水聯繫起來。

＊

記憶欺騙了我。我現在想起曾經完全忘卻了的事情。我重又想起十六歲那年發生的事，而後又再次忘記。今天早晨，我想起的不是事件本身，而是事件發生之前的往事，離今天有四十多年了，彷彿一輪舊月映現到窗玻璃上，又從玻璃上映現到湖面，記憶從湖面擷取的不是映射本身，映射本身已經不復存在，剩下的只是一堆白骨。

是這樣。現在，在這裡，在阿拉德，在一個秋天早上六點半，我冷不防看到輪廓極其分明的一幅畫面：一九五〇年或五一年冬日午飯時分，天空烏雲密布，我和朋友魯里克沿著雅法路走到錫安廣場附近，魯里克輕輕捅捅我的肋骨悄悄地說，嗨，你往那邊看，坐在那兒的不是你爸爸嗎？咱們趕緊溜吧，免得他看見並發現我們逃了阿維沙的課。於是我們逃之夭夭，但是離開時，我透過西海爾咖啡館的玻璃前窗，看見父親就坐在裡面，放聲大笑，一個女人背朝窗子和他坐在一起，父親抓過她一隻手——她戴著一只手鐲——放在自己的嘴唇上。我從那裡逃離，從魯里克的眼前逃離，從那以後我從未完全停止逃離。

亞歷山大爺爺總是親吻年輕女士的手。父親只在有時這麼做，此外，他只是拿起她的手，彎腰看她的手錶，與自己的進行比較，他幾乎對每個人都那麼做，手錶是他的癖好。我只逃過這一次課，此次蹺課專門去看在俄國大院裡展出的燒毀了的埃及坦克。我永遠也不會再蹺課了。永遠不。

*

我恨了他兩天。真丟臉。過了兩天，我把恨轉嫁到母親身上，恨她患有偏頭痛，裝腔作勢，總坐在窗前的椅子上，都怪她，因為是她自己迫使他去尋找生命跡象。而後，我恨我自己，因為我聽任魯里克的誘惑，就像《木偶奇遇記》裡的狐狸和貓一樣，逃阿維沙先生的課。為什麼我就沒有一點骨氣？為什麼這麼容易受到影響？一個星期以後，我把此事忘得乾乾淨淨，只有十六歲那年，在胡爾達基布茲一個可怕的夜晚，我記起透過西海爾咖啡館的玻璃窗看到的情形。我忘卻了西海爾咖啡館，就像完全忘卻了我在上午提前放學回到家裡，看見媽媽身穿法蘭絨睡袍靜靜地坐在那裡，不是坐在窗前，而是坐在外面的院子裡，坐在光禿禿的石榴樹下一把摺疊帆布躺椅裡，她靜靜地坐在那裡，臉上露出似笑非笑的神情；她的書像平時一樣打開倒放在膝頭，暴雨正在襲擊著她，她一定在冷雨中待了一兩個小時，因為當我把她拉起來拖進屋裡時，她渾身濕透，人已經凍僵，就像一隻透濕的鳥兒永遠也飛不起來了。我把媽媽拖到浴室，從她的衣櫥裡給她拿出乾衣服，我隔著浴室的門，像大人一樣指派她，命令她怎麼做，她沒有回答我，但是完全照我的吩咐去做，只是一點沒有停止那不是微笑的微笑。我對父親隻字未提，因為媽媽用眼神在讓我保守祕密。對莉莉亞阿姨，我只說了這樣的話：

「莉莉亞阿姨，妳完全錯了。我永遠不會成為作家或詩人，也不會成為學者，無論如何也不會，因為我沒有情感，情感令我厭惡。我要當個農民，我要住到基布茲裡。也許有朝一日我會當個毒狗的人，用裝滿砷的注射器。」

*

春天，她稍見好轉。春天的節日——樹木新年[1]那天，國家臨時議會主席海姆．魏茲曼在耶路撒冷宣布立憲會議——即第一屆議會開幕，早晨，媽媽穿上她那條藍裙子，建議父親和我跟她到台拉阿札叢林小遊。我覺得她穿這件衣服舉止優雅，顯得很漂亮。當我們終於離開裝滿圖書的地下室，出門走進春光時，她的眼睛裡閃爍著溫暖慈愛的光。父親和她手挽著手，我稍微跑到前面一點，像隻小狗崽，因為我想讓他們互相說說話，也許因為我太高興了。

媽媽做了一些乳酪三明治，裡面夾著番茄片、煮蛋、紅青椒和鯷魚，父親自己榨了一瓶不冷不熱的橘子水。我們走到叢林邊上，鋪了一小塊油布，伸開四肢躺在上面，吮吸飽嘗冬雨的松林散發出的氣息。嶙峋的山坡長出一層厚厚的綠絨毛，正透過松樹窺視著我們呢。我們可以看見約旦邊境那邊阿拉伯小村舒阿法特的房屋，尼比薩姆維爾的纖細光塔聳立在地平線上。父親說，在希伯來語中，「叢林」一詞和「聾」、「安靜」、「勤勉」、「耕耘」等詞意義相近，又對語言之魅力發表了一小篇演說。媽媽因為情緒特好，所以又給他說了一大串同義詞。

接著她向我們講起一位烏克蘭鄰居，一個機敏、英俊的男孩，他可以確切地預見哪天早晨黑麥會發芽，甜菜什麼時候會吐出嫩葉。所有非猶太民族的女孩都為斯蒂凡這個男孩發狂，她們管他叫斯蒂凡沙或者斯蒂歐帕，可他自己卻瘋狂地愛上塔勒布特學校的一個猶太老師，他愛得如此深切，以至於曾經想在河中湍流裡結束自己的性命，但是他又是個出色的水手，沉不下去，他漂到了河畔的一個莊園，莊園的女主人引誘了他，幾個月之後，她給他買了一個小酒店，也許他依舊待在那個地方，由於飲酒過度，沉湎女色，變得既醜陋又臃腫。

這一次媽媽使用「沉湎女色」一詞時父親忘記了制止她，甚至也沒有大喊：「孩子在呢！」他頭枕著她的膝頭，伸開四肢躺在油布上，嘴裡嚼著一片草葉。我也一樣，我四仰八叉躺在油布上，頭枕在媽媽的另一個膝頭上，嘴裡嚼一片草葉，讓醉人的溫暖氣息充盈肺腑，空氣中充滿了清新的芬芳，昆蟲嗡嗡，在春意中陶醉，被冬天的風雨洗滌得乾乾淨淨。倘若時間就此定格，寫作也就此定格，在她去世兩年前，那個春天的樹木新年我們三人在台拉阿札叢林時的畫面定格：我媽媽身穿藍色連衣裙，脖子上優雅地繫了條紅絲巾，筆直地坐在那裡，顯得十分漂亮，而後倚在一棵樹幹

1樹木新年，時間為猶太曆五月十五日（約西曆一至二月），在猶太人傳統中，指冬天過後，萬物復蘇伊始，猶太人要在樹木新年這一天吃十五種不同的水果。「樹木新年」同時又是「植樹節」。

上，一個膝頭躺著我的父親，另一個膝頭躺著我，冰涼的手撫摸我們的臉頰和頭髮，頭上，群鳥在洗過的松樹上唧唧喳喳，那該有多好。

*

那年春天她確實好多了。她不再夜以繼日地坐在椅子上面對玻璃窗，她不再看見光就退卻，或聽到任何響動就驚悸不已。她不再不管家務，連續幾個小時看她自己所喜歡的書。她的偏頭痛稍見好轉，幾乎恢復了食欲。她再次僅用五分鐘就在鏡子前梳妝完畢，輕輕敷上一層香粉，抹點口紅和眼影，梳頭，再用兩分鐘站在敞開的衣櫃前挑選，出現在我們大家面前時神祕、漂亮、光彩照人。以往的客人重新出現在我們的房子裡，巴-伊茲哈-伊薩勒維茨夫婦，阿布拉姆斯基夫婦，對勞工運動深惡痛絕的虔誠的修正主義者漢娜和海姆．托倫，魯德尼基夫婦，但澤城來的托西雅和古斯塔夫．克洛赫瑪爾，他們在蓋烏拉街上開了一家娃娃修理店。男人們有時迅速而不好意思地瞥一眼我的母親，又急急忙忙地避開目光。

我們又在安息日晚上來到施羅密特奶奶和亞歷山大爺爺的圓桌前，點蠟燭，吃魚凍餅，或者吃兩頭用針線縫起來的八寶雞脖。星期天上午，我們有時去拜訪魯德尼基夫婦，午飯後，幾乎每個安息日，我們都從北向南穿過整個耶路撒冷，到陶比奧約瑟夫伯伯家裡朝覲。

一次吃晚飯時，媽媽突然向我們講起，她在布拉格讀書時，在租住的房間裡有盞落地燈，放在扶手椅旁邊。第二天爸爸下班回家的路上，來到喬治五世大道的兩家家具店和本耶胡達街的一家電器商店，他一一比較，又回到第一家店裡，拿著最漂亮的一盞落地燈回到家裡。那盞燈花掉了他近四分之一的月薪。媽媽吻了我們兩人的前額，露出奇怪的微笑向我們保證，她離開很長時間後，那燈依舊能夠給我們兩人光明。父親陶醉在勝利中，沒聽見她說的這些話，因為他從來就不好好地聽人說話，還因為他那奔湧不息的語言能量已經席捲著他去追尋原始閃米特語中光的詞根NWR，阿拉米語形式menarta和阿拉伯語中的同義詞manar。

我聽到了，但是不明白。也許我明白了，但沒有抓住其中的意義。

後來又開始下雨了。爸爸再次請求批示，在我安頓上床後，「出去看一些人」。他保證不會回來太晚，不會發出噪音，他給她端來一杯熱牛奶，穿上他光亮的皮鞋，西裝上衣口袋裡露出白色三角手絹，像他父親一樣，身後飄著刮鬍水的芬芳，走出家門。當他經過我的窗戶時，我聽到他啪的一聲打開雨傘，哼著走調的小曲，「她有多麼溫柔的小手，無人敢觸摸」，或者「她的眼睛像北斗星，她的心像沙漠一樣滾燙」。

*

但等他一轉身，媽媽和我就騙他。儘管他給我規定了嚴格的熄燈時間，「九點整，一秒鐘都不許晚」，等到他的腳步在濕漉漉的大街上遠去，我就從床上一躍而起，奔她而去，聽許許多多的故事。她坐在椅子上，房間裡一排排書順著牆壁排起，還有許多書堆在了地上，我穿著睡衣跪在她腳邊的地毯上，頭枕在她溫暖的腿上，閉著眼睛傾聽。房間裡的燈已經關掉了，只剩下她椅子旁邊的落地燈還亮著。風雨擊打著百葉窗。偶爾，一陣陣沉悶的雷聲從耶路撒冷上空滾滾而去。爸爸出去了，把我留給媽媽和她的故事。一次她告訴我，她在布拉格讀書時租住的房間上面有一間空屋。一連兩年也無人在那裡居住，因此鄰居們悄悄地說，那裡只有兩個死去的女孩子的鬼魂。房子裡著了一場大火，愛米莉亞和亞娜兩個姑娘沒能營救出來。悲劇發生後，姑娘們的父母移民到了國外。燻得烏黑的房子上了鎖，封得嚴嚴實實。沒有再裝修，也沒有再續租。有時，鄰居們竊竊私語，聽到了悶聲悶氣的調笑聲和惡作劇聲，不然就是半夜時分聽到了哭聲。我從來沒聽到那樣的聲音，媽媽說，但是有時我幾乎確信水管被人擰開，家具被人移動，有人光著腳啪嗒啪嗒從一個房間走進另一個房間。也許有人利用空房子祕密做愛，或幹些見不得人的事。等你長大後，就會發現，你的耳朵在夜裡聽到的所有聲音，幾乎都可以用不止一種方式來解釋。實際上，不止是在半夜，不止是你的耳朵，就連你的眼睛在光天化日下所見，幾乎總能用不同的方式來加以理解。

還有一些夜晚，她對我說了歐律狄刻、冥王哈帝斯和奧菲斯[2]。她對我說了一個八歲女孩的故事，她父親是個大名鼎鼎的納粹，戰後被同盟國在紐倫堡絞死，而只因為有人看見小女孩用鮮花裝飾納粹父親的照片，就把她送進一個少年犯看守所。她對我說了羅夫諾附近某村，在一個風雪交加的冬夜，有個年輕的木材商在森林裡迷路，不見了蹤影，但是六年後，有人深更半夜悄悄地把他那雙破靴子放到他遺孀的床頭。她對我說了老托爾斯泰臨終之前離家出走，在一個偏僻的火車站阿斯塔波沃站長家的棚屋裡病逝。

在那些冬夜，我和媽媽就像皮爾．金和他母親奧絲：

我們曾經一道發過愁……
而我和皮爾就待在家裡
拚命擺脫煩惱，盡量不去想那些事……
我們呢，就編織了關於王子、山妖和奇禽異獸的神話，
也編過搶新娘的故事。

可誰會料到他竟把這種故事記在腦海裡呢！[3]

我們那些夜晚經常做遊戲，輪流編故事：媽媽說起一個故事，我接著講，她講一節我講一節，以此類推。爸爸會在將近半夜或半夜時回來，聽到外面傳來他的腳步聲，我們立即關上燈，像兩個淘氣的孩子跳上床，假裝老老實實地睡覺。我迷迷糊糊中，聽見他在小房子裡走動，脫掉衣服，從冰櫃裡拿牛奶喝，走進浴室，擰開水龍頭，又關上，沖廁所，又擰開水龍頭，又關上，屏住呼吸，哼一曲古老的愛情歌曲，又喝一點牛奶，光著腳輕輕走進書房，走向已經打開變成一張雙人床的沙發，肯定是躺在假裝睡著的我媽媽身旁，把小曲藏在心裡，在心裡哼上一兩分鐘，而後睡著了，睡得像個孩子，直睡到第二天早上六點。早上六點，他第一個醒來，刮臉，穿衣，繫上媽媽的圍裙給我們兩人榨些橘子汁，像平時一樣把果汁在開水鍋裡溫熱，因為誰都知道冰涼的果汁會讓你打冷顫，而後把橘子水端到床上給我們倆。

*

在那些夜晚，有天晚上，媽媽又失眠了。她不願意挨著爸爸躺在沙發上，父親睡得很沉，眼鏡靜靜地放在他身邊的架子上，媽媽從床上起來，沒有去她窗前的椅子上，也沒有去陰鬱的廚房，而

2 歐律狄刻、冥王哈德斯和奧菲斯，為希臘神話中的人物。
3 易卜生《皮爾．金》第二幕第二場。作家省略了詩劇中寫父親的話：「你一定聽說過我丈夫的壞名聲：他怎樣在這一帶流浪，揮金如土，喝得爛醉，罵罵咧咧……」

是躺到了我的床上，摟抱我，親吻我，直至我醒來。接著她湊近我的耳根，輕輕問我是否同意今天夜裡說悄悄話。只有我們兩人。很抱歉我吵醒了你，但是我今天夜裡真想和你說話。這一次我在黑暗中確實聽到她聲音中含著微笑，那是真正的微笑，而不是影子：

當宙斯發現普羅米修斯設法給人類盜取了他拒不給予人類以示懲罰的火種，幾乎惱羞成怒。眾神很少看到天父如此惱火。他每天讓自己的炸雷不停地滾動，沒有人敢接近他。在惱怒中，火冒三丈的天父決定讓災難化作奇妙的偽裝降臨人間。於是他命令兒子火神和鍛冶之神赫淮斯托斯用泥土製作了一個漂亮的女人。智慧女神雅典娜教她織布縫衣，並給她穿上漂亮的衣裳。愛神阿弗洛狄忒冠之以優雅迷人的魅力，騙取所有的男人，並激起他們的欲望。商賈偷竊之神赫耳墨斯教她撒謊不眨眼，巧言蠱惑與欺騙。這個美麗的妖婦名叫潘朵拉，意思是「擁有一切優點的人」。後來，宙斯渴望復仇，命令將她許給普羅米修斯的蠢弟弟厄庇墨透斯做新娘。普羅米修斯告誡弟弟不要接受眾神送給他的禮物，可無濟於事。當弟弟看到這個美豔動人的女王時，歡跳著奔向潘朵拉。潘朵拉帶來一盒嫁妝，裡面裝滿了奧林匹斯山眾神送的禮物。一天潘朵拉打開禮物盒的蓋子，從裡面飛出疾病、孤獨、不公道、殘酷與死亡。因此我們就看到所有的痛苦來到這個世上。要是你還沒有睡著，我想告訴你，依我看來，在這之前，痛苦就已經存在著了。普羅米修斯和宙斯有痛苦，潘朵拉自己也有痛苦，更不用說我們這些芸芸眾生了。痛苦並非來自潘朵拉的盒子，正因為有痛苦才發明了潘朵拉的盒子。打開它也是因為有痛苦。你明天放學後剪剪頭髮吧。瞧你的頭髮長得多長了。

50

有時，父母會帶我進城，也就是說去喬治五世大道或本耶胡達街喝咖啡，那裡有三、四家主要咖啡館，很像戰時中歐城市裡的咖啡館。在這些咖啡館裡，客人可以隨意閱讀用長木條固定住的希伯來文和其他外文報，以及不同語言的週刊和月刊。外國人在黃銅和水晶枝形吊燈的光影裡壓低嗓音說話，青煙嫋嫋，有股異國情調，在那個世界裡，寧靜的書齋生活與伴侶生活平穩地前行。

裝扮入時的女士，以及儀表堂堂的紳士，坐在桌旁輕輕地說話。身穿雪白工作裝的男女侍者臂上搭著疊得整整齊齊的白茶巾，在桌間穿梭行走，給大家端上滾燙的咖啡，咖啡上漂著純潔呈波紋狀的生奶油，加香料的小瓷壺錫蘭茶，酒心油酥點心，羊角麵包，奶油蘋果餡餅，裹上一層香草霜的巧克力蛋糕，冬天晚上喝的香甜熱酒，小杯白蘭地和櫻桃白蘭地（在一九四九和五〇年，仍然只用代用咖啡，巧克力和奶油或許也是代用品）。

在這些咖啡館裡，我父母有時會碰到不同類型的熟人，與他們平時交往的娃娃修理匠或郵局職員圈子有天壤之別。我們在這裡跟重要的老相識交換意見，比如說普費弗曼先生，他是父親在圖書館報刊部的老闆，偶爾從台拉維夫到耶路撒冷執行公務的出版商查齊克，與父母年齡相仿已開始在大學發展、大有可為的年輕語文學家和歷史學家，還有其他年輕學者，包括前途似乎已有保障的大學助教。有時父母會碰到一小群耶路撒冷作家，父親覺得認識他們是一種榮幸：多夫・吉姆西、施拉格・卡達里、伊札克・申哈爾、耶胡達・亞阿里。而今，他們幾乎已經被人遺忘，就連他們的許多讀者甚至都離開了這個世界，但是那時，他們很有名，擁有廣泛的讀者。

父親會為這些會面做準備，洗頭，把皮鞋擦得像黑色大理石一樣閃閃發光，繫上他最喜歡的那條灰白條領帶，別上一枚銀色領帶夾，不止一次地向我解釋怎樣才能做到彬彬有禮，我有義務簡明扼要地回答問題，還有品味。有時，即使他在早晨已經刮過臉了，但在我們出門之前他還專程要刮臉。我媽媽為標示這一時刻，戴上她的珊瑚項鍊，完美地襯托出她的橄欖色膚色，給她恬靜的美色增添了幾分異國情調，使之有些像義大利人，或許像希臘人。

父親的敏銳與淵博給諸位名作家和學者留下了深刻印象。他們深知，每當字典或參考書令之大失所望時，他們始終可以依靠他淵博的學識。但是比利用我父親及其學術專長更甚者，是他們對我母親能夠伴他前來而毫不掩飾地感到高興。她深邃而鼓舞人心的關注，促使他們樂此不疲地追尋語詞技藝。她沉思的神態，她突如其來的問話，她的目光，她的評論，會給正在討論的話題增添幾分珍貴的理解，使他們不住地說啊說，彷彿他們有點陶醉，談論他們的工作，他們那充滿創造性的掙扎，他們的計畫以及他們的成就。有時，我媽會用一種截然相反的方式引用說話人自己的創作，暢談類似於托爾斯泰的思想，或在所談論的事情中識別出一種禁欲者（斯多噶派）的性質，或稍微歪著頭進行評論——在那一刻，她的聲音會呈現某種深色葡萄酒般的質地——這裡她的耳朵似乎在在座作家的創作中捕捉到了近似斯堪地那維亞人的音符，捕捉到哈姆生或史特林堡甚至史威登堡神祕主義創作的回聲。從此我母親會像從前一樣保持沉默，密切關注，像精確調好音的樂器。與此同時，他們如痴如醉慷慨地向她道出一切，也不管自己是不是這麼想的，只為引起她的注意。

多年過去後，我偶然碰到了他們當中的一兩位，他們對我說，我母親是個非常迷人的女子，一個真正受到神靈啟迪的讀者，每位作家孤獨地在書房裡艱苦勞作時，都夢想擁有這樣的讀者。她沒有留下自己的創作真是一件憾事，她過早的離世可能使我們失去了一位才華橫溢的作家，而那時希伯來女性創作屈指可數。

要是這些名人雅士在圖書館或街上碰到我父親，他們會和他簡短聊聊教育部長迪努致大學校長的書信，或是札爾曼．施奈歐爾在晚年想成為惠特曼，或克勞斯納教授退休後誰會接替他做系主任，而後他們會拍拍他的肩膀，眼睛放光，笑容可掬地說，請向令夫人致以溫馨的問候，一個真正出色的女人，那麼文雅而富有洞察力的女人！頗有藝術天賦！

他們深情地拍著他的肩膀，在內心深處卻嫉妒他擁有那樣一個妻子，不知她看上他這個書呆子什麼了，即使他淵博、勤奮，甚至相對來說，不是一個微不足道的學者，但是在我們當中卻是個學究氣十足完全沒有創造力的學者。

*

我在咖啡館裡的這些談話中，角色別具一格。首先我得像個成年人一樣，彬彬有禮聰穎機靈地回答這些難題，比如說我多大了，在學校裡上幾年級，我是不是集郵，有沒有剪貼簿，他們這些日子在地理課上教我們什麼了，希伯來語課上教什麼了，我是不是個好孩子，我讀過多夫．吉姆西的哪些作品（或者亞阿里、或者卡達里、或者愛文．札哈夫、或者申哈爾的哪些作品），所有的老師我都喜歡嗎？偶爾也問：我開始對年輕女士感興趣了嗎？我長大以後會做什麼——也做教授嗎？還是做個拓荒者？還是在以色列軍隊裡當個陸軍元帥？（那時我在內心深處得出結論，作家們都有點虛假，甚至有點滑稽可笑。）

其次，我的任務是不許插嘴。我不能讓人意識到我的存在。

他們在咖啡館裡每次至少聊上七十個小時，在這無窮無盡的時間裡，我甚至比天花板上發出輕輕聲響的電扇還要表現得更為安靜。

如果在陌生人面前沒有履行自己的義務，就要遭受懲罰：可能從放學後的那一刻就要待在家裡，連續兩個星期；或失去和朋友們玩耍的特權，或在接下來的二十天裡不得在床上讀書。連續一百個小時獨處會得大獎，獎勵一份冰淇淋，甚至獎勵一根玉米棒。

父母幾乎不怎麼讓我吃冰淇淋，因為它對嗓子有害，會讓人著涼。至於玉米棒，街角有賣的——普萊默斯可攜式汽化煤油爐上坐著開水鍋，一個鬍子邋遢的人從鍋裡拿出熱呼呼香噴噴的煮玉米，用綠葉子給你包好，上面再撒些食鹽——他們也幾乎不讓我吃玉米棒，因為鬍子邋遢的人顯然不乾不淨，他的水裡也許都是細菌。「但是，要是殿下你今天在阿塔拉咖啡館裡的行為舉止無可挑剔，就讓你在回家的路上自由選擇：是冰淇淋還是玉米棒，隨便你選哪個。」

於是在咖啡館，父母和朋友無休無止地談論政治、歷史、哲學和文學，談教授之間的權力鬥爭，編輯、出版商內部錯綜複雜的關係，還有些我聽不懂，在這樣的背景下，我慢慢變成了小間諜。

比如說，我研製了一個小小的祕密遊戲，可以玩上幾個小時，不用動，不用說，不用輔助道具，甚至不用鉛筆不用紙。我會看著咖啡館裡的陌生人，試圖從他們的衣著和手勢上，從他們看的報紙或是點的飲料上，猜出他們是誰，他們是哪裡人，他們是做什麼的，他們來這裡之前做了什麼，之後他們會到哪裡去。那邊那個女人剛剛悄悄笑了兩次——我試圖從她的表情推斷出她在想些什麼。那個身材瘦削戴帽子的年輕人目不轉睛地盯著門口，每進來一個人都面露失望之情，而他在想些什麼？他苦等的那個人長什麼樣子？我豎起耳朵，從空中竊取隻言片語的談話。我斜倚身子窺探大家在讀什麼，我觀察著誰急急忙忙地離去，誰剛剛進來就座。根據某種不確定的表面跡象，我為他們編織出錯綜複雜但激動人心的生活。比如，那個嘴唇流露出痛苦、洋裝領口開得很低的女人，坐在角落裡的一張桌子旁邊，周圍濃煙繚繞，櫃台後面牆上的掛鐘走了不到一個小時，她就站起來三次，進了女廁所，接著又回來坐在已經空了的茶杯面前，用棕色的菸嘴一根接一根地抽菸，偶爾瞟一眼皮膚黝黑、身穿西裝背心、坐在立式衣帽架附近一張桌子的男子。一次她站起身，走向那個身穿西裝背心的男子，彎下腰，向他說了兩三個詞，而他只點頭稱是，現在她又坐在那裡抽菸去了。這裡面得有多少可能性啊！從這些碎片，我能夠編織出千變萬化令人眼花撩亂的情節與故事！也許她只是詢問，他看完報紙後能否把報紙拿給她看。

我的眼睛設法避開女人那碩大的胸脯側影，但無濟於事，當我閉上眼睛，它卻走近了我，我可以感覺到它的溫暖，它幾乎擁抱了我的臉龐。我的雙膝開始顫抖。女人正在苦等她的情人，他答應前來，但是卻忘記了，因此她坐在那裡如此絕望一口接一口地吸菸，一杯又一杯喝著黑咖啡，來減輕嗓子眼裡的苦痛。她一次又一次消失在廁所裡，往臉上撲粉，掩飾淚痕。女侍給身穿西裝背心的男子端來一只高腳杯的甜酒，以驅散他的憂傷，因為他的妻子離他而去，投向一個年輕的情人。也許，此時此刻，那對情侶正駕馭某愛情之舟，沐浴在灑向大海的月光下，在船長舉辦的舞會上跳貼面舞，愛迪生戲院那令人魂牽夢縈的音樂隨風飄蕩伴他們起舞，駛向某個頂呱呱的勝地：聖莫里茲、聖馬力諾、三藩市、聖保羅、無憂宮。

我繼續編織我的網。我想像那個年輕情人，就像「納爾遜納維卡特」板菸菸盒上所描繪的那個驕傲而有男子漢氣度的水手，實際上就是他答應了一根接一根抽菸的女人，今晚來與她會面，而現在他卻遠在千里之外，害她徒然等待。「先生，你也被命運拋棄了嗎？你也和我一樣形單影隻了嗎？」那就是她剛才走向那個身穿西服背心的男人，朝他彎下腰身，用古老浪漫故事的語言對他說的話，而他點頭稱是。不久，這對被拋棄的人兒一起走出了咖啡館，在外面大街上，他們手挽著手，無需多說一句話。

他們兩人一起去哪裡呢？

我在想像林蔭大道和公園，月光迷離的長椅，通往石牆背後小房子的小巷，燭光，緊閉的百葉窗，音樂，故事到此變得對我來說過於甜美與恐怖，令我無法講述，也無法忍受，我連忙避開。接著，我把目光投向坐在我們桌子附近的兩個中年男子，他們在下棋，操一口德國口音的希伯來語。其中一位正在吮吸並撫摸一根冰涼的紅木菸斗，另一位偶爾用花格手絹擦去他高高的額頭上那並不存在的汗水。一個女侍走過來，朝拿菸斗的男人輕輕說了些什麼，他用帶德國口音的希伯來語請另一個人原諒，又向女侍道歉，走向出餐口旁邊的電話機。說完話後，他掛上電話，站了一會兒，顯得有點可憐與失落，接著跌跌撞撞回到桌邊，顯然再次請棋友原諒，接著他向他解釋著什麼，這次是用德語，急忙在桌子上放了些硬幣，就轉身離去；他的朋友生氣了，幾乎強迫他把硬幣放回口袋裡，但他不肯，突然硬幣滾到地上幾張桌子下，兩位先生不再推讓，跪在地上把硬幣撿起來。

太遲了，我已經為他們做出決定，他們是一對堂兄弟，整個家族都被德國人殺光，只有他們二人倖存。我用一筆巨額遺產和一個詭異的遺囑來豐富他們的故事，按照遺囑條款，誰在對弈中獲勝，就能夠得到三分之二的遺產，而輸者只能得到三分之一。接著我又給故事引進一個與我年齡相仿的孤女，她與一些年輕移民被從歐洲送進基布茲，或受教育的機構，真正的遺產繼承人是她，而不是那兩個下棋的。在這裡，我進入自己的故事裡，充當身披閃光盔甲的騎士、孤兒保護者，將從未有資格獲得遺產者的手中把遺產奪回，歸還給真正的主人，我這樣做並非一無所獲，而是贏得了愛情。但是當我贏得愛情後，再次閉上雙眼，我迫切需要掐斷故事，開始監視另一張桌子。或者盯住眼睛深黑的跛腳女侍者。這似乎是我作家生涯的開始：在咖啡館，苦苦等待冰淇淋或玉米棒。

*

直至今天，我一直用這種方式行竊，特別是從陌生人那裡，特別是在人來人往的公共場所。比如說，在診所排隊時，或在某政府部門的等候室、火車站或飛機場。甚至有時在我開車堵車時，也在偷看身邊的車輛，偷看並編造故事；再偷看。再編造更多的故事。從她的衣著，她的表情，她補妝時的姿勢可以斷定她是哪裡人嗎？她家境如何？她的丈夫是個什麼人？不然就是捕捉到那邊那個留著並不時髦的落腮鬍子的小夥子，他左手拿著手機，另一隻手則比畫著切東西的動作，感嘆號，緊急呼救信號：他為什麼明天一定要飛往倫敦？他做什麼生意做得不稱心？誰在那裡等候著他？他的父母長什麼樣？他們是哪裡人？他小時候是什麼樣子？他今天晚上，今天夜裡，在倫敦著陸以後計畫做什麼？（現在我不再驚恐地停在臥室門口了，我悄悄地溜了進去。）

倘若陌生人與我滿懷好奇的目光相遇，我則懷著歉意向他們心不在焉地微微一笑，把目光轉向別處。我沒有什麼不好意思的。我很怕在行動中被抓包，並要我做出解釋。但不管怎麼說，一兩分鐘後，我就不需要繼續偷看我漫不經心編織的故事中的主角了，我已經看夠了。半分鐘，他們就被逮進了我那專門偷拍名人照片的相機裡。

在超市等候付錢，比如說，我前面的一個女人矮小而豐滿，約莫四十五歲，非常吸引人，因為她的體態或表情顯示，她什麼都嘗試過了，現在已經是處變不驚，就連最異乎尋常的體驗也只是引起她頑皮的好奇心罷了。而我身後的一個士兵，也就二十來歲，顯得有些愁眉苦臉，正用渴求的雙眼直勾勾地看著這個什麼都懂的女人。我向旁邊退出半步，以免擋住他的視線，為他們準備一間鋪著厚地毯的房間。我關上百葉窗，倚門站在那裡，而現在幻覺本身充滿了流動，非常具體，包括他在羞答答極度興奮中帶有喜劇色彩的觸摸，以及她滿懷同情慷慨大方的生動觸摸。直到收銀台旁邊的女子抬高了聲音：下一個！那口音不能確定是俄羅斯口音，也許是中亞某個國家的口音？我已經到了撒馬爾罕，到了美麗的布哈拉，雙峰駱駝，粉石砌成的清真寺，穹頂撩人、地毯厚實柔軟的圓形祈禱大廳，伴我和我買的東西一道走到大街上。

＊

一九六一年我服過兵役後，胡爾達基布茲委員會將我送到耶路撒冷希伯來大學學習兩年。我學習文學，因為基布茲急需文學老師，我學習哲學，因為是我堅持要學。每星期日下午四點到六點，百名學生聚集在梅塞爾樓的大報告廳裡傾聽施穆埃爾．雨果．伯格曼的講座「從馬丁．布伯到齊克果的辯證哲學」。我媽媽范妮婭在一九三〇年代也跟隨伯格曼教授攻讀哲學，當時大學依舊坐落在守望山上，她還沒有嫁給我父親，每逢回憶起伯格曼教授她都滿懷深情。一九六一年，伯格曼教授已經退休，他是位榮退教授，但是他那清晰雋永的學識深深吸引我們。就是這個站在我們面前的人曾經在布拉格和卡夫卡一起上學，他有一次對我們說，他實際上連續兩年和卡夫卡坐在同一條板凳上，直到馬克斯．布諾德出現，取代了他在卡夫卡身邊的位置。

那年冬天，伯格曼課後邀請了五、六個他最喜歡或最感興趣的學生來他家裡待上幾個小時。每星期日晚上八點，我乘坐五路公車從吉瓦特拉姆新校園前往熱哈威亞大街伯格曼教授那簡樸的公寓。房間裡總是充滿舊書、新鮮麵包和天竺葵散發的淡淡宜人氣味。我們坐在沙發上，或者在大師，在卡夫卡和馬丁．布伯童年時代的朋友，在為我們寫下知識論史和邏輯學原理的作者腳下，席地而坐。我們靜靜地等候他開口。

施穆埃爾・雨果・伯格曼即使上了年紀，仍舊是個大塊頭。他雪白的頭髮不住抖動，眼角周圍的皺紋既頑皮，又具有諷刺意味，富有穿透力的目光既滿懷狐疑又像一個充滿好奇的孩子的目光那樣天真無邪，與老年時代亞伯特・愛因斯坦的照片非常相像。伯格曼操中歐口音，在用希伯來語行走時步態不太自然，彷彿他精通這門語言，但是有點得意洋洋，就像一個追求者為所愛之人接受了他而欣欣然，決定抬高自己，證明她沒有看錯人。

在這些聚會上，我們的老師幾乎只關心一個題目，即靈魂生還問題，不然就是人死後是否還有機會生存。整整一個冬天的星期日晚上，他就向我們講述這些。雨打窗櫺，花園裡風在低吟。有時，他讓我們談自己的見解，他一絲不苟地聽著，不像老師耐心地指導學生行路，而是像人傾聽一段複雜樂章裡的一個特殊音符，以便定奪它是對還是錯。

「沒什麼，」一個星期日晚上他這樣對我們說，我沒有忘記，我確實沒有忘記，我相信自己可以逐字逐字地重複，「沒什麼東西可以消失。從來沒有。『消失』這個詞的本意指宇宙，可以說是有限的，可以離開它。但是沒—什麼—東西（他故意把詞語拖長）能夠離開宇宙。什麼也進入不了宇宙。就連一顆微塵也無法出現，也無法消失。物質變成能量，能量變成物質，原子聚集在一起，而後分散，一切都發生了變化與變形，但是沒—什麼—東西可以從有到無。即使長在某病毒尾巴上的最微小的毛髮也不會。無限一詞的概念確實非常廣闊，無限地廣闊，但與此同時，它也是封閉的，密封得嚴嚴實實：什麼也沒有離開，什麼也沒有進入。」

停頓。狡黠、天真的微笑宛如噴薄的日出灑滿他表情豐富的迷人臉龐：「也許有人能夠向我解釋，在什麼情況下，他們為什麼執意告訴我唯一的例外，唯一註定要下地獄、化為烏有的事物，在一個原子也不可能被毀滅的廣袤宇宙裡，唯一註定要停息的事物就是我可憐的靈魂？除了我的靈魂，一切事物，每粒塵埃，每滴水都將繼續生存，直至永遠，儘管形式不同？」

「靈魂，」一個年輕聰穎的天才從房間角落裡輕聲說，「是任何人也看不到的。」

「沒錯，」伯格曼表示贊同，「你在咖啡館裡也碰不到物理定律或者數學規則。也碰不到智慧、愚笨、欲望與恐懼。尚未有人取些快樂或憧憬作為樣品，放到試管裡。但是誰，我年輕的朋友，誰現在在和你們說話呢？是伯格曼的幽默嗎？是他的脾臟？也許是伯格曼的大腸在說話？是誰——要是你們原諒我說這種話——是誰在你們臉上揮灑出一點也不愜意的微笑？不是你們的靈魂嗎？是你們的軟骨嗎？是你們的胃液嗎？」

又有一次他說：「死後等待我們的會是什麼？沒—有—人知道。無論如何，用可證明或論證的知識無法知道。要是我今天晚上告訴你們，我有時聽到死人說話的聲音，那聲音比多數活人的聲音要清晰，明白易懂，你們有理由會說，這個老頭年老昏聵了。他在行將就木之時可怕地發了瘋。因此我今天晚上不和你們談論聲音，今天晚上我將談論數學：因為沒—有—人知道在我們死亡的另一邊是否存在著事物，還是不存在事物，我們可以從這種全然無知中推斷出，那裡存在事物的概率與不存在事物的概率完全等同。百分之五十休止，百分之五十倖存。對於像我這樣的猶太人，一個中歐猶太人，與納粹大屠殺受害者是同代人，如此珍惜倖存的機會一點也不壞。」

格蕭姆．蕭勒姆——伯格曼的朋友與競爭對手，也為死後的問題著魔，甚至可能深受折磨。在他死去的那天早晨，廣播報了他的死訊，我寫道：格蕭姆．蕭勒姆在深夜去世。現在他知道了。伯格曼現在也知道了。卡夫卡也是。還有我的父母。還有他們的朋友和熟人，還有這個咖啡館裡的眾多男男女女，所有那些我在故事中講述的人們，以及那些被完全遺忘的人們。他們現在都知道了。有朝一日我自己也會知道。與此同時，我們將採集各種不同的細節。以防萬一。

51

我在塔赫凱莫尼學校讀三、四年級時，是個具有強烈民族主義熱情的孩子。我撰寫一部連載歷史小說《猶大王國的終結》，還寫了幾首關於征服、關於民族輝煌的小詩，類似於亞歷山大爺爺的愛國主義詩篇，目的在於模仿弗拉基米爾．亞波亭斯基的民族主義進行曲，如〈貝塔進行曲〉[1]：「……拋灑你的熱血，獻出你的靈魂！高擎熊熊火炬，平靜就像泥潭，我們為壯麗的事業而戰！」我也深受波蘭猶太游擊隊和隔離區起義之歌的影響：「……拋灑熱血又算哪般？英雄精神氣沖霄漢！」還有父親經常激動萬分顫抖著聲音為我讀的沙烏爾．車爾尼霍夫斯基的詩歌：「……血與火的旋律！／登上高山，征服溪谷，不論你看到什麼——拿獲！」在所有詩歌中最令我振奮的就是〈無名戰士〉這首詩，作者亞伯拉罕．斯特恩，化名亞伊爾，斯特恩幫的首領。我經常在晚上熄燈後獨自一人滿懷深情在床上小聲背誦：「我們是無名戰士，要為自由而戰；四周籠罩著死亡陰霾，我們用生命從戎，戰鬥到生命的最後一刻……在血光映紅的歲月，在黑漆漆的絕望之夜，讓我們的旗幟在村莊和城鎮的上空飛揚，因為我們戰鬥捍衛的是正義之光！」

沸騰的熱血、土壤、烈火與鋼鐵令我陶醉。我一遍又一遍想像自己在戰場上英勇捐軀，我想像

1 貝塔是「特魯姆佩爾道聯盟」的縮寫。原是紀念早期猶太軍事指揮官特魯姆佩爾道的團體，後發展為世界各地錫安主義修正派的青年組織，致力於文體活動和軍事訓練。亞波亭斯基是該團體修正派主要領導人，〈貝塔進行曲〉的作者。

父母滿懷憂傷與驕傲，與此同時，一點也不矛盾，在我英勇地戰死後，在淚眼汪汪享受過本-古里昂、比金和尤里·茲維發布的那激動人心的悼詞之後，在為自己傷心之後，在激動而哽咽地看到大理石雕像以及記憶中的讚美之詩，我總是能夠從暫時的死亡中健康而堅實地崛起，沉浸在自我欣賞中，將自己升為以色列軍隊的總司令，指揮我的軍團在血與火中去解放敵人手中的一切，流放中成長起來的缺乏陽剛之氣、雅各似的可憐蟲不敢將這一切奪回。

＊

梅納赫姆·比金，富有傳奇色彩的地下工作將領，在那時是我童年的主要偶像。甚至在這之前，在英國託管的最後一年，無名地下將領激起了我的想像。在我的腦海裡，我看見他的形象披上了《聖經》的輝煌光暈，我想像他正待在猶太沙漠荒涼溝壑中的祕密司令部裡，打著赤腳，紮著皮腰帶，就像先知以利亞站在卡麥爾山的山石中一樣熠熠生輝，他從偏僻的山洞裡發布命令，臉上露出年輕人的那股天真。他長長的胳膊夜復一夜伸入到英國占領軍的心臟，炸毀司令部和巨石障礙，衝破一道道防禦牆，轟炸彈藥庫，把滿腔憤怒傾瀉到敵人的大本營，在我父親編寫的傳單上，稱敵人為「盎格魯—納粹敵軍」、「亞瑪力」[2]、「背信棄義的阿爾比恩」。（我媽曾經說到英國人：「不管是不是亞瑪力，天曉得我們會不會很快就懷念他們。」）

以色列國建立後，希伯來地下武力的最高首領終於浮出水面，一天他的照片出現在報紙上，下面署著他的名字：不是像阿里·本-參孫或伊弗利亞胡·本-凱都米姆那樣的英雄，而是梅納赫姆·比金。我大為震驚：梅納赫姆·比金的名字或許適合澤弗奈亞街上一個說意第緒語的零星服飾用品商，或者蓋烏拉街上一個鑲著金牙製作假髮與緊身胸衣的人。而且，令我大失所望，報紙上的照片裡，我童年時代的英雄竟然顯得虛弱而瘦骨嶙峋，蒼白的臉上架著一副大眼鏡，只有鬍鬚表明他具有一種內在的力量，但是幾個月之後鬍鬚竟然不見了。比金先生的形象、聲音、口音和發音並沒有令我聯想起聖經時期征服迦南地區的人或是猶大．馬加比，而是聯想到我在塔赫凱莫尼那些孱弱無力的老師們，他們也洋溢著民族主義激情和義憤，但是在其英雄主義的背後，時時會爆發忐忑不安的自以為是及某種不易察覺的酸腐。

*

一天，多虧梅納赫姆．比金，我突然不願「獻出我的熱血與靈魂」，不願「為壯麗的事業而戰了」。我拋棄了「平靜就像泥潭」的觀點；過了一陣子，我想法大變。

每隔幾個星期，耶路撒冷有一半的人會在星期六上午十一點聚集到耶路撒冷愛迪生禮堂，聆聽梅納赫姆．比金先生在自由運動（西路特運動）集會上發表激情澎湃的演說。愛迪生禮堂當時是市內最大的禮堂，正面貼著海報，宣布即將上演由福德豪斯．本－齊茲指揮的以色列歌劇。爺爺經常為這一特殊時刻穿上筆挺的黑西裝，繫上淺藍色的緞子領帶，胸前衣袋裡探出三角形的白手絹，像熱浪中飛舞的一片雪花。我們走進禮堂時，離開講還有半個小時，他舉起帽子朝四座打招呼，甚至朝他的朋友鞠躬。我走在爺爺旁邊，神情莊重，梳洗整齊，身穿白色襯衣，鞋子亮晶晶，直直走到

2在《聖經》中，亞瑪力是以掃之孫，其後代便是亞瑪力人（見《舊約．創世記》第三十六章第十二節）。耶和華曾經對摩西說：「耶和華已經起了誓，必世世代代和亞瑪力人爭戰。」亞瑪力人是以色列人最頑強、最冷酷無情的敵人。當以色列人要進入應許之地，亞瑪力人擋住他們的去路（見《舊約．出埃及記》第十七章第八至十六節）。

第二排或第三排，那裡給亞歷山大爺爺那樣的人留著貴賓席，他們是「民族軍事組織伊爾貢創建的自由運動」的耶路撒冷委員會成員。我們會坐在約瑟夫．約珥．里夫林和埃里亞胡．梅里達中間，或坐在以色列．希伯－埃里達德博士和哈奴赫．卡萊先生中間，或者坐在《自由》報編輯以撒克．萊姆巴身邊。

大廳裡始終坐滿伊爾貢的支持者，以及傳奇人物梅納赫姆．比金的崇拜者，絕大多數是男人，我在塔赫凱莫尼許多同學的父親都在裡面。但是有一條不易察覺的纖細分界線，大廳前三、四排貴賓席留給一些傑出人士：知識分子、民族陣線抗爭中的老兵、修正主義運動中的活躍分子、前伊爾貢領袖，多數人來自波蘭、立陶宛、白俄羅斯和烏克蘭，其餘座位則坐滿了一群群西班牙裔猶太人、布哈拉人、葉門人、庫德人以及阿勒頗猶太人。這些情緒激動的人群充斥了走廊和通道，擠靠在牆壁上，擁滿了門廳和愛迪生大廳前面的廣場。在前排，他們談論民族主義革命，渴望取得輝煌的勝利，並引用尼采和馬志尼的話，但主要是一副謙恭有禮的小資產階級神態：帽子、西裝領帶、禮儀以及某種華而不實的交誼廳的拘謹，即使在那時，在五〇年代初期，已散發出某種黴菌和樟腦球的氣味。

在這個核心圈子之外，卻是激情澎湃信仰者構成的汪洋大海，一個由商人、小店主、工人組成的忠實人群，其中許多人頭戴小帽，直接從猶太會堂趕來，傾聽他們的英雄、他們的領袖比金先生講話，身穿破舊衣裳、工作勤勉的猶太人為理想主義震顫，他們熱心，脾氣火爆，易激動並產生共鳴。

集會開始，他們高唱貝塔歌曲，會議即將結束之際，他們唱運動進行曲和國歌〈希望之歌〉。講台上裝飾著一面面以色列國旗，掛有亞波亭斯基的一幅照片，齊刷刷的兩排貝塔青年身穿制服，打著黑領帶，令人矚目——我多麼希望長大一點後加入到他們的行列之中——富有感召力的標語，比如說「約他帕他，馬薩達，貝塔！」「耶路撒冷啊，假如我忘記你，情願我的右手忘記技巧！」以及「猶太地在血與火中倒下去，猶太地將在血與火中站起來！」

耶路撒冷支部委員做了幾個「熱身」演說之後，大家突然離開了講台。就連貝塔青年也走開了。愛迪生大廳陷入了深沉、虔誠的寧靜中，彷彿機翼發出靜靜的嗡嗡聲響。所有的目光都在注視著空空蕩蕩的舞台，所有的心都在等待。這種期待中的沉寂持續了很長時間，突然講台背後有些動靜，絲絨簾幕拉開一條縫，一個身材矮小單薄的男人獨自優雅地走向麥克風，站在觀眾面前謙卑地低垂著頭，彷彿被自己的羞怯所左右。那種充滿敬畏的沉默大概持續了有幾秒鐘，觀眾中才響起猶豫不決的掌聲，彷彿人們不敢相信自己的眼睛，彷彿他們每次都會目瞪口呆地發現，比金不是一個口中噴火的巨人，而是一個身材瘦小近乎脆弱的男人，然而一旦他們開始鼓掌，來自後面的掌聲與喝采聲很快就會變成激情澎湃的吼叫，這吼叫幾乎從始至終伴隨著比金的演講。

這個人一動不動地站上兩秒鐘，低垂著頭，耷拉著肩膀，似乎在說：「這樣的榮譽讓我承受不起。」或者是：「我的靈魂在眾人厚愛之下屈服。」接著他伸出雙臂，似乎在向眾人祝福，羞怯地微笑，請他們安靜下來，像一個初出茅廬的怯場演員，猶猶豫豫地開始說話：

「兄弟姊妹們，猶太同胞們，我們永遠的聖城——耶路撒冷的父老鄉親們，安息日快樂。」

他停下來，又突然平靜、傷感、近乎悲悼地說：

「兄弟姊妹們，我們所熱愛的年輕國家現在正面臨艱難的歲月，極其艱難的歲月，令我們大家都感到可怕的歲月。」

逐漸，他克服了自己的傷感，集聚全部力量繼續說，他仍然平靜，但是帶著一股克制的力量，彷彿在寧靜面紗的背後，潛伏著某種抑制然而非常嚴肅的警告：

「我們的敵人再次在黑暗中咬牙切齒，因為我們在戰場上使其遭受可恥的失敗，於是圖謀報復我們。列強又在策畫邪惡事端。沒什麼新鮮的。人們世世代代起來反對我們，企圖將我們滅絕，但是我們，我的兄弟姊妹們，讓我們再次勇敢地面對他們。過去，我們不止一次而是多次抵抗他們，我們要滿懷勇氣與忠誠去抵抗他們，高昂著我們的頭。他們永遠、永遠也不會看到這個民族卑躬屈節。永遠不會，直到最後一代人！」

在說「永遠不會」等詞時，他提高聲音，那是發自內心的響亮吶喊，充滿痛苦的震顫。這一次觀眾沒有喊叫，而是發出怒吼。

「永久的以色列，」他聲音平靜而威嚴，彷彿剛剛從永久以色列司令部的軍事行動會議上趕來，「以色列的磐石將會再度崛起，把我們敵人的陰謀詭計挫敗並粉碎！」[3]現在群情激昂，他們用節奏鏗鏘的吟誦表達感激與愛戴之情：「比金！比金！」我也跳起來，竭盡全力吼叫他的名字，聲音已經變調了。

「只要滿足一個條件，」演說者莊嚴地說，聲音幾近嚴厲，他舉起手，接著停頓一下，彷彿仔細思量這一條件，不知是否該向觀眾和盤托出。整個大廳裡一片死寂。「唯一關鍵的，至關重要的，生死攸關的條件。」他再次停頓一下，垂下頭，好像可怕的條件壓得他抬不起頭。聽眾如此專心致志，我可以聽到高高的大廳頂上傳來電風扇的嗡嗡聲響。

「只要我們的領袖，兄弟姊妹們，是民族領袖，而不是一群誠惶誠恐的隔離區猶太人，連自己的影子都怕，只要軟弱無能、不堪一擊的失敗主義者、卑鄙的本-古里昂政府立即為令人自豪勇敢無畏的希伯來政府騰出地盤，希伯來政府是一個緊急政府，懂得如何讓敵人聞風喪膽，就像我們的光榮軍隊，以色列軍隊，其英名令所有以色列的敵人心驚膽戰！」

全體聽眾聽到這裡都群情沸騰，好像炸開了鍋。提到「卑鄙的本-古里昂政府」，哪一方都嗤之以鼻，義憤填膺，極度蔑視。有人從走廊裡粗嘎地大喊：「打死叛徒！」從大廳的角落裡傳來粗野的唱誦：「比金當總理，本-古里昂回家去！」

但是演講人讓大家安靜下來，就像一個嚴格的老師在指責自己的學生，緩慢而冷靜地宣布：「不，兄弟姊妹們，那不是辦法。叫喊和暴力不是正確的途徑，而是要透過和平、可敬的帶有民主色彩的選舉。不要用那些暴力的方式，不要用欺騙和流氓行徑，而是要用我們從偉大導師弗拉基米爾·亞波亭斯基那裡學來的正直而有尊嚴的方式。我們很快就會讓他們捲鋪蓋走人，不是用兄弟相煎的恨，也不是用暴力動亂，而是用冷冰冰的蔑視。對，我們將讓他們捲鋪蓋走人。那些販賣我們故鄉土地的人，那些把靈魂出賣給史達林的人，那些自吹自擂的基布茲馬弁，那些妄自尊大、優越感十足、布爾什維克以色列總工會的暴虐之徒，所有的小日丹諾夫以及所有的江洋大盜，都讓他們滾蛋！他們不是一直在自鳴得意喋喋不休地向我們講述從事體力勞作清除沼澤嗎？好啊，非常好，我們非常尊重地送他們去從事一些體力勞作。他們早就忘記勞工一詞是什麼意思了，看看他們誰還拿得動鋤頭會很有意思！我們，我們的兄弟姊妹們，我們將從事清除沼澤積水的偉大工作——很快，我的兄弟姊妹們，很快，要沉住氣——我們要把勞工運動這片沼澤永永遠遠清除出去！永永遠遠，我的兄弟姊妹們！我們將不可改變地清除它，永遠不能讓它回歸！現在，我的百姓，跟我一起，像一個人那樣，清清楚楚地大聲說出這莊嚴的誓言：永永遠遠！永永遠遠！永永遠遠！不得回歸！不

3《舊約·創世記》第四十九章第二十四節。

得回歸！不得回歸！」[4]

人群失控了，我也是，彷彿我們都成了一個龐大身體上的細胞，憤怒地冒火，憤怒地喧騰。

*

就在那時出了件事，害得我的地位一落千丈，甚至被逐出伊甸園。比金先生繼續講述一觸即發的戰爭，以及在整個中東越演越烈的軍備競賽。然而，比金先生講他那代人的希伯來語，顯然沒有意識到語言用法已經發生了變化。二十五歲左右在以色列成長起來的一代，和二十五歲以上的一代、或從書本上學希伯來語的那代人之間，具有明顯的分界線。一個詞，比金先生與他那代人和黨派成員認為是指「武器」或「軍備」之意，在我們這些人看來則指男性性器官，此外別無他意。而「武器」、「裝備」的動詞形態，在我們看來則表明陽具進行的相應行動。

比金先生抿了兩小口水，仔細環顧一下聽眾，頻頻點了點頭，彷彿對自己表示贊同，或者是為自己感到遺憾，他用一種刺耳、責難的聲音，如同一個公訴人嚴厲地列舉一連串無可辯駁的指控，開始了他的長篇激烈演說：

「艾森豪總統正在武裝納賽爾政權！」

「布爾加寧正在武裝納賽爾！」

「蓋伊．摩勒和安東尼．艾登正在武裝納賽爾！」

「整個世界正在夜以繼日武裝我們的阿拉伯敵人！」

停頓。他聲音裡充滿了憤懣與蔑視：

「可是誰來武裝本-古里昂政府呢？」

大廳裡沉浸在令人目瞪口呆的沉默中，但是比金先生沒有注意到。他提高聲音，滿懷勝利的喜悅歡呼：

「如果今天我是總理——所有人，所有的人都會武裝我們！所有人！」

坐在前排上年紀的阿什肯納茨稀稀落落拍了幾下手，但是大多數人猶豫不決，顯然無法相信自己的耳朵，也許他們大為吃驚。在那令人難堪的寂靜時分，只有一個民族主義者孩子，一個十二歲的孩子，他在政治上一直堅定到頭髮根，他是比金忠實的信徒，身穿白襯衣，鞋子擦得晶亮，他再也控制不住自己，放聲大笑。

這個孩子竭盡全力試圖止住笑聲，他真想當場羞憤死去，但是他那畸形而歇斯底里的笑聲卻遏制不住，那笑聲哽咽，近乎在流淚，粗嘎中夾雜著刺耳的叫喊，近乎嗚咽與窒息。

恐懼和驚愕的目光從四面八方投來，集中在孩子身上。四面八方的數百隻手放在嘴唇上，好像在向他發出噓聲，要他不要作聲。奇恥大辱！真丟臉！周圍要人怒氣沖沖譴責恐懼不已的亞歷山大爺爺。孩子似乎聽到，遠在大廳後面傳來難以駕馭的大笑，在呼應他的笑聲，接著又是一陣。但是那些笑聲，即便存在，也是在民族周邊的邊緣地帶，而他自己卻夾在第三排當中縱聲大笑，那裡淨是貝塔老兵和以色列工會的顯貴要人，均為大名鼎鼎備受尊敬之人。

現在，講者注意到他了，還停止了演說，耐心等待著，臉上掛著寬容、老練的微笑，而亞歷山大爺爺滿臉通紅，無比震驚，內心極度惱怒，彷彿周圍的世界已經崩塌。他一把抓住孩子的耳朵，氣急敗壞地把他提拉起來，當著第三排整排人的面，當著耶路撒冷一大批熱愛故鄉人們的面，揪著

4〔原注〕比金的演說按照記憶與體驗重構。

他的耳朵，把他拽出來，一邊使勁兒拖拉，一邊不顧一切地咆哮（也許爺爺自己當年讓令人生畏的奶奶揪著耳朵，拽到紐約的拉比面前就是這副模樣，爺爺當時已經和奶奶訂婚，但是在去往美國的船上，他突然愛上了另一位女士）。

老羞成怒的拽人者，邊嗚咽抽泣邊縱聲大笑的被拽者，還有那隻如今已經紅得像甜菜根的可憐耳朵，三者一起來到了愛迪生大廳外，爺爺舉起右手，朝我右臉搧了一記耳光，接著又舉起左手，帶著他對左派的全部憤恨搧了我另半邊臉，因為他是個極右分子，不願意打了左邊就完事，於是他又往我的右臉再搧一記耳光，不是給我一記帶有可憐蟲約瑟精神的、軟弱無力卑躬屈節的流放耳光，而是一記大膽無畏「鷹派」愛國者的耳光，驕傲，壯觀並憤然。

約他帕他、馬薩達和圍困中的貝塔已經失去了，它們也許會在輝煌與力量中再度崛起，但是沒有我。至於自由運動與利庫德黨，他們那天上午失去了一個人，他也許有那麼一天會成為一個小繼承人，一個激烈雄辯的演說家，也許是一個能言善辯的國會議員，甚至一個不帶公事包的副部長。

我再也不會高高興興地融入欣喜若狂的人群，或是巨型超人身體內一個盲目的分子，相反，我對人群產生了一種病態的恐懼。「平靜就是泥潭」這句話如今在我眼裡則意味著一種流傳甚廣的危險疾病。在「血與火」這一詞語中，我能夠品嘗到血腥，聞到燒焦的人肉味。就好像「六日戰爭」期間在西奈北部平原，「贖罪日戰爭」期間在戈蘭高地熊熊燃燒的坦克裡。

我在撰寫克勞斯納家族史時，從克勞斯納教授約瑟夫伯伯的自傳中擷取了許多材料，那本自傳題為《我通往復活與救贖之路》。在那個星期六，當心地善良的亞歷山大爺爺，約瑟夫伯伯的弟弟，揪著我的耳朵，把我拽到外面，發出酷似恐懼與瘋狂的嗚咽的激烈噪音，我似乎就開始逃避復活與救贖，至今仍然在逃避。

但是，我不僅僅逃避復活與救贖。那個地下室裡令人窒息的生活，在父親和母親之間，在他們倆和那堆書之間，還有野心、壓抑、拒絕承認的對羅夫諾和維爾納的懷念，對歐洲的懷念，展現為黑色茶餐車、閃閃發光的白餐巾，人生在世不稱意給他造成的壓力，她的傷痛、失敗，我默默地承擔起適時將其轉化為勝利的責任，凡此種種壓迫著我，我想逃避它。在有些時候，年輕人離開父母的家，前去尋找自我——或者喪失自我——在埃拉特或西奈沙漠，之後到紐約或巴黎，再後來——到印度高僧的靜修處或南美叢林，或者在喜馬拉雅山（在我的書《一樣的海》中，獨生子里庫在母親去世後去了喜馬拉雅山）。但是，在五〇年代初期，反對家長壓迫的極點是去基布茲。基布茲，離耶路撒冷非常遙遠，「在黑黝黝的山嶺那邊」，在加利利，在沙崙平原，在內格夫或山谷——於是我們那時在耶路撒冷想像——一個能夠吃苦耐勞的新型拓荒者階層正在形成，他們強壯、執著但並不複雜，說話簡潔，能夠保守祕密，既能在瘋狂的舞蹈中忘乎所以，也能獨處、沉思，適應田野勞作，睡帳篷：堅強的青年男女，準備迎接任何艱難困苦，卻具有豐富多彩的文化與精神生活，情緒敏感而從容。我願意像他們那樣，而不願意像我父母或充斥整個耶路撒冷的那些憂鬱苦悶的逃難學者。過了一段時間，我報名參加童子軍運動，那時的童子軍成員打算從學校畢業後，在邊境一帶參加專門創建新基布茲的軍事部隊「納哈爾」，從事「體力勞動，保護基布茲並居住在內」。我的父親不大高興，但是因為他嚮往成為一名真正的自由主義者，於是便心滿意足地對我說，「童子軍運動，好啊，行，加入吧。為什麼不呢，但是基布茲？基布茲是給那些頭腦簡單身強體壯的人建的，你既不簡單，也不強壯。你是一個天資聰穎的孩子，一個個人主義者。你當然最好長大後用你的才華來建設我們親愛的國家，而不是用你的肌肉。它並不那麼發達。」

媽媽那時已經遠離了我們。她已經背棄了我們。

我同意爸爸的說法。因此我強迫自己多吃一倍東西，透過跑步和鍛鍊來強健自己的體魄。

*

過了三、四年，母親去世、父親再婚之後，我在胡爾達基布茲，在星期六早晨四點半，把比金和武器裝備一事告訴了埃弗拉姆．阿弗耐里。因為我們被分派去摘蘋果，所以我們早早起來。我那時十五、六歲。埃弗拉姆．阿弗耐里像胡爾達的其他創建者一樣，四十五歲左右，但是我們稱他和他的朋友為「老夥伴」，就連他們自己也這麼稱呼。

埃弗拉姆聽了這個故事後微微一笑，但是那一刻他似乎難以理解事情的關鍵所在，因為他也屬於把「裝備」理解為坦克和槍枝的那類人。過了一會兒，他說：「啊，對了，我明白了。比金說的是『裝備』武器，而你卻從俚語角度來理解。確實挺好笑的。但是聽我說，我年輕的朋友，」我們正站在一棵樹兩旁的梯子上，一邊摘蘋果，一邊說話，但是中間有樹葉擋著，因此看不到對方，「在我看來你沒有抓住問題的關鍵。比金和他那夥瞎吵吵的人的可笑之處，不在於他們使用『裝備』這個詞，而在於他們用詞的整體方式。他們把一切都劃分成『卑躬屈節的流放－猶太人』和『有男子氣概的希伯來人』。他們沒有注意到，流放猶太人也在劃分自己。他們幼稚地迷戀軍事檢閱、空洞的大男人氣概和武器，完全是受隔離區影響。」

接著令我大為吃驚的是，他又補充說：

「那個比金基本上是好人。他是個蠱惑人心的政客，一點不假，但他不是法西斯分子，也不是戰爭販子，絕對不是，相反，他是個相當溫和的人。比本－古里昂要溫和上千倍。本－古里昂如花崗岩一樣堅硬，而比金則是用薄紙板做的。比金，那麼因循守舊，那麼不合時宜，某種離經叛道的經學院學生，他相信，如果我們猶太人開始扯著嗓門叫喊，我們就和過去的猶太人不一樣，我們不是待宰的綿羊，我們不是蒼白無力的弱小動物，而是與之相反，我們現在是危險分子了，我們現在是令人害怕的群狼了，而後，所有真正的狩獵者將會懼怕我們，我們要什麼就給什麼，他們會讓我們擁有整個領土，他們會讓我們掌管整個聖地，吞併外約旦，並且讓整個文明世界尊重並羨慕我們。他們，比金及其好友，一天從早到晚談論武力，但是他們一點也不知道什麼是武力，武力是怎麼構成的，武力的弱點何在。畢竟，武力對於那些操縱它的人來說也有著可怕的危險成分。那個史達林不是曾說過宗教是麻醉人們的鴉片嗎？嗯，聽聽我這個小老頭怎麼說吧：我告訴你，武力是統治階級的鴉片。不光是統治階級，武力是整個人類的鴉片。如果我相信惡魔，我要說，武力對惡魔具有誘惑力。實際上，我真有點相信。呢（那）個，我們說到哪裡了？」（埃弗拉姆和他的一些加利西亞老鄉總是發不好這個音。）「我們正在談論比金，談你笑個沒完。那天你笑他的理由不對，我年輕的朋友。你笑他是因為『裝備』一詞還有不同的用法。呢個，那也罷了。你知道你真正應該笑什麼吧？笑到地板坍塌？我告訴你為什麼。你不應該笑『裝備』，因為顯然梅納赫姆・比金確實相信，如果他當上總理，所有人，整個世界，會立即拋棄阿拉伯一方，站到他這邊來。為什麼呢？他們為什麼會這麼做呢？原因何在？因為他眼睛長得漂亮？因為他咬文嚼字？說不定這是為了紀念亞波亭斯基？你應該狂笑不已，因為那的確是政治，東歐猶太村落裡那些遊手好閒之徒頗為喜歡。他們習慣終日坐在書房的火爐旁邊，談論那種政治。他們習慣像塔木德老師那樣揮動著大拇指：『朽（首）先嘛，我們向尼古拉國王派一個代表團，重要的代表團，和他進行友好會晤，向沙皇承諾，為他安排俄國最最需要的地中海通道。』而後，我們要求國王作為交換，他該為我們向他的朋友凱撒・威廉說句好話，於是我們的沙皇該讓這個凱撒轉告他的好友——土耳其蘇丹，立即，無需爭論，把從幼發拉底河到尼羅河的整個巴勒斯坦全部交給猶太人。只有當我們一勞永逸地解決了全部救贖問題之後，才能根據感覺決定法尼亞（我們是這麼稱呼沙皇尼古拉的）值不值得我們信守諾言，讓他擁有通往地中海的通道，嗯，咱們去把我們籃子裡的蘋果倒進箱子裡，挪到下一棵樹。路上，我們可以看看埃里克或埃里尤什卡記沒記住拿一罐水來，還是我們得前去向沙皇尼古拉投訴。」

*

一兩年後，我們班已經在胡爾達輪值夜班了，我們在準軍事培訓中學會了使用手槍。正值一九五六年西奈戰爭爆發前，埃及游擊隊在那些夜晚發動了報復性的襲擊。幾乎每天夜裡，埃及游擊隊都要襲擊一個小村子，一個基布茲，或一個城市郊區，爆炸有人住的房屋，朝人們的窗子裡投擲手雷，在他們身後布設地雷。

每隔十天，輪到我看守基布茲的籬笆牆，離以色列—約旦在拉通的休戰線只有三哩遠。我每隔一個小時都要偷偷潛入空無一人的俱樂部會所，聽收音機廣播。這是違規。在一個遭圍困的社會裡，自以為是的英雄主義言論在那些廣播中占支配地位，基布茲教育也是如此，那時，沒有人用「巴勒斯坦人」這個詞，而是稱他們為「恐怖分子」、「阿拉伯突擊隊」、「敵人」或是「渴望復仇的阿拉伯難民」。

一個冬天晚上，碰巧我和埃弗拉姆·阿弗耐里一起執勤。我們腳踏皮靴，身穿破舊的士兵工作服，頭戴扎手的毛帽子。我們正踩著淤泥沿販賣部和牛棚後面的籬笆行走。發酵橘子皮被製成青貯飼料散發著臭氣，與堆肥、爛草、羊圈裡熱氣騰騰的氣流、雞籠裡紛飛的雞毛散發出的各種農村氣息混雜在一起。我問埃弗拉姆他是否參加過「獨立戰爭」，是否在三〇年代遇到過什麼麻煩，是不是射殺過某個凶手。

我在暗中看不到埃弗拉姆的臉，但他沉吟片刻後回答時，聲音中含有某種顛覆性的反諷，一種奇怪而挖苦的憂傷。

「凶手？可你又能期待他怎麼樣呢？從他們的角度來看，我們是天外來客，在他們的領土上著陸，並擅自進入他們的領土，逐漸接管了其中一部分，而我們卻向他們保證，我們來到這裡以向他們慷慨施予各種精華——為他們治療癬病和砂眼，將他們從落後、愚昧和封建壓迫下解救出來——我們巧取豪奪攫得了他們越來越多的土地。呢個，你是怎麼想的呢？他們應該感謝我們？他們應該走出家門，敲鑼打鼓來迎接我們？他們應該把整個土地的門戶拱手讓給我們，只是因為我們的先祖曾經在這裡居住過？他們拿起武器反對我們又有什麼大驚小怪的？現在我們狠狠地把他們打得落花流水，成千上萬的人住在難民營——怎麼，你希望他們和我們同慶，祝我們好運嗎？」

我大吃一驚。即使我已經與「自由」派和克勞斯納家族的辭令拉開了很大距離，但是我依然是猶太復國主義培育出來的溫順成果。在那年月，這種思想被視為大逆不道。我目瞪口呆，含著挖苦的口吻問：

「如果真是那樣，你在這裡拿槍又為哪樁？你幹麼不移民出去？不然就拿著你的槍到他們那邊去打仗？」

我在黑暗中可以聽見他悲戚的笑：

「他們那邊？但是他們那邊並不要我，在這個世界上哪兒也不要我們，任何人也不要我們。這是整個問題的關鍵。似乎在哪個國家都有許許多多像我這樣的人。就是因為這個原因我來到這裡，就是因為這個原因我拿著一桿槍，因此他們不會像在其他任何地方那樣把我從這裡趕走。但是你不會看到我用『凶手』一詞去形容失去村莊的阿拉伯人。至少，不大容易。對於納粹，我會說。對於史達林，也會說。對於所有偷竊他人領土的人，也會說。」

「你的意思是說我們也是竊取別人的土地？但是我們不是兩千多年前就住在這裡嗎？我們不是被武力驅逐到這裡的嗎？」

「是這樣，」埃弗拉姆說，「真的非常簡單。如果這裡不是猶太人的土地，哪裡還是呢？在大海下？在月球上？還是猶太民族是世界上唯一不值得擁有一小塊自己土地的民族？」

「我們從他們那裡拿了什麼呢？」

「呃個，也許你碰巧忘了一九四八年他們試圖把我們全部殺光？後來在一九四八年，發生了一場可怕的戰爭，他們自己為雙方把問題簡單化了，我們打贏了，從他們手中奪來了土地。沒什麼值得炫耀的！但要是他們在一九四八年把我們給打敗了，更沒有值得炫耀之處，他們不會讓一個猶太人活下來。確實沒有一個猶太人如今生活在他們的轄地上。但關鍵在於：因為我們一九四八年從他們那裡得到了現在所擁有的一切，因為我們現在擁有了自己的一些東西，就什麼也不能再從他們手中索取。就是這樣。這就是我和你們比金先生的整個區別：要是我們有朝一日從他們手裡奪取更多，既然我們已經擁有，那就是極大的犯罪。」

「要是過一會兒，阿拉伯突擊隊員來了怎麼辦？」

「要是他們來，」埃弗拉姆嘆了口氣，「呃個，我們只能臥倒在泥水裡射擊。我們會盡最大努力比他們射得又快又好。但是我們開槍，不是因為他們是一個殺人民族，而只是因為我們有權生活在自己的土地上。不只是他們。因為你，我現在覺得自己像本-古里昂了。要是你能原諒，我想到牛棚裡趕快抽根菸，我不在時，你在這裡好好站崗。為我們兩人站崗。」

52

這次夜間談話過去了幾年，梅納赫姆．比金及其黨羽在愛迪生禮堂失去我已經七、八年之久，我與大衛．本-古里昂見面。那些年裡，他是政府總理兼國防部長，但許多人把他視為「那個時代的偉人」，以色列國開國元勳，「獨立戰爭」和「西奈戰爭」中的大贏家。敵人恨他，嘲弄圍繞他所進行的個人崇拜，而崇拜者已經將其視為「民族之父」，是奇蹟般將大衛王、猶大．馬加比、喬治．華盛頓、加里波底、猶太人中的邱吉爾乃至上帝的彌賽亞等雲集一身的人物。

本-古里昂不僅把自己當成政治家，而且，也許主要，當成富有獨創性的思想家和精神導師。他自學希臘語，為的是能夠閱讀柏拉圖的原著，涉獵黑格爾和馬克思學說，對佛教和遠東思想感興趣，深入研究斯賓諾莎學說，以至於把自己當成了一個斯賓諾莎主義者（已經當上以色列總理的本-古里昂，每逢橫掃牛津大書店尋找哲學書籍時，慣於讓頭腦敏銳的哲學家以賽亞．伯林相伴。有一次伯林對我說：「本-古里昂有悖常規，把自己描繪成一個知識分子。這種說法依據的是兩個錯誤，他首先錯誤地相信海姆．魏茲曼是知識分子；其次，他還錯誤地相信亞波亭斯基是知識分子。」以賽亞．伯林就是用這種方式，用一顆聰明的石子，無情地擊中三隻飛鳥）。

本-古里昂總理不時會在《達瓦爾》週末增刊上面，針對哲學問題發表冗長的理論思考。一九六一年一月，有一次，他發表了一篇論述，聲稱不可能實現人類平等，儘管他們可以達到博愛的標準。

鑑於我本人捍衛的是基布茲價值，就投給《達瓦爾》一篇小小的回應，帶著應有的人道與尊重，主張本－古里昂先生大錯特錯了[1]。我的文章發表時，在胡爾達基布茲引發眾怒。基布茲成員對我無禮的舉動大為光火：「你膽敢不同意本－古里昂的說法？」

然而，僅僅過了四天，天堂之門向我敞開：民族之父從高處下來，俯就發表一篇謙恭有禮洋洋灑灑的回覆，占據了報紙的幾個顯著欄目，為「那個時代的偉人」進行辯護，抨擊最底層之人[2]。同一撥基布茲人，就在兩天前他們想送我去接受某種再教育，因為我出言不遜，現在卻高興得神采飛揚，忙不迭地和我握手，不然就拍拍我的後背：「呢個，你成了！你流芳百世了！你的英名有朝一日會出現在本－古里昂文集的索引裡！胡爾達基布茲的名字也會出現在那裡，謝謝你！」

＊

但是，奇蹟時代剛剛拉開序幕。

一兩天後，又來了電話。那電話沒有打給我——我們的小房間尚無電話——電話打到了基布茲辦公室。貝拉．P，一個退伍老兵那時碰巧在辦公室，跑著找我，她蒼白顫抖，就像一張紙，哆哆嗦嗦，就像剛剛看見眾神的四輪馬車被火舌包圍，她告訴我，宛如在頒布臨終遺言：總－理和國防－部長召我明天早晨晉見，六點半整，在台拉維夫國防部長辦公室，與總－理和國防－部長進行私人會晤，應本－古里昂個人邀請。她在說總－理和國防－部長時，好像在說「神是當稱頌的」[3]。

現在換我蒼白了。首先，我仍然穿著軍裝，我是個正規軍人，軍隊裡的陸軍上士，我險些害怕自己違反了某些規章制度，在報紙專欄與我的最高統帥進行意識形態論爭。其次，除了笨重的大頭釘軍鞋，我沒有別雙鞋，我怎麼去見總－理和國防－部長？穿拖鞋嗎？再說，我根本就無法在早晨六點半趕到台拉維夫，胡爾達基布茲的頭班車要等到七點鐘才發，直到八點半才能趕到中央車站。

於是我徹夜默默祈禱降臨災難：戰爭、地震、心臟病發作——無論他還是我，都沒關係。

四點半，我第三次擦拭我的大頭釘軍鞋，穿上鞋子，牢牢繫緊鞋帶。我穿著熨得平平整整的便裝，卡其長褲，白襯衫，套頭衫和風衣。我出門走上主道路，竟然奇蹟般地搭到便車，暈暈乎乎地順利來到了國防部長辦公室。它不在駭人聽聞、天線林立的國防部大樓，而是在背後的一個院落，在一個風光迷人具有田園情調的巴伐利亞式兩層小樓裡，小樓紅瓦墁頂，爬滿了綠色匍匐植物，它由一個德國聖殿騎士在十九世紀建成，那個聖殿騎士在雅法北部的沙地上建立起一個寧靜的農業聚居區，最後在第二次世界大戰爆發之際被英國人驅逐出境。

風度翩翩的祕書未曾注意到我的身子在抖動，嗓子眼卡住了；他向我簡介任務，帶著某種近乎親切的熱情，好像和我一起背著隔壁房間裡的神明，在策畫著什麼。

「老人，」他開始使用充滿深情的暱稱，從本－古里昂五十多歲起人們一般就這麼稱呼他，「你知道，怎麼說呢，這些天傾向於熱中長篇哲學對話。但是，他的時間，我相信你可以想像，如同金粉一樣。他實際上還在自己處理所有的國事，從戰爭準備到與大國的關係再到郵局工人罷工。你呢，當然過二十分鐘就要藉故退出，這樣我們可以搶救一下今天的日程安排。」

在這個世界上，我最想做的莫過於「巧妙退出」了，不是二十分鐘以後，而是馬上，立即。一想到上帝自己就在這裡，是他本人，就在灰門後邊，再過一分鐘我就在他的掌控之下，敬畏與恐懼

1〔原注〕大衛．本－古里昂，〈反思〉，《達瓦爾》，一九六一年一月二十七日；艾默思．奧茲，〈博愛不能代替平等〉，《達瓦爾》，一九六一年二月二十日。

2〔原注〕大衛．本－古里昂，〈進一步反思〉，《達瓦爾》，一九六一年四月二十四日。

3《舊約．創世記》第九章第二十六節。

讓我險些昏厥。

祕書真是別無選擇，只得輕輕從身後把我推進最為神聖的所在。

身後的門關上了，我站在那裡一言不發，背靠著剛從那裡走進來的那扇門，雙膝發抖。大衛王的辦公室非常普通，幾乎沒什麼家具，比我們在基布茲住的簡易房大不了多少，對面是個窗子，拉著有鄉村氣息的窗簾，給燈光補充了些許日光，窗子兩旁分別放有金屬檔案櫃。房間中央是一張玻璃面的大書桌，幾乎占據了房間的四分之一。書桌上放有三、四疊書、雜誌和報紙，各式文件與檔案夾，有的打開，有的合上。書桌兩旁，放著兩把帶有官僚氣的灰色金屬椅，那些年你在任何管理部門或軍事辦公室都可以看到這種椅子，椅子下面始終刻有「以色列國有資產」的字樣。房間裡再沒別的椅子。一張囊括整個地中海流域和中東地區、從直布羅陀海峽到波斯灣的巨幅地圖占據了整整一面牆，從上到下，從一個角落到另一個角落，只有郵票般大小的以色列下面，畫了一條粗線。另一面牆放著三個書架，滿滿當當排著書，好像有人會突然在這裡患上急性讀書狂熱症，刻不容緩。

在這間斯巴達式的屋子裡，一個人邁著小碎步迅速踱來踱去，他雙手背在身後，眼睛盯著地板，大腦袋前伸，彷彿要撞什麼東西似的。這個人看上去和本-古里昂一模一樣，但是又無論如何也成不了真正的本-古里昂。那時，以色列的每個孩子，即使是幼稚園小孩在睡夢中都知道本-古里昂的樣子，但因為那時還沒有電視，顯然在我看來，民族之父該是個頭頂雲天的巨人，可是這位冒名頂替者又矮又胖，身高不到五呎三。

我大驚失色，幾乎有些不快。

然而，在讓人感到宛如無窮無盡的兩、三分鐘持續不斷的沉默裡，我還是誠惶誠恐背靠著門，盡情飽覽這一身材壯實有力的小個子男人那怪異、易受催眠的儀表，介於堅忍不拔的山村老爺爺和精力旺盛的古代侏儒，他躁動不安、倒背著手不住地來回走動，腦袋前伸，像個攻城槌，陷入沉思，孤高超然，並不勞神做出一絲暗示，說明他意識到某人，某物，一粒浮塵，突然降臨到他的辦公室。大衛·本-古里昂那時大約七十五歲，我只有二十歲。

在他圓形露天競技場般的禿頂周圍，散落著先知般亂蓬蓬的銀髮，巨大的額頭下面是兩道亂蓬蓬的灰色濃眉，濃眉下是一雙銳利的灰藍眼睛，明察秋毫。他長著寬大粗糙的鼻子，一個不知羞恥的醜陋鼻子，一個色迷迷的鼻子，似反猶主義漫畫中的形象。他的嘴唇薄而冷漠，而下巴卻像一個古代水手那樣突出而桀驁不馴。他的皮膚如同生肉一般粗糙紅潤，短脖子下的肩膀寬大而有力，他胸膛寬闊，敞開的襯衣領口上露出手掌寬的毛茸茸前胸。他恬不知恥凸出的肚子，像海豚的隆峰，似乎顯得很堅硬，彷彿是用混凝土壘就，但令我困惑的是，所有這些奇景竟以兩條侏儒般的粗腿作結，如果不是褻瀆上帝，可以說那雙腿有些滑稽可笑了。

我盡量慢慢喘氣。我肯定是嫉妒卡夫卡《變形記》中的葛雷戈了，他變身成了一隻甲蟲。血液從手腳湧流到肝臟。

我們每天在收音機，甚至在夢中聽到的富有穿透力的硬邦邦聲音首先打破了沉寂。全能的人氣哼哼地看了我一眼，說：

「怎麼！你為什麼不坐下！坐！」

我迅速坐在書桌旁的椅子上，對著書桌，筆直地坐著，但只是坐在椅子邊，不可能朝後倚了。沉默。民族之父繼續來回踱步，步履又碎又快，像囚禁起來的雄獅，或者是萬萬不可遲到的人。過了無窮無盡的長久時間，他突然說：

「斯賓諾莎！」

他停住話聲，走到窗戶旁邊，突然轉過身來說：

「你看過斯賓諾莎的東西嗎？看過，但是也許你並不理解？很少有人了解斯賓諾莎，很少。」之後，他依舊在門窗之間來回走動，並就斯賓諾莎的思想發表了長篇演講。

在演講當中，門猶猶豫豫開了一條縫，祕書怯生生地把腦袋伸進來，微笑，試圖咕噥些什麼，但是受傷的獅子朝他劈頭蓋臉吼道：

「出去！別搗亂！你沒看見我正在進行很長時間以來最為有意思的談話之一嗎？你走開！」那個可憐的人立即消失了。

直到現在我沒有說一句話，沒有出聲。

可是這種情況表明本-古里昂喜歡早晨七點鐘之前講述斯賓諾莎。他確實一刻不停地講了幾分鐘。

突然，他一句話說到半截便停頓下來，我甚至感覺到他的氣流吹在我僵硬的脖子上，但是我不敢左顧右盼，僵直地坐在那裡，繃緊的膝蓋形成一個直角，臀部和緊張的後背也形成一個直角。本-古里昂朝我氣勢洶洶地叫嚷，聲音裡沒有一絲問詢之意：

「你沒有吃早飯！」

他沒有等回答。我沒有出聲。

突然，本-古里昂在書桌後面嘆了口氣，彷彿巨石投入水中，就連他的白髮也從視野中消失了。過了一會兒，他又復出水面，一隻手拿著兩只杯子，另一隻手拿著一瓶廉價水果飲料。他精神飽滿地給自己倒了一杯飲料，接著又給我倒了一杯，宣布：

「喝吧！」

我一口把飲料全部喝光，一滴也沒剩。

與此同時，大衛・本－古里昂滋滋滋喝了三大口，像個渴極了的農民，又開始繼續講述斯賓諾莎。

「身為斯賓諾莎主義者，我毫不懷疑地對你說，斯賓諾莎思想的精髓可以做如下歸納。人應該永遠保持鎮靜！永遠不應該失去冷靜！其他都是詭辯與釋義。鎮靜！在任何情況下都要保持冷靜！其他——分文不值！」（本－古里昂語調古怪，每個詞總是強調最後一個母音，有點像怒吼。）

但是，現在我再也不能玷汙斯賓諾莎的名譽了。我保持沉默，就會玷汙我所喜歡的哲學家，於是我鼓足勇氣，眨眨眼睛，竟然奇蹟般地膽敢開口，在全能的上帝面前尖聲尖氣地小聲說道：「在斯賓諾莎思想裡的確有冷靜鎮靜的因素，但是把那說成是斯賓諾莎思想的精髓不對吧？的確也有——」

之後，從火山口裡向我迸發出火焰、硫磺和一道道熔岩：

「我一生一世都是斯賓諾莎主義者！我從年輕時候起就是一個斯賓諾莎主義者！鎮靜！冷靜！那是整個斯賓諾莎思想的精髓！是他思想的核心！安寧！無論是順境還是逆境，成功還是失敗，一個人的頭腦永遠也不應該失去平和！永遠也不！」

他那伐木工般強有力的兩個拳頭突然落到桌上的兩個杯子上，我們兩人的玻璃杯蹦起來，驚恐地匡噹直響。

「人永遠也不能發脾氣！」這些話如同審判日裡的驚雷惡狠狠地向我襲來，「永遠也不！要是你不能看到這一點，就不配被稱作斯賓諾莎主義者！」

說著，他平靜下來，面露喜色。

他坐在我對面，把兩隻胳膊攤在書桌上，好像要把桌上所有的東西抱在胸前。當他突然樸實、欣喜地微笑時，身上閃爍著令人愜意、暖人肺腑的光，彷彿不但他的臉龐、他的眼睛在微笑，而且連整個拳頭般的身體也放鬆了，和他一同微笑，整個房間也微笑了，甚至斯賓諾莎本人都微笑了。本-古里昂的眼睛，從憂鬱的灰變作明亮的藍，他從上到下仔仔細細打量著我，一點禮貌都沒有，好像用自己的手指在感知。他彷彿有點飄忽不定，躁動不安並令人生畏。他的論證就像拳擊，然而當他沒有警示便突然笑逐顏開時，就好像從一個復仇之神轉變成一個喜洋洋的爺爺，煥發出健康的容光與滿足，一股富有誘惑力的熱情從他那裡汩汩而出，那種迷人的氣質持續片刻，像個興高采烈的孩子，帶著永不滿足的好奇。

「你是做什麼的呢？你寫詩嗎？啊？」

他頑皮地眨眨眼睛。彷彿他給我設了一個頑皮的陷阱，並且在遊戲中獲得勝利。

我再次大為吃驚。我那時只發表兩三首無價值的詩歌，發表在不見經傳的基布茲運動雜誌上（我希望它已經與我可憐的寫詩嘗試一道化作了塵泥）。但是本-古里昂一定是看到了。據說他慣於仔細閱讀各種出版的東西：園藝月刊，自然或博弈愛好者雜誌，農業、工程、統計學研究期刊。他的求知欲望沒有止境。

他顯然記憶力驚人，過目不忘。

我咕噥了幾句。

但是總理兼國防部長不再聽我說話了。他那不集中的精神已經轉移。既然他已經一勞永逸，以毀滅性的一擊，解釋了斯賓諾莎思想中的存疑問題，他就開始滿懷激情地談論其他事由：我們青年人當中的猶太復國主義熱情已經失去，或是希伯來語詩歌，它涉獵了各種危險的嘗試，卻沒有睜開眼睛，歌頌每天在我們眼前所發生的一切——民族復興，希伯來語言的復興，內格夫沙漠的再生。

＊

突然，再次沒有警示，他的獨白只進行了一半，甚至一個句子只說了一半，就索性不想說了。他從椅子上跳下來，好像遭到了槍擊，也讓我站起身來，當他推著我的身體往門口去時，就像他的祕書在三刻鐘之前推我一樣——他熱情地說：「聊聊挺好！非常好！你最近在讀什麼書呢？年輕人在讀什麼書？你什麼時候進城請來看我。只管來，別害怕！」

他一邊把我，連同我的大頭釘軍鞋和我白色的安息日襯衫推出門外，一邊興高采烈地大喊：「來啊！只管來，我的大門始終向你敞開。」

＊

從在本-古里昂斯巴達式的辦公室談論斯賓諾莎迄今，已經過去了四十多年。我自那以後見過諸多名人，包括政治領袖，具有吸引力的人物，其中一些展現出巨大的個人魅力，但是沒有人像他那樣在身體外觀和攝人魂魄的意志力上給我留下如此強烈的印象。本-古里昂，至少在那天早晨，具有使人著迷的精力。

以賽亞．伯林的冷峻觀察是正確的：本-古里昂儘管研讀柏拉圖和斯賓諾莎，但他不是知識分子，與知識分子相距甚遠。我所看到的本-古里昂，是一個喜好空想的農民。他身上具有幾分原始的東西，有些不合當今時宜的東西。他簡單的頭腦幾乎停留在聖經時代，他的意志力像一束鐳射。

身為波蘭東部普翁斯克一個猶太小村裡的青年，他顯而易見擁有兩個簡單的想法：猶太人必須在以色列重建自己的故鄉；他是當之無愧領導他們的人。綜觀其一生，他從沒有改變年輕時代的兩大決定，一切也都服從這兩項決定。

他是個坦率正直、冷酷無情的人，像多數幻想家一樣，未嘗不考慮代價問題。也許，他一刻也沒有停止考慮，並做出決定：隨它去吧。

一個在克勞斯納家族，在凱里姆亞伯拉罕的所有反左派人士當中長大的孩子，我一向受的是這樣的教育，猶太人的所有痛苦都應歸咎於本-古里昂。在我成長的地方，他被視為惡棍，堪稱左派體制災難的具體化呈現。

然而，長大成人後，我則是從截然不同的角度，從左派角度來反對本-古里昂。我和同時代的許多左派知識分子一樣，認為他有近似暴君的品性，一想到他在獨立戰爭期間對阿拉伯人的強硬方式和報復性的襲擊，我會不寒而慄。直到最近幾年，我才開始閱讀關於他的一些東西，不知道自己是對還是錯。

突然，當我寫下「強硬方式」幾個字時，我可以再次清清楚楚地看到本-古里昂抓著他廉價水果飲料的杯子，先給他自己倒飲料的情形。杯子也是廉價的，是厚玻璃做的，他堅硬的手指又短又粗，緊緊握住如同手雷的杯子。我驚愕不已，倘若我腳跟錯位，說了一些讓他上火的話，本-古里昂可能會把杯子裡的飲料潑到我臉上，或者把杯子扔到牆上，或者會攥緊拳頭，把杯子抓碎。他就是那樣令人敬畏地抓住杯子，直至突然笑逐顏開，向我顯示他知道我在嘗試寫詩，看見我的窘態露出愉快的微笑，有那麼一刻他的樣子幾乎就像一個性情愉快愛開玩笑的人，剛剛略施小計，現正在詢問：下一個節目呢？

53

一九五一年將盡的那個秋天，媽媽的身體狀況日益惡化。她又開始偏頭痛，失眠。她再次終日站在窗前，遍數天上的飛鳥流雲，她夜裡也坐在那裡，睜大眼睛。

我和父親分擔了全部家務。我剝蔬菜，他把蔬菜剁碎，做成精美的沙拉。他切麵包，我在麵包片上塗抹人造奶油加乳酪，或人造奶油加果醬。我打掃並清洗地板，把所有東西的表面都打掃一遍，父親倒垃圾，每隔兩三天就要買三分之一塊冰放進冰盒裡。我到雜貨店和蔬菜店買東西，而父親則負責去肉鋪和藥房。我們在廚房門別張小卡片當購物單，兩人都會填寫所需物品。物品購買後，再把此項內容從購物單上畫掉。每週六晚上，我們都開始填寫新購物單：

番茄。黃瓜。洋蔥。馬鈴薯。蘿蔔。

麵包。雞蛋。乳酪。果醬。糖。

看看有沒有小柑橘，柳丁何時上市。

火柴。油。蠟燭，以防停電。

洗滌液。肥皂。牙膏。

煤油。四十瓦燈泡。修理熨斗。電池。

浴缸龍頭的新墊圈。龍頭流水不暢，要修理。

優格。人造奶油。橄欖。

給媽媽買毛襪。

那時，我的字體越來越像父親的字體，因此幾乎不能分辨是誰寫的「煤油」，或者是誰加上「我們需要擦地布」。直到今天，我的筆跡也像父親的，筆力遒勁，不是總能看得清楚，但總是精力充沛，稜角分明，不像我媽媽冷靜、圓潤的梨狀字體，有些向後傾斜，好認，看著讓人愉快，運筆輕柔而訓練有素，每個字母都寫得到位，像她的牙齒分布均勻。

我和爸爸那時非常親近，像抬傷患攀登陡坡的一對擔架手。我們給她端來一杯水，讓她吃下兩個不同的醫生開的鎮靜藥。我們也用一張爸爸的小卡片記載這些，我們寫下每種藥的藥名和服用時間，她吃掉一顆，我們就打上勾，她不想吃的就打叉。她多數情況下都很聽話，連感覺噁心時都吃藥。有時，她強迫自己給我們點微笑，那笑甚至比她蒼白的臉頰或出現在她眼下的半月形黑暈還要讓人難過，因為那微笑很空，彷彿與她沒有任何關聯。有時，她示意我們依偎著她，用始終如一的圓周運動來撫摸我們。她撫摸了我們很長時間，直至父親輕輕拿起她的手放在胸口。我也做同樣的動作。

每天晚上，晚飯時分，我和爸爸在廚房裡召開每日工作會議。我告訴他今天在學校裡做了什麼，他則對我說在國立圖書館上班時發生的事情，或者描述他給下一期《塔爾巴茨》或《梅促達》[1]快要寫完的文章。

我們談論政治、談論國王阿布杜拉遭暗殺，或談論比金和本-古里昂，我們像兩個平等的人。我心裡對這個心力交瘁的男人充滿了愛戴之情，他莊嚴地做出結論：「我們之間似乎存在著巨大的分歧。因此到目前為止，我們得求同存異。」

接下來我們會談論家務事。我們會在父親的小卡片上匆匆寫下還需要什麼，把已經辦理的事情畫掉。父親有時甚至會和我商量錢的問題：還有兩個星期才領薪呢，我們已經花了這麼這麼多。每天晚上他會問我寫作業的情況，我會把學校的作業單，還有已經寫完作業的練習本遞給他加以比較。有時，他會看看我做的功課，並做適當評論。對於每一學科，他了解得都比我的老師多。多數情況下他會說：「不必檢查你了。我知道對你，我可以絕對依靠，絕對信任。」

當我聽到這些話時，心中湧起一陣祕密的自豪與感激，有時也會油然產生一陣憐憫。是對他，而不是對我媽。那時我一點也不憐恤她，她只知道沒完沒了地讓你每天履行責任，提出各種要求，並且是難堪與恥辱之源，因為我有時得向朋友解釋，為什麼他們從來不能來我們家串門，我得回答雜貨店裡鄰居們可愛的拷問，為什麼他們總看不見她？她怎麼了？即使對叔叔阿姨們，即使對爺爺奶奶，我和爸爸也不會把整個事實和盤托出，我們輕描淡寫。我們說，她感冒了，即便她沒有感冒。我們說：偏頭痛。我們說：對夜晚特別敏感。有時我們說：她也太累了。我們努力說出真相，但不是整個真相。

我們不知道整個真相。但我們又確實知道，即使沒有相互串通，我們誰也不曾向任何人透露我們兩人所了解的一切；我們只讓外界知道一些事實。我們倆從來不去商量她的狀況。我們只談論明天該做的事情，談論日常生活瑣事，談論家裡需要什麼。我們從來不談她有什麼不適，只是父親會沒完沒了地重複：「那些醫生，他們什麼也不懂，一點都不懂。」在她去世後，我們也不談論。從母親去世那天起到父親去世，二十年間，我們一次也沒說起過她。隻字未提。彷彿她從未生活過，

1《塔爾巴茨》和《梅促達》是兩份猶太學研究期刊。

彷彿她的人生只是經審查從蘇聯百科全書裡撕去的一頁。或者，我彷彿雅典娜，直接從宙斯的頭顱裡降生而出；我是某種倒生的耶穌，從一個童貞男子看不見的精神中托生出來。每天早晨，天將破曉之時，院裡石榴樹枝頭的鳥兒把我喚醒，她用貝多芬〈給愛麗絲〉的最初五個音符來迎接白日的到來：「嗝—嗒—嘀—嗒—嘀！」接著，更為激動：「嗝—嗒—嘀—嗒—嘀！」躺在毯子下面的我，深情地將其完成：「嗒—嘀—嗒—嗒！」我在心中，把鳥兒叫作愛麗絲。

*

我那時為父親難受。彷彿他是倒下去的受難者，本身沒有過錯，卻遭受某種曠日持久的傷害，好像我媽故意在虐待他。他非常勞累，傷心，即使他像平時一樣總是在興高采烈談天說地。他一向憎恨沉默，並為出現的任何沉默而譴責自己。他那雙眼睛，像母親的眼睛，下面有半月形的黑暈。

有時，他白天得在上班時離開，帶她去進行檢查。那幾個月他們什麼都檢查過：她的心臟、肺部和腦電波，消化、激素、神經、婦科病和循環系統。沒有效果。他不吝花錢，請過各式各樣的大夫，帶她去看私人醫生；他甚至不得不從父母那裡借些錢，儘管他憎恨借貸，討厭他母親施羅密特奶奶的方式，喜歡「插手」，為他修理婚姻生活。

我爸每天早晨天未亮就起來，收拾廚房，整理已經洗好的衣服，榨水果汁，給我和媽媽端來溫果汁，想讓我們強健起來。上班前，他也設法草草回覆編輯和學者的來信，接著，他衝向公車站，破損不堪的箱子裡裝著好幾個疊好的購物袋，準時到塔拉桑塔大樓上班，在「獨立戰爭」期間，坐落於守望山上的大學被與城市其他部分隔離開來，國立圖書館期刊部就搬到了塔拉桑塔。

他五點鐘會回到家裡，路上已經順道去了肉鋪、電器行或藥房，一進門便去看看媽媽是否感覺好些，希望他不在家時她會睡個覺。他會用小匙餵她吃一點馬鈴薯泥或米粥，我和爸爸不管怎樣都會熬粥了。接著，他把門反鎖，幫她換衣服，盡量和她說話。他甚至會說說從報紙上或圖書館裡聽來的笑話，逗她開心。天黑之前，他會急急忙忙再次出門去到商店，挑選各種東西，馬不停蹄，仔細閱讀一些新藥的說明書，甚至顧不上坐一會兒，試圖吸引媽媽聊聊未來巴爾幹的局勢。

接著，他會來到我的房間，幫我換床單，或在我衣櫃裡放上樟腦球，因為快過冬了，同時低聲哼唱一些令人多愁善感的情歌，遺憾的是走了音，不然就是試圖把我拉進關於巴爾幹未來的爭論。

*

天將黑之際，莉蓮卡——莉莉亞阿姨，莉亞．卡利什．巴-薩姆哈，母親最好的朋友——會來探望我們，她也是羅夫諾小鎮人，和媽媽是塔勒布特的同班同學，撰寫過兩部兒童心理學著作。

莉莉亞阿姨帶來一些水果和李子蛋糕。父親端上茶和餅乾，還有她的李子蛋糕，而我則把水果洗乾淨，連同小碟和刀子一同端上來，而後我們讓她倆單獨談話。莉莉亞阿姨和我媽一起待上一兩個小時，當她出現在我們面前時，眼睛紅紅的，媽媽卻像平時一樣冷靜安詳。爸爸克制了對這個女人的極端厭惡之情，禮貌地邀她共進晚餐。幹麼不給我們機會寵寵妳呢？范妮婭也會高興的。但是她總是不好意思地表示歉意，彷彿是在讓她參加某種不體面的行動。她不想妨礙我們，但願此事不要發生，然而不管怎麼說家裡還是希望她回去，很快他們就會開始擔心她了。

有時，爺爺奶奶也會前來，從穿著上看好像要趕赴舞會。奶奶穿著高跟鞋，黑絲絨長裙，戴著白項鍊，先到廚房巡視一番，而後再坐到媽媽身邊。接著她便檢查一包包藥片和小藥瓶，把父親抓過來，看看他的領口，檢查過我的手指甲後，她厭惡地皺起眉頭，決定做出傷感的評論，現在的醫學已能夠查出大部分病症，只要病原是來自肉體，不是來自精神。與此同時，亞歷山大爺爺，總是像一隻興高采烈的幼犬一樣迷人躁動，吻吻我媽的手，稱讚她的美麗，「即使生病也漂亮，痊癒後會更加漂亮，明天，即使不是今晚。嘿，怎麼啦！妳已經像花一樣了。非常迷人！真可愛！」

*

我父親仍然固執地堅持要我每天晚上九點準時關燈。他悄悄走進另一個房間——起居室、書房兼臥室，在我母親肩膀上加一條披肩，因為已然秋天，夜晚正轉涼，他坐在她身邊，把她冰涼的手放在自己一向溫暖的手裡，試圖同她簡單地聊上幾句。他就像故事中的王子，試圖喚醒睡美人，可是即使他吻她，也無法將她喚醒：蘋果咒語不會破解。也許他吻她的方式不對，或者她在夢中等待的不是一個戴眼鏡的話匣子，他精通百家學說，總在劈劈啪啪講笑話，為巴爾幹的未來擔心，然而是某種全然不同的王子。

他摸黑坐在她身邊，因為她那時受不了電燈光，每天早晨，我們上班、上學前都要關閉所有的百葉窗，拉上窗簾，好像媽媽變成了《簡愛》中閣樓裡那個令人駭怕的可憐女人。他摸黑坐著，默默地抓過媽媽的一隻手，一動也不動，不然就是用雙手緊緊握住她的雙手。

但他不能一動不動地坐上三、四分鐘，除非在放有卡片的書桌旁，否則無論在我生病的媽媽身旁，還是在任何地方，他都坐不了這麼久。他是個好動、忙碌的人，始終在忙，忙著做事、說話。

當他無法繼續忍受黑暗和沉默時，就會把書和許多卡片拿到廚房裡，在油布上給自己擦乾淨一塊地方，坐在椅子上工作一段時間。但獨自地囚禁在這個煙燻火燎的書房裡，很快便讓他神情沮喪。因此每星期總有那麼一兩次，他會站起身，嘆口氣，換上西裝，梳頭漱口，灑點鬍後水，輕輕來到我的房間看看我是否睡著（因他之故，我總是裝睡），接著他走進媽媽房間，總是那麼幾句話，總是同樣的保證，她當然不會阻攔他，相反，她通常撫摸他的腦袋說，去吧，阿里耶，到外面玩去吧，那裡的人可不像我這麼死板。

他頭上戴著亨弗萊·鮑嘉式的帽子，腋下夾著把以防萬一的雨傘，走了出去，快步經過我的窗前時，小聲哼唱，那歌聲可怕地跑了調，並帶有濃重的阿什肯納茨口音：「……我頭偎在你的胸口，我遙遠的祝禱找到了歸處。」或者：「你可愛的眼睛像一對信鴿，你的聲音像銀鈴般悅耳！」

我不知道他去哪裡，然而卻不知自明，然而卻不想知道，然而卻原諒爸爸。我希望他在那裡稍許得到一絲快樂。我絕對不願勾畫那裡發生了什麼，在他自己的「那裡」，但是我不想勾畫的東西卻在夜深人靜之時發生在我身上，讓我暈眩，讓我無法入睡。我是個十二歲的小孩，我的身體已開始成為一個無情的大敵。

*

有時，我有一種感覺，家裡沒人時，媽媽實際上白天上床睡覺。有時，她起來在家裡走來走去，總是光著腳，儘管父親懇求她，給她買了拖鞋。我媽在走廊裡來來回回來來回回地走動，戰爭期間走廊是我們的避難所，現在走廊裡堆滿了書，牆上掛著地圖，成了作戰室，我和父親在那裡指揮以色列安全部門和自由世界的防禦工作。

即使白天，走廊也黑漆漆的，除非你打開燈。我媽在黑暗中來回飄然走動，沒有變化，走上半小時或一小時，就像犯人在監獄的院子裡放風。有時她開始唱歌，好像要和我父親比比高低，但調子把握得比他準多了。她唱歌時聲音陰鬱深情，彷彿冬夜品嘗加香料的溫酒。她唱歌時不用希伯來語，而是用聲音甜美的俄語，富於夢幻的波蘭語，或者偶爾用意第緒語，聽上去像抑制著眼淚。

爸爸夜晚出去，總是信守諾言，半夜之前回來。我能夠聽見他脫下衣服，接著給自己倒上一杯茶，坐在廚房裡的凳子上，輕輕哼唱，把一塊餅乾蘸在茶裡。接著他會洗個冷水澡（要是用熱水，你得提前四十五分鐘用木頭燒小鍋爐，先要用煤油把木頭點燃）。而後，他會輕輕來到我房間確定我已經睡著，替我拉拉被子。只有那時，他才輕輕走進他們的房間。有時，我聽見他們倆小聲說話，聽著聽著便睡著了；有時那裡一片死寂，彷彿沒有生命。

爸爸開始覺得自己要對媽媽的失眠負責，因為他睡在大床上。有時他執意把她安置在沙發床，每天夜裡沙發變成床，他自己則睡椅子上（我小時候叫它「汪汪沙發」，因為你打開沙發，它的樣子就像氣勢洶洶的狗張開大口）。他說，如果他睡在椅子上，她睡在床上，對大家都會比較好，因為他不管睡哪裡，也像根木頭，「即便睡在滾燙的平底鍋上。」其實，如果知道她睡在床上，他在椅子上會睡得更好；反之，知道她在椅子上一連幾個小時失眠，即使他睡在床上也睡不好。

*

一天夜裡，快半夜了，我房間裡的門被輕輕打開，爸爸在暗中向我俯下身，我一如既往，趕緊裝睡。他沒有替我把被子蓋好，而是掀開被子，鑽到我被窩裡。像那時一樣，像十一月二十九日建國決議通過後那樣，我的手看到了他的眼淚。我驚恐萬狀，急忙把雙膝蜷起緊緊貼到肚子上，希望並祈禱他不會注意到我為什麼夜不成眠，要是他發現了，我立刻去死。當爸爸鑽到我被窩裡時，我的血液凝固了，陷入極度恐慌之中，千萬別發現我幹髒事啊，良久，我才意識到，溜進我床上的剪影並非父親，恍如噩夢中。

她把被子拉過我們兩人的頭頂，親熱地摟抱我，低聲說，不要醒來。

早晨，她不在那裡了。第二天夜裡，她又來到我的房間，但是此次，她從「汪汪沙發」上搬來一個床墊，睡在我床邊的地板上。接下來又一個夜晚，我執意，盡量模仿爸爸不可一世的神態，要她睡到我床上，我睡在她腳下的床墊上。

彷彿我們都在玩隨樂聲搶椅子遊戲，它叫隨樂聲搶床。第一輪：普通形式——我父母睡在他們的雙人床上，我睡在自己床上。接下來在第二輪裡，媽媽睡在她的椅子上，爸爸睡在沙發上，我依然睡在自己床上，在第三輪裡，媽媽和我睡在我的單人床上，而爸爸睡在雙人床上。在第四輪裡，我爸爸沒有改變，我又自己睡在自己的床上，而媽媽睡在我腳下的床墊上。接著她和我掉換位置，她上床，我下地，父親原地不動。

但是，我們沒有就此結束。

因為幾個夜晚過後，當我在自己房間睡在媽媽腳下的床墊上時，半夜時分，她發出一陣陣斷斷續續的聲音，近似咳嗽，又不像咳嗽，嚇了我一跳。接著她平靜下來，我又繼續睡去。但是過了一兩個夜晚，我又被她似咳非咳的聲音驚醒。我站起來，眼睛還沒睜開，身上裹著毯子迷迷瞪瞪地走向走廊，爬上爸爸的雙人床。我立刻又睡著了。接下來的夜晚我也睡在那裡。

我媽在我的房間差不多睡到生命中的最後幾天，而我和父親一起睡。過了兩三天，她所有的藥片、藥瓶和鎮靜劑以及治療偏頭痛的藥丸全搬到她的新地點。

我們隻字未提新的睡覺安排。誰都沒提。彷彿它是自行發生的。

確實自行發生。沒做任何家庭決定。沒說一個字。

但是，倒數第二個星期，媽媽沒有在我床上過夜，而是回到她在窗邊的椅子上，只是，椅子從我們房間——我和爸爸的房間——搬到我的房間，現在那已經成了她的房間。

即使一切都已經結束，我卻不願意再回到那個房間。我想和父親待在一起。當我最終回到自己的舊房間後，根本無法入睡，彷彿她還在那裡，朝我似笑非笑，似咳非咳，或者彷彿她把失眠傳給了我，那失眠追隨她到最後，現在又來追隨我了。我回到自己床上的那個夜晚非常恐怖，接下來的幾個夜晚，父親不得不把我從「汪汪沙發」上拖到我自己的房間，和我一起睡在那裡。有那麼一兩個星期，我父親睡在我腳下，之後，他回到自己的領地，她，或她的失眠症，也追隨著他。

彷彿，一個巨大的漩渦在席捲著我們三人，將我們拋出，聚聚分分，舉起，顛搖，捲動，直至我們都被拋到不屬於自己的陸地。我們都疲憊不堪，默默地接受著變化。不光父母眼睛下面出現了半月形的黑暈，那幾個星期，我從鏡子中看到自己的眼睛下面也出現了黑暈。

那年秋天，我們被綁縛在一起，像三個罪犯住在同一個牢房裡。然而，我們三人都有自己的意志。因為他們豈能知道我那些汙穢不堪的夜晚？殘酷的肉體那麼猥瑣？我父母怎麼能夠知道，我含垢蒙羞，咬牙切齒，一遍遍地警告自己，要是你今天不放棄，我會用性命起誓，吞下媽媽的所有藥片，這樣它就終止了。

我父母什麼也沒有懷疑。我們之間相隔一千光年。不是光年，是暗年。

但是我知道他們經歷著怎樣的痛苦嗎？

他們兩人呢？我父親知道她的苦楚嗎？母親理解他的苦難嗎？

一千暗年把大家全部隔開，即使是同一牢房裡的三個囚犯，即使是台拉阿札的那一天，那個星期六早晨，母親背靠大樹坐在那裡，父親和我枕著她的膝頭，母親撫摸著我們二人，即使那一刻，那是我童年時代最為寶貴的一刻，我們之間仍隔著一千無光之年。

54

在亞波亭斯基詩集裡，排在「我們用熱血與汗水提升一個人種」、「約旦河有兩岸」、「從貝塔、錫安和西奈奇蹟召喚我的那天起」之後的，是他翻譯的節奏優美的世界詩歌，包括愛倫．坡的〈烏鴉〉和〈安娜貝爾．李〉、艾德蒙．羅斯唐的〈公主遠去了〉，以及保羅．魏倫的〈秋歌〉。

很快，我便將這些詩歌爛熟於心，終日流連忘返，陶醉於詩中的浪漫苦痛與可怕煩惱之中。

我在約瑟夫伯伯送的那本精美的黑皮筆記本裡寫下帶有軍國主義色彩的愛國主義詩歌，同時，我也開始寫下憂鬱感傷的詩，充滿著風暴、森林和大海。還寫了一些情詩，那時我甚至不懂什麼是愛情。或許已經知道，但是，尚在誰多殺印第安人就能贏得一個美女作為獎品的西部電影與安娜貝爾．李、她的伴侶和他們倆的墓園之戀之間，徒勞地尋找某種調和。但調和二者絕非易事。更為艱難的，則是在所有這些以及校醫講授的包皮——卵以及輸卵管——管狀器官迷宮之間，實現某種安寧。夜間的髒事如此無情地折磨著我，以致讓我想到了死，或者回到未被那些捉弄人的夢魔魔爪困住的自己。我打定主意，將其永遠消滅，一夜又一夜，那些雪赫拉札德向目瞪口呆的我顯示如此狂放不羈的情節，我整日不耐煩地等待夜晚床上的時光。有時，我等不及了，便把自己關進塔赫凱莫尼操場臭烘烘的廁所或家裡的浴室，幾分鐘後出來，垂頭喪氣，像破布片一樣可憐巴巴的。

女孩子們的愛，以及與此相關的一切，在我看來就是一場災難，一個無法擺脫的陷阱，你開始夢遊般飄到一個使人著魔的水晶宮，而醒來之際，渾身卻在骯髒的糞坑裡濕透。

我逃之夭夭，在描寫神祕、冒險與戰爭的書籍組成的神志清明的堡壘中尋找避難所：儒勒．凡爾納、卡爾．梅、費尼莫爾．庫柏、梅恩．里德、福爾摩斯、《三劍客》、《哈特拉斯船長歷險記》、《蒙特祖馬的女兒》、《羅宮祕史》、《火與劍》、愛德蒙多．狄．亞米契斯《愛的教育》、《金銀島》、《海底兩萬里》、《穿過沙漠與叢林》、《神祕島》、《基度山恩仇錄》、《最後一個摩希根人》、《格蘭特船長的兒女》、非洲最黑暗的地方、精銳士兵和印第安人、作惡多端的人、騎兵、偷牲口者、搶劫者、牛仔、海盜、群島、一群嗜血成性頭戴羽毛珠子塗著顏料的土人、令人毛骨悚然的廝殺吶喊、充滿魔力的咒語、巨龍騎士和手持短彎刀的撒拉森騎士、妖怪、男巫、皇帝、壞蛋、狩獵者，尤其是講述面色蒼白的青少年，他們註定要成就大業，設法克服自身的苦惱。我想像著他們，也想像描寫他們的那些人。也許我尚未弄清楚寫作與贏得勝利之間存在著何種區別。

*

儒勒．凡爾納的《邁克爾．斯特洛果夫》賦予我的某種東西至今仍然伴隨著我。俄國沙皇派斯特洛果夫執行一項祕密任務，把一至關重要的消息帶到圍困在最遙遠的西伯利亞的俄國軍隊。一路上，他得經過韃靼人統治的地區。韃靼衛隊抓住了邁克爾．斯特洛果夫，將其帶到首領大可汗面前，可汗命令用白熱的劍燙瞎他的雙眼，這樣他就無法繼續執行前往西伯利亞的任務。斯特洛果夫把至關重要的消息銘記在心，但是既然失明了，怎樣才能溜出韃靼士兵的重圍，抵達西伯利亞？縱然滾燙的劍燙過了他的眼睛，但忠心耿耿的信使繼續盲目探路向東行進，直至情節發展至一個關鍵時刻，讀者得知，他根本就沒有失明：滾燙的劍在碰到他眼睛時，被他的眼淚冷卻！因為在那千鈞一髮之際，邁克爾．斯特洛果夫想到自己將永遠看不到親愛的家人，眼睛裡頓時盈滿了淚水，淚水冷卻了劍身，挽救了他的視力，也挽救了他至關重要的使命，斯特洛果夫圓滿完成了任務，使國家在抗敵鬥爭中取得了勝利。

因此，是斯特洛果夫的眼淚挽救了他和整個俄國。但是在我居住的地方男人不得流淚！眼淚乃奇恥大辱。只有女人和孩子才可以流淚。我甚至五歲時就以哭泣為恥，八、九歲時，還學會了遏制哭泣，以配得上男人這一稱號。正因如此，當我在十一月二十九日的夜晚，左手在黑暗中偶然碰到父親濕潤的臉頰時，我感到大吃一驚。正因如此，我從來沒說過此事，無論對父親，還是對任何其他生靈。現在這裡有個邁克爾．斯特洛果夫，一個無所畏懼的英雄，一個鐵人，可以經受住任何艱難或痛苦，然而，當他突然想到愛時，他沒有克制：他哭了。邁克爾．斯特洛果夫不是因恐懼而哭泣，不是因痛苦而哭泣，而是因強烈的情感而哭泣。

而且，邁克爾．斯特洛果夫的哭並沒有把他降低成可憐蟲或女人的位置上，也沒有損害他的男子漢尊嚴；無論作家儒勒．凡爾納，還是廣大讀者，都可以接受。大家似乎就在突然間接受這個男人的哭泣，而他的眼淚也拯救了自己和整個國家。因此這個最具男子漢氣概的人中豪傑由於具備「陰柔」之氣而戰勝了所有敵人，那陰柔之氣在生死攸關之際從他靈魂深處湧出，沒有減少或者削弱他的「陽剛」之氣（那時候他們為我們洗腦時總這麼說）：相反，它使陽剛之氣趨於完美，並達到安寧。因此，也許那時可在令我痛苦的選擇中，在兒女情長與英雄豪氣之間，找到一種體面堂皇的方式？（十幾年後，《我的米海爾》中的漢娜也許會被邁克爾．斯特洛果夫這一形象深深吸引。）

那時也有《海底兩萬里》中的船長尼摩，他是一個自負勇敢的印度人，憎惡剝削體制、民族壓迫以及無情地恃強凌弱、自私自利的個人。他痛恨北歐國家傲慢自大的恩賜態度，令人想起愛德華．薩伊德，或者弗朗茲．法農，於是決定脫離這一切，在大海下面建造一個小型烏托邦。

這一點，與猶太復國主義相呼應，顯然最能令我的心跳盪不已。整個世界總是迫害我們，待我們不公，因此我們退到一邊，建立我們自己的小型獨立泡沫，我們在那裡可以過上「純潔自由的生活」，躲開迫害者的殘忍無道。但是，像尼摩一樣，我們不再做無助的受難者，而是要運用我們富有創造力的才智，我們會用精密的死光來裝備我們的「鸚鵡螺號」，無人膽敢再次算計我們。若有必要，我們的長臂會抵達世界盡頭。

在凡爾納的《神祕島》，一夥在海難中倖存下來的人設法在一座荒涼沒有人煙的孤島上創立一個小型文明地盤。倖存者都是歐洲人，都是男人，都是富有理性、心地善良、豁達的男人，他們擁有技術頭腦，大膽而機敏，他們真正代表著十九世紀所希冀的未來者形象，清醒，開明，強勁，借助於理性力量，按照進步的新教信條來解決任何問題（殘忍、卑劣的本能與邪惡顯然被趕到了後來出現的另一個島：威廉・高汀筆下《蒼蠅王》中所描寫的島）。

這一群體透過艱苦勞作、判斷力和拓荒者的熱情設法生存，白手起家，用雙手在荒無人煙的島嶼建立一個繁榮的農莊。這些讓我欣欣然，彷彿向我灌輸了我從父親那裡接受的猶太復國主義拓荒者的社會精神特質：不受宗教約束，開明，理性，進步，富有理想主義色彩和戰鬥性的樂觀主義。

然而，《神祕島》中的拓荒者也有遭受來自自然力災難威脅的時刻，也有毫無退路、其才智得不到應有發揮之際，在這樣千鈞一髮的瞬間，總有一隻神祕之手介入其中來進行斡旋，一位能夠創造奇蹟的全能上帝時時會將他們從某種毀滅中解救出來。「倘若有正義，讓它即刻發光。」比阿里克寫道。《神祕島》中有正義，確實能夠在所有希望逝去的瞬間即刻發光，迅疾如閃電。

但是，那委實是另一種社會精神特質，恰恰與我父親的理性主義大相徑庭。那是我母親常常在夜晚所講的故事以及神蹟奇事，是把更古老之人收容在屋簷下的古人傳說，關於邪惡的傳說，是不可思議的事物與恩典，既是放出災難但希望尚存的潘朵拉盒子中所體現出的原理，也是傑爾達老師最初向我講述的哈西德傳說，以及在她離去後取而代之的，我在塔赫凱莫尼的老師莫代海．米海埃里所講的故事中，體現出的那充滿奇蹟的原理。

就像在這裡，在《神祕島》中，在我人之初之際最早向我展示世界兩個截然不同的窗口之間，終於達到某種和解：我父親那注重實際、樂天達觀的窗口，以及我母親的窗口，面對冷酷猙獰的風光，怪異的超自然力量，那力量或充滿邪惡，或充滿同情與憐憫。

在《神祕島》的結尾，顯示出上帝的力量，他一遍又一遍地營救海難倖存者的「猶太復國主義」事業，每當他們遭到毀滅的威脅時，實際上是尼摩船長、《海底兩萬里》中那個眼睛裡露出憤怒的船長在慎重干預。但是，那絕對不會減少我從書中得到調停的快感，消除我幼稚地迷戀猶太復國主義以及我居然幼稚地迷戀歌德派小說之間的矛盾。

就連父親和母親也終於實現了安寧，一起生活在完美的和諧狀態下。儘管不是在耶路撒冷，而是在某座荒島上，但是，他們還是能夠創造安寧。

*

心地善良的馬爾庫斯，在約拿街出售新書和舊書，並在靠近蓋烏拉街拐角處開有借閱圖書館，最後他允許我每天換書，有時一天換兩次。起先，他並不相信我真的把整本書看完了，當我歸還一本只借了幾個小時的書時，他經常巧意設計各種問題來考我。逐漸，他化疑慮為驚奇，最後心悅誠服。他相信，憑藉這種驚人的記憶力與如此快速的閱讀能力，尤其是當我也學會一些大語種後，有朝一日我會成為我們某位偉大領袖理想的私人祕書。天曉得，也許許多年後我會成為本-古里昂或者摩西．夏里特的祕書。結果，他決定值得對我進行長遠投資，他應該把麵包撒在水裡，天曉得他有朝一日也許需要某種特批，也許需要某種方便，或者是順利從事正在籌畫的出版業，那麼，他與某位人中豪傑的私人祕書的友誼會比黃金還要寶貴。

馬爾庫斯先生有時驕傲地向他的優秀顧客出示我那張密密麻麻的借書證，彷彿在心滿意足地凝視自己的投資成果。看看我們有什麼吧！一個書呆子！一個傑出人才！一個每月不光讀幾本書，而是讀整架子書的孩子！

於是，我從馬爾庫斯先生那裡得到特許，自由自在享用他的圖書館。我可以一次借四本書，這樣就不會在假期不開館時飢腸轆轆了。我可以仔仔細細瀏覽打算出售而不是借閱的熱門書，甚至可以看同齡人不宜閱讀的書，像毛姆、歐亨利、褚威格甚至刺激痛快的莫泊桑的長篇小說。

冬天，我在黑暗中奔跑，頂著凜冽滂沱的冷雨和勁風，在馬爾庫斯先生的書店六點鐘關門之前趕到那裡。那年月的耶路撒冷非常寒冷，冰涼刺骨，十二月末的夜晚，飢餓的北極熊從西伯利亞來到凱里姆亞伯拉罕地區的大街小巷遊蕩。我奔跑時沒穿大衣，因此套頭衫全部濕透，整個晚上散發出濕毛那令人沮喪的刺癢氣息。

偶爾，碰巧我沒東西可讀，在那些漫長空虛的安息日，我在早上十點鐘把從圖書館帶來的軍火全部用光。我發狂似地任意從父親書架上抓起史龍斯基翻譯的《蒂爾．艾倫施皮戈爾的惡作劇》、里夫林翻譯的《一千零一夜》、以色列．札黑、門德勒．莫凱爾．塞佛里姆、沙洛姆．阿雷海姆、卡夫卡、別爾季切夫斯基的書，拉海爾的詩歌、巴爾札克、哈姆生、伊戈爾．莫辛松、費爾伯格、納坦．沙哈姆、格尼辛、布倫納、哈札茲，甚至阿格農先生的作品。我幾乎一點也讀不懂，或許只透過父親的眼睛可以看到一些東西，即東歐猶太村落的生活可鄙、可憎，甚至滑稽可笑，在我愚蠢的內心深處，並不為它可怕的結局徹底震驚。

父親擁有世界文學多數重要作品的原著，因此我幾乎對它們看也不看。但是，只要那裡有希伯來文版的書，如果我沒有真正閱讀，至少使盡千方百計，聞聞它。

*

當然，我也閱讀《達瓦爾》上每週一期的兒童專欄，以及列在眾人甜點單上的那些兒童文學作品：莉亞．戈德伯格和范妮婭．伯格斯坦的詩歌、米拉．羅貝的《兒童島》以及納胡姆．古特曼的所有作品，羅本古拉的非洲、比阿特麗絲的巴黎、台拉維夫周圍的沙丘、果園和大海，所有這些都是我最初遊弋享樂世界的目的地。耶路撒冷和台拉維夫——已經成為大世界的組成部分——的差異，在我看來，就像我們寒冬般的黑白生活和充滿色彩、夏日與光明的生活之間的區別。

茨維．里伯曼-里夫尼的《在廢墟上》尤其堪稱能抓住我想像力的作品，我讀了一遍又一遍。很久以前，在「第二聖殿」時期，有一個偏遠的猶太村莊，寧靜地坐落在高山、山谷和葡萄園之間。一天，羅馬軍隊來到此地，把所有的村民，男人、女人和老人全部殺光，搶奪他們的財產，縱火燒毀建築物，繼續向前趕路。但是，村民們在大屠殺之前便把小孩——未滿十二歲無法參加村子保衛戰的小孩——藏進一個山洞裡。

災難發生後，孩子們從山洞裡出來，看到村莊毀於一旦，他們沒有絕望，而是召開類似基布茲舉行的全體成員集會，經討論決定，生活必須繼續，他們得重建滿目瘡痍的村莊。於是他們成立委員會，女孩子們也在其內，因為這些孩子不但勇敢勤奮，而且進步開明，讓人驚嘆。他們一點一點，像螞蟻一樣勞動，設法治癒殘存的牲畜，修理牲口圈和牛棚，修復燒毀的房屋，重新在田間開始勞作，建立起一個兒童模範社區，某種富有田園色彩的基布茲，就像魯賓遜的社區，只是裡面沒有半個像星期五一樣的僕役。

這些富於夢想的孩子過著均分與平等的生活，不帶一絲陰影，既沒有權力鬥爭，也沒有你爭我奪，嫉妒成性，既沒有骯髒的兩性關係，也沒受死去父母冤魂的纏繞。不折不扣，與《蒼蠅王》裡孩子的遭遇截然相反。里伯曼—里夫尼當然打算為以色列兒童描繪出鼓舞人心的猶太復國主義寓意：荒漠上的一代人都已經死去，代之而起的是國土一代，大膽勇敢，憑藉自己的力量提高自己的位置，從大屠殺到英雄主義，從黑暗到光明。在我自己的耶路撒冷版本中，在我腦海裡的一連串臆想中，孩子們並非只擠牛奶、採摘橄欖和葡萄便可以心滿意足，他們發現了一個武器祕密藏匿地點，或更好的是，他們設法設計並建造機關槍、迫擊炮和裝甲車。不然就是帕爾馬赫設法把百代以後出產的這些武器，偷運到《在廢墟上》的孩子們張開的雙手中。里伯曼—里夫尼（以及我的）孩子攜帶這些武器，急忙奔向馬薩達，在千鈞一髮之際趕到那裡。他們從背後用命中率高的長管炮以及致命的迫擊炮，發起強有力的阻塞射擊，他們出人意料地擊敗了羅馬軍隊——正是這支軍隊殺害了他們的父母，而現在又修築斜坡，直搗馬薩達的石築堡壘。這樣，正當埃里札·本·亞伊爾[1]就要結束他那令人難忘的告別演說，最後一批馬薩達衛士就要拔劍自戕，不做羅馬人的俘虜，在這千鈞一髮之際，我和年輕的勇士突然來到山上，把他們從死亡線上解救出來，把民族從險遭失敗的恥辱中解救出來。

而後，我們在敵人領土上作戰，我們把迫擊炮安置在羅馬七丘上，把提圖斯拱門擊得粉碎，使國王下跪。

*

或許這裡隱藏著另一種病態的不正當的快感，里伯曼—里夫尼在寫書時，肯定從未想到過的一種陰暗、伊底帕斯似的快感，因為這裡的孩子們埋葬了自己的父母，埋葬了所有的人。整個村莊沒有留下一個成年人。沒有父母，沒有師長，沒有鄰居，沒有叔叔，沒有爺爺，沒有奶奶，沒有克洛赫瑪爾先生，沒有約瑟夫伯伯，沒有瑪拉和斯塔施克．魯德尼基，沒有阿布拉姆斯基夫婦，沒有巴．伊茲哈爾夫婦，沒有莉莉亞阿姨，沒有比金，也沒有本—古里昂。因此，猶太復國主義特質那備受壓抑的願望，以及我一個孩子備受壓抑的願望，奇蹟般地得以實現，這個願望就是他們必須死去。因為他們如此格格不入，如此難以承受，他們屬於流放，他們是荒漠中的一代人。他們一刻不停地要求你，命令你，不讓你有喘息之機，只有當他們死去，我們才最終可以向他們展示我們自己什麼都可以做。無論他們想要我們做什麼，無論他們如何期待，我們都能圓滿實現。我們耕耘，收割，建設，戰鬥，贏得勝利，但前提是他們不存在，因為新希伯來民族需要與之斷絕聯繫；因為這裡的一切都要年輕、健康和堅強，而他們老了，虛弱，複雜，有點令人反感，頗為滑稽可笑。

因此，在《在廢墟上》，整個荒漠中的一代人蒸發了，留下的是快樂、步態輕盈的孤兒們，像蔚藍色天空中的群鳥一樣自由自在。沒有人終日操著流放地口音找碴兒，高談闊論，強調陳腐過時的禮儀，用各式各樣的沮喪、創傷、命令和野心來破壞生活，他們誰都沒活下來整天向我們進行道德說教——這個可以，那個禁止，那個令人討厭，只有我們，獨自生存在世界上。

在所有成人的死亡中，隱藏著一個神祕有力的咒語。因此，在十四歲半那年，在母親去世兩年後，我起身滅掉了父親和整個耶路撒冷，更改姓氏，前往我的胡爾達基布茲，住到那裡的廢墟上。

1 埃里札．本．亞伊爾（Eleazar Ben Yair），馬薩達衛士的領袖。

55

我尤其透過改姓的方式來滅掉他。許多年來，我父親生活在享有「世界聲名」的伯伯的巨大陰影下（我父親在提到世界聲名時聲音裡懷著虔誠的寧靜）。許多年來，耶胡達·阿里耶·克勞斯納夢想著追隨約瑟夫·格達爾雅胡·克勞斯納教授的腳步，克勞斯納作有《拿撒勒的耶穌》、《從耶穌到保羅》、《第二聖殿史》、《希伯來文學史》和《當民族為自由而戰》。我父親在內心深處，甚至夢想有朝一日繼承無子嗣教授的位置，因此他學的外語並不比伯伯掌握的外語少，因此他夜晚蜷縮在桌子旁邊，周圍壘起一堆堆小卡片。當他某天開始對做一位名教授感到絕望時，便在內心深處祈禱把火炬傳給我，他會在那裡觀看。

我父親有時開玩笑地把自己比作無關緊要的孟德爾頌，銀行家亞伯拉罕·孟德爾頌，其命運就是充當著名的哲學家摩西·孟德爾頌的兒子和偉大的作曲家費里克斯·孟德爾頌-巴托爾迪的父親（「首先我是我父親的兒子，接著我成為兒子的父親。」亞伯拉罕·孟德爾頌曾經自嘲地說）。

儘管是在開玩笑，儘管他正出於某種發育不良的慈愛情感拿我打趣，但父親從我很小時候起就叫我「殿下」、「閣下」。只有很多年以後，在他去世的那天夜裡，我突然意識到，在這一固定的、使人不快甚至令人惱怒的玩笑背後，隱藏著他自己失望的野心，不得不含悲甘於平庸，把願望隱藏起來，委託我以他的名義去實現某種使命，一旦時機成熟，實現已經離他而去的目的。

我母親，在孤獨與陰鬱中，對我講光怪陸離的事件、恐懼和幽靈，也許與寡婦奧絲給小皮爾·金在冬夜裡講的故事大同小異。我父親，以他特有的方式，做我母親奧絲的約翰·金——皮爾·金的父親，希望他成就「大業」。

「基布茲，」父親傷心地說，「也許並非不足掛齒的現象，但是它需要智商普通、身強體壯的體力勞動者。你現在已經知道，你無疑不一般。我不想對基布茲惡語中傷，因為基布茲在國家生活中擁有明顯優勢，但是你在那裡得不到發展。結果，恐怕我不能同意。無論如何。就這樣吧，商量完了。」

*

自母親去世，他一年左右後再婚以來，我和他幾乎只談論日常生活需要、政治、新科學發現或者倫理價值以及道德理論（現在我們住進了一套新房，本梅蒙大道二十八號，在熱哈威亞，他多年夢寐以求的耶路撒冷一個地區）。青春期的我焦躁不安，他的再婚，他的情感，我的情感，我母親生命中的最後時光，她的死，她的缺失，這些話題我們從來不談。我們有時會發生衝突，彬彬有禮，但相互之間充滿緊張的敵意，爭論比阿里克、拿破崙、社會主義，社會主義對我具有強烈的吸引力，而我父親將其視為「紅色流行病」，一次，我們就卡夫卡大吵了一頓。然而，多數情況下，我們的舉動就像同一屋簷下的兩個房客。浴室沒有人了。我們需要人造奶油和衛生紙。你不覺得天有點涼了，要我開暖氣嗎？

每逢我在週末和節日假日去台拉維夫看望母親的姊妹哈婭和索妮婭，或者去莫茲金區的外公家，父親會給我車費，外加幾塊錢，「因此你用不著跟那邊任何人要錢了」，「別忘了告訴那邊什麼人，你不能吃油炸食品」。或者說「請記著問問那邊什麼人，他們是不是想要我把她抽屜裡的東西放進一個信封，讓你下次帶過去」。

「她的」一詞掩蓋了對我母親的記憶，如同沒有碑文的紀念碑。「那邊任何人」或者「那邊什麼人」等詞表明割斷了他與母親家庭的聯繫，那聯繫再也不曾恢復。他們責怪他。母親在台拉維夫的姊妹們相信，他與其他女人的關係，給我母親的生活布下了一層陰霾。加上那些夜晚，他背對著她坐在書桌前，腦子裡只有他的研究和他的小卡片。這一指責令父親深為震驚，深深刺痛了他的心。對待我的台拉維夫和海法之行，其態度就像阿拉伯國家在那個抵制拒絕的年代，對待中立人士訪問以色列的態度：我們不能阻攔你，你想去哪兒就去哪兒，但是請不要當著我們的面提起那地方，你回來以後什麼也不要跟我們說。好壞都不要說。不要跟他們談起我們。我們不想聽，也沒興趣知道。總之，你要保證別讓在你的護照上蓋不受歡迎的印章。

我母親自殺後三個月，該為我舉行成年禮了，卻沒有舉行慶祝宴會。他們為應付此事，讓我安息日上午在塔赫凱莫尼猶太會堂念《妥拉》，我嘟嘟囔囔讀上每週定期讀的內容。整個穆斯曼家族從台拉維夫和莫茲金區來到此地，但是他們待在猶太會堂的一個角落，盡量遠離克勞斯納家族。兩大陣營相互之間沒說一句話，只有茨維和布瑪，我的姨父們，也許略微、幾乎不被察覺地點點頭。我像一個暈頭暈腦的小狗，在兩座軍營之間來回奔跑，盡量讓自己做出快樂孩子的樣子，模仿父親沒完沒了地說話，父親始終憎恨沉默，為片刻沉默而責備自己，感到有責任驅逐沉默。

只有亞歷山大爺爺毫不猶豫地穿過鐵障，親吻我從海法來的外婆和我媽媽兩個姊妹的雙頰，採用俄國方式，左右左，共三下，使勁把我摟在他的體側，高興地大叫：「咳，那什麼，一個迷人的孩子，不是嗎？一個挺不錯的孩子！而且非常有才華！非常非常有才華！非常！」

*

我父親再婚後，我的學習成績一落千丈，以致遭到開除學籍的警告（我母親死後一年多，我從塔赫凱莫尼被轉到熱哈威亞中學）。父親將此視為奇恥大辱，勃然大怒，想盡各種辦法懲罰我。逐漸，他開始覺察到，這是我發動的游擊戰爭形式，直到迫使他讓我出去到基布茲，才會停止。他予以還擊：我每次走進廚房，他都會起身離去，不說一句話。但是一個星期五，父親打破常規陪我去雅法路中央的老埃格德公車站。在我就要登上開往台拉維夫的車時，他突然說：

「要是你願意，就問問他們對你想去基布茲有什麼看法。不用說，他們的看法不會約束我們，不會讓我們特別在意，但是這一次我不反對聽聽他們覺得這件事有沒有可能性。」

早在母親去世前，從她開始生病，甚至生病之前，我住在台拉維夫的姨媽就把我父親視為一個自私自利、也許有點專橫跋扈的男人，她們確信，自從她死後，我一直飽受他的奴役，在他的壓迫下痛苦呻吟，自從他再婚後，我繼母也在虐待我。我一而再再而三地努力，就像故意惹我姨媽們生氣，在她們耳邊述說父親和他妻子的好處，他們如何全心全意地照顧我，盡其最大努力確保我什麼也不缺，姨媽們一個字也不聽，她們生氣，她們發火，彷彿我正在為阿布杜拉．納賽爾及其政權大唱讚歌，或者是為阿拉伯游擊隊員辯護。我一開始大肆讚揚父親，她們兩人都會讓我閉嘴。哈婭姨媽說：

「夠了。請不要說了。你讓我心痛。他們好像給你好好洗過腦子了。」

索妮婭姨媽在這種時候不會譴責我，她只是一個勁兒地哭。

在她們審度的目光下，事實開始為自己說話：我看上去骨瘦如柴，面色蒼白，緊張不安，沒有清洗得乾乾淨淨。他們那邊一定是不管我，如果不是更糟。臉上的傷口是怎麼回事？他們沒給你看醫生嗎？這件破套頭衫，這是你唯一的行頭？他們上次給你買內褲是什麼時候？回去的車費呢？他們忘記給你了嗎？沒有？你為什麼這麼固執？你為什麼不讓我們為安全起見，給你口袋裡塞幾塊錢呢？

我一到達台拉維夫，姨媽們便撲向我度週末帶來的行李包，拿出襯衣、睡衣、襪子、內衣、備用手帕，無言地嘖嘖不已，判處這些東西要全部清洗，用開水燙，在陽台上徹底晾曬兩個小時，拚命熨燙，偶爾堅決予以毀滅，好像她們正在免除瘟疫之災，或者是把我所有的個人財產送去接受再審查。第一件事總是讓我去洗澡，第二件事是坐在陽台上曬半小時的太陽，你臉色煞白得像牆壁一樣，你吃串葡萄嗎？吃個蘋果？吃些生胡蘿蔔？然後我們去給你買些新內衣，或一件體面的襯衫，或一些襪子。她們都給我吃雞肝、鱈魚肝油、果汁和許多新鮮蔬菜，彷彿我直接從隔離區來到此地。

關於我想去基布茲的問題，哈婭姨媽立即宣稱：

「當然可以。你應該和他們拉開點距離。在基布茲，你會長得又高又壯，你會慢慢地過上比較健康的生活。」

索妮婭姨媽摟住我的肩膀，傷心地建議說：

「到基布茲試試看，對。要是——但願不要這樣——你在那裡也不開心，只管搬來和我們一起住。」

＊

九年級就要結束之際（熱哈威亞學校五年級），我突然放棄了童子軍，基本上不再去上學。我終日穿著內衣仰面躺在自己的房間，吞噬一本本書和一堆堆糖果，那時我除了糖果幾乎什麼也不吃。我那時已經戀愛了，遏制著淚水，沒有絲毫機會，愛上了某位班花。不是像在書中讀到的年輕人那種又苦又甜的愛，書中描寫道，靈魂因愛情而痛苦，但仍然振奮，生機勃勃，而我彷彿遭到當頭一棒。更為糟糕的是，那一陣子，我的肉體貪得無厭，猥褻地在夜晚，甚至在白天，不停地折磨我。我想擺脫，永遠從肉體與靈魂這兩大敵人的束縛下解放出來。我想變成一片雲，變成月球表面的一塊石頭。

我每天晚上起來，走出家門，在大街上，或在城外空曠的田野裡遊蕩兩三個小時。有時，將城市一分為二的帶刺鐵絲網和雷區吸引著我，一次，我在黑暗中大概闖進了某個無人區，冷不防踩到一個空罐子，罐子發出的響聲猶如山崩地裂，說時遲那時快，黑暗中響了兩槍，近在咫尺，我拔腿就逃。然而，第二天晚上，以及接下來的夜晚，我又回到無人地帶，彷彿一切已經讓我厭倦。我甚至走到偏僻的乾河谷，直到看不見任何亮光，只有影影綽綽的山形和稀稀落落的星星，還有無花果、橄欖樹和夏日飢渴的土地散發出的氣息。我十點鐘，十一點鐘，或半夜，回到家裡，不肯說出我去了哪裡，也不管就寢時間，儘管父親已經把就寢時間從九點延長到了十點。我對父親的埋怨不予理睬，他猶猶豫豫用讓人起膩的笑話努力打破我們之間的沉寂，而我則不做回應：

「如果允許，請問閣下在哪裡度過這個夜晚，快半夜才回來？你去約會了嗎？和某位年輕漂亮的女士？殿下沒被邀請去參加示巴女王宮裡的狂歡嗎？」

我的沉默比黏在身上的棘刺或者停學事實本身更令他驚恐。當他意識到發火與懲罰不起作用時，就使用小小的挖苦。他微微點了點頭，咕噥著：「要是殿下你願意這麼做，就這麼做吧。」或者：「我像你這個年齡時，快從高級中學畢業了。不是你那樣帶有娛樂色彩的中學，經典的高級中學！具有鐵一般的軍事紀律！上古希臘文和拉丁文課！我讀歐里庇得斯、奧維德和塞內加的原作！

你在幹什麼？仰面朝天一躺就是十二個小時讀垃圾文字！低級小報！下流雜誌！《侏儒》和《戰俘集中營》（兩部軟化的色情作品）！這種令人作嘔的讀物，只有人渣才讀呢！想想克勞斯納教授的侄孫最終竟成了一個二流子，小混混！」

最後，這種挖苦轉化為傷心。早餐桌旁，父親那雙憂傷、宛如小狗樣的棕色眼睛在我身上逗留片刻，隨即又轉移視線，埋頭看報。彷彿他迷失了方向，應該為自己感到慚愧。

終於，我父親心情沉重，做出妥協。上加利利斯代尼海米亞基布茲的一些朋友願意讓我到那裡住上幾個月，度過一個夏天，我可以親手幹農活，看看我這樣的年輕人是否適合住集體宿舍。如果表明這種夏天體驗讓我覺得夠了，我就得答應回到學校，用應有的認真態度對待學業。但要是暑假結束時，我還沒有幡然醒悟，那麼我們倆會再次坐下來，進行一場真正的成人談話，盡量做出我們兩人都同意的解決方案。

約瑟夫伯伯本人——老教授，自由黨那時提名他為國家總統候選人，與中間派和左派候選人海姆·魏茲曼教授分庭抗禮，聽說我要加入基布茲這一令人痛苦的打算，大為震驚。他把基布茲當成民族社會精神特質的威脅——如果不是史達林的延伸。於是他邀請我去他家進行一場嚴肅的私人談話，面對面的談話，不是在我們某次安息日朝覲上，而是我有生以來首次要在工作日中談。我忐忑不安，為這次談話做準備，甚至匆匆寫下了三四個要點。我會提醒約瑟夫伯伯，他始終聲明：逆流而上。堅定的個人必須始終勇敢地維護他煞費苦心的信仰，甚至要面對來自那些最親近之人的反對。但是約瑟夫伯伯被迫在最後一分鐘取消邀請，因為突發了緊急事件，令其義憤填膺。

因此，沒有他的祝福，沒有大衛和歌利亞的交鋒，我在暑假第一天早上五點鐘起床，走向雅法路的中央車站。父親比我早起了半個小時，我的鬧鐘響過之後，他已經給我做了兩個厚乳酪夾番茄三明治，連同一些削了皮的黃瓜，一個蘋果和一片用防油紙包好的香腸，外加一瓶水，瓶蓋擰得緊緊的，這樣就不會在旅途上漏水了。他在切麵包時劃破了手指，鮮血直流，所以我在出發前幫他包紮。在門口，他猶豫著抱了我一下，接著又抱了一下，比較用力，低下頭說：

「要是近來我傷害了你，請你原諒。我也過得不易啊。」

突然，他改變主意，迅速穿上西裝外套，繫上領帶，和我一起走向公車站。我們兩人抬著裝有我塵世全部家當的行囊，穿過黎明前空空蕩蕩的耶路撒冷大街。一路上，父親喋喋不休講述一個個老笑話和詼諧雙關語。他談到「基布茲」一詞的哈西德教派詞源，意思是「聚集」，基布茲理念與希臘的 koinonia，社區思想，源於 koinos，意思是「共同」，有近似之處。他指出，koinonia 是希伯來語「勾結」的詞源，或許音樂術語「卡農」也源於此。他和我一起登上開往海法的車，和我爭論該坐哪個座位，再次告別，他一定忘了這不是我到台拉維夫姨媽家裡過安息日，因為他祝我安息日快樂，儘管這天是星期一。下車前，他和司機開玩笑，讓他開車時尤為小心，因為他帶著一個大寶貝。而後，他跑去買一張報紙，站在月台上找我，朝另一輛車揮手告別。

56

那年夏末，我更換姓氏，從斯代尼海米亞帶著行囊來到胡爾達。開始，我只是當地中等學校（謙稱「繼續教育班」）的一個外部寄膳宿生。服兵役前夕，我完成了學業，加入了基布茲。從一九五四年到一九八五年胡爾達就是我的家。

媽媽去世一年後，父親再婚，又過了一年，我住到基布茲以後，他和新夫人搬到倫敦。他在那裡大約住了五年。我妹妹瑪格尼塔和弟弟大衛在倫敦出生，他在那裡費了九牛二虎之力終於學會了開車，並完成博士論文《I．L．佩雷茨的佚名手稿》，在倫敦大學獲得博士學位。我們時而互通明信片。偶爾他把文章的抽印本寄給我。他有時給我寄書，寄些小物品，比如鋼筆、筆筒、精巧的筆記本，以及裝飾性的裁紙刀，意在和婉地提醒我記住自己的真正命運。

每年夏天他都要回國探訪，看看我真的過得怎麼樣，看看基布茲生活是否真的適合我，與此同時檢查一下老屋的狀況，他的圖書館感覺如何。在一九五六年初夏，父親給我寫了一封非常詳細的信，向我宣布：

下星期三，假如不是特別麻煩你，我計畫到胡爾達看望你。我已經打聽並且確定每天中午十二點有一輛車從台拉維夫中心汽車站發車，大約一點二十左右抵達胡爾達。現在是我提問題：一、你能來公共汽車站接我嗎？（但是如果有問題，比如說你忙，我很容易打聽到你在什麼地方，自己找到你。）二、我在台拉維夫乘車前該吃點東西，還是到達基布茲以後我們可以一起吃？當然，條件是不給你添任何麻煩。三、我打聽到，下午只有一班車從胡爾達開往雷霍沃特，我從那裡可以換車去台拉維夫，再換車回耶路撒冷。但是那樣，我們只有兩個半小時可以支配。我們夠嗎？四、或者，還有一個辦法，也許我可以在胡爾達住一夜，乘第二天早晨七點鐘的公共汽車離開胡爾達？那樣，需要滿足三個條件：（一）你不難給我找到住處（一張簡易床或者甚至一個床墊足矣）；（二）基布茲不會對此不以為然；（三）你自己覺得此次相對較長的探望挺舒服的。請馬上予以答覆，採取哪種方式。五、除了個人用品，我還應該帶些什麼？（毛巾？床單？我以前從未在基布茲待過！）自然，我們見面時我會給你講所有的新聞（不是很多）。我向你講我的設想，如果你感興趣。如果你願意，你可以告訴我你的設想。我希望你身體健康，精神愉快（二者之間有著必然聯繫！）。餘見面再敘。愛你的父親。

那個星期三我一點鐘下課，請了兩小時的假，午飯後就不去上班了（我那時在層架式雞籠那裡上班）。然而上過最後一節課後，我急忙回去換上沾滿泥土的藍工作服和笨重的工作靴，接著跑向拖拉機棚，找到藏在坐墊下的福格森拖拉機鑰匙，發動引擎，一溜煙咆哮著開往公車站，從台拉維夫開來的公車兩分鐘前就已經到了。一年多沒見的父親已經等在那裡，用手擋住刺眼的陽光，焦慮不安地等待幫他的那個人出現。令我萬分驚奇的是，他穿的是卡其布褲，一件淺藍色短袖汗衫，戴一頂基布茲風格的草帽，沒有穿西裝打領帶。遠遠看去，他就像我們的某位「老夥伴」。我想像得到，他經歷一番苦思，才這般裝束，對他感到有幾分敬重的一種文明表示尊敬，即使它不符合他自己的精神品質與原則。他一隻手拎著破舊的公事包，另一隻手拿手帕抹去額上的汗水。我轟隆隆向他駛去，幾乎就在他鼻子底下剎車，一隻手放在方向盤上，另一隻手則在前翼子板上擺出主人翁的架式，朝他探出身子說：你好。他抬眼看著我，鏡片下的眼睛顯得有些誇張，因此像個受驚嚇的孩子，忙不迭地回應我的問候，儘管他並不完全確定我是誰。當他認出我來時，顯得十分吃驚。

過了片刻，說：「是你嗎？」

又過了片刻：

「你長這麼大了，健壯多了。」

最後，他恢復了正常：「請允許我說，你的競技表演不大安全，險些從我身上輾過去。」我讓他站在背陰處等會兒，把福格森開回棚子裡，因為它已經演完了劇中角色。而後我帶父親去了食堂，我們在那裡突然都意識到，我們已經一般高了。兩人都有點不好意思，父親就此開著玩笑。他好奇地摸摸我的肌肉，好像不知道是不是該把我買下，他又開玩笑拿我黝黑的皮膚與他蒼白的膚色進行比較：「小黑人桑寶！你黑得像葉門人了！」

在餐廳裡，多數餐桌已經收拾乾淨，只有一張沒有清理。我給父親端來一些雞塊燉胡蘿蔔馬鈴薯，一碗雞湯加油炸麵包塊。他吃得很仔細，一絲不苟恪守餐桌禮儀，對我故意咂嘴的農民式吃法不理不睬。我們端著塑膠杯喝甜茶時，父親開始和與我們同桌吃飯的一個老基布茲茨維．布德尼克交談。父親小心翼翼，不觸及任何可能轉化為意識形態爭端的話題。他打聽茨維來自哪個國家，當聽說他來自羅馬尼亞時，父親的眼睛一亮，還講起了羅馬尼亞語，由於某種原因，茨維難以聽懂父親的說話方式。接著他話鋒一轉，談沿海平原的美麗風光，聖經時代女先知胡爾達[1]，以及聖殿中的胡勒大門，這個話題在他看來不會有產生異議的危險。但是告別茨維前，父親不禁問起他們覺得他的兒子在這裡待得怎麼樣。他是否設法使自己適應這裡？茨維．布德尼克對我是否適應胡爾達或怎樣適應胡爾達一點也不知道，說：

「這是什麼話？很好嘛！」

父親回答說：

「我為此感謝你們大家。」

我們走出房間時，如同某人去寄宿狗房接一隻小狗，他沒有照顧我的感受便對茨維說：

「來的時候，他的狀況有點不好，現在顯得狀態極佳。」

我拖著他把整個胡爾達轉了個遍。我沒有費心詢問他是否需要休息，我沒有費心建議他洗個冷水澡，或是問他上不上廁所，我像新兵訓練基地的軍士，催促我可憐的父親，他脹紅臉，氣喘吁吁，一直擦汗，從羊圈到雞場再到牛棚，再到木工房、鎖匠鋪，以及山頂上的橄欖油廠，我不住地向他解釋基布茲的準則、農業經濟、社會主義的優越性、基布茲對以色列取得軍事勝利做出的貢獻，一絲細節也沒有落下。一種報復性的、無法遏制的說教熱情驅使著我，我不讓他說一句話，斷然遏阻他想說話的嘗試，我不住地說啊說。

我從兒童之家住區，拖著只剩最後一絲氣力的他參觀老兵住區、衛生所和教室，直至最後來到文化館和圖書館，我們在那裡找到圖書管理員謝夫特爾，他的女兒妮莉幾年後成了我的妻子。心地善良、面帶微笑的謝夫特爾正身穿藍色工作服坐在那裡，低聲哼唱一支哈西德派猶太人的歌，正用兩根手指往一張蠟紙上打著什麼東西。如同一條奄奄一息的魚在最後一刻被投入水中，在酷熱與塵埃中上氣不接下氣並被糞肥氣味嗆得透不過氣的父親，振奮起來，看到書和圖書管理員一下子讓他復活了，他開始高談闊論。

1 胡爾達，即《舊約．列王記》第二十二章第十四節中提及的胡勒大。

兩個未來的親家，大約聊十來分鐘圖書管理員的行話，而後謝夫特爾非常靦腆，父親離開他，開始觀看圖書館的陳設，它的每個角落與縫隙，像個武官用專業性的眼睛觀察外國軍隊演習。

接著我和父親又四處走了走。我們在漢卡和奧伊札爾．胡爾戴家裡喝咖啡吃蛋糕，是這家人主動收養了我。父親在此全面展示他在波蘭文學方面的造詣，他審視了一下書架後，甚至用波蘭語和他們熱烈地交談起來，他引用朱立安．杜維姆的詩歌，漢卡引用斯洛法基；他提到密茲凱維奇，他們則用伊瓦什凱維奇呼應，他提到雷吉蒙特的名字，他們則以維斯皮昂斯基應和。父親在和基布茲人交談時，就像在踮著腳尖走路，好像非常小心翼翼，以免踩到什麼可怕的東西，後果將不堪設想。他對他們說話時溫文爾雅，彷彿他把他們的社會主義視為一種無可救藥的疾病，不幸患有這種疾病的人沒有意識到病症究竟有多麼嚴重，而他，從外面來的訪客，發現並了解了它，不得不小心翼翼，以免說漏了嘴，使其意識到其境況的嚴重性。

於是，他小心翼翼，對所看見的一切表示欽佩，他流露出彬彬有禮的興趣，問些問題（「莊稼長得怎麼樣？」「牲畜養得好嗎？」），一再重複他的欽佩。他沒有賣弄自己的學識把他們壓倒，也沒有使用雙關語，他控制住了自己，也許他怕傷害我。

*

但是夜幕即將降臨之際，父親的情緒低落下來，彷彿妙語突然用盡，趣聞軼事之泉已經枯乾。他問是否可以一起坐到文化館後面的背陰長椅上，等著看落日。太陽開始落山時，他不再說話，我們默不作聲並肩坐在那裡。我把已自豪地長出一層金色絨毛的古銅色前臂放在椅背上，旁邊是他那長著黑毛的蒼白手臂。這一次，父親沒有叫我殿下或者閣下，他甚至在行動上也好像不為消除任何沉默負責。他顯得那麼笨拙，黯然神傷，我差點去摸他的肩膀，但是我沒有。我以為他試圖對我說些什麼，說些重要甚至緊急的事情，但是他開不了口。我有生以來，父親似乎第一次怕我。我原本願意幫他，甚至代他開始說話，但是我也像他一樣受到阻礙。最後他突然說：

「那麼這樣。」

我重複著他的話：

「這樣。」

我們又陷入了沉默。我突然想起當年一起在凱里姆亞伯拉罕後院堅如混凝土的地面開墾菜園的情形，我想起他用作農業器具的裁紙刀和家用榔頭，他從拓荒婦女之家或勞動婦女農場裡拿來幼苗，背著我在夜間栽好，彌補播種失敗。

*

我父親送給我他寫的兩本書。在《希伯來文學中的中篇小說》一書的扉頁上，他寫下這樣的致辭：「送給我正在養雞的兒子，贈自父親，（前）圖書館管理員」，而在《文學史》一書的贈言中，隱約含有責備：「送給我的艾默思，希望他將在我們的文學中為自己開闢一席之地。」

我們睡在一間沒人住的宿舍裡，宿舍裡有兩張兒童床，一個拉簾貨櫃，可以掛衣服。我們摸黑脫下衣服，摸黑說了十來分鐘話，談論北約同盟和冷戰，而後互道晚安，背過身去。也許，父親像我一樣，難以入睡。我們已經有好幾年沒在同一個房間裡睡覺了。他呼吸沉重，彷彿沒有足夠的空氣，或彷彿他咬住牙關呼吸。自從母親去世後，自從她在臨終前幾天搬到我房間，我跑到另一個房間挨著他睡在雙人床上，自從她死後的最初幾個夜晚，因我驚恐不已，他不得不來睡在我房間地板的床墊上，之後，我們再也沒有睡在同一個房間。

這一次也有瞬間的恐懼。兩三點鐘時，我在恐慌中醒來，在月光中想像父親的床是空的，他默默拉過一把椅子，坐在窗前，安安靜靜，一動也不動，睜大雙眼，整夜注視著月亮，或數盡流雲。我的血凝固了。

但實際上，他正深沉而平靜地睡在我給他鋪的床上，而酷似某人坐在椅子上、睜大眼睛凝視月亮的，不是我父親，也不是幽靈，而是他的衣服，是他精心挑選的軍褲和樸素的藍襯衫，以便不要在基布茲眼中顯得高高在上，以便不傷害他們的感情，但願不要這樣。

*

一九六〇年代初期，我父親攜妻子兒女回到耶路撒冷。他們住在城邊的貝特哈凱里姆區。我父親再次每天到國立圖書館上班，不是在期刊部，而是在那時才成立的書目文獻部。既然他終於獲得了倫敦大學的博士學位，以及證明該事實的一張精美而小巧的名片，他就再次嘗試謀求一份教職，如果不是在他先伯父的王國耶路撒冷希伯來大學，那麼也許至少在某個新建大學：台拉維夫，海法，別是巴。甚至有次到宗教大學巴伊蘭大學碰運氣，儘管他把自己視為公然的反教權主義者。

無濟於事。

他現在五十多歲了，做助教或初級講師年齡太大，競爭高級學術職位人家又覺得他不大合格。哪兒都不要他（此時，約瑟夫·克勞斯納教授的聲名戲劇性地一落千丈。約瑟夫伯伯論希伯來文學的所有著述在六〇年代開始顯得陳舊與幼稚）。正如阿格農在小說《千古事》中，描寫一個人物時所說：

二十年來，阿迪爾．阿姆茲埃一直在研究古姆里達塔一城的歷史，在哥德人將其化為灰燼，使其居民永遠淪為奴隸之前，古姆里達塔曾經是一座偉大的都城，列邦列國引以自豪的重地……在他研究撰寫該書的這些年來，他既未與大學裡的學者打過交道，亦未向他們的夫人與小姐致敬問候，如今有事要向他們求助，他們不但給他白眼，甚至連他們所戴的眼鏡，似乎都扭曲了：請問閣下究係何人？我們以前似乎從未見過。他聳聳肩頭，洩氣地走開。他雖明白，若要被人認知，必須先跟他們攀談交情，但他卻不知如何進行；多年的苦心鑽研，已使他成為工作的奴隸，疏忽了人世間所有的人情世故。[2]

*

父親從來沒有學過「如何與人打交道」，儘管他始終透過開玩笑、說妙語、不計任何代價不住地要承擔一切重任、展示自己博學多才擁有駕馭辭藻的能力，竭盡全力而為之。他從來不懂得如何諂媚逢迎，他沒有掌握依附學術權力幫派和小集團的藝術，不寫任何吹捧文章，只有在人死後才頌揚他們。

最後，他似乎認命了。連續十餘年，他終日坐在吉瓦特拉姆新國立圖書館樓內書目文獻部的一間無窗小屋裡做集注。下班回到家後，他坐在書桌旁，為當時正在成形的《希伯來百科全書》編纂條目。他主要撰寫波蘭和立陶宛文學。逐漸，他把關於佩雷茨的博士論文中的某些章節轉化為文

2〔原注〕S．Y．阿格農，《千古事》，見《阿格農全集》第八卷，（耶路撒冷／台拉維夫，一九六二年出版），三一五至三一六頁。

章，發表在希伯來文期刊上，有那麼一兩次甚至設法用法文發表。我在阿拉德的家裡，從他印成鉛字的文稿中，找到論沙烏爾．車爾尼霍夫斯基的文章（〈身在故鄉的詩人〉）、羅馬的伊曼紐爾、隆古斯[3]〈達佛尼斯和克洛伊〉的文章，其中一篇題為〈門德勒研究〉，父親在獻詞中寫道：

紀念我的妻子，一位分辨力強、品味不俗的女人，她在五七一二年提別月初八[4]離開了我。

＊

一九六〇年，在我和妮莉結婚前幾天，父親心臟病初次發作。他未能前來胡爾達參加婚禮，婚禮在四把乾草叉搭起的華蓋下舉行（在胡爾達，有個約定俗成的傳統，用兩支步槍和兩支乾草耙來支撐新娘的華蓋，象徵著工會、防禦和基布茲。我和妮莉拒絕在步槍的陰影下成婚，因而引起人們的強烈憤慨。在基布茲全體大會上，札爾曼．P管我叫「虛情假意社會改革者」，而茨維．K嘲弄地問，我所服役的部隊是否允許我扛著乾草耙或掃帚去巡邏）。

婚禮兩三個星期後，父親身體復元，但臉色全然不同：面色蒼白倦怠。從六〇年代中期起，他逐漸缺乏活力。他依然滿懷熱情早早起來，盼望工作，但午飯後，腦袋便開始無精打采垂到胸前，後半晌他會躺在那裡休息。後來，他中午就提不起精神。最後，他就只有早上兩三個小時了，其後便臉色暗淡，沒有了神采。

他依舊喜歡開玩笑，玩弄辭藻，他依舊樂於為你解釋，比如說，希伯來文中的水管 berez 源於現代希臘文 vrisi，意為泉水，而希伯來文 mahsan，倉庫，像英語單詞雜誌 magazine，源於阿拉伯語 mahzan 或許源自閃語詞根 H S N，意為強壯。至於單詞 balagan，混亂或雜亂，他說，許多人誤以為是俄國單詞，實際上源於波斯語 balakan，本意是不引人注目的遊廊（陽台），上面扔著沒人要的破衣爛衫，英語單詞「陽台」即源於此。

他越來越重複自己。儘管他一度記憶力驚人，但是現在卻在同一次談話中重複一個玩笑或解釋。他疲憊而沉默寡言，有時難以集中精力。一九六八年，當我的第三本書《我的米海爾》面世後，他花了幾天時間把書看完，而後打電話到胡爾達給我，說「其中有些極富說服力的描述，但總體上缺乏一種富有精神啟迪的火花，缺乏中心思想」。當我把中篇小說〈遲暮之愛〉送給他時，他寫信給我表示欣喜之情。

你們的兩個女兒很棒，主要是我們很快就要見面了……至於小說，寫得不錯。然而，依我之愚見，除主要人物外，其他人物只是紙上漫畫。可是，主要人物，不管他多麼滑稽可笑缺乏感染力，但栩栩如生。幾點意見：一、第三頁，「整個銀河系」。「銀河」的單數形式源於希臘文 gala，牛奶，意思是「奶白色的路」（字面含義）。最好用單數形式。就我所知，複數形式沒有依據。二、第三頁（別處還有），「柳芭．卡加諾夫斯卡」：乃為波蘭文詞形；在俄語中應為「卡加諾夫斯卡婭」。三、第七頁，你寫的是 viazhma，應該是 viazma（字母錯了）。

凡此種種，一直寫到第二十三條意見，那時他的紙上只剩一丁點空間，只得擠著寫下「致上我

3 西元三至四世紀間的希臘小說家。

4 〔原注〕西曆一九五二年一月六日。

們大家的問候，爸爸」。

但幾年後，海姆．托倫對我說，「你父親曾在國立圖書館一個房間接一個房間地轉，喜形於色，讓我們看格爾紹恩．謝克德如何評價《胡狼嗥叫的地方》，亞伯拉罕．沙阿南怎樣讚賞《何去何從》。一次他氣憤地向我解釋，瞎了眼的庫爾茨維爾教授怎樣誹謗《我的米海爾》。相信他甚至打電話給阿格農，專門向他抱怨庫爾茨維爾的書評。你父親用他自己的方式以你為榮，儘管他當然不好意思告訴你，他大概也怕使你飄飄然。」

*

在他生命的最後幾年，肩膀佝僂了。他患有可怕的暴怒症，對周圍的人橫加指責與責備，把自己關在書房裡，砰地把門關上。但是過了五分鐘、十分鐘，他會出來，為自己的衝動表示抱歉，將其歸罪於身體不好，勞累，緊張，侷促不安地請求我們原諒他說話時那麼不講理、不公平。

他經常使用「公平合理」等詞，正像他使用「絕對」、「確實」、「無疑」、「鐵一般的」以及「從這幾點看來」。

當父親身體狀況不佳之際，而今已九十多歲的祖父亞歷山大依然老當益壯，充滿浪漫的青春活力。面龐如嬰兒一樣紅潤，像個年輕的新郎倌一樣生機勃勃，他整天出出進進，大呼小叫：「咳，有什麼呀！」不然就是：「這麼傻瓜！這麼無賴！真沒用！壞蛋！」或者是：「夠了！已經夠了！」女人們對他前呼後擁。即便在早晨，他也經常抿口白蘭地，粉嘟嘟的面龐驟然猶如晨光，紅彤彤的。如果我父親和祖父站在花園裡說話，抑或在房前人行道上來回踱步，爭論，至少祖父的身體語言顯得比他年少的兒子要年輕得多。他會比在維爾納死於德國人之手的長子大衛和長孫丹尼耶拉．

克勞斯納多活四十年，比妻子多活二十年，比次子多活七年。

*

一九七〇年十月十一日，六十歲生日過了四個月，我父親像平時一樣早早起床，比家裡其他人早很多，刮臉，灑了一些花露水，把頭髮潤濕後梳理，吃了一個小圓麵包加奶油，喝了兩杯茶，看報紙，嘆幾口氣，看了一眼總是攤在書桌上的日程安排，以便把做過的事勾掉，穿上西裝，打上領帶，為自己開一張小購物單，驅車上街開往丹麥廣場，貝特哈凱里姆路和赫爾茨路在這裡交會，他書桌上一旦缺少什麼文具，就來這裡的小型地下商店裡購買。他停車，鎖車，走下五六級台階，排隊，甚至彬彬有禮讓位給一個老太太，購買了寫在單子上的所有物品，和小店老闆娘開玩笑說「別針」一詞既可用作名詞，也可用作動詞，跟她說市政會怠忽職守，付款，數錢，拎起購物袋，微笑著向老闆娘道謝，要她記著向她親愛的丈夫問好，祝她擁有美好成功的一天，朝排在身後的兩個陌生人打招呼，然後轉身走向門口，跌倒在地，死於心臟病。他把遺體捐獻給科學研究，我繼承了他的書桌。當我寫下這幾頁書稿時，沒有眼淚，因為父親從根本上反對流淚，尤其是男人流淚。

我看見，他在書桌的日程安排上寫著：「文具：1.書寫紙。2.螺旋式裝訂筆記本。3.信封。4.迴紋針。5.詢問紙板文件夾。」所有這些物品，包括檔案夾，都在購物袋裡，袋子依然攥在他手上。因此，當我在一小時或一個半小時後趕到耶路撒冷父親家裡時，我拿起他的鉛筆，畫掉列在單子上的物品，就像父親，一旦做了什麼，就立即把它勾掉。

57

我十五歲離家住進基布茲時，寫下一些決定，將其定為自己非執行不可的標準。要是我真的開始一種全新的生活，就必須在兩個星期內把自己曬得黑黝黝的，使我看上去像他們當中的一員；我必須永永遠遠不再做白日夢；我必須更換姓氏；我必須每天洗兩三次冷水澡；我必須絕對強迫自己別在夜裡做那種髒事；我必須不再寫詩；我必須不再喋喋不休；我必須不再講故事——我必須以一個沉默的人出現在新地方。

後來我把條子撕得粉碎。最初四、五天，我確實設法不做髒事，不嘮嘮叨叨。當他們問我一條毯子是否足夠，或者是否願意坐到教室靠窗的角落裡時，我動動腦袋作答。當問我，是否對政治感興趣，是否考慮參加讀報小組，我回答「呃哼」。如果問起我以前在耶路撒冷的生活，我的回答不超過十個字，我故意遲疑幾秒鐘，彷彿在做深入的思考，讓他們知道我屬於那種矜持寡言、諱莫如深的人，具備內涵。我甚至能洗冷水澡了，儘管在男孩子浴室裡迫使自己脫得精光，需要一種英雄主義壯舉。甚至在最初幾個星期，我好像可以設法不寫東西。

但不能不讀東西。

每天幹完活上完課後，基布茲的孩子回父母家，而外面來的寄宿者則在俱樂部裡放鬆一下，或打打籃球。晚上有各式各樣的活動——比如跳舞、唱歌——我逃避這些活動，免得露怯。大家都離開後，我通常半裸著身子躺在宿舍前面的草地上，曬日光浴，讀書讀到天黑（我十分小心，不待在空房間，不躺在空床上，因為骯髒之念，還有大量天方夜譚式的幻想在那裡等待著我）。

*

每星期有那麼一兩次，我會在天黑之前對著鏡子檢查自己曬得怎麼樣，而後穿上襯衫，而後鼓起勇氣，到老兵居住區，與我在基布茲的「父母」漢卡和奧伊札爾·胡爾戴喝杯果汁，吃塊蛋糕。這兩位老師，都來自波蘭的洛茲，年復一年主持基布茲內的文化教育生活。在小學任教的漢卡，是個漂亮豐滿、精力充沛的女子，猶如發條一貫繃得緊緊的，強烈的奉獻光環與香菸煙霧始終環繞在她周圍。她一人肩負著諸多重任：組織猶太人過節、舉行婚禮和週年紀念日、上演節目、培養質樸的無產階級地方化傳統。這一傳統，按照漢卡所設想的，應融合《雅歌》風韻和新聖經時代土地耕作者所擁有的橄欖兼角豆莢的希伯來品味，兼濟東歐的哈西德派猶太小村莊的格調，融進了東歐農民和其他自然之子粗獷豪爽的方式，後者直接從克努特·哈姆生踩在赤腳下的「大地碩果」中，擷取了天真純潔的思想，以及神祕的生命樂趣。

至於奧札爾或奧伊札爾·胡爾戴，「繼續教育班」或中學的負責人，則是個精幹結實的男子，苦難和具有反諷意味的聰慧使他臉上布滿了猶太人的皺紋。在這些痛苦的皺紋中，偶爾會悠然閃過一絲恣意頑皮的光。他身材瘦削，矮小，然而目光犀利冰冷，風度翩翩。他很有口才，擅長揶揄諷刺。他能夠流露出一股脈脈溫情，可以感化任何人，使之俯首帖耳，但是他也會動雷霆之怒，令周圍的人產生世界末日的恐懼。

奧伊札爾融立陶宛《塔木德》學者的敏銳頭腦與哈西德教徒充滿激情唱誦的狂熱於一身，突然瞇起眼睛，唱起一首如醉如痴的歌，奮力衝破塵世的束縛。在另外的時間，另外的地點，奧伊札爾·胡爾戴也許會變成一個令人敬畏的哈西德拉比，一位具有人格魅力的創造奇蹟者，置身於眾多著了迷的崇拜者中。如果他選擇從政，做個保民官，肯定大有可為，身後會緊緊追著一批狂熱的崇拜者，也不乏深惡痛絕之人。但是奧伊札爾．胡爾戴選擇了當中學校長的生活。他是位堅決不妥協的硬漢，好鬥，飛揚跋扈，甚至暴虐無道。他能精熟詳盡地講述許多題目，近乎帶有情欲般的激情，像猶太小村莊裡一個雲遊四方的布道者，《聖經》、生物學、巴洛克音樂、文藝復興藝術、拉比思想、社會主義意識形態規則、鳥類學、分類學、裝有舌簧的八孔直笛，以及諸如「歷史上的拿破崙及其在十九世紀文學與藝術中的表現」等各種課程。

＊

我忐忑不安，走進老兵居住區北邊一套帶有小門廊的一間半平房，房對面是一排柏樹，屋裡牆上掛著莫狄里亞尼和保羅．克利的仿製畫，以及一幅酷似出於日本人之手的惟妙惟肖的杏花吐豔圖，兩把簡樸的扶手椅之間有一張小型咖啡桌，桌上放著一只高高的花瓶，花瓶裡幾乎一向不放鮮花，而是插著格調高雅的小枝。風格樸素的淺色窗簾上繪有依稀的東方圖案，令人想起德國—猶太作曲家譜寫的、帶有改裝了的東方主義色彩的希伯來語民謠，以期吸收中東那令人心醉神迷的阿拉伯或聖經精神。

奧伊札爾，若不是背著雙手在房前小道上快步來回行走，伸出下巴披斬眼前的空氣，就會坐在角落裡抽菸，口裡小聲哼唱，看書，不然就是一邊透過放大鏡觀察一些植物花蕊，一邊翻動植物手冊。此時，漢卡甩開軍人的步伐，精力充沛大踏步地在房間裡走來走去，拉平床墊，倒菸灰缸，並把它清洗乾淨，她噘起嘴唇，整理床罩，或者用彩紙剪些裝飾品。多利會汪汪兩聲向我表示歡迎，奧伊札爾雷鳴般的喝斥嚇住了牠：「妳真不害臊，多利！看看妳在朝誰叫喚！」或者有時：「真是的！多利！我大吃一驚！真的大吃一驚！妳怎麼能這樣？妳的聲音怎麼不發抖呢？這樣無恥的表現只能給妳自己丟臉！」

這隻母狗，聽到先知這一連串的憤怒，像洩了氣的氣球縮了回去，絕望地四處探尋地方隱藏自己的恥辱，最後鑽到了床底下。

漢卡・胡爾戴向我綻開笑臉，向一個看不見的觀眾宣布：「瞧！看看誰來了！喝杯咖啡？蛋糕？還是一些水果？」這些選擇剛一出口，彷彿魔杖一揮，咖啡、蛋糕和水果就放在了桌子上。我溫順聽話，但內心裡湧動著激情，我彬彬有禮地喝著咖啡，適度吃了一些水果，與漢卡和奧伊札爾談了一刻鐘當下的一些急迫問題，如死刑，不然就是人之初確實性本善，只是被社會所毀壞，不然就是我們本來天性邪惡，只有教育能夠將其改進到某種程度，或者在某種情況下改進它。「墮落」、「優雅」、「性格」、「價值」以及「改進」等詞語經常充斥在放著白色書架的典雅房間，那書架與我父母耶路撒冷家裡的書架如此不同，因為這裡的書架分成繪畫、小雕像、化石收藏、用野花壓成的拼貼藝術、精心照管的盆栽植物，角落裡還有一部留聲機和許多唱片。

有時，在談論優雅、墮落、價值、自由和壓迫時，伴隨著憂傷的小提琴曲或唱片發出的舒緩顫抖的聲音，捲毛沙伊會站在那裡拉琴，背對著我們。或者羅恩會對著他的小提琴蠕動著嘴唇，瘦骨嶙峋的羅恩[1]，他媽媽總叫他小不點兒，最好不要企圖和他說話，連你好、怎麼樣都不要說，因為他一貫露出羞怯的微笑，鮮少和你說上一個短句，如「很好」，或者一個長句子「沒問題」。差不多就像藏在床下、等待主人怒氣全消的母狗多利。

1〔原注〕羅恩・胡爾戴從一九九八年起任台拉維夫市長。

有時，我到那裡時，發現三個胡爾戴家的男性，奧伊札爾、沙伊和羅恩坐在草地上，或坐在前廊的台階上，像來自東歐猶太村莊裡的克萊茲默小組，唱片那綿長、徘徊不去的樂音在晚間的空中飄拂，令我產生一種愜意的渴望，還有一陣令人心痛的哀愁，為自己無足輕重，為自己是他者，為世界上任何曝曬也不能把我變成他們當中真正的一員，我在他們餐桌旁永遠只是乞丐，一個外來人，一個從耶路撒冷來的不安分的小人——如果不只是一個可憐的江湖騙子（我在《沙海無瀾》的阿札賴亞這一人物身上賦予了這種情感）。

*

太陽落山之際，我拿著書來到赫爾茨之家，基布茲邊上的文化中心。這裡有間閱報室，你每天晚上在這裡都可以看到基布茲的幾個老光棍，他們透過閱讀日報、週刊來消磨人生，彼此進行激烈的政治論爭，令我有些想起在凱里姆亞伯拉罕時，斯塔施克·魯德尼基、阿布拉姆斯基先生、克洛赫瑪爾先生、巴·伊茲哈爾和倫伯格先生的爭論（我到那裡時，基布茲的老光棍幾乎都是四十五歲左右了）。

在閱報室的後邊，還有一個房間，幾乎無人問津，叫作自習室，基布茲委員會的成員有時在那裡開會，有時也在那裡舉行各種集體活動，但多數情況下是空的。在一個鑲玻璃面的櫃子裡，擺放著一排排枯燥無味、令人生厭、沾滿灰塵的《青年勞動者》、《勞動婦女月刊》、《田野》、《時鐘》，以及《達瓦爾年鑑》。

每天晚上，我就是去這裡讀書讀至半夜時分，直至上下眼皮打架。也是在這裡，我重新開始了創作，沒有人看見，我感到羞愧，感到卑微與無足輕重，充滿了自我厭惡。我離開耶路撒冷到基布茲，當然不是為了寫詩寫小說，而是為了獲得新生，拋棄一堆堆語詞，裡裡外外曝曬得黑黝黝的，成為一個農業勞動者，一個耕耘土地的人。

*

但很快我便明白，在胡爾達，即使最為農業（地地道道）的農業勞動者夜晚也讀書，終日探討書。當他們採摘橄欖時，他們不可開交地爭論托爾斯泰、普列漢諾夫、巴枯寧，爭論是實行永久革命還是在一個國家進行革命，爭論在古斯塔夫·蘭道爾的社會民主與平等價值和自由價值之間，以及二者與追求人的兄弟關係之間存在著的永恆衝突。當他們在養雞房裡撿雞蛋時，爭論如何在鄉村背景裡恢復慶祝古老猶太節日的儀式。當他們在修剪一架架葡萄時，對現代藝術擁有不同見解。

更有甚者，他們當中有些人，儘管獻身農業，全心全意忠誠於體力勞動，但仍撰寫風格質樸的文章。他們多數描寫日常爭論的話題，但是在每兩週一次發表在地方通訊上的一些文章裡，他們偶爾允許自己在猛烈的論證與益加猛烈的反證當中，加大抒情力度。

如同在家裡一樣無拘無束。

我確實試圖一勞永逸拋棄學術世界，與自己的出身背景抗衡，我出了油鍋，又跳入了烈火，「猶如一個人擺脫獅子又遇見熊」。應該承認，這裡的辯論者要比坐在約瑟夫伯伯和琪波拉伯母桌旁的辯論者要黝黑得多，他們頭戴布帽，身著工作服和笨重的皮靴，他們講的不是帶有俄文腔的誇誇其談的希伯來語，而是幽默詼諧的希伯來語，帶有加利西亞或比薩拉比亞意第緒語那聲情並茂的味道。

圖書管理員謝夫特爾，與約拿街書店和借閱圖書館老闆馬爾庫斯先生一樣，對我不可遏止的讀書渴望心存憐憫。他讓我想借多少書就借多少書，遠遠違背了他自己制定的圖書館規則。他在基布茲打字機上用醒目的字母打出規則，釘在他封地裡幾個顯眼的地方，封地裡那隱隱約約的塵土味，陳年膠水和海草味，吸引著我，猶如果醬吸引黃蜂。

那些年我在胡爾達什麼沒讀過呢？我貪婪閱讀卡夫卡、伊戈爾·莫辛松、卡繆、托爾斯泰、摩西·沙米爾、契訶夫、納坦·沙哈姆、布倫納、福克納、聶魯達、海姆·古里、阿爾特曼、阿米爾·吉爾伯阿、莉亞·戈德伯格、史龍斯基、歐·希勒里、伊茲哈爾、屠格涅夫、湯瑪斯·曼、雅各·瓦塞爾曼、海明威、《我，克勞地亞斯》、溫斯頓·邱吉爾的多卷本《第二次世界大戰回憶錄》、伯納德·路易斯論阿拉伯人與伊斯蘭教、伊薩克·多依徹論蘇維埃、賽珍珠、《紐倫堡大審》、《托爾斯泰傳》、褚威格、猶太復國主義者定居以色列土地的歷史、古代斯堪地那維亞史詩的緣起、馬克·吐溫、克努特·哈姆生、希臘神話、《哈德良回憶錄》，以及尤里·阿夫奈里。一切。除了那些儘管我再三請求，可謝夫特爾仍禁止我讀的書，比如說，《裸者與死者》（我想，只有在我結婚以後，謝夫特爾猶豫再三，才讓我讀諾曼·梅勒與亨利·米勒）。

埃里希·馬利亞·雷馬克撰寫的和平主義小說《凱旋門》背景置於一九三〇年代，小說開篇，描寫一個孤獨的女子在深夜時分倚靠在橋梁矮牆上，就要投河結束自己的生命。在那千鈞一髮之際，一個陌生人停下來和她說話，抓住她的胳膊，挽救了她的生命，並和她度過銷魂之夜。那是我的幻想，我也會那樣與愛不期而遇。她會在一個風雨交加的夜晚，獨自站立在斷橋上，我會在最後一刻出現，營救她，斬殺巨龍——不是我在年幼之際成打斬殺的那種有血有肉的巨龍，而是內在的絕望。

我要為我深愛的女人斬殺這條內在的巨龍，從她那裡得到回報，於是幻想進一步發展，如此甜美，令人生畏，令我無法深思熟慮。那時，我並沒有想到，橋上那個絕望的女子，一而再再而三，那就是我死去的母親，帶著她的絕望，她自己的巨龍。

或者是海明威的《喪鐘為誰而鳴》，我在那些年看了三、四遍，裡面雲集著蕩婦和形體強悍的男人，這些男人在粗獷的外表下隱藏著詩意般的情懷，我夢想有朝一日會像他們一樣，聲音沙啞，具有陽剛之氣，體魄猶如鬥牛士，臉上充滿了蔑視與哀愁，也許有點像照片上的海明威。倘若有朝一日，我未能設法像他們那樣，至少我也會寫這樣的男人：英勇無畏的男人，懂得如何嘲笑，如何憎恨，倘若需要懂得如何出拳痛打惡霸，他們確切地了解在酒吧裡點什麼，向女人、對手或者並肩戰鬥的同事說些什麼，如何用槍，如何在做愛中達到極致。還有高貴的女人，易受傷害，然而難以誘惑，令人費解，充滿神祕感的女人，慷慨地濫施「恩寵」，然而這種「恩寵」只施予那些精心挑選出的男人，他們懂得如何嘲笑與蔑視，痛飲威士忌，出手有力，等等。

每星期三在赫爾茨之家的牆上，或者在食堂外面草坪上支塊白布，放映電影。這些電影明確地證明，在寬廣的大世界裡主要生活的是出自海明威或者克努特·哈姆生筆下的那些男男女女。從基布茲頭戴紅色貝雷帽的士兵們所講的故事中，也出現了這樣的畫面，這些在週末回家度假的士兵，直接參與了赫赫有名的一〇一部隊的報復性襲擊，強悍、沉默、冷峻的男子漢，身穿傘兵服，光彩照人，肩挎衝鋒槍，「身穿普通的衣裳，腳踏沉重的皮靴，流淌著希伯來青年的汗水」。

我幾乎在絕望中放棄。要像雷馬克或海明威那樣寫作，你確實得離開這裡，投身於真正的大世界，去往男人猶如拳頭般強勁有力、女人宛若夜晚般柔情似水的所在，在那裡橋梁橫跨寬闊的河流，夜晚酒吧燈光搖曳，真正的生活確實展開。人若是缺乏那個世界的體驗，得不到寫短篇小說或長篇小說的半點臨時許可。一個真正作家的生活所在不是這裡，而是那裡，在那廣闊的大世界。直到我出去，住到那個真正的世界，才有機會找到東西書寫。

一個真正的所在，巴黎、馬德里、紐約、蒙地卡羅、非洲沙漠或斯堪地那維亞森林。必要時，也許可以在俄國寫鄉村小鎮，甚至在加利西亞寫猶太人村莊。但是，這裡，在基布茲，這裡有什麼呢？雞圈，牛棚，兒童之家，委員會，輪流值班，小供銷社。疲憊不堪的男男女女每天早早起來去幹活，爭論不休，洗澡，喝茶，在床上看點書，十點鐘之前便筋疲力盡地進入夢鄉。即使在我以前生活的凱里姆亞伯拉罕，也似乎沒有什麼值得書寫。除去遲鈍的人們終日過著陰鬱沉悶捉襟見肘的生活外，還有什麼？與胡爾達這裡有幾分相像。我連獨立戰爭都沒趕上，我出生太晚，只趕上可憐的點點滴滴，裝沙袋，撿空瓶子，從當地內務防禦哨所跑到斯洛尼姆斯基房頂上的瞭望哨，傳遞情報，而後歸來。

確實，在基布茲圖書館，我找到兩三位雄渾有力的小說家，他們在反映基布茲題材時，設法寫出類似海明威的短篇小說，納坦．沙哈姆、伊戈爾．莫辛松、摩西．沙米爾。但是他們那一代人，偷偷運送移民，走私武器，爆炸英軍司令部，抵禦阿拉伯武裝，他們的故事在我看來籠罩在白蘭地、紙菸和火藥味混合而成的迷霧中。他們住在台拉維夫，多多少少與真正的世界相連，在那座城市裡，有咖啡館，青年藝術家在那裡喝酒，在那座城市裡，有夜總會歌舞表演，種種醜聞，劇院，以及充滿禁錮之愛與無助激情的波希米亞生活。不像耶路撒冷和胡爾達。

誰在胡爾達見過白蘭地？誰在這裡曾聽說過大膽的女人與崇高的愛情？

如果我想像這些作家那樣寫作，首先我得去倫敦或米蘭。但是怎麼去呢？基布茲的普通農民不會突然去往倫敦或米蘭汲取創作靈感。如果我想擁有去巴黎或羅馬的機會，我首先得成為名人，我得像那些作家中的一位成功地寫本書。但是為了寫這本成功的書，我首先得住到倫敦或紐約。惡性循環。

*

是舍伍德．安德森使我走出了這一惡性循環，「使我的創作之手得到了自由」。我將永遠感激他。

一九五九年九月，阿姆奧維德出版社出版的流行叢書中，收入由阿哈龍．阿米爾翻譯成希伯來文的舍伍德．安德森的《小鎮畸人》。在讀這本書之前，我還不知道溫士堡的存在，我從來沒有聽說過俄亥俄。或許我朦朦朧朧記得《湯姆歷險記》和《頑童歷險記》中有俄亥俄。而後，這部樸實無華的作品出現了，深深震撼了我，幾乎整個夏天，我像喝醉酒一般在基布茲的小徑上行走，直至凌晨三點半，自言自語，如同害相思病的鄉村情郎顫抖不已，又唱又跳，帶著敬畏、歡樂與狂喜悲泣——我找到了！

凌晨三點半，我穿上工作服和靴子，跑向拖拉機棚，我們從那裡出發到一塊叫作曼蘇拉的地區，清除棉花地裡的雜草，我拿起一把鋤頭，在一排排棉花苗裡快速幹到下午，把其他人都甩在後面，彷彿我長出了翅膀，幸福得暈陶陶，跑，鋤草，咆哮，跑，鋤草，自言自語，向山嶺、微風竊竊私語，鋤草，發誓，跑，心潮澎湃，淚流滿面。

整個《小鎮畸人》由一系列的故事與事件構成，故事套故事，故事與故事互為關聯，尤其因為這些故事均發生在一個窮困偏僻的鄉間小鎮。書中淨是無關緊要的小人物：老木匠、一個心不在焉的小夥子、某小店老闆和一個年輕的女僕。這些故事互為關聯，也是因為人物從一個故事走進另一個故事，一個故事中的中心人物，在另一個故事中再度出現時，則成為次要人物、背景人物。

《小鎮畸人》中的故事都圍繞日常生活瑣事展開，以當地流言蜚語片斷或者沒有實現的夢想為基礎。一個老木工和一個老作家談論把床升高，而另一個年輕人名叫喬治．威拉德是當地一家報社初出茅廬的記者，無意間聽到了他們的談話，突發奇想。一位名叫比德爾鮑姆的性情古怪的老人，綽號飛翼比德爾鮑姆。一個身材高大、黝黑的女子由於某種原因嫁給了名叫里費博士的男人，但一年後死去。還有一個名叫阿布納．格羅夫的男人，小鎮上的麵包師，還有帕雪瓦爾醫生，「一個身材魁梧的人，嘴巴下垂，唇上蓋著一抹黃色鬍髭。他老穿一件骯髒的白背心，口袋裡露出許多叫作『斯都琪』的黑菸捲」，以及其他類似的人物類型，在那個夜晚之前，我認為他們在文學中沒有位置，除非作為背景人物，向讀者提供頂多半分鐘的笑柄與憐憫。這裡，在《小鎮畸人》中，我認定有損於文學尊嚴、被拒之文學門外的人與事，占據了中心舞台。舍伍德．安德森筆下的女人並非大膽，她們不是神祕的妖婦。他筆下的男人也不強悍，屬於那種籠罩在香菸煙霧與陽剛悲憫中的類型。

*

因此，舍伍德．安德森的小說把我離開耶路撒冷時就已經拋棄的東西，或者我整個童年時代一直腳踏、但從未勞神彎腰觸摸的大地重新帶回給我。我父母的困窘生活；修理玩具與娃娃的克洛赫瑪爾夫婦家裡總是飄著的淡淡的麵團味與醃鱈魚味；傑爾達老師暗淡陰鬱的房子，表皮斑駁的櫃子；心存不滿的作家札黑先生以及他深受慢性偏頭痛困擾的妻子；潔爾塔．阿布拉姆斯基煙燻火燎的廚房；斯塔施克和瑪拉．魯德尼基養在籠子裡的兩隻鳥，一隻老禿鳥和另一隻松果鳥；伊莎貝拉．納哈里埃里滿屋子的貓，還有她丈夫格茨爾，合作社裡目瞪口呆的出納；還有斯達克，施羅密特奶奶那條傷心的老狗，圓眼睛裡露出哀愁，他們經常用樟腦球給它消毒，狠勁抽打它，消除灰塵，直至某天，她不再需要它，用報紙把它一捲，扔進了垃圾箱。

我知道我來自那裡，來自令人沮喪的諸多憂愁與虛偽、渴望、荒誕、自卑情結與鄉野虛誇、多愁善感的教育和落伍過時的理想、沒受壓抑的創傷、無可奈何與絕望茫然；對國內種種苦澀的變化絕望茫然，一些微不足道的騙子偽裝成危險的恐怖主義者和英勇的自由衛士，不幸的書籍裝訂者發明了帶有普遍救贖色彩的配方，牙醫們悄悄地告訴鄰居他們同史達林進行著曠日持久的私人通信，鋼琴老師、幼稚園老師和家庭主婦嚮往充滿激情的藝術生活的渴望遭到遏制，夜晚淚流滿面輾轉反側，欲罷不能的作家們沒完沒了給《達瓦爾》的編輯們寫信，發洩不滿，老麵包師在睡夢中看見了麥蒙尼德和善名之師[2]，緊張不安、自以為是的工會官員以職業政黨工作人員的眼光盯著當地居民，電影院、合作社的出納員在夜間作詩，編寫小冊子。

在這裡，在胡爾達基布茲，也住著長於俄國無助主義運動的牛倌，曾經被放進占據八十四個席位的工黨候選人名單中競選第二屆議會議員的教書匠，一個喜歡古典音樂的漂亮女裁縫，晚上畫留在記憶深處的故鄉比薩拉比亞小村遭毀滅之前的風光。也有年事已高的光棍喜歡在涼風習習的晚上獨自坐在長椅上凝視年輕女孩，一個聲音悅耳的卡車司機私下夢想成為歌劇演員，一對暴躁易怒的理論家，在過去的二十五年間，無論在口頭上還是在文字中，均相互輕慢相互蔑視，一個當年在波蘭曾為班上最可愛女孩，甚至在無聲電影裡上過鏡的女子，而今身材肥胖，滿臉通紅，沒人照顧，

2 麥蒙尼德（Maimonides, 1135-1204），中世紀猶太神學家、哲學家。「善名之師」，又稱「美名大師」，指托夫（Baal Shem Tov, 1700-1760），猶太教哈西德教派運動的創始人。

每天繫著髒兮兮的圍裙坐在食品倉庫後粗糙的凳子上，給一大堆一大堆的蔬菜削皮，偶爾用圍裙擦擦臉，擦去眼淚、汗水，或二者兼而有之。

《小鎮畸人》甚至在我與契訶夫本人相遇之前，就告知我契訶夫筆下的世界是什麼模樣：不再是杜思妥也夫斯基、卡夫卡或者是克努特．哈姆生的世界，也不是海明威或者伊戈爾．莫辛松的世界。沒有神祕的女子站在橋頭，也沒有豎起衣領的男子，出現在煙霧繚繞的酒吧。

這部樸實無華的作品，對我的撞擊恍如一場反方向的哥白尼革命。哥白尼表明，我們的世界不是宇宙中心，而只是太陽系星體中的一員，相形之下，舍伍德．安德森讓我睜開雙眼，描寫周圍發生的事。因他之故，我猛然意識到，寫作的世界並非依賴米蘭或倫敦，而是始終圍繞著正在寫作的那隻手，這隻手就在你寫作的地方：你身在哪裡，哪裡就是世界中心[3]。

於是我在無人光顧的自習室，給自己選擇了角落裡的一張桌子，每天晚上，我在這裡打開自己的棕色練習本，上面印著「通用」和「四十頁」的字樣。我在旁邊放了一枝格魯布斯原子筆，一枝帶橡皮頭的鉛筆，上面印著工會銷售商店的名字，一個裝滿自來水的米色杯子。

這就是宇宙中心。

*

在只隔著層薄牆壁的閱報室，摩伊謝．卡爾卡、奧尤什卡和阿里克正就摩西．達揚的演講爭得不亦樂乎，演講猶如「從五樓的窗子拋出一塊石頭」（「五樓」是中心委員會成員在台拉維夫工會大樓裡碰面的地方）。三個不再年輕英俊的男人，用經學院學生誦經的腔調爭論。阿里克，一個充滿活力、精力充沛的人，總是試圖充當老好人喜歡平凡談話，他的夫人祖施卡身體不好，但他多數夜晚都和單身漢混在一起。摩伊謝．卡爾卡、奧尤什卡說話時，他插不上嘴：「等等，你們都說得不對。」或者：「容我一會兒給你們說點什麼，會消除你們的爭執。」

奧尤什卡和摩伊謝．卡爾卡都是單身，他們幾乎對任何事情都持有異議，儘管他們晚上誰也離不開誰，他們總是在食堂一起吃飯，而後一塊散步，再一起去閱報室。奧尤什卡像小孩子一樣靦腆，為人謙遜，性情溫和，長著一張笑臉，只是低垂的目光令人費解，彷彿他的生活本身就是羞恥與屈辱的事。但是，當他在爭論時，總是慷慨激昂，開始迸射火花，眼睛幾乎瞪出眼眶。接著，他那張和藹稚氣的臉龐流露的不是氣惱，而是驚恐與冒犯，彷彿是他自己的觀點讓他丟臉。

而電工摩伊謝．卡爾卡是一個身材單薄、面部扭曲、表情嘲諷的人，當他爭論時，會皺緊眉頭，幾乎是色迷迷地衝你眨著眼睛，他以一副頑皮、自鳴得意的架勢衝你微笑，再次帶著梅菲斯特的歡快朝你眨眨眼睛，彷彿他最終發現多年來一直尋找的東西，某些不得自拔的困境，你瞞得過世人，卻瞞不過他那雙眼睛，那雙眼睛可以穿透你的偽裝，以發現你內在的困境為樂。大家都把你當作一個通情達理、令人尊敬的人，一個如此積極進取的人，但是我們倆都知道令人討厭的真相，縱然多數情況下你設法將其藏在七十七層面紗之下。我可以看穿一切，我的朋友，包括你卑鄙的性情，一切都逃不過我的眼睛，我只是以此為樂。

3〔原注〕多年以後，作者伺機回報了安德森。安德森雖係福克納的朋友與同代人，但在美國幾乎為人們遺忘，只有屈指可數的英文系還在讀他的短篇小說。一天，作者收到了安德森出版商（諾頓）的一封信，出版商正在籌畫再版安德森的小說集《叢林之死及其他》，聽說作者崇拜安德森，詢問能否美言幾句放在書的封底。作者欣然允命。自嘲說，那感覺就像一家餐館裡一個謙卑的小提琴手，突然遭到詢問，問能否借他之名推廣巴哈的音樂（希伯來文版無此注釋，但英文版在此補上）。

阿里克和顏悅色，試圖平息奧尤什卡和摩伊謝·卡爾卡之間的爭論，但兩個對手聯手朝他叫嚷，因為在他們看來，他連爭什麼都沒搞清楚。

奧尤什卡說：

「對不起，阿里克，但你說的和我們說的是兩碼事。」

摩伊謝·卡爾卡說：

「阿里克，當大家都吃羅宋湯時，你在唱國歌；當大家都在為阿布月齋日禁食時，你在慶賀普珥節。」

阿里克受到傷害，拔腿要走，但是兩個單身漢，一如既往，一邊堅持要陪他回家，一邊不住地爭論，而他一如既往，邀請他們進門，為何不，祖施卡會非常高興，我們喝點茶，但是他們彬彬有禮地拒絕。他們總是拒絕。他年復一年從閱報室邀請他們倆到他家裡喝茶，進來，進來待一會兒，我們喝杯茶，幹麼不，祖施卡會非常高興，但是年復一年他們總是彬彬有禮拒絕邀請。直至有一次——

我在這裡就這樣寫起了小說。

因為，外面已經夜靜更深，離籬笆牆不遠的胡狼飢餓地哀嚎，我也要把牠們寫進故事。幹麼不呢，讓牠們在窗下悲泣吧。還有在一場報復性襲擊中失去兒子的打更人。被後人稱黑寡婦的嚼舌婦。狗狂吠不止，柏樹在黑暗中瑟瑟抖動，冷不防讓我把它們當作一排低聲祈禱的人們。

58

在胡爾達，有個幼稚園或小學老師，叫奧娜，她是外聘老師，年齡在三十五歲左右，住在一排舊房子末端的一個房間裡。每星期四，她去丈夫那裡，星期天早晨回來。一天晚上，她邀請我和班上兩個女孩到她的房間，談論納坦．阿爾特曼的詩歌《外面的星》，聽孟德爾頌的小提琴協奏曲和舒伯特的八重奏。房間角落裡的柳條凳上放著留聲機，房間裡還擺了一張床、一張桌子、兩把椅子、一個電熱咖啡壺、一個當作花瓶的炮彈殼，上面插著一束紫薊。

奧娜房間的牆壁上掛著兩幅高更的仿畫，上面畫著豐滿、倦怠、半裸著身子的大溪地女人，還掛著她用鉛筆畫且自己裱框的一些畫作。她也許受高更影響，也畫全裸女人，有躺在那裡的，有歪靠在那裡的。所有的女人，高更的和奧娜的女人，神態滿足懈怠，彷彿剛剛享受了某種快感。然而，從她們那誘人的姿勢上可以看出，她們願意給尚未滿足的人以充分的感官享樂。

我在奧娜的床頭書架上發現奧瑪爾．海亞姆的《魯拜集》、卡繆的《瘟疫》、《皮爾．金》、海明威、卡夫卡、阿爾特曼、拉海爾、史龍斯基、莉亞．戈德伯格、海姆．古里、納坦．約納坦以及傑魯鮑威爾．吉拉德的詩歌，撒．伊茲哈爾的短篇小說，伊戈爾．莫辛松的《人之路》，阿米爾．吉爾伯阿的《早期詩歌》，歐．希勒里的《正午的土地》，還有泰戈爾的兩本書（兩星期後，我用零用錢為她買了他的《螢火蟲》，在扉頁上寫下熱情奔放的獻辭，包括「深為感動」一詞）。

奧娜的眼睛充滿了活力，脖子細長，聲音親切悅耳、音色優美，兩手小巧，手指纖細，但胸脯豐滿、堅挺，兩條大腿強健有力。只要一微笑，她那一向嚴肅、冷靜的面龐就會改變，她的微笑可愛迷人，有幾分嫵媚，彷彿可以洞察你思想的祕密深處，但是諒解了你。她的腋窩已經刮過，但是參差不齊，彷彿用繪圖鉛筆給其中一個畫上了陰影。她站在那裡時，基本上把大部分重量放在左腿上，因此不知不覺拱起了右腿。她喜歡就藝術與靈感問題直抒己見，她發現我是個忠實聽眾。

*

幾天後，我鼓足勇氣，帶著赫爾金翻譯的惠特曼作品《草葉集》（我在第一天晚上曾和她說起過），晚上叩開她的房門——此次是獨自一人，又走上了十年前我在澤弗奈亞街奔向傑爾達老師的那條路。奧娜身穿長裙，裙子前身扣著一排大鈕釦。裙子本是奶白色的，但燈光透過橘黃色的酒椰葉纖維燈罩，給它披上一層紅暈。她站在我面前，在燈光的映襯下，她大腿和襯裙的輪廓透過布料清晰可見。這一次，留聲機裡放的是葛利格的《皮爾．金》。她和我並肩坐在鋪著中東床罩的床沿，把每一樂章所喚起的感受解釋給我聽。而我，則讀《草葉集》中的詩句，開始揣摩惠特曼對歐．希勒里詩歌創作的影響。奧娜為我剝柑橘，從一個蒙著平紋細布的陶罐裡倒出冷水，把手放在我的膝頭，意思是我應該稍停片刻，她念尤里．茲維．格林伯格創作的憂鬱詩歌，這詩不是收在父親喜歡朗誦的《河道》集中，而是出於我不熟悉的一個薄本，標題很奇怪，叫作《站在傷心地極的阿納克利翁》。而後，她讓我說點自己的情況，我不知道該說什麼，只隨意談些美的觀念，直至奧娜把手放在我的頸上說，別再說了，我們靜靜坐會兒好嗎？十點半鐘，我站起身，說晚安，藉著璀璨的星光到牛棚和雞窩當中漫步，充滿了幸福感，因為奧娜邀請我某天晚上再來，後天，或明天。

過了一兩個星期，基布茲裡流言四起，他們叫我「奧娜的新公牛」。她在基布茲有幾個密友，或說談話夥伴，但是他們誰都不是只有十六歲，他們誰也不像我一樣會背誦納坦．阿爾特曼和莉亞．戈德伯格的詩歌。偶爾，他們當中會有人摸黑偷偷潛伏在她房前的桉樹林裡，等著我離開。我嫉妒地在樹籬旁邊遊來蕩去，想方設法看著他走進房間，她剛剛給我喝過濃濃的阿拉伯咖啡，稱我「不同尋常」，讓我和她一起抽菸，儘管我還是個上十一年級的小話簍子。我在那裡站了約莫一刻鐘，一個站在陰影中的模糊身影，直至他們關上了電燈。

*

那年秋天，我有一次在晚上八點走進奧娜的房間，可她不在。但透過拉下的窗簾，可以看見昏暗的橘黃色燈光，因為她的房間沒上鎖，所以我走進去，躺在小地毯上等她。我等了很久，直至走廊裡聽不到男男女女的聲音，夜之聲泛起：胡狼嗥叫，犬吠聲聲，遠處奶牛的哞哞叫喚，灑水車的劈啪水聲，青蛙和蟋蟀的一片合奏。兩隻飛蛾正在燈泡和橘紅色的燈罩之間打鬥，炮彈殼花瓶裡的薊草在地板磚和地毯上投下了細碎的陰影，牆上高更畫的女人，以及奧娜自己用鉛筆畫的裸體素描，突然讓我產生一種朦朧的想法，在我走後，她在黑夜裡赤身裸體躺在這張床上的樣子，不是獨自一人，而是和約阿夫或札迪在一起時的樣子，縱然她在什麼地方有個丈夫，是正規軍軍官。

我躺在小地毯上，撩起她的衣櫃簾，看到潔白的、花麗狐哨的各式內衣，還有件幾近透明的桃紅色睡衣。我仰面躺在小地毯上，手指摸索著去觸摸這件桃紅色的睡衣，另一隻手伸到褲子裡的隆起部位，閉上眼睛，我知道自己應該打住，必須打住，但不是馬上，再等等。最後，就要達到高潮了，我停下來，手指依然在觸摸桃紅色睡衣，手依然摸著褲子裡的隆起部位。這時我睜開眼睛，看到奧娜神不知鬼不覺回來了，站在小地毯邊上看著我，重心放在左腿上，因此她的右半個屁股微微隆起，一隻手放在屁股上，另一隻手輕輕撫摸披髮下的肩膀。她就站在那裡看著我，嘴角掛著熱情頑皮的微笑，轉動著眸子縱聲大笑，彷彿在說我知道，我知道你想當場斃命，我知道如果竊賊站在這裡端著衝鋒槍指向你，你還不至於這麼驚恐，我知道因我之故，你現在痛苦到了極點，但是你幹麼要痛苦呢？看看我，我一點也不震驚，所以你別再痛苦了。

我非常恐懼與無助，閉上眼睛裝睡，因此奧娜也許會想像什麼也沒發生，或如果發生了什麼，那不過是在夢中，倘若是在夢中，我的確會感到負疚與厭惡，但是這種負疚與厭惡遠遠少於在清醒時做此事。

奧娜說：我打攪你了。她說此話時沒有哈哈大笑，可她繼續說，對不起，而後屁股複雜地扭了扭，歡快地說不，她實際上並非真的抱歉，她享受著觀看我時的樂趣，因為我臉上表情痛苦，同時又神采奕奕。她沒有再多說什麼，反倒開始解開裙釦，從頂上到腰間，她站在我面前，因此我可以看見她，繼續看她。但我怎能這樣？我使勁閉上眼睛，繼之張目而視，繼之偷偷看她，她幸福的微笑祈求我不要害怕，這有什麼，很正常，她堅挺的胸脯似乎也在祈求我。繼之，她雙膝跪在地毯上，我的右側，把我放在褲子隆起部位的手拿開，把她的手放在那裡，繼之她的手一張一弛，一陣猛烈的火花猶如密集的隕石雨遍及我的全身，我再次閉上雙眼，但那時已經看見她抬身前傾，繼之她趴在我身上，躬身拉住我的雙手引導它們，摸這兒摸那兒，她的嘴唇觸到我的前額，繼之又觸及我閉緊的雙眼，繼之她把手伸到下邊，讓我整個進入，剎那間，陣陣平緩的雷聲在我體內滾動，繼之便是尖利刺骨的電擊，因為纖維隔板很薄，她不得不使勁用手指壓住我的嘴，當她覺得那一陣已經結束時，便把手指拿開，讓我喘口氣，很快她又得把手指放回去，因為沒有結束。這之後，她哈哈大笑，像撫摸小孩一樣撫摸我，她再次親吻我的前額，我的頭給她的頭髮裹住，我眼中含淚，開始羞怯地親吻她，她的臉龐、頭髮、手背，我想說點什麼，但她不讓，又一次用手堵住我的嘴，直至我放棄了說話的念頭。

過了一兩個小時，她又激起我的欲望，我的肉體再度向她索取，我萬分羞愧難堪，可是她不肯罷手，她對我竊竊私語，彷彿是在微笑，喂，拿好，她小聲說，瞧，真是個小粗人，她的雙腿黝黑發亮，兩條大腿上隱約長著金色茸毛，她又一次用手遏住我急促的叫喊，之後，她拉我站起身，幫我扣上衣釦，從她蒙著細平紋布的陶罐裡給我倒了杯涼水，撫摸我的頭，把它貼到胸前，最後一次吻吻我的鼻尖，把我送進秋日凌晨三點那靜謐的寒徹中。但是，當我第二天趕來說對不起，或祈求奇蹟再度發生時，她說：瞧你這樣子，像白堊一樣蒼白。你來幹什麼，喝杯水吧。她讓我坐在一把椅子上，說些諸如：瞧，沒有傷害，但從現在開始，我希望一切像昨天之前，好嗎？

我難以按照她的意願行事，奧娜一定也感覺到了，於是我們一起邊讀詩，邊聽留聲機播放舒伯特、葛利格和布拉姆斯樂曲的夜晚，一兩次後便無疾而終，只是在我們擦肩而過時，她遠遠地朝我微笑，那微笑中流露出歡樂、自豪與喜愛，不像慈善者朝接受過她施捨的人那樣微笑，而是更像一個藝術家，觀賞自己的作品，縱然她已經在進行另外的創作了，但是仍然對自己的作品心滿意足，想起它仍然很引以為傲，願意再看一遍——拉開距離。

*

從那以後，我很有女人緣，就像我的祖父亞歷山大。縱然多年過去，我又學到了一些本領，偶爾也吃些苦頭，但是我依舊有種感覺——就像在奧娜房間裡度過的那個夜晚——女人擁有獲得歡樂的鑰匙。「她對他施加恩寵」這一習慣語在我看來千真萬確，比別的習慣語更容易擊中要害，女人的恩寵不僅在我心裡喚起欲望與驚嘆，而且喚起一種孩提般的感激，想躬身致敬：我配不上所有這些奇蹟；我會因受點水之恩而心存感激，更不用說這浩瀚的大海了。我總是像門口的乞丐，只有女人有力量選擇是否施予。

也許女性的性也有某種模糊的妒意，一個女人極其富有、溫柔、細膩，猶如琴類樂器有別於鼓；或是具有人之初的記憶回聲：胸脯與刀。我一來到世上，就有一個女人在等我，儘管我惹得她痛苦萬分，而她卻用溫柔相報，把她的胸脯給我；相比之下，男性的性早已握住包皮環切手術刀埋伏在那裡了。

*

那個夜晚，奧娜約三十五歲，比我大一倍。她把絳紫、深紅和蔚藍，還有許許多多珍珠撒滿整條河，而小豬尚不知曉如何對待它們，只是一味抓取、吞噬，不加咀嚼，幾乎噎得透不過氣。幾個月後，她不在基布茲工作了。我不知道她去了哪裡。多年過去後，我聽說她離了婚，又再婚，有一陣子在某家婦女雜誌上撰寫固定專欄。不久以前，在美國，我做完講座，正要去參加一個招待會，奧娜突然穿過正在提問與辯論的擁擠人群，赫然出現在我眼前，轉動的眸子，神采奕奕，只是比我十幾歲時見到她的模樣老了一點，身穿一件繫鈕淺色洋裝，她的眼睛晶瑩閃亮，露出會意、誘人、憐憫的微笑，那個夜晚的微笑，我彷彿被魔咒魅住，一句話沒說完，便穿過人群，把擋道的人統統推開，甚至推開奧娜用輪椅推著的一個神情木然的老太太，奔向她，我抓住她，擁抱她，叫了她兩遍，熱情地親吻她的嘴唇。她和藹地掙脫身子，臉上仍然掛著那表示恩寵、讓我像十幾歲少年一樣臉紅的微笑，她指指輪椅，用英語說：「那才是奧娜，我是她的女兒。令人傷心的是，我母親已無法說話了。她幾乎不認識人了。」

59

母親去世前一星期左右，身體突然大見好轉。新大夫開的新安眠藥一夜之間產生奇效。她晚上吃兩片，七點半鐘便在我床上——那時已經成了她的床，和衣睡去，大約睡了二十個小時，直到第二天下午五點她才起床，洗澡，喝些茶，一定是又吃了一兩片安眠藥，因為她在七點半又睡著了，一直睡到第二天早晨，當父親起床，刮臉，榨了兩杯新鮮橙汁，將其溫熱時，母親也起床了，穿上家常便服，繫上圍裙，梳頭，給我們兩人做了頓真正的早餐，就像她沒生病之前，兩面炸得焦黃的雞蛋，蔬菜沙拉，優酪乳，麵包片，媽媽切的麵包片比爸爸切的薄多了，她含情脈脈稱父親切的麵包片為「木板」。

於是，我們又一次在早上七點，圍坐在鋪著花台布的餐桌旁的柳條凳上，媽媽給我們講故事：在她的故鄉羅夫諾，有個皮貨富商，是溫文爾雅的猶太人，遙遠的巴黎和羅馬都有買主來拜訪他，因為他有一種舉世罕見的銀狐皮，在月夜裡會像嚴霜一樣閃閃發光。有一天，皮貨商發誓不再吃肉，成了素食主義者。他把整個生意，包括所有分店，交給岳父和合夥人掌管。過了一段時間，他在森林裡給自己造了一間小茅屋，住到了那裡，因為他的獵人以他的名義捕殺了數千隻狐狸，他為此感到抱歉。最後，這個人消失了，再也不曾露面。她說，我和姊妹們想嚇唬對方時，慣於摸黑躺在地上，輪流講述以前那個皮貨富商，如今一絲不掛在森林中漫步，也許患了狂犬病，在下層灌木裡發出令人毛骨悚然的狐鳴，倘若有人倒楣，在森林裡碰到狐人，立刻嚇白了頭髮。

我父親對此類故事嗤之以鼻，他做了一個鬼臉，說：

「對不起，那有什麼意義呀！一個諷諭？一種迷信想法？還是某種不著邊際的話？」

但是，看到母親好多了，他非常高興，輕輕地揮揮手：

「沒什麼。」

母親催促我們，以便父親上班不要遲到，我不要誤了上學。在門口，當父親套上他的高筒橡皮套鞋，我穿自己的橡膠靴時，我突然發出令人毛骨悚然的一聲長嗥，嚇得他跳起來，渾身發抖，當緩過勁兒來後，便想要打我，母親出面干預，把我的頭貼在她的胸口，使我們兩人都平靜下來，說，「都是因為我，對不起。」那是她最後一次擁抱我。

我們大約七點半離開家，父親和我沒說一句話，他仍然因為我學狐狸大叫而生我的氣。在家門口，他轉身向左去往塔拉桑塔大樓，我轉身向右去往塔赫凱莫尼學校。

＊

放學回到家裡，看到母親打扮妥當，身穿雙排釦的淺色裙子和海軍藍套衫，很美，像個年輕女孩。她臉色也很好，彷彿幾個月的疾病一下子全然消失。她讓我放下書包，穿上外套，她自己也穿上外套，並給了我一個驚喜：

「我們今天不在家裡吃飯。我決定帶我一生中的兩個男人到飯館吃午飯。你爸爸對此還一無所知呢，我們給他個驚喜好嗎？我們在城裡走走，然後去塔拉桑塔大樓，動手把他拉出來，就像從沾滿灰塵的書堆裡拖出一隻深陷其中的書蟲，然後我們到什麼地方吃飯去，我先不打算告訴你，給你也留點懸念。」

母親在我眼裡成了陌生人。她說話的聲音不同尋常，莊嚴而高亢，宛如在學校上演的劇碼中扮演角色。當她說「我們出去走走」時，聲音中充滿了光明與溫暖，但是說「深陷其中的書蟲」和「沾滿灰塵的書」時，聲音卻有點顫抖，那聲音讓我感到一種模糊的恐懼，但即刻便被驚喜、被母親的快樂、被她回到我們當中的喜悅所帶來的歡快替代。

*

我父母基本上不到外面吃飯，儘管我們經常和他們的朋友在雅法路或喬治五世大道的咖啡館裡會面。

一九五〇年，也許五一年，有一次我們三人在台拉維夫和姨媽們相聚，在最後一天，也就是回耶路撒冷的頭天，父親難得宣布自己那天作東，邀請大家，我母親的兩姊妹和她們令人尊敬的丈夫以及她們的獨生兒子，去沙洛姆阿雷海姆街拐角、本耶胡達街上的哈姆澤格餐館吃飯。他們給我們九人安排了一張桌子，父親坐在上座，我兩個姨媽的中間，又給我們排了座次，三姊妹都沒挨著自己的丈夫坐，我們小孩誰也沒坐在父母當中，彷彿決意徹底洗牌。茨維姨父和布瑪姨父有點疑惑，因為他們不知道他最終要做什麼，他們堅決不肯和他一起喝啤酒，因為他們不習慣喝酒。他們決定不講話，讓父親在舞台上大顯身手。父親顯然覺得，最緊迫最激動人心的話題肯定是在猶太沙漠裡發現的死海古卷。於是乎，他發表了一通詳盡的演說，從上湯到上主食，他一直講述在庫姆蘭附近的山洞裡發現這些古卷意義重大，很可能在沙漠溝壑裡，越來越多埋藏在地下的無價之寶正在等待發掘。終於，坐在茨維和布瑪姨父中間的母親溫柔地說：

「也許這次就說到這兒吧，阿里耶？」

父親懂了，就此打住，大家開始各談各的，直到吃完晚飯。表哥伊戈爾問他能否帶表弟埃弗萊姆去附近的海灘。幾分鐘後，我也不想再待在大人堆裡了，離開哈姆澤格餐館，往海灘去了。

*

但是，誰想得到母親竟突然決定帶我們出去吃午飯？我們已經習慣看她夜以繼日地坐在窗前，一動也不動。就在幾天前，我把床讓給她，逃避她的默默無語，和父親睡到雙人床上。她身穿海軍藍套頭衫和淺色裙子，後帶接縫的尼龍長襪，高跟鞋，顯得既漂亮又文雅，陌生男人轉過身來直看她。走路時，她一隻胳膊掛著雨衣，另一隻胳膊攬著我：

「你今天做我的卡瓦賴爾。」

她好像繼承了父親平時所承擔的角色，補充說：

「卡瓦賴爾就是騎士，卡瓦在法文中是馬的意思，卡瓦賴爾指騎馬人或者騎士。」

接著又說：

「有許多女人對專橫跋扈的男人感興趣，猶如飛蛾撲火；也有一些女人，她們需要的不是英雄，甚至不需要性格暴躁的戀人，而是需要一個朋友。你長大後要記住：遠離酷愛暴戾人士的女人，努力尋找把男人當作朋友的人，她們需要朋友不是因為自己覺得空虛，而是願意讓你充實。記住，女人和男人之間的友誼比愛情更為寶貴珍奇，與友情相比，愛情確實相當粗俗，甚至拙劣。友情也包括適度的感受、關心體貼、慷慨大方，以及精心調試出的適度。」

「好。」我說，因為我不想讓她再說與我無關的東西，想讓她說點別的。我們幾個星期沒說話了，浪費了只有我倆一起的走路時間豈不可惜。當我們快到城市中心時，她再次挽住我的胳膊，笑了一下，突然問道：

「你會對一個小弟弟或小妹妹說什麼？」

沒等我回答，她又傷心地調侃，或者說不是調侃，而是把傷心隱藏在微笑裡，我雖然看不到，但從她說的話裡可以聽出來：

「有朝一日，當你結婚，有了自己的家，我非常希望你不要以我和你父親作為婚姻生活的榜樣。」

這些話，不是我根據記憶而進行的再創造，如同我前面寫她講愛情與友情那樣（十來個句子之前），因為，不要以我父母的婚姻為榜樣這一請求，我確實字字句句記得清清楚楚。我還清楚記得她微笑說話時的聲音。我們在喬治五世大道，母親和我，手挽著手經過塔里塔庫米大樓，在去往塔拉桑塔大樓的路上，要把上班的父親叫出來。時間是下午一點半，一陣冷風夾雜著抽人的雨點從西面襲來。它非常強勁，行人不得不收起傘，免得把傘吹得翻轉過來。我們甚至都沒有打開雨傘。我和媽媽手挽著手在雨中行走，走過當時是議會臨時辦公場所的塔里塔庫米大樓，而後經過哈馬阿洛特大廈。那是一九五二年一月的第一週。在她去世前五天，或者四天。

*

雨越下越大時，媽媽聲音裡仍舊帶著近乎調侃的口氣：

「我們到咖啡館喝點咖啡吧？我們的爸爸又跑不了。」

我們在一家德裔猶太人開的咖啡館裡坐了約莫半個小時，等雨停下來。咖啡館坐落在熱哈威亞入口，在JNF街，對面是猶太人辦事處大樓，總理辦公室那時也在那裡。與此同時，媽媽從手提包裡拿出一個小粉餅盒，一把梳子，梳頭補妝。我的感情頗為複雜：為她的容顏自豪，為她身體好轉快樂，並且有責任保護她免遭某種陰影的傷害，我只是透過猜測知道存在著陰影。實際上，我不是猜測，而只是似是而非，在我皮膚上感受到些微莫名其妙的不安。孩子有時就是這樣，捕捉到，又沒有真正捕捉到，他無法理解的東西，意識到這種東西，莫名其妙地感到驚恐：

「妳沒事吧，媽媽？」

她自己點了味道濃烈的黑咖啡，給我點了牛奶咖啡——縱然從來都不許我喝咖啡，說是兒童與青少年不宜——還給我點了巧克力冰淇淋，縱然我們都清楚地知道冰淇淋會讓我喉嚨痛，尤其是在寒冷的冬日，而且就要吃午飯了。責任感驅使我只吃了兩三勺冰淇淋，便問媽媽她坐在這裡冷不冷，她覺不覺得累，或者是頭暈。畢竟，她大病初癒。媽媽，妳上廁所時小心點，那裡黑，有兩級台階。驕傲、熱誠與理解充盈了我的心房，彷彿只要我們兩人坐在羅什熱哈威亞咖啡館，她的角色就是一個無助的小女孩，需要一位慷慨幫助的朋友，而我則是她的騎士，或者也許是她的父親：

「妳沒事吧，媽媽？」

*

我們來到塔拉桑塔大樓，獨立戰爭時期，通往守望山校園的公路遭到封鎖，希伯來大學的幾個系重新搬到這裡，我們打聽期刊部在什麼地方，順著樓梯走上二樓（也就是在類似的一個冬日，《我的米海爾》中的漢娜就在這些台階上跌倒，大概扭傷了腳踝，學生米海爾．戈嫩一把抓住了她的手臂，冷不防地說他喜歡「腳踝」一詞。媽媽和我也許與米海爾和漢娜擦肩而過，沒有在意他們。我和母親在塔拉桑塔大樓的冬日，與我開始撰寫《我的米海爾》那個冬日，中間相隔了十三年）。

我們走進期刊部時，迎面看到和藹、善良的主任普費弗曼博士，他從攤在書桌上的一堆報紙裡抬起頭，衝我們微笑，雙手示意讓我們進去。我們也看到了父親，是背影。很長一陣我們才認出他，因為他身穿一件灰色的圖書館管理員工作服，免得讓自己的衣服沾上灰塵。他正站在一個小梯凳上，背對著我們，注意力集中在正從高處架子上拿下來的一大盒卷宗上，翻看後又放回架子上，又把另一個盒子拿下來，接著又是一個，因為他顯然沒有找到所要尋找的東西。

善良的普費弗曼博士始終沒出聲，而是悠然坐在書桌後面的椅子上，和藹地微笑，越來越笑得厲害，樂不可支，兩三個工作人員看到我們，又看到父親的背影，停住手裡的工作傻笑，什麼話也沒說，好像正和普費弗曼博士一起做個小遊戲，滿懷樂趣，好奇地觀望那個人何時終將注意到他的客人，他們正耐心地站在門口，注視著他的背影，漂亮女人把手放在小男孩的肩膀上。

爸爸站在梯凳頂層，朝他部門主管轉過身子說，「對不起，普費弗曼博士，相信有些東西——」他突然注意到主任咧嘴微笑一定很驚愕，因為他無法理解主任為什麼微笑，普費弗曼博士用眼睛引導戴眼鏡的父親把目光從書桌轉向門口。當他看到我們時，我相信他臉色煞白。他把雙手舉著的大盒子原位放回到頂層架子上，小心翼翼走下梯子，環顧四周，看見其他工作人員都在微笑，好像他別無選擇，也想起了微笑，便對我們說：「真想不到！真想不到！」他輕聲詢問，一切是否都好，是否出了什麼事。

他面部表情僵硬，焦慮不安，就像一個小男孩正在聚會上和班裡的孩子們玩接吻遊戲，抬頭突然看見父母正板著臉站在門口，天曉得他們在那裡站了多久，默默地觀看，天曉得他們看到了什麼。

他先是和顏悅色，用兩隻手把我們趕到門外走廊裡，再回頭對整個部門，尤其是對普費弗曼博士說：「對不起，耽誤幾分鐘。」

但是過了一會兒，他改變主意，不再擠我們出去，而是把我們拉到裡面，拉進主任辦公室，開始引見我們，後來想起了什麼，說：「普費弗曼博士，你已經認識我太太和兒子了。」一邊說邊拉我們轉過身，正式把我們介紹給期刊部的其他工作人員，用的詞語是：「請認識一下。這是我的太太范妮婭，這是兒子艾默思，學生，十二歲半了。」

當我們三人來到走廊時，父親略帶責備，焦慮地問：

「出了什麼事嗎？我父母好吧？妳父母呢？大家都好嗎？」

媽媽讓他冷靜，但是吃館子的想法令他恐懼，畢竟今天又不是什麼人的生日。他躊躇不決，開始說些什麼，又改變主意，片刻過後說：

「當然可以。當然可以。幹麼不。我們去慶賀妳身體康復了，范妮婭，或慶賀不管怎麼說妳身體一下子明顯好轉了，對，我們一定要慶賀。」

然而，他在說話時，臉上掛著憂慮，而不是快樂。但後來，父親突然興高采烈起來，充滿激情，雙手摟住我們的肩膀，向略帶責備神情的博士請假以便早點下班，還向同事說再見，脫下沾滿灰塵的工作服，招待我們把圖書館幾個部門走了一遍，地下室、特藏部，他甚至帶我們看新影印機，解釋怎麼使用，每碰到人，他就自豪地把我們介紹給大家，那激動的神態，就像一個十幾歲的孩子把赫赫有名的父母介紹給學校裡的教員。

*

餐館是個愜意的地方，幾乎沒有顧客，而且是在本-古里昂街和沙梅街或希來里街之間的一條小路上。我們剛到這裡，又開始下雨，爸爸把此當作好兆頭，好像雨一直在等待我們走進餐館，好像上天今日正向我們綻開了笑臉。

他立刻糾正自己：

「我是說，如果我相信徵兆，如果我相信上天關心我們的話，我會這麼講。但是上天冷淡漠然。除人類外，整個宇宙都冷淡漠然。實際上大多數人也冷淡漠然。我相信，在整個現實世界裡，冷淡漠然這一特徵最為突出最為顯著。」

他再次糾正自己：

「不管怎麼樣，當天空如此黑沉沉，大雨滂沱，我豈能說上天正向我們綻開笑臉呢？」

媽媽說：

「不，你們兩個先點，因為今天我請客。若是你們挑選菜單上最貴的菜，我會非常高興。」

但是菜單很簡樸，順應的是那個匱乏嚴酷的年代。爸爸和我點了蔬菜湯、雞肉餅和馬鈴薯泥。我玩弄陰謀，忍住不告訴爸爸，在去塔拉桑塔的路上，媽媽已經允許我平生第一次嘗到咖啡的味道，午飯前還吃了巧克力冰淇淋，儘管是在冬天。

媽媽注視菜單良久，而後把它放在桌面上，直到爸爸再次提醒她，她最終點了一碗白米飯。爸爸和顏悅色，向女服務員表示歉意，不住地解釋，說媽媽尚未完全康復。當我和爸爸津津有味地大吃大嚼時，媽媽勉強小口吃了一點米飯，彷彿正在強迫自己，而後她停下來，點了一杯不加牛奶的濃咖啡。

「妳沒事吧，媽媽？」

女服務生給我媽媽端回一杯不加牛奶的咖啡，給爸爸端來一杯茶，在我面前放了一碗顫動的黃果凍。爸爸立刻焦躁地拿出錢包，但是媽媽堅持自己的權利：請把錢包收回去，今天，你們倆都是我的客人。爸爸先是說了個很是牽強的笑話，說她顯然繼承了一口油井，因此才成為新富，才這麼奢侈，便沒有和她再爭執。我們等候雨停下來。我父親和我面對廚房坐在那裡，媽媽坐在對面，正透過我們的肩膀，看臨街窗外頑固執拗的雨。不記得我們說了什麼，但大概是父親驅除了沉寂。他可能向我們說起基督教會和猶太人的關係，不然就是向我們全面描述歷史上爆發的一場激烈爭端，十八世紀中葉，雅各·埃姆丹拉比與沙巴特·茨維的追隨者，特別被懷疑持沙巴特學說的約拿單·阿伊巴舒茨拉比爭論得不亦樂乎[1]。

在那個陰雨綿綿的午飯時分，除我們外，飯館裡只有兩個上了年紀的女人，她們正在用非常典雅的德語小聲而彬彬有禮地交談。她們長得很像，鐵灰色的頭髮，臉型像鳥，突出的喉結更加強化了這種特徵。上了年紀的一位好像有八十多歲了，我看了她們兩眼，便假定她是另一個人的母親。我認定母女倆都是寡婦，她們相依為命，因為這個廣闊的世界上她們再沒有別的親人。我在意念裡稱她們為格特魯德夫人和馬格達夫人，還試圖想像她們住在整潔乾淨的小房子裡，大概就在城裡的某個地方，大約在艾登酒店的對面。

突然，馬格達夫人——兩人中年紀較輕的一位——抬高聲音，向對面的老太太氣勢洶洶地說了一個德語單詞。她說這個詞時，滿懷怨恨，義憤填膺，像兀鷲猛撲向捕獲物，接著她把杯子扔到牆上。

淚水開始順著鐫刻在我稱之為格特魯德老夫人雙頰上的深深皺紋流淌。她無聲地啜泣，面孔沒有抽搐。她垂著臉哭泣，女服務員彎腰默默地撿起碎玻璃離去。叫喊之後沒說一個字，兩個面對面坐在那裡的女人沒出一聲。她們都形銷骨立，都是一頭鬈曲的灰髮，髮線很高，離額頭很遠，像男人脫髮後的髮際線。年長的寡婦仍然無聲地流淚，臉沒有抽搐，淚水流到她突起的下顎，又滴落到胸脯上，如同山洞裡的鐘乳石。她沒有控制哭泣或擦乾眼淚的企圖，儘管她表情殘酷的女兒默默地遞過一塊熨燙得整整齊齊的白手帕——如果那真是她女兒的話。她把手伸到面前的桌子上，托著那塊熨燙得平平整整的手帕，沒有縮回。整幅畫面凝固了良久，彷彿母女只是某一本沾滿灰塵的相冊裡的一張褪色的深褐色舊照片。我冷不防地問：

「媽媽，妳沒事吧？」

那是因為我媽媽忽略了禮貌規則，稍微歪過凳子，目不轉睛地看著這兩個女人。那一刻，我印象中媽媽再次變得蒼白起來，像她一直在病中那樣。過了一小會兒，她說她非常抱歉，她感覺有點累，想回家躺躺。爸爸點頭稱是，起身問女服務員附近哪裡有電話亭，便去打電話叫計程車。我們離開飯館時，媽媽不得不倚住父親的手臂和肩膀，我幫他們開門，告訴他們小心台階。我們把媽媽安頓在後排座位上，爸爸回飯館付帳，她直挺挺地坐在計程車裡，深褐色的眼睛睜得大大的，太大了。

*

那天晚上，請來了一位新大夫，他走後，爸爸把原來的大夫也請來了。他們兩人沒有異議，兩

1 沙巴特學說是十七世紀歐洲歷史上出現的一次猶太救世運動，被稱作假救世運動。運動領導人沙巴特·茨維最終皈依了伊斯蘭教。拉比猶太教把救世運動看成異端。《塔木德》學者雅各·埃姆丹拉比便反對沙巴特學說，與阿伊巴舒茨拉比爭論得不亦樂乎。

位大夫都建議好好休息。因此爸爸把媽媽安頓到我的床上，那床已經成了她的，給她端來一杯熱呼呼的蜂蜜牛奶，求她就著新開的安眠藥喝幾口，還問她留幾個燈。一刻鐘以後，派我去隔著門縫偵察，我看到她睡著了。她一直睡到第二天早晨，再度醒來時，她幫我和爸爸做各種早上的家務。她給我們煎雞蛋，我布置桌子，爸爸把各種蔬菜切得非常精細，以便做沙拉。就要出門時，爸爸去塔拉桑塔大樓，我去塔赫凱莫尼學校，媽媽突然決定也要出去，和我一起走到學校，因為她的好朋友莉蓮卡，莉莉亞·巴-薩姆哈，住在塔赫凱莫尼附近。

後來，我們發現莉蓮卡不在家，於是她便去看另一個朋友范妮婭·魏茲曼，她在羅夫諾塔勒布特高中與媽媽是同學。將近中午，媽媽從范妮婭·魏茲曼家裡走到海法路中央的埃格德中央車站，登上開往台拉維夫的公車，去探望她的姊妹，或打算在台拉維夫換車到海法和莫茲金區，光顧父母的棚屋。但是，當媽媽抵達台拉維夫中央車站時，她顯然改變了主意，她在一家咖啡館喝黑咖啡，天黑之前趕回了耶路撒冷。

到家後，她抱怨說非常疲倦，又吃了兩三片新安眠藥。也許這次她試著再吃原來的安眠藥。但是那天夜裡她睡不著覺，又犯了偏頭痛，她和衣坐在窗前。凌晨兩點鐘，我母親決定熨些衣物。她打開我房間裡的電燈，現在那個房間成為她的了，她支上燙衣板，灌瓶水灑在衣服上，一連熨了幾個小時，直到天將破曉。當她把衣服熨光後，便從衣櫃裡拿出床單和枕套，把它們又熨了一遍。這些東西熨完後，她甚至連我的床罩也熨了，但是她太累，或者太疲倦，把床罩給燒糊了，焦糊味把父親喚醒，他把我也叫醒，我們兩人驚愕地發現，媽媽把家裡所有的襪子、手帕、餐巾和桌布都熨了一遍。我們衝過去，把燃燒的床罩拿到浴室熄滅，然後把媽媽按在椅子上，跪下來給她脫鞋，爸爸脫一隻，我脫一隻。而後爸爸讓我出去一會兒，在我出門後他和藹地要我把門關上。我關上門，但是這一次，我緊緊貼在門上，因為我想聽聽看。他們用俄語交談了大約半小時，接著爸爸讓我照顧一會兒媽媽，他到藥房買些藥或者糖漿，在藥房打電話給在雅法茨阿哈龍醫院辦公室裡的茨維姨父，還打電話給在台拉維夫札蒙豪夫診所上班的布瑪姨父。打完這些電話後，爸爸媽媽達成協議，她星期四早晨去往台拉維夫的一個姊妹家，休息休息，換換空氣，或者換換環境。她想在那裡待多長時間都行，星期天或甚至星期一上午回來，因為星期一下午，莉莉亞·巴－薩姆哈已經設法在先知街的哈達薩醫院給她預約檢查身體，如果不是因為莉蓮卡阿姨有關係，我們得等上幾個月才能約成。

因為媽媽身體虛弱，訴苦說頭暈，爸爸這次執意不讓她一人前往台拉維夫，而是要陪她一起去，把她送到哈婭姨媽和茨維姨父家裡，他甚至可以在那裡住個一夜，要是他第二天早晨（即星期五）坐頭班車回到耶路撒冷，至少可以上幾個小時的班。他沒有理會媽媽反對他這麼做，沒有必要陪同她去台拉維夫而耽誤一天工作，她自己完全能夠乘坐公車去往台拉維夫，找到姊妹的家，她不會走丟。

但是爸爸不肯聽。這一次他臉色蒼白，固執己見，絕對堅持。我答應他，放學後直接到住在布拉格巷的施羅密特奶奶和亞歷山大爺爺家，解釋出了什麼事，和他們住一夜，等爸爸回來。只是不要讓爺爺奶奶討厭，好好地給他們幫忙，晚飯後收拾桌子，主動倒垃圾。完成作業，不要把作業留到週末。他叫我聰明兒子，大概還叫我小夥子。那時，愛麗絲鳥從外面加入到我們當中，帶著明媚與無憂無慮的歡樂，為我們囀鳴三四遍清晨的貝多芬片斷：「啼－嗒－嘀－嗒－嘀……」鳥兒在驚奇、敬畏、感激、興奮中歌唱，彷彿在這之前黑夜從未結束過，彷彿今天早晨是宇宙中第一個早晨，晨光乃是令人驚嘆的光，從未有這樣的光噴薄而出，穿越無邊無垠的黑暗。

60

我去胡爾達時大約十五歲，那時母親已經去世了兩年半，我是黝黑人群中的一個白臉小丑，魁梧巨人中一個瘦骨嶙峋的年輕人，沉默寡言人中一個喋喋不休的話匣子，農業勞動者中的一個蹩腳詩人。我所有的新同學都擁有健康的頭腦與體魄，只有我，在幾近透明的身子上長著一個富於夢幻的頭腦。更為糟糕的是，有那麼幾次，他們撞見我坐在基布茲偏僻的角落畫水彩畫，或者是躲在赫爾茨之家一樓閱報室後面的自習室裡寫寫塗塗。麥卡錫主義謠言開始傳播，說我和自由黨有些聯繫，我成長在一個修正主義家庭，懷疑我和可恨的蠱惑人心的比金——勞工運動的主要敵人——不清不楚。總之，接受扭曲教育，遺傳基因混亂，不可救藥。

我來胡爾達，實則因為我反叛父親，他的家人也不幫我。我沒有因背叛自由黨而受到表揚，沒有因在愛迪生禮堂聽梅納赫姆·比金演講時不能自控地哈哈大笑而得到讚賞，〈國王的新衣〉裡眾人當中那個勇敢的小男孩，在胡爾達這裡遭到懷疑，認為他被刁滑的裁縫收買了。

我白白地在幹農活時努力表現突出，讀不好書。我白白地努力像烤牛排一樣炙烤自己，像其他人那樣曬得棕紅。在參加時事討論時，我白白地把自己展示成胡爾達最堅定的社會主義者——如果不是整個勞動階級中最堅定的社會主義者的話。什麼也幫不了我，在他們眼裡，我是某種外星人，於是同班同學無情地侵擾我，讓我放棄奇怪的生活方式，變成他們那樣的普通人。有一次，他們派我深夜不拿火把跑步趕到牛棚檢查，回來彙報是否有乳牛發情，需要公牛緊急關照。還有一次，他們讓我值班清洗廁所。還有一次派我到兒童農場為雛鴨鑑定雌雄。我絕對沒有忘記自己來自何方，也不會誤解我身在何處。

至於我，我必恭必敬接受一切，因為我知道，擺脫耶路撒冷並痛苦地渴望再生，這一過程本身理應承擔苦痛。我認為這些日常活動中的惡作劇和屈辱是正義的，這並非因為我受到自卑情結的困擾，而是因為我本來就低人一等。他們，這些經歷塵土與烈日洗禮、身強體壯的男孩，還有那些昂首挺胸的女孩，是大地之鹽，大地的主人，宛如半人半神一樣帥氣，宛如迦南之夜一樣美麗。

除我以外。

人們沒有因為我曬得黝黑而受矇騙，他們一清二楚——我自己也明白——即使我的皮膚最後曬成了深褐色，但內心依然蒼白。儘管我學會了用軟管灌溉草田，開拖拉機，用老式捷克步槍打靶，但我仍未成功地去掉汙點，透過我披在身上的所有偽裝，你仍然可以看到那個軟弱、溫柔、多話的城裡孩子，他富於幻想，編造千奇百怪的各種故事，那些故事從未發生，也不會發生，更不會讓這裡的人感興趣。

然而，在我看來，他們都值得稱道，這些大男孩可站在二十米外用左腳把球踢進，眼睛眨也不眨便把雞脖子擰下來，夜裡闖入店鋪小偷小摸一些供應品，舉行午夜盛宴，那些勇敢的女孩子可以背著三十公斤的背包行軍三十公里，之後仍然留有充足的精力跳舞到深夜，藍裙子急速旋轉，彷彿重力本身滿懷敬意停了下來，而後和我們圍坐在一起，直至天明，頂著滿天星斗，為我們歌唱令人心碎的歌，輪唱兩部、三部，背對著背唱，在唱歌時露出天真無邪的熱情，的確可以讓你神魂顛倒，因為那麼純真，那麼超凡脫俗，猶如合唱中的天使那麼純潔。

*

是啊，確實，我知道自己的位置。不要太自以為是，不要好高騖遠，不要插手註定比你強的人的事。確實，人生來就是平等的，這是基布茲生活的基本原則，但是愛情領域屬於自然界，不屬於主張人人平等的基布茲委員會。愛情領域屬於強勁的雪松，不屬於小草。

然而，俗話說，即使一隻貓也可以看國王。於是我終日看他們，夜晚躺在床上也看他們，當我閉上雙眼時，我從未停止看他們，那些頭髮蓬亂的美人[1]。我尤其想看女孩子。怎麼看呢？目不轉睛，目光火辣。甚至在睡覺時，我瞪大依依不捨的兩隻牛眼無助地看她們。不是因為我懷揣錯誤的希望，我知道她們註定不屬於我。那些男孩是高貴健美的牡鹿，而我則是一條可憐蟲，女孩子們都是儀態優雅的瞪羚，我則是在籬笆後嗥叫的迷途胡狼。在他們當中——如編鐘上的鐘錘——是妮莉。

這些女孩個個像太陽光芒萬丈，個個如此，但是妮莉——始終為抖動的歡樂之環縈繞。當妮莉走在小路上，草坪上，叢林裡，花圃間，總是不住地唱歌，在走路時為自己歌唱。即使走路時沒有唱歌，但樣子也像在歌唱。她怎麼了，有時我在飽經磨難的十六歲少年的心靈深處問自己，她為什麼總是歌唱？這世界究竟好在哪裡？如何「從如此殘酷的命運／從貧窮與憂傷／從陌生的昨天／和無法預見的明天」，一個人竟能汲取如此的「生命樂趣」？她是否聽說「以法蓮山[2]／收到新的年輕受難者／……正像你一樣／我們為民族奉獻生命……」？

這是個奇蹟。它險些將我激怒，又令我為之著迷，像隻螢火蟲。

*

胡爾達基布茲籠罩在黑暗深處。每天夜裡，離基布茲周邊籬笆牆上昏黃的燈光兩公尺遠，便是黑幽幽的深淵。它伸向夜之盡頭，伸向遙遠的星際。在帶刺鐵絲網那邊，蟄居著空曠的田野、廢棄的果園、不見人煙的山巒、在夜風中荒蕪了的種植園、阿拉伯村莊的廢墟——不像今天，你可以看到周圍密密匝匝的一簇簇燈光。在一九五〇年代，胡爾達外的夜晚依然一片空空蕩蕩。在這片太空世界裡，滲透者、阿拉伯突擊隊員躡手躡腳來到黑暗深處。在這片太空世界裡，有山上叢林、橄欖樹園、莊稼田，垂涎三尺的胡狼不斷出沒其中，那瘋狂可怖的嗥叫彌漫在我們的睡眠中，令我們毛骨悚然，直至天明。

即使在護欄內部有人把守的基布茲大院，夜間也沒有多少燈光。無精打采的電燈偶爾拋下一汪微弱的光，接下去便是濃重的黑暗，而後又是一盞燈。裹得嚴嚴實實的夜間警衛在養雞房和牛棚來回巡邏，每隔半個到一個小時，在幼兒區值班的女子放下編織活兒，從托兒所走到兒童之家，再返回來。

我們每天晚上不得不折騰，免得陷入空虛與憂愁中。我們每天晚上聚在一起，做些吵吵鬧鬧、近乎野蠻的事情，直至半夜或更晚，以免黑暗潛入我們的房間，沁入我們的骨髓，熄滅我們的靈魂之光。我們歌唱，叫嚷，大吃大嚼，辯論，宣誓，談論他人長短，嬉戲，所有這一切都是為了驅逐黑暗、沉寂，以及胡狼的嗥叫。在那年月，沒有電視機，沒有錄影機，沒有音響，不能上網，沒有電腦遊戲，甚至沒有迪斯可舞會，沒有酒吧，沒有迪斯可舞曲；只有每週三在赫爾茨之家放映一場電影。

1 出自一首描寫陣亡戰士的歌詞。

2 《聖經》中地名，《舊約·士師記》第四章第五節。

我們每天晚上不得不聚在一起，盡量為自己創造一些光明和樂趣。

我們管基布茲裡上了年紀的人叫老夥伴，儘管許多人只有四十歲，由於過多的職責、義務、失望、集會、委員會、採摘任務、討論、值班、學習日和黨內活動，過多的文化主義和日常生活瑣事的摩擦，許多人的內在生命之光已經熄滅。晚上九點半，或差一刻十點，老兵住區小公寓窗子裡的燈相繼熄滅，明天他們得在早上四點半再次起床，摘水果，擠牛奶，在田野或公共食堂勞作。在那些夜晚，光成了胡爾達寶貴稀有的物品。

妮莉是隻螢火蟲。不只是一隻螢火蟲，而是一具發電機，一整座發電站。

*

妮莉身上散發出大量的生命樂趣。她的歡樂無拘無束，沒有道理，沒有根據，沒有緣由，無需發生什麼事情就能讓她洋溢著歡樂。當然，我有時也看到她剎那間的憂愁，當她覺得有人錯待或傷害了她，不管對錯，都會不加掩飾地哭泣。不然就是看到傷感影片，不顧體面地哭泣，或者是閱讀某頁辛酸小說揮淚不止。但是她的憂愁，總是讓強有力的生命樂趣環繞，如同灼熱的春泉，無論雪與冰都無法將其冷卻，因為其熱量直接源於地核。

這也許是因為受父母影響。她的母親利娃具有音樂天賦，即便周圍沒有音樂；圖書管理員謝夫特爾身穿灰襯衫在基布茲來回行走時會唱歌，他在花園裡幹活時會唱歌，當沉重的口袋壓得他直不起腰板時也在唱歌，當他對你說「會好起來的」，他始終相信這是真的，沒有絲毫懷疑，沒有任何異議：不要著急，很快就會好的。

身為基布茲一個十五、六歲的寄宿生，我用人們觀看滿月的方式來觀看洋溢在妮莉身上的歡樂，遠遠的，不可企及，然而令人著迷而欣喜。

當然，只是遠遠地拉開距離，因為我不配。如此光彩奪目的光，我這樣的人只能觀看。在讀書的最後兩年和服兵役期間，我有個女朋友，不是胡爾達人，而妮莉擁有一大串光彩照人氣宇軒昂的追求者，環繞在這群追求者周圍的是第二圈暈暈陶陶、如醉如痴的追隨者，接著是第三圈膽怯、謙卑的信徒，第四圈站在遠處的崇拜者，第五、六圈裡包括我，一棵小草，偶爾一束奢侈的光不經意地觸摸它，想像不到那轉瞬即逝的觸摸會是什麼。

*

當人們發現我在胡爾達文化之家蹩腳的後屋寫詩時，大家終於清楚我是無可救藥了。然而，為了盡力使壞事變成好事，他們決定給我分派任務，為不同場合創作合適的韻文，慶典、家庭慶祝活動、婚宴節慶，還有，如果需要，也包括葬禮禱文，還有紀念冊中的詩行。至於我寫的那些情真意切的詩歌，則讓我設法藏匿起來（深深藏進舊墊子的稻草中），但有時我控制不住自己，我把它們拿給妮莉看。

為什麼在所有人中只給她看？

也許，我需要檢查一下，我那些描寫黑暗的詩歌暴露在光天化日之下時如何化為烏有，如果倖存下來情形又會如何。直至今日，妮莉是我第一個讀者。當她發現草稿中有不當之處，就說，這樣不行，把它刪掉，坐下來重寫。不然就是：我們以前聽過了，你已經在什麼地方寫過了，不需要重複自己。但是當她覺得什麼東西寫得好時，就會從書稿中抬起頭，以別樣的目光看著我，於是房間變得寬敞起來。當遇到悲慨之事，她就說，這部分內容讓我落淚。要是讀到滑稽可笑的東西，她便放聲大笑。她之後，我的兩個女兒和兒子都會讀，他們都目光敏銳，聽覺靈敏。而後幾位朋友會讀，再而後是讀者，最後是文學專家、學者、批評家以及行刑隊。可那時已經找不到我了。

*

在那些年，妮莉和大地主人出入，我沒有奢求。如果公主在一群群追求者的簇擁之下，經過農奴寒舍，他頂多抬眼看她一下，為她的時運讚嘆、祈禱。因此，當有朝一日，太陽突然把月亮的陰暗面照亮，在胡爾達，甚至在周圍村莊裡引起了轟動。那天，在胡爾達，奶牛下蛋，母羊奶子流出美酒，桉樹掛著蜜和奶搖擺，北極熊出現在羊圈後，日本皇帝在洗衣房旁遊蕩，朗誦A・D・戈登的作品，高山美酒流淌，峻嶺逐漸融化，太陽連續七十七個小時停在柏樹上，不肯下落。我去了空無一人的男孩浴室，把自己鎖在裡面，站在鏡子面前，大聲詢問，鏡子啊鏡子，你告訴我，怎麼會有這樣的事？我究竟做了什麼，竟蒙如此報償？

61

我媽去世時三十八歲。按我現在的年齡，可以做她的父親。

在她的葬禮之後，爸爸和我在家裡待了幾天。他沒有上班，我沒有上學。家裡的房門整天敞著，我們接待了一批又一批的鄰居、熟人和親戚。好心的鄰居主動詢問客人是否有足夠的飲料、咖啡、蛋糕和茶，時不時邀請我到他們家裡待上一會兒，吃頓熱呼呼的飯菜。我彬彬有禮，小口小口抿著一勺勺湯，吃下半塊炸肉餅，而後急急忙忙跑到父親身邊。我不願意讓他孤零零地待在那裡。然而他並不孤單，從早晨到晚上十點或十點半，我們的小房子裡擠滿了安慰者。鄰居們湊集一些椅子，靠著書房的牆壁圍坐成一圈。我父母的床上整天堆著不認識的外衣。

應爸爸請求，爺爺奶奶多數時間要待在另一個房間，因為爸爸覺得他們的出現加重了他的負擔。亞歷山大爺爺會冷不防像俄國人那樣放聲大哭，還不時打嗝，而施羅密特奶奶總是不住地穿梭於客人和廚房之間，幾乎強行奪走他們手中的茶杯和蛋糕碟，用洗滌劑小心翼翼地清洗，用清水好好沖刷，擦乾，放回到客人待的房間。用畢而沒有立即清洗的茶勺在奶奶眼裡都是可導致災難的危險力量。

於是，爺爺奶奶坐在另一個房間，那裡的客人已經與我和爸爸坐過，然而覺得多待一會兒比較合適。亞歷山大爺爺一向疼愛自己的兒媳，一向為她愁眉不展而憂心忡忡，在房間裡來回走動，帶著某種強烈的嘲諷，搖搖腦袋，偶爾大哭起來：

「怎麼會這樣！怎麼會這樣！這麼美麗！這麼年輕！這麼聰穎！才華橫溢！怎麼會這樣！告訴

我怎麼會這樣！」

他站在屋子的一角，背對著大家，大聲抽噎，好像在打嗝，雙肩劇烈地抖動。

奶奶指責他說：

「祖西亞，請別那樣，夠了。你如果這樣，羅尼亞和孩子受不了，打住！控制一下自己！真的！跟羅尼亞和孩子學學怎麼做！真的！」

爺爺立刻聽從了她的建議，坐在那裡，雙手抱頭。但是一刻鐘以後，又是一陣無助的咆哮從心頭湧起：

「這麼年輕！這麼美麗！像個天使！這麼年輕！這麼有才華！怎麼會這樣！告訴我怎麼會這樣？」

＊

媽媽的朋友們來了，莉莉亞．巴-薩姆哈、魯謝莉．恩格爾、伊斯塔卡．韋納、范妮婭．魏茲曼和另外一兩個女人，塔勒布特高等中學的同年夥伴。她們呷著熱茶，談論她們的學校。她們緬懷我媽媽少女時的樣子，緬懷她們的校長伊撒哈爾．萊斯，每個女孩都在暗地裡鍾情他，而他的婚姻很不成功。她們也談論其他老師。後來莉蓮卡阿姨考慮再三，體諒地問爸爸，她們這樣說話，回憶，講故事，他是否介意，也許談點別的對他來說會好一些？

但是，我爸爸終日委靡不振，鬍子拉渣，坐在媽媽度過無眠之夜的那把椅子裡，只是漠然地點點頭，示意她們說下去。

莉莉亞阿姨，莉莉亞．巴-薩姆哈博士，執意要和我談心，然而我試圖禮貌地逃避。因為爺爺奶奶和爸爸家族裡的另一些人占據了另一個房間，廚房裡淨是好心的鄰居，施羅密特奶奶不斷來回走動，擦洗碗碟和茶勺，莉莉亞阿姨拉著我的手走進浴室，把浴室的門反鎖上。和這個女人在反鎖上的浴室裡靠得這麼近，感覺怪怪的，令人反感。但是莉莉亞阿姨衝我滿臉堆笑，坐在馬桶蓋上，把我按坐在她對面的浴缸邊上。她默默地看了我一兩分鐘，充滿同情，淚水湧上眼眶，而後她開始說話，講的不是我媽，也不是羅夫諾的學校，而是講述藝術的偉大力量，以及藝術與內在心靈生活的關係。她所說的話令我退縮。

而後，她換了一副腔調，向我講起我的新責任，一個成年人的責任，從今以後要照顧爸爸，給他黑暗的生活帶來某種光明，至少給他一些樂趣，比如說，尤其要好好讀書。而後，她繼續談論我的感受，她得知道，我聽到出事時是怎麼想的。那一刻我有何種感受，我現在有何種感受，跟我說說。她開始羅列各式各樣的情感名稱，好像讓我做選擇，抑或勾掉不適用的詞語。傷心？害怕？焦慮？渴望？大概有點生氣？吃驚？負疚？因為你也許聽說過或者讀到過，在這種情況下有時會產生負疚感？沒有？有沒有懷疑的感受？痛苦？還是拒絕接受新的現實？

我得體地表示歉意，起身要走。那一刻我很怕她鎖門時把鑰匙藏在衣兜裡，只在我回答了全部問題之後，才會讓我出去。但是鑰匙就插在鑰匙孔裡。我走出浴室時，聽到她在我身後關切地說：「也許跟你做這番談話有些太早了。記住，你一旦認為自己準備好了，就一刻也不要猶豫，來跟我說。我相信，范妮婭，你可憐的媽媽，非常想讓你我之間繼續保持深深的聯繫。」

我——逃之夭夭。

*

耶路撒冷三、四個著名的自由黨人士和我爸爸坐在一起，他們攜同夫人預先在咖啡館會面，一起來到這裡，像一個小型代表團，向我們表達哀悼之情。他們事先約定好，試圖用談論政治來轉移父親的注意力，當時議會正要就本-古里昂總理與西德總理艾德諾簽署的賠償協定展開辯論，自由黨把協定當成令國家蒙受恥辱的惡劣行為，是對紀念遭納粹殘害的犧牲者這一舉動的玷汙，是年輕國家在良心深處無法驅除的汙點。我們的一些安慰者認為，我們有責任不惜任何代價摧毀這一協議，甚至不惜流血。

我爸爸幾乎無法加入談話，只是點幾次頭，但我卻鼓起勇氣，向這些耶路撒冷的顯赫人物說了幾句話，以此祛除浴室談話之後產生的痛苦。莉莉亞阿姨的話讓我覺得非常刺耳，猶如用粉筆在黑板上寫字。在接下來的幾年間，每當我想起浴室裡的那次談話，臉就會不由自主地抽搐。直到今天，當我想起它時，那滋味就像咬到了爛水果。

而後，自由黨領袖懷著對賠償協定的義憤，到另一個房間去向亞歷山大爺爺表示慰問。我跟著他們過去，因為我想繼續參加討論突然而巧妙的行動計畫，旨在挫敗與屠殺我們的劊子手們簽訂什麼討厭的協定，最終推翻本-古里昂的紅色政權。我之所以陪伴他們，還有另一個原因：莉莉亞阿姨已經從浴室趕到此處，指導我爸爸吃下她帶來的療效甚佳的鎮靜藥，那對他有好處。爸爸拉長著臉拒絕了。這次他甚至忘記要向她致謝。

＊

托倫夫婦來了，倫伯格夫婦、羅森多夫夫婦和巴爾-伊茲哈爾夫婦，以及兒童王國的格茨爾和伊莎貝拉·納哈里埃里來了，還有凱里姆亞伯拉罕區的其他老熟人和鄰居們也來了，警察局長杜戴克伯伯和他那可人的太太托西雅來了，普費弗曼與期刊部的工作人員、國立圖書館所有部門的圖書管理員來了。斯塔施克和瑪拉．魯德尼基來了，還有各類學者、書商，以及父親在台拉維夫的出版商約書亞．查齊克，甚至爸爸的伯父克勞斯納教授，也在某天晚上光臨，非常苦惱動容，他默默地把一個老年人的淚水灑在爸爸肩頭，悄聲說些正式的悼詞。我們在咖啡館裡的熟人們來了，還有耶路撒冷的作家們，耶胡達．亞阿里、施拉格．卡達里、多夫．吉姆西，還有伊札克．申哈爾、赫爾金教授和夫人、伊斯蘭教史專家本內特教授，以及研究猶太人在基督教西班牙歷史的專家伊札克（弗里茲）．貝爾教授。正在大學天空中冉冉升起的新星，三、四位年輕講師也來了。我在塔赫凱莫尼學校的兩個老師來了，還有我的同學，以及克洛赫瑪爾夫婦，托西雅和古斯塔夫．克洛赫瑪爾，修理破玩具與娃娃的人，他們的小店被重新命名為娃娃醫院。潔爾塔和雅可夫－大衛．阿布拉姆斯基來了，他們的長子約納坦在獨立戰爭結束之際死於約旦狙擊手的槍彈之下。幾年前一個安息日的早晨，約尼正在院子裡玩耍，狙擊手的子彈打中了他的腦門，那時他的父母正和我們一起喝茶吃蛋糕。救護車在我們的街道上呼嘯奔馳，前去把他救起，幾分鐘後又開回來，響起淒厲的笛聲駛往醫院，當媽媽聽到救護車的笛聲，她說，我們花時間制定計畫，然而有人躲在暗處嘲笑我們，嘲笑我們的計畫。潔爾塔．阿布拉姆斯基說，正確，生活就是那樣，然而人們永遠制定計畫，否則將無限絕望。十分鐘後，一個鄰居趕來，輕輕把阿布拉姆斯基夫婦叫到院子裡，只輕描淡寫地告訴他們一些情況，他們急忙隨他而去，潔爾塔阿姨把裝有錢包和報紙的手提包忘了。第二天我們去看望他們，並表示哀悼，爸爸擁抱過她和阿布拉姆斯基先生後，默默地把手提包遞給她。現在他們淚流滿面，擁抱我和爸爸，但是他們沒給我們帶手提包。

爸爸忍住淚水。無論如何，他不能當著我的面流淚。他終日坐在媽媽的舊椅子上，臉一天比一天陰暗，自從守喪期的第一天起，他就沒有刮臉，點頭迎接客人，等客人走時又點頭與之告別。那些天，他幾乎不說話，彷彿媽媽的死治療了他打破沉寂的積習。現在他一連幾天默默地坐著，任他人說話，談論我媽媽，談論書和書評，談論政治轉折。我試圖坐在他的對面，目光幾乎終日不離開他。每當我從他椅子旁邊經過時，他疲憊地拍拍我的胳膊或後背，除此之外，我們誰也不跟誰說話。

*

守喪期間及其後，媽媽的父母和姊妹沒來耶路撒冷，他們坐在台拉維夫哈婭姨媽家裡，單獨守喪，因為他們把災難歸咎於我的父親，無法忍受看到他的面孔。我聽說甚至在葬禮上，爸爸和他父母一起走，媽媽的姊妹和她們的父母一起走，兩大陣營沒說一句話。

我沒有參加媽媽的葬禮。莉莉亞阿姨，莉亞・卡利什-巴-薩姆哈，被視為研究一般情感、尤以研究兒童教育見長的專家，害怕埋葬會對兒童心理產生不利影響。從那以後，穆斯曼家族的人們從未光顧過我們在耶路撒冷的家，父親這邊也沒有去看過他們，或是建立任何聯繫，因為穆斯曼家族的懷疑令父親受到了嚴重傷害。在那些年，我成了中間人。第一個星期，我甚至就如何處理媽媽私人物品一事拐彎抹角在中間傳話，還有幾次，我轉交她的私人物品。在接下去的幾年，姨媽們經常小心盤問家裡的日常生活情形，爸爸和爺爺奶奶的健康狀況，爸爸的新太太，乃至我們的物質生活狀況，但是她們執意讓我長話短說：我沒興趣聽。或者：夠了，我們聽得已經夠多了。

父親一方有時也做一兩個暗示，詢問姨媽，她們的家人，或者莫茲金區的外公外婆，但我開始回答兩分鐘後，他的臉色蠟黃，十分痛苦，示意我就此打住，不要再繼續詳述了。當奶奶施羅密特在一九五八年去世時，姨媽和外公外婆讓我轉達對亞歷山大爺爺的慰問，穆斯曼家族認為爺爺是整個克勞斯納家族唯一心地善良的人。十五年後，當我把外公去世的消息告訴亞歷山大爺爺時，他握緊雙手，接著雙手堵住耳朵，提高聲音，與其說傷心，不如說憤怒，說：「上帝啊！他還年輕著呢！一個心地單純的人，但是很有情趣！深沉！你呢，告訴那邊所有的人，我的心為他哭泣！請你一定要這樣告訴他們：亞歷山大‧克勞斯納的心在為親愛的赫爾茨‧穆斯曼先生的早逝而哭泣！」

*

甚至在悲悼時期結束，房子終於清靜下來，爸爸和我把門關上，只剩下他和我兩人時，我們之間也幾乎沒話可說，除了某些最為基本的事情：廚房門卡住了，今天沒有郵件，可以用浴室了，但沒有手紙了。我們也避免目光接觸，彷彿我們都為做過的事情而慚愧：如果不那樣，情形可能會好得多，如果我們能默默地慚愧，同伴對你一無所知，你對他也一無所知，至少會好一些。

我們從來沒有談起媽媽。隻字未提，也沒有談起自己，更沒有談起絲毫與感情有關的任何事情。我們談論冷戰，我們談論阿布杜拉國王遭到暗殺、第二輪戰爭的威脅。父親向我解釋象徵、寓言、寓意的區別，英雄傳奇與神話傳說的區別。他也向我清晰而準確地講述了自由主義與社會民主的區別。每天早晨，即使在這些灰暗、陰沉、迷濛的一月早晨，伴隨著第一縷晨光，外面濕漉漉光禿禿的樹枝枝頭傳來呆鳥愛麗絲可憐的歌吟：「嘀—嗒—嘀—嗒—嘀—」，但是，這個嚴冬，它沒有像在夏季那樣把該旋律重複三四次，而是只叫一次，便默然無語。直至如今，直至我寫下這些文字之前，我幾乎就沒有談起過我的母親，沒和爸爸談起，沒和夫人談起，沒和子女談起，沒和任何人談起。爸爸死後，我幾乎也沒有談起他。彷彿我是棄嬰。

*

災難過後幾星期，家裡亂得一塌糊塗。我和父親誰也不收拾鋪著油布的廚房餐桌上的殘羹剩飯，我們把碗碟泡在洗滌槽的汙水裡，碰都不碰，直到連一個乾淨的都沒了，我們才從裡面掏出幾個盤子，幾把刀叉，在水管沖洗乾淨，用完後放回已經開始發臭的一堆餐具上。垃圾箱塞滿，味道難聞，因為我們誰都不願倒垃圾。我們把衣服就近扔到椅子上，如果要用椅子，我們就乾脆把椅子上的東西統統扔到地上，地上早已堆積著許多書、紙張、果皮、髒手帕和發黃的報紙。地板四周蒙上了一圈圈灰塵。即使廁所堵住了，我們誰也不願盡舉手之勞。一堆堆汙垢從浴室流到走廊裡，與亂七八糟的空瓶子、卡片盒、舊信封和包裝紙混在一起（在《費瑪》一書中，我多多少少這樣描述過費瑪的房間）。

然而，透過這層混亂，一種深深的相互體諒之情彌漫著我們冷清的家。父親終於不再堅持給我規定作息時間，讓我自己決定何時熄燈。而我呢，從學校回到空無一人、乞人照管的房子，自己給自己簡單弄點吃的：煮雞蛋、乳酪、麵包、蔬菜，還有什麼沙丁魚或金槍魚罐頭。我還給爸爸切兩片麵包，裡面夾進雞蛋和番茄，儘管他一般在塔拉桑塔的食堂早就吃過了。

儘管沉默與慚愧，但父親和我那時很親近，正如去年冬天，一年零一個月之前，母親的身體狀況急遽惡化，我和父親猶如一對擔架手，抬著傷患攀上陡坡。

這一次我們相互扶持。

整整一個冬天，我們也沒有開窗。好像我們怕失去房間裡特別的氣味，彷彿我們為彼此的氣味感到舒適，即使氣味變得非常濃烈。父親一雙眼睛下面出現了半月形黑色暈圈，像媽媽失眠時那樣。我會在夜間醒來，恐慌難抑，窺視他的房間，看看他是否像她那樣坐著，憂愁地凝視著窗子。但是父親沒有憑窗而坐凝視烏雲或明月，他給自己買了台飛利浦小型收音機，帶有綠燈，他把收音機放在床頭，躺在黑暗中收聽各種廣播。半夜，以色列之音停止播音，收音機裡發出單調的嗡嗡聲響，他伸手調到了倫敦 BBC 世界服務節目。

*

一天傍晚，施羅密特奶奶不期而至，帶來了特意為我們做的兩盤吃的。我一開門，迎面所看到的一切，或撲入鼻孔的惡臭，令她驚駭不已。她幾乎沒說一句話，轉身逃命。但是第二天早晨七點鐘，她又返回，這次帶著兩個清潔女工，大量清潔物品和消毒劑。她把作戰指揮部設在院裡的一條長椅上，對著屋門，從那裡指揮大掃除行動，一連持續三天。

就這樣，家裡變得井然有序，父親和我再也不對家務活不聞不問了。雇了一個清潔工，每週來上兩次。房子整個通風，打掃得乾乾淨淨，又過了兩個月，我們甚至決定重新裝修。

但是，從那混亂的幾星期起，我患上了某種潔癖，使我周圍的生命境遇悲慘。任何沒有放好的一張紙片，沒有摺好的報紙，或者沒有清洗的茶杯，均會令我心神不寧，即便不是神志不清。直至今天，我像某種祕密警察，或者像《科學怪人》中的怪物，或者像奶奶施羅密特那樣耽於整潔，每隔幾個小時就擦一遍房間，無情地將那些不幸出現在表面的可憐物品流放到西伯利亞深處，不然就是把某人因打電話留在桌上的書信或散頁印刷品藏到被上帝遺棄的抽屜裡，某位可憐的受難者把一杯咖啡放在那裡晾涼，而我卻把它倒掉，沖洗杯子，面朝下放進洗碟機，殘忍地收起鑰匙、眼鏡、便條、藥品、某人稍不留神沒有看住的蛋糕，所有的東西都落入這個貪婪妖魔的血盆大口，於是乎，亂七八糟的房子有點整齊了。因此這個家不會有很多痕跡，令人想起那時我和父親的住處，我們達成一種默契，我們應該坐在爐灰中，用瓦片刮身體，只要她知道[1]。

*

後來有天，父親狂暴地襲擊了媽媽的抽屜，以及兩人衣櫃中媽媽的那一邊，在他的憤怒中，只有幾件物品倖存下來，她姊妹和父母透過我要這些東西留作紀念，事實上，它們被放在薄紙板箱裡，用繩子捆得結結實實，在我某次去台拉維夫時帶去。其他所有東西，衣服、裙子、鞋、內衣、筆記本、長筒襪、頭巾、圍巾，甚至裝滿她童年時代照片的信封，都被他塞進從國立圖書館拿回來的防水袋裡。我像隻小狗，跟著他從一個房間到另一個房間，看他瘋狂地行動，我既不幫忙，也不阻止。看爸爸怒不可遏地拉開她床頭櫃的抽屜，把所有的東西，廉價珠寶、筆記本、藥片盒、一本書、一塊手帕、一副眼罩和一些零用錢統統倒進一個袋子裡。我一句話也沒說。還有媽媽的粉餅、梳子、衛生用品和牙刷，一切。我站在那裡，目瞪口呆，斜倚住門框，看爸爸一把扯下她掛在浴室的藍圍裙，嗤啦一聲，塞進一個口袋裡。也許當猶太鄰居被強行帶走塞進悶罐車裡時，篤信基督教的鄰居就這樣站在那裡觀望，目瞪口呆，因為情緒激動，不知道心中想些什麼。他把這些袋子送到哪裡去，是捐獻給臨時難民營裡的窮人，還是捐給那年冬天遭受水災的受難者，他從未跟我說過。傍晚，她的任何痕跡都不見了。只是在一年以後，爸爸的新夫人住進來時，出現了六支樸素的髮夾，這包髮夾，不知何故設法在床頭櫃和衣櫥間的狹小縫隙裡生存下來，並藏匿一年。爸爸噘起嘴唇，把它也扔了。

*

清潔工來了幾個星期之後，房子整理得乾乾淨淨，爸爸和我逐漸每天晚上在廚房舉行日常工作會議。我開始簡要地告訴他我在學校裡的一天，他對我說那天站在書架當中和戈伊坦教授或羅滕斯特萊恩進行的有趣談話。我們就政治形勢、比金和本-古里昂或是穆罕默德・納吉布將軍在埃及發動的軍事政變交換意見。我們又在廚房掛起了卡片，寫下——現在筆跡已經不相似了——需要在食品雜貨店或蔬菜水果店買些什麼，我們都得在星期一下午理髮，或者是給莉蓮卡阿姨買小禮物祝賀她獲得了新文憑，或者給奶奶施羅密特買小禮物祝賀她過生日，真實年齡一向是牢牢保守的祕密。

幾個月之後，爸爸重新恢復了擦鞋習慣，直至皮鞋在電燈光的照射下閃閃發光，而且晚上七點鐘刮臉，穿上漿過的襯衫，繫上絲綢領帶，把頭髮潤濕後向後梳，噴灑鬍後水，出去「和朋友們聊天」或「討論工作」。

我孤零零一個人待在家裡，讀書，耽於夢幻，寫作，塗掉，再寫。不然我就出去，在乾河床裡來回遊蕩，摸黑檢查把耶路撒冷一分為二的以約停火線沿線無人區和雷區周圍的隔離牆。當我在黑暗中行走時，我低聲哼唱，嘀—嗒—嘀—嗒—嘀。我不再渴望「去死，或征服高山」。我想讓一切都停止，或者至少，我想永遠離開家，離開耶路撒冷，到一個基布茲生活，把所有書籍和情感都甩在腦後，過簡樸的鄉村生活，過與大家情同手足的體力勞動者生活。

1 出自《舊約・約伯記》第二章第八節。

62

一九五二年一月六日，週六和週日之交的夜晚，母親在台拉維夫本耶胡達街她姊姊家中結束了自己的生命。當時，全國正就以色列針對納粹時期遇難猶太人財產損失是否應該索賠或接受德國賠償爭論。一些人贊同大衛．本-古里昂，不允許殺人犯繼承掠去的猶太人財產，當然要以貨幣方式全部歸還以色列，幫助接納大屠殺倖存者。另一批人，以反對黨領袖比金為首，痛苦並憤怒地宣稱，受難者唯一的國家廉價地向德國出售赦免券，以換取帶有血腥氣的金錢，是一種不道德的行徑，玷汙了死者人格。

一九五一到五二年的冬天，整個以色列暴雨滂沱，幾乎不見停歇。阿亞龍河、穆斯拉拉河谷，水流潰堤，淹沒了台拉維夫的蒙蒂菲奧里地區，並有亦將淹沒其他地區的危險。滔滔洪水給臨時難民營造成了極大破壞，帳篷、瓦楞鐵或帆布棚屋裡擠滿了從阿拉伯國家逃來的一無所有的猶太難民，還有逃脫希特勒魔爪從東歐、巴爾幹來的猶太難民。有些難民營已經遭洪水阻隔，瀕臨飢餓與瘟疫的危險。以色列國家還不到四歲，只有一百萬多一點的人居住其中，其中三分之一是身無分文的難民。以色列由於在防衛中付出了沉重代價，加上接納難民，還由於官僚政治惡性膨脹，管理體制笨拙，因此國庫空虛，教育、健康和福利服務瀕臨崩潰邊緣。那星期初，財政部長大衛．霍洛維茨肩負緊急使命飛往美國，希望一兩天之內得到一千萬美金的短期貸款以戰勝災難。父親從台拉維夫回來後，和我討論了所有問題。他星期四把母親送到哈婭姨媽和茨維姨父家，在那裡過了一夜，星期五回來後，從施羅密特奶奶和亞歷山大爺爺那裡得知，我可能感冒了，但堅持爬起來上學。奶奶建議我們留在那裡，和他們一起過安息日，她認為我們看上去都染上了某種病毒。但是我們想要回家。從爺爺奶奶家回去的路上，走到了布拉格巷，父親決定真誠地，如成年人對成年人那樣地向我彙報說，一到哈婭阿姨家，母親的精神狀態立即好轉，星期四晚上他們四人一起到迪贊高夫街和亞波亭斯基街交界處的一個小咖啡館，離哈婭和茨維的家只有幾步路。他們只打算待一會兒，可一直在那裡坐到打烊。茨維詳細敘述各式各樣生動有趣的醫院生活，媽媽臉色見好，加入談話，那天夜裡，她睡了幾個小時，然而到後半夜，她顯然醒來，坐到廚房裡，以免打攪大家。早晨，當父親和她告別回耶路撒冷去上幾小時的班時，母親許諾，沒必要為她擔心，最壞的時候已經過去，要他好好照顧孩子，昨天他們來台拉維夫時，她覺得孩子感冒了。

父親說：

「母親說你感冒非常正確，我們希望，她說最壞的時候已經過去，也很正確。」

我說：

「我只剩一點作業沒做了。我做完作業，你有時間跟我往集郵冊裡黏些新郵票嗎？」

星期六，幾乎整天都在下雨。雨下啊下啊，沒有停息。父親和我一連幾個小時專注於集郵。我們有時頭碰頭。我們把郵票同大厚本不列顛目錄上的圖片一一比較，父親給它在集郵冊裡找到合適的位置，或者與以前的郵票放在一起，或者新起一頁。星期六下午，我們躺下休息，他躺在他的床上，我回到自己房間，躺在近來成為媽媽病床的床上。爺爺奶奶邀請我們休息之後去他們家，吃浸泡在金黃色調味汁裡的魚餅凍，周圍撒上一圈煮胡蘿蔔片，但是因為我們都流鼻涕，咳嗽，外面又下著傾盆大雨，因此決定最好待在家裡。天空陰霾，我們四點鐘就得開燈。爸爸坐在書桌旁，為寫一篇已經二度延期的文章工作兩個小時，眼鏡順著鼻子滑落下來，埋頭於書籍和卡片中。他工作時，我躺在他腳下的地毯上看一本書。後來，我們玩國際跳棋：爸爸贏了一盤，我贏一盤，第三盤我們平手。很難說是爸爸打算要這種結果，還是聽其自然。我們吃了一點甜點，喝些熱茶，我們都從媽媽藥堆裡拿了兩片藥幫助我們對抗感冒。後來我上床睡覺，我們都在早晨六點鐘起來，七點鐘，藥房老闆的女兒茨皮來告訴我們，有人從台拉維夫打電話給我們，他們過十分鐘再打來，請克勞斯納先生立即趕到藥房裡，她爸爸要她說，可能有急事。

*

哈婭姨媽告訴我，在茨阿哈龍醫院任行政主管的茨維姨父，星期五從醫院裡請了一位專家，他主動下班後專程趕來。專家不慌不忙給媽媽做全面檢查，停下來和她聊天，接著又繼續檢查，檢查完畢後，他說她疲倦、緊張，身體有點透支。除失眠外，他沒有發現她有什麼特別的毛病。心理經常是身體之大敵，它不讓身體生存，在身體要享受時不讓它享受，在身體要休息時不讓它休息。倘若我們能像取出扁桃腺與闌尾那樣把它取出，就可以健康而心滿意足地生活上千年。他認為，星期一到耶路撒冷哈達薩醫院做檢查沒多大必要，但是也不會有壞處。他建議徹底休息，避免任何情緒激動。尤其重要的是，他說，病人應該每天至少出去一個或兩個小時，她甚至可以穿得暖和，帶把傘，就在城裡轉轉，看看商店的櫥窗，或者看看英俊的小夥子，看什麼並不重要，重要的是呼吸一些新鮮空氣。他也給她開了些藥效很強的新安眠藥，甚至比耶路撒冷的新醫生開的新藥更新，效果更強。茨維姨父急忙趕到布格拉紹夫街的藥房裡買藥，因為那是星期五下午，其他所有的藥房都因要過安息日已經關門了。

星期五晚上，索妮婭姨媽和布瑪拿來一只帶手把的馬口鐵盒，裡面裝著給大家做的湯和水果蜜錢。三姊妹擠到小廚房裡，花一個小時左右準備晚飯。索妮婭姨媽建議母親跟她住到維斯里街，讓哈婭稍微休息一下，但是哈婭姨媽不聽，甚至要小妹妹打消這種怪念頭。索妮婭對這樣的呵斥有些惱火，但什麼也沒說。索妮婭姨媽的不快使安息日餐桌的氣氛有些沉鬱。媽媽似乎充當起爸爸平時扮演的角色，試圖把談話繼續下去。晚飯後，她抱怨說累了，為自己無力幫忙收拾餐桌洗碗，向茨維和哈婭表示歉意。她吃了台拉維夫專家開的新藥，為穩妥起見，又吃了耶路撒冷專家給她開的新藥，十點鐘便沉沉入睡，但兩個小時後又醒來，在廚房給自己弄了杯濃咖啡，坐在廚房凳子上，度過剩餘的夜晚。就在獨立戰爭前，我母親待的房間租給了哈加納情報機構首領伊戈爾·亞丁，後來以色列建國後，亞丁成了大將軍亞丁，以色列國防軍的副總參謀長和軍事行動指揮，但仍然租賃那間房子。因此，我母親那天晚上待的廚房，還有第一天晚上待的廚房，是個具有歷史意義的廚房，因為在戰爭中，那裡舉行過幾次非正式會議，對戰爭格局產生了至關重要的影響。母親在那個漫漫長夜，一杯又一杯地喝咖啡時是否想到這些，或即使她想到了是否對它感興趣，還是個疑問。

*

安息日早晨她告訴哈婭和茨維，她決定接受專家建議，散散步，聽醫生的話，看看年輕英俊的小夥子。她跟姊姊借了把雨傘，一雙膠鞋，冒雨出去散步。那個陰濕有風的安息日早晨，台拉維夫北部的街道上肯定人不多。一九五二年一月五日那天早晨，台拉維夫的氣溫攝氏五到六度。母親早上八點或八點半離開本耶胡達街她姊姊家，她也許橫穿本耶胡達街左轉，或北上朝諾爾道街走去。在走路時，她幾乎沒看見任何商店櫥窗，只看到塔努瓦牛奶公司暗淡無光的櫥窗，玻璃板內是用四條棕色膠紙固定住的一份淡綠色的海報，一個豐滿的農村姑娘站在綠茵前面，頭頂上，與明亮藍天相得益彰的是令人快樂的詞語：「早一杯奶，晚一杯奶，生活健康歡快。」那年冬天，本耶胡達街的公寓與公寓之間還有許多空地，還有殘存的沙丘，到處是死去的薊草，海蔥，上面密密麻麻一層白蝸牛，還有碎鐵和雨水浸泡的垃圾。母親看到一排排塗抹了灰泥的建築，這些建築只蓋了三、四年，已經露出坍塌的跡象：油漆剝落，碎裂的灰泥隨黴菌變綠，鐵護欄在鹹海風的侵蝕下生鏽，硬紙板膠合板封住的陽台猶如難民營，商店招牌已經脫鏈，花園裡的樹木因得不到關愛正在死去，用舊木板、瓦楞鐵和柏油帆布在樓與樓之間搭建的儲藏棚舍，破敗不堪。一排排垃圾箱，有些已經被野貓掀個底兒掉，垃圾散落到灰沉沉的混凝土石頭上。晾衣繩從一個陽台拴到另一個陽台，橫穿街道。不時，被雨水打濕的白色和彩色內衣無助地捲動，在繩上任高風吹打。我母親那天上午很累，她一定因缺乏睡眠、飢餓、喝黑咖啡、吃安眠藥而頭重腳輕，因此走起路來緩慢，像夢遊者。她可能離開了本耶胡達街，而後來到諾爾道林蔭大道，而後右轉走進秀色麗人小巷，它徒有虛名，看不到景觀，只有用混凝土建造而成的灰泥矮樓房，加有生鏽的鐵柵欄，這條小巷通往莫茲金大街，那實則不是街，而是又短又寬的空曠街道，只建了一半，還有一部分沒有鋪設柏油路，疲憊的雙腳把她從莫茲金引到塔汗小巷，走上迪贊高夫街，開始下起了傾盆大雨，可她竟然把搭在手臂上的雨傘給忘了，冒雨走著，漂亮手提包就在雨衣肩部晃蕩，她穿過迪贊高夫街，任憑疲憊的雙腳把自己拖到任何地方，也許去了贊格維爾街，或贊格維爾小巷，現在她真的迷路了，一點也不知道怎樣回姊姊家，也不知道為什麼要回去，她不知道自己為什麼出來，只是要遵照專家建議？專家告訴她到台拉維夫的大街上散步，看英俊的年輕小夥子，但是在這個陰雨綿綿的安息日早晨，無論在贊格維爾街還是在贊格維爾小巷，或者在索克羅夫街，她從那裡來到巴茲爾街，或許在巴茲爾街，還是其他別的地方，也許她想到了羅夫諾父母家後面枝椏繁茂成蔭的果園，或者想到了伊拉，羅夫諾工程師的妻子，她在馬車夫菲力浦之子安東的一間廢棄了的棚屋裡把自己活活燒死，或者想到了塔勒布特高級中學，還有河流與森林景色，或者是布拉格巷以及她在那裡度過的學生時代，想到母親顯然從未向我們說起的某個人，或者是姊妹，或者她最好的朋友莉蓮卡。偶爾，有人從身邊跑過，匆匆躲雨。偶爾，一隻貓從路上經過，我媽媽也許叫它，試圖問點什麼，交流想法，或交流情感，問問貓的簡單建議，但是她叫的每隻貓都在恐慌中逃避她，彷彿從老遠就可以聞到她的命運已成定數。

*

中午時分，她回到姊姊家裡，那裡人看見她的模樣大吃一驚，因為她渾身透濕，凍得僵硬，因為她開玩笑似地抱怨說台拉維夫大街上沒有英俊的年輕小夥子，要是發現，就會引誘他們，男人看她時目光裡總是具有某種渴望，但很快、非常快，這渴望就會寥寥無幾。她姊姊哈婭急忙給她放了熱呼呼的洗澡水，我媽媽洗了個熱水澡。她一點食物都不沾，因為任何吃的東西都讓她反胃。她睡了兩個小時，後半晌她穿戴整齊，穿上上午走路時弄得潮濕冰冷的雨衣和雨鞋，再次出門，遵從醫生建議，到台拉維夫大街上尋找年輕英俊的小夥子。今天下午，因為雨小停一陣，大街不那麼空曠，我母親沒有漫無目的地瞎逛，她走到迪贊高夫街和ＪＮＦ林蔭大道的拐角，從那裡走過迪贊高夫和戈登街與弗里希曼街的交界處，漂亮的黑提包在雨衣肩部晃蕩，她觀看漂亮的商店櫥窗和咖啡館，並且瀏覽了一下台拉維夫人眼中的波希米亞生活，然而這一切在她看來俗麗而廉價，都不是原汁原味，猶如模仿之模仿，令人覺得乏味沮喪。一切似乎值得並需要憐憫，但是她的憐憫已經用盡。傍晚，她回到家裡，還是什麼東西也不吃，喝了一杯黑咖啡，接著又是一杯，坐下來盯著一本書，書倒著落到地上，她閉上眼睛，約有十來分鐘，茨維姨父和哈婭姨媽以為聽到了輕微而不均勻的鼾聲。後來，她醒了，說需要休息，說覺得專家告訴她每天在城裡走上幾個小時，非常正確，她覺得今天晚上她會早點睡著，終於能夠睡得安穩了。八點半，她姊姊又給她新換了床單，往被子裡放了一個熱水袋，因為夜裡非常寒冷，雨又開始下了起來，又敲打著百葉窗。母親決定和衣而睡，堅信她不會再醒來，在廚房度過難熬的夜晚。她從姊姊放在床邊的保溫瓶裡給自己倒了一杯茶，等著它稍微涼一些，喝茶時把安眠藥一同嚥了下去。要是我在那一刻，在星期六晚上八點半或八點四十五分，和她一起在哈婭和茨維家可俯瞰後院的那間屋子裡，我肯定會竭盡全力，向她解釋為什麼不能這樣。如果解釋不成功，我會盡可能喚起她的憐憫之情，讓她可憐她唯一的孩子。我會哭，會不顧羞恥地懇求，我會抱住她的雙膝，甚至可以假裝暈倒，或者毆打抓傷自己，直至湧出鮮血，像我看到她在絕望時刻所做的那樣。或者我可以像凶手一樣打她，毫不猶豫用花瓶砸她的頭，花瓶砸個粉碎。或者用放在房間角落架子上的熨斗打她，或者利用她身體不好，騎到她身上，把她的雙手捆在背後，把那些藥丸、藥片、藥口袋、藥水、飲劑以及糖漿統統拿走，全部毀掉。然而他們不許我在那裡，甚至不許我參加她的葬禮。我媽媽睡著了，這一次她不再噩夢纏身，不再失眠。凌晨時分，她吐了，隨之又睡著了，依然是和衣而眠，因為茨維和哈婭開始產生疑慮，在日出之前叫了輛救護車，兩個擔架手小心翼翼地抬著她，免得驚擾她的睡眠，在醫院，她也不聽他們說話，儘管他們想盡辦法，驚擾她的安眠，但她對他們不予理會，甚至對那位跟她說心理是身體之大敵的專家也不予理會，她早晨依舊沒有醒來，天光明媚時也沒有醒來，醫院花園的榕樹枝頭，鳥兒愛麗絲驚異地呼喚她，一遍又一遍地呼喚她，無濟於事，然而它一遍又一遍地嘗試，現在依然時時在嘗試。

二〇〇一年十二月於阿拉德

譯後記

當今以色列最富影響力的作家艾默思・奧茲發表於二〇〇二年的自傳體長篇小說《愛與黑暗的故事》，一向被學界視為奧茲最優秀的作品，短短五年就被翻譯成二十多種文字的譯本，尤其是英國劍橋大學教授尼古拉斯・德朗士的英譯本在二〇〇四年面世後，這部作品更廣泛引起了東西方讀者的興趣，不僅促使奧茲一舉奪得二〇〇五年「歌德文化獎」，又於二〇〇七年入圍「國際布克獎」，最近還榮獲了「阿斯圖里亞王子獎」。這部長篇小說把主要背景置於耶路撒冷，以娓娓動人的筆調，向讀者展示出百餘年間一個猶太家族的歷史與民族敘事，抑或說家族故事與民族歷史：從主人翁「我」的祖輩和父輩流亡歐洲的動盪人生、移居巴勒斯坦地區後的艱辛生計，到英國託管時期耶路撒冷的生活習俗、以色列建國初期面臨的各種挑戰、形形色色猶太文化人的心態、學術界的鉤心鬥角、鄰里阿拉伯人一落千丈的命運、大屠殺倖存者和移民的遭際、猶太復國主義先驅者和拓荒者的奮鬥歷程……等等。內容繁複，思想深邃，它蘊積著一個猶太知識分子對歷史、家園、民族、家庭、受難者命運（包括猶太人與阿拉伯人）等諸多問題的沉重思考。家庭與民族兩條線索在《愛與黑暗的故事》中相互交織，既帶你走進一個猶太家庭，了解其喜怒哀樂，又使你走近一個民族，窺見其得失榮辱。

在一九二〇至三〇年代，歐洲牆壁塗滿「猶太佬，滾回巴勒斯坦」時，作品中的小主人翁「我」（以作家為原型）的祖父母、外公外婆、父親母親就分別從波蘭的羅夫諾和烏克蘭的奧德薩來到了貧瘠荒蕪的巴勒斯坦。這種移居與遷徙，固然不能完全排除傳統上認定的猶太復國主義思想影響的痕跡，但透過作品中人物的心靈軌跡不難看出，流亡者回歸故鄉的旅程有時是迫於政治、文化生活中的無奈。這些在流放中成長起來的猶太人，受過歐洲文明的洗禮，他們心中的「應許之地」也許不是《聖經》中所說的「以色列地」（巴勒斯坦古稱），而是歐洲大陸。在奧茲父母的心目中，「越西方的東西越有文化」，德國人——儘管出了希特勒——在他們看來比俄國人和波蘭人更文明；法國人比德國人文明，而英國人在他們眼中占據了比法國人更高的位置；至於美國，他們說不準……他們所敬仰的耶路撒冷，不是在古老民族文明的象徵——哭牆赫然、大衛塔高聳的老城，更不是在自己所生活的貧寒陰鬱的世界，而是在綠蔭蔥蘢的熱哈威亞。那裡花團錦簇，琴聲悠揚，燈紅酒綠，歌舞昇平，寬宏大度的英國人與阿拉伯、猶太文明人共進晚餐，文化生活豐富。他們可以大談民族、歷史、社會、哲學問題，但難以表達私人情感，而且面臨著巨大的語詞缺失，因為希伯來語不是他們的母語，難免在表述時似是而非，甚至造成滑稽可笑的錯誤。

就是在這種充滿悖論的兩難境地中，老一代猶太人，或者說歷經過流放的舊式猶太人（Old Jew）在巴勒斯坦生存下來。迫於生計，不得不放棄舊日的人生理想，不再耽於做作家和學者的夢幻，而去務實地從事圖書管理員、銀行出納、店鋪老闆、郵局工作人員、家庭教師等職業，並把自己的人生希冀轉移到兒輩的肩頭。

兒輩，即作品中的「我」及其同齡人，出生在巴勒斯坦，首先從父母——舊式猶太人那裡接受了歐洲文化傳統的薰陶。布拉格大學文學系畢業的母親經常給小主人翁講述充滿神奇色彩的民間故事與傳說，啟迪了他豐富的文學想像；父親不斷地教導他要延續家庭傳承的鏈條，將來做學者或作家，因為「我」的伯公約瑟夫．克勞斯納乃著名的猶太歷史學家、文學批評家。父親本人通曉十幾種語言，一心要像伯父那樣做大學教授，但小主人翁本人在時代的感召下，嚮往的卻是成為一名拓荒者，成為新型的猶太英雄——他們皮膚黝黑、堅忍頑強、沉默寡言，與流放中的猶太人截然不同。這些青年男女是拓荒者，英勇無畏、粗獷強健。這類新型的猶太英雄，便是以色列建國前期猶太復國主義先驅者所標榜的希伯來新人（New Hebrew）。

根據近年來社會學家、文學家、史學家的研究成果，猶太復國主義被認作是以色列的內部宗教（civil religion）。猶太復國主義的目的不僅是要為猶太人建立一個家園和基地，還要建立一種從歷史猶太教和現代西方文化的交互作用下發展起來的「民族文化」。不僅要從隔都（ghetto，即隔離區）的束縛中解放出來，而且要從「西方的沒落」中解放出來。一些理想主義者斷言，以色列土地上的猶太人應該適應在當地占統治地位的中東文化的需要。因此，一切舶來的外來文化均要適應新的環境，只有那些在與本土文化的相互作用中生存下來的因素才可以留存。為實現這種理想，猶太復國主義先驅者從以色列還沒有正式建國之時起，便對新猶太國的國民提出了較高要求，希望把自己的國民塑造成以色列土地上的新人，代表著國家的希望。以色列建國前，這種新型的猶太人被稱為「希伯來人」（實乃猶太復國主義者的同義語），以色列建國後，被稱作「以色列人」。

在這種文化語境下，「流放」不光指猶太人散居在世界各地這一文化、歷史現象，而且標誌著與猶太復國主義理想相背離的一種價值觀念。否定流放文化的目的在於張揚拓荒者——猶太復國主義者文化。在否定流放的社會背景下，本土以色列人把自己當作第三聖殿——以色列國的王子，在外表上崇尚巴勒斯坦土著貝都因人、阿拉伯人和俄國農民的雄性特徵：身材魁梧、強健、粗獷、自信、英俊猶如少年大衛，與流放時期猶太人蒼白、文弱、怯懦、謙卑、頗有些陰柔之氣的樣子形成強烈反差。並且，他們應具有頑強的意志力和堅忍不拔的精神，面對惡劣的自然環境英勇無畏，有時甚至不失為粗魯，在戰場上則勇敢抗敵，不怕犧牲。相形之下，流放時期的猶太人，尤其是大屠殺倖存者，則被視作沒有脊梁、沒有骨氣的「人類塵埃」。

要塑造一代新人，就要把當代以色列社會當成出產新型的猶太人——標準以色列人的一個大熔爐，對本土人的行為規範加以約束，尤其是要對剛剛從歐洲移居到以色列的新移民——多數是經歷過大屠殺的難民——進行重新塑造。熔爐理念不僅要求青年一代熱愛自己的故鄉，而且還要和土地建立一種水乳交融的關係，踏足在大地。他們即使講授《聖經》，也不是傳授信仰或者哲學，而是要大力渲染《聖經》中某些章節裡的英雄主義思想，謳歌英雄人物，使學生熟悉以色列人祖先的輝煌和不畏強暴的品德。這樣一來，猶太民族富有神奇色彩的過去與猶太復國主義先驅者推崇的現在，便奇異般地結合起來。在當時的教育背景下，有的以色列年輕人甚至把整個人類歷史理解成「令猶太人民感到驕傲的歷史，猶太人民殉難的歷史，以及以色列人民為爭取生存永遠鬥爭的歷史」。

《愛與黑暗的故事》中就有這樣一個紅色教育之家，那裡也講授《聖經》，但把它當成關於時事活頁文選集。先知們為爭取進步、社會正義和窮人的利益而鬥爭，而列王和祭司則代表著現存社會秩序的所有不公不正。年輕的牧羊人大衛在把以色列人從非利士人枷鎖下解救出來的一系列民族運動中，是個勇敢的游擊隊鬥士，但是在晚年他變成了一個殖民主義者–帝國主義者國王，征服其他國家，壓迫自己的百姓，偷竊窮苦人的幼牡羊，無情地榨取勞動人民的血汗。但是，在許多經歷流亡的舊式猶太人眼中，尤其是一心想讓兒子成為舉世聞名的學者、成為家族中第二個克勞斯納教授的父親，把紅色教育視為一種無法擺脫的危險，他決定在兩種災難中取其輕，把兒子送到一所宗教學校。他相信，把兒子變成一個具有宗教信仰的孩子並不可怕，因為無論如何，宗教的末日指日可待，進步很快就可以將其驅除，即使孩子在那裡被變成一個小神職人員，但很快就會投身於廣闊的世界中，而如果接受了紅色教育，則會一去不返，甚至被送到基布茲。

生長在舊式猶太人家庭、又蒙受猶太復國主義新人教育的小主人翁，在某種程度上帶有那個時代教育思想的烙印。即使在宗教學校，他們也開始學唱拓荒者唱的歌，如同「西伯利亞出現了駱駝」。對待歐洲難民，尤其是大屠殺倖存者的態度也折射出以色列當時霸權話語的影響：「我們對待他們既憐憫，又有某種反感，這些不幸的可憐人，他們選擇坐待希特勒的擺布而不願把握時間來到此地，這難道是我們的過錯嗎？為什麼他們像羔羊被送去屠宰卻不聯手奮起反抗呢？要是他們不再用意第緒語大發牢騷就好了，不再向我們講述他們在那邊遭遇的一切就好了，因為那邊所發生的點點滴滴對他們或我們來說都不是什麼榮耀之事。無論如何，我們在這裡要面對未來，而不是面對過去，倘若我們重提往事，那麼從《聖經》和哈斯蒙尼時代，我們肯定有足夠的鼓舞人心的希伯來歷史，不需要用令人沮喪的猶太歷史去玷汙它，猶太歷史不過是堆沉重的負擔。」

否定流亡、否定歷史的目的是為了重建現在。在祖輩的故鄉建立家園，這便觸及到以色列猶太人永遠無法迴避的問題，即伴隨著舊式猶太人的定居與新希伯來人的崛起，尤其是伴隨著以色列的建國，眾多巴勒斯坦人流離失所、踏上流亡之路，以阿雙方從此干戈不斷。借用美國學者吉姆拉斯－勞赫的觀點，以色列猶太人具有深深的負疚感：為在兩千年流亡和大屠殺時期聽任自己遭受苦難負疚；為即使失去了古代信仰仍舊回到先祖的土地上負疚；為將穆斯林村民從他們的土地上趕走負疚。

作為一部史詩性的作品，《愛與黑暗的故事》演繹出以色列建國前後猶太世界和阿拉伯世界的內部衝突和兩個民族之間的衝突，再現了猶太民族與阿拉伯民族從相互尊崇、和平共處到相互仇視、敵對、兵刃相見、冤冤相報的錯綜複雜的關係，揭示出猶太復國主義者、阿拉伯民族主義者、超級大國等在以色列建國、以巴關係上扮演的不同角色。文本中的許多描寫，均發人深省。限於篇幅，筆者不可能在此將此問題逐層展開，只想舉些形象的例子：小主人翁在三歲多曾經在一家服裝店走失，長時間困在一間黑漆漆的儲藏室裡，是一名阿拉伯裁縫救了他，裁縫的和藹與氣味令他感到親切與依戀，視如父親；另一次是主人翁八歲時，到阿拉伯富商希爾瓦尼莊園作客，遇到一個阿拉伯女孩，他可笑地以民族代言人的身分自居，試圖向女孩宣傳兩個民族睦鄰友好的道理，並爬樹掄錘展示所謂新希伯來人的風采，結果誤傷女孩的弟弟，可能造成後者終生殘廢。數十年過去，作家仍舊牽掛著令他銘心刻骨的阿拉伯人的命運：不知他們是流亡異鄉，還是身陷某個破敗的難民營。巴勒斯坦難民問題就這樣在挑戰著猶太復國主義話語與以色列人的良知。

希伯來教育模式也在宣導培養新人和土地的聯繫，對透過在田野裡勞作而取得的成就予以獎勵與表彰，那麼中國讀者熟知的基布茲則成為新人與土地之間的橋梁之一。早在一九六〇到八〇年代，奧茲的基布茲小說（《胡狼嗥叫的地方》、《何去何從》、《沙海無瀾》等）中的許多人物，尤其是老一代拓荒者，就是堅定不移，往往把給大地帶來生命當作信仰，甚至反對年輕人追求學術，不鼓勵他們讀大學。但是受教育程度較高的歐洲猶太人具有較高的精神追求，對以色列建國前後惡劣的生存環境和貧瘠的文化生活感到不適。奧茲的父親雖然不反對基布茲理念，認為它在國家建設中很重要，然而堅決反對兒子到那裡生活：「基布茲是給那些頭腦簡單身強體壯的人建的，你既不簡單，也不強壯，你是一個天資聰穎的孩子，一個個人主義者。你當然最好長大後用你的才華來建設我們親愛的國家，而不是用你的肌肉。」而父親的一個朋友，雖然對基布茲及新型農場堅信不疑，主張政府把新移民統統送到那裡，徹底治癒流放與受迫害情結，透過在田間勞作，鑄造成新希伯來人，然而卻因自己「對陽光過敏」、妻子「對野生植物過敏」，永遠地離去。理想與現實的矛盾不僅困擾著舊式猶太人，也在考驗著新希伯來人。

作品中的小主人翁後來違背父命，到基布茲生活，並把姓氏從克勞斯納改為奧茲（希伯來語意為「力量」），表明與舊式家庭、耶路撒冷及其所代表的舊式猶太文化割斷聯繫的決心，但是卻難以像基布茲出生的孩子那樣成為真正的新希伯來人：「因為我知道，擺脫耶路撒冷並痛苦地渴望再生，這一過程本身理應承擔苦痛。我認為這些日常活動中的惡作劇和屈辱是正義的，這並非因為我受到自卑情結的困擾，而是因為我本來就低人一等。他們，這些經歷塵土與烈日洗禮、身強體壯的男孩，還有那些昂首挺胸的女孩，是大地之鹽，大地的主人。宛如半人半神一樣帥，宛如迦南之夜一樣美麗。而我，即使我的皮膚最後曬成了深褐色，但內心依然蒼白。」從這個意義上說，小主人翁始終在舊式猶太人與新型希伯來人之間徘徊，也許正因為這種強烈的心靈衝突，令他柔腸百轉，不斷反省自身，如飢似渴地讀書，進而促使他成為一個偉大的作家。

Photo: Colin McPherson

艾默思・奧茲小傳

艾默思・奧茲本名為艾默思・克勞斯納（Amos Klausner），一九三九年生於耶路撒冷。他的家族在一九三〇年代早期從波蘭、立陶宛等地遷居至耶路撒冷。一九五二年，母親自殺身亡，一九五四年，艾默思不顧父親反對，逕自離開耶路撒冷，加入胡爾達基布茲生活與工作，同時將姓氏改為奧茲，並在此完成中學學業。他於一九六一年服完兵役之後，繼續回到基布茲，在棉花田工作。他的第一篇短篇小說在二十歲出頭時完成，刊登在當時首屈一指的文學季刊《開塞特》（Keshet）上，之後基布茲遣他回到耶路撒冷，進入希伯來大學攻讀哲學與文學。拿到學士文憑之後，他又回胡爾達基布茲長住達二十五年之久，在那兒進行寫作、農耕，並擔任基布茲的高中教職。

奧茲開始寫作時，基布茲給他每週安排一天寫作時間，當《我的米海爾》成了暢銷書之後，他也長成了「農場的一根分枝」，獲得三天寫作日；到了八〇年代，他每週有四天可以寫作，兩天教書，星期六晚上則要在基布茲餐廳輪值當服務生。

在一九六九至七〇年間，奧茲前往牛津聖克洛斯學院擔任客座研究；亦分別在一九七五年與一九九〇年成為耶路撒冷希伯來大學的駐校作家；在一九八四至八五年時應美國科羅拉多泉學院之邀，攜妻兒駐校一年。一九八六年，他們十分不捨地決定離開基布茲，到南方沙漠城鎮阿拉德定居，因為該地乾燥的氣候較有益於他兒子的氣喘病。

奧茲除長期致力於寫作與教書（他是內格夫沙漠別是巴市本－古里昂大學的專任教授），也積極推動以色列和平運動。他曾於一九六七年的六日戰爭時投身戰場，在西奈半島前線擔任坦克單位的預備兵；也曾投身一九七三年十月的贖罪日戰爭，在戈蘭高地前線奮戰。自一九六七年戰爭以來，他撰寫大量文章與論文探討以阿衝突，倡議以色列／巴勒斯坦談和，接受以色列與西岸與加薩巴勒斯坦地區的相互承認與共存，並於一九七七年成立「現在就和平」（Peace Now）運動。身為一九六七年以來以色列和平運動領導人之一，其文章、論文與投身的政治活動，使他無論在以色列國內還是國際間，都有相當重大的影響力。他的演說與文章已翻譯成多種語言，散布至全世界。

*

他最受喜愛的小說之一《我的米海爾》於一九六八年出版，甫出版便在文壇與政壇造成話題風暴，引發正反兩面熱烈討論。希伯來語版已銷售近十一萬冊，在最暢銷的晚報銷量為五十萬份出頭的以色列，這樣的銷售記錄可謂大事。本書並已有三十種語言版本。

一九八七年出版的《黑盒子》也立即躍登暢銷排行冠軍，歷久不衰，並獲得費米娜外國文學獎，這是法國頒予外語文學作品的最高榮耀。

《愛與黑暗的故事》於二〇〇二年三月出版，這部格局恢弘的自傳體小說旋即成為奧茲至今在以色列銷售最快的著作，在歐洲出版時也造成轟動。在德國和義大利銷售破四十四萬冊。此外本書已在全世界獲得十項獎項，包括二〇〇四年的法國文化獎與二〇〇五年的歌德獎。目前已在超過二十五個國家發行，其中包括阿拉伯國家。

阿拉伯語版本發行的背後有個悲哀卻又感人的故事：二〇〇四年時，一名巴勒斯坦青年在一次巴勒斯坦恐怖攻擊中喪生。這名受害者是二十歲的法律學生暨音樂家喬治·庫利（George Khoury），他不是在恐怖攻擊中被炸彈或流彈誤殺，而是在慢跑途中遭恐怖分子坐在汽車中從他背後開槍射殺。凶手事後坦承誤殺：「抱歉，我們以為他是猶太人。」

喬治傷心欲絕的父母親為了紀念兒子，做了一件深深震撼他們同胞的事：他們自費找人將《愛與黑暗的故事》翻譯成阿拉伯文出版。庫利夫婦希望藉由增進彼此了解，減少像他兒子這樣的悲劇，也認為文學是促進了解的重要橋梁。阿拉伯語版於二〇一〇年二月問世，在黎巴嫩首都貝魯特的書店現身，引起相當正面的回響與諸多好評。奧茲因此項計畫結識庫利一家人，他也深受庫利義舉所感動。

除了阿拉伯語版之外，《愛與黑暗的故事》庫德語版也於二〇一一年悄悄在北伊拉克一家書店中上市。儘管這是非正式授權的盜版翻譯本，作者本人得知這項消息後仍然覺得欣慰。

*

目前他已出版二十八本書，撰寫了逾四百五十篇文章與論文。

主要作品包括：

一九六五　胡狼嚎叫的地方 Where the Jackals Howl

一九六六　何去何從 Elsewhere, Perhaps

一九六八 我的米海爾 My Michael

一九七一 直到死亡 Unto Death

一九七三 觸碰水，觸碰風 Touch the Water, Touch the Wind

一九七六 惡意之山 The Hill of Evil Counsel

一九七八 少年桑奇之愛 Soumchi

一九八二 沙海無瀾 A Perfect Peace

一九八五 以色列文學：現實反映小說一例 Israeli Literature: a Case of Reality Reflecting Fiction

一九八七 黑盒子 Black Box

一九八九 黎巴嫩斜坡 The Slopes of Lebanon

一九八九 了解女人 To Know a Woman

一九九一 費瑪 Fima

一九九四 莫稱之為夜晚 Don't Call It Night

一九九五 地下室的黑豹 A Panther in the Basement

一九九五 在這道強光下 Under This Blazing Light

一九九五 以色列、巴勒斯坦與和平：隨筆集 Israel, Palestine and Peace: Essays

一九九九 一樣的海 The Same Sea

一九九九 故事開始：文學隨筆 The Story Begins: Essays on Literature

二〇〇〇 天國的沉默：阿格農對上帝的恐懼 The Silence of Heaven: Agnon’s Fear of God

二〇〇二 愛與黑暗的故事 A Tale of Love and Darkness

二〇〇五 忽至森林深處 Suddenly in the Depth of the Forest
二〇〇六 如何治療狂熱 How to Cure a Fanatic
二〇〇七 詠嘆生死 Rhyming Life and Death
二〇〇九 鄉村生活圖景 Scenes from a Village Life
二〇一二 朋友之間 Between Friends
二〇一四 背叛者 Judas

*

奧茲的文學成就及其在和平運動上的貢獻，國際間有目共睹。至今他所獲得的獎項包括：

一九八八年，他以《黑盒子》獲法國費米娜外語文學獎。

一九九一年，他獲遴選為希伯來語言學院的正式成員。

一九九二年，他獲頒德國書業和平獎，此為全球最重要的和平獎項之一，當時並由德國總統魏茨澤克（Richard von Weizsacker）親自授獎。

一九九七年，法國總統席哈克親授予他法國榮譽軍團勳章騎士勳位。

一九九八年（以色列建國五十週年），他以文學成就獲得祖國最高榮譽以色列獎。

二〇〇二年，他獲得挪威作家聯盟自由表達獎——該獎項每年一度表揚一位作家，彰顯他為促進自由表達與寬容所付出的卓越努力。

二〇〇四年九月，艾默思·奧茲與巴勒斯坦學者薩里·努賽貝（Sari Nusseibeh）共同獲得加泰隆尼亞政府頒贈的加泰隆尼亞國際獎，因為他們兩人「對世界文化、科學與人類價值的發展有決定性的貢獻」。

同年，艾默思．奧茲也獲得羅馬尼亞作家聯盟一年一度頒贈的奧維德獎，彰顯他在文學寫作上的傑出成就及促進異民族與文化之間深刻理解的貢獻。

二〇〇四年十一月，艾默思．奧茲獲得德國世界報文學獎，由於他的作品不僅具有高度文學性，更造成跨國界的影響，激起國際辯論。

二〇〇五年八月，他以《愛與黑暗的故事》及其對世界和平的貢獻，獲頒歌德獎，這是德國最重要的獎項之一。該獎過去的得主包括佛洛伊德、湯瑪斯．曼等。

同年《愛與黑暗的故事》亦獲得以色列 J Q 溫蓋特文學獎非小說獎。

二〇〇六年，他獲頒耶路撒冷—阿格農獎。

同年亦獲科林圖書獎巴伐利亞邦總理榮譽終生成就獎。

二〇〇七年，他獲頒西班牙阿斯圖里亞王子獎文學獎。

二〇〇七年九月，他獲頒義大利格林札納嘉佛文學獎，以「頌讚他的作品、著書與能量能與地中海沿岸的人民與文化交流」。

二〇〇八年四月，他獲頒德國史蒂芬海姆獎。這是個新設立的三年一度的獎項，奧茲是第一屆得主。

二〇〇八年五月，他獲得台拉維夫大學丹大衛獎，讚頌他「以創意手法展現過去，刻畫歷史事件時不忘側重描寫個人，並從十分人性的觀點揭露兩國之間的悲慘衝突」。同時獲獎的還有電影導演艾騰．伊格言與湯姆．史托帕。

二〇〇八年六月，他獲頒義大利普利摩．李維獎。

同年十二月，他獲頒德國海涅獎。此獎在表揚繼承十九世紀德國詩人海涅之精神，以著作推動基本人權、促進社會與政治進步、人類相互理解、宣揚四海一家理念的人士。艾默思·奧茲是第一位同時獲得歌德獎與海涅獎的得主。

二〇一〇年十月，他以《鄉村生活圖景》獲得地中海外語大獎。同年奧茲亦成為義大利新設的都靈國際書獎的首位得主。

國家圖書館出版品預行編目（CIP）資料

愛與黑暗的故事／艾默思．奧茲（Amos Oz）
著；鍾志清 譯，-- 初版，-- 新北市：木馬文
化出版：遠足文化發行，2019.02
624 面；14.8X20.8 公分 . --（木馬文學；137）
譯自：A Tale of Love and Darkness
ISBN 978-986-359-638-7（平裝）
864.357　　　　　　　　　107023454

木馬文學 137

愛與黑暗的故事

A Tale of Love and Darkness

作者／艾默思．奧茲（Amos Oz）
譯者／鍾志清
社長／陳蕙慧
副總編輯／簡伊玲
編輯／王凱林
行銷企劃／李逸文．廖祿存
校對／呂佳真
電腦排版／中原造像股份有限公司

社長／郭重興
發行人兼出版總監／曾大福
出版／木馬文化事業股份有限公司
發行／遠足文化事業股份有限公司
地址／231 新北市新店區民權路 108 之 4 號 8 樓
電話／02-2218-1417
傳真／02-8667-1891
Email／service@bookrep.com.tw
郵撥帳號／19588272 木馬文化事業股份有限公司
客服專線／0800221029
法律顧問／華洋國際專利商標事務所　蘇文生 律師
印刷／中原造像股份有限公司
二版一刷／2019 年 2 月
定價／新台幣 499 元（原價 650 元）
ISBN／978-986-359-638-7